O LIVRO DOS ACIDENTES

LIVROS DE **CHUCK WENDIG**

Wanderers
Zer0es
Invasive

THE HEARTLAND TRILOGY
Under the Empyrean Sky
Blightborn
The Harvest

MIRIAM BLACK
Blackbirds
Mockingbird
The Cormorant
Thunderbird
The Raptor & The Wren
Vultures

ATLANTA BURNS
Atlanta Burns
Atlanta Burns: The Hunt

NONFICTION
The Kick-Ass Writer
Damn Fine Story

STAR WARS
Star Wars: Marcas da Guerra
Star Wars: Dívida de Honra
Star Wars: Fim do Império

O LIVRO DOS ACIDENTES

CHUCK WENDIG

Tradução de Lívia Pacini

ALTA BOOKS
GRUPO EDITORIAL

Rio de Janeiro, 2023

O Livro dos Acidentes

Copyright © 2023 da Starlin Alta Editora e Consultoria Eireli.
ISBN: 978-85-508-1734-7

Translated from original The Book of Accidents. Copyright © 2021 by Terribleminds LLC. ISBN 9780399182136. This translation is published and sold by permission of Del Rey an imprint of Random House, the owner of all rights to publish and sell the same. PORTUGUESE language edition published by Starlin Alta Editora e Consultoria Eireli, Copyright © 2023 by Starlin Alta Editora e Consultoria Eireli.

Impresso no Brasil — 1ª Edição, 2023 — Edição revisada conforme o Acordo Ortográfico da Língua Portuguesa de 2009.

Todos os direitos estão reservados e protegidos por Lei. Nenhuma parte deste livro, sem autorização prévia por escrito da editora, poderá ser reproduzida ou transmitida. A violação dos Direitos Autorais é crime estabelecido na Lei nº 9.610/98 e com punição de acordo com o artigo 184 do Código Penal.

A editora não se responsabiliza pelo conteúdo da obra, formulada exclusivamente pelo(s) autor(es).

Marcas Registradas: Todos os termos mencionados e reconhecidos como Marca Registrada e/ou Comercial são de responsabilidade de seus proprietários. A editora informa não estar associada a nenhum produto e/ou fornecedor apresentado no livro.

Erratas e arquivos de apoio: No site da editora relatamos, com a devida correção, qualquer erro encontrado em nossos livros, bem como disponibilizamos arquivos de apoio se aplicáveis à obra em questão.

Acesse o site www.altabooks.com.br e procure pelo título do livro desejado para ter acesso às erratas, aos arquivos de apoio e/ou a outros conteúdos aplicáveis à obra.

Suporte Técnico: A obra é comercializada na forma em que está, sem direito a suporte técnico ou orientação pessoal/exclusiva ao leitor.

A editora não se responsabiliza pela manutenção, atualização e idioma dos sites referidos pelos autores nesta obra.

```
Dados Internacionais de Catalogação na Publicação (CIP) de acordo com ISBD

W4691        Wendig, Chuck
                O livro dos acidentes / Chuck Wendig ; traduzido por Lívia Pacini. -
             Rio de Janeiro : Alta Books, 2023.
                544 p. ; 16cm x 23cm.

                ISBN: 978-85-508-1734-7

                1. Literatura americana. 2. Romance. I. Pacini, Lívia. II. Título.

                                                CDD 813.5
2022-3707                                       CDU 821.111(73)-31

        Elaborado por Odilio Hilario Moreira Junior - CRB-8/9949

                        Índice para catálogo sistemático:
                        1.  Literatura americana: romance 813.5
                        2.  Literatura americana: romance 821.111(73)-31
```

Atuaram na edição desta obra:

Tradução
Lívia Pacini

Copidesque
Marcelle Alves

Revisão Gramatical
Vivian Sbravatti
Alessandro Thomé

Diagramação
Rita Motta

Capa
Erick Brandão

Produção Editorial
Grupo Editorial Alta Books

Diretor Editorial
Anderson Vieira
anderson.vieira@altabooks.com.br

Editor
José Ruggeri
j.ruggeri@altabooks.com.br

Gerência Comercial
Claudio Lima
claudio@altabooks.com.br

Gerência Marketing
Andréa Guatiello
andrea@altabooks.com.br

Coordenação Comercial
Thiago Biaggi

Coordenação de Eventos
Viviane Paiva
comercial@altabooks.com.br

Coordenação ADM/Finc.
Solange Souza

Direitos Autorais
Raquel Porto
rights@altabooks.com.br

Produtoras da Obra
Illysabelle Trajano
Maria de Lourdes Borges

Assistente da Obra
Beatriz de Assis

Produtores Editoriais
Paulo Gomes
Thales Silva
Thiê Alves

Equipe Comercial
Adenir Gomes
Ana Carolina Marinho
Ana Claudia Lima
Daiana Costa
Everson Sete
Kaique Luiz
Luana Santos
Maira Conceição
Natasha Sales

Equipe Editorial
Ana Clara Tambasco
Andreza Moraes
Arthur Candreva
Beatriz Frohe
Betânia Santos
Brenda Rodrigues
Erick Brandão
Elton Manhães
Fernanda Teixeira
Gabriela Paiva
Henrique Waldez
Karolayne Alves
Kelry Oliveira
Lorrahn Candido
Luana Maura
Marcelli Ferreira
Mariana Portugal
Matheus Mello
Milena Soares
Patricia Silvestre
Viviane Corrêa
Yasmin Sayonara

Marketing Editorial
Amanda Mucci
Guilherme Nunes
Livia Carvalho
Pedro Guimarães
Thiago Brito

Editora afiliada à:

ASSOCIADO Câmara Brasileira do Livro

Rua Viúva Cláudio, 291 – Bairro Industrial do Jacaré
CEP: 20.970-031 – Rio de Janeiro (RJ)
Tels.: (21) 3278-8069 / 3278-8419
www.altabooks.com.br — altabooks@altabooks.com.br
Ouvidoria: ouvidoria@altabooks.com.br

Que se dane, isso aqui é meu

Um pai, disse Stephen, lutando contra a desesperança, é um mal necessário.

—James Joyce, *Ulysses*

Que as forças malignas se confundam a caminho para sua casa.

—George Carlin

o LIVRO DOS ACIDENTES

PRÓLOGO 1
Na cadeira elétrica

Edmund Walker Reese era um homem dos números. Não um contador, muito menos um matemático. Era um homem de poucos interesses que, neste mesmo instante, estava em Blackledge, na penitenciária estadual, atado a uma cadeira elétrica, fazendo cálculos.

Três carcereiros o conduziram até ali. No corredor da morte, passaram por sete prisioneiros, cada um em sua cela. Haveria também um carrasco: um sujeito anônimo que acionaria o mecanismo e daria fim à vida de Edmund.

Eram 10 da noite de uma terça-feira. A segunda terça-feira de março de 1990 (no fim das contas, o tempo também era um número). Porém, ele não conhecia todos os detalhes, então os perguntou ao guarda que cortava uma perna de seu macacão para abrir espaço para os eletrodos (já haviam raspado as pernas naquela manhã, pouco antes de Edmund Walker Reese — Eddie para os amigos, amigos que não tinha — fazer a última refeição, um prato de uma nutritiva canja).

O carcereiro mais velho, um homem chamado Carl Graves, tinha costeletas tão grisalhas e ralas que mais pareciam um nevoeiro embaçando as bochechas, embora o cocuruto fosse coberto por fios escuros, ainda poupados da ação da idade que tudo desbota. Estava na casa dos quarenta, talvez tivesse cinquenta e poucos anos, era difícil distinguir. Emanava um bafo meio azedo: *Uísque barato*, pensou Walker. Carl nunca ficava bêbado, nunquinha, mas vivia bebendo. Fumando também, mas neste dia o uísque encobria o odor. Por causa do álcool, Graves sempre parecia oscilar entre o cansaço e a raiva. Mas, com o uísque, também ficava mais sincero, por isso Edmund gostava dele. Bem, dentro dos limites do quanto conseguia gostar de alguém. Reese repreendeu o carcereiro que cortava a perna do macacão:

— Cuidado com a minha perna esquerda. Tem um machucado aí.

— Foi aí onde a menina te acertou? — perguntou Graves.

Mas Reese ignorou. Em vez disso, começou a fazer perguntas:

— Me fale uma coisa. Quero saber dos números. Quantos volts tem a cadeira?

O carcereiro deu uma fungada e respondeu ao se levantar:

— Dois mil.

— Você sabe as dimensões dela? Peso, largura, essas coisas?

— Não sei nem quero saber.

— Vai ter gente assistindo? Quantas pessoas?

Graves olhou para a janela em frente a Edmund, uma janela fechada com persianas de metal.

— Tem uma bela de uma plateia hoje, Eddie. — Ele usou o apelido mesmo sem ter um pingo de amizade com Edmund, que não se opôs. — Parece que estão loucos para ver você fritar.

Os olhos de Graves luziram com crueldade como fósforos riscados. Edmund se deu conta dessa crueldade e gostou.

— Isso, isso — retorquiu, sem conseguir esconder a irritação. Sua pele coçava, a mandíbula apertava. — Mas *quantos*? Quero números, por favor.

— Atrás da janela tem doze. Seis cidadãos a pedido do diretor e do governador, seis jornalistas.

— Só isso?

— Tem mais gente vendo pelo circuito interno de TV. — Carl Graves apontou para a câmera no canto, cujo olho vigilante não desgrudava da cadeira, sem piscar, como se tivesse medo de perder o que estava por vir. — Mais trinta.

Reese fez as contas.

— Quarenta e dois. Nada mal.

— É mesmo? Se você está dizendo... — Graves deu um passo para o lado enquanto o outro carcereiro, um grandalhão parrudo com um cabelo que parecia ter sido arrancado por um cortador de grama, levantou-se com um grunhido e começou a fixar os eletrodos na cabeça raspada de Edmund. Carl deu outra fungada:

— Você sabe que é especial.

Eu sou especial, pensou Edmund. Ele sabia que era verdade, ou algum dia soubera. Hoje, já não estava tão certo. No passado, tinha uma missão. Recebera vida e uma missão. Uma missão sagrada, como fora informado. Abençoado, sagrado, *santo* e *profano* na mesma medida, mas, se fosse verdade, por que estava ali? Capturado como uma mosca em uma mão se fechando lentamente. Levado ao fracasso pela Número Cinco. Só a Número Cinco! Ainda tinha *muito o que fazer.*

— Especial como? — perguntou, só pelo prazer de ouvir a resposta.

— Esta cadeira, a *Old Smokey* — a maioria das cadeiras elétricas tem um nome, muitas são chamadas de *Old Sparky*, mas, aqui na Pensilvânia, é *Old Smokey* — bem, ela estava no depósito desde 1962. O último canalha que fritou aqui foi Elmo Smith, estuprador e assassino. Depois, pararam de usá-la. Já foram nove sentenças de morte desde Elmo, mas todas suspensas com recurso. E aí veio você, Eddie. O sortudo do décimo.

Números faiscaram na cabeça de Edmund Reese, dançando em quadrilha — mais uma vez, nada a ver com matemática. Mas ele procurava algo. Padrões. Verdades. Uma mensagem sagrada.

— O número dez não é o da sorte segundo a tradição — disse Edmund, torcendo os lábios em uma careta. — Qual número eu sou?

— O número dez, já falei.

— Não, não. Quero saber quantos antes de mim. Morreram. Nesta cadeira.

Graves se voltou ao carcereiro ruivo grandão em busca de uma resposta. Big Ginger respondeu:

— Antes dele, 350 pessoas fritaram nessa cadeirinha aqui.

— Ou seja, você é o 351 — completou Graves.

Edmund pensou naquele número: *351.* O que ele significava? Tinha que significar alguma coisa. Porque morreria se soubesse que não havia nada por trás, que, somado e calculado, só resultava num total de zero nadas e porcarias nenhumas. Isso o mataria de uma forma que nenhuma cadeira elétrica seria capaz, nem mesmo aquela. Acabaria com ele de um jeito que nenhuma daquelas garotas...

Não, ele se censurou. *Não eram garotas. Eram apenas coisas. Cada uma, um número. Cada uma, um propósito. Cada uma, um sacrifício.* A Número Um com a maria-chiquinha, a Número Dois com as unhas pintadas, a Número Três com o sinal bem embaixo do olho esquerdo, a Número Quatro com aquele arranhão no cotovelo, a Número Cinco...

A fúria tomou conta dele, e Edmund se contraiu na cadeira como se já estivesse sendo eletrocutado.

— Fique calmo, Eddie — disse Graves. O carcereiro mais velho se inclinou, e mais uma vez aquele brilho de maldade reluziu nos seus olhos. — Você tá pensando nela, não tá? Naquela que fugiu.

Por um instante, Edmund se sentiu *visto* de verdade. Talvez Graves tivesse mesmo conquistado o direito de usar seu apelido.

— Como você sabia?

— Ah, dá pra perceber. Sou carcereiro aqui no corredor da morte há um tempo e trabalhei nas celas comuns bem antes. Comecei quando tinha 18. Primeiro, você tenta represar. Manter tudo aquilo à distância. Mas é que nem a maré, a água vem inundando sua praia, empurrando um pouco da sua areia, dia após dia. Quando você vê, tá com água até a cabeça. Curtindo na salmoura que nem carne de porco. Ela te encharca. Então você começa a reconhecê-la. A maldade, eu digo. Você sabe como ela pensa. Como ela é. O que ela *quer*. — Graves lambeu os lábios. — Sabe o seu território de caça? Onde você pegou aquelas meninas?

Aquelas coisas.

— Era perto da minha casa. Assustou minha mulher, meu filho.

— Eu não estava atrás deles.

— Não, acho que não. Só das meninas. Das menininhas. Quatro mortas. Já a quinta, bem, ela deu sorte, né?

— A Número Cinco *fugiu* — respondeu Edmund, pesaroso.

— E quando ela fugiu, você foi pego.

— Não era pra eu ter sido pego.

O rosto de Graves se iluminou com um sorriso maldoso.

— E mesmo assim, olha só quem tá aqui. — O carcereiro deu um tapinha no seu joelho. — Você precisa entender uma coisa, Eddie: o mundo dá voltas. Você colhe o que planta.

— Você também só dá o que recebe.

— Se você tá dizendo...

Os carcereiros apertaram os cintos, conferiram os eletrodos mais uma vez e informaram a Eddie o que estava para acontecer. Perguntaram pela última vez se ele faria questão da presença de um capelão, mas ele já havia recusado a oferta, e não seria agora que faria essa súplica, pois, como já havia dito, *eu tenho um protetor nessa vida, e o demônio não está aqui*. Eles explicaram, com pitadas de gozação, que quem estava atrás daquela porta era o superintendente da prisão, no telefone com o gabinete do governador, caso surgisse (e nessa hora Graves soltou uma risada de porco) um "indulto de última hora". Eles esclareceram que seus restos mortais iriam para uma vala comum, já que Edmund Reese não tinha nenhum familiar neste mundo. Em seguida, abriram as persianas de metal.

Edmund viu as testemunhas e a plateia que tinha se juntado para assistir à sua morte. Elas estavam sentadas, horrorizadas e ansiosas por igual, fascinadas pelas forças polares que pareciam rolamentos entre dois ímãs poderosos. O carrasco acionou a voltagem, depois a amperagem, e se dirigiu ao painel elétrico para puxar a alavanca — que não tinha nada daquelas alavancas cômicas do tipo que dá vida a Frankensteins e que são puxadas com uma boa dose de drama. Era só um mecanismo simples, um interruptor branco tão pequeno que um dedo podia apertá-lo. Então o dedo se moveu e...

Edmund Reese sentiu o mundo à sua volta se iluminar, grande e brilhante. Tudo perdeu a cor, engolfado na onda branca. De repente, parecia que estava caindo; logo depois, o contrário, como se mãos invisíveis o pegassem, assim como a vaca deve sentir quando é sugada por um tornado. Quando voltou a si, percebeu que não havia mais cadeira, não havia mais aquele mundo, não estava morto, não... Ele era outra coisa e estava em outro lugar.

PRÓLOGO 2
O MENINO É ENCONTRADO

O caçador, Mike O'Hara, não era um homem sofisticado, mas estava morrendo de vontade de comer um faisão. Era uma receita de família, faisão cozido com conhaque e servido sob uma redoma de vidro. Fora passada da avó para o pai, e agora para ele e seus irmãos, Petey e Paul. Mas eles não davam a mínima para o faisão nem para a caça, ao contrário do pai, por isso Mike caçava sozinho. Mais uma vez. E justo hoje, no aniversário do seu pai. Ou o que seria o seu aniversário se estivesse vivo. *Descanse em paz, meu velho.*

Mike não era um grande caçador, e o faisão era uma ave difícil de encontrar por ali naquela época. Assim, foi se embrenhando sem rumo no mato em busca de assustar um belo exemplar e fazê-lo sair do campo e da área próxima às cercas. O pior é que nem tinha um cão para acompanhá-lo. Teria que fazer tudo sozinho, então dedicou-se de modo lento e metódico, assim como o pai havia ensinado.

No entanto, conforme avançava, sua mente divagava. Pensava no pai, morto após um derrame — um coágulo cravado como uma bala no cérebro. Pensava em Petey com suas dívidas e em Paul com seus problemas no fígado causados pela bebida. Ele se lembrou de quando era criança e nadava no lago de uma pedreira não muito longe dali. Assim como a mente, seus pés foram longe, e, sem prestar muita atenção no caminho que trilhava, acabou topando com uma fileira de freixos moribundos — pobres árvores semimortas, devoradas por besouros destrutivos que deixaram os galhos, antes viçosos, com o aspecto de uma ossada. Mais adiante, avistou o frontispício branco da mina Ramble Rocks em ruínas. Estava tomada por videiras e ervas daninhas; a natureza reivindicando seu espaço.

Mike continuou a caminhada. Os galhos estalavam sob os pés em movimento. Desejava mais do que tudo conseguir a ave para honrar o nome do pai. Parecia o certo a fazer. Seguiu em frente, um passo por vez. Ainda estava perdido em pensamentos quando algo emergiu de uma moita caída. A vibração das asas encheu o ar, e um vulto escuro se moveu de um lado para o outro. Mike distinguiu a típica mancha vermelha em volta dos olhos, o anel branco ao redor do pescoço. Deu um tropeço para trás, pressionando a espingarda junto ao ombro, pronto para o disparo. Puxou o gatilho e percebeu — *Merda, a trava de segurança!*

Após um rápido clique, apontou a arma em direção ao arco do voo da ave e... *bum*! O faisão fez uma curva em pleno ar e desceu girando até mergulhar de bico na grama seca. *Consegui*! Lá vem o cozido de faisão. Com os ouvidos zumbindo e o fedor de ovo da pólvora velha preenchendo as narinas, Mike atravessou com os olhos semicerrados a fumaça expelida pelo tiro e viu uma pessoa pequena parada bem à sua frente.

— Jesus amado! — urrou, piscando muito.

Ali, diante de si, estava um menino coberto de sangue. A primeira coisa que pensou foi *atirei em uma criança*, mas aquilo não fazia sentido, fazia? Respirou fundo e viu que o sangue não estava fresco. Havia secado, formado uma crosta que cobria metade da cara do garoto e um de seus olhos, que se fechava sob uma casca endurecida.

O menino usava uma camiseta branca e simples, coberta até a metade com sangue velho e quase preto. Os lábios estavam tão rachados que pareciam cheios de sal. A pele era amarelada de icterícia.

— Oi — falou Mike, sem saber o que mais dizer.

— Oi — respondeu o menino com a voz rouca. Ele sorriu de leve, como se estivesse satisfeito consigo próprio por alguma razão.

— Você tá bem?

Uma pergunta idiota, ele sabia — era óbvio que o menino não estava bem, mas talvez fosse uma boa tirar algumas palavras dele, passar a sensação de que ele não estava tão ferrado assim. Sua filha era igualzinha — Missy era uma estabanada que uma vez abriu um talho na cabeça em uma mesinha de vidro. Foi tão feio que ela precisou de três pontos. O truque foi não deixar a menina perceber que o pai estava preocupado. Fingir que estava tudo bem para ela pensar que estava tudo bem. Ela nem chorou, pois os pais nunca transpareceram o horror de ver aquela máscara de sangue cobrindo seu rosto. O menino também estava com uma máscara de sangue. *Não assuste o garoto, talvez ele nem saiba.* Mike repetiu a pergunta:

— Tudo bem com você, garoto?

— Consegui sair.

Essas duas palavras deixaram o coração de Mike apertado, mas ele nem entendeu o porquê. E não teria a chance de descobrir.

— Sair de onde?

— Da mina.

Mike ficou perplexo. De repente, a ficha caiu. Ele *conhecia* esse menino. Ou pelo menos sabia quem era. Tinha esquecido o nome, mas ele morava ali perto. Tinha desaparecido havia o quê? Uns três, quatro meses? Não, fazia mais tempo. Antes das férias escolares. No comecinho de maio. Foi quando colocaram os cartazes, quando recebeu o alerta de criança desaparecida por telefone. Todo mundo comentou, mas crianças desapareciam o tempo inteiro, e andaram falando também que o menino tinha uma família de merda, então podia ser que só tivesse fugido...

Agora Mike tinha outra coisa em mente. Talvez ele tivesse fugido mesmo. Talvez tivesse se perdido por lá, na região da mina de carvão desativada. Mas como é que tinha sobrevivido por todo esse tempo? Não era possível. Mike baixou a espingarda, largando-a no chão, e ergueu as duas mãos.

— Meu nome é Mike. Você se lembra do seu nome?

— Talvez.

— Tá bem. — Mike deu um passo à frente. — Você sumiu por um tempinho, hein?

O único olho aberto do garoto se perdeu no horizonte. Ou até além do horizonte, como se estivesse encarando fixamente um ponto fora do tempo e do espaço.

— Vamos fazer o seguinte — prosseguiu Mike. — Vou até aí, tá bom? Vou te ajudar a sair desse lugar. Minha caminhonete está aqui pertinho, a uns 500 metros, dá para ir a pé bem rápido. Te levo no hospital.

O menino não respondeu. Parecia que nem tinha ouvido a pergunta. Assim, Mike continuou se aproximando, um passo por vez. Lá no fundo, pensava: *Merda, quem me dera poder pegar o faisão que acertei*. Cozido de faisão... E foi chegando cada vez mais perto. Ele se abaixou e estendeu a mão para o menino.

— Prontinho. Vem cá. Vamos te levar para um lugar seguro, filho, fique tranquilo.

A mão do garoto se contorceu. Ele segurava algo. Quando girou a mão e agitou o pulso, Mike pôde ver a picareta. Não estava lá antes. Não era possível. Será que o menino estava escondendo aquilo nas costas? Tinha tirado a picareta da mina? Parecia muito a picareta de um mineiro. Devia ser muito pesada pra um garotinho. Mas ele a agarrava com força extrema.

— O que você tem aí? — perguntou Mike.

O menino foi rápido. Mike sentiu uma pressão na têmpora. Tentou gritar, tentou recuar, mas não conseguiu nenhuma das duas coisas. Sentiu um fio de umidade descer pelo maxilar. Sua cabeça ficou pesada e tombou pra esquerda. *Meu Deus, que calor dos infernos aqui*, pensou, *que umidade do caramba pra outubro*. Então suas pernas amoleceram, e ele caiu sentado para trás. Os galhos partiram sob seu peso.

Quando Mike começou a sangrar, o garoto parou imóvel à sua frente, dominando a área como um reizinho. A picareta tinha sumido da sua mão. *Cozido de faisão*. Mike se lembrou de que precisava comprar uma garrafa de conhaque no caminho de casa. *Vai ficar uma delícia*, pensou, estalando os lábios enquanto sua boca enchia de sangue, o menino o olhava de cima e a escuridão da morte o tragava.

PARTE UM
UM ACORDO DE UM DÓLAR COM A MORTE

O desastre da Mina Darr em Van Meter, no distrito de Rostraver, condado de Westmoreland, Pensilvânia, perto da cidade de Smithton, matou 239 homens e meninos em 19 de dezembro de 1907. É considerado o pior desastre em uma mina de carvão na história da Pensilvânia.

Após o acidente, um inquérito determinou que a explosão foi ocasionada por lamparinas de chama aberta que os mineiros levaram a uma área isolada pelo supervisor de segurança no dia anterior. A empresa proprietária da mina, a Pittsburgh Coal Company, não foi responsabilizada.

—Wikipédia, desastre da Mina Darr

1
ZUMBIDO NO OUVIDO

Este era Oliver:

Um garoto de 15 anos, ajoelhado no chão, queixo afundado no peito, antebraços pressionando as orelhas, dedos agarrando com força um tufo do cabelo bagunçado na nuca. Seus ouvidos zumbiam com fúria — não como as badaladas de um sino, mas como um ruído estridente, como a broca de um dentista. Ao lado dele: armários amarelos. Do outro lado: um bebedouro. Acima: uma cascata luminosa e fluorescente. Em algum lugar à frente, ouviu-se dois disparos, *bang, bang.* Cada tiro fazia seu coração acelerar. Em algum lugar atrás dele, havia o burburinho e o murmúrio dos alunos passando de sala em sala em busca de abrigo. Na cabeça de Oliver, todos estavam mortos. Imaginou os professores mortos, o piso tingido de sangue, miolos na lousa. Imaginou os pais aos prantos no noticiário, o suicídio dos sobreviventes e os lamentos e orações dos políticos indiferentes — via a dor como uma marola que ia se transformando em onda, que se juntava a outras ondas e viravam tsunamis, agitando-se num vaivém sobre as pessoas até que todas se afogassem.

Uma mão o agarrou pelo ombro e o sacudiu. Ouviu uma palavra como se estivesse dentro de um aquário — o seu nome. Alguém estava chamando.

— Olly. Oliver. Olly!

Ele se balançou sobre os calcanhares para se aprumar, sentando-se quase ereto. Era o Sr. Partlow, o professor de biologia.

— Ei, a simulação está quase acabando, Oliver. Você está bem? Venha, vamos para...

Mas então o professor o soltou e deu meio passo para trás. O Sr. Partlow olhou para o chão — não, não para o chão. Para Oliver. Oliver deu uma espiada também. Sua roupa estava molhada entre as pernas. Trilhas de líquido escorriam pela calça. À frente, viu alguns alunos se reunirem e o encararem. Landon Gray, que se sentava atrás dele na sala de aula, parecia triste. Amanda McInerney, que estava em todas as peças, no coral e no grêmio estudantil, fez uma careta e soltou uma risadinha.

O Sr. Partlow o ajudou a se levantar e o tirou dali. Oliver enxugou as lágrimas do rosto, lágrimas que ele nem sabia que tinha derramado.

2

O ADVOGADO

Este era Nate:

Naquele mesmo dia, Nate estava no escritório de um advogado, em Langhorne. O advogado era rechonchudo e pálido como uma larva de besouro. Na janela do escritório, um ar-condicionado resmungava e rosnava, de modo que o homem precisava levantar a voz para ser ouvido.

— Obrigado por ter vindo — agradeceu o advogado, Sr. Rickert.

— Uhum. — Nate tentava não fechar com força as mãos tensas. Tentava, mas não conseguia.

— Seu pai está doente — falou o advogado.

— Que bom — respondeu Nate sem titubear.

Rickert se inclinou para a frente.

— É câncer. Câncer colorretal.

— Tá bom.

— Ele vai morrer logo. Muito em breve. Está sob os cuidados paliativos de um asilo.

Nate encolheu os ombros.

— Tá bom.

— Tá bom... — repetiu o advogado, e Nate não entendeu se o homem estava surpreso com a reação ou se já estava preparado. — Sr. Graves...

— Sei que você espera que eu esteja abalado com a notícia, mas não estou. Nem um pouquinho. Meu pai era, ou é, penso eu, uma pessoa desprezível. Não sinto um pingo de amor por ele. Só tenho ódio e repulsa por aquele monstro em forma de homem e, verdade seja dita, sonho com este dia há quase vinte anos, talvez mais. Já imaginei como seria. Pedi a qualquer deus que quisesse me ouvir para que meu pai, esse ser humano asqueroso, tivesse uma morte lenta e dolorosa, que não fosse súbita, que ele não partisse do mundo em um passo. Não, ao contrário: que fosse uma maratona lenta e trôpega... uma corrida descoordenada, ele manchando a pista com sangue dos pulmões, se afogando nos próprios fluidos, com algum tipo de *bolsa* grudada nele para guardar sua própria mer... sua própria porcaria. Que a bolsa se rompesse ou saísse do lugar sempre que ele se mexesse para ajeitar o corpo moribundo e cadavérico. Sabe de uma coisa? *Torci* pra ser câncer. Daqueles persistentes que se alastram pelo corpo, não um rápido como o de pâncreas. Um câncer que o devorasse e arruinasse por dentro, assim como ele fez com a nossa família. Câncer por câncer, olho por olho, dente por dente. Achei que seria câncer de pulmão, pois ele fumava que nem uma chaminé. Ou de fígado, pelo tanto que bebia. Mas câncer colorretal? Posso aceitar. Ele era, de fato, uma bosta humana. Então é isso, é um fim adequado para aquele saco de excremento subumano e tóxico.

O advogado piscou os olhos. Reinava um silêncio retumbante entre eles. Rickert contraiu os lábios.

— Já terminou o monólogo?

— Vai pro inferno. — Nate fez uma pausa, arrependido por descontar a raiva naquele homem, que provavelmente nem merecia isso. — Sim, já terminei.

— Esse discurso não me espanta. Seu pai me alertou que você diria essas coisas. — Ele deu uma risadinha estridente e gesticulou com as mãos. Seus dedos pareciam mariposas voando. — Não exatamente *essas* coisas. Mas a essência era essa.

— Vamos direto ao ponto. Por que estou aqui?

— Seu pai, antes de morrer, quer propor-lhe um acordo.

— Nada de acordos, não importa o que seja.

— É um acordo vantajoso para você. Não quer ouvir?

— Não. — Nate se levantou, chutando a cadeira atrás dele, que estremeceu de modo mais ruidoso e agressivo do que pretendia, mas já estava feito, e ele não pediria desculpa.

Nate deu as costas para ir embora.

— É a casa — disse o advogado.

A mão de Nate parou na maçaneta.

— A casa?

— Isso mesmo. A casa da sua infância.

— Ótimo. Ele pode deixá-la para mim no testamento.

— Não está no testamento. Ele quer vender a casa para você. A casa e os treze acres de terra em volta dela.

Nate deu de ombros.

— Desculpe, não tenho dinheiro para isso.

A casa, como o advogado mencionou, onde Nate passou a infância, ficava em uma área que, ao longo dos anos, havia valorizado muito, o condado de Upper Bucks. Antes era tudo pasto e pântano, mas hoje em dia os preços estavam nas alturas, os impostos subiam e os ricos vinham da Filadélfia ou de Nova York. A gentrificação não acontecia só nos bairros decadentes do centro.

— Diga a ele que venda, então. E pode usar o dinheiro para comprar um belo de um caixão.

— Com certeza cabe no seu bolso: custa um dólar.

Nate espremeu os olhos em direção a Rickert. Ele passou a mão pela barba e se contraiu.

— Um dólar?

— Isso mesmo, um dólar.

— Se eu entendi direito, a ideia é que eu evite alguma coisa... tipo, evasão fiscal? Pago um dólar e me livro. Uma transação sem encargos.

— A ideia é essa.

Nate assentiu com a cabeça.

— A ideia é essa... sei. Sou policial. Não estou tão por dentro de crimes de colarinho branco, costumo lidar mais com roubos e furtos, mas sinto o cheiro de falcatrua de longe. O velho simplesmente poderia me dar a casa e já estaria de bom tamanho. Ou ele a deixaria como herança, como acontece na maioria dos casos. Eu só ficaria devendo imposto se a vendesse e ganhasse mais dinheiro do que o valor justo de mercado. Mas, me corrija se eu estiver errado, significa que, se eu comprar a casa por um dólar e vendê-la por qualquer valor acima disso, terei que pagar imposto de renda sobre ganho de capital. Correto?

Um sorriso descontente despontou por entre as bochechas rechonchudas do advogado.

— Provavelmente sim. A receita federal sempre quer abocanhar a sua parte.

— Não vou comprar a casa. Não vou comprar nada que o velho esteja vendendo. Não compraria um copo d'água dele nem se eu estivesse morrendo de sede. Não sei qual é a jogada dele, só sei que deseja me empurrar goela abaixo uma casa que não quero. Por favor, diga a ele para pegar esse acordo e enfiar no rabo fétido e canceroso dele.

— Posso transmitir o recado. — O advogado se levantou e ofereceu a mão em cumprimento. Nate olhou para ela como se o homem tivesse acabado de assoar o nariz sem um lenço.

— O acordo fica de pé até que Carl venha a falecer.

Nate saiu pela porta sem dizer mais nada.

3
A CAIXA TEM OLHOS

Esta era Maddie Graves:

Tinha cabelos curtinhos, prateados como a névoa — tingidos assim, pois achava que ficava legal (e tinha razão). Ela era alta e esguia, com braços e pernas esbeltos, como cabos de uma ponte estaiada. Sobre seu trabalho: Maddie, ou Mads, era escultora. Trabalhava principalmente com materiais encontrados por aí. E era exatamente o que estava diante dela agora: uma caixa de papelão, essas da Amazon, cortada com um estilete de precisão e reconstituída na forma de um homem pequeno com cara de caixa e corpo de caixa. Fixou os membros de papelão do Homem-Caixa ao corpo com o fio roubado de uma velha cerca de arame, trançado com um alicate de ponta fina.

Em uma das mãos do Homem-Caixa, Maddie colocou o estilete. Como se ele fosse um monstrinho, um boneco Chucky ameaçador, pronto para apunhalar e esfaquear qualquer um. Ela o *encarou*. E olhou mais um pouquinho. E depois mais um tanto.

— Que porra!

Atrás de Maddie, outros artistas trabalhavam diligentemente em projetos — mesas, cavaletes, notebooks — na colmeia movimentada que era a cooperativa de criação artística. Entre eles, uma amiga sua chamada Dafne (uma vovó punk, toda caminhoneira, 55 anos, com alargadores de acrílico de 25 mm nas cores do arco-íris, um piercing no septo com formato de osso de cachorro, uma camiseta desfiada em franjas com estampa de podcast nerd e botas militares manchadas com jorros de tinta de todas as cores) parou emproada atrás de Maddie, com as mãos nos quadris.

— Qual é?

— Eu, ahhh... — Maddie começou a falar, mas parou.

— Vejo que é um pouco clichê, se essa é sua preocupação. Tipo, enquanto crítica ao capetalismo, é um pouco simplista. Tipo, tá bom, a Amazon é uma grande varejista online que está destruindo o mundo, mas é um alvo meio batido. Além do mais, é, acho que você consegue fazer melhor do que botar uma faquinha na mão dele, não é mesmo? — Dafne abaixou a voz e sussurrou. — Quer dizer, *eu* ainda compro na Amazon às vezes, sei lá.

— Não. Não! — disse Maddie, franzindo a testa. — O problema não é esse. É que... são muitas coisas. Tem algo errado. Tem alguma coisa estranha com esse boneco.

— Não tem nada de errado com a estranheza.

— Tipo... — Ela engoliu em seco. — Ele não é só estranho. É muito louco.

— Loucura é minha especialidade. Eu tomo lítio. Qual é o lance?

Maddie soltou um risinho.

— Tudo bem. Tá vendo esses olhos?

Ela apontou com o alicate para os olhos do Homem-Caixa, que eram de arame, como o resto, enrolados como centopeias de metal e delicadamente parafusados na caixa.

— Tô sim.

— Não fui eu que fiz.

— Não fez o quê?

— Os olhos.

— Como assim você não fez os olhos?

— É isso que tô tentando te falar, cacete! Não coloquei olhos na caixa. Pelo menos, não me lembro de ter colocado. Não é estranho?

Dafne encolheu os ombros e resmungou, brincalhona.

— Meu bem, se não me lembro do que comi no café da manhã, você acha que vou me lembrar do que estou pintando? Eu entro no estado dissociativo de Bob Ross. É como ASMR ou alguma merda alucinógena hipnótica. Meu cérebro apaga, meu braço começa a dançar com o pincel e pronto.

Maddie mordeu os lábios com uma força de quase arrancar sangue.

— Mas *eu* não sou assim — esclareceu. — Sabe, gosto de estar no controle. Eu sei disso. Cada movimento, cada peça, tem um significado. Juro que não coloquei esses olhos aí.

E juro por Deus que eles estão olhando diretamente para mim. Não era só isso. Havia outras coisas incomodando Maddie. A maneira como os olhos pareciam *encará-la*. E ela também tinha certeza de que o que deveria estar na mão do Homem-Caixa não era uma lâmina, e sim uma tesoura. Alguma coisa nele parecia familiar, mas de um jeito sinistro. Como se ela já tivesse visto aquilo antes. Como se já tivesse *feito o Homem-Caixa* antes. Ela balançou a cabeça. Aquilo era loucura. Estava mexendo com caixas e agora estava totalmente fora da caixinha, tresloucada, maluca.

— Tá, concordo com seu ponto de vista sobre o capitalismo.

— Capetalismo.

— Tá bom, *capeta*lismo.

O celular dela vibrou com uma chamada, interrompendo-a.

— Aff, quem é que faz ligações hoje em dia? — perguntou Dafne, olhando com desdém para o dispositivo na mão de Maddie.

Na tela do celular: ESCOLA RUSTIN.

— É da escola do Olly — disse Maddie, apreensiva.

Ela atendeu, sabendo na hora, com aquele sexto sentido de mãe, que tinha acontecido alguma coisa.

4
A CONVERSA

Oliver ouvia seus pais conversando atrás das paredes do apartamento em que moravam na cidade. Era meia-noite, e eles deviam achar que o filho já estava dormindo. Afinal, ele estava exausto. Mas não conseguia parar de pensar. E seu coração também estava acelerado.

Pai: *Não sei não, Mads. Ele é... eu não sei.*

Mãe: *A Dra. Nahid disse que ele é empático.*

Pai: *Não gosto dessa palavra. Me parece patético, e ele não é patético.*

Mãe: *Ninguém disse que ele é patético, Nate. É só uma palavra. Fique com* empatia, *se preferir. Ele sente, tipo, uma compaixão muito intensa, entendeu? O sofrimento de outras pessoas acende uma lâmpada no seu cérebro.*

Oliver se perguntava: ele era patético? Pois, sem dúvidas, se sentia assim. Estava naquela metade do caminho entre uma coisa e outra, aquela fase mal-acabada da adolescência — os membros um pouco desengonçados, um nariz que detestava por ser muito longo e pontudo, um queixo que odiava por ser muito liso. Enquanto a mãe exibia fios platinadíssimos e o pai tinha cachos desgrenhados cor de areia, seu cabelo era escuro como a asa de um corvo. Ele não tinha namorada. Gostava de meninas — e de meninos também, embora nunca tivesse contado a ninguém. Nunca tinha transado com ninguém. E não sabia se um dia transaria: a ideia parecia mais assustadora do que empolgante.

Oliver tinha uma quedinha por Lara Sharp, porque ela era nerd e bastante extrovertida — ele adorava ver que ela não levava desaforo para casa. Lara lembrava sua mãe. Ele se deu conta do quanto isso era repulsivo, o fato de querer ficar com alguém que lembrava sua mãe, mas as coisas não eram bem assim — ele gostava de seus pais. Muito. Eles eram bons pais, e Olly gostava de pensar que ele era bom *para* eles. Tanto faz. Seja como for, não importava. Impossível Lara Sharp querer ficar com ele. Ainda mais depois do que tinha acontecido hoje.

Não sei, Mads. Coitado, ele... ele se mijou inteiro...

Nate, aquela simulação de segurança é assustadora pra cacete. Eles atiram com armas de verdade e...

Mas são balas de festim.

E daí que são balas de festim? Você está acostumado a ouvir disparos, você é policial. Mas as crianças não. É um trauma. É um trauma horrível, não é de se admirar que ele não tenha dado conta. Eu provavelmente mijaria nas calças também.

Não ouço tantos disparos assim, Mads. Sei que você acha que ser policial é perigoso, mas, na maioria das vezes, não é bem assim. Mas não é só isso. Olly quer saber o que acontece com cada morador de rua que encontra, o nome deles, como foram parar nas ruas, quer dar dinheiro pra eles.

Isso é uma coisa bem legal da parte dele, Nate.

Eu sei. É sim. E fico contente que ele se importe. Mas ele passa do ponto. Engole muito sapo. Já é bem difícil se sentir sozinho no mundo, que dirá sem nenhum escudo. Ele sente na pele o sofrimento das pessoas...

Nessa altura, as vozes ficaram abafadas por um momento. Os pais falavam baixinho ou conversavam enquanto andavam. Ele ouviu a mãe dizer que *falou com a Dra. Nahid...*

Nahid. Sua terapeuta. Já se consultava com ela havia seis meses. Oliver gostava dela. Ela tinha uma fisionomia austera — um rosto anguloso como se alguém abrisse uma gaveta cheia de facas e jogasse tudo no chão —, mas era tão branda com ele, sempre o tratando com gentileza e em pé de igualdade. Oliver nunca sentiu condescendência ou algo assim da parte dela, muito menos julgamento. Porém, papai estava certo. Oliver não tinha defesa, escudo, armadura. Ele sentia a dor das pessoas — literalmente conseguia enxergar a dor, *senti-la* como uma estrela negra pulsando. Algumas vezes, era uma dor leve e aguda, outras, era como um gêiser de moléstia jorrando de dentro de uma pessoa. Sentia o medo, o trauma e as preocupações dos outros. Tudo era compartilhado com ele. E ele não conseguia se desvincular.

A mãe continuou: *Então, sei que hoje é o pior dia do universo pra tocar nesse assunto, mas como o seu pai está morrendo e tem a proposta da casa...*

Espera um pouco, o avô de Oliver estava morto? Não tinha contato com o avô. Nem sequer o conhecia. Oliver desconfiava que a mãe também nunca o conhecera, e era muito raro o pai falar sobre o avô — será que ele tinha morrido?

Mads, é sério isso?

Certo. Eu sei, é loucura. Mas acompanhe o meu raciocínio...

Não quero nem pensar nisso. Muito menos falar sobre esse assunto. Não. Não!

É o condado de Bucks. Tem uma rede incrível de escolas. Bons empregos, ar puro, além da antiga casa de seus pais em um terreno enorme, doze acres.

Treze acres. Treze não dá sorte.

Seria ótimo pro meu trabalho também, Nate. Eu poderia montar uma oficina, ter todo o espaço de que preciso. Além do mais, você sempre falou que conhece gente do Departamento de Proteção à Fauna. Seria um trabalho melhor do que ficar perambulando nas ruas desta cidade de merda. Você vive dizendo que os policiais mudaram, que ficaram mais cruéis, ou até coisa pior. E Nahid também disse que a natureza pode ser uma boa pra ele, e sair da cidade...

Meu Deus, Mads. Que saco isso, isso é loucura.

Querido, meu amor. Nate. Sei que é difícil. Seu pai era...

Era não, é. Ele ainda está vivo e é pior do que você pensa, Maddie. Um narcisista, um sociopata, um desgraçado abusivo...

Sim, claro, mas...

E você nunca o conheceu. Você não sabe, não mesmo.

Mas ele vai morrer. Você não entende? Já, já ele vai estar a sete palmos abaixo da terra, e aquela casa pode ser nossa. Você pode arrancar alguma coisa boa dele: sair desta cidade, aliviar um pouco do peso das costas do nosso filho, arranjar um novo lugar pra eu trabalhar, eu, sua querida esposa. Por que não aceita? Talvez, quem sabe até essa seja a forma que o seu pai...

Nem pense em dizer isso. Sei que você adora ver o lado bom das coisas e das pessoas, mas não. Aquele homem não tem nenhum lado bom. Só tem trevas dentro dele.

Você poderia falar sobre isso algum dia.

E reviver tudo? Ou te obrigar a suportar aquela merda? Não, obrigado. Acredite em mim quando digo, não tem nenhum lado bom em nada. É como a fábula do escorpião e do sapo: o escorpião sempre dá a sua ferroada.

Certo. Tá bom. Mas as coisas não precisam ser assim.

Por Deus, Mads! É o que o sapo da fábula diz todas as vezes!

Ele vai morrer. Que mal ele pode nos fazer?

Não sei, Mads. Olly não vai querer se mudar. Ele gosta da escola...

Era verdade. Oliver gostava da escola. A Rustin era uma escola particular quaker na cidade, e era pequena, mas, depois de hoje, ele conseguiria ficar lá? Oliver não queria voltar. Não queria nem dar as caras por lá. Então, jogou as cobertas para o lado, abriu a porta e caminhou descalço até a cozinha. Encontrou os pais, cada um encostado em uma bancada oposta, olhando-se com reserva. Antes mesmo que percebessem, disse:

— Ouvi toda a conversa. Vocês se esquecem de que este apartamento é pequeno e tem paredes finas.

Os pais lhe lançaram um olhar de *pânico* e se entreolharam. Sentiu que o sofrimento tomava conta do pai e emanava de seu âmago, ganhando contornos cada vez maiores. Pulsava e pulsava sem ceder. O pai costumava represar aquilo atrás de um muro invisível, mas, esta noite, parecia que as barreiras haviam se rompido, liberando uma besta-fera mortífera que escapava da sua jaula. Sentia também a dor da mãe, mas esta parecia controlada. Ou, pelo menos, *contida.*

Na experiência de Oliver, o sofrimento era diferente para cada pessoa; para algumas, era uma bola compactada, para outras, um incêndio caótico. Em certos casos, o sofrimento podia ser como um maremoto, em outros, como veneno correndo nas veias ou um hematoma que se irradia pelo corpo, uma sombra na água. Ele *não compreendia o significado daquilo ou por que fora amaldiçoado com tal capacidade*, mas conseguia ver o sofrimento alheio desde que se entendia por gente. E como detestava isso! No entanto, às vezes também era útil.

— Ei, amigo. — Mamãe começou a falar, mas Oliver a interrompeu.

— Quero mudar. Ouvi tudo o que vocês conversaram e quero ir.

— Tem certeza? — perguntou o pai.

Olly fez que sim.

— Tenho. A cidade é... difícil. — Era mesmo. O barulho, aquelas luzes, o zumbido ininterrupto. Mas o pior de tudo eram as pessoas. As pessoas eram boas, mas e a dor que ele enxergava? Estava em *toda parte*. Era tanta dor que Oliver se sentia asfixiado, como tinha acontecido durante a simulação mais cedo. O sofrimento o envolvia como uma onda, todos os dias, e estava ficando cada vez pior. Ele só queria dar uma *amenizada* naquilo. Talvez a mudança trouxesse um alívio. Quem sabe.

Nate forçou um sorriso e disse:

— Tudo bem, filho. Tá bom.

Estava decidido. A família Graves se mudaria.

5

A ÚNICA CONDIÇÃO

Esta era a casa:

Era uma casa de fazenda em estilo colonial construída em pedra, cuja antiga estrutura datava do final dos anos 1700. Era alta, mas estreita, e projetava uma sombra profunda quando o Sol nascia atrás dela. A porta era vermelha, o telhado de duas águas que a encimava era turquesa. No entanto, a pintura estava desbotada havia muito tempo, descascando em pedaços leprosos. A passarela de pedra estava toda rachada e despedaçada, com ervas daninhas crescendo entre os vãos. Das janelas pendiam teias de aranhas, algumas velhas, outras novas. O telhado de ardósia estava em condições bastante precárias; muitas das telhas estavam quebradas e estilhaçadas. Os cabos de alta tensão estavam tomados por glicínias, e plantas trepadeiras, heras venenosas, esgueiravam-se pelo chão, como dedos tentando agarrar e derrubar a casa. A natureza queria aquela casa de volta.

As árvores pairavam ameaçadoras sobre a casa, e a casa pairava ameaçadora sobre Nate. Ele sentiu uma vertigem momentânea ao ver a porta vermelha diante de si, teve a sensação de que a porta estava se escancarando, a casa se inclinando em sua direção e a entrada se transformando em uma boca prestes a engoli-lo. Prestes a devorá-lo. Era uma casa com mau hálito e pesadelos.

Enquanto Nate contemplava a casa da sua infância, na qual não botava os olhos havia décadas, ouviu um barulho de motor e o estalo de pedrinhas sob pneus. O advogado, Rickert, subia pela longa estrada de asfalto rachado em uma BMW velha — uma interrupção bem-vinda. Ele estacionou a BMW ao lado do pequeno Honda que Nate suspeitava ser da enfermeira que cuidava de seu pai.

Rickert saltou do carro e caminhou tranquilamente até ele, segurando um envelope de papel pardo fechado com um cordão.

— Sr. Graves — disse.

— Rickert — respondeu Nate.

— Sua única condição foi atendida.

— Ele está aqui?

Rickert fez que sim, sem se abalar. *Ele também não gosta de papai*, percebeu Nate. O que fazia todo sentido; papai odiava advogados como odiava todas as outras coisas.

Nate enfiou a mão no bolso, tirando uma nota de um dólar amassada e quase desfeita. O tipo de nota que seria cuspida daquelas máquinas que vendem salgadinhos. O advogado pegou o dinheiro e entregou-lhe o envelope. Nate deu uma espiada e viu um maço de papéis, os que ele já havia assinado alguns dias antes, um dia depois de Oliver dizer que queria se mudar, mais a escritura e um molho de chaves.

A porta da casa se abriu e, neste momento, a enfermeira do asilo — uma mulher de ombros largos e olhos bondosos, cabelos castanhos volumosos e uma expressão triste no rosto — apareceu.

— Nathan Graves? — perguntou.

Nate acenou com a cabeça, mas a corrigiu bruscamente:

— Nate. Nunca Nathan.

— Oi, Nate, sou Mary Bassett — disse, segurando a mão dele. — Sou a enfermeira do asilo. Sinto muito pela sua perda.

— Não sinta. Estou aqui para tripudiar, não para lamentar.

Um lampejo nos olhos da enfermeira o indicou que ela compreendia Nate. Ele imaginou que tipo de provação o velho a fizera passar na última semana de sua vida.

O estrago que aquele velho desgraçado causava a cada passo de seu caminho...

— Ele está lá dentro? — perguntou Nate.

— Está. Na suíte master, no segundo andar.

— Então gostaria de vê-lo.

Esta foi a única condição de Nate: dissera a Rickert por telefone, três dias antes, que aceitaria a oferta de um dólar se tivesse permissão para fazer uma pequena "inspeção" na casa, sozinho, depois que o pai tivesse falecido, mas antes de levarem o corpo embora. Seu pai, por meio de Rickert, concordou com a condição. E lá estava ele agora. Encarando o cadáver.

Nate já tinha visto um punhado de corpos quando era policial na Filadélfia — em certa ocasião, uma onda de calor havia matado uma idosa, transformando-a em uma coisa disforme, gordurosa e inchada, cheia de bolhas e secreções. Em outro momento, um inverno rigoroso ceifou a vida de um sem-teto, congelando-o em uma caçamba de lixo. Todas as mortes que tinha visto foram involuntárias — overdoses, acidentes de carro e, a pior das piores, três corpos carbonizados em um incêndio numa boate. A verdade sobre essas mortes também se manifestava ali: um corpo morto não tinha alma. Algo decisivo havia acontecido. Uma pecinha em falta transformava algo vivo em um boneco de cera.

A pele do velho estava solta por cima do esqueleto curvado, enrugada e amarelada, parecendo páginas molhadas de uma Bíblia. Os olhos estavam vidrados e a boca se estreitava, como se cada lábio fosse uma minhoca doentia tentando se agarrar à outra. Aquilo não era seu pai. Não mais. Era apenas um manequim.

Nate *esperava*, voltando a ver o pai, sentir uma indignação que daria lugar à fúria, uma explosão vulcânica que emergiria das profundezas do seu ser, uma onda de lava na garganta, um rugido incandescente de magma que não seria, que não poderia ser, contido.

Achou que ficaria exultante, como um garotinho quando os pais dizem que o monstro debaixo da cama foi embora, que na verdade todos os monstros foram degolados, que, de agora em diante, a vida seria só festa e passeios de carrossel.

Receava sentir tristeza — ver o pai pela última vez poderia abrir as comportas de algo escondido dentro dele, um reservatório de tristeza por testemunhar o velho naquele estado. Tristeza por nunca ter tido a infância que pensava que teria. Tristeza por se questionar como o pai havia se tornado aquele homem.

Todavia, só sentiu um vazio. Um quadro-negro após uma limpeza, sem marcas de giz, reluzente e úmido. A *única* sensação que teve foi a de ser um intruso naquele quarto. O pai nunca permitiu que entrasse ali. Era proibido. Uma vez, Nate se esgueirou sorrateiramente e deu uma espiada, pensando que não seria pego, mas de alguma forma seu pai descobriu. Ele sempre sabia tudo. Captou a perturbação nas *moléculas do quarto* (as coisas não terminaram nada bem para Nate naquele dia. Ficou com hematomas por semanas a fio). Sentiu o estômago embrulhar por estar ali. Como se ele fosse ser pego de novo. Contudo, não cedeu ao sentimento. Não saiu correndo, embora quisesse.

O quarto estava diferente. Estava uma bagunça, um paraíso para acumuladores: um amontoado de revistas de armas na cômoda, montanhas de roupas sujas, algumas ratoeiras que nem funcionavam no canto (sem ratos), uma pilha de pratos imundos em uma mesa de cabeceira ao lado de um relógio Rolex falso e um despertador antigo, daqueles com duas campainhas de metal em cima. Não era daquele jeito quando Nate morava ali — mamãe mantinha o lugar impecável. Era função dela arrumar, e manter arrumadas, as moléculas do quarto, tudo pela satisfação do velho desgraçado.

Nate também já esperava que as armas do pai ainda estivessem ali: a .45 ACP na gaveta de meias, uma espingarda pump-action sob a cama, uma pistola derringer de dois tiros em uma caixa de sapatos no armário. E, se estavam ali, estavam carregadas. O pai era paranoico. Vivia dizendo que um dia alguém entraria na casa para roubar suas tralhas — aquele conjunto imaginário de medos e crenças típicos de racistas, como se um monte de homens negros ou mexicanos fizessem fila lá fora, na floresta escura, só para furtar os relógios falsos. *Um rei tem que defender o seu castelo*, o pai sempre dizia. Mas ele não era rei, e a casa estava longe de ser um castelo.

Mas uma coisa realmente surpreendeu Nate: o pai não havia se suicidado. Essa sempre foi a grande ideia. *Se um dia eu ficar doente, bem doente, boto uma arma embaixo do queixo e decido minha própria morte.* Foi algo que disse ao filho quando Nate tinha o quê? Doze anos de idade? Quem fala esse tipo de coisa a uma criança de 12 anos?

— Covarde — exclamou Nate, sem esperar nenhuma resposta.

Mas o pai deu um jeito de responder. Na cama, seu corpo enrijeceu, como se, de repente, a vida fizesse seus ossos estremecer. As costas do cadáver arquearam, os olhos se abriram do nada e o queixo se escancarou com um estalo, como sempre fazia. O rosto logo se contorceu em um ricto de puro tormento. O pai arquejou como o vento assobiando por uma janela quebrada, e surgiu um clarão absurdo de luz...

— Meu Deus! — gritou Nate, se afastando da cama.

E então ele viu o pai, *outra versão dele*, parado no canto do quarto. Impossível, mas ali estava: um pai deitado na cama, outro de sentinela no canto do quarto. O que estava no canto usava jeans sujos de lama, uma camiseta branca imunda e segurava uma pistola militar na mão esquerda, na mão errada. Ele estava encarando Nate — olhando para ele ou *através* dele, Nate não sabia ao certo, enquanto na cama jazia o cadáver que se esticava e enrijecia cada vez mais, a inspiração estridente mais alta e mais longa do que parecia possível.

— Nathan? — perguntou a versão de seu pai no canto, com a voz tão rouca que zumbia, como um exame escondido de vespas.

A porta do quarto se abriu de repente, e a enfermeira do asilo entrou apressada. Na cama, o corpo ficou fraco e mergulhou no colchão. Nate piscou, e a presença no canto, o segundo Carl Graves, havia sumido.

— O que houve? — perguntou a enfermeira.

— Eu... — Nate não conseguia responder. Ele passou por ela, desceu a escada estreita que atravessava a casa decadente e saiu pela porta da frente.

Nate vomitou no canteiro sufocado por ervas daninhas enquanto Rickert o observava.

— Isso se chama respiração agônica — disse Mary Bassett. Nate se sentou no para-choque de seu velho Jeep Cherokee. O gosto de vômito azedo deixava a língua escorregadia; seu coração ainda esmurrava no peito como um tambor.

A enfermeira estava de pé, com as mãos entrelaçadas.

— Às vezes, após o fim da vida, o corpo tem mioclonia, que são contrações ou espasmos involuntários, e, quem sabe, até mesmo um engasgo. É... um som horrível. Eu ouvi pela primeira vez na Universidade da Pensilvânia quando tentei reanimar um paciente. Nunca consegui esquecer.

Rickert estava ali perto, observando a conversa com uma curiosidade distante. Nate fungou.

— Papai está morto há o quê? Quanto tempo?

— Uma hora.

— Essa respiração acontece logo depois... — Ele escolheu o eufemismo. — "Do fim da vida"?

Ela deu de ombros.

— Não na minha experiência, mas a biologia é uma coisa esquisita.

— Tinha mais uma coisa — disse Nate. — Vi o meu pai, ele mesmo, parado no canto. Era ele, mas não era. Tipo um fantasma.

Mary fez uma cara triste e compassiva.

— É comum ver coisas. É um momento de muito estresse. Se te conforta pensar que viu o espírito dele, tudo bem. Se preferir imaginar que foi uma alucinação, tudo bem também. — Ela esboçou um sorriso. — Não existe resposta certa ou errada.

— Tá bom. — Nate assentiu. *Apenas uma alucinação*, pensou. — Obrigado.

A enfermeira se voltou para o advogado.

— Descartei todos os medicamentos e preparei o atestado de óbito. Posso ligar pra funerária agora, se preferir.

— Por favor — consentiu Rickert.

Ela pediu desculpas e se despediu de Nate mais uma vez. Em seguida, Mary Bassett se retirou.

— Você vai ao enterro? — perguntou Rickert.

— Ele já estava enterrado pra mim.

— Tudo bem. Vou cuidar de qualquer processo judicial de testamento. A herança não tem mais nenhum testamenteiro, caso queira saber.

— Eu não quero.

Rickert ficou lá, silencioso como as árvores naquele dia quente e sem vento de agosto. Por fim, disse:

— O que você vai fazer com a casa? Vender e dar o golpe dos ganhos de capital? Ainda dá pra conseguir uma grana.

— Uma empresa de leilões deve vir em alguns dias. O pessoal vai limpar tudo, vender o que der. Após uma semana... — Nate mal conseguia acreditar no que estava dizendo. — Vou me mudar com a minha família pra cá.

— Agora fiquei surpreso.

— Não tão surpreso quanto eu, Sr. Rickert. Não mesmo.

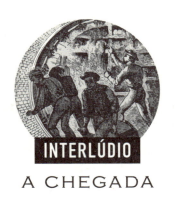

INTERLÚDIO

A CHEGADA

Os animais não gostavam de entrar no túnel.

Eles não alertavam uns aos outros, não era bem assim. Não tinham uma linguagem em comum entre as espécies, mas é claro que conseguiam se comunicar com seus iguais — em gorjeios, chiados e chilros, balidos e grunhidos. Porém, em nenhum momento uma criatura precisou dizer: *não entre aí*. Eles sabiam. O instinto corria por entre seus pelos e penas. O aviso estava na sua canção, estava no seu sangue.

Os animais sabiam que o túnel não era somente um túnel. Era um lugar que emanava medo — um buraco escuro, um portal para outro mundo, uma membrana por meio da qual a escuridão, a completa escuridão, podia atravessar, e eles conseguiam sentir sua presença, seu cheiro. Também sabiam que não era só coisa do túnel, mas de todo o terreno em volta — ele, no entanto, era o centro. Assim, embora não pudessem evitar toda a área, sabiamente contornavam o túnel.

Mas hoje, uma pessoa — um humano, um desses primatas desajeitados, elásticos e quase sem pelos — caminhava por ali. Corria. Um macho da espécie. Os humanos passavam com frequência pelo túnel. Os humanos, verificou-se, eram bastante burros. Eles corriam, apesar de não haver nada os perseguindo.

No entanto, a estupidez dos humanos às vezes era a boa sorte dos animais. O homem, dando passadas sob o profundo arco de pedra e atravessando a extensa escuridão, carregava algo, como os humanos costumam fazer: comida. Castanhas e nozes, sementes e frutos secos. Ele corria com moleza, mordiscando e mastigando. *Nhoc, nhoc. Crunch, croc.*

E então, como também é costume da espécie, ele deixou cair pedaços do que comia. Os humanos eram criaturas perdulárias, profundamente indiferentes ao mundo que os cercava; descartavam as coisas com um descaso natural. Comida, lixo e dinheiro, na mesma proporção.

O esquilo sabia que não devia entrar no túnel. Era um fato. Mas também era um fato que o outono estava chegando e, junto com ele, o frio. E, depois que ficasse mais frio, seria inverno — o mundo se tornaria uma terra desolada cheia de neve, gelo e vento. Os esquilos sobreviviam ao inverno graças àquele impulso peculiar de arranjar e esconder comida que os dominava. Se vissem comida, eram impelidos, fosse qual fosse a circunstância, a ir atrás dela e depois escondê-la em árvores, debaixo de pedras ou em buracos cavados na terra por suas patinhas furiosas.

Lá, *bem ali*, no túnel, havia comida. Comida oportuna e de boa qualidade. Assim, o esquilo fez o que os esquilos fazem, mesmo quando um carro está prestes a atropelá-lo — foi atrás da comida. Embrenhou-se no túnel e penetrou a escuridão. De início, se movia devagar, mas logo disparou. À sua frente, as sementes, as castanhas, as nozes e as frutas se espalhavam pelo chão. Tão perto, só três metros. Dois metros. Um metro. O esquilo já podia sentir o gostinho das iguarias.

No entanto, a escuridão do túnel parecia ficar mais sombria. Estava um breu. O esquilo se deteve. De repente, seus pelos se eriçaram em alerta. Um som estridente invadiu a orelhinha estreita do animal. As sombras vibraram e se avolumaram, como se um peso caísse sobre ele.

Mas estava perto, *tão perto* da comida. Apesar de tudo, seguiu em frente, ignorando o frio que sentia na barriga, esperando que fosse apenas fome. Estava mais perto agora. Cada vez mais. Até que conseguiu alcançar a primeira noz com a patinha e a levou em direção à boca, pronto para enfiá-la na bochecha.

Mas então o zumbido nos seus ouvidos ficou insuportável, como se uma agulha afiada perfurasse o cérebro. O esquilo se debatia de costas, agitando a cauda, arranhando o chão com as patas enquanto revirava sem parar. O animal soltou, do fundo da garganta, um grunhido desesperado que se transformou em um grito esganiçado.

Não demorou para que ele parasse de se debater. Só lhe restava pressionar a barriguinha e empurrar a cabeça contra o chão duro, na esperança de que aquele grito estridente no ouvido parasse. Sua cabeça tremeu e dois esguichos idênticos de sangue jorraram das narinas, enquanto uma espuma sangrenta encheu sua boca, lavando os dentes. Sua barriga inchou e se rasgou como um ovo quebrado, expelindo as entranhas com tanta força que o corpo do animal foi alçado sobre uma montanha pequenina feita de suas próprias vísceras.

Ele ficou vivo tempo suficiente para ver o ar se deformar à sua volta e as sombras se fecharem como um nó. Correntes elétricas dançavam pelas paredes do túnel, quando, de dentro da escuridão, surgiu um relâmpago sobrenatural.

Uma aparição lavrada a fogo surgiu, uma imagem indelével nas retinas, um humano. Também era um macho da espécie, embora distinto daquele que corria minutos antes, tão despreocupado. Este aqui tinha o rosto dilacerado por uma cicatriz antiga, como se tivesse se atracado com um monstro dantesco, com algum demônio. E aquele jovem humano, ele mesmo à semelhança de um demônio, tinha o único olho de cor estranha, aninhado naquele retalho, que refulgia e parecia mudar de cor, como a dispersão da luz em um prisma.

Ele passou por cima do esquilo, partindo. A escuridão e a morte chegaram para o animal. A criaturinha se foi em um jato de fluidos, perdendo bruscamente todos os pelos, expelindo um chiado de vapor quente. Ele morreu, mas não foi o seu fim. Não mesmo. Pois logo se encontrou deslizando entre as fendas, atravessando a escuridão e adentrando a névoa.

PARTE DOIS
A MUDANÇA

A verdade é simples, tão simples, que até uma criancinha entende. O meu pai era um homem frio, um matemático, que não me amava e não recebia em retribuição o meu amor, mas me falou uma coisa que fez todo sentido: ele disse que a linguagem mais verdadeira do universo não era feita com nossas palavras, com nossos gestos ou com qualquer outra coisa que viesse de nós. Ele explicou que, na realidade, a linguagem verdadeira eram os números e a matemática. Tudo fazia parte de uma equação, e quem entendesse tais equações, quem conhecesse os Números Verdadeiros, entenderia tudo. Com a combinação certa, nada ficaria bloqueado no seu caminho. Para cada coisa existia uma variável que completava a equação. E agora eu tenho o número. É o número do mundo, dos anjos, dos demônios. É a idade de Abraão quando Deus apareceu a ele, a idade de João de Patmos, é o número da Loja Maçônica 99ª, a gematria do Amém, o Século de Ouro, o Número do Descriador. Eu sonhei que a Besta do Túnel veio até mim e gravou este número na minha mão. E para lá eu fui, para a pedreira, para o Túnel, foi lá que recebi a minha missão. O meu pai tinha razão. Tudo se resume a números. Números Verdadeiros. Linguagem Verdadeira. Ele usava um paletó com oito botões quando o matei.

—do Diário 37 do serial killer Edmund Walker Reese

6
PORTA VERMELHA

Lá estavam os três, parados, encarando a porta vermelha.

— Temos certeza disso? — indagou Nate.

Maddie soltou uma risada, praticamente abafada pelo zumbido incessante das cigarras.

— Agora tá um pouquinho tarde pra isso. Já compramos a casa.

— É, por um dólar. E por dez mil em impostos anuais. E todos os custos que teremos em reparos e melhorias pelos próximos dois, cinco, dez anos... — Ele passou a mão pela barba e sentiu a aspereza de um escovão. Se ainda estivesse na cidade, teria feito a barba, mas aqui, de alguma forma, a ferocidade indomada de uma barba assim parecia bastante adequada.

Ela se aproximou, deitando a cabeça no seu ombro.

— Obrigada por tudo isso, Nate. Acho que será ótimo para nós.

— Também acho — respondeu, mentindo.

— Este lugar é bem maneiro — Oliver exclamou. Era bom ver um sorriso no seu rosto. Seu filho já parecia mais... *ele mesmo*. Bem, essa não era a melhor forma de expressar, mas foi como Nate avaliou. Oliver parecia mais livre e leve. O menino acrescentou: — Bem selvagem também. Todo coberto de mato. — Oliver deu um tapa no pescoço. — Ai!

— O mosquito te encontrou — disse Nate, fazendo uma imitação medonha do Drácula. — *Ele veio atrás do seu sangueeee.*

— Eca!

— Pelo menos não é um carrapato.

— Carrapato? — inquietou-se Maddie. — Como assim carrapato?

— Agora a gente está numa área infestada de carrapatos. Mas não tem problema. Os gambás comem os carrapatos, e os morcegos comem os mosquitos.

— Carrapatos, gambás, morcegos, mosquitos. — Ela balançou a cabeça. — Porra, fala pro pessoal da mudança dar meia-volta. Vamos tacar fogo em tooooda essa merda.

Nate e Oliver gargalharam. Estavam acostumados com o jeito de Maddie, mesmo não tendo exatamente a mesma *obsessão* por palavrões.

— É a vida no campo — replicou Nate, beijando-lhe a bochecha.

— Então essa é a nossa nova porta da frente — falou Oliver.

— Duas dobradiças e uma maçaneta — disse Maddie, fazendo uma cara estranha. — E com isso se faz uma porta.

Nate deu de ombros.

— Bem, vamos abrir a porta e começar a ajeitar a vida.

Aquela frase. *Duas dobradiças e uma maçaneta. E com isso se faz uma porta.* Tinha saído da sua boca, mas Maddie não sabia por quê. Ou de onde tinha vindo. Já tinha ouvido aquilo antes? Talvez sim.

Trabalhar na cidade estava cada vez mais difícil com toda aquela gentrificação rolando — pra quê alugar um espaço a um artista qualquer quando dava pra alugar o mesmo local pra um café cheio de frescura ou pra um fulano que faz tapa-olhos artesanais sob medida para hipsters caolhos? Aqui o espaço não era brincadeira, e ainda havia um celeiro, que ela pretendia transformar em um estúdio. Tarefas e mais tarefas não paravam de pipocar em sua mente: *Tenho que chamar um técnico pra vir instalar o ar-condicionado e um eletricista pra ligar a energia e o pessoal da internet pra deixar tudo certo e ver com a Trudy Breen se ela consegue uma exibição numa galeria lá pela primavera...* E começou a pensar também que precisava fazer uma lista de compras, pois estavam sem comida, além de passar o endereço novo para todo mundo...

Aquela também era Maddie. Criava uma lista dentro da outra, um plano para cada nova lista, uma lista para cada novo plano. As pessoas têm aquela imagem de artistas como um bando de cabeças de vento irresponsáveis, e alguns até *eram* assim, mas estes ou a) estavam passando fome, ou b) já eram ricos. Maddie não queria passar fome e Maddie estava bem longe de ser rica, então, para tudo ficar nos eixos, só lhe restava ser bastante organizada.

Outro aspecto de Maddie era a sua boca, mais suja que um bueiro. Os homens podiam falar daquela forma, mas as mulheres não, e Maddie encarava a questão como um desafio pessoal. Então eles acham que as mulheres não podem ser desbocadas? Que se fodam. Na juventude, Mads dizia com gosto: *Se me pedir pra sorrir, te mostro os dentes.*

Nesse momento, tudo *estava* nos eixos. As coisas aconteciam do jeito que tinha que ser. Os carregadores da mudança entravam e saíam, empilhando as caixas, posicionando os móveis. Nate os supervisionava, Oliver conferia seu quarto.

Assim, Maddie conseguiu uma folga. Um momento de paz só para ela. Saiu da cozinha pela porta dos fundos, passou pela varanda, caindo aos pedaços, e tomou o rumo do celeiro. Após alguns minutinhos de caminhada, encontrou-o. Era um celeiro daqueles antigos e tradicionais — postes de telefone bem fincados no chão, seis de cada lado, telhas onduladas de aço. Os postes ainda não tinham apodrecido, mas o telhado já estava carcomido e esburacado pela ferrugem havia séculos. O esqueleto de um antigo ninho de vespa pendia dos caibros, ao lado de incontáveis teias de aranhas. A estrutura não tinha paredes e, no chão sujo e empoeirado, espalhavam-se trapos e torrões, além das marcas quadradas dos equipamentos há muito tempo em desuso que foram levados pela empresa de leilões, contratada para dar um fim a toda a porcaria deixada pelo falecido pai de Nate.

O espaço era dela, só dela. Levou um tempinho para absorver aquela pequena epifania. Sentiu que agora tinha um lugar para se esticar e respirar, um lugar para *criar* e *criar ainda mais*, porém...

A realidade bateu à porta. *Ainda tenho que erguer paredes aqui. Ainda preciso de uma instalação elétrica, de lâmpadas, de um ar-condicionado; tenho que trazer todos os equipamentos, tipo a máquina de solda e a caixa de ferramentas e os moldes para as esculturas e, e, e* isso sem contar as outras tarefas que qualquer mudança exigia. Em geral, as listas eram libertadoras para Maddie, mas, de uma hora pra outra, sentiu como se elas fossem blocos de cimento pressionando seu peito.

Mas se desse para ela remover esses blocos... *Não preciso do celeiro pra criar. Nate e Oliver não precisam desempacotar as caixas. A gente não tem que fazer compras, podemos pedir comida, porra.* E, com isso, tudo à sua volta, o bosque, ganhou vida em uma poderosa explosão, sim, vida, literalmente, esquilos e passarinhos gaios-azuis e aranhas, caramba — mas também metaforicamente, com todas as possibilidades que se apresentavam. O bosque era antigo e tinha muitas árvores despencando como soldados feridos. Se ela pudesse fazer um entalhe em uma delas... Uma motosserra resolveria. Mas Maddie não tinha uma.

— Preciso de uma porcaria de uma motosserra — disse ao bosque.

As ferramentas eram importantes. Ninguém simplesmente entra em Mordor e ninguém simplesmente faz esculturas com ferramentas inadequadas. É preciso ter o kit abrasivo certo para polir vidro, estacas para cortar a argila, uma câmara de pressão e vácuo para criar e finalizar os moldes de resina do jeito certo. E Maddie queria a motosserra certa — a *melhor* — para fazer entalhes na madeira. Embora nunca tivesse se aventurado no mundo da escultura com motosserra, estava doida para aprender e sabia do que precisava: de uma motosserra para entalhe.

A motosserra normal era ótima para retalhar uma árvore, mas Maddie não era nenhuma açougueira. Não, o que ela precisava era de uma serra de lâmina curta, algo que lhe permitisse fazer cortes maiores e goivar a madeira para abrir pequenos sulcos, ranhuras, fendas e trilhas, tudo em nome da precisão e dos detalhes. Algo leve, de baixa vibração. Tinha um amigo que vivia fazendo propaganda da Stihl, mas onde ela acharia uma? Não conhecia a região. Talvez Nate soubesse. E então foi atrás dele.

Encontrou-o no andar de cima, encarando a porta do quarto de casal com um olhar sinistro. Quando pôs a mão no seu ombro, ele deu um pulo como se uma arma de choque tivesse lhe atingido.

— Jesus! — exclamou, assustado.

O LIVRO DOS ACIDENTES **43**

— Não, não é Jesus, só a boa e velha Mads — respondeu, com uma piscadela. Ele não riu, e ela lhe devolveu um olhar inquiridor. — Ah, é o Nate Sério, entendi, entendi.

Ele balançou a cabeça, forçando um sorriso.

— Estou bem. O que você manda?

— Preciso de uma motosserra.

— Uma o quê?

— Uma motosserra, pra fazer entalhes e tal.

— Uma motosserra corta coisas, não faz entalhes.

— Nem vem dar uma de sabichão pra cima de mim, meu bem. Você pode ser o policial do pedaço, mas quem é que põe a mão na massa quando o negócio é martelar e pregar? Tá lembrado? Euzinha aqui. — Deu um sorrisinho malicioso. — Caramba, esse papo todo de reforma também te deu um calor? Martelar, pregar, pegar no cano. — Ela piscou, toda animada, percorrendo o braço dele com a mão até sentir a solidez do seu ombro.

Ele se afastou bruscamente, como se tivesse sido queimado.

— Ooooou não.

Nate recuou.

— Esse não é o nosso quarto.

— *É* o nosso quarto, sim. Meu e seu. — A decepção nublou o rosto de Maddie. De repente, tudo fez sentido. Ela tinha o dom de detectar o que estava por trás das bobagens de Nate. Ele não sabia que eram bobagens, nem fazia de propósito. Mas o marido de Mads sempre tentava se esconder atrás de uma cortina escura, e ela era a única capaz de abrir essa cortina com o pé nas costas e ver quem estava ali de verdade. — Ah, saquei. Você ainda sente que é *deles*.

— Durante toda a minha infância, meu pai fez questão de lembrar: ninguém entra no quarto *dele*. Não era *deles*. Nem da *mamãe*. O quarto era só dele. Então eu nunca entrava. Eu me sinto... — Ele parecia fazer um tremendo esforço para encontrar a palavra certa. — Um intruso. Ele viveu e morreu ali. Não é nosso.

Nate falou sobre Carl Graves ter morrido ali e também ter acordado de repente. Um último arquejo antes de partir. Maddie tentou ser compreensiva e se colocar na pele dele (afinal de contas, ela tinha visto o próprio pai morrer). Mas também precisava que Nate, bem, colocasse a cabeça no lugar, porque ele não era o único afetado pela situação.

— Meu Deus, Nate! Você realmente não tá bem com isso. Com nada disso.

— Vou ficar bem.

— Não vai! — Ela acabou gritando. Depois repetiu, dessa vez mais baixo. — Não vai. Caramba, a gente não devia ter vindo pra cá. Não devia ter comprado essa casa. — De repente, sentiu como se mergulhasse mais uma vez naquele estado de crise habitual. — Ainda dá tempo de vendê-la. Os caras da mudança nem descarregaram muita coisa e, sinceramente, nem temos móveis o suficiente pra encher todo esse espaço. Vamos mandar colocarem as nossas merdas em um, como chama aquilo, depósito? A gente pode guardar tudo ali até achar um lugar...

Mas Nate fez que não com a cabeça.

— Nada disso. Já te saquei, pode parar. Olha, vou superar isso. Vamos ficar com a casa. Nós saímos da cidade. Aqui é mais seguro, Olly adora o lugar. Nossa, ele já está até diferente, dá pra sentir. É mais silencioso, e a escola é de primeira, é uma das melhores regiões do estado. Você precisa do espaço pro seu trabalho. Poxa vida, eu começo o emprego novo na *segunda-feira*. Olly logo, logo começa a escola. — Ele parecia decidido. — Ficamos aqui.

Maddie o examinou. Tentou abrir a cortina escura mais uma vez para descobrir se ele não falava aquilo da boca para fora. Então, pousou uma mão firme no ombro dele e, ao mesmo tempo, afundou um dedo acusador no meio do seu peito. Com força.

— Beleza. Só que você precisa voltar ao normal. E *ficar* normal. Precisamos fazer isso dar certo. Esse não é o seu jeito, e nós contamos com você. Você é uma rocha. Então seja uma rocha, tá bem?

A linguagem corporal era clara: ela daria todo o apoio, com certeza, mas também não engoliria as merdas dele. Ele assentiu com a cabeça.

— Ei, eu entendo. É difícil.

— Tá tudo bem.

— É ainda mais difícil *admitir* que é difícil.

— É... duro. Tudo isso.

Ela sorriu.

— É isso aí, tá vendo? Não melhorou um pouquinho?

— Sim, tipo... — Ele mostrou o polegar e o indicador, separados por alguns milímetros. — Um tiquinhozinho assim, bem pequeno.

—.Eu te amo. Vamos ficar bem.

— Também te amo.

— Vou te falar uma coisa — disse ela, virando-se para descer a escada. — Você e eu, nós vamos ficar com o quarto do fundo por ora.

— Aonde o Olly vai...

— Dormir? Já falei que ele pode ficar com o sótão.

— O sótão? Mads, não sei, não. É velho, sujo, quente...

— Engraçado, eu te descreveria usando essas palavras.

— Ha!

— Shhh, vai ser bom pra ele. Ele tem 15 anos. É legal ter um espaço, ficar mais reservado. Lá pode ser o mundo dele, separado do nosso. — Ela baixou a voz. — Além disso, fala sério, o cara já está estragando duas meias por dia. Desse jeito, vamos ter que fazer um estoque de lenço de papel... Ou pelo menos comprar no atacado para a alta demanda não pesar no bolso.

Nate fez cara de nojo, louco para mudar de assunto.

— Espero que ele se dê bem aqui.

— Ele vai ficar ótimo. Já está parecendo mais calmo e...

Lá de cima, ouviram o grito de Oliver.

Oliver se esgueirou pela escada demasiado estreita e, chegando lá em cima, subiu e alcançou a correntinha do pendente, que acendeu com um clique — e faça-se luz. O sótão tinha o mesmo comprimento da casa inteira, o equivalente a dois quartos bem grandes. O telhado era de duas águas, então ficava fácil andar ali no meio, mas nos cantos não dava mais para ficar em pé por causa da inclinação. Os carregadores já tinham colocado alguns de seus móveis ali, enfiando a cama em um dos cantos, contra o telhado inclinado. Oliver gostou. Parecia mais seguro, sabe-se lá por quê. Ficar encostado na parede, protegido, isolado do mundo.

Apesar do cheiro de mofo e da poeira e do calor — caramba, ali em cima era um forno —, Oliver até que estava curtindo. Era mais espaçoso do que seu quarto na cidade, sem sombra de dúvida. Ali ele sentia que podia *respirar*. Oliver deu um passo em direção à cama e...

— Merda! — exclamou, dando pulinhos e recuando do nada. Ao ver o que tinha no chão, chamou os pais aos berros.

A única iluminação no sótão vinha de uma lâmpada no teto, então o pai trouxe um abajur lá de baixo. Ele o ligou na tomada e aproximou-o do chão para usar como uma lanterna e iluminar o que estava lá.

— Tá vendo? — Oliver se exasperou.

— Que porcaria é essa? — perguntou a mãe, com nojo.

— Não faço a mínima ideia — disse o pai.

Não é que eles não *soubessem* o que estava diante de seus olhos. É só que *o que* viam não fazia muito sentido. O cadáver de um rato, morto havia muito tempo, jazia sobre a poeira do chão de madeira. Estava ressequido, reduzido a uma pele áspera que cobria ossinhos finos como palitos de fósforo. No entanto, esse não era o motivo da surpresa. Formigas marchavam em volta do corpo do rato, rodeando-o em um círculo quase perfeito. Fileiras e mais fileiras delas, compondo um carrossel alucinado em volta da carcaça do roedor. O trânsito dos insetos formava um redemoinho incessante, sem destino, mas incapaz de parar. Lembrava algo que eles faziam na escola quaker — a dança da fita. Crianças e professores seguravam fitas atadas a um mastro central e rodavam em torno do mastro, trançando as fitas em voltas atrás de voltas.

— Que coisa *estranha* — falou Oliver.

— Gambás, carrapatos, mosquitos, morcegos e agora um circo de horrores de formigas? Eu renovo a proposta de tacar fogo na casa — sugeriu a mãe, mas ela também parecia fascinada com a espiral de formigas.

— E aí, mato ou não? — perguntou o pai.

A mãe deu de ombros.

— Talvez elas estejam venerando o rato. — E levantou a voz num tom agudo de inseto. — *Salve o Rei das Mordiscadas, glória ao Falecido Rei Roedor!*

— Tenho certeza de que isso é... normal — disse o pai. Ele não parecia tão certo assim.

Oliver, por sua vez, já estava no celular, pesquisando *roda de formigas* no Google. Em meio segundo, apareceu uma avalanche de vídeos do YouTube.

— Chama *moinho de formigas...* ou, vejamos, *círculo da morte*. Parece ser um fenômeno natural — elas meio que ficam presas na própria trilha de feromônio e dali não conseguem sair, então continuam andando em círculos e círculos e círculos até... — Ele continuou a ler e foi franzindo a testa. — Morrerem. É um suicídio de formigas.

— É suicídio, então tá bom — disse o pai, pegando o rato morto com seu lencinho de cashmere. Em seguida, levantou-se e pisoteou o chão várias vezes, *tum, tum, tum*. Ele aproximou o abajur de novo, agora perto do círculo de formigas esmagadas. Algumas ainda se arrastavam, então pressionou o pé pela última vez em cima delas, torcendo-o como quem apaga um cigarro.

— Não precisava ter matado elas — reclamou Oliver, prendendo a respiração. Ele sabia que não devia se importar com formigas, ainda mais com elas, que não tinham pensamentos nem emoções, que talvez nem sentissem dor, mas o gesto do seu pai pareceu, mesmo assim, tão brutal. Tão *definitivo*. Oliver engoliu uma massa de emoções idiotas.

— Talvez se tirasse o rato...

— Olly, não consigo salvar formiga por formiga. Você mesmo falou que elas estavam em algum tipo de... espiral da morte.

— Mas...

O pai pôs a mão no ombro dele.

— Escuta, cara... — Cara, um dos apelidos de Oliver, junto com Olly, filhão, amigo. — Os carregadores já estão terminando. Já, já eles trazem o resto dos seus móveis pra cá, aí você pode começar a desempacotar. Tá bom? Tudo certo?

— Tudo certo — respondeu. Oliver não queria confessar que o lance das formigas tinha mexido com ele, então forçou um sorriso e torceu para ninguém notar. Mesmo que na sua mente ainda visse a imagem das formigas dando voltas, e voltas, e voltas, como uma roda quebrada insana.

7
QUALIDADE DA ALMA

Vamos falar um pouco mais sobre as formigas — disse Dra. Parveena Nahid na tela do notebook de Oliver. Era a primeira sessão oficial por chamada de vídeo desde a mudança. O pai não ficou feliz por pagar o preço inteiro por uma chamada de vídeo, mas, ao mesmo tempo, gostou de não ter que levar o filho de carro até a cidade.

— Isso te incomodou?

— Eu... sim. Mas já faz, tipo, uma semana? — respondeu, tentando parecer desdenhoso, como se não se importasse. O notebook ficava em sua mesa, ele estava sentado na cadeira, o queixo apoiado nas mãos, cotovelos no tampo de madeira.

— Ainda te incomoda?

— Talvez, não sei. — Ele suspirou. *Fale a verdade.* — Um pouco.

— Por quê?

— Eu não sei. — Soltou uma risada, mas não foi uma risada divertida. — Sei que as formigas não são, tipo, como pessoas em miniatura ou algo assim, não sei se elas têm... sei lá. Dor ou sentimentos e tal. Mas ver meu pai pisando nelas? — O suor molhou suas mãos, que ele tentou enxugar no jeans.

— Como você se sentiu?

— Não foi legal, acho.

— Você já ouviu falar do jainismo?

Ele fez que não com a cabeça. Ela continuou:

— *Jain Dharma*, uma antiga religião indiana. Um quê de budismo, um quê de hinduísmo. Existe um princípio dessa religião chamado *ahimsa*. Mahavira, um dos primeiros mestres do jainismo, escreveu algo que me fez pensar em você: *não há qualidade da alma mais sutil do que a não violência, não há virtude maior do espírito do que a reverência à vida*. Talvez você tenha isso. Reverência à vida.

— Tá, mas, tipo, isso tudo pode passar do limite também. Se eu não consigo lidar com uma pessoa pisando em umas formigas... — Sua voz foi baixando.

— Essas palavras são suas? *"Eu não consigo lidar."* Ou elas pertencem a outra pessoa?

Ele deu de ombros.

— Porque — explicou a terapeuta — é muito comum ouvirmos uma crítica, ou pior, um insulto, de alguém e ficarmos com aquilo na cabeça e... — Nesse momento, ela mexeu as mãos como que para indicar uma borboleta esvoaçando aqui e acolá. O movimento lançou jatos de pixels na tela enquanto a resolução não se ajustava. — O pensamento bate aqui, rebate lá, e fica repercutindo como um eco. Em questão de pouco tempo, começamos a ouvir esse eco em nossa própria voz, não na voz do nosso crítico. Tomamos para nós a autoria do insulto e nos esquecemos de que ele nos foi dado.

— Você está dizendo que é de meu pai.

— Estou?

— É, sim. Mas não é que... — De repente, ele sentiu uma perturbação. — Quer dizer, talvez ele não esteja errado, viu? Talvez ser mais forte fosse bom pra mim. — O que papai tinha dito? *Armadura*. — Eu preciso de uma armadura. Se não consigo aguentar um bando de formigas esmagadas, o mundo vai passar por cima de mim que nem um... trator. Então, talvez ele tenha razão. Tipo, eu amo meu pai e ele me ama, nos damos muito bem. Ele não é abusivo...

Ela levantou as mãos em um gesto de rendição do tipo: *vai com calma aí*.

— Não sugeri nada disso, Oliver.

— Não, não, eu sei.

— Por que você disse isso? Por que usou essa palavra? Abusivo.

— Acho que o pai dele era abusivo.

— Quer falar sobre isso?

Oliver encolheu os ombros.

— Não tem muito a ser dito. Meu pai não toca nesse assunto. Só sei que ele não me deixou conhecer meu avô, que morreu. E agora moramos na casa dele.

— Como está sendo? Morar nessa casa?

Ele pensou na pergunta por um bom tempo.

— É estranho. Um pouco solitário. Mas também é legal, não me entenda mal, estou curtindo morar perto do bosque e tal. Às vezes eu dou uma volta, e é tudo tão tranquilo e silencioso! Só que meio silencioso demais, talvez. Minha mãe está ocupada ajeitando a casa e arrumando o celeiro. Meu pai... você sabe, meu pai é meu pai, ele tem o trabalho e tudo mais.

— Você fez amigos na escola?

— Não? — respondeu com alguma hesitação. Não queria admitir. — Mas só faz uma semana.

O sorriso da Dra. Nahid se alargou.

— Tudo bem. Mas fazer amigos é bom. Todo mundo precisa de amigos, então, meu querido, *nós* vamos te arranjar alguns amigos.

8
PROBLEMAS
COM OS PEIXES

Nate contemplou sua imagem de camisa bege e calça verde-escura no espelho. A roupa de guarda-florestal não tinha nada a ver com o azulão do uniforme de policial. O que o levou a se perguntar quem era aquele que estava encarando.

Ele se sentia muito desorientado ali no meio do nada. Era uma somatória de coisas: sair da corporação, deixar a cidade, deixar o apartamento de sempre, voltar para a casa de sua infância, que ele sentia pertencer a uma dupla de mortos. Pelo menos Oliver parecia melhor. Não que Nate tivesse muitas oportunidades de interagir com ele. *Será* que estava melhor mesmo? Merda, não sabia.

Baixou os olhos para a pia. Um coldre de tecido marrom — bem desgastado, nada novo — estava apoiado no canto. Uma pistola Glock 19 descansava dentro dele. Nate afivelou-o na cintura e saiu do banheiro.

O escritório não era grandes coisas. Uma sala principal com uma sala de reunião menor, um banheiro multigênero na lateral. Duas mesas se encaravam, imóveis, no meio do espaço. Paredes cobertas por painéis de madeira, chão forrado com um carpete bege esfarrapado.

Seu parceiro, Axel Figueroa — "Fig" — se sentava à mesa mais distante. Fig era um sujeito troncudo, com pescoço, coxas e braços grossos, mas baixinho, o que lhe conferia a aparência de um toco de árvore. Sua cabeça era totalmente raspada, e cada centímetro de sua pele era curtido pelo Sol. Ele tinha um bigodinho sacana.

— Finalmente te mandaram a roupa — disse Fig.

— É, acho que perceberam que entrei na água pra me molhar — respondeu Nate. Ele deu uma voltinha de modelo sem convicção. — E aí, estou bem?

Fig grunhiu e franziu a testa. Nate continuou:

— Acho que você não vai se livrar de mim.

Outro grunhido. Fig voltou a mexer em algum tipo de papelada. *Fazer amigos onde estiver*, Nate pensou. Tinha sido desse mesmo jeito nas últimas semanas — a maior parte das interações eram curtas, abreviadas, só se falava o estritamente necessário.

Nate suspirou e deu uma passada pelo quadro de avisos, que exibia as informações esperadas: uma tabela mostrando as datas da estação de caça e pesca e um curso de segurança para caçadores, além de alertas sobre espécies invasoras. Na maior parte, insetos. Viu o alerta sobre algo chamado mosca-lanterna-pintada, um bichinho de asas vermelhas que ataca plantas e tem um apetite voraz por árvores frutíferas e parreiras de uva.

— Tá entediado? — perguntou Fig.

— Ah, só estou dando uma lida.

— Tenho uma papelada que precisa ser lida aqui. Autorizações e essas coisas.

— Claro — respondeu Nate, embora ouvisse a resignação na própria voz. Ele atravessou a sala e se sentou à mesa. Fig o observava.

— Você vem da polícia da Filadélfia, né?

— Isso mesmo.

— Aposto que lá nunca ficou entediado.

Ele ouviu o tom de voz do homem — não era amigável. Fig tentava caçar alguma coisa. O que, exatamente, Nate não sabia. Mas não viu outra opção a não ser entrar no jogo.

— Todo trabalho tem seus altos e baixos, mas já chegamos a ver certas coisas, lidar com casos barra-pesada, com certeza.

— E aposto que você fez um treinamento para lidar com tudo isso.

— É claro.

— Bem, você deve ter as costas quentes, um belo de um contato aqui na roça, Nate. A maior parte do pessoal que virou guarda-florestal — "oficial de conservação da vida selvagem" — teve que ir primeiro para Harrisburg como cadete, passar por todo o processo lá na Escola Leffler. É um programa que dura um ano. Com residência e todas essas coisas. Com aulas sobre manejo da vida selvagem, administração da agência, cursos de segurança, e por aí vai.

Nate sentiu uma pontada de desconforto. O olhar do colega o pregava à parede como um pôster barato.

— Suponho que você tenha passado por esse programa.

— Passei, sim. — Fig se inclinou para a frente. — Mas você não.

— E isso é um problema?

Fig voltou a se recostar na cadeira e cruzou os braços.

— Não, você cumpriu o seu lá nas trincheiras. Talvez não as mesmas trincheiras, mas que seja. Bill Dingel lá de Harrisburg diz que você está aprovado, então você está aprovado.

Na visão de Nate, ainda parecia um problema.

— Olha, não estou aqui para pisar no seu calo. Não sou o tipo de cara cheio de si. Não acho que ser policial nas ruas da Filadélfia tenha me dado algum conhecimento especial ou dispensa. Eu cresci nessa região aqui, cacei e pesquei, mas não disse que conheço o trabalho. Você que conhece, você que manda. Se quiser que eu fique com a papelada, fico com a papelada. Se me mandar sentar e ficar olhando para a parede, vou olhar para a parede. Coleto amostras de bosta de cervo, recolho lixo das valas. Você é o chefe, chefe.

— E mesmo assim não sou, não é verdade? A descrição de nossa função é a mesma, Nate. O *nome* da função, igualzinho. Salário? Igual. — Ele riu, mas não foi de felicidade. — Chuto até que você deve ganhar mais.

— Por que ganharia mais?

— Não me obrigue a te explicar.

— Explicar o quê?

Fig novamente se inclinou para a frente, as mãos espalmadas sobre a mesa. Começou a falar, se virou, depois deve ter pensado *dane-se*, porque soltou as palavras:

— Você é branco.

— E?

— Sério? Essa é a sua resposta? *E.*

— Não é uma resposta, é uma pergunta.

Fig balançou a cabeça com frustração, saco cheio e desdém.

— Deixa pra lá.

— Não quero deixar pra lá. Quero conversar sobre isso.

— Não, você *não quer* conversar sobre isso. Merda, *eu* não quero conversar sobre isso. Preferia muito mais viver em um mundo que não me obrigasse a falar sobre isso, pensar nisso, *passar por isso*. Mas também queria poder tomar sorvete todo dia e queria que o meu peido tivesse cheiro de roupa recém-lavada. Vamos mudar de assunto.

Nate percebeu que não era brincadeira e ergueu as mãos em um gesto de rendição.

— Tá bem. Você venceu.

— Sabe do que mais? — disse Fig com uma fungada. — Também estou entediado.

Com um tinido de metal, pegou as chaves na mesa.

— Quer alguma coisa para fazer? Eu tenho alguma coisa. Você está uniformizado agora, então vamos para a vida real. Vamos sair em patrulhamento.

— Patrulhar o quê?

— Sei lá, Nate, problemas com os peixes. Com a fauna.

— Tipo um linguado dirigindo? Cervos fazendo apostas ilegais?

— Incrível, você é um cara engraçadão. — Da forma como falou, Fig não viu graça nenhuma. Ele apontou para a porta com um gesto de arma. — Vai dando o fora daqui e entrando no SUV. Tenho que passar no banheiro. Te encontro lá fora.

9

O BARULHO DOS DADOS

Oliver sentiu que estava se afogando. Sua antiga escola era pequena. Uma sala por ano. Mas esse lugar, o Colégio de Upper Bucks, tinha três anos, com três salas por ano. Número total de alunos: 1.500. E Oliver não conhecia nem mesmo uma única pessoa.

É claro que já tinha cruzado com alguns. Era quase outubro. Ele sabia o *nome* de seus colegas de sala, já tinha feito dupla com alguns deles no laboratório de química ou na leitura de poemas de Emily Dickinson e coisas assim. Mas parou por aí. Ele era um ninguém entre alguéns. Todo mundo se conhecia. Essas pessoas já tinham *suas* pessoas. Ele não tinha ninguém. Pior ainda — às vezes, quando estava parado no corredor, lembrava-se dos últimos dias em Rustin, quando fizeram a simulação de ataque — como ele entrou em parafuso no meio do corredor, soluçando como um bebezinho imbecil. E se mijou. Talvez tivessem ouvido essa história. Talvez todas essas crianças já o conhecessem.

Foi tomado pelo pânico. Mas então ouviu a voz da Dra. Nahid em sua cabeça: *meu querido, nós vamos te arranjar alguns amigos.* Ela lhe disse que era como encontrar uma cobra na floresta — *a cobra* tem mais medo de *você* do que você *dela*. A terapeuta explicou que ser "o aluno novo" dava uma sensação de exclusão e isolamento, mas a verdade é que esse aluno novo tinha certa aura de mistério. Porém, isso significava que era ele quem precisava dar o primeiro passo: chegar em alguém, se apresentar e ver o que rolava. Ela disse: *escolha alguém, uma pessoa que pareça legal. Não tem problema se vocês não virarem amigos.* Ele sabia exatamente quem escolher.

Hora do almoço.

Cotovelos o empurravam conforme uma maré de crianças avançava em direção ao refeitório. As vozes se juntavam em um rugido surdo e ininteligível de tagarelice. Mais uma vez aquela sensação de estar em uma multidão, mas também sozinho. Mais uma vez aquele mar negro e brando da angústia adolescente.

Ele ficou parado com a bandeja nas mãos. Comida que provavelmente não comeria, pois estava com um nó no estômago. E ali, à sua frente, estava a mesa. A mesa de Dungeons & Dragons. Eles jogavam todos os dias enquanto comiam. Dois meninos, duas meninas. As fichas de personagem coladas à bandeja. O dado sempre rolando. Ao lado de um dos meninos, havia uma cadeira vazia. Olly se viu parado atrás dela.

— Posso... — Meu Deus, a sua voz acabou de desafinar? Ele limpou a garganta. — Ei, hum, posso me sentar?

Os quatro se voltaram para ele. Olhares sinistros. O que estava bem ao seu lado, um garoto que mais parecia um tatu-bola, de camiseta cinza e calça moletom cinza, fez que não com a cabeça.

— A gente tá no meio de um jogo.

— Sim, não, eu sei, por isso queria me sentar. Pra assistir.

Os cinco se entreolharam. Uma das jovens, uma garota asiática com uma camiseta do *Nyan Cat* e cabelo bem curtinho, estilo pixie, pôs os olhos nele como se Oliver fosse um precioso mistério. Ela colocou um bolinho de batata na boca.

— Você joga? — perguntou, mastigando.

— Jogo.

Ele voltou a fitar a cadeira com uma expressão interrogativa. Os cinco se olharam novamente, e o cara na ponta, um menino negro atarracado com olhos sonolentos e uma juba, assentiu:

— Claro, senta aí — disse.

Ele era o DM, pensou Oliver. O *Dungeon Master*, o cara que conduz e narra o jogo, o mestre. Tinha à sua frente um álbum de figurinhas surrado da Gang do Lixo com um monte de folhas dentro. Nenhuma ficha de personagem para ele. Oliver se sentou.

— Sou o Olly — disse.

Então, foi como se uma bolha de sabão teimosa finalmente estourasse. Os outros se apresentaram. O tatu-bola era Steven Rubel. A da camiseta do *Nyan Cat* era Hina Hirota. O DM era Caleb Wright. A última era Chesapeake Lockwood, ou Chessie, a garota loira de cabelo cacheado e aparelho invisível. Chessie se aproximou e perguntou, quase em tom conspiratório:

— Com qual personagem você joga?

Olly respondeu:

— No último jogo, joguei de Draconato Bruxo.

— Aff — soltou Steven.

— O quê? Qual é o problema? — perguntou Oliver.

— É que... é tão manjado.

— Falou o cara que joga de Tiefling Ladino com a história de fundo de um *órfão que busca vingança* — rebateu Hina.

— Cala a boooca — retrucou Steven. De todos ali, era o que tinha a dor mais sombria: ela se contraía como um corvo com a asa quebrada.

Caleb balançou a cabeça.

— Não, cara. Draconato Bruxo é uma boa construção. Tipo, a combinação de Visão do Diabo e Escuridão, você sabe. Tá ótimo.

— O Caleb gosta do lado mecânico — disse Hina, lambendo a oleosidade do bolinho de batata dos dedos. — Eu me importo com a história. Minha personagem é uma Gnomo Bardo chamada Esmeralda Sprinklefingers e ela toca *valachord*.

— *Valachord* é de Star Wars — falou Steven. — Não que ela soubesse antes de começar a jog...

Um bolinho de batata atingiu sua cabeça. Hina sibilou:

— Nem vem querer rasgar a minha carteirinha de geek porque sou menina, seu tartaruga dos infernos.

— É, cara — acrescentou Caleb. — Não é legal. Mas escuta — adicionou em protesto —, eu sou o DM, porra. Eu me importo com a história. Eu *criei* Arduinia. Não joga sujo assim comigo.

Hina encolheu os ombros e continuou:

— Então! Esmerelda é filha de uma inventora gnomo famosa. O pai dela é desconhecido e *talvez* nem exista, pois eu acho que o seu nascimento tem, tipo, uma origem mágica. Enfim. O que quero dizer é que não ligo para os atributos dela, só quero que ela e seu gato dragão, Stinky, tenham aventuras muito loucas em Arduinia e encontrem o amor verdadeiro em alto-mar...

Todos caíram na risada. Assim, em um piscar de olhos, voltaram ao jogo. Folhas espalhadas, dados rolando, ordem de iniciativa em ação, monstros marinhos vampirescos cercando o navio pirata roubado dos personagens. Oliver não tinha certeza, mas, talvez, quem sabe, tivesse encontrado sua turma. A Dra. Nahid estava certa, caramba. A sensação era muito boa.

Até que uma sombra escureceu a mesa. Um cara alto, de ombros largos, vestindo uma camiseta de surfista, parou atrás de Steven e colocou as mãos grandes no encosto da cadeira dele antes de passá-las para os ombros de Steven, apertando-os até causar-lhe dor. Oliver o conhecia, ou pelo menos já tinha ouvido falar dele: Graham Lyons. Ele era do time de beisebol, e beisebol ali era uma coisa importante. Muito mais do que futebol americano ou corrida.

Todos olharam para Graham enquanto Steven tentava, sem sucesso, se desvencilhar dele. Graham não estava sozinho: atrás dele, vinha um garoto musculoso com cara de italiano — cabelo raspado, sobrancelhas como riscos de canetão na testa bronzeada, braços volumosos cruzados como dois canhões de navio apontando em direções opostas. Graham Lyons tinha dor dentro de si, um buraco profundo bem na barriga. Mas o outro cara, o cabeça oca? A dor percorria todo seu corpo: um sistema circulatório de raiva, tristeza e mágoa.

— Olha esses retardados de merda — disse o Sr. Fortão. A dor no cabeça-oca reagiu como se uma corrente elétrica o atravessasse.

Graham Lyons disse:

— O que vocês estão aprontando, seus nerds?

— Qual é, cara — respondeu Caleb. — Estamos jogando, sai daqui.

— Sai daqui? Sai daqui? — Graham fingiu que estava ofendido e magoado. — Nossa, essa doeu, Caleb. A gente era amigo.

— É, no quinto ano. E aí você virou um otário.

— Eu juro, você está partindo meu coração.

Então Steven entrou na conversa, num tom bem baixinho, mas ainda audível:

— Você não *tem* coração pra partir, *Graham*...

Foi como ligar um interruptor. O musculoso disparou em direção a Steven, investindo o rosto contra o dele, a um fio de cabelo de distância do nariz de Steven. A escuridão dentro dele cresceu.

— O que foi que você disse? Seu bichinha de merda. Seu gordo escroto do caralho.

Graham pôs uma mão apaziguadora no ombro do Sr. Fortão.

— Ei, tranquilo, Alex. É como Caleb disse, eles só estão jogando. Que jogo é? Dungeons & Dragons? Isso é nerd pra caralho, não é?

Olly sentiu que estava falando.

— Agora é maneiro.

Todos olharam para ele, em pânico. O medo deles reluzia, como uma luz piscando na neblina densa. Como se dissessem *ah, não*. Como se dissessem *você não devia ter falado nada*.

— O que foi que você disse? — perguntou Graham bruscamente.

— Eu falei que agora é maneiro. Dungeons & Dragons não é só... coisa de nerd. É... tipo, até celebridades jogam. Tá em alta em Los Angeles. Um monte de atores e escritores...

— Aqui não é Los Angeles. Você é novo, não? É de lá que você vem, Los Angeles?

— Deixa ele em paz, Graham — disse Chessie.

— Fica quieta, Chessie. Você nem tinha que estar aqui com esses merdinhas. Deixa o novato responder.

— Sou da Filadélfia — afirmou Oliver.

— Ahh, o durão da Filadélfia. — Graham começou uma imitação horrível e caricata do sotaque da Filadélfia. — *Fullelphia. Wooder ice. Go Iggles.*

— Não sou durão, nem tenho esse sotaque. Eu só...

— Aham. Dane-se. Deixa eu ver isso aqui...

Graham se esticou por cima do ombro de Oliver para pegar a ficha de personagem de Hina.

— Ei! — protestou ela, mas era tarde demais. Ele já tinha pegado.

Quando apanhou a ficha, seu cotovelo golpeou em cheio o olho de Oliver. *Paf.* Olly viu uma explosão de estrelas por trás da escuridão de sua pálpebra. Ele gritou, empurrando a cadeira para trás, mas encontrou resistência. Não era só o tronco de Graham, Olly podia sentir algo além. Uma vibração suave até que alguma coisa estalou.

Do nada, Graham começou a berrar, cambaleando até a mesa atrás dele. Ele sacudia a mão e soltava um jorro de palavrões, como se tivesse acabado de prender o dedo na porta.

— Porra, porra, *porra*. Merda. Meu dedo, caralho. Esse imbecil ferrou o meu *dedo*.

Foi o estopim. De repente, o caos — Alex estava em cima de Oliver, arrancando-o da cadeira e jogando-o contra a mesa. Os dados se espalharam. Alex ergueu o punho, um punho *enorme*, pronto para esmurrar a cara de Oliver como a colisão de um meteoro contra o solo, mas alguém agarrou o cabeça-oca, puxando-o para trás — era Caleb. Um apito soou. Passos e gritos. Alex arrastou Oliver da mesa para o chão e o tênis de alguém acertou sua barriga, deixando-o sem ar. Enquanto tentava conter o vômito, um enxame de professores encheu o local, e o que havia começado agora chegava ao fim. Ou assim ele pensou.

10
CORUJAS DE MOTOSSERRA

Maddie comprou uma motosserra. Era uma Stihl 192. Muito leve. Alça traseira. Lâmina curta preta. Sistema antivibração. E também, ops, merda, quatrocentos dólares.

O orçamento estava apertado. Tudo bem, eles pagaram um dólar pela casa, mas havia as despesas da mudança, o gasto com móveis novos de que precisavam e, claro, o primeiro imposto, que venceria em uma semana. Mas isso era em nome da arte. Esse era o *trabalho* dela. E ela sabia que precisava de uma motosserra dessas para trabalhar. O objeto cantou para ela, como um anjo com dentinhos de metal. Ela devolveu o canto.

— Te amo, minha motoserrinha — falou com uma voz melodiosa e deu um beijinho antes de acomodá-la em seu carro, um Subaru, e ir para casa, onde Maddie a *alimentaria*. E, uau, *como ela comeu!*

Maddie encontrou um tronco que não estava podre — parecia ter caído na primavera ou no verão. Com a motosserra, tirou um naco — *vvvvt, vvvvt*, como um pedaço de salsicha — e rolou-o para o lado. Depois, cortou o toco da árvore para ter uma superfície de trabalho mais plana e, com uma exclamação de cansaço, ergueu o pedaço cortado nos ombros e colocou-o de volta na própria base (o que pareceu meio funesto, como devolver a mão decepada a um corpo morto. *Oi, você pode segurar isso aqui por um minutinho?*)

Com o tronco apoiado, voltou a ligar a motosserra. A vibração fez cócegas nos ossos de seu braço. Ela continuou cortando. Não tinha nenhuma expectativa a respeito do que queria fazer. Às vezes, o trabalho era motivado por alguma intenção, pelo desejo de fazer uma coisa específica. Porém, outras vezes, o que ditava a criação não era a vontade dela. Parecia arqueologia: era mais o ato de *desvendar*, como se o trabalho do artista fosse somente encontrar o que o material tentava ocultar e depois trazer aquilo à superfície para que todos pudessem ver. Ou, no caso dela, libertar o espírito aprisionado com a ajuda da motosserra.

Porque era especificamente assim que se sentia. Como se *libertasse* algo. O quê, ela não sabia. Não *importava*. Ela só seguia, um movimento aqui, um corte acolá, uma guinada na motosserra, uma fenda, uma perfuração — e a coisa acelerava, suas mãos ficavam dormentes, sua cabeça dava voltas, a serra atirava farpas em seus óculos de proteção e algo começava a emergir. Duas orelhas pontudas. Olhos fundos e escuros sob uma fronte fechada e vingativa. Garras pinçando a base. Asas, um bico, uma *coruja*, era isso, era uma coruja que ela encontrava na madeira — lascas e pó flutuando, a serra rugindo, fazendo os entalhes, marcando as penas, dando forma às asas e, cada vez mais rápido, *libertando* a coruja.

E naquilo ela mergulhou. A coruja a levou embora com um estampido de sangue nas orelhas, o estrondo de uma inundação que invade e sobe.

11

CÍRCULOS, FALHAS NA EJEÇÃO E O ESTRANHO CHEIRO DE BOLINHO DE CHUVA

O carro de Fig era uma bagunça completa. Papéis e embalagens de fast food, uma caixa de ferramentas no banco de trás, copinhos descartáveis de café aqui e acolá. Garrafas de refrigerante também — espera, não, refrigerante não. Kombucha.

— Você toma kombucha? — questionou Nate, um bocado surpreso.

— Tomo, sim.

— Minha esposa, Maddie, toma de vez em quando. Sempre parece uma garrafa de água suja com repolho podre flutuando por cima.

— Essa é a cultura. As leveduras e bactérias, ou *scoby*.

— E você toma isso?

— Tomo.

— É bom?

— É normal, só não pensar muito — retrucou Fig. O SUV desceu voando pela estradinha fustigada pelo vento. Fazendas antigas salpicavam as colinas que se esparramavam ali. À frente ficava a Dark Hollow Road, onde estava a velha Dark Hollow, a ponte coberta. Fig pegou a estrada estreita de uma só pista. Por fim, suspirou e disse:

— Sinceramente, kombucha tem gosto de merda elétrica.

— Bela descrição.

— Não sei de que outro jeito poderia descrever. Tem esse quê de vinagre. É nojento. E a cultura... — Ele fez cara de quem acabou de lamber a bunda de um gato. — Por Deus!

— Então por que você bebe essa droga?

— Minha esposa, Zoe. Ela me obriga. Quer que eu seja saudável.

— Seu carro não passa muito essa impressão, tenho que te dizer.

— Sem julgamentos cretinos. Na maior parte do tempo, meu carro *é* meu escritório, então me arranjo como posso. — Ele apontou para o porta-luvas. — Tenho barras de proteína, granola e outras coisas aí. E uma garrafa de kombucha de framboesa, se você quiser.

— Acho que prefiro tomar água do lago. Você não acabou de falar que tem gosto de merda?

— Merda elétrica. — Fig encolheu os ombros. — Olha, me dá energia.

— Prefiro café, obrigado.

O carro passou pela ponte coberta vermelha. A tinta descascava em longas fitas retorcidas. A parte interna servia de abrigo para aranhas — os beirais do telhado da ponte estavam infestados de incontáveis tiras e laços de teias. As tábuas irregulares da ponte rangiam, *nhec nhec nhec*, sob os pneus, e os amortecedores do SUV não ajudavam muito com os solavancos — os dentes de Nate se entrechocavam.

Saíram pelo outro lado da ponte e viraram ao norte na Lenape Road, que os levava além do parque Ramble Rocks e do antigo túnel de pedra do trem. O túnel não era usado desde 1940, e os trilhos que antes passavam ali haviam sido removidos havia muito tempo. O túnel agora fazia parte do parque: um caminho iluminado para os praticantes de corrida. Mas isso era bem recente, pois, por um bom tempo, o túnel tinha ficado no escuro e esteve tomado de vegetação, o que só aumentava os rumores que espalhavam sobre o local.

Nate se lembrava das histórias que diziam que o túnel era mal-assombrado. Que um condutor, nos anos 1930, ouviu alguém chamar seu nome e pôs a cabeça para fora da janela. O que ele não sabia é que uma pedra havia se soltado do túnel. Um grande bloco, ainda ali, ainda fora do lugar.

O condutor olhou para fora bem a tempo de seu rosto trombar na pedra, o que o decapitou. A cabeça ficou. E o trem continuou seguindo.

O túnel se tornou um lugar de desafios: as crianças diziam que quem passasse ali à meia-noite podia ouvir o apito do trem e, se não corresse a toda velocidade por quase um quilômetro na escuridão, veria o condutor surgir em seu trem-fantasma e sua cabeça seria decapitada.

Mas, como sempre, não eram as histórias de terror que perturbavam Nate. Eram as da vida real, pois, com muita frequência, as histórias reais eram bem piores do que as imaginadas. As historinhas de terror eram uma fuga da verdade. E a verdade era a seguinte: as crianças mais velhas davam outro nome ao túnel — chamavam-no de *túnel da matança*.

Tudo isso graças a um assassino chamado Edmund Walker Reese. Quando Nate era criança, Reese matou quatro meninas naquele parque, pregou-as em árvores (com 99 pregos para cada, conforme se contava) e finalizou a execução com uma picareta. Todos diziam que ele matara as garotas no túnel, o que não era exato. Aparentemente, ele tinha capturado uma das meninas, a primeira, quando ela pegava um atalho para casa pelo túnel. Mas as histórias entravam na cabeça das pessoas, sendo verdadeiras ou não, e lá ficavam. Foi assim que passou a ser do conhecimento de todos que ele matara todas as garotas bem ali naquele túnel, que virou o *túnel da matança*.

Edmund Reese foi pego quando a quinta menina escapou dele. Foi eletrocutado pelo estado, mas, mesmo depois de sua morte, as histórias permaneciam. E as pessoas se aproveitavam dessas histórias. Nate se lembrou de um imbecil, Dave Jacoby, que disse que arrastaria Susan Pulaski, sua acompanhante para o baile da escola, até o túnel da matança porque ela estava recusando suas investidas. Nate ouviu o desgraçado falar isso para ela na escola. Até hoje, ainda é capaz de se lembrar daquela voz de porquinho guinchando. Então ele foi para cima do filho da mãe e acertou um murro bem em seu nariz de porco. O sangue jorrou do pobre cretino como se ele tivesse dois sachês de ketchup escondidos ali (ele também não se esqueceu do belo chute que Susan deu nas bolas do idiota quando ele caiu no chão, o que foi ainda mais satisfatório). Nate se encrencou feio por causa daquilo, mas valeu a pena.

— Você mora por aqui, né? — perguntou Fig, interrompendo as lembranças de Nate bem no momento em que sentia de novo o gostinho de espatifar o nariz de Dave Jacoby com as próprias mãos. Fig deve ter espiado sua ficha.

— Isso mesmo. Do outro lado do Ramble Rocks.

— É a alguns minutinhos da estrada. Você morou perto do parque quando era criança?

— Morei. — *E moro lá agora, de novo*, pensou, infeliz.

— Você estava lá quando...

— Quando aconteceram os assassinatos de Reese, sim.

— Que loucura. Você ouviu o que falaram dele. — Fig olhou para Nate daquele jeito, com um olhar de quem estava por dentro, como se dissesse: *é, você tá ligado.*

— Você diz sobre a execução dele.

— Eu, que nem nasci aqui, já ouvi essa história.

A história era assim: Edmund Walker Reese se sentou na cadeira elétrica, a última pessoa a ser eletrocutada no estado da Pensilvânia antes da troca para a injeção letal. Eles acionaram o interruptor. Ele acendeu como uma mochila de prótons dos Caça-Fantasmas, mas então... *Puf*! Desapareceu. Tudo o que restou foram marcas de algo carbonizado na cadeira e o cheiro de...

— Bolinho de chuva — disse Fig, agitando os dedos sobre o volante. — Que detalhe esquisito!

— Vou ter que ser o cara que estraga a história — replicou Nate. — Meu pai era carcereiro em Blackledge, onde Reese foi para o corredor da morte. E, eu te juro, ele morreu naquela cadeira.

— Foi seu pai que disse?

— Foi. — *Quando tive coragem de perguntar*, pensou Nate.

Esse dia também tinha marcado sua memória. Foi um ano ou dois depois da execução de Edmund Reese. Ele viu o pai em seu antro, mexendo em iscas de pesca — não que ele pescasse de verdade, mas vivia falando no assunto. A história sobre Reese não ter morrido na cadeira elétrica, mas sim desaparecido durante a execução, já tinha chegado na escola e, assim que Nate a ouviu, sabia que tinha que perguntar ao pai. Então juntou toda coragem — ninguém interrompia Carl Graves quando ele estava ocupado, e ele parecia estar sempre ocupado (mesmo que "ocupado" significasse estar tomando uísque canadense Crown Royal). Mas Nate tinha uma necessidade incontrolável de saber, só para poder dizer aos colegas quanto aquela história era idiota. Assim, foi perguntar. Carl se voltou para ele, estreitando os olhos, uma bituca de cigarro pendurada em uma mão e uma isca enroscada na outra. Nate cuspiu a pergunta, mas Carl pareceu remoê-la por um tempo. Tudo que o velho disse foi:

— Essa história é absurda. Reese morreu ali, naquela cadeira. E você não deveria ser ingênuo a ponto de acreditar nessas coisas.

Nate se sentiu bem por um segundo, pois tinha razão.

— Eu *sabia* — respondeu, não para retrucar ou ser espertinho, mas porque estava orgulhoso e queria que o pai também ficasse. Estava prestes a dizer que tinha avisado as crianças que era só uma historinha, quando sua cabeça foi arremessada para trás com o tapa que o pai lhe deu. Foi como ser atingido por um dicionário, *pá*. Sentiu o gosto de sangue do corte no lábio. Seu pai rosnou, exalando o hálito podre:

— Você não sabe de nada. O que acontece naquela penitenciária, o que eu vejo, o que eu tenho que *fazer*?

— Papai, eu... — soltou Nate, com os olhos cheios de lágrimas.

O velho levantou a mão mais uma vez, mas antes de baixá-la, mandou Nate sair. E foi o que ele fez, o mais rápido possível, não só do cômodo, mas da casa. Correu, piscando para conter as lágrimas e fingindo não perceber a presença de um nó sórdido na garganta, um nó de vergonha, frustração e tristeza. Ele tinha 12 anos. No entanto, não contou nada disso a Fig, só repetiu que não, não foi assim.

— Então é só um monte de besteira — concluiu Fig.

— Pois é.

— Bom saber, acho — disse Fig. — Mas também é um pouco decepcionante, sabe? Como se um pouco da magia do mundo sumisse.

— O mundo não é mágico, Fig. E pode ficar com o consolo de que Reese deu uma bela fritada por tudo o que fez àquelas...

Ele estava prestes a falar *garotas*, mas, no momento em que Fig fazia a curva na Butchers Road, deu uma freada tão brusca que Nate precisou se segurar no painel empoeirado.

— Fig, que droga é...

Mas não precisou de muito tempo para descobrir o motivo da freada. Ali, na estrada, cambaleava um veado-de-cauda-branca. Um macho. Na mesma hora, Nate percebeu que não estava bem. De uma galhada ampla com seis pontas pendiam tiras grudentas de carne crua e vermelha — o que, ele sabia, não era totalmente incomum. Era só o velame que recobria os chifres e que estava saindo. Embora fosse meio tarde para isso, os machos friccionavam os chifres nas árvores para remover essa pele macia, o velame, no começo de setembro. Não, o que dava um ar de doente ao animal era o véu de secreção que cobria seus olhos, a maneira como a cabeça vergava e a baba que escorria por seu focinho longo e pescoço grosso. O bicho também estava magro; dava para ver o contorno das costelas sob a pele.

Ele andava trôpego em um círculo esquisito. Rodeava um ponto invisível de um lado da estrada até o outro. Foi difícil para Nate suprimir o calafrio que sentiu, apesar do calor que fazia no dia. Porque, é claro, sua mente foi tomada pela imagem daquelas formigas no quarto de Olly. Rodeando um rato morto. Ele sabia que uma coisa não tinha nada a ver com a outra (mas ainda assim...).

Fig saiu do carro devagar. Nate o seguiu, sem saber se era algum protocolo do qual não estava ciente. O colega já havia desabotoado o coldre. O veado não pareceu ter notado a presença dos dois. Continuou babando, espumando e mancando em sua órbita invisível.

— Precisamos tomar cuidado. Esse veado não está bem — falou Nate.

Fig concordou. Com um sussurro, ainda mais baixo que o de Nate, falou:

— Deve ser DDC.

Nate lançou um olhar interrogativo a Fig, que explicou a sigla.

— Doença debilitante crônica. Doença do cervo zumbi, como chamam. Não viram zumbis, você sabe. Mas afeta a cabeça. É causada por príons, como a doença da vaca louca.

— E qual é o plano?

Com cuidado, Fig sacou a pistola.

— Este é o plano.

Nate fez que sim com a cabeça e desabotoou o coldre, mas não sacou a arma.

— O veado está lento. Você deve conseguir dar um tiro limpo.

— O pessoal do Centro de Controle e Prevenção de Doenças pode querer o cérebro, então vou mirar no pulmão. Deve tirar o ar e derrubar o bicho.

Fig mirou, e Nate já percebeu que o homem não estava acostumado a atirar. Ele segurava a arma apoiando um polegar em cima do outro, o que era melhor para iniciantes, mas Nate achava que isso diminuía o controle. Era mais indicado manter os polegares esticados. Suas mãos até tremiam de leve enquanto puxava uma respiração curta.

— Você está bem — falou Nate. — Vá com calma, no seu ritmo. Aqui, ele está vindo.

Como previsto, o cervo chegou em uma lateral da estrada e virou para retornar mais uma vez, ainda alheio à presença deles.

— Ele está mostrando o flanco. Mire a arma e...

Paf. A pistola deu um coice na mão de Fig. O animal vacilou meio passo para o lado e parou de seguir em frente enquanto um buraco se abria na lateral de seu corpo. Um fio de sangue começou a escorrer, escurecendo sua pele. O ouvido de Nate zumbia por causa do tiro. O veado voltou a cabeça em direção a Fig. Ele soltou um balido, como qualquer cervo que emite um alerta, mas este foi um som úmido e gorgolejante que lançou uma rajada de catarro vermelho e espumoso do nariz do animal.

— Acho que ele não sentiu esse — disse Nate, com um pouco mais de pressa. — Dê outro tiro, Fig.

Fig puxou o gatilho, mas a arma não disparou. O ferrolho travou no meio do caminho — e agora Nate percebeu que não tinha chegado a ver a cápsula usada do primeiro tiro. Não ouviu o clique no chão. A arma estava travada. *Merda*. O veado abaixou a cabeça. Outro balido expelindo espuma vermelha de seu focinho. Ele pisoteou o asfalto com um dos cascos pretos.

— Nate! — exclamou Fig com a voz carregada de pânico. Ele recuou um passo em direção ao carro. Tentou puxar o ferrolho para trás — o que não era o certo a fazer — e só conseguiu travar ainda mais a arma. Tentou dispará-la novamente, mas nada aconteceu.

O veado se arremessou para a frente e não levaria mais de três passos grandes para cravar Fig à lateral do Bronco. *Bang*. Um tiro da pistola de Nate perfurou um olho do animal e saiu pelo outro. Uma bruma vermelha pairou no ar por um segundo enquanto o bicho atingia o chão, derrapando para a frente e deixando um rastro rubro e uma poça que se avolumava sob seu corpo. Fig apertou as costas contra o para-choque frontal do carro; estava quase pronto para subir ali e fugir.

— Meu Deus, puta merda! — balbuciou.

Nate baixou a Glock e depositou-a suavemente no coldre.

— O que houve foi uma falha na ejeção. Pode acontecer com uma Glock. Não dá para arrumar só puxando o ferrolho para trás. Desculpe pela demora.

— Demora, Nate? Caramba, eu estava prestes a ser pregado nesse carro que nem um papelzinho num quadro de avisos. Só não vou virar um aspersor na próxima vez que beber porque você foi bem rápido, então valeu.

Nate se aproximou do parceiro, e os dois olharam para o animal. A língua se esparramava sem cerimônia para fora da boca. Em seguida, seu focinho se mexeu.

— Merda! — exclamou Fig, recuando.

O focinho se ondulou e inchou. Uma das narinas se dilatou e algo molhado e brilhante surgiu — um verme gordo, quase do tamanho do mindinho de Nate, fez seu próprio parto do nariz do animal e estatelou-se no chão. Mas ele não estava sozinho. Um após o outro, seus amigos vermes foram se espremendo pelo nariz do veado e seguindo os demais em fila única pelo asfalto.

— É oestrose, acho — disse Fig, exibindo uma careta de nojo. — Larvas de mosca.

— Que repugnante! — exclamou Nate. — Era por isso que o cervo estava maluco, talvez? Acho que com esse tanto de vermes na cabeça, eu ficaria bem doido.

— Que nada, eles não chegam até o cérebro.

Por fim, a última larva veio se arrastando das profundezas escuras e úmidas da narina do bicho e entrou na fila com a tropa de vermes. Os dois homens observavam as larvas, em fila, avançarem centímetro a centímetro até o meio da estrada. A primeira começou a fazer uma curva, saindo da linha reta para traçar um caminho circular. As outras seguiram a rota. *Igual às formigas*, pensou Nate, horrorizado. *Igual ao veado*. Fig não pareceu notar. Entrou no carro, pegou o celular. Enquanto isso, Nate encarava a cena sem piscar, até seu próprio celular começar a tocar. Era da escola de Olly.

12

FUGA DISSOCIATIVA

O véu da escuridão se dissipou como uma cortina que se abre, e a luz invadiu os olhos arregalados de Maddie. Ela ergueu o corpo, sentando-se, enquanto ouvia os sons do bosque que a cercava: cigarras, grilos e tordos-pintados discutindo. A motosserra jazia ao seu lado, no chão. Ela pôs a mão e sentiu o motor frio.

Por quanto tempo eu apaguei? Voltou-se para a escultura, a coruja entalhada e... Ela não estava mais ali. Tinha sumido. *Puf.* Como se nunca tivesse existido. Os sinais de seu esforço estavam por toda parte: triângulos de madeira cortada, um tapete de lascas, farpas e pó de serra. Tudo à sua volta, como um círculo de proteção. Ela não tinha inventado ou imaginado nada. Ela tinha feito *algo* ali.

Sua mente frenética tentava relembrar, tentava examinar atentamente a escuridão para capturar memórias, mas nada surgia da sombra e da névoa, exceto uma coisa, que nem era uma memória completa, apenas uma sugestão: *não é a primeira vez que isso acontece, é?* Ela sabia que não. Algo nela sabia. Mas não tinha lembrança de nenhum outro apagão — era só essa certeza insana de que não, essa não era a primeira vez que apagava fazendo alguma coisa.

Porra, porra, porra. Tinha um gosto estranho na boca, como se tivesse exagerado no abacaxi — uma queimação ácida, algo entre azedo e doce, mas com um teor metálico também. Gosto de ferro, de sangue. Em algum lugar, ouviu um barulho, um zumbido distante. Não como o da motosserra, mas como vespas dentro de paredes...

Meu celular, percebeu. Era o aparelho vibrando em uma pedra próxima. Ela se levantou, um pouco tonta, e pegou o celular, vislumbrando uma série de chamadas perdidas e mensagens. Ligações da escola. Ligações e mensagens de Nate. A última de Nate: *Olly se meteu em uma briga, cadê vc?*

Que porra aconteceu? Onde diabos eu estava? E o mais estranho de tudo — onde foi parar a escultura da coruja?

13

TARTARUGAS POR TODA PARTE

Oliver estava sentado do lado de fora da diretoria. Atrás dele, uma parede de cimento. A seu lado, Caleb Wright.

— É melhor pôr alguma coisa aí — sugeriu Caleb.

Oliver se contraiu. Tocou o anel inchado de dor ao redor do globo ocular.

— É. — Fez uma pausa. — Obrigado por entrar no meio.

— Cara, quero que eles se danem. Bando de riquinhos arrombados.

— Percebi que eles não estão aqui com a gente.

— Pois é, engraçado como as coisas são.

Eles esperaram por um tempo. Foi a professora de educação física que apartou a briga — uma mulher grandona e musculosa, Sra. Norcross —, e depois disso, Olly só se deu conta de que estavam sendo conduzidos à diretoria. Os dois valentões, Graham Lyons e Alex Amati, entraram primeiro. Quando saíram, sorriram com desdém e deram uma olhada de esguelha para Oliver e Caleb que poderia ter perfurado uma artéria. Oliver viu que a mão esquerda de Graham pendia ao seu lado, meio curvada, como se ele tentasse fingir que estava normal e que não doía, mas o dedo estava estranho. Era como se o dedo tivesse torcido do jeito errado e ficado assim.

Oliver se sentiu mal. Apesar de tudo, se sentiu mal (*minha emoção padrão*, pensou no automático). Ele quase chamou os meninos para pedir desculpa, mas não conseguiu reunir coragem. E depois, eles já tinham ido. Enquanto isso, Caleb e Oliver souberam que a escola estava ligando para seus pais. *Ótimo.*

— Eu conheço Graham Lyons — falou Oliver. — Quem é o outro?

— Alex Amati. Um cretino riquinho. Jogadores de beisebol, os dois. Em Central Bucks, o lance é futebol americano, mas aqui em Upper Bucks não aguentam isso, então é beisebol. E eles são as estrelinhas do time. O que, aparentemeeeente, os torna malditos reis por aqui.

— Ah.

— Não são bons inimigos para se ter.

— É, acho que não.

— Causando uma impressão maravilhosa! — Caleb riu.

Oliver também riu. Era engraçado. Um pouco.

— Ei, cara — disse Caleb —, se você queria uma galera com quem jogar, conseguiu. A gente geralmente se encontra nos sábados. Nem sempre é D&D. Esse é só o nosso jogo do almoço. Às vezes, jogamos Star Wars ou alguma coisa alternativa da *Evil Hat*. A gente também curte jogos de tabuleiro: Gloomhaven, Betrayal at House on the Hill ou Godsforge. Se não rolar nada disso, a gente toca o foda-se e joga Magic.

— Obrigado. Seria incrível. Eu jogo tudo isso.

— Nessa escola lixo, nesse mundo de merda, a melhor coisa que posso te falar é isso: a gente precisa de amigos.

Eu tenho um amigo! Oliver pensou e repetiu aquilo na cabeça, fazendo o maior esforço para não deixar a animação transparecer no rosto, com medo de parecer estranho de um jeito trágico. Mas o gosto de vitória que sentiu foi inquestionável. Mal podia esperar para contar para a Dra. Nahid. De alguma forma, ele só acenou com a cabeça quando Caleb ofereceu um soquinho e não explodiu em mil pedaços quando o devolveu.

— Olly.

Ele se voltou para olhar... O pai. Papai olhou pra ele. Estava *furioso*. Vermelho como o pano que se usa para agitar um touro.

— Aquele é seu pai? — perguntou Caleb em voz baixa.

— Éééé.

— Putz, cara, você tá morto.

Os dois se sentaram à mesa, em frente à diretora Myers, uma mulher robusta com um cabelo emaranhado da cor do Garfield. Papai estava calado como um defunto. *Merda. Ele está puto comigo.*

— Seu filho se envolveu em uma briga hoje, provocando dois dos melhores alunos desta escola... — Ela se corrigiu de repente. — Bem, *um* dos melhores alunos da escola, e dois dos melhores jogadores de beisebol.

Oliver teve que supor que Alex não era o melhor aluno. Estava ciente de que as aparências enganam, mas Alex parecia ter a capacidade intelectual de uma retroescavadeira. Graham parecia mais esperto. Ela prosseguiu:

— Essa não é uma boa primeira impressão, Oliver Graves. Entrando em uma briga no primeiro mês na escola nova? É isso que podemos esperar de você?

— Não entrei em uma briga — protestou Oliver, olhando para o pai. — Eu não comecei. Pai, juro, eu nunca começo uma briga. Encontrei um pessoal jogando em uma mesa, então fiquei por ali, e eles foram legais comigo, mas então chegaram esses dois caras e nos xingaram de tudo quanto é nome: retardados, bicha e...

— Olha o *palavreado* — advertiu a diretora.

— Desculpa. Foi só o que eles falaram...

— Não tenho escolha a não ser aplicar uma suspensão pelo incidente.

— O quê?!

— As regras são claras; você saberia se tivesse lido. Não aceitamos violência e temos uma política de tolerância zero com...

Bam. O punho do pai atingiu a mesa, chocalhando os porta-retratos e o porta-lápis. Seu peito subia e descia. Ele enfiou o dedo na cara da diretora.

— Você não vai fazer isso — exclamou.

— Perdão? — perguntou, em choque.

— Você me ouviu. Meu filho não está suspenso. Amanhã ele volta, bem cedinho, pronto para a escola, pronto para estudar. Ou...

— Ou? — Ela se inclinou para a frente, claramente atordoada. Voltou a falar, gaguejando. — Não sei de onde você saiu, pensando que pode me ameaçar...

— Eu fui policial. Conheço o sistema. Sei como tudo isso aqui funciona. Também já fui criança e me lembro muito bem dessa mesma ladainha lá atrás. Os valentões mexem com uma pobre criança e então a vítima dos valentões se dá tão mal, ou até pior, do que eles. Vamos esquecer isso aqui e jogar na conta de um dia ruim, da parte de todos. Porque conheço advogados. Conheço os melhores piores advogados. O tipo que tem tudo quanto é truque sujo na manga. E olha que vários deles ainda me devem favores. Você quer esse pessoal na sua cola? Então me provoca. Mexe com meu filho. Experimenta dar uma suspensão, detenção ou qualquer coisa além de um sorriso pra ele pra você ver.

A boca da diretora Myers se fechou em uma linha sombria.

— Muito bem — falou, por fim. — Vamos jogar na conta de um dia ruim.

Oliver teve vontade de gritar de alegria.

— Obrigado — falou.

— Uhum. — Foi a resposta de Myers.

— Vou levar meu filho pra casa agora. Arranjar uma compressa de gelo ou algo assim pra esse olho roxo. Tenha um ótimo dia, diretora Myers.

— Sim, sim, tchau.

Os dois se sentaram em um banquinho de parque em frente a uma sorveteria — a Sorvete Ria, *ha ha* — para tomar duas casquinhas. Chocolate, avelã e marshmallow para o pai, sorvete arco-íris para Oliver. Oliver segurava a casquinha com uma mão e, com a outra, pressionava uma bolsa de gelo — oferecida com zelo por um funcionário da sorveteria — no olho machucado. Eles não tinham trocado muitas palavras desde que saíram da escola. E também não falavam muito agora.

— O sorvete tá bom — disse o pai.

— Dá pra perceber, tem sorvete por toda... — Oliver fez um gesto indicando a barba.

— Ei, a barba preserva o sabor. Vou aproveitar esse sorvete o dia todo. — Ele piscou.

— Tá meio quente aqui fora.

— Tá mesmo.

— Mudança climática, acho.

O pai encolheu os ombros.

— Deve ser.

Depois, pareceu resoluto, como se tomasse uma decisão, e botou para fora:

— Certo, filhão, existem três tipos de pessoa neste mundo.

— Hum, tá.

— Só... só acompanha o meu raciocínio. Então, digamos que tenha uma tartaruga atravessando a rua. Um dos tipos de pessoa vai passar reto e pronto. Vai tentar desviar da tartaruga, mas também não vai se incomodar em tentar ajudá-la. Tem outro tipo de pessoa que vai parar o carro, sair, ajudar a cascudinha a chegar até o outro lado. Pode ser que a pegue no colo ou que desvie o trânsito. E tem também o terceiro tipo de pessoa. O tipo que vê a tartaruga, vira o volante em direção a ela e atropela a desgraçada. Esmaga o bicho como uma panqueca. Só pra ouvir o barulho. Bom, a maior parte das pessoas é do primeiro tipo. Elas não fazem muito esforço pra agir bem ou mal. Algumas outras, como certos colegas policiais que tive, com certeza são do terceiro tipo. Essas aí, são capazes até mesmo de saírem para dar uma volta de carro caçando tartarugas para atropelar. E você...

— Sou do segundo tipo. — Não foi para contar vantagem. Oliver nem sabia se era uma coisa boa ou não.

— Você é, amigão. Você é. Foi por isso que eu te defendi lá na escola. Porque conheço bem o tipo de idiota que mexeu com você. Graham Lyons, ele é do terceiro tipo. Por coincidência, conheço o pai dele. Rick. Valentão que nem o filho.

— Eu fiz um amigo — disse Oliver, mudando de assunto.

— Que bom. Eu também, talvez. — E então o pai conferiu o celular. — Caramba. Não sei por que sua mãe não está respondendo as mensagens. Termina aí. Melhor a gente ir pra casa.

14
AQUELE APERTO NO PEITO

Outra vez, hora de dormir. A casa dava estalos e rangia em reclamações reumáticas, queixumes do tempo e do cansaço e talvez a dor de alguma memória antiga.

Maddie estava agitada. Não conseguia se concentrar no seu livro. Para ela, os livros eram uma forma de desligar um pouco o próprio cérebro e pegar o de outra pessoa emprestado por um tempo. Também tinha outras técnicas: ioga, meditação, programas de culinária e, é claro, o *trabalho*. Todavia, seu trabalho não era um lugar de conforto e apoio nesse momento: era outro fardo, algo que lhe dava mais perguntas do que respostas.

Então, retornou ao livro. Hoje seria *Robbing the Bees*, escrito por Holley Bishop, uma não ficção sobre a história da apicultura. Na última leitura, descobriu que, quando uma nova abelha rainha nasce numa colmeia, ela dá início a uma chacina frenética, matando suas concorrentes da realeza que ainda não nasceram e concluindo com o assassinato da rainha antiga — sua própria mãe. Mas agora não conseguia absorver as palavras. Passava o olho várias vezes pelo mesmo parágrafo, certa de que conseguiria ler daquela vez, mas sempre fracassando, sem entender patavinas.

Ela não parava de reviver os eventos do dia. Principalmente aquele momento perturbador: o apagão. Com uma *motosserra ligada* em sua mão. E, quando acordou, sua criação tinha desaparecido. A única hipótese era alguém ter roubado. Só podia ser. Será que ela tinha sido nocauteada? Como é que isso podia fazer algum sentido? Ela se *lembrava* do momento em que apagou, ou, pelo menos, conseguia ter uma última recordação de estar esculpindo as penas, dando forma às asas, quando... Ouviu um barulho de asas? *Caramba, Maddie, pensa!*

— Nós não vamos conversar sobre isso? — perguntou Nate subitamente.

— O quê?

— O quê? Como assim o quê? — Ele se endireitou com um grunhido. — Onde você esteve hoje? A escola ligou, você não atendeu. Depois conseguiram me encontrar. Então eu te mandei mensagem...

— Eu estava no bosque. Com a motosserra ligada. Não deu pra ouvir — respondeu. Não era verdade. Uma meia-verdade, de qualquer modo. Mas o que mais poderia dizer? *Desculpe, querido, eu tive um apagão e a escultura que estava fazendo ganhou vida e saiu voando*. O que a incomodava é que, além de perder o controle, ela tinha perdido algo a mais: as ligações, as mensagens. Ela não estava presente. Foi como se perder em um sonho, ou em um coma. Pior era aquela sensação persistente de que aquilo já tinha acontecido antes. — Deu tudo certo. Você foi do caramba.

— Olly se meteu numa briga, Mads.

— Oliver *não* se meteu numa briga. Ele entrou em conflito com um aluno imbecil e a imbecilidade esperada aconteceu. Ele ainda vai encontrar muitos imbecis.

Com isso, Nate resmungou. Ficou sentado em silêncio por um tempo e disse:

— Tive que matar um cervo hoje.

— Ah, sinto muito. — Ela tentou imaginar como seria, mas não conseguiu. — O que houve?

Ele contou a história — um veado doente, andando em círculos, avançou em Fig. Ele atirou. Contou também que o bicho estava cheio de vermes, e acrescentou:

— Os vermes, acho que algum tipo de larva de mosca, saíram e fizeram como aquelas formigas, ficaram andando em círculo. Como o cervo. Que estranho, não é?

— Tenho certeza de que é normal — insistiu, com o maxilar cerrado, mesmo que seu cérebro berrasse: *não é normal, não é normal, tem alguma coisa errada, uma coisa muito errada*.

— Espero que Olly fique bem. Na escola. Na *vida*...

— Nate — interrompeu Maddie, tentando, em vão, não se eriçar. — Será que podemos ir dormir? Você não é de falar tanto a essa hora, e eu só quero relaxar. Tenho que ligar pra Trudy da galeria amanhã, preciso continuar o serviço no celeiro e também preciso *silenciar* minha mente um pouco, ok?

Ele assentiu com a cabeça e virou de lado. Maddie pegou o livro. Tentou ler, mas tinha perdido o ritmo. As palavras se borravam e escorregavam pela página. Fechou o livro com cuidado e descansou-o sobre o peito, ligando os ouvidos para os ruídos externos. Não ouvia mais o alarido e o tumulto da Filadélfia, o som de pessoas e veículos, de aviões sobrevoando a cidade e latas de lixo colidindo (e sirenes, muitas, muitas sirenes). Só ouvia um coral de insetos noturnos. O chilreio, o zumbido, o *cri-cri-cri*, lá na escuridão profunda do bosque. De algum modo, parecia mais alto aqui do que lá. Tanto na cabeça dela quanto fora.

Nate sabia que era um sonho enquanto ainda sonhava. Ele estava parado no meio das rochas negras e recortadas do parque Ramble Rocks. A névoa deslizava por entre as pedras como um fantasma silencioso. O ar estava frio, mas ele só usava uma regata branca e uma samba-canção esfarrapada — uma blusa que ele nem tinha na vida real, sinal de que aquilo não era de verdade.

No sonho, seu filho, Oliver, se detinha à sua frente. Estava com as bochechas molhadas, como se tivesse chorado. O punho de Nate pulsava. A boca do garoto estava partida. Uma linha vermelha e brilhante de sangue ligava seu lábio ao queixo. *Isso não está acontecendo*, pensou Nate. *Acorde!* Mas o sonho seguiu. Nate fechou a mão machucada e disse ao filho:

— O que você aprontou?

Não, aquilo não estava certo. *Ele* não falou aquilo para o filho, ele *se ouviu* falar. *Sentiu* a boca mexer e a vibração das palavras no peito. Não era algo que fez por vontade própria. Era algo que *testemunhou*.

— Desculpa — gaguejou Oliver.

— Quem pede desculpa é mariquinha — vociferou Nate. Em sua voz, havia o eco de outra voz: a de seu pai. *Não, não, não.* — Você estragou tudo. Não é? Ferrou legal com tudo.

— Foi... foi sem querer...

— *Foi... foi sem querer.* — Nate se ouviu falar em um tom de chacota. Zombando do próprio filho. Ele queria avançar e apertar o próprio pescoço, queria dar um soco nessa boca infame. *Cale a boca, cale a boca, cale a boca.* Mas continuou a falar enquanto dava mais um passo em direção ao filho.

— Olha só pra você, se curvando como sua mãe. Você fez merda. Precisa assumir isso. Você é uma maçã que caiu de uma árvore perfeita, mas ficou ali parado e apodreceu na grama. Não é? *Não é?*

— Pai, por favor...

— Calado. Você provocou isso. Você estava pedindo. — Puxou o ar entre os dentes: *tsc.* — Como se o mundo não fosse ruim o suficiente, né, Oliver? Você tinha que esticar a corda, né? Caçando briga na escola. Fazendo amizade com aquele... bando de esquisitões, vivendo na fantasia.

Ele sentiu as palavras saindo de sua boca e fez de tudo para reprimi-las, notando então o vapor de uísque que emanava. Um bafo de uísque barato, amadeirado, morno e ácido como urina.

— Não vai se repetir...

Ele chegou mais perto do filho. Oliver tentou escapar de sua mão. E, então, *bam.* Nate sentiu a vibração passar do punho para o cotovelo e para o ombro. A cabeça do filho tombou para trás com a pancada. *Tap.* O menino vacilou e olhou para o pai com um olho destruído. Seu olho esquerdo tinha estourado como uma uva verde, e geleia ocular vazava. Nate se ouviu gritar.

O garoto retrocedeu alguns passos, chocando-se contra uma rocha atrás dele, que não estava ali antes. Ou estava? Nate não se lembrava. A rocha era longa e achatada, como uma mesa, mas parecia também uma bigorna por causa da base.

De repente, um tiro disparou — o estampido de um rifle cortando o ar como um machado que parte uma tábua, *crack*, e a cabeça de Oliver foi lançada novamente para trás. No meio de sua testa agora havia um buraco de queimadura de cigarro que pingava sangue. O fedor de ovo da pólvora enchia o ar.

Oliver caiu de costas sobre a mesa, pousando com o corpo estirado. O sangue de sua cabeça encontrou os sulcos da pedra e correu pelos vincos rochosos até chegar na borda da mesa, de onde pingou sobre o cardo e a grama. Ao mesmo tempo, o céu escureceu e uma chuva viscosa começou a cair, um pingo por vez — *plaf, plaf, plaf.*

Nate despertou arfando. O tempo passou, a noite se aprofundou. Ele estava ensopado de suor. O sonho grudara em sua pele como um cheiro ruim. *Foi só um sonho*, pensou. *Olly está bem, foi só um sonho.* A casa tinha mexido com ele, disse a si mesmo.

Tentou voltar a dormir. Virou para a direita, depois para a esquerda. Então se deitou de costas. Suspirou e ficou encarando o teto escuro. Maddie roncava de leve, como uma serra suave roçando a madeira. Ele se concentrou nessa respiração macia. Antes pensara que ela não suportaria morar no interior. Mas talvez fosse ele quem não suportasse. Porque suas noites tinham sido todas assim desde a mudança. Ele pegava no sono por umas três ou quatro horas, pesadelos costuravam sua noite, e então já era de manhã.

Com a ausência de sono, ficava deitado com a sensação de que, de algum modo, a casa estava *acordada* — e agitada. Não era só a casa que tirava sua paz, ela também parecia não ter paz. Nate fitou a escuridão. Ele quase esperava ver o pai ali, encarando-o do canto. Ou pior, da beira da cama. *Arma na mão errada*, pensou. Que visão estranha, aquela. Alucinação causada pelo estresse, supôs. Mas não tinha ninguém ali.

Ele sentou-se com um grunhido e saltou para fora da cama, pés descalços sobre o chão de madeira. O quarto que usavam agora era o mesmo onde ele dormira na infância — sua memória muscular deu as caras e ele nem precisou fazer esforço para visualizar a disposição da casa. Saiu do quarto e caminhou pelo corredor, as tábuas rangendo e gemendo.

Nate subiu a escadinha do sótão para dar uma espiada em Oliver. *Ele não está aqui. Não está na cama. Sumiu.* Mas então sua visão se acostumou, e ele viu o corpo comprido de Olly todo enrolado nos lençóis. Metade da cabeça embaixo do travesseiro, braços e pernas esparramados.

Nate expirou aliviado e desceu as escadas até a cozinha para pegar um copo d'água. A água tinha um gosto estranho — amarga e com um sabor mineral forte. Ele fez uma anotação mental para marcar uma análise.

Então, na calada da noite, no breu da casa, um som chegou até seus ouvidos. Distante e ínfimo, mas persistente. *Tic. Tic. Tac.* Que diabos era aquilo? Não parecia um som normal de uma casa na madrugada, mas causou um arranhão de familiaridade na madeira de sua memória. Só não sabia ainda o que era.

Apurou os ouvidos. Nada. Ele se deu por vencido, baixou o copo e... *Tac. Tic.* Sua boca secou, as mãos ficaram úmidas de suor. Uma reação absurda para um ruído tão pequeno e inofensivo — não era nada preocupante, nenhum ladrão arrombando a porta. Uma vozinha trouxe de volta à sua mente a imagem do pai, morto, mas repentinamente acordado na cama, arquejando, enquanto sua outra versão estava encostada no canto, com a arma na mão... O tique-taque de quando mexia na trava de segurança com o polegar... Não era aquilo. *Aquilo*, na verdade, como Nate decidiu, não tinha sequer acontecido. Foi só uma ilusão, um momento de choque diante da surpresa causada pela... Como era mesmo o nome? Respiração agônica.

Ele voltou a ouvir o barulho vindo de algum lugar perto da parte da frente da casa. Não fez esforço algum para ficar quieto e saiu da cozinha, passando pela porta do porão, cruzando a entrada da sala de jantar à esquerda, a sala de estar à direita e — ali. A resposta. Um bando de vaga-lumes se amontoava na janela quadrada da porta de entrada. Ele observou um dos insetos se afastar e dar impulso para a frente, chocando-se no vidro. *Tic, tac, tic.* Os bichos, dando batidinhas leves antes de se acalmarem.

Mais alguns vaga-lumes se juntaram ali, cada um emitindo um brilho verde etéreo. Luzes fantasmagóricas se retorcendo na obscuridade. Nate estava surpreso. Não se recordava de ver vaga-lumes por aí nessa época do ano. O verão já tinha terminado. Mas ainda estava quente. Talvez a temporada de vaga-lumes fosse outra agora, afinal, a mudança climática tinha bagunçado com tudo, não? As estações não eram nem estações mais.

Ele avançou alguns passos até chegar na porta. A essa proximidade, o brilho dos vaga-lumes iluminava os próprios insetos e seus corpinhos alongados rastejando para lá e para cá. Nate encostou um dedo no vidro.

Não sabia ao certo por que tinha feito aquilo, mas algo o compelia ao gesto. Conforme pressionou a ponta do dedo contra a janela, assistiu aos insetos começarem a se enfileirar. *Não.* Lentamente, fizeram uma espiral e formaram um carrossel de vaga-lumes brilhantes. Deram voltas e mais voltas. Alguns levantavam um voo momentâneo, como se tentassem fugir do vórtex de seus iguais, mas logo se punham em fila de novo, em uma órbita ao redor do dedo de Nate, cuja ponta pressionava o outro lado do vidro. *As formigas, o cervo e as larvas. Agora, os vaga-lumes. Tem alguma coisa errada.*

Ele arrancou o dedo dali, o que pareceu romper com o movimento. A espiral se dissolveu e eles se dispersaram. Nate os assistiu afastando-se, mergulhando na escuridão, o lampejo verde reluzindo sobre o gramado. A lua por entre árvores projetava longos braços de luz, e as árvores, por sua vez, projetavam longas pernas de sombra.

Passeou os olhos pelo bosque e encontrou uma árvore. Uma árvore estranha da qual não se lembrava. Pequena, mais perto da casa do que deveria estar, no quintal da frente. A árvore se moveu. Ele piscou para garantir que o que estava vendo era real. Não era uma árvore. Uma silhueta se detinha na beira do quintal, bem na borda do bosque.

Não dava para entender bem, mas Nate via o clarão do luar contornando uma figura alta. Piscou de novo, ciente de que estava vendo coisas mais uma vez. Era só a cabeça dele entrando em parafuso pela falta de sono. Ou talvez fosse outro sonho. Ele contemplou a imagem, com a certeza inabalável de que a silhueta logo revelaria ser uma árvore, mas então a cabeça da figura se mexeu, inclinando-se como um animal confuso.

Um animal. *Só um cervo*, pensou Nate, mas seu coração apertou como se uma mão o espremesse. Mesmo repetindo sem parar a si mesmo, *é só um cervo, só um cervo*, ele se viu disparando escada acima, mantendo-se em silêncio tanto quanto possível. *Só um cervo, tem que ser isso*, pensou enquanto entrou sorrateiramente no quarto e pegou um pequeno cofre escondido sob a cama. Apertou o dedo na trava e ouviu o som do mecanismo se abrir em um clique. *É só um cervo, mas por precaução.*

Apanhou uma pistola lá de dentro — uma velha Browning Hi-Power 9mm — e encaixou o carregador no compartimento antes de descer as escadas às pressas na ponta dos pés. Nate abriu com calma a porta da frente, com a pistola na mão. Saiu pelos degraus de pedra rachados. A silhueta ainda estava lá, como se esperasse por ele. *Só um cervo, só um cervo.* Ele passou os olhos pelas bordas do quintal, esperando a galhada ou outra parte do animal se manifestar, quatro patas, não duas, talvez um vislumbre do rabo, mas não encontrou nada disso. Engoliu em seco e chamou:

— Ei.

Após um momento, a figura se virou e começou a correr. O coração de Nate disparou, impelindo-o a se mover, mover, mover — então saltou pelo gramado cheio de folhas, acionando a pistola. Ele viu a sombra trombando nas árvores, cada vez mais fundo no bosque, enquanto a seguia, de pés descalços. Nate pulou de uma plataforma de terra, despedaçando um emaranhado de espinhos secos. Seus olhos foram se adaptando ao ambiente conforme avançava a passos largos pelos trilhos de luar, perseguindo aquela presença, que trotava à sua frente em grandes pernadas. Os galhos cortavam as bochechas e a testa de Nate. Ele quase tropeçou e caiu numa vala coberta por folhas entre as árvores, lugar onde antes havia um tronco que agora apodrecia e virava húmus. Uma pontada de dor beliscou seu tornozelo e subiu até a panturrilha, mas ele continuou.

Ocorreu-lhe que *estavam indo em direção ao parque.* Em direção ao parque Ramble Rocks. Ao lugar de seu sonho. De repente, ultrapassou a margem do arvoredo e pisou na grama macia. Diante dele, sob um raio de luar, havia um homem. Estava fincado ali, como que preso pela lança de luz. A figura era alta como um espantalho e magra como um prisioneiro. Uma barba longa e desfiada que mais parecia um ninho de rato caía em cascata por seu peito nu. Uma barriga protuberante se projetava sobre o cós de uma calça jeans esfarrapada. Nate viu feridas que marcavam a pele do homem, feridas que pareciam mordidas pequenas, pápulas. Nate se deteve no meio do caminho e levantou a arma, apontando-a para ele.

— Você. Quem é você? Você estava no quintal de minha casa.

Foi aí que ele viu o rosto do desconhecido. Ele se *mexia.* Algo atravessava o rosto, pontos pretos se retorcendo sob a luz. Brilhantes e frenéticos. Contorcendo-se. Ouviu o zumbido de asas. Moscas, percebeu. Mutucas, talvez. Então se acenderam em um fulgor macabro: *vaga-lumes.*

— Quem. É. Você?

A boca do homem se escancarou, revelando uma coleção de dentes malformados e uma língua pálida e serpenteante. A boca continuou a abrir, fazendo ruídos, até que inesperadamente deu um estalo mais alto, como se algo lá dentro tivesse quebrado, embora a pele não tivesse rompido, o que deixou a mandíbula pendurada no emaranhado da barba, como um balanço de varanda quebrado.

O homem começou a ganir, soltando um lamento longo e pesaroso, e então o mundo se acendeu, as luzes ofuscando a escuridão, uma trovoada silenciosa de ar açoitando o peito de Nate. A luz atravessou o estranho, levando tudo embora, apagando-o.

15
O ESCRITOR

Nate resfolegava. Seus olhos piscavam, e ele se protegeu da luz repentina com o antebraço. A silhueta, o homem alto de barba esfarrapada, tinha sumido. Ele percebeu que estava ofegante, como um cachorro machucado. Seus arquejos irregulares eram tudo que preenchia o mundo, expandindo o vazio. Então, ouviu uma voz chamá-lo:

— Ei, camarada, tudo bem aí?

Na direção da voz, uma sombra surgiu — outra pessoa, um homem, desta vez não era o estranho esquelético, mas um homem comum em todos os sentidos: altura mediana, peso mediano, tudo. A voz dele tinha a amabilidade de um tio, o timbre de um amigo que você ainda não conheceu.

— Eu... — Nate olhou para a pistola pendurada na mão e a deixou cair ao seu lado, percebendo que a apontava em direção à outra sombra. — Estou bem, obrigado.

O homem chegou mais perto. Ele era mais velho. Tinha cinquenta e tantos, talvez sessenta e poucos anos. Ainda era difícil distinguir seus traços por conta das luzes que brilhavam atrás dele — não era a luz da lua, mas de refletores que vinham de uma casa. Nate se deu conta, de súbito, que estava na casa do vizinho, não estava? *Oh-oh.* O homem deve ter chegado a uma conclusão parecida a respeito do sujeito que se encontrava em seu gramado. Ele disse:

— Você é o cara que mora aqui ao lado, acertei? Acho que somos vizinhos.

— Eu... — Nate estremeceu, ruborizando de vergonha. — É isso mesmo.

O constrangimento cedeu lugar à preocupação. Ele não queria perder o emprego, e perambular pelo quintal do vizinho depois da meia-noite com uma 9mm carregada *não* era a melhor forma de garantir sua permanência em um emprego na prefeitura. Mas, então, o homem disse, com um aceno do braço:

— Quer entrar um pouco? Eu durmo bem tarde. Ficaria feliz em te oferecer uma bebida, se você aceitar.

— Não quero incomodar.

O homem riu.

— Digamos que a gente já passou dessa fase, amigo.

— Creio que sim. Claro, só uma bebida.

— Tudo certo, então. — O homem bateu uma palma. — Vamos entrando.

A casa era triangular como um chalé. Um deque na parte de trás, uma varanda suspensa na parte da frente. Lá dentro, o ambiente era arejado e aberto — tão aberto que criava uma sensação de vazio, quase sugerindo o abandono. Para onde quer que Nate olhasse havia madeira — chão de madeira, vigas de madeira, balcões de madeira, árvores lá fora. A casa tinha um toque minimalista e moderno, mas também um ar de cabana de esqui. O único detalhe digno de nota era uma dupla de estantes altas recostadas na parede de trás — não era o tipo de estante que se tinha para fins decorativos, não mesmo. Estavam cheias de livros largados, bagunçados, enfiados em vários sentidos, muito usados, muito desgastados. Muito *amados*.

O homem pegou um banquinho que estava ao lado de um balcão e largou-o no chão para Nate sentar-se, depois contornou o balcão.

— O que você vai querer? Ah, caramba, meu nome é Jed, por sinal, Jed Homackie. Escolha seu veneno, como dizem por aí. Tem vinho, cerveja, sidra, hidromel e, claro, um armário só para as coisas mais fortes. Se você for da turma do uísque, a gente pode dar uma voltinha pela Escócia.

— Ah, perfeito, pra mim tá ótimo. Aliás, sou Nate Graves.

— Graves, hum. Filho de Carl?

O LIVRO DOS ACIDENTES   91

Ele hesitou.

— Sim.

— Sinto muito por sua perda — disse o vizinho.

Depois, em um tom mais baixo e malicioso, acrescentou:

— Espero que você não leve a mal, mas seu pai era um verdadeiro pé no saco quando queria.

Nate sentiu uma onda involuntária de riso escapar dele.

— Você acaba de descobrir que nesse quesito estamos em pleno acordo, Sr. Homackie.

— Jed, pode me chamar de Jed, puxa vida.

Nate deu uma boa olhada em Jed Homackie agora — sua aura de tio também transparecia em sua aparência: sem dúvida, ele tinha cara de tio de alguém, ou, talvez, tio de *todo mundo*. Tinha um sorrisão e sobrancelhas eriçadas de taturana, mas também olhos escuros que pareciam estudar tudo com cuidado, esquadrinhando o mundo com a estratégia perspicaz de um campeão de xadrez.

Bateu uma garrafa no balcão entre os dois: um uísque *The Balvenie*, doze anos. Depois, dois copos. Jed serviu dois dedos da bebida em cada. Nate baixou os olhos para a pistola em sua mão, acanhado.

— Ah...

— Não atire — exclamou Jed com um gesto de rendição. Logo soltou uma risada e acenou, indicando o balcão. — Pode deixar aí, tranquilo.

Nate soltou a câmara, tirou o carregador e acomodou tudo a seu lado. Depositou a ponta achatada da única bala sobre a superfície, de modo que ela ficou em pé, como um guardinha dourado. Com uma piscadela e um aceno de cabeça, Jed ergueu o copo:

— Existem muitas formas de brindar — disse —, mas a minha preferida é essa aqui: *Nie mój cyrk, nie moje małpy.*

Nate lançou um olhar interrogativo, e Jed traduziu o brinde com um falso sotaque polonês: Não é meu circo, não são meus macacos. Eles tilintaram os copos e beberam. Uma enxurrada de caramelo morno preencheu a boca de Nate, como o calor de uma torta de maçã que acaba de sair do forno.

— Isso aqui não é brincadeira — elogiou.

— É de Speyside. Bom pra caramba. *Muito* bom. Como manteiga na panqueca.

— Bem, muito obrigado por dividir comigo, Jed.

— É um prazer, Nate.

Ficaram ali sentados por uns minutos. Até que Nate disse:

— Sobre a arma...

— Bah, você não me deve nenhuma explicação se não quiser. Sou um homem que valoriza a privacidade.

— Acho que você tem direito de saber. Para ser sincero, pensei na possibilidade de inventar alguma mentira, falar que era um urso ou qualquer coisa assim.

Jed balançou a cabeça e estalou os lábios depois de dar outro gole no uísque.

— Tem ursos por aqui. De vez em nunca, mas tem. Coiotes também.

— Eu sei, mas a verdade é que... Eu achei ter visto uma pessoa.

— Continue.

— Em meu gramado. Uma... Silhueta, um homem, parado ali.

Jed se inclinou para a frente, em um gesto quase conspiratório.

— Hum, isso *é* preocupante.

— Então peguei minha arma e fui atrás dele.

— Sensato. Eu teria feito o mesmo, quer dizer, se não fosse um liberal de coração mole. Não que eu tenha problemas com a posse de armas, amigo, não mesmo! Só acho que eu não *conseguiria*. Apontar a arma, puxar o gatilho. Fico com as pernas bambas só de pensar. Sou um cara pacifista, quaker de criação, mas não praticante hoje em dia.

Nate suspirou.

— Não tenho coração mole, de jeito nenhum, mas votaria nos Democratas oito em cada dez vezes. E a última coisa que eu quero é uma arma. Mas tive que ser treinado para usar isso aqui: eu era da corporação lá na cidade.

— Policial, você quer dizer.

— Exato.

Jed abriu um sorriso ainda maior, serviu mais uma dose para si mesmo e adicionou um jorro generoso no copo de Nate.

— Então me permita agradecer por seu serviço. A polícia é muito importante e todas essas coisas.

— Obrigado, mas acontece que as pessoas na rua tinham muito mais a temer da nossa parte do que o contrário. — Sentiu-se relaxando, espantando um pouco o peso do estresse. Havia algo em Jed que era afável e fácil de lidar, como se o homem fosse uma esponja feliz, sugando todas as energias ruins e sacando tudo sobre você. — Você conhecia bem meu pai?

— Não muito. A gente se trombava, como acontece com todo vizinho. Ambos temos muita terra, como você já sabe, então não havia muito motivo para interagir, mas ele reclamava de vez em quando. Eu tenho um defumador, gosto de defumar carne, e isso azedava o humor dele. Às vezes, eu punha música para tocar nos alto-falantes que tenho lá fora. Nada muito doido, não é que eu ouvisse heavy metal ou rap no volume máximo, mas isso também o incomodava. — Jed se aproximou com o olhar baixo, como se estivesse prestes a confessar um segredo de estado. — Eu tenho a impressão de que ele não era um homem muito *feliz*.

— *Infeliz* é eufemismo. Eu diria *miserável*. Geralmente seguido por *cuzão*.

— Bem, de qualquer forma, novamente, sinto muito por sua perda.

— Eu não sinto. Fico feliz que ele tenha partido.

A expressão sombria de Jed logo se desfez — a carranca se transformou em um sorrisinho malicioso.

— Eu sentia o mesmo por meu pai. Um filho da mãe de primeira. Pior que uma jararaca atiçada. — Ele bufou e olhou para o nada por um instante. — Vamos falar de coisa melhor. De *pessoas* melhores.

— Um brinde a isso — disse Nate.

E novamente tilintaram os copos.

— Você já... — Nate começou, mas as palavras morreram em sua boca.

— Eu já o quê?

— É besteira.

— Não, não, continue, por favor.

— Você já viu alguém por aqui? Uma pessoa, no bosque?

— Uma pessoa no bosque, ah, sim, claro. Em geral, perto da temporada de caça. Uma vez vi um idiota saindo todo desajeitado de lá. Tinha nevado e ele estava com uma daquelas roupas de camuflagem para neve. Parecia até que tinha saído do filme *Estação Polar Zebra*! Armado até os dentes também. Ele tinha um daqueles... Como chama mesmo? Aqueles rifles militares.

— Um fuzil AR-15 ou alguma coisa parecida.

— Isso, do tipo que eles sempre usam para atirar em escolas ou locais de trabalho. Enfim, ele surgiu do meio das árvores e foi entrando pelo gramado, não estava nem aí. Eu saí e gritei com ele. Não tinha arma, então peguei um facão de cozinha e uma panela e fiquei batendo a faca na panela que nem um maníaco. Descobri que, se as pessoas acharem que você é um doido varrido, elas ficam mais *cautelosas* perto de você. Ele levantou os braços e deixou a arma pendurada, falou que não sabia que era uma propriedade privada. Eu respondi para ele: "Nossa, o que entregou? A caixa de correio? O acesso à garagem sem nenhum pingo de neve? A *casa* grande? Ou fui eu balançando uma faca e um utensílio de cozinha?" Ele gaguejou um pedido de desculpa, disse que tinha atirado em um veado, mas só pegou de raspão, e pensou que o bicho tinha entrado no quintal. Não que ele soubesse que era um quintal.

— Jed soltou uma risadinha. — Mas não é esse tipo de pessoa a que você se refere.

— É, não. Não é bem isso. Mas agora sou guarda-florestal, então, se isso voltar a rolar, me dá um toque. — Ele suspirou. — Eu só... O homem que vi era alto, magrelo, barbudo. Ele parecia, sei lá, sem-teto? Doente, talvez. É possível que meus olhos tenham me enganado. Quem sabe eu seja o maluco.

— Talvez, velhinho, talvez. Mas... — Jed agitou um dedo, não em reprimenda, mas em um gesto de quem se lembrava de algo. — Tempos loucos, estes. E esta nossa região aqui é curiosa. É rural, mas perto da rodovia, o que traz todo tipo de gente pra cá. Ainda por cima, temos uma epidemia de drogas por aqui, narcóticos, metanfetamina mais ao oeste, depois de Kutztown, mais para o interior mesmo. Então já temos um grupo de esquisitões e aberrações bem mais peculiar do que o habitual. E... — Baixou a voz. — *Estamos* perto de Ramble Rocks.

Nate sentiu um arrepio intruso colar em seu pescoço.

— Ramble Rocks.

— O parque, é claro.

— E o que isso tem a ver com a história?

— Bem. — Jed se afastou, como se entrasse no modo palestrante. — Além das histórias das pedras, você já deve ter ouvido o que falam sobre o túnel, com certeza.

— Ouvi, sim.

— Duvide você ou não, tem sempre aqueles que acreditam na coisa. Adoradores do diabo e tal.

— Acho que o satanismo é um medo que deixei na infância, e melhor que fique lá.

Quando Nate era criança, tudo era culpa do satanismo — de sequestros a abusos sexuais. As pessoas iam presas por serem adoradoras do satanás, sem nenhum pingo de evidência, mas depois eram geralmente inocentadas — *anos* depois. Não houve um caso comprovado sequer, mas a histeria é uma droga poderosa.

— Não rejeite essa hipótese tão rápido. Eles encontram animais mortos no túnel de vez em quando. Sacrificados, quem sabe.

— Ou só atropelados por algum palerma com seu 4x4.

— Justo. Talvez fantasmas então.

Nate riu, depois viu que Jed estava sério.

— Fantasmas.

— Você não acredita?

— Em fantasmas? Acreditava, quando eu tinha 10 anos.

— Ah, Nate, espera aí. Nós moramos em uma região famosa por seu envolvimento com espectros. A Guerra de Independência e, não muito mais ao sul, a Guerra Civil causaram um número espantoso de mortes brutais. Sem contar as mortes menores e mais comuns, aquelas causadas por cálculo humano, crimes passionais, suicídios de enlutados e acidentes misteriosos.

— Você parece ter um interesse bem profundo por esse assunto.

Os olhos de Jed faiscaram.

— Pelo esquisito e pelo fantástico? Tenho mesmo. Um interesse *profissional*.

— Não me diga que você é caça-fantasmas.

Jed estalou os dedos, deu uma piscada e se dirigiu cambaleante até a estante. Parou na metade do caminho e acenou para Nate.

— Venha, venha. Não vou fazer essa viagem sozinho.

— Ah.

Nate saltou do banquinho, surpreso com a oscilação que sentiu bem dentro do crânio, seu cérebro balançando para um lado e depois para o outro. *O uísque*, lembrou. Recuperou o equilíbrio e foi até lá.

Jed fez uma apresentação digna de programa de auditório. No meio da estante, havia uma prateleira inteirinha só para livros de crimes reais — o tipo que Maddie lia ocasionalmente. Exceto pelo fato de que esses aqui não se encaixavam exatamente na categoria *crimes reais*, e sim na de *não ficção histórica assombrada*. Livros como *A Maldição da Mansão Sibley*, *O Trem Fantasma (E Outros Transportes Assombrados)* e *Lendas Perdidas de LBI: As Histórias da Misteriosa Long Beach Island*. O nome do autor na lombada dos livros era JOHN EDWARD HOMACKIE.

— John Edward — disse Nate. Então entendeu. — Jed.

— Ponto pra você.

— Você escreveu todos esses?

— Tudo sozinho. Foi assim que ganhei meu pão, por assim dizer. — Ele fez um gesto largo, como que para contemplar sua casa e suas várias coisas. — Bem, antes eu escrevi um monte de porcaria e fiz jornalismo esportivo sob pseudônimo, mas depois que peguei ritmo escrevendo isso aqui, a coisa decolou para mim. Uns dois bestsellers, mas, juntando tudo, dá uma boa grana em direitos autorais. — Ele pareceu triste de repente, quase perdido. — Não escrevo nada há um bom tempo.

— Por que não?

— A vida atrapalha — respondeu, ainda sorrindo, mas com uma certa dureza nas palavras. Como se escondesse algo.

Nate decidiu que não era seu papel ficar sondando. Passou o olho pelos livros, e um deles chamou sua atenção: *Sacrifício em Ramble Rocks: Os Assassinatos Satânicos de Edmund Walker Reese*. A face do assassino o encarava com malícia da capa, uma estética preto e branco em alto contraste. Tinha olhos pequenos e uma boca fina e faminta presa entre uma cerca farpada de barba negra. Ao que perguntou, erguendo a sobrancelha:

— Assassinatos satânicos?

Jed fingiu certo acanhamento.

— Bem, você sabe como é, Nate. Quanto mais apelo, mais gente compra. — Uma máscara de seriedade cobriu seu rosto. — Só que tem um fundo de verdade. As paredes da casa dele estavam cobertas de números e equações, mas não tinha nada substancial por trás disso, nada além dos delírios alucinados de uma mente perturbada. E mais do mesmo nos diários, que eram muitos, mais de cinquenta volumes, todos rabiscados com as baboseiras dele. Alguns carcereiros do corredor da morte disseram que ele falava do "demônio", uma criatura a quem devia obediência e que "o salvaria". E também tem o fato de que Walker desapareceu no dia de sua execução. Não só no dia, no *momento* em que acionaram o interruptor da cadeira, ele sumiu. Um show e tanto.

— Meu pai era carcereiro lá. Ele disse que essa história era bobagem.

— Ah, eu sei. — Os olhos de Jed lampejaram. — Uma vez eu o embebedei. Seu pai.

— As minhas fontes dizem que ele já estava bêbado antes de chegar aqui.

Algo passou pelo rosto de Jed nessa hora. Uma frieza. Uma coisa cortante, dura. Como a sombra de uma nuvem, moveu-se rapidamente e desapareceu.

— Seu pai me disse que era verdade. Que nunca acharam o corpo. Que conduziram Walker, colocaram ele sentadinho na cadeira e, assim que ligaram tudo para fritar o cara... — Jed estalou os dedos das duas mãos. — Escafedeu-se.

— Ele disse isso?

— Ele disse isso.

Nate ruminou essa nova informação.

— Ele gostava de contar lorota.

Era mentira. Seu pai não tinha nenhum gosto por enfeitar os fatos, fantasiar. Nesse sentido, sua boca era mais fechada do que uma camisa de força.

— Talvez o sujeito que você viu lá no bosque seja ele.

— Meu pai?

— Edmund Reese.

— Claro, Jed. — Nate fingiu um sorriso maldoso e deu meio aceno de cabeça.

— Ei, estou só brincando. Não deve ser nada.

Com certeza, é alguma coisa, pensou Nate. Ele só não sabia o que era, ainda.

— De qualquer forma, já tomei muito seu tempo. E muito mais de seu delicioso uísque escocês. Tá tarde. Melhor ir voltando, caso minha esposa dê por minha falta.

— Esposa? É mesmo?

— Esposa e filho, isso. Adolescente. Ainda não tem idade para dirigir, felizmente.

— Que legal, muito legal.

O LIVRO DOS ACIDENTES   **99**

Lá estava aquele olhar distante de novo, aquela tensão costurada em suas palavras como os pontos que um médico dá em um ferimento. Seus olhos se umedeceram um pouco? Nate conseguia interpretar bem as pessoas. Jed estava chateado? Decidiu cutucar um pouco a fera.

— Você tem família, Jed?

— Ah. Bem, tenho, claro. — De volta à estante, ele pegou um objeto que estava virado para baixo. Um porta-retrato, Nate percebeu. Ao endireitar a moldura, viu um Jed mais novo, talvez quando tivesse a idade de Nate, uns 40 anos, ao lado de pessoas que pareciam ser uma esposa e uma filha adolescente. A filha era a cara dele — os mesmos olhos calorosos, mas selvagens, o mesmo sorriso característico. Ela tinha o narizinho arrebitado da mãe.

— Elas são, hmmm, esta é minha esposa, Mitzi, e minha filha, Zelda.

Nate arriscou outra espiada rápida pelo ambiente — mais por reflexo do que qualquer coisa — e notou mais uma vez a falta de objetos no espaço. Não parecia um lugar *cheio de vida*. Certamente não parecia o lar de uma família. Ele não tinha nenhuma intenção de seguir o questionário, mas Jed deve ter percebido o que se passava em sua mente, então deu um sorriso estranho e disse:

— Elas se foram. Se é isso que você está se perguntando. Minha esposa me deixou há uns anos, e Zelda foi com ela.

— Sinto muito. Divórcio?

Jed hesitou. Ele encolheu os ombros e sorriu com tristeza.

— Infelizmente, sim. Eu não era um cara legal, Nate. Nem um pouco.

— Você me parece legal.

Jed esticou a mão. Nate retornou o gesto e cumprimentou-o com gosto.

— Bom te conhecer, Nate Graves.

— Digo o mesmo, Jed.

Então, se virou para sair e, no meio do caminho até a porta, de volta na escuridão, ele se deteve. Uma voz dentro dele murmurou: *não, não faça isso, não faça o convite*. Mas não restava dúvidas. Ele tinha ido com a cara de Jed. Simplesmente *gostou* dele. Ele adorou o cara. Então veio a oferta:

— O Dia das Bruxas está chegando — disse Nate —, e meu filho já não tem mais idade para sair, você sabe, fantasiado e pedindo doces por aí, então vamos fazer uma festinha em casa este ano. Minha esposa teve a ideia... eu preferia não ver vivalma, mas, ah, olha, talvez ela esteja certa. É bom reunir um pessoal, já que somos novos por aqui. Então, começa às 19h e...

O sorriso que iluminou o rosto de Jed era tão grande e profundo que faltou pouco para sua cabeça se transformar em um completo Pac-Man, *nhoc nhoc nhoc*.

— Te dou minha palavra, adoraria ir — respondeu. Logo soltou uma risada cortante. — Que noite peculiar! Um cara aparece quase pelado em meu quintal com uma arma... ah, por falar nisso, não se esqueça dela... e termina me convidando para uma festa de Dia das Bruxas. Como eu sempre digo, Nate, confie em seu terceiro olho. — Ele cutucou a testa antes de piscar e acrescentar. — Quero dizer, confie em sua intuição. Ouça seus *instintos*.

— Concordo, e obrigado — disse, cambaleando até o balcão, de onde, sem nenhum embaraço, pegou a pistola. Eles se despediram e, pela escuridão, Nate se foi mais uma vez.

No caminho de volta pelo bosque, atravessando a aragem da mata, Nate achou o trajeto fácil. Uma vez que seus olhos se acostumaram ao breu, conseguiu distinguir o recorte negro de sua casa por entre as árvores e rumou para lá, lento, mas seguro.

No percurso, viu algo em cima de uma árvore. Era uma coruja gigantesca, maior do que qualquer outra que já vira. Lembrava um corujão-orelhudo, pelas extremidades pontiagudas na cabeça. A princípio, parecia quase fundida com a árvore, como se fizesse parte dela. Em seguida, levantou voo com um som de rangidos e estalos de madeira. Provavelmente o barulho do galho, pensou Nate, enquanto a ave desaparecia na escuridão.

16

O FRÁGIL

Outubro. Olly estava parado em frente ao armário, trocando o livro de biologia pelo de geometria. Atrás dele, o corredor fervilhava com crianças indo de uma sala para outra. Elas se esbarravam e o empurravam, como sempre.

Uma sensação sombria tomou conta dele — não algo interno, mas uma onda externa de emoção, que se ergueu e quebrou nele, como se alguma coisa, ou melhor, *alguém*, desse um golpe no meio de suas costas. Ele trombou na porta do armário, e alguém tentou fechá-lo dentro enquanto passava. Foi rápido, e as gargalhadas já sumiam, tipo Efeito Doppler, quando ele se restabeleceu e virou para trás. Vislumbrou duas pessoas conhecidas se misturando à multidão. Graham Lyons e Alex Amati. A escuridão pulsava neles. Raiva e dor. Lyons ainda tinha uma tala nos dois dedos. Totalmente enfaixados.

— Você tá bem? — perguntou Caleb, aproximando-se.

Oliver segurou as lágrimas.

— Estou... Estou bem.

— É besteira, cara. Nem liga.

— Sim, eu... Sim.

Ele precisou de um minuto para se restabelecer e não transparecer o que sentia. De súbito, sentiu-se lamentavelmente frágil. Não queria ter aquela sensação. Não foi tão ruim quanto aquele dia na escola antiga. Não se sentia tão só (e, pelo menos, não tinha se mijado). Mas ainda estava *incomodado*. E o fato de ser odiado por Graham Lyons não ajudava. Todo mundo *amava* Graham Lyons. Então, se Graham o odiava, talvez os outros também o odiassem. Mas não era o caso de Caleb, e isso já era alguma coisa.

— Que se dane aquele cara — disse Caleb. — Que bom que ele arrebentou o dedo.

— Tá muito arrebentado?

— Arrebentado pra valer. Não sei se quebrou, mas o tendão está ferrado, então tiveram que abrir o dedo e, sei lá, reposicionar o tendão ou uma merda do tipo. O que significa que ele não deve conseguir treinar beisebol no outono, e, se não treinar, significa que não vão deixar ele jogar na primavera. Mas né... — Caleb encolheu os ombros. — Quem sabe. Parece que as regras não valem pra caras como ele.

— Por que ele é tão bosta assim?

— Sei lá. O pai dele também é um belo de um bosta, então deve ser isso: filho de bosta bostinha é.

— Eca.

— Haha, pois é. Ei, depois da escola, tenho que fazer uma parada: tomar conta do meu priminho idiota, Reg. Mas só por uma hora. Te deixo em casa e, depois de uma hora, que tal ir de bicicleta até minha casa? A gente vai jogar Fortnite ou Magic e tal.

— Eu não jogo Fortnite. — As armas o incomodavam. — Eu posso ir com você, ajudar a tomar conta de seu primo.

— Perguntei pra minha tia e ela é paranoica com "adolescentes estranhos" perto do priminho Reg. — Ele abaixou a voz. — Principalmente os brancos. Vocês, meninos brancos, são todos atiradores e essas merdas.

Oliver sabia que era uma piada e forçou uma risada, mas aquilo o tirou dos eixos. O medo se desenrolou dentro dele — *podia ter um atirador bem aqui agora, entrando pelo portão da escola, arma escondida no casaco, e ele vai começar a atirar e a gente vai começar a gritar e vai ter sangue nas paredes e miolos na lousa e —*, depois passou a pensar em abusadores e assassinos em série e policiais maus e, e, e...

— Você tá aí, cara? — perguntou Caleb.

— Ah, estou. — Olly engoliu em seco. Sentiu a pulsação no pescoço se agitar como um inseto preso numa armadilha. — Não, sim, eu vou lá, vai ser legal. Beleza, eu, ahhh, tenho que ir pra aula.

— Eu também, cara. Divirta-se na aula de geometria. Haha, até parece.

Oliver seguiu de bicicleta pela rua Church View Lane. A casa de Caleb ficava a uns 8 quilômetros da casa de Olly — por acaso, sua família morava ao norte do parque Ramble Rocks, e a de Oliver, ao sul, portanto, era um trajeto bem fácil de um ponto a outro. Os dois estavam saindo bastante juntos. Às vezes com o grupo de jogos, Steven, Chessie e Hina, mas, muitas outras vezes, só os dois. Olly se sentia menos sozinho. Menos frágil.

Eram quase 6 da tarde. O sol se punha atrás das árvores e empurrava faixas de luz crepuscular ao longo da estrada, iluminando ciscos de poeira e esporos suspensos no ar. O tempo estava ameno, embora outubro nessa época devesse estar bem mais frio, frio como uma geladeira. Mas não estava. Estava úmido, o ar estava pegajoso e tão espesso que Olly tinha a sensação de atravessar pedalando uma tigela de mingau.

De vez em quando, um carro passava. Não tinha muito trânsito naquela estradinha, mas já era o suficiente para mantê-lo em alerta. Ele piscou para remover o suor dos olhos, passando por Ramble Rocks à esquerda. Viu pelo caminho os rochedos cor de ardósia e preto-azulados. Os rochedos que davam nome ao parque. As árvores se espaçavam e abriam clareiras irregulares em que só se via rochas, uma após a outra, algumas enormes, outras pequenas, umas protuberantes, outras achatadas, como uma plateia de criaturas sólidas congeladas através de idades geológicas.

Ele ouviu um carro se aproximar — um ronco profundo, como o de um caminhão. Diminuiu o ritmo e abriu espaço pela lateral da estrada, perto da vala de drenagem, para facilitar a passagem. Teve um flashback de mais cedo naquele mesmo dia. Ele se sentiu tão *ferrado*! Preocupado. Toda. Hora. A dor das pessoas era *sufocante*. Ele não conseguia recuperar o fôlego, como se o sofrimento alheio fosse seu e o preenchesse por inteiro enquanto o esmagava (agora podia sentir a vibração da caminhonete às suas costas, no cóccix, nos cotovelos, nos dentes. O rugido do motor a diesel soava mais alto).

A Dra. Nahid queria que ele pensasse, tipo, ah, sou só muito empático, e isso pode ser algo bom, porque, como ela diz: *"Falta muita empatia no mundo, Oliver."* Mas ele não *queria* isso. Não queria se sentir do jeito que se sentia em relação aos outros. Até alguém como Graham Lyons, Olly pensava, *como foi que ele ficou assim*? Talvez fosse muito duro lidar com a pressão de ser uma estrela do beisebol. Talvez ele não pudesse contar com boas notas, então tinha que garantir uma bolsa de estudos para esportistas ou então não iria para a faculdade. E talvez o pai dele fosse mesmo um bosta, e o ego de Graham fosse como uma bexiga cheia: toda inflada, mas, no fim das contas, oca. E Oliver se sentia culpado, *culpado de verdade*, por ter machucado o dedo de Graham e...

A caminhonete, roncando como um terremoto, avançou a mil por hora ao lado de Oliver. Ele viu de relance um lampejo de tinta vermelha, e uma sombra cresceu — algo o chicoteou, algo que só depois perceberia ser uma mão. Aquela mão o atingiu no cotovelo e deu um tapa forte em seu braço — *plaf*! Antes que pudesse entender o que estava acontecendo, ele deu uma guinada brusca no guidão para a direita, sem querer, e a roda dianteira da bicicleta se prendeu na valeta.

Ele gritou enquanto perdia o controle, a roda vergava, e sentiu o mundo girar sobre sua cabeça. Em seguida, se espatifou no chão, dentro da vala de drenagem. Água imunda e cheia de barro espirrou para todo lado. Ele piscou e se engasgou e, ao desajeitadamente tentar se levantar, sentiu uma pontada aguda de dor, como se uma chave de fenda girasse em sua escápula. De alguma forma, conseguiu ficar em pé; estava pingando. Atrás dele, jazia sua bicicleta, toda retorcida. A roda da frente estava dobrada ao meio, como uma pizza estragada. A corrente tinha saído da coroa.

— Merda — exclamou, sentindo o gosto mineral de água enlameada.

Ele cuspiu, tentando não vomitar. Secou o queixo. Depois se virou e viu a caminhonete vermelha parada uns 50 metros mais à frente. Motor em ponto morto, soltando uns ruídos abafados. Entreviu um adesivo da bandeira dos Estados Unidos na janela traseira e outro do personagem Calvin mijando.

Ficou ali parado. Seu peito subia e descia. Ele pensou: *quem fez isso? Foi um acidente? Ou foi de propósito? Eu devo correr?* O carro parado, motor em ponto morto (os *ruídos abafados regulares*). A porta do passageiro se abriu. Depois a do motorista. Alex Amati saiu de trás do volante, e Graham Lyons, do lado do passageiro. A dor em ambos era escura — e parecia se mover entre eles, uma espécie de escuridão líquida que ia e voltava de um ao outro. Oliver não se lembrava se já vira algo parecido antes.

Ele não sabia o que fazer. Estava irritado pelo que tinham feito — agora estava na cara que não fora um acidente. Mas também estava com medo. Oliver não era exatamente um cara durão, nunca precisou ser. *Corra*, falou para si mesmo. Virar as costas e dar no pé. Mas e a bicicleta? Papai o mataria se ele a largasse ali e pronto. Ele resolveu se defender e saiu da vala.

— Vocês quase me mataram — gritou. Sua voz desafinou no meio da frase, como a de um menino na puberdade. A vergonha tingiu suas bochechas enquanto os dois se aproximavam. — Eu poderia ter me machucado.

Pode ser que esteja machucado. Alex tinha um sorriso cruel costurado de orelha a orelha. Graham, pelo contrário, tinha uma expressão muito séria.

— Poderia ter se machucado? — perguntou Graham, abrindo os braços, como se exigisse que Oliver olhasse em volta e entendesse quem mandava no pedaço. Ele ergueu a pata ferida. — *Você me* machucou, seu arrombado. Me tiraram oficialmente da liga de outono. *Me deixaram no banco.* — As últimas palavras foram cuspidas com uma dose tão grande de mágoa e ira incontidas que Oliver voltou a sentir pena dele... e depois se amaldiçoou por isso. Ele se sentiu fraco e idiota e bobalhão. E mesmo assim, disse:

— Me desculpa, ok? Desculpa. — Ergueu as mãos em súplica. — Você... Mas foi você que chegou na *nossa* mesa e...

— Nós vamos *acabar* com a sua raça, retardado — disse Alex.

Cerrou as mãos em punhos e agitou os braços ao lado do corpo como duas marretas. A ira de Alex agora estava profunda: um coração pulsante de fogo e sangue negro. Foi então que Oliver entendeu: ele tinha que *correr*.

Girou os calcanhares e disparou. Mas logo sentiu uma nova fisgada de dor, como uma corda de violão arrebentada na canela esquerda. Dor da queda, talvez, dor que só então seu corpo percebia. Ele berrou, mas continuou avançando, *vai, vai, vai...* Mesmo ao ouvir os passos pesados batendo no asfalto em seu encalço. *Corra, corra, cacete!*

Porém, ele estava muito devagar. Algo o atingiu de lado: o braço de Alex, que colidiu contra seu pescoço como um taco de beisebol. Ele gorgolejou e caiu, não para a frente, mas para a esquerda, tropeçando mais uma vez na vala molhada ao som de gargalhadas estrondosas e aplausos. Mas nem isso durou muito. Enquanto se debatia na vala, tentando ficar em pé, Alex caiu em cima dele como uma árvore derrubada.

Um punho martelou seus rins, uma, duas, três vezes. *Bam, bam, bam.* A agonia jorrou daquele ponto singular, preenchendo seu corpo, afrouxando seus braços e pernas. Ele apertou os dentes e deu uma cotovelada desajeitada para trás. Para sua surpresa, acertou algo. Alex grunhiu, um gemido anasalado, e retomou a agressão com intensidade redobrada.

Oliver sentiu uma mão agarrar sua nuca, apertando um tufo de cabelo por entre os dedos, e mergulhar seu rosto no chão. Na lama e na água. Tudo virou um mar marrom-acinzentado. Prendeu a respiração conforme sua cabeça afundava cada vez mais na água salobra e depois na lama gordurosa. Ele tentou se empurrar para trás, se alavancar, mas não conseguiu. Seu pescoço e suas têmporas pulsavam como dois címbalos em choque. A preocupação corria em suas veias. Sentiu uma sombra cercando-o, encurralando-o como uma alcateia, e o pânico surgiu em uma onda de tontura e náusea. Neste momento, percebeu: *eles vão me matar. Eu vou morrer.*

17

RESGATANDO-SE

Tum tum. *Tum tum.* Aquele som, pulsando no escuro. Oliver apertou os lábios e, no fundo do ouvido, escutou os próprios batimentos — *tum tum, tum tum*, mesmo que mãos de sombra ameaçassem puxá-lo para baixo. E depois outro som, como vozes abafadas atrás de várias paredes, sob um cobertor, atrás de uma cortina de borracha, enquanto seu coração continuava batendo, *tum tum, tum tum.*

A mão que segurava sua cabeça simplesmente o soltou. E com ela, a pressão aliviou. Ele estava livre. Oliver levantou a cabeça da lama e da sujeira. Arfou com dificuldade, soltando um assobio sinistro. Apoiou-se nos braços e se empurrou para cima, puxando o ar em inspirações profundas enquanto tentava com muita dificuldade conter o vômito e, com mais dificuldade ainda, conter o choro. Virou-se de barriga para cima e usou os braços para se arrastar para fora da vala. As vozes, antes amortecidas pela parede de água, agora estavam claras e altas. Graham e Alex conversavam. Não. *Discutiam.*

— ...quase matou ele — disse Graham, gesticulando como se questionasse *"Que porra é essa?"*

— E daí, porra? — Alex devolveu.

— E daí? Seu animal! A gente só tava botando o moleque no lugar dele, não no caixão. Você acha ruim terem me colocado no banco por uma temporada? Que tal ser mandado pra cadeia, seu cabeça de merda?

Alex ficou ali parado, boquiaberto. Como se estivesse processando o que houve — devagar, muito devagar, como se boca e cérebro tivessem uma conexão de internet discada.

— Cara, cala a boca, eu sinto muito, mas... — Ele oscilava entre raiva, confusão e arrependimento. *Alex Amati*, percebeu Oliver à distância, *é um idiota*.

Em seguida, o olhar de Graham se fixou não em direção a Oliver, mas em um ponto além dele. Em algo. Não, em *alguém*.

— Quem é aquele? — perguntou Graham em voz baixa.

Alex se virou para olhar. Então, antes que Oliver também pudesse ver, Alex se encolheu e uivou enquanto uma pequena flor de sangue florescia no meio de sua testa.

18

JAKE

Alex Amati gritou, batendo na cabeça como se tentasse esmagar uma abelha. Quando tirou a mão da testa, estava vermelha e pegajosa. Graham disparou à frente, berrando:

— Que porra é essa, cara?

E logo veio mais um estouro pneumático. Ele uivou e sacudiu a cabeça, tentando esfregá-la no ombro. Agarrou a orelha, dando passos trôpegos para trás. Foi neste momento que Oliver saiu rastejando da vala para ver o que estava acontecendo.

Um cara, um garoto jovem, talvez alguns anos mais velho do que ele, andava casualmente pela estrada. Usava uma camiseta preta com estampa de cadeira elétrica, um jeans cheio de rasgos. Seu cabelo era bagunçado, um ninho de fios desordenados. Seu rosto carregava a pior cicatriz que já tinha visto. O olho esquerdo, aninhado em retalhos de queloides, tinha uma cor diferente do direito: parecia até ser multicolorido, dependendo do ângulo. Ia do azul ao verde ao ocre ao azul novamente. Mas tudo ficou em segundo plano logo que Oliver notou o que o garoto estranho segurava na mão: uma pistola comprida e quadrada.

O fluxo sanguíneo nos ouvidos de Oliver parecia um rio. Então era isso. Estava acontecendo bem na frente dele: um garoto armado. Não era na escola, não era no Walmart, nem em um show, mas bem ali, na estrada. Ele tentou se lembrar de alguma coisa, *qualquer coisa*, da simulação da escola — para onde ir, o que fazer —, mas tudo tinha se perdido no pântano de sua cabeça.

O cara zarolho puxou o gatilho de novo. A arma não fez *bang*. Fez *piff*. E não apenas uma vez, mas várias e várias vezes, enquanto ele a disparava. *Mas que m...?*

Parecia que Graham e Alex estavam sendo atacados por vespas — eles se debatiam e gritavam e se golpeavam. Pequenos cristais de sangue afloravam e rolavam por sua pele — pelos braços, clavículas e até por baixo da camiseta branca de Alex. Graham ainda estava apertando a orelha.

Os dois garotos, derrotados, deram no pé e correram até a caminho-nete. O atirador não parava — agora não mirava neles, mas no carro. Algo ricocheteava da traseira do veículo, *tinc, tinc*. Então os pneus traseiros giraram derrapando no asfalto e no cascalho, até a caminhonete desembestar estrada abaixo, conseguindo escapar.

Oliver se pôs de pé. Pingando. Seu pescoço e sua cabeça latejavam. O garoto estava imóvel, comprido e esguio como um sobretudo pendurado num cabide. Ele ergueu o queixo em uma espécie de cumprimento. Oliver não fazia ideia do que dizer. Obrigado? Por favor, não atire? Qual é a droga do seu problema? Aquilo foi incrível?

— E aí, cara? — disse o garoto.

— E aí? — respondeu Oliver com uma voz contida e desnorteada. Ainda pingando, começou a espremer as mangas da blusa tentando se livrar do excesso de água lamacenta.

— Sua bicicleta ficou bem detonada — falou o garoto.

— É.

Ele ofereceu um sorriso largo de raposa. O olho estranho se fixou em Oliver como um laser. Ele parecia recusar definições — era azul? Verde? Cor de mel? E o que era um olho cor de mel, de qualquer maneira?

— Tá tudo bem — afirmou. — Eu enxergo bem com ele. — E deu uma risada. — Na verdade, enxergo até melhor com *esse* olho do que com o outro.

— Ah — respondeu Oliver.

E foi então que se deu conta de outra coisa: aquele cara desconheci-do era uma tela em branco. Não tinha a dor que era tão comum em todo mundo. Sem sofrimento, sem medo, sem preocupação. Nada daquela escuridão se enovelando, sangrando ou pulsando como um buraco negro. Oliver nunca tinha conhecido ninguém desprovido de dor, *nem uma única pessoa*.

— Um "obrigado" ia bem — disse o cara.

— Você atirou neles.

Ele ergueu a pistola. Parecia alguma coisa saída da Segunda Guerra ou do jogo *Call of Duty* ou algo assim. Bem quadrada e industrial.

— O quê? Isso aqui? Relaxa, é só uma arma de chumbinho. Eles vão ficar bem.

— Ah. — Oliver piscou. — Obrigado. *Acho*.

— Aquele filho da mãe ia te afogar.

Por fim, Oliver despertou daquele estado de entorpecimento. A lembrança do acontecimento o invadiu, e um espasmo de tremores percorreu seu corpo, como se saísse de um lago congelado. Embora o dia estivesse quente, ele se sentiu subitamente tonto e com frio — e muito *puto*.

— É. Alex Amati. — Oliver estremeceu. — Que imbecil.

O garoto enfiou a pistola na cintura do jeans e a cobriu com a camiseta.

— Aliás, por que é que aqueles caras estavam com tanto tesão de te bater? Quer dizer, além da resposta óbvia de que valentões fazem bullying por diversão. Mas aquilo parecia mais pessoal.

Oliver não estava com vontade de entrar em detalhes, então só respondeu:

— Porque eles são o tipo de gente que faz tudo que pode só pra atropelar uma tartaruga.

— É isso que você é? Uma tartaruga?

— Eu... Não. Sei lá, só quis dizer que eles são uns cuzões.

— Uns cuzões do caralho, verdade. — Ele deu um passo adiante, oferecendo um soquinho. — Ah, meu nome é Jake.

— Oliver. Olly.

Eles se cumprimentaram com um soquinho.

— Ei, eu estava indo para o parque, pensando em, sei lá... Fumar um baseado, talvez. Mas eu também tenho alguns comprimidos... uns opioides tipo hidrocodona, oxicodona, e alprazolam também...

— O quê? Não, não, eu... Hum... — Ele se sentiu um chato falando isso. — Eu não... Gosto... De nada disso. Quer dizer, já tomei uma bebida antes. Bebidas. Várias bebidas. — Aquilo nem era mentira, pelo menos não inteiramente. Uma vez, eles estavam em um jogo do *Philadelphia Phillies* e os pais dele pediram um coquetel Shirley Temple, mas algum bartender idiota colocou álcool. Vodca, provavelmente. Oliver ficou bêbado no jogo de beisebol — ele tinha 6 anos na época. Foi um acontecimento e tanto, um menino de 6 anos embriagado. Muitos dedos apontados e gestos dramáticos. Sua mãe disse que ele se comportou como um estivador ranzinza, reclamando do trabalho com a fala mole após um longo dia nas docas.

— Legal, legal — disse Jake. — Você mora por aqui?

— Sim, tipo, a uns quilômetros naquela direção.

— Sei. Eu moro para o outro lado. Você conhece Emerald Acres? O estacionamento de trailers?

— Claro — mentiu Oliver. Ele não sabia por que tinha mentido. Era como rir de uma piada que não tinha entendido, uma coisa que as pessoas simplesmente fazem.

— Então, eu moro lá com a minha tia.

— Ah, legal.

Jake riu.

— Não é legal. É uma merda. Um vizinho nosso é um viciado, o outro é um *furry* nazista, que... Bom, nem precisa dizer mais nada, né.

Oliver fez uma careta, mas também deu risada, porque não precisava dizer mais nada mesmo.

— Qual é o *furry* pessoal dele?

— Ele se veste que nem todo esse pessoal: uma porra de uma raposa, um lobo, essas coisas. Mas, tipo, com um a braçadeira nazista também. Tenho certeza absoluta de que eles fazem orgias lá. Um bando de *furries* aparece por ali semana sim, semana não, e o trailer fica se chacoalhando, tipo um barco no mar. Toda hora alguém grita: "Me come, *der Schutzstaffel*."

Agora Oliver ria *com vontade*, e era tão bom poder... liberar aquilo. Não apagava o ocorrido, mas levantava seu humor, sacudia a poeira e lhe dava uma nova perspectiva. Era como o vento e o Sol levando a neblina embora da praia.

— Que maluquice — disse Olly, sua risada lentamente desaparecendo.

— Esse mundo é uma loucura, cara — retorquiu Jake, com um sorriso sarcástico.

— Pois é.

— Você parece ser bem da hora.

— Ah, hum. Obrigado.

— Sou novo por aqui...

— Sério? Sou novo também! — Ele ouviu o entusiasmo na própria voz e se sentiu como um cachorrinho bobo, então tentou atenuar a impressão com um tom de descaso na voz. — Quer dizer, legal, é.

— A gente tem que sair uma hora dessas.

— É. — Oliver não tinha certeza. Esse cara não tinha nada a ver com ele; os dois não tinham nada em comum. Estava na cara que Oliver não usaria drogas no parque e jamais andaria por aí com uma arma de chumbinho. Ainda assim, tinha ido com a cara de Jake. *E foi ele quem o salvou de Amati e Lyons*, o que não era pouca coisa. — Seria da hora. Acho que não te vi na escola...

Jake riu.

— Tenho 18 anos. Peguei o diploma e caí fora daquela merda. Chega de escola pra mim.

— Que demais!

— Demais desde que você não ligue quando ninguém te contratar para algum emprego.

— Ah.

— Como eu falei, que mundo é esse! Enfim. Ei, salva meu número no celular.

— Certo, ok.

Oliver pescou o celular do bolso, e a tela travou. Estava toda pixelada e borrada. Pois, é claro, *tinha caído na água.*

— Droga! — exclamou. — Não, não, não, por favor.

Primeiro a bicicleta, e agora o celular? Ele estava morto. Morto em dobro. Tentou tocar na tela, mas a situação só piorou, como um videogame antigo com defeito.

— Aqui, deixa comigo.

Jake pegou o telefone das mãos de Oliver, pressionou os botões laterais, o de cima, o de baixo, depois os dois de uma vez, e em cinco segundos o celular apagou totalmente.

— Ei...

— Calma, pera aí.

Ele ligou o aparelho e... Bingo! Estava novinho em folha.

— O que você fez?

— Às vezes, quando uma coisa tá muito quebrada, ela só precisa de um bom *reset*. Reiniciar, tirar da tomada, que seja. Desligar tudo e ligar depois.

Oliver suspirou aliviado. O dia tinha sido uma montanha-russa bem esquisita.

— Obrigado.

— Quando você chegar em casa, não coloque o celular em arroz, como o pessoal faz. Isso é besteira. Arrume um daqueles potinhos de tirar mofo e ponha o celular em um saco fechado lá dentro. Deixe ele ali por 24 horas. Vai ficar perfeito.

— Valeu. — Oliver sorriu. — Foi bom conhecer você.

Que mistério era esse cara. Um ponto de interrogação, não um ponto-final. Aquilo não era incrível?

— Foi bom conhecer você também, Olly. — Jake abriu um sorriso e salvou seu número no celular de Oliver. — Acho que vamos ser bons amigos, você e eu. Talvez até melhores amigos, quem sabe? Agora vamos levar você e sua bicicleta pra casa.

19

MOTOR ENGASGANDO

É porque você não está trabalhando — Trudy Breen lhe disse.

As duas estavam sentadas no terraço do restaurante Watercolors, um lugarzinho vegetariano — sugestão de Breen (Maddie sabia que o vegetarianismo era a decisão mais ética para o planeta, mas também sabia quanto gostava do sabor de um belo hambúrguer. Era uma guerra contínua). Trudy — *Gertrude* para quem não a conhecia — tinha uma galeria de arte a meia hora de distância ao sul, à direita do rio Delaware, em New Hope.

— É esse seu problema.

— Eu estou trabalhando — contestou Maddie.

— Uhum. — Trudy se inclinou para a frente e deu uma espiada por trás dos óculos que deixavam seus olhos esbugalhados como em um desenho animado. Sua boca formava uma linha reta, da qual irradiavam rugas profundas como os vincos de uma forminha de brigadeiro, sinal característico de que fora fumante. Sua voz rouca também era reminiscência do antigo hábito.

— Maddie, você acabou de me dizer que não trabalhou em mais nada desde que se mudou.

Desde a coruja...

— E *também* te disse que estava ocupada arrumando meu espaço de trabalho. Se for para trabalhar, preciso de um *espaço* decente. — Ela riu, mas com um quê de tristeza. — Esse foi, tipo, o principal motivo de ter vindo para cá.

— Pensei que o principal motivo fosse tirar seu filho e seu marido da cidade.

— Bem...

— Você não tem a ver com nada, nunca tem a ver com nada, não é?

— Trudy... — Maddie alertou.

— Tem certeza de que é você que faz sua arte?

Ao escutar aquilo, Maddie estremeceu. Ela não conseguiu evitar. Em sua cabeça, ela ouviu — e *sentiu* — o rufar das asas por cima de si. A preocupação pesou em seu estômago. Agora, pensava: foi uma boa ideia terem se mudado para cá? Nate estava estranho. Ficava acordado até altas horas, olhando pela janela. Hoje de manhã, ela percebeu que o cofre da arma havia sido retirado do lugar habitual — estava fechado e trancado, ainda bem. Ela lhe perguntou a respeito, mas ele não respondeu. Porém, seus pés descalços estavam sujos de barro. E ela também encontrou pegadas de barro lá embaixo, depois que ele saiu para trabalhar e Oliver foi para a escola.

E Oliver... Ele andava ainda mais reservado do que quando chegaram. Ela se consolava dizendo que era normal, afinal, ele estava se adaptando à nova escola e rotina, e, ainda por cima, passava por aquele furacão difícil, triste e temperamental dos 15 anos. Mesmo assim, era irritante. Ele sempre fora aberto e carinhoso com eles — nunca se esquivava de um abraço, nunca deixava de pedir por um quando precisava. Mas agora era como se uma porta tivesse sido fechada entre eles. Ainda conseguiam se aproximar das dobradiças e do batente, mas não era a mesma coisa.

— Deixa isso pra lá — disse Trudy, de repente. — Você tem que trabalhar, essa é a questão aqui.

— Eu sei, e vou.

— Vai?

— Vou! Vou, sim.

— Foi por isso que você me chamou pra almoçar.

— E por que isso?

Trudy afundou o queixo e deixou os óculos enormes escorregarem pelo nariz adunco para olhar melhor por cima deles.

— Mads, eu sou como uma encantadora de cavalos pros artistas. Você sabe disso. Uma guia espiritual. E você precisa de mim pra te desbloquear. Uma lavagem intestinal psicoartística, hein? O que quer que esteja acontecendo, não é só: *ah, estou muito ocupada*. Essa não é você. Tem algo rolando.

O olhar de Trudy era um par de parafusos perfurando cada vez mais fundo. Ela deu um aceno curto e áspero com a cabeça, como se tivesse sacado tudo.

— Aí! Aí está. Você está com medo.

— Medo? O quê? De quê?

Trudy estreitou os olhos em fendas desconfiadas.

— Da arte.

Por fora, Maddie riu e caçoou. Por dentro, pensou: *como é que ela sabe?* Porque era verdade. Maddie começava a trabalhar pensando: *só vou fazer isso por dez minutos, talvez meia hora, só para ter um gostinho, para pôr a mão na massa e mudar alguma coisa, qualquer coisa que seja, no material*. Contudo, toda vez ela engasgava tal qual um motor no inverno. Era quase como se não conseguisse respirar. Como se o sangue se acumulasse e esquentasse atrás de suas orelhas. Era absurdo. Era uma *loucura*. Toda vez, ela se lembrava de perder o controle. Apagar. A coruja que tinha feito e *sumiu*. E de novo aquela suspeita sorrateira de já ter acontecido antes. Com medo da arte. Ou com medo da artista?

— Tem alguma coisa na arte que te assusta — disse Trudy, sua mão esquerda gesticulando no ar como uma borboleta errática. — Não sei dizer o quê. Não sou *vidente*. Talvez você esteja explorando outra coisa além da dor alheia. Talvez tenha encontrado algo dentro de você. — Ela ficou murmurando antes de se aproximar para falar em um tom quase conspiratório. — Conheço uma vidente, caso você queira uma consulta. É uma mulher legal. Quer dizer, *doida*, mas bem gente boa.

— Você é estranha. E está errada.

E acrescentou:

— E *não*, não preciso falar com sua amiga vidente. Meu Deus.

— Tá bem. Então você precisa ficar de molho.

— De molho?

— Sim, num tanque de isolamento. Melhor que isso, só LSD.

— Ah, haha, bem, não, eu não vou...

Ela não conseguiu terminar de falar, pois foi interrompida pela garçonete perguntando o que queriam pedir.

— Desculpe — disse Mads a ela. — Eu não consigo... Não sei, não olhei o cardápio. Você me dá mais um minuto?

A garçonete assentiu e se afastou. Maddie olhou o cardápio, viu palavras, mas não as leu. Um pouco hesitante, perguntou a Trudy:

— Você já foi artista?

— Pff. — Trudy fez um aceno com a mão. — Meus deuses, *não*. Sou boa em farejar arte, mas não faço arte. Algumas pessoas criam, outras são vampiras. Essa sou eu. Nós engordamos às custas de suas ideias e imaginação. Sou só uma tênia *charmosa*, querida...

— Mas você conhece muitos artistas.

— Óbvio.

— Eles costumam ter... Como perguntar isso? Eles costumam ter episódios?

— Episódios?

— Tipo, colapsos mentais.

Trudy deu uma gargalhada áspera e alta.

— Colapsos mentais? Artistas? É a mesma coisa que perguntar se um homem costuma coçar o saco em público. Isso é tão comum entre vocês, pessoas criativas, que é tipo feijão com arroz, meu bem. — Ela abaixou a voz. — Você sabe, dois sabores ótimos. Mas você. Você não parece do tipo que tem colapsos. Você é sempre tão... centrada. O que me faz pensar no *espetáculo* que é quando você desmorona.

— Nem venha flertar comigo.

Trudy era lésbica e uma paqueradora incorrigível.

— Não estou flertando. Você é pão, e eu, *low carb*. Só quis dizer... uma pessoa tão contida provavelmente *explodiria* num momento de tensão. Você se importa de me contar o que houve?

— Não, não foi nada...

— Foi alguma coisa, por favor, pare de besteira. Conte.

— Eu... fiz algo.

— Algo? O quê?

— Uma coruja.

— Uma coruja? — Trudy fez uma careta. — Prosaico.

— Não, quer dizer... Sim, mas parecia a coisa certa a fazer e...

— E aí?

— Comprei uma motosserra, entalhei essa coruja... E aí, em algum momento do processo, eu simplesmente... — Ela sussurrou, mesmo que o terraço estivesse vazio. — *Eu apaguei, porra.*

— Apagou, tipo... exagerou nos comprimidos e puf?

— Não, nada de comprimidos. Eu dissociei. Perdi a consciência, mas *continuei fazendo a coruja.*

— Com a motosserra ligada?

— Com a motosserra ligada, isso.

Trudy arregalou os olhos.

— Nossa, meu bem, você deu sorte de não perder a porcaria da mão. Motosserras têm sede de sangue. Eu tenho um jardineiro... Agora que você mora no mato, também vai precisar de um... ele é botânico, sabe, se chama Pete. Ele tinha um ajudante, um cara baixinho, bigode engraçado, que pensou que sabia manusear uma motosserra. Só que ele acertou um nó em um carvalho antigo e a serra deu um coice para trás como um cavalo assustado, pegou nele bem aqui. — Ela indicou o meio da testa. — O nariz escapou, mas entrou direto no osso. Jorrou sangue por toda parte. Parecia um filme de terror, vou te contar. Troço sinistro, essas motosserras.

— Nem pensei nisso. — Ela ignorou a última parte da história: *e aí eu acordei e a minha criação tinha sumido.*

Trudy encolheu os ombros.

— Então — perguntou Maddie —, o que eu faço?

— O que você faz? Você sabe o que tem que fazer.

— Ir ao médico — disse Maddie, prevendo a resposta.

— O quê? — Trudy retrucou. — Não. Querida, você está ótima, olha essa carinha de saúde. O problema não é seu corpo, é sua mente.

— Então terapia.

— Não, não, não. Arte é terapia. Volte a trabalhar, Maddie. *Volte logo a trabalhar.*

20

O ASSASSINO É REVELADO

E foi o que Maddie fez. Ela afastou o medo e voltou ao trabalho. À sua frente, descansava um caixote de madeira bambo e meio podre. Dentro dele? Lixo. Literalmente lixo do ferro-velho, a forma mais pura de entulho. Sobras de metal, partes de carro e tudo o mais: a moldura e a lâmpada de uma luz de freio velha, uma lata de leite enferrujada cheia de porcas, ferrolhos, parafusos sem rosca, o puxador da porta de uma máquina de lavar e muito mais. Ela recolheu a caixa na volta para casa depois do almoço com Trudy. Parou em um ferro-velho, deu uma vasculhada no local por algumas horas, comprou uma caixa de lixo selecionado e, agora, ali estava, de volta à oficina, pronta para criar algo.

Ela posicionou a máscara de solda no rosto. No momento em que se viu lançada na escuridão do capacete, sentiu uma onda súbita de vertigem. O mundo tentou escapar dela, girando à esquerda, mas ela firmou os pés e fez um esforço tremendo, como uma mulher prestes a dar à luz, e então a sensação parou.

E ela trabalhou. Uma chuva de centelhas a envolvia, deixando vestígios de brasa queimada no ar. Mais um pouco, já estava sem máscara, martelando metal, torcendo arame com o alicate, faiscando o ferro de solda, *tzzz, tzzz*. Maddie nem sabia o que estava fazendo — só desligou o cérebro e deixou as mãos agirem por conta própria.

Demorou um bom tempo para perceber que estava moldando um rosto. Não apenas uma máscara, mas uma cabeça inteira. Completa, com pescoço, ombros e um único braço esticado — um braço cujo osso era feito de vergalhão, com artérias de fio encapado e pele de pedaços quebrados de painel de carro. Ela não sabia por que o trabalho a conduzira até ali — só se deixara levar, como se fosse tragada pela corrente daquele rio que era o trabalho, sem se importar com as corredeiras à frente.

Maddie recuou um passo para se afastar da criação. Uma olhada rápida para o pequeno relógio digital na bancada mostrou que logo, logo sua família chegaria. *Preciso fazer o jantar*, pensou. Deu uma última espiada no que tinha forjado. Ainda estava inacabado, ela sabia, embora uma coisa inacabada muitas vezes estivesse acabada. Contemplou uma cabeça, um pescoço, um braço em riste e, claro, o rosto. Era como olhar para um daqueles estereogramas, nos quais o ruído visual e a imagem parada subitamente se unem, borrados, permitindo que a imagem real (um golfinho, um unicórnio, qualquer coisa) surja.

Eu reconheço esse rosto. Maddie sabia. Uma explosão de náusea a agitou como o mar revolto pela tempestade. Em seguida, a face de plástico e metal piscou. Virou-se em direção a Maddie, estalando o pescoço, e depositou seu olhar mortiço sobre ela, esticando o braço para alcançar sua garganta. Maddie gritou.

21

O HOMEM QUE CAIU
POR ENTRE AS RACHADURAS

Maddie saltou para trás ao ver a mão se debatendo em sua direção. Sem conseguir agarrar a garganta, a mão pegou o colarinho da camisa, dando um puxão forte para perto de si. A criação de Maddie estava fixada na mesa de trabalho em um torno gordo e plano, e, por mais que ela tentasse se esquivar do aperto, não conseguia. Pegou o braço daquela coisa e torceu-o para valer, mas *ainda assim* ele não cedeu. Nesse meio-tempo, sua cabeça foi invadida por pensamentos acelerados e, acompanhando cada um deles, uma pontada aguda de pânico: *eu conheço essa pessoa. Já o vi antes. Sei o nome dele. Que porra está acontecendo? Isso não é real. Não pode ser real.*

A cabeça se esticava em sua direção equilibrando-se em um pescoço muito longo, longo demais, mais longo do que ela fizera — o olho vermelho feito com uma lanterna traseira cravava-lhe um olhar controlador, selvagem e insano. Os lábios de metal se retorciam em um sorriso vil, o rosto inteiro estampava um ricto grosseiro e retalhado, com a pele de plástico rachando como a crosta queimada de um *crème brûlée*, enquanto seu semblante esquelético se endurecia de raiva.

— Ggg-garo-tinha. — A coisa sibilou em um balbucio irregular. — Eu conheço vvv-você. Você rrr-roubou minha Número Ccc-cinco, sua v-v-vadia...

Ela estendeu o braço, alcançando a borda da bancada de trabalho. Seus dedos, como pernas de aranha capturando a presa, apanharam o cabo de um martelo de bife, cheio de pontinhas triangulares, que usava para texturizar pedra, madeira e concreto. Deu uma martelada na cabeça da coisa.

O olho de lanterna se estilhaçou. Lascas vermelhas de plástico voaram pelo chão, retinindo.

— Onde e-e-estou? Qu-que mundo é esse? QUAL É O NÚMERO DESSSSSSSSSE MUNDO.

Ela voltou a martelar a cabeça, que se sacudia loucamente sob o ataque. O ferro amassou, a boca caiu no chão, os dedos metálicos dobrados, feitos de pontas de chave de fenda e espirais de fios trançados, afrouxaram-se. Maddie conseguiu arrancar a camisa, agora rasgada, da pressão da mão sem vida.

A coisa estava morta. A cabeça pendia para a frente, como a de um robô desativado. Mas não era justo chamar aquilo de *coisa*, era? Não, não era. Aquilo era alguém, um rosto que ela conhecia, mas não sabia. Não fazia *sentido* que soubesse.

— Edmund Reese — disse, quase que esperando, quase que *temendo* que aquele nome pudesse voltar a invocar vida em sua criação. Mas os pedaços destruídos permaneceram imóveis.

Maddie não tinha ideia do que acabara de acontecer. Só sabia que era a segunda vez, duas de duas, que tinha feito algo e perdido controle sobre a criação. O pior foi que, *dessa* vez, a arte tentou *matar* a artista.

22

Um estranho no ninho e rios egípcios

O dia se arrastava. O trabalho estava dando trabalho, fazendo jus à palavra — uma árdua caminhada pelo pântano de papelada. Mesmo assim, Nate sentiu um pouco de orgulho por finalmente se adaptar ao serviço. Até Fig já não o tratava como se tivesse roubado o emprego de alguém. Ele até disse:

— No fim das contas, você não é um chupim.

— Chupim? — perguntou Nate, sem acompanhar o raciocínio.

— Isso. Chupim. Parasita de ninhos.

Fig estava falando do pássaro que bota seus próprios ovos no ninho de outros pássaros, forçando a outra espécie a criar o filhote de chupim. Porém, não era só uma adoção forçada — o chupim, antes de botar seus ovos, muitas vezes destruía os ovos alheios ou os tirava do ninho para abrir espaço para os seus.

— Eu era isso, então?

— Bem, você sabe. Alguém te despejou num ninho que não era seu... Não é uma indireta, só estou dizendo.

— Agora é meu?

— Talvez. — Fig riu. — *Talvez.*

— Você é um docinho.

— Um docinho de coco, não se esqueça.

— Escuta, deixa eu te perguntar. Se você achasse um ovo de chupim num ninho, você tiraria? Ou deixaria lá?

Fig olhou pensativo por cima de um livro de registros, com uma expressão um pouco consternada.

— A lei é bem clara quanto a esse assunto. Igual a ciência. É um fenômeno natural, é o jeito dos chupins e, sendo assim, você não pode interferir. — Mas agora seus olhos se estreitavam. — Da mesma forma, o chupim ganha na competição por recursos. E não há poucos. Se fosse no meu ninho, eu ficaria puto. Então, se você perguntar pra mim, Fig, não pra lei do grande estado da Pensilvânia, eu digo que esmagaria o maldito ovo.

— Justo. Obrigado por refletir sobre esse dilema ético comigo.

— Tá, tá. Vai pra casa, Nate.

Eles se despediram, e Nate saiu. Era ótimo estar enfim quebrando o gelo com Fig, principalmente porque o colega ia à sua festa de Dia das Bruxas. No entanto, todo aquele entusiasmo foi se esvaindo pelo retrovisor conforme ele chegava mais perto de casa. Nate não conseguia evitar a agitação crescente, como quando se escuta o barulho dos instrumentos do dentista. Ela o preocupava. Tomou consciência de uma sensação — uma sensação estranha, de deslocamento, de incerteza e pânico. Como se algo estivesse *errado*. Descentralizado. Fora do lugar. *Errado*.

Não sabia o que era. Tal qual o pássaro que sente que um de seus ovos está estranho, ele sentia que algo tinha mudado. Como se tivesse quebrado ou desconjuntado. Dado errado. *Azedado*. Era uma sensação intensa, e não havia *nada* concreto por trás. Ele não era capaz de indicar um motivo específico — tudo bem, é claro que ser do Departamento de Proteção à Fauna significava receber várias notícias sobre a mudança climática, e elas não eram boas. E a Coreia do Norte fazendo ameaças com os mísseis nucleares novamente. E tinha também hackers russos, tiroteios em escolas, epidemias de gripe etc. Era só ligar as notícias para receber um jato de esgoto puro bem na sua cara. E a expectativa era que você engolisse o máximo possível antes de ter que vomitar tudo de novo. Por isso, tinham que manter Olly longe das notícias, de *qualquer notícia*. Se ele as visse, mergulhava naquilo como em um poço. Um poço sem fundo, só caindo, caindo e caindo.

Por outro lado, Nate sabia que era assim que o mundo funcionava. Não é que no passado as notícias fossem melhores. Quando ele era criança, as pessoas temiam um inverno nuclear, chuva ácida e sequestradores satanistas. E até isso era melhor do que os ocorridos nas gerações anteriores à sua: guerra do Vietnã, as duas guerras mundiais, gripe espanhola. Meu Deus, houve períodos na história norte-americana em que japoneses eram aprisionados em campos de concentração; em que, antes da Segunda Guerra, o nazismo estava em ascensão nos Estados Unidos; em que as mulheres não podiam votar; em que ser negro significava, além de não poder ter posse de nada, ser apenas uma posse, como um móvel ou uma cabeça de gado. Antes disso, houve Pompeia, a peste negra, as Cruzadas. E, mais para trás, a coisa só piorava.

Agora tudo estava melhor. O *mundo* era um lugar melhor. Tinha que ser. Sem dúvida, ele era melhor do que os que vieram antes dele. Seu próprio pai era — como classificar aquilo? Provavelmente bipolar. Com certeza, alcoólatra. As surras em Nate eram rotina. Na mãe de Nate, menos frequentes, mas, quando aconteciam, muito piores.

Mas Nate não era igual. Tudo o que recaíra sobre ele estava contido. Ele costumava enxergar o mecanismo de defesa como um quebra-mar: toda *aquela* merda, toda a violência, sua história e o que carregava dentro de si, seja por causa da herança genética ou da sua criação, formavam um mar escuro, turbulento e turvo. Um mar que ele barrava, que refreava. Um paredão emocional, um quebra-mar, para garantir que aquelas águas nunca afogariam sua família.

Ele era bom, reafirmava para si. O mundo era *bom*. Ambas as coisas eram melhores agora em comparação ao que as tinha precedido. E ainda assim. *E ainda assim.* Por que sentia que algo se rompera? Como se uma engrenagem tivesse desencaixado lá nas profundezas do maquinário e ninguém percebesse até que fosse tarde, tarde demais? O mundo estava quebrado? Ou era ele?

Nate estacionou o carro na entrada da garagem e saiu, pegando a marmita térmica e o casaco — item desnecessário no dia, considerando a rara onda de calor em outubro. Sua esposa se apressou atrás dele, com um rasgo no colarinho da camisa.

— Ei, Mads — disse —, você tá bem?

Mas ela continuou andando, com o cansaço estampado no rosto, quase sem vê-lo.

— Sim, é, tudo certo. Tenho que começar a fazer o jantar.

— Aconteceu alguma coisa? — perguntou, logo atrás dela.

— Um acidente na oficina. — Antes que ele pudesse perguntar, ela virou a cabeça para trás e concluiu: — Não foi nada, não se preocupe.

Em seguida, ouviu um som às suas costas, de algo raspando e batendo no chão. Voltou-se e se deparou com o filho subindo pela entrada da garagem, arrastando a bicicleta. A roda dianteira estava totalmente retorcida. Ele não estava só; outro menino o acompanhava. Era um pouco mais alto e esguio, como um coiote em forma de gente. O mais chamativo era aquele olho diferente, enredado em um nó de cicatrizes. Nate largou as coisas no chão e correu até Oliver.

— O que aconteceu? — perguntou Nate. — A bicicleta, suas roupas...

— Tá tudo bem — respondeu Oliver, bruscamente. — Sei que você vai me dar uma bronca porque não estava usando capacete e, tudo bem, da próxima vez prometo que uso, e eu *sei* que preciso tomar mais cuidado...

— Ei, *ei* — interrompeu Nate. Ele se aproximou e tocou o ombro do filho. Os dois pararam. — Só estou feliz por você estar bem.

Oliver piscou. Até pareceu relaxar um pouco.

— Obrigado, papai. Esse é Jake. Ele... me ajudou.

— E aí, Jake? — disse Nate ao outro menino. No entanto, chamá-lo de menino não era o mais apropriado. Ele tinha pelo menos uns dois anos a mais que Olly, fácil. O mistério mesmo era entender por que aquele garoto lhe parecia tão familiar. Nate tinha certeza de que já o encontrara antes, em algum lugar. Ou o vira circulando pela cidade, talvez? Pode ser que tenha conhecido seus pais no passado. Sentiu uma pontada de incômodo.

— E aí? — respondeu Jake. O garoto olhou Nate de cima a baixo. Seus maxilares apertaram, como se estivesse irritado. — Mas nem foi culpa de seu filho. Uns caras passaram de carro e empurraram ele pra fora da estrada e...

— E foram embora — interveio Oliver. — Em uma caminhonete. Nem pararam. E não, não anotei a placa. Caí na vala.

— Tá certo, tudo bem. Não esquenta com a bicicleta. Deixa ela lá na garagem e no fim de semana dou uma olhadinha.

— Ok.

Os dois meninos passaram por ele, indo em direção à garagem. Jake deu uma última espiada sombria em Nate antes de se virar.

— Ei — chamou Nate. — Jake pode ficar pra jantar se quiser.

Olly confirmou com o polegar e continuou andando. Enquanto os dois seguiam, Nate percebeu um movimento na janela do sótão. Ele viu uma silhueta parada ali e soube, sem sombra de dúvida, que era seu pai, segurando uma arma. Quando Nate piscou, o velho já tinha sumido, e a janela estava vazia novamente.

23

JANTAR COM JAKE

Então, de onde você é, Jake? — perguntou Nate.

O jovem esfarrapado olhou para cima com uma barba de *lámen*. Ele sugou o macarrão, que espirrou para todo lado, e deu um curioso sorriso.

— Sei lá, de toda parte.

— Família de militares?

— Não, só família de merda.

Maddie andava pra lá e pra cá no corredor que ia da sala de jantar para a cozinha. Ela estava no telefone com alguém — Trudy, Nate imaginou. Ele tentou sinalizar para ela: *ei, por que você não se senta aqui? Dê atenção a seu filho e ao amigo novo dele.* Mas ela aparentava estar imersa na conversa. Agitada também.

— Por que de merda? — perguntou Oliver.

— Quem sabe? — Jake encolheu os ombros, batendo o talher nos dentes. Depois, espetou um pedaço excessivamente laranja de frango xadrez. Nate esperava que Maddie tivesse cozinhado algo, mas tudo ainda estava caótico desde a mudança. Ele também esperava que esse caos já tivesse se resolvido, mas também nunca estava por perto para dar uma mãozinha, com todo o trabalho e tudo mais.

— Se quiser saber *como* eles eram de merda, bom, aí é outra história.

— Olly — Nate se meteu. — Jake não precisa responder a esse tipo de pergunta.

— Tudo bem, ele pode perguntar. Não precisa policiar as palavras de seu filho, deixa ele perguntar o que quiser. Se eu não gostar, eu mesmo digo a ele. — A boca de Jake se fechou em uma linha severa, mas nos olhos... Havia um sorriso em seus olhos. Como se ele gostasse de retrucar a Nate.

Nate preferiu deixar pra lá, afinal, este era o novo amigo de Olly, e Jake tinha ajudado o filho a arrastar uma bicicleta detonada por alguns quilômetros. Ou seja, ele ainda tinha o benefício da dúvida (por enquanto).

— Justo — respondeu Nate, forçando um sorriso.

Olly acrescentou:

— Não, mas sério, tudo bem se você não quiser...

— Uma vez, meu *pai* — começou Jake, fixando os olhos em Nate, sem piscar — me algemou a um aquecedor enquanto espancava minha mãe. Às vezes, era o contrário. Ele fazia minha mãe se sentar numa cadeira ou a prendia pra poder me dar uma bela de uma surra. E, se alguém tentasse protestar, ele transformava nossa vida num inferno. Escondia comida ou trancava o banheiro pra ninguém poder entrar. Ou então rasgava nossos travesseiros e cobertores pra gente ter que dormir no colchão, sem lençol, sem nada. Ele me machucava pra punir minha mãe e a machucava pra me punir. Essa é só uma parte divertida da minha vida maravilhosa.

— Entendo por que você mora com sua tia — disse Olly.

Nate viu o brilho em seus olhos, prestes a transbordarem. Ele não conseguia esconder direito as lágrimas. Suas mãos tremiam sobre a mesa como aranhas nervosas.

— Ei, tudo bem — afirmou Jake, dando um tapinha no ombro de Oliver. — Não é sua culpa, você não sabia.

Mais uma vez, lançou um olhar venenoso de soslaio para Nate. *Por que ele está bravo comigo?*, Nate pensou. Logo entendeu: *ele não confia em mim, não confia nos pais de ninguém.* O que fazia sentido. Oliver se levantou bruscamente. Fez um gesto com a mão trêmula e deu um sorrisinho:

— Preciso usar o banheiro.

Ele saiu correndo. Ao fundo, Nate tentou encontrar Maddie, que tinha sumido da cozinha e estava em outro lugar da casa. Ainda dava para ouvir os murmúrios de uma conversa através do teto, e as tábuas rangiam com os passos dela. *Maddie, caramba, desça aqui, por favor, pra eu não ter que ficar sozinho com esse...*

— Ele é um bom garoto, né? — perguntou Jake.

Nate achou a pergunta mordaz de uma forma que ainda não conseguia entender, mas logo compreenderia.

— O melhor. Ele só... Às vezes, ele se afeta muito com as coisas. Emocionalmente, sabe? Acho que a terapeuta diz que ele é "empático", sei lá. É duro pra ele. Até ver as notícias... tudo de ruim que acontece no dia. É um fardo, esgota o menino. Na antiga escola dele, fizeram uma simulação de tiroteio, e a última o afetou de verdade.

Nate vacilou. Não devia estar contando nada disso ao garoto. Cabia a Oliver contar. A culpa tomou conta dele. Tentou mudar de assunto.

— Então acho que ouvir sua história o deixou chateado...

— Ele faz terapia, então.

— Claro, sim. Faz sim.

Nate sentiu que exagerava no tom, como se lá no fundo precisasse defender o fato de seu filho fazer terapia. Ou pior, que ele mesmo desconfiasse da utilidade da terapia. Desconfiava? Ele era esse tipo de pai? Ele apoiava, mas, bem lá no fundo, será que realmente não ficava preocupado com a necessidade do filho de fazer terapia?

— Que estranho.

— Não tem nada de estranho com terapia, Jake.

— Não com a existência da terapia, mas... Seu filho parece bem frágil e, por isso, precisa de terapia. — Jake fez uma pausa e lambeu um pingo de molho agridoce chinês do garfo. — O que você faz com ele?

— Perdão?

— Você bate nele? É a favor de tapas para castigá-lo? Ou, então, você não é do tipo que faz *essas coisas*, mas do tipo que *fala* coisas cruéis. Será que você faz críticas e comentários ofensivos, amputando a autoestima e a identidade dele, tolhendo o pouco que já tem?

— Você está passando dos limites.

— Você molesta seu filho? Será que está escondendo alguma coisa?

Nate deu um murro na mesa. O cômodo inteiro sacudiu. Ele odiou o fato de que Jake conseguiu tirá-lo do sério. Tentou extrair uma lição do próprio filho e ser um pouco mais empático. Tipo, por que Jake estava fazendo essas perguntas a ele? Só para irritá-lo? Talvez. Mas poderia ser outra coisa.

— Seu pai te bateu, então você acha que todas as figuras paternas são iguais — disse Nate, assentindo devagar com a cabeça e apoiando o rosto nas mãos em arco, com os cotovelos na mesa (tentando passar uma aparência calma, se recompor). — Eu entendo. Você não sabe como esse assunto me toca de forma pessoal e direta. Sinto muito que você tenha passado por isso tudo. Mas eu não sou assim. Nós nunca seríamos assim.

Somente então ouviram passos vindos de cima. Oliver voltava. Maddie pôs a cabeça para dentro do cômodo, atrás de Nate.

— Está tudo bem? — perguntou.

Oliver repetiu a pergunta.

— Tudo tranquilo — respondeu Jake, mostrando o braço e esfregando-o. Fez uma careta de dor. — Bati meu cotovelo na mesa.

Nate acenou de leve para ele com a cabeça. Jake não retribuiu.

Na saída, toda a família Graves acompanhou Jake até a porta. O garoto mais velho parecia um tanto constrangido com isso, mas Nate não tinha intenção de recuar. Tinha alguma coisa estranha com aquele menino. E, mais uma vez, ele parecia muito familiar.

— Seus pais... — começou Nate.

— *Papai!* — Oliver o repreendeu.

— Não, quer dizer, não é nada sobre eles, mas seu rosto me parece conhecido. Você nasceu aqui? Eles são daqui?

Jake deu de ombros.

— Não, somos do norte do estado. Desculpe.

— Eu só me confundi então. Tudo de bom, Jake. Tem certeza de que não quer uma carona nem nada?

— Tô legal. — Ele deu de ombros de novo. Não agradeceu pelo jantar, só se despediu de Olly, disse que ligaria para ele depois. E então partiu.

— Papai, *não acredito* que você perguntou dos pais dele. De novo! — Oliver explodiu. — Você não gosta quando os outros falam de *seu* pai.

Oliver resmungou de frustração e saiu furioso. Nate o chamou, mas Maddie pôs uma mão suave em seu peito.

— Deixa ele ir, vai ficar tudo bem — falou.

Ele bufou, estalou os lábios.

— Que jantar!

— Acho que perdi alguma coisa.

— Sim, você com certeza perdeu. — Ele se virou para encará-la. — Acho que esse novo amigo dele teve uma vida difícil. Apanhava dos pais e... — Ele viu o rosto dela se contorcer em uma profunda expressão de horror, como se ela tivesse lambido uma bateria. — Aliás, muito bacana da sua parte ficar no telefone o tempo inteiro. Sabe, você poderia ter me ajudado aqui embaixo. A coisa ficou... estranha, Maddie. Bem estranha.

— Não sirvo para consertar tudo que vocês quebram. — Maddie falou rispidamente.

Ele recuou, pasmo.

— Eu... não falei que você tinha que consertar... Mas espera, o que você quis dizer? Tudo que nós quebramos?

— Só quis dizer... Sei lá o que quis dizer. Estou cansada.

— Não, acho que eu sei o que você quis dizer.

Ela hesitou.

— Estou dizendo que às vezes sinto que tenho que cuidar de vocês dois como se fossem meus filhos, e não duas pessoas supostamente responsáveis. Estava no telefone com Trudy, falando de trabalho. Eu *trabalho*, lembra? Não posso estar sempre por perto para ser babá de vocês.

— Mads, isso não é justo.

— É perfeitamente justo, e você sabe que é. Não quero sempre ter a obrigação de consertar a cagada de todos. Talvez vocês possam se salvar sozinhos de vez em quando.

Os pelos de seu pescoço ficaram eriçados. Aquilo o irritou — não porque soubesse que ela estava errada, mas porque uma grande parte dele temia que estivesse certa. Porém, em vez de reconhecer esse lado, tomou o caminho inverso.

— Incrível. O carinha está puto comigo, e agora você também.

Ele sentiu a mediocridade de sua fala. Tinha sido um golpe baixo — em vez de reconhecer a reclamação da esposa, ele só ficou emburrado. Mas ficar emburrado era mais satisfatório.

— Não estou brava. Ele não está bravo. Vai ficar tudo bem.

Ele esfregou os olhos com tanta força que viu rastros de estrelas. Decidiu mudar de assunto.

— Não gosto daquele moleque, Jake.

— Nate. Isso é só uma atitude de pai superprotetor. Deixa pra lá. Não parece ter nada de errado com Jake.

— Você não estava lá.

— E, ainda assim, meu *Sentido Aranha* não captou nada.

— Certo, certo.

— Que tal falar pro Olly que ele pode convidar Jake pra festa de Dia das Bruxas?

— Ele já vai trazer Caleb e algumas outras crianças nerds. Eles parecem boa gente. Ele não pode sair só com as crianças legais?

— Não seja assim. Você *sempre* saía com as crianças legais?

Depois de vacilar um pouco, ele resmungou:

— Meu amigo Petey Porter tacou fogo no quarto porque os pais não queriam deixá-lo ir a um show do Slayer. E minha primeira namorada vendia maconha roubada de um trailer.

— Então, isso é um não.

Ele suspirou.

— Tudo bem. Vou dizer pra ele.

Ele olhou para a esposa de cima a baixo. Sua postura estava rígida... *tensa*. Como se ainda estivesse na defensiva. Contra ele? Contra Olly? Poderia ser. Mas também não era só aquilo. Havia algo mais profundo.

— Você tá bem?

— Ótima — respondeu, com um sorriso forçado.

Era mentira. Ele conhecia a esposa bem o suficiente para saber disso. Mas também a conhecia o suficiente para não ousar cutucar a onça. Ela falaria quando quisesse. Sempre falava. Não é mesmo?

24

O MENINO QUE
FALA COM LIVROS

Ao voltar para casa na escuridão cada vez mais profunda, Jake girou o pulso e estalou os dedos. Com esse floreio, um livro surgiu em sua mão. Era um livro velho e roto, com capa de tecido e páginas amareladas pelo tempo que esvoaçaram ao movimento. Na capa do livro, havia um título carimbado à mão com espaçamento irregular e embriagado:

O LIVRO DOS ACIDENTES

E logo abaixo:

Um registro dos acidentes em Ramble Rocks, número oito

Mesmo no escuro, ele abriu o livro em alguma página do meio. Sua mão passou pelas páginas desgastadas, páginas que haviam suportado água e vento, até mesmo fogo, mas que ainda se conservavam como eram. Não eram macias, não eram lisas — mas um tanto duras e ásperas. Enrijecidas como o couro de um animal morto, se não tão firmes ou tão grossas.

Ele não conseguia ler o que estava escrito. O pouco da escassa luz vinha da Lua, oculta por trás de um véu de nuvens turvas, dificultando a leitura. Porém, ele conseguia *sentir* as letras, a textura da caligrafia que cavara sulcos nas folhas, e seus dedos contornavam esses fossos macios cheios de tinta. Ele respirou fundo e... elas começaram a se mover sob seu toque. Como minhocas, contorcendo o corpo ao cavar túneis.

As páginas fulguraram de leve. Elas pulsavam sob seus dedos. Até machucavam. Não era uma queimação, mas uma dor profunda, que subia pela ponta dos dedos e se infiltrava nas articulações até se afundar nos cotovelos. Uma dor boa, ele pensou. Uma dor *necessária* para manter sua mente clara e lembrá-lo de sua missão.

O livro também o lembrou do quanto estava perto, tão perto. Este era o 99º, ele tinha lhe dito, e com grande agitação exigiu que dessa vez não estragasse tudo. Tudo dependia disso. Ele já tinha ido tão longe... E fracassar agora...

— Não vou fracassar — disse ao livro. — Encontrei o garoto. Ele é fraco.

Mas a família é forte, o livro respondeu com um tom raivoso.

— A família nunca é forte. Sempre tem alguma coisa.

Jake teve que admitir que esse fato lhe causou um pouco de dúvida, o fato de que essa família — *esse* Nate, *essa* Maddie — parecia tão *unida*. Mas Oliver era fino feito papel higiênico. A família podia até ser forte, mas aquele menino era molenga — sensível como uma borboleta. Bastava capturá-lo. E, então, esmagá-lo.

25
TODOS NÓS FLUTUAMOS AQUI

Foi isso que a jovem gentil com o olhar vazio e cheiro de perfume barato e doce falou a Maddie. Tay (o nome da garota, talvez apelido de Taylor) disse que o tanque era fechado e escuro, e lá dentro lhe esperavam cerca de 30 centímetros de água aquecida à temperatura corporal e enriquecida com sulfato de magnésio.

Conforme explicou a mulher, eles não permitiam que iniciantes ficassem no tanque por mais de uma hora, mas a sessão comum, caso Maddie resolvesse retornar, tinha a duração de noventa minutos.

— Você entra nua no tanque, mas é um ambiente totalmente privado e seguro. Talvez você tenha uma sensação de ausência de gravidade, mas os clientes que vêm pela primeira vez nem sempre dissociam.

— Bom. Eu não... não quero dissociar. Só quero relaxar.

— É claro. — E adicionou com uma voz mais suave: — Temos uma multa de contaminação de mil dólares.

— Multa de contaminação?

— Sim — sussurrou a mulher, sua voz ainda mais baixa. — A liberação acidental de qualquer tipo de fluido corporal ou material sólido nos obriga a aplicar a multa.

— E se for intencional?

— Eu... Hum... — As bochechas da garota pegaram fogo e ela não conseguiu encontrar uma resposta.

— Relaxe, querida, não vou cagar no tanque. Nem de propósito nem sem querer.

— Ah. Ha! Ok. — Ela pigarreou. — Você disse que tem um vale-presente.

Maddie pegou o e-mail impresso, enviado por Trudy naquela manhã.

— *Tcharam*!

— Perfeito. Só vou precisar que você assine o nosso termo.

— Mal posso esperar.

Estou dentro da porra de um caixão, pensou Maddie. *Não*, acrescentou, corrigindo-se, *estou em um caixão molhado. Uma tumba aquática. Esse lugar é para os mortos. Talvez piratas mortos*, pensou após alguns minutos.

Não parecia um caixão por fora. Parecia mais uma grande bolha futurista de sêmen, projetada pela Apple. Sob ela, cintilava uma bela luz água-marinha, mas, dentro do tanque, depois de fechado, era escuro como a garganta do diabo e silencioso como a morte.

Em outras palavras: um caixão. Era assim que ela esperava passar o resto da eternidade após a morte. Exceto que, naquele momento, ela não estava nem um pouco morta; muito pelo contrário, estava bastante viva e odiando Trudy com todas as forças por tê-la enfiado ali. Na noite anterior, ao telefone, ela contou a Trudy... Bem, não contou exatamente o que tinha acontecido, somente que estava com "dificuldade" de fazer coisas novas (*a última coisa que eu fiz tentou me matar*, pensou, mas não disse). E Trudy aconselhou:

— Meu bem, já te disse, você precisa de um mergulho num tanque de isolamento. É fantástico. Estimula as ondas alfa e theta de um jeito que a meditação basiquinha e clichê não consegue. É tipo LSD sem substâncias químicas. Vou comprar uma sessão pra você em um centro de flutuação que gosto de ir, lá em New Hope, não muito longe da galeria. Prepare-se pra desbloquear seu potencial.

Mas o que Maddie buscava não era desbloquear seu potencial ou sua criatividade ou sua arte. Sua arte tentou *assassiná-la*. E tinha um rosto que ela reconhecia, um rosto que ela não sabia *como* havia reconhecido: era Edmund Walker Reese. O assassino de Ramble Rocks.

O que ela queria desbloquear era a resposta para esta pergunta: *por que* o havia reconhecido? É claro que, em algum momento, já tinha visto alguma foto dele. Não tinha crescido ali, e sim na Filadélfia, mas se recordava das notícias daquela época. Todo aquele papo de assassino em série no Condado de Bucks, matando meninas — meninas um pouco mais velhas do que ela na época. Pré-adolescentes. Mas ela não saberia identificá-lo em uma fila de suspeitos.

Ainda assim, algo nela desceu às profundezas de sua memória e puxou de lá *aquele* rosto, *daquele* homem, colocando-o na escultura. Uma escultura que logo começou a falar e tentou estrangulá-la. Por isso, *aquele* era o propósito dela dentro do caixão salgado. Ela precisava de respostas e esperava consegui-las ali.

Mas até o momento... só flutuava. Boiava e boiava e boiava. Na escuridão úmida, na umidade escura. Sua mente perambulava em vão pelo labirinto da ansiedade, que tivera um papel fundamental na mudança para a casa nova e tinha um papel fundamental no controle das reviravoltas e becos sem saída típicos de seu cérebro zoado. Era um amontoado de listas e planos B, um inventário inútil, rabiscado às pressas, de quais caixas não haviam desempacotado ainda e quais móveis novos eles precisariam (porque, embora a casa do campo fosse pequena, ainda era maior do que a que tinham na cidade), e *argh*, será que ela tinha dado apoio real à sua família? E, porra, será que foi um erro se mudar para o meio do mato? E, uau, por sinal, *você perdeu uma coruja e uma escultura tentou esmagar sua traqueia.*

— Porra — xingou, imersa na água salgada do caixão. Deu tapas na água, que os devolveu inutilmente.

Respira fundo, disse a si mesma. Inspira, expira. Inspira, expira. Respiração consciente. Aquela parada toda de imaginar uma bexiga inflando, inflando, inflando e, depois, lentamente murchando, murchando, murchando. *Não deixe a bexiga estourar*, pensou. *Não deixe.* Meu Deus, ela quase estourou a bexiga. Uma bexiga imaginária, e ela quase a estourou. Merda. Tentou esvaziar a mente e permitir que virasse um espaço construtivo: uma tela em branco, na qual teria a chance de liberar algo cru, algo que frutificasse. Um espaço criativo. Talvez Trudy tivesse razão. Talvez o tanque desbloqueasse uma coisa *naquela* direção — se não fosse ajudá-la a resgatar memórias, talvez ajudasse a inspirá-la.

Ela visualizou uma forma. Não era uma forma específica, apenas uma forma volúvel e cambiante ali no vácuo. Artistas "de verdade" tiravam sarro de alguém como Bob Ross por ser uma pessoa acessível ao público, por simplificar a questão da pintura, mas ela sempre encontrou inspiração nele — o jeito como ele parecia seguir a direção que a arte lhe indicava —, e foi isso que ela fez ali, dentro de sua mente. Apenas deixou a forma ser o que quisesse. Uma nuvenzinha bonitinha, uma árvore bonitinha, uma... maçaneta bonitinha. Que porra? Uma *maçaneta*?

Era o que era. Lá no breu de seu cérebro — ou será que seus olhos estavam abertos? — surgia uma maçaneta. Dourada, depois prateada. Depois de madeira. O material mudava, assim como sua aparência: passava de uma maçaneta simples de escritório para uma maçaneta primitiva que parecia ser apenas uma pedra colada à parede para uma placa preta de estanho ornamentada com uma maçaneta cristalina. Era uma maçaneta que ela fabricara, que desejou que existisse. Uma maçaneta que *sabia* estar ligada a uma porta, a um portal além. Ter tanta certeza disso era estranho pra caramba, mas também *muito interessante*, então esticou a mão — e, nesse ponto, não sabia se esticava a mão de *verdade* ou só a mão de dentro da cabeça — para alcançá-la, girando-a delicadamente... Ela sentiu o barulho da porta abrindo. Mas não se abriu apenas à sua frente. Abriu em volta dela. Abriu sob seus pés. Logo estava caindo, caindo na água escura, depois no espaço aberto. Ela gritou e...

— Ah, não, *não*, por favor, não me diga que você vomitou lá dentro.

Maddie estava metade pra dentro, metade pra fora do tanque. A parte de baixo ainda estava lá, os joelhos mergulhados na água salgada. Os braços estavam pra fora, à sua frente, servindo de apoio pra ela se levantar enquanto a água pingava de seu cabelo e queixo. De repente, ocorreu-lhe: *estou nua como vim ao mundo*. Mas Maddie não era de ter vergonha, então ficou como estava, com todas as partes pra fora. A garota, Tay-Talvez--Taylor, levantou os braços como uma dona de casa de desenho animado ao encontrar um rato na cozinha.

— Eu não... — Maddie deu uma engasgada antes de tossir. — Não vomitei aqui. — Pelo menos, *achava* que não. — O que houve?

— Você começou a gritar.

— Eu gritei? — *Eu gritei.*

— Sim. Você estava gritando algumas coisas.

— Que... que coisas?

— Hum, você estava dizendo: *eu me lembro, eu lembro.* Tipo, alto, bem alto.

— Eu me lembro?

— É.

— Eu me lembro.

— É, eu disse que sim, isso.

E então ela se lembrou. *Edmund Walker Reese. Parado à porta. Ouvindo um barulho às suas costas. Olhando pra ver o que tinha produzido o barulho e...* Algo. Talvez não tudo. Mas algo.

26
FICAR OLHANDO
NÃO AJUDA A RESOLVER

Nate enfiou a cabeça pela entrada do quarto de Oliver no sótão. O garoto tinha deixado o espaço com a cara dele — prateleiras de livros, cartazes de filmes e uma mesa cujo caos tinha ares artísticos e propositais, bem diferente do chiqueiro em que a mesa de trabalho de Nate se tornara. Ele se arrependeu de ter pensado algum dia que era má ideia dar um pouco de espaço ao filho. No canto, ficava o estojo do violão, acomodado como uma tumba, seu habitante mumificado há muito apartado do mundo dos vivos.

— Você devia voltar a tocar — sugeriu Nate.

— Quê? — perguntou Oliver, olhando da cama, com o iPad apoiado no peito. Tirou os fones do ouvido.

— O violão, você devia voltar a tocar, foi o que eu disse.

— Ah. Não sei. Não é mais meu lance.

— Você pode vender. É um belo violão.

Oliver fez uma cara feia por cima do iPad.

— Não *quero* vender.

Rendido com as mãos para cima, Nate disse:

— Tudo bem, só pensei que talvez você quisesse levantar uma grana. O violão é seu. Se você gosta de usá-lo como decoração, sem problemas.

O menino não disse nada. Só ficou lá, uma tensão crescente. Finalmente, Olly soltou:

— Você precisa de mais alguma coisa?

— Só estou dando boa-noite.

— Então dê boa-noite logo.

Olly ainda estava bravo. No dia seguinte, ainda bravo. Caramba.

— Está bem. Boa noite, filhão.

— Aham.

Oliver agarrou o iPad com força, os nós dos dedos ficaram brancos. Seus olhos percorriam a tela furiosamente. Seu rosto se contorceu, como se sentisse uma pontada de dor aguda.

— O que foi? — perguntou Nate.

— Só tô vendo YouTube.

— Vendo o que no YouTube?

— Nada. Só... Tipo um *streamer*. Spohn Zone. Ele tá jogando... sei lá. *Cuphead*.

Spohn Zone era um de seus canais preferidos de streaming de jogos. *Cuphead* era... algum tipo de jogo, Nate adivinhou. Olly não jogava muita coisa além do que tinha no iPad, mas assistia a outras pessoas jogando de tudo. Nate sempre brincava que, trinta anos antes, os pais diziam coisas do tipo: *quando tinha a sua idade, eu tinha que caminhar para a escola na neve, subir colinas e lutar com ursos*! Nos dias de hoje, os pais diziam algo como: *quanto tinha a sua idade, a gente tinha que jogar nossos próprios videogames. E a gente gostava!*

Porém, havia algo errado ali. Olly parecia muito tenso, muito irritado. Nate não gostou de ter que fazer aquilo, mas chegou perto dele, pôs a mão no iPad e virou-o, ao que Oliver protestou.

— Ei!

Na tela, uma página com notícias em tempo real. CNN. Um terremoto, 7.0 na escala Richter. No Peru.

— Olly!

— Eu sei.

— *Olly.*

— Eu sei! Ok. Sei que não deveria estar assistindo as notícias. — Suas orelhas estavam vermelhas. O iPad tremia em suas mãos. — Tem pessoas sofrendo. Vi uma menina coberta de poeira e, e, e sangue chorando pelos pais. Tem gente presa sob os escombros, *gritando*. Você consegue imaginar estar lá, como deve ser assustador? e se ninguém os encontrar, papai, e se...

— Ok. Eu sei, eu sei.

Com cuidado, Nate cobriu a tela do iPad com a mão e tirou o aparelho do filho. Ele não forçou, e Oliver o soltou.

— Essas pessoas.

— Filhão, ficar olhando não ajuda a resolver. Você não tem como fazer nada agora. Não precisa ser uma esponja, absorvendo tudo.

Nate já estava preparado para uma resposta atravessada, mas Olly não estava com cara de quem queria brigar, como se estivesse aliviado por ouvir que não precisava ser testemunha das desgraças conforme aconteciam.

— Que tal se amanhã a gente doar um pouco pra caridade? Pro *Save the Children* ou UNICEF, mas não pra Cruz Vermelha.

— Claro, Olly. Claro.

Nate deu um beijo na testa do filho e desceu pela escada rangente do sótão. Enquanto se virava para descer pelo corredor, ouviu algo — a vibração abafada de cordas de violão. Oliver estava tocando de novo. Uma vitória pequena, mas essencial, Nate decidiu. Entrou no quarto do casal e lá encontrou a esposa debruçada sobre uma mala de mão pequena, enchendo-a de roupas. E, assim, num piscar de olhos, qualquer sentimento de vitória desapareceu, como uma bolha de sabão estourando.

— Maddie — disse em voz baixa.

Ele sabia o que estava acontecendo. Não entendia o porquê, mas sabia o que era aquilo. Uma esposa fazendo as malas. Ela estava indo embora.

— Não estou indo embora — comunicou. — Percebi seu olhar, mas não é isso que tá acontecendo. Então pode baixar a bola.

— Está bem — respondeu, tentando desacelerar. — Mas você *está* fazendo a mala. Do nada. Quer dizer, a gente nem tem brigado...

— Já disse, não vou te deixar. Além disso, essa mala é pequena, você reparou? Se eu estivesse dando o fora, pegaria aquela mala grandona do armário e jogaria *tudo* nela. — Ela parou para encará-lo com dureza. — E todas as *suas* merdas estariam no gramado. Ensopadas de urina.

— Fico feliz que isso não tenha acontecido. Por vários motivos diferentes.

— Concordo. Acho que não tenho todo esse estoque de xixi no corpo, de qualquer forma. — Fez uma pausa. — Tenho que ir a um lugar amanhã de manhã.

— Você se lembra de que nossa… festa, ou seja lá o que for, de Dia das Bruxas é nesse fim de semana? Em três dias, Mads.

Ela não respondeu. Então ele perguntou:

— Certo. Esse *lugar* tem nome ou pelo menos latitude e longitude?

Ela parou por um segundo, com os braços rígidos, as mãos nas bordas externas da mala, como se estivesse com medo de cair lá dentro.

— Só preciso de um dia.

— Isso não foi uma resposta. Aonde você vai, Maddie?

Ela hesitou mais um pouco.

— Preciso saber onde te achar. Ou onde você está.

— Vou levar o celular.

— Maddie…

— Não posso te contar. Não posso falar nesse assunto. Não… — Ela engoliu em seco, fechou os olhos com força, suas narinas dilatadas. Como se ela estivesse se esforçando para se concentrar. — Nem eu sei o que é, mas, por favor, tenha paciência comigo. — Ela fez questão de lembrá-lo de uma dívida tácita. — Fiquei ao seu lado em vários momentos. Inclusive quando você começou a agir estranho nos últimos tempos. Agora é sua vez de ficar ao meu lado, de confiar em mim.

Ele quis protestar. Quis dizer: *isso não é justo*. Mas era justo, totalmente justo. Então fez o que tinha que fazer. Assentiu com a cabeça, sorriu e falou:

— O que você precisar.

Não era da boca para fora, por mais que a frase lhe doesse. Ela afirmou que ele era um bom marido e depois explicou que sairia de manhã, depois que Oliver fosse para a escola. Voltaria no próximo dia. E foi isso.

27
UM DIA SEM MADDIE

No dia em que Maddie foi embora, Oliver ficou preocupado com a fuga repentina, e os pais tiveram que se desdobrar para acalmá-lo — o que, como perceberam, só o deixou mais preocupado, porque todos os pais divorciados seguem a mesma coreografia, fazem o mesmo teatrinho, não é mesmo? *Ah, vai ficar tudo bem, é só que a gente precisa de um tempo. Aqui, toma uma graninha, esquece o cara atrás da cortina. É só o novo, ahhh, instrutor de ioga de sua mãe, Julian. Tenha um bom dia na escola hoje, filhão.*

Oliver foi para a escola, e logo depois Maddie saiu. Pegou a estrada sabe-se lá para onde. Sem ele. Aquilo acabou com Nate. Eles eram uma equipe. Até agora. Até a casa. Era absurdo jogar a culpa na casa. Na verdade, era melhor culpar a si próprio — ele estava insone, mal-humorado e completamente estranho. Talvez tivesse afastado a esposa. Talvez ela precisasse de uma noite de paz sem ele. Mas ela poderia ter explicado. De repente, sentiu a raiva percorrer seu corpo. *Ela poderia ter explicado.* Ele entenderia. Certo?

De repente, já não tinha tanta certeza. Mas seria melhor do que esse cenário de agora. Ela simplesmente indo embora, sem dar maiores informações. Ele sentiu a cabeça girar. Estava irritado, triste e confuso, mas nem sabia se tinha o direito de se sentir assim. Olly bravo com ele. Maddie fora de casa. E ele, ali, *naquele lugar.* Para onde quer que olhasse, ainda parecia a casa *deles,* como se pertencesse a outras pessoas.

Cara, suba o quebra-mar, lembrou-se. *Ponha a cabeça no lugar.* Subiu o quebra-mar, foi trabalhar. Fig percebeu que ele estava diferente, mas Nate não entregou o jogo. Depois, voltou para casa. Oliver mandou uma mensagem dizendo que estava com os amigos e que pediriam pizza, se Nate deixasse. Ele deixou.

Em casa, sentou-se sozinho à mesa da cozinha. Seu estômago o lembrou, daquele jeito meio faminto, meio embrulhado, de que não tinha almoçado. Uma sensação de refluxo o levou até a geladeira. Deu uma espiada até achar algo que era possível preparar apenas com as habilidades de um homem das cavernas: presunto cozido e queijo fatiado. Na tábua de corte, jogou uma fatia de presunto, uma de queijo e outra de presunto, como num sanduíche, mas sem o pão, dane-se. Ele fez um, depois outro e mais um terceiro. Tábua de frios de pobre.

Quando terminou o último, um odor invadiu seu nariz. Fumaça de cigarro. Sentiu o estômago revirar. Teve que se segurar para não regurgitar o queijo e o presunto. Tentou espantar o cheiro, concentrando-se em fazê-lo se dissipar, e conseguiu, mas só porque uma série de cheiros terríveis — cheiros *conhecidos* — tomou o ambiente. O odor de suor. O aroma inebriante de lubrificante de armas. O fedor azedo de um velho moribundo — a podridão de sua pele, a salmoura curtida nas roupas, o espectro de mijo e merda e vômito, todos contaminados com traços inegáveis de câncer em cada molécula arruinada.

Nate fechou os olhos e sentiu o coração galopar no peito, como um cavalo selvagem. Uma cachoeira de sangue percorreu suas têmporas, pulsos e pescoço. Então, os odores estranhos, os odores de seu pai, vivo e morto, desapareceram. Depois daquilo, ele pensou: *preciso de uma bebida*. Mas não queria beber sozinho.

Jed, parado à porta, deu uma boa olhada em Nate e declarou, com um sorriso forçado:

— Espero que você não se incomode com uma dose de honestidade brutal, Nate, mas está parecendo que você passou pelo intestino de um elefante raivoso. — Ele abaixou a voz para um tom cômico. — E o elefante tinha um caso complicado de síndrome do intestino irritável.

— É, fazer o quê. — Ele gesticulou para saber se poderia entrar. — Posso...?

— Ah, claro, claro. Pode entrar, amigo.

Lá estava Nate, mais uma vez no chalé impecável de Jed. E, de novo, tinha um copo de uísque na mão. Foi tudo tão rápido que mal viu o homem servi-lo.

— Escocês? — perguntou.

— É *single malt*, mas americano. Do Colorado, na verdade. Uísque Stranahan's. Esse é especial, dizem. Disponível apenas um dia por ano, em dezembro, pouco antes da longa e profunda escuridão do inverno. Pedi pra um colega corretor de imóveis, da cidade de Grand Junction, arrumar uma garrafa pra mim.

Nate deu um gole que quase o derrubou — não porque fosse forte, o que de fato era, mas por toda sua gama de sabores peculiares. Jed deve ter visto seu rosto se iluminar. Arqueou as sobrancelhas fazendo uma cara de velho safado.

— Uma verdadeira maravilha, não é?

— É, sim.

— Mas imagino que você não esteja aqui só por causa dos meus maravilhosos uísques, embora você seja sempre bem-vindo pra tomar uma dose. O que se passa pela sua cabeça, vizinho?

— Esse é o problema. Não faço ideia do que se passa pela minha cabeça.

— Hum — concordou Jed, como se tivesse entendido. Puxou um banquinho e se sentou ao lado de Nate. — Prossiga.

— Acho que estou ficando maluco, Jed.

— A mente é menos delicada do que a gente pensa, Nate. Com frequência, acho que nosso *medo* de enlouquecer é muito mais perigoso do que o enlouquecimento em si. Entende a lógica? O medo de uma coisa costuma ser bem pior do que a coisa de fato, seja terrorismo ou imigrantes ou seja lá o que for.

Nate balançou a cabeça em negação.

— Não, isso é real. Eu tô...

— Você tá vendo coisas.

— Como você sabe?

Jed abriu um sorriso de satisfação.

— Porque vejo sua expressão, Nate, e a reconheço. É como me olhar no espelho, mas um espelho do meu passado. Como disse Shakespeare: *"Há mais coisas entre o céu e a terra, Horácio, do que supõe sua vã filosofia."*

— Não acredito em fantasmas, Jed.

— Não importa, eles acreditam em você.

Um arrepio percorreu a espinha de Nate.

— Estou vendo meu pai, Jed. Meu pai morto.

Em seguida, finalizou o resto do uísque em um só gole.

— Isso aí, garoto! — exclamou Jed, terminando seu copo também. Ele serviu mais uma dose para cada e continuou: — Agora sim a conversa é pra valer.

Horas mais tarde, Nate estava bêbado como um gambá. Jed chegou mais perto, perto até demais, quando disse:

— O lance, Nate, é que a gente mora em frente a...

— Ramble Rocks. — Nate completou, arrastando a fala. *Rambah Rahhcks.* Sua boca estava viscosa. Com gosto de calda de caramelo e fogueira de acampamento.

— É tipo uma barreira *fina*. Os índios Lenape pensavam assim. Os primeiros quakers também. Por fina, quero dizer que aqui a barreira entre os mundos não é igual à de outros lugares. Por muitos anos, pessoas viram coisas estranhas naquele lugar. Um dos primeiros relatos de um quaker dizia que eles viam "estranhos no bosque". Outros viam a *si mesmos*, versões diferentes de si mesmos, tipo *doppelgängers*. Uma cacetada de fantasmas avistados naquela área, entre os rochedos. É por isso que um assassino como Edmund Reese matou aquelas garotinhas lá. Ele disse que era um lugar especial.

— Você tá bêbado — disse Nate.

— *Você* tá bêbado — retrucou Jed. — *J'accuse!*

Os dois estavam bêbados, pelo visto.

— Então o que você tá dizendo, Jed? O barbudão que eu vi, o meu pai, tudo isso é por causa de Ramble Rocks? Eu ouvi lendas na infância, mas... nada dessa merda é verdade. Eu é que estou ficando louco.

— Não acho que você esteja ficando louco, filho.

— E agora? O que eu faço? Contrato um exorcista? Um... um bendito de um xamã?

Jed respondeu, com extrema seriedade:

— Não, apenas se cuide. Fique atento ao que você vê, tenha cuidado com quem você confia. Talvez algo ou alguém por aí esteja pregando uma peça em você.

— Talvez *você* esteja pregando uma peça em mim — disse Nate, dando uma piscadela.

Jed lambeu os lábios e recostou o corpo.

— Nate, acho que é melhor você ir pra casa. Descansar um pouco.

— É. — Ele sentiu um arroto subir queimando pela garganta. — Você deve ter razão, Jed. Vejo você por aí. Obrigado pelo uísque e pelas histórias doidas.

— As histórias podem ser doidas, Nate, mas você não é. Lembre-se disso.

— Uhum.

Com isso, Nate saiu pelo bosque. Encontrou o caminho de casa passando pelas árvores, evitando tropeçar em ramos e em plantas rasteiras — seria ridículo se arrebentar todo desse jeito. Jed era uma má influência. Ao chegar, descobriu que Oliver ainda não havia retornado, então puxou um pouco o sofá retrátil, prometendo a si mesmo que só descansaria os olhos um pouco. Quando voltou a abri-los, o Sol já queimava as barras das cortinas.

28

No bosque

Tudo bem, cara? — perguntou Jake.

Ele passou a garrafa para Olly. Era uísque — um uísque do qual nunca tinha ouvido falar. Jack Kenny American Single Malt.

— Você parece meio agitado.

Os dois estavam sentados em um tronco caído. Tinham passado do celeiro da mãe, ainda em obras, quando Jake decidiu que queria fumar. A noite de outubro estava atipicamente cálida. Algumas moscas zumbiam em torno deles, animadas com o calor, que lhes garantia o privilégio de, bem, não morrer ainda.

— Tudo certo — respondeu Olly, dando um gole do gargalo. O uísque desceu como um queimor caramelado por sua boca e garganta. — Meu pai me mataria se soubesse que estou aqui bebendo.

Jake riu.

— *Neste exato momento*, seu pai apagou de tão bêbado. Ele seria um hipócrita do caralho se desse uma bronca em você por causa disso.

— Ele era policial, sabe?

— Tipo investigador?

— Não, ele era… acho que sargento ou uma coisa assim.

— Então não esquenta a cabeça. Ele não é o Sherlock Holmes, moleque. — Jake arrancou a garrafa da mão de Olly, grudou-a à boca e deu várias goladas. — Então você é bem frágil, né?

Oliver se sentiu envergonhado e desviou o olhar para o bosque, cada vez mais afundado em sombras. Jake ergueu as duas mãos — uma delas ainda com a garrafa, espirrando uísque para todos os lados — e acrescentou:

— Não quis ofender. Só quis dizer que as coisas te afetam bastante.

— Pois é. — Oliver não estava nem um pouco a fim de entrar no assunto, mas, ao mesmo tempo, *tinha muita vontade de falar sobre aquilo*. — Não tem problema, tenho uma terapeuta.

— Foda-se a terapia, cara.

— Como?

— Eu fiz terapia. Eles não te dizem a verdade.

— Mas eu gosto de minha terapeuta.

Jake caçoou.

— Não disse que você não *gosta* ou que não devesse *gostar* dela. Só estou dizendo que eles são uns mentirosos. E nem sabem que mentem, só são assim. É uma coisa que já tá no sangue, a mentira.

— E que mentira é essa?

— Que você é ferrado da cabeça e que é você que deve consertar seu jeito de ser.

— Não entendi.

Jake se inclinou para a frente, devolvendo a garrafa.

— É o seguinte: você ser ferrado da cabeça? É normal. É porque você está ligado em uma coisa que a maioria não percebe. Você é tipo uma antena, sempre capta a frequência. Os outros são só um bando de desligados, cara. Não captam merda nenhuma. Mas você? Você está sempre recebendo a transmissão.

— Que transmissão? — perguntou Oliver, pegando a garrafa, mas vacilando antes de dar mais um gole. — Parece um papo de conspiração.

— Não, não é. Não é uma transmissão literal, Oliver. Você vê o que os outros não veem, ou seja, que o mundo está quebrado.

— Não, eu não sei se é...

— Sério? Já olhou em volta ultimamente?

— Tá, é verdade, as coisas estão bem ferradas. Mas... — As palavras morreram em sua boca. Jake devolveu seu último pensamento.

— Mas o quê?

— Sei lá.

— Você *sabe*, sim. Nada de "mas". Pense nos tiroteios em escolas.

Oliver ficou tenso ao ouvir aquilo. Sentiu a pulsação acelerar, a mão começar a tremer. Sua boca secou ao mesmo tempo que as palmas das mãos ficaram úmidas. Jake continuou, apontando o dedo em forma de arma para sua têmpora e balançando o crânio para o lado.

— *Bum*! Crianças são alvejadas. Criancinhas. Adolescentes. E quem faz alguma coisa? Alguém toma alguma atitude? Ninguém. Só pêsames e orações, não é? — Por um instante, seu olho pareceu emitir um brilho de luar. Oliver tinha certeza de que só podia ser sua imaginação, pois olhou de novo e não viu nada lá. — Tô só dizendo que ninguém faz nada. E os tiroteios continuam acontecendo. Em shoppings, cinemas, igrejas, sinagogas, em todo lugar. Se não moveram uma palha nem por pirralhos mortos da escolinha, não movem por mais ninguém. Está quebrado. Não dá pra consertar, porque é muito grande, muito complexo, muito... sei lá. Muito *demais*. E você sente isso, lá no seu âmago. Na cabeça. No... — E então Jake esticou o braço e empurrou o dedo contra o peito de Oliver, fazendo o menino se encolher. — No seu *coração*, cara. Você não é maluco. Você é a pessoa mais sã desse mundo, cacete. Tanto quanto eu, porque eu também entendo.

Oliver estava em dúvida. O mundo estava quebrado? Será que ele poderia mesmo saber disso? Não parecia certo. Ele não conseguia dar conta de pensar em sistemas complexos e extensos. Só nas pessoas enredadas neles. Aprisionadas, trituradas, esmagadas.

— O que você quer dizer com "você também entende"? — indagou.

— Eu era que nem você. Vivia triste. Tremendo de medo como um chihuahua mijão.

Agora, só *agora*, Oliver levou a garrafa aos lábios. E dessa vez não foi um golinho, dessa vez ele deu uma boa tragada. A bebida o acendeu como uma cidade à noite. Ele se inclinou e perguntou:

— E o que você fez para mudar?

— Ah, cara, eu precisaria de muito mais tempo para responder, mas a gente chega lá. Por enquanto, te adianto o seguinte: em primeiro lugar, tive que parar de perder tempo com terapia. Parei de ouvir desconhecidos e comecei a me ouvir. E ouvir os conselhos de bons amigos. Amigos que me apoiavam. Amigos que me *entendiam*. Sacou?

Oliver fez que sim. Porque *aquilo* ele compreendia.

29

EEEEE VOLTAMOS

A manhã avançou aos trancos e barrancos. Era como estar meio atrasado, meio adiantado. Nate sentou-se à mesa com um copo d'água na mão e um comprimido de analgésico ainda entalado na garganta. Olly preparava seu próprio café da manhã — mingau de aveia —, que Nate recusou expressamente porque, nesse momento, comer mingau de aveia o faria se sentir como um cachorro comendo seu próprio vômito em uma tigela. Ele preferia café, e Olly fez o favor de preparar-lhe uma xícara.

Então, do nada, a porta da frente se abriu e Maddie irrompeu. Logo que pisou na cozinha, Olly saltou da cadeira e a recepcionou com um abraço de urso bem longo. Ela beijou sua cabeça. Ele parecia uma criança novamente. O filho deles sempre foi extremamente carinhoso: dava e pedia bastante afeto. O que era bom e sempre bem-vindo, mesmo que Nate às vezes questionasse se o comportamento era indicativo de algum tipo de carência por parte do filho. Ainda assim, era bom voltar a ver aquelas demonstrações de afeto.

Nate olhou para seu relógio e disse a Oliver que levasse o mingau para o quarto e terminasse de se aprontar para a escola, pois teriam que sair logo. Ele se esquivou de Nate, encarando o pai com uma expressão dúbia. Por um instante, uma distância gélida preencheu o espaço entre Nate e Maddie. A bagagem de mão estava ao lado dela.

— Parece que você foi atropelado por um caminhão de lixo — disse ela.

Ele soltou uma gargalhada.

— Pode ser que eu tenha tomado umas com Jed.

— Acho que está na hora de eu conhecer esse Jed.

— Ele vem à festa, então...

O silêncio aprofundou o abismo entre os dois. Mas então ela se aproximou dele sem reservas, derretendo-se num abraço e beijando sua bochecha.

— Desculpe por ter precisado me afastar — falou.

— Tudo bem — respondeu Nate, com sinceridade. — Estava com saudade.

— Eu também. Agora estou de volta.

— Você vai me contar para onde foi?

Ela não respondeu. A ausência de resposta cravou uma bala nele. *Onde você estava, Maddie?*

— Vamos ficar bem — disse ela, por fim.

— Ok.

Mas o fato de que ela precisasse afirmar aquilo deixou Nate com uma pulga atrás da orelha, com receio de que fosse mentira.

INTERLÚDIO
A MINA DE CARVÃO EM RAMBLE ROCKS

O menino de 12 anos correu em meio à relva infestada de pequenas flores roxas. Ele não conseguia enxergar direito — estivera chorando, um choro tão intenso que suas narinas doíam por ele ter secado muitas vezes o catarro que escorria com a manga da blusa, até a pele do nariz ficar em carne viva. Seu corpo também doía, como se alguém o tivesse amassado como uma lata velha de refrigerante. Não era a primeira vez que se sentia daquele jeito. Mas, ele também sabia que não seria a última. Seria assim para sempre. Não é?

Por que, então, havia fugido? Ele correu e correu, correu pelo que pareceu uma distância de quilômetros, dezenas, *centenas* de quilômetros (mas é claro que não havia ido tão longe). Fugir parecia-lhe uma chance de liberdade. Como se talvez houvesse uma chance de continuar. Ele pensou que não precisava dar meia-volta, não precisava voltar para casa nunca mais.

Mas e minha mãe? — ponderou. *Você não pode deixá-la sozinha. Não com ele.* Uma nova fisgada de dor o atingiu na lateral. Uma cãibra, como se alguém o cutucasse nas costelas com um alicate. O garoto desacelerou o passo e logo parou. Adiante, uma silhueta surgiu. Ele já vira aquilo antes, mas nunca tão de perto. A mina de carvão de Ramble Rocks. Troncos pálidos emolduravam a entrada, tomados de trepadeiras e ervas daninhas. As plantas já tinham começado a mudar de cor com a chegada do outono. A minha fora selada havia muito tempo e agora era um lugar vazio, só um buraco no mundo, um vácuo.

Por trás da entrada, muitas das árvores estavam mortas, com uma folhagem rala, suspensa, galhos finos e ossudos. A luz da tarde que era filtrada por essas árvores parecia estranha — fraca e tênue, como o brilho de uma lamparina coberta com um lençol velho e imundo.

O menino se deteve, seu peito subia e descia. Massageou com a mão o ponto dolorido entre as costelas. Ele fechou os olhos e, num instante, a entrada da mina pareceu... mudar. Bastou uma piscada para ela se transformar em uma boca escancarada e faminta. Uma bocarra negra com uma língua de trilhos de trem emergindo do buraco. Mais uma piscada, e voltou a ser o que era: a entrada da mina, com um enorme número 8 pintado no topo com tinta preta desbotada e descascada.

Uma pequena parte dele pensou: *eu posso entrar aí, morar aí*. Uma brisa leve soprou em sua direção, batendo em seu rosto, como se saísse da entrada da mina. Como se ela respirasse e aquele hálito carregasse um sussurro: *venha para mim*. Engoliu em seco e tentou não pensar no sussurro. Mas ele retornou e não parava de repetir: *venha para mim, venha para mim*, e depois uivou, como o vento passando por um vidro quebrado da janela: *veeeenha para miiiim*. O garoto espremeu o corpo todo até aquilo sumir. Mas não sumiu, e, como ele percebeu, não sumiria. Então, soube que precisava dar o fora daquele lugar.

Virou-se e saiu correndo na direção oposta, não para casa — não estava pronto para esse compromisso, não, ainda não —, mas para longe da mina. Então, algo surgiu à sua frente, erguendo-se por entre a grama florida, uma forma escura invocada pelos passos do menino, que disparou pelo ar — *flap, flap, flap, flap*. Ele mudou de direção e correu ainda mais rápido, mesmo sabendo que era um pássaro, só um pássaro idiota. Algum tipo de faisão ou pombo. Não importava. Mas estava assustado, então correu a todo vapor, suas pernas de palito o levando adiante com força e velocidade, até que pisou num ponto do chão que não era mais sólido. Era macio e molhado. Sua perna afundou, e ele caiu para a frente, aos berros. Tentou impedir a queda com as mãos, mas o chão mais à frente também era mole.

Uma substância negra e espessa reluzia por baixo de um tapete de folhas e galhos. O pântano escuro lambeu seu queixo, e ele se deu conta do que era: resíduo de carvão. Pegajoso como areia movediça. Seu coração saltava dentro do peito em espasmos ansiosos. Fez um esforço para se esticar e alcançar o terreno sólido, mas a gosma o envolveu em um aperto firme quando tentou se libertar dela. Parecia que tentar se desvencilhar só servia para afundar ainda mais. Ele disse para si mesmo: *por favor, não*. E então gritou. O lodo escuro cobriu seus lábios, pingando em sua boca como um coágulo de lesmas rastejantes, e foi expelido enquanto o garoto tentava gritar.

O menino tentou virar-se para trás, afinal, tinha *vindo* da terra firme, só precisava achá-la novamente. Mas foi como rosquear um parafuso, e ele só afundou mais. Agora suas duas pernas estavam submersas na substância, e, logo, a maior parte de seus braços. Os cotovelos afundavam na gosma, mas as mãos ainda se estendiam, embora não pudessem ir além. Seus dedos buscavam se agarrar em vão ao grude, mas o atoleiro o puxava cada vez mais para baixo.

Ele começou a chorar. Percebeu que aquele seria seu fim. Uma pequena parte sua pensou que talvez isso não fosse tão ruim. Talvez o que motivara sua fuga fosse pior. Talvez ele estivesse destinado a encontrar aquilo. Porém, quando o resíduo borbulhou em sua boca, tampando-a, pressionando suas narinas e congelando sua respiração, entrou em pânico e pensou: *não, não, não, isso não é melhor, não quero morrer aqui, não quero morrer*. Não conseguia respirar e sabia que sufocar naquele lixo líquido seria uma morte horrível — pelo menos o afogamento na água deveria trazer uma sensação mais fresca, de algum modo pacífica, mas a gosma o enlaçava rapidamente como o aperto de uma jiboia.

De súbito, passou por sua cabeça que jamais voltaria a ver a mãe. Que o pai era quem o estava empurrando, prendendo seu corpo ali, impelindo-o a afundar naquele pântano negro. Era só mais uma fase do ciclo infindável — ou talvez um ciclo que se encerrasse aqui e agora. O garoto submergiu. O resíduo de carvão o tragou para a escuridão profunda. Mesmo sob a manta negra e borbulhante da gosma, ainda era possível ouvir seu grito sufocado. Até, é claro, não ser mais possível.

PARTE TRÊS
POUCA PELE PARA MUITO CRÂNIO

6 de junho de 1907: Alfred Kaschak, morto por inalação de gases

8 de junho de 1907: Anatol Sekelsky, pernas esmagadas entre vagões

8 de junho de 1907: dez homens mortos em explosão e desabamento de pilar, a 34 metros de distância do túnel de Cold Spring (Randall Aherne, Mickey Hart, Stacker Wiznewski, Jerry Munroe etc.)

10 de junho de 1907: Stefan Schwarzhugel tomou um coice de uma mula rabugenta

13 de junho de 1907: mineiros dizem que Liam O'Neill deu uma porretada em Rodolf Kasternak com o cabo de uma picareta enquanto Kasternak usava o perfurador do túnel para abrir um buraco na parede em busca de explosivos

O'Neill está desaparecido

14 de junho de 1907: Liam O'Neill encontrado morto perto do leito de Pipersville, túnel 7, com o perfurador enfiado na testa e o esterno quebrado ao meio; algo havia comido sua perna, acima dele alguém tinha esculpido na pedra da parede KA REISKIA SAPNUOTI PASAULIO PABAIGA

—página 42 de 176, mina de carvão de Ramble Rocks, Livro dos Acidentes

30

ENTÃO É DIA DAS BRUXAS

A cabeça de Maddie era um caldeirão de preocupação atrás de preocupação. Preocupava-se com a arte, com assassinos, com sua família, com seu papel no meio desse furacão. Mesmo dias depois de sua sessão no tanque de isolamento sensorial e a ida ao distrito State College, ela sentia-se ainda mais desequilibrada do que antes. Ela pensava: *não sei mais quem sou, tenho medo do que posso acabar fazendo.* Mas precisou enfiar tudo isso no fundo da gaveta, trancar e jogar a chave fora, pois nesse exato momento a campainha tocava. A festinha de Dia das Bruxas estava a todo vapor.

Maddie pregou um sorriso no rosto enquanto abria a porta. Lá estavam *duas* pessoas, não uma só. Reconheceu um rosto: Trudy Breen. O outro rosto pertencia a um homem mais ou menos da mesma idade de Trudy. Ele tinha um tufo de cabelo branco bagunçado, um par de sobrancelhas revoltas e um olhar simultaneamente travesso e reconfortante. Usava um suéter escuro por cima de uma camisa lavanda e um par novinho de tênis da Nike. Tênis que combinavam com as roupas, é claro. Esse sujeito sabia se arrumar.

Um vento frio entrou. Ontem mesmo estava mais de 30°C, e hoje a temperatura tinha despencado para 10°C, e continuava a cair.

— Trudy! — exclamou Maddie, dando boas-vindas à amiga. Então, dirigiu-se para o homem. — Você deve ser Jed.

Ele confirmou com a cabeça, e ela os convidou para entrar no momento em que uma chuva fina começou a cair.

— Nate disse que você era bonita, mas não tinha mencionado que era tão esperta. Isso mesmo, sou o vizinho.

Alguns poderiam interpretar o comentário como sarcástico, mas Maddie sentiu que tinha sido verdadeiro, então retribuiu o meio abraço e o beijinho na bochecha. Se fosse qualquer outra pessoa, ela teria dado um chega pra lá. Mas havia algo nele que fazia com que ela sentisse que poderia baixar sua guarda, como se fosse um velho amigo ou um familiar que não via há muitos anos. Com o braço livre, ele ofereceu uma garrafa de algo para Maddie.

— Puxa, obrigada! — agradeceu.

Era conhaque. Trudy se intrometeu para avaliar a garrafa e disse:

— Seu vizinho aqui bebe coisa boa.

Ela deu batidinhas no vidro com uma unha postiça comprida — *tinc, tinc*.

— Bem — disse Jed, com um misto de humildade e constrangimento —, eu simplesmente não tolero ver gente tomando bebidas alcoólicas inferiores. Isso me causaria dor e traria vergonha ao meu nome. Isso, minha querida, é um *De Luze XO*, um conhaque francês fino, que ganhou até prêmios. Eu acho fascinante — prosseguiu — saber que o álcool é produto da ruína. Como muitas das melhores coisas! É um suco de uva perfeito que passou do ponto, azedou e virou algo sublime. A arte também é assim, e eu sei que você é artista. Uma tela em branco é vazia, pura e perfeita antes de ser tocada, como um quintal coberto por um tapete de neve que acabou de cair. Mas se você quiser sair e aproveitar a neve... quem sabe fazer um boneco de neve ou dois... é preciso estragá-la, não é? É preciso sujar tudo. Creio que seja assim com todas as coisas.

Maddie tentou uma imitação ruim da voz de Jed.

— Nate disse que você era bonito, Jed, mas não tinha mencionado que era tão esperto.

Os olhos de Jed se acenderam.

— Já gostei de você — falou, gargalhando.

Lá fora, o vento recebeu aquele som com seu próprio riso.

— Quem é esse cara mesmo? — perguntou Caleb.

Caleb e Hina estavam na garagem com Oliver. Estavam sentados, comendo doces, tomando refrigerante e jogando Magic. Chessie não tinha conseguido vir, e Steven revirou os olhos à ideia de uma festa de Dia das Bruxas na casa de Oliver.

— Já disse — respondeu Oliver —, eu bati a bicicleta outro dia e ele me ajudou a trazê-la pra casa. Ele é novo no pedaço.

Ele ainda não tinha contado sobre o encontro com Graham e Alex na estrada. Nem sobre a tentativa de afogamento. E sobre como Jake surgiu, do nada, com uma arma de chumbinho na mão. O porquê de não ter contado, ainda não sabia.

— Tem certeza que ele vem? — indagou Hina.

Ela era a única fantasiada entre eles. Tinha ido de Link, do jogo *The Legend of Zelda*, mais especificamente de *Breath of the Wild*, o 19º título da série. Sua túnica azul, com ares mediterrâneos, combinava com o estilo meio anime, meio mitologia grega de seu escudo, arco e espada. Ela tinha feito tudo à mão. Era do tipo que gostava de fazer *cosplay* na *Comic-Con*, montando a fantasia do zero: costurava, imprimia em 3D, usava papel-pluma e todas essas coisas.

— Porque seu homem está atrasado — disse Caleb.

— Ele não é… — Oliver sacudiu a cabeça. — Ele não é meu homem.

— Ai, relaxa, é só um jeito de falar, Olly.

Então ouviram algo raspando o portão da garagem. Eles se entreolharam.

— Pode ser ele — falou Hina.

— Ele sabe que tem uma porta de entrada, né? — perguntou Caleb, com a sobrancelha erguida.

Oliver deu de ombros e se apressou para apertar o botão que abria o portão da garagem. Ele ergueu-se com um ronco e revelou Jake parado do outro lado. Folhas mortas se levantaram em redemoinho em volta dele, como um ciclone em miniatura, e gotas mais pesadas de chuva começaram a cair. Ele deu um sorriso malicioso por baixo de seu capuz preto.

— E aí, Olly?

Quando Jake entrou, Oliver fez as apresentações. Hina foi muito amigável, mas Caleb não ofereceu mais do que um aceno rápido de cabeça.

— Você não sabia que a casa tem uma porta, cara? — perguntou Caleb.

— Para com isso, Caleb — protestou Olly.

Mas Jake gesticulou, o interrompendo.

— Ah, relaxa, tá tudo bem. Só imaginei que vocês estariam aqui, então vim pra cá. Não quero lidar com adultos e essas merdas. Eles sempre vêm com umas mil perguntas, e não estou a fim de cair nessa armadilha.

— O quê, você não gosta de perguntas? — indagou Caleb.

— Pelo jeito, não tanto quanto você — disse Jake, irritando-se.

Hina interveio.

— Ei, ignore Caleb. Hoje ele está fantasiado de Grosseirão da Porra, o pior super-herói da Marvel.

— Eu sou tipo o Homem-Aranha — emendou Caleb —, mas em vez de lançar teias, jogo indiretas.

E isso foi o suficiente. O gelo que começava a se formar entre eles quebrou em mil pedacinhos em um coro de risos. Olly se sentiu subitamente aliviado. Ele odiava quando as pessoas não se davam bem.

Nate estava de olho na esposa. Desde que ela tinha passado um dia fora, estava mais calada. Reservada de um jeito que ele não entendia. Ele deu todo o espaço de que ela precisava, mas algo estava errado. Como se as coisas ao seu redor estivessem fora do lugar. Sempre de formas que fugiam de sua *compreensão*.

Maddie, que parecia tensa perto de Fig e sua esposa, Zoe, relaxava instantaneamente ao falar com Jed. Nate suspeitava do motivo: ele era escritor. Um colega artista. E contribuiu também o fato de que Maddie não só leu alguns de seus livros, mas também era uma grande fã. Ela lhe dizia enquanto os outros escutavam:

— Eu nunca conseguiria ser escritora. Acho que a pessoa tem que viver muito dentro da própria cabeça. Para mim, a arte serve para eu *sair* da minha cabeça. É tipo um portal para outro lugar.

— Olha — respondeu Jed, com um risinho —, é claro, às vezes a escrita pode te enredar muito na própria cabeça, por assim dizer, mas quando a coisa bate, é como uma onda te levando pro alto-mar. Eu sei que isso de inspiração... — E ao falar a palavra, baixou o tom como se contasse um segredo picante. — É uma *besteira*, e eu sei que temos controle total do que acontece na página, mas, às vezes... — Ele puxou ar por entre os dentes. — Às vezes parece que rola *alguma* mágica, mas não aquela com um coelho e uma cartola. É como bruxaria! Bruxaria do bem. Você se abre a ela e logo a captura. Ou talvez *ela* que capture *você*.

Nate viu Maddie assentir com a cabeça, mas seu comportamento mudou mais uma vez — ela cruzou os braços na defensiva. Jed tinha tirado Maddie do sério? Ele não entendia como. Mas os lábios dela estavam apertados e ela só fazia *huum, huuum*, como se fingisse concordar.

— Somos só canais para a arte? — perguntou ela. — Portais?

Jed pensou um pouco.

— Pode ser, pode ser. Mas, como disse, eu acho que nós a controlamos. Não o contrário. A questão é, será que você enxerga como *a arte* ou como *sua arte*? Isso merece uma resposta. Ou, pelo menos, uma tentativa de encontrar essa reposta.

— Você quer dizer que devemos nos questionar se fazemos arte para os outros? Ou só para nós mesmos?

Ele sorriu, quase cruelmente.

— Nós fingimos que é para os outros, mas acho que fazemos arte para nós mesmos. Egoísmo disfarçado de altruísmo.

A apreensão escureceu o rosto de Maddie como uma sombra. De repente, Trudy falou de forma direta:

— Então você escreve histórias de fantasmas.

— Ah. Haha! Não, não é bem assim — esclareceu Jed. — Os fantasmas fazem parte delas, com certeza. Prefiro dizer que escrevo sobre espaços assombrados e coisas assombradas, mas nem sempre, nem mesmo com frequência, as histórias são somente sobre espectros e aparições. Meu lance é o folclore, e esta região, devo acrescentar, está *cheia* de lendas. Os albinos canibais de Buckingham Hill, as luzes fantasma de Hansell Road, a igreja diabólica de Ghost Mountain.

— Então nos conte uma história — pediu Fig.

Não foi uma frase exatamente hostil, mas Nate conseguiu detectar uma tentativa de provocação — um quê de ambiguidade.

— Fig — advertiu Nate. — Dá um tempo.

Mas Jed, seu olhar — caramba, todo seu corpo — se iluminou como o monstro de Frankenstein ganhando vida na mesa do médico insano.

— Posso contar sobre as rochas de Ramble Rocks. E por que a lenda diz que elas se *mexem*.

Todos compartilharam um olhar de curiosidade. Jed abriu um sorriso, agitando as sobrancelhas — com a expressão de um pescador que percebe uma bela de uma mordida na isca. De sua parte, Nate ficou tenso. De novo isso?

— Vamos ouvir — disse Zoe.

— Elas são chamadas de Ramble Rocks — começou Jed — porque está comprovado que se movem, daí o sentido de *ramble*: divagar. De fato, no registro histórico local, há seis instâncias de que elas se mexeram. Mudaram de lugar. As últimas pedras do caos granítico, uma expressão chique para campo de rochas, se mexem só um pouquinho. Às vezes, menos de 1 centímetro, outras vezes, uns 15 ou 20 centímetros. Quando fazem isso, elas deixam um rastro leve na terra, como se estivessem *migrando lentamente* feito tartarugas morosas. Mas não são tartarugas, nada disso. São rochas, rochas subvulcânicas. Basalto e diabásio.

— Tem que haver uma explicação científica — disse Fig.

Jed estalou os dedos.

— A teoria científica é a seguinte: as rochas se mexem por causa de terremotos e da frequência sonora. Diz-se que as próprias rochas emitem uma vibração quando são marretadas. Uma frequência. Praticamente indetectável pelo ouvido humano. As ondas sonoras têm um poder considerável quando se juntam... é só pensar em como tons diferentes fazem um grão de areia vibrar em movimentos quase místicos para ver esse poder em ação.

Então, se houvesse um movimento tectônico, por mais insignificante que fosse, em uma das microfalhas sob o parque, isso poderia fazer as rochas emitirem uma frequência, zumbindo tanto que acabariam literalmente se mexendo. Como um celular vibrando quando toca, estremecendo e despencando da mesa de cabeceira até cair no tapete. *Vzzz, vzzz, tum.* E, claro, abaixo de Ramble Rocks há de fato uma falha: a falha de Aquetong-Lahaska. Começa no centro de Bucks e vem até aqui.

— Viu só? — afirmou Fig, olhando em volta com cara de *era óbvio*.

Jed abriu um sorriso ainda mais largo.

— Mas há *outras* teorias.

— Oooh! — exclamou Zoe.

— Conta mais — disse Trudy com indiferença, fingindo desinteresse, mas era fácil de ver que ela também havia sido fisgada.

Nate se aproximou de Maddie, que parecia ouvir só por cima. Ele perguntou baixinho:

— Você tá bem?

Ela fez que sim com a cabeça e respondeu, meio distraída:

— Claro.

Jed prosseguiu.

— Os índios Lenape, que antes eram os donos dessa terra... vocês sabem, antes de a roubarmos deles... tinham suas próprias lendas. A maioria concordava que as rochas se moviam devido a alguma forma de espírito ou deus, talvez Kupahweese, o trapaceiro. Ou então por artimanha dos travessos Wemategunis, os espíritos da floresta, conhecidos por trocar as coisas de lugar, às vezes uma ferramenta, às vezes um ponto de referência para dificultar a volta para casa. Outros na tribo acreditavam que o responsável era uma figura de escuridão e morte. Mahtantu era seu nome. — Nesse momento, Jed olhou para Nate. — Diziam que ele dormia sob o campo de rochas, e, quando se virava em meio a sonhos agitados, as pedras se moviam.

"Algumas pessoas falavam que o próprio diabo caiu do paraíso bem aqui e, de vez em quando, mexia nas rochas para confundir as pessoas que primeiro fixaram residência na região. Como não podia faltar, tem também a versão mais moderna da história, que atribui a questão a conspirações do governo, campos magnéticos ou alienígenas, considerando que óvnis são vistos aqui com mais frequência do que na maior parte do país."

Fig não levou nada daquilo a sério.

— Dá um tempo. Alienígenas, diabo e espíritos zombeteiros. É engraçado e tudo mais, mas não passa de fantasia.

— Axel Figueroa — repreendeu Zoe, usando seu nome completo como um porrete —, você está sendo grosseiro.

— Ele tem razão, sem dúvidas — disse Jed. — É tudo fantasia. Mas, sabe o que não é? A história. A história dessa região vai deixar vocês com uma pulga atrás da orelha.

E, assim, tinha a atenção de todos novamente. E começou a envolvê-los na trama.

— Os Lenape venderam a região para a família Penn (sim, a família de William Penn, Penn de *Pen*silvânia) como parte do acordo de 1737, o *Walking Purchase*, e registros mostram que, em 1850, a família Penn vendeu o local pra um homem chamado Tiberius Goode, embora não existam outros registros que confirmem a existência desse Sr. Goode. Tudo que se sabia é que esse suposto benfeitor deixou um ponto muito claro: ele elaborou uma procuração em vigor para garantir que a terra nunca pudesse ser explorada e que as rochas não pudessem ser garimpadas, nem utilizadas com qualquer outra finalidade. Elas deveriam permanecer intactas. Mais adiante, um homem chamado Benjamin Caine Smithard, um suposto "amigo" desse sujeito misterioso, comprou uma área de 128 acres em volta do campo de rochas de 7 acres.

"Também foi por volta dessa época que uma dupla de ladrões de banco, os irmãos Doal, Leviticus e Lemuel, vieram a Ramble Rocks depois de assaltar um banco, com o objetivo de esconder o dinheiro pilhado em uma das cavernas da região. Porém, tinha um problema: não existiam cavernas em Ramble Rocks. Eles estavam sob a crença equivocada de que a área era repleta de cavernas, mas não era (muitos especulam que eles confundiram aqui com uma região conhecida como Wolf Rocks, que fica a uns 30 km ao sul, na Montanha Buckingham). Após não encontrarem caverna alguma, tentaram sair do local, mas descobriram que não sabiam como. Embora uma área de 7 acres não seja tão grande assim, os diários de um dos irmãos, Leviticus, indicam que eles ficaram presos lá por dias a fio, incapazes de escapar. Eles perderam seu saque, depois se perderam um do outro. Seus corpos foram descobertos a apenas 3 metros de distância, mesmo que o diário de Leviticus apontasse que, no fim de suas vidas, eles tinham se separado e não conseguiam se encontrar.

"E também tem as lendas do túnel de trem... e o que aconteceu lá dentro. Um condutor *literalmente* perdendo a cabeça. O assassino em série, Edmund Walker Reese, capturando a primeira vítima lá de dentro, e as outras garotas naquela região. Ele até matou uma delas em uma das pedras do campo de rochas. Ele era fascinado pelas pedras. Tinha mapas e desenhos detalhados. Ele disse que contou *99 rochas "especiais"* e sentiu que aquele número, de algum modo, era... sagrado ou especial na numerologia. Para ele, o campo de rochas era um "local de sacrifício". O que, claramente, só serviu para aumentar e tornar mais sinistras as lendas urbanas sobre a região. O pânico de rituais satânicos gerou histórias sobre outros atos de sacrifício humano ritualizado, embora nenhum tenha sido descoberto."

— Meu Deus — exclamou Fig.

Nate, por outro lado, ainda estava ouvindo, mas tinha parado de prestar tanta *atenção* em Jed. Em vez disso, observava sua esposa. Enquanto Jed explorava o último desdobramento da história — falando de Reese —, Nate viu Maddie visivelmente se encolher. Ela se agarrou ao balcão às suas costas como se o chão todo fosse se abrir sob seus pés.

A essa altura, o vento lá fora começou a ficar mais intenso. E com ele veio um temporal. A casa inteira rangia e resmungava sob o ataque repentino. Um arrepio pareceu percorrer o cômodo — todos sentiram e reagiram a ele. Ao mesmo tempo, Jed estampava uma expressão atrevida, como se essa onda de mau tempo fosse parte do plano. Efeitos especiais, talvez. Com ares de extrema satisfação, falou:

— Ouso dizer que irritamos os espíritos de Ramble Rocks.

— Eu diria que irritamos a Terra — rebateu Zoe. — Isso é a mudança climática.

— Zo — interveio Fig. — Não começa.

— Ai, deuses! — suspirou Trudy. — Vamos falar de alguma coisa menos deprimente, por favor.

E então: *bang*! Um estrondo vindo da parte da frente da casa. Todos congelaram e olharam para fora.

— Pode ser um galho... — Maddie começou a falar.

— Ou fantasmas — acrescentou Jed, sorrindo com uma desfaçatez perversa.

O cômodo esfriou.

— É só a porta — disse Nate. — Perceberam que ficou mais frio? Ela deve ter aberto com o vento. Talvez nem estivesse fechada. Vou dar um jeito.

No caminho, passou pela esposa e perguntou:

— Você tá bem?

— Ótima — respondeu, severa.

Como queria que você me contasse o que está te incomodando, ele pensou. Mas então se lembrou de seu próprio quebra-mar de emoções. Talvez Maddie também tivesse o dela. Deu um beijinho apressado em sua bochecha antes de sair da sala em direção à porta da frente.

31
DE MÁSCARAS E MÁGICA

O portão da garagem se sacudia violentamente com as investidas do vento, ávido para entrar. Ouviram um estrondo vindo da casa e todos ali se entreolharam. Eles minimizaram o medo entre risos, mas uma pequena onda do terror típico do Dia das Bruxas os atravessou como uma corrente elétrica.

O ar frio tomou a garagem. O espaço era bem mais novo do que o restante da casa e tinha dutos que sopravam ar quente de um aquecedor a óleo, mas o isolamento térmico era terrível. As paredes pareciam um papel fino contra a força crescente da tempestade.

— A gente poderia entrar em casa — sugeriu Olly.

— Nem vem — disse Jake, com as mãos enfiadas no fundo dos bolsos da calça. — Está tudo bem, é só uma chuva.

— Estou com ele — adicionou Hina, encarando Jake com os olhos arregalados.

Caleb girou uma cadeira e se sentou.

— Por mim tudo bem. Vamos jogar. Jake, tá dentro? A gente pode recomeçar. Não fomos muito longe no primeiro, então podemos fazer outra coisa.

Mas Jake esboçou uma expressão confusa. Oliver sorriu e falou:

— Quer jogar Magic? Posso te emprestar um dos meus grimórios, porque você não deve ter trazido o seu. Tenho um grimório bem legal, azul e preto, cheio de piratas e assassinos. A estratégia é de controle com cartas de toque mortífero e...

— Não sei que porra é essa que você tá falando. O que é Magic?

— Magic — respondeu Caleb. — Você sabe. *Magic: The Gathering.* MTG. O jogo de cartas.

— Tipo truques de mágica.

— Não. Quê? Não tem nada a ver com truques de mágica, cara. O moleque aqui diz que não conhece Magic, ok, tá bom. Ei, chega mais, senta aí, Jake, não tem problema. A gente ensina. Vai ser legal. Você finge que é um mago e usa todas essas criaturas diferentes e faz elas duelarem e essas coisas. É tipo, sei lá, um híbrido de Pokémon e D&D, que nem Jeff Goldblum em A Mosca.

Jake exibiu um olhar ácido.

— Pra mim, você continua falando grego.

— Você conhece o filme *A Mosca*? O ator Jeff Goldblum?

Ainda nada.

— Pokémon? Dungeons & Dragons? Soa familiar?

— Claro — respondeu, mas não parecia que ele entendeu. Jake deu de ombros. — Só não curto tanto essas coisas de nerd.

Quando todos lhe lançaram uma carranca, ele revirou os olhos.

— Não é pra ficar ofendidinho.

Depois, inclinou-se para a frente e abriu um sorriso tão grande que sua boca parecia um bumerangue.

— Ei, vocês querem ver mágica *de verdade*?

Lá fora, um trovão ressoou ao mesmo tempo em que Jake estalava os nós dos dedos.

Nate foi até a porta e descobriu que ela estava escancarada. Ela abria e fechava ao sabor do vento. Lá fora, a chuva tinha engrossado e agora caía torrencialmente. Nate protegeu o rosto do vento frio enquanto os trovões rompiam a noite. *Caramba, que tempestade é essa*, pensou.

Ele saiu um pouco, ainda protegido da chuva pelo alpendre, embora o telhado estivesse tão destruído que já começava a gotejar. Quando se aproximou da maçaneta, sentiu alguém dar um passo às suas costas. Ele ouviu o rangido das tábuas do assoalho, mas, mais do que isso, sentiu uma presença maciça, que abafava o barulho da chuva, como uma parede que se ergue repentinamente.

Sentiu uma respiração em sua nuca. O cheiro de cigarro, cerveja azeda e óleo de armas invadiu seu nariz. Os relâmpagos iluminaram o céu do Dia das Bruxas, e Nate viu alguém em pé no gramado — vislumbrou o conhecido corpo esquelético, a barba esfiapada, a boca escancarada. Depois, a escuridão voltou a reinar e os trovões retumbaram.

Mais uma vez, sentiu um hálito na nuca. Voltou a se virar — dessa vez com cuidado, porque *vai que é meu filho*, mas não era Olly, não mesmo. Nate encontrou seu pai, encarando-o com o rosto grudado ao seu. A pele do rosto do velho se movia e ondulava, como se os ossos de seu crânio estivessem a quebrar e a se refazer, estalando e rangendo. O homem emitiu um chiado de sua boca vaporosa e decomposta e golpeou Nate com a pistola. A cabeça de Nate se sacudiu para trás. Ele sentiu o gosto de sangue no lábio partido. Cambaleou para trás, caindo do alpendre. Novamente, ficou chocado ao perceber que o pai segurava a arma com a mão esquerda. Justo ele, que sempre fora destro.

Todos estavam na expectativa, olhando Jake subir as mangas do casaco para mostrar que não tinha nada ali. Ele também deu uma voltinha com as mãos abertas e erguidas. Quando voltou a encará-los, esfregou as pontas dos dedos e disse:

— Abracadabra, alakazam, sim salabim, blá-blá-blá, plim.

E então, com uma pose de flamenco, pôs a mão esquerda na barriga e levantou a direita no ar. Estalou os dedos da mão direita e uma arma apareceu.

— *Voilà*, cacete — grasnou.

Chuva e sangue escorriam pelos olhos de Nate. Ele estava de barriga pra cima, caído lá fora, sem fôlego. Lutando para puxar o ar. O sangue voltou a encher sua boca. Ele cuspiu e tentou se sentar, certo de que o espectro de seu pai desapareceria mais uma vez, dissipado no ar como tantas outras vezes antes... Mas estava errado.

O velho caminhava em direção a Nate. Devagar. Trôpego. Como se fosse uma marionete em forma de esqueleto comandada por crianças em uma aula de ciência. Tiques e cacoetes agitavam o corpo de Carl Graves: a puxada de um ombro, a torção na cabeça, o estrépito agudo de seus dentes — aquele ruído, alto a ponto de se sobrepor ao vento e à chuva. E, o tempo todo, a arma balançando em sua mão esquerda.

— *Está podre* — disse o velho.

Uma frase que Nate conhecia muito bem: sempre que a bebida subia à cabeça do pai, era o que dizia para expressar sua decepção em relação a Nate, à mãe de Nate, ao mundo inteiro. *Tudo está podre. Você é podre. Sua mãe é podre.* Então apertava a garganta dela ou dava um soco na barriga do filho ou jogava um dos dois contra a parede.

Foi o que falou também antes de matar a cadela deles, uma pequena terrier rateira que Nate batizara de Cookie. Um dia, Carl avançou em Nate, e Cookie deu uma mordida em sua mão. Ele silvou: *cadela podre desgraçada*, agarrou-a pelo pescoço e torceu-o em um movimento duro e brusco, como se tentasse abrir a tampa emperrada de um frasco. Cookie soltou um ganido, e seu corpinho ficou frouxo. Salvou Nate de uma surra naquele dia.

Então ele conhecia a frase de trás para a frente. *Podre, apodrecido, você é podre, ela é podre, podre, podre.* Com todas essas lembranças, veio a ira. Ele se pôs de pé em um pulo, pegando o pulso esquerdo do velho. Era real. Feito de carne e osso. Ele torceu-o, sentiu o estalo. O velho gritou, piscando na chuva. *Fantasmas sentem a chuva? Será que é possível quebrar o braço de um?*

— Seu filho da puta — sussurrou Nate.

— *É você, Nathan?*

A voz de Carl era fraca e suplicante. Choramingava enquanto a chuva fustigava seus lábios acinzentados e doentios. Então, os ossos de sua face se mexeram de novo e, de repente, o velho estava mais jovem, com a imagem que Nate tinha dele na memória. Nate empurrou o braço quebrado em direção ao pai, aproximando o cano da arma do crânio do velho.

— Agora vou te matar como tantas vezes sonhei em fazer — rugiu entredentes.

— *Podre. Podre. Estragado. E agora está aqui. Você precisa de respostas, Nathan. Você precisa* ver.

O cano da arma afundava na bochecha do pai. Nate empurrou o dedo no gatilho, por cima do dedo do homem — um dedo que parecia outra coisa, mais mole, flácido, como uma minhoca de gelatina.

Então, quando estava prestes a puxar o gatilho, seu pai berrou, o corpo inteiro convulsionando. O ar iluminou-se. Nate ouviu um ruído de algo elétrico, e o fedor de ozônio encheu o ambiente e o cegou. O velho havia sumido mais uma vez. Quando o clarão do relâmpago desvaneceu, viu Jed parado na soleira da porta. De olhos arregalados, boquiaberto. Alguns momentos se passaram. Os dois se olharam.

— Você viu aquilo — disse Nate. — Você também viu meu pai. Não viu? Jed?

— Eu... — respondeu Jed.

A resposta foi suficiente para Nate.

Jake deu um sorriso sarcástico e levantou a pistola. Hina gritou. Caleb se levantou tão bruscamente que quase caiu por cima da cadeira, que tombou para trás com seu movimento súbito. Olly avançou apressadamente, colocando-se na frente de seus amigos. Via o medo pulsar neles, brilhante como a lua cheia.

— Abaixa isso aí — exigiu Oliver, ouvindo o tremor em sua voz.

Jake, com uma expressão incrédula, olhou para a arma como se estivesse segurando algo absurdo: um pepino, um globo de neve, um pinto de borracha.

— Jesus, vocês são bem nervosinhos, hein? Olly, essa é a *mesma* arma de chumbinho que você viu no dia em que a gente se conheceu. No dia em que salvei sua pele daqueles cuzões, esqueceu?

— O quê? — perguntou Caleb. — Olly, do que ele está falando?

— Ele não contou? — indagou Jake.

Caleb voltou-se para Jake.

— Cala a boca, cara. Por acaso pareceu que eu estava falando com você? E guarda essa arma. De chumbinho ou não, essa merda aí parece uma pistola de verdade, cara. Você não pode ficar balançando e apontando isso pras pessoas.

— E eu aqui pensando que vocês curtiriam um pouco de mágica... — disse Jake.

— Não dá mais — desabafou Hina. — Não consigo lidar com essa energia. Vou embora? — perguntou-se, ainda em dúvida. — Sim, vou embora.

— Vou com você — falou Caleb.

— Tá tudo bem — interveio Olly, bloqueando o caminho de Caleb. — Ele vai pedir desculpas. Jake. Certo? Jake, pede desculpa.

Jake balançou a cabeça, indignado, e deu um sorriso perverso.

— Não vou pedir desculpa coisa nenhuma. Eu salvei sua pele com essa pistola, Olly. Não seja um bunda-mole!

Por favor, não me obrigue a fazer isso, pensou Olly. Seu pescoço, têmporas e pulsos latejavam. Estava enjoado e transpirando. Agora conseguia ver a raiva e o medo em Hina e Caleb. Era real. Por outro lado, Jake era uma tela em branco. Ou pior: um buraco vazio. Mas era verdade, ele *salvara* Oliver. E Oliver estava lhe devendo uma. Não estava? Caleb falou em voz baixa:

— Manda ele ir embora, Olly. Mande *ele* dar o fora daqui.

— Eu... Eu não posso. Ele me ajudou mesmo e... A gente pode conversar, todo mundo. Ou então deixar isso pra lá. E, também, a chuva está...

Como se esperasse a deixa, o vento deu um solavanco no portão da garagem, que estremeceu como se fosse se despedaçar. A decepção tomou conta do rosto de Caleb.

— Tá bom, cara. Te vejo por aí. — E então se dirigiu à Hina. — Vamos, Hina. Vamos vazar. Deixo você em casa antes que o tempo piore de vez.

— Por favor — implorou Olly. — Pessoal!

— Abre o portão, cara — pediu Caleb.

Por um instante, Oliver pensou em fazer birra. Queria se comportar como um bebê e se jogar no chão, dizer *não* e se recusar a abrir o portão, mas para quê? Eles queriam ir embora. Ele não os culpava. Ele também quereria. Tinha estragado tudo. Não dava para consertar agora. Assim, apertou o botão. O portão da garagem subiu. Caleb e Hina saíram.

— Eu tava só zoando — disse Jake, por fim.

— Cala a boca — respondeu Olly.

E foi aí que as luzes se apagaram.

.32.
PRECIPITAÇÃO

Jed viu meu pai. Nate tinha certeza. Dava para perceber no olhar distante do homem. Nate conduziu o vizinho pela porta de entrada e disse:

— Você o viu.

— Eu... Nate...

— Não esconda de mim. Você me falou que tinha visto coisas. Não me diga que eu não vi o que vi. Não me diga que *você* não o viu.

— Eu vi. Vi Carl. — Firmou o olhar e encarou Nate. — Nate, sua boca. Você está sangrando.

Foi quando a energia caiu. Um estouro, um clique e, em seguida, a escuridão. O zumbido eletrônico habitual da vida moderna cessou e deixou-os sozinhos no breu com os sons da natureza — o vento, que antes era como um assobio, tornou-se similar ao ruído de uma locomotiva a todo vapor, depois sons de chuva dispersa e agitada e, por fim, um retinido de cascalho batendo no telhado e na lateral da casa.

— É granizo? — perguntou uma voz do fundo do corredor.

Fig.

— Parece que sim — respondeu Jed, retomando um pouco de seu tom de tio charmoso.

Ele hesitou. Nate sabia que era uma afabilidade fingida.

— A gente continua isso — disse Nate, disfarçadamente, ao vizinho — depois.

Então, ainda meio tonto, com a cabeça latejando, Nate entrou no modo de proteção contra a tempestade. Ele tateou pelo corredor, focando um quadrado de luz no meio do escuro absoluto: o celular de Fig. Na cozinha, Maddie perguntou:

— O que houve?

Nate disse que... que estava tudo bem, era só o mau tempo.

— Talvez algum carro tenha batido em um poste e o derrubado, ou então foi um transformador que explodiu. Mads, você pode arranjar umas velas ou lanternas?

Maddie disse que provavelmente ainda estavam encaixotadas, mas ela sabia onde e saiu para pegá-las. Nate procurou o celular com as mãos e acendeu a lanterna do aparelho.

— Podemos ajudar em algo? — perguntou Fig, parado ao lado de Zoe.

— Imagina — respondeu Nate, tentando não mostrar irritação.

Ele tinha acabado de ser agredido pelo seu pai morto enquanto uma aberração barbuda espiava do bosque. E Jed *viu tudo acontecer*, ou ao menos era o que parecia. Se esse fosse o caso... então não era só coisa da cabeça dele. Era real. No entanto, o quão real? Com um movimento involuntário, pôs a mão na cabeça. Ao tirá-la, sua palma voltou molhada. A luz do celular de Fig o iluminou e Zoe disse:

— Nate! Ah, meu Deus! Você está sangrando.

O quão real? Tão real assim. Real o ponto de fazê-lo sangrar. Fantasmas não eram capazes de acertá-lo com uma arma, correto?

— Estou bem — afirmou, fingindo que não era nada. — O vento fechou a porta bem na minha cabeça. Tá todo mundo bem por aqui?

Fizeram que sim com a cabeça. Mas será que *ele* estava bem? Não, decidiu. Não estava. Mas pelo menos não estava maluco. Só então o celular de Nate vibrou. O de Fig também.

— Ah, puta merda, amor! — exclamou Zoe.

Nate demorou um segundo para entender. Os celulares estavam recebendo uma mensagem de alerta avisando que o sistema de segurança do escritório tinha caído. Ele disse a Fig:

— É só por causa do temporal, tenho certeza.

— É — respondeu Fig, mas Nate antecipou, em seu tom de voz, o que estava por vir. — De qualquer forma, precisamos conferir, é o que diz a regra. Não somos bem uma delegacia, mas temos armas e amostras de evidências guardadas lá. Não dá pra arriscar alguém se aproveitando da chuva. Aí sobra pra nós.

— Beleza, então — disse Nate. Trabalho é trabalho. — Vou pegar o casaco.

No caminho para o armário do corredor, trombou com Maddie — trombou com ela fisicamente — e teve que equilibrar a caixa com as lanternas entre os dois.

— Opa! — exclamou. — Desculpa.

À luz da lanterna, o rosto da esposa estava paralisado de medo. Ela tentava não demonstrar, mas era tão forte que não conseguia esconder. *O quebra-mar dela está se rompendo*, pensou. Ele a abraçou.

— O que foi?

— Nada. — Ela mostrou os dentes. — Tudo. Alguma coisa? Não sei. Precisamos conversar.

— É, acho que sim. Mas tenho que ir ao escritório. O sistema de segurança caiu e...

— Nate, olha o tempo lá fora. O vento está demoníaco.

Maddie não era de se preocupar além da conta, então foi um choque para ele quando ela disse:

— Não vá.

— Eu tenho que ir. Mas vou ficar bem, Fig vai comigo.

Ela fechou os olhos e suspirou.

— Ok.

— Depois a gente conversa.

— Toma cuidado.

— Pode deixar — garantiu, enquanto a preocupação torcia sua barriga como um saca-rolhas.

Deu um beijo na bochecha de Maddie e pediu para ela se despedir de Oliver por ele. Voltou a afirmar que ficaria bem. Afinal, o que poderia dar errado?

33

A ESPIRAL

A ansiedade encurralou Oliver como um círculo de lanças. Em uma direção, a tempestade. Estava ruim. Ele sabia disso. O vento balançava a casa. O granizo açoitava as paredes como balas de chumbinho. Não era uma tempestade normal. O espectro da mudança climática se assomou em sua cabeça: uma grande sombra quente que queimaria a Terra e ferveria os oceanos. Mas não tinha medo dos efeitos nele mesmo, e sim dos efeitos em todos que amava, e também nas pessoas que nem sequer conhecia. Nos *pássaros* e *peixes* e... Por um instante, sua mente entrou em uma espiral, pensou em pessoas gritando enquanto suas casas eras destruídas pelo fogo, alguém se afogando em uma enchente, refugiados sendo obrigados a deixar suas casas e sendo jogados em campos...

Também pensou no pai, que, nesse exato momento, estava lá fora, no meio da tempestade. Alguns minutos antes, a mãe tinha aparecido na garagem para avisar que o pai precisara sair para verificar o escritório, mas será que era *mesmo* necessário? Oliver sempre teve medo de que o pai, um policial, fosse morto no exercício de sua função. Essa preocupação deveria ter ficado para trás. Mas agora, cá estava ele, com medo de que o pai nunca mais voltasse. Outra vez. Um medo absurdo, que sua mente dava um jeito de desdobrar em mil cenários: *vamos encontrar o carro batido, esmagado em uma árvore, o corpo do meu pai em uma vala, o cadáver congelado.* E então imaginou como a mãe ficaria aniquilada, e sua dor só multiplicaria a própria dor de Oliver, e era com essa dor imaginária que se multiplicava, cada vez mais, eternamente, que Oliver se torturava nesse instante.

E ainda por cima, *ainda por cima*, tinha o fato de que agora se sentia um pária: acabara de mandar embora dois de seus únicos amigos da escola. Será que defender Jake tinha sido a decisão certa? Ele sentia que *conhecia*

Jake, tipo, conhecia *profundamente*, como se ambos tivessem uma ligação estranha e quase primitiva. Mas a dor de Jake era um mistério para ele. Por mais que conseguisse enxergá-la nos outros, Jake não revelava nada, o que o transformava em um mistério fascinante.

Por que tinha escolhido Jake? *Imbecil, imbecil, imbecil.* Oliver estava sentado em um canto. Sua mão oscilava, fazendo a luz da lanterna tremular.

— Que se fodam esses caras — disse Jake.

— Não — advertiu Oliver.

Ele mirou a luz bem nos olhos de Jake. Pouco antes de o jovem proteger o rosto com o antebraço, Oliver viu aquele olho esquerdo revirar-se e tremer, mudando de cor como uma apresentação de slides acelerada. Então, Olly reparou na garrafa de uísque na mão de Jake.

— Que merda é essa? — esbravejou. — Se meus pais virem isso... Espera aí! — Ele se levantou abruptamente. — Onde você arranjou isso? E cadê a arma?

Oliver olhou em volta, apontando a lanterna para cá e para lá, mas não viu a arma de chumbinho em lugar nenhum.

— Já era. Eu guardei.

— Guardou onde?

Jake abriu um sorriso traiçoeiro.

— No mesmo lugar onde peguei a garrafa.

— Para com esses enigmas.

— É magia, Olly. Magia de verdade.

— Isso não existe.

— Quer apostar?

— E agora está nevando? — disse Fig. — Pelo amor de Deus, que confusão!

— Feliz Dia das Bruxas, acho — disse Nate, guiando a picape sem pressa pela estrada.

Ele achou melhor ir devagar, que era bom ser cuidadoso. O vento poderia derrubar uma árvore, com granizo e neve era mais fácil derrapar. Não que esperasse encontrar uma criança pedindo doces ali, mas nunca se sabe. Fig disse, olhando para o celular:

— Estava pensando em ligar para Zoe, avisar da neve, mas... tá sem sinal.

— Hum — grunhiu Nate. — Talvez as torres não estejam funcionando. Ou então é só... o mau tempo.

— Pode ser.

Eles ficaram em silêncio enquanto Nate conduzia com mais cuidado.

— Você ainda tá com problemas de insônia? — perguntou Fig, por fim.

— De vez em quando.

— Tá explicado por que você é tão cuzão no trabalho.

Com as luzes do painel, Nate viu o sorriso de "*te peguei*" de Fig.

— Você é engraçado.

— Uma autêntica fábrica de gargalhadas. Não, mas falando sério, seria uma boa você experimentar camomila ou, tipo, melatonina, sabe, para equilibrar o nível de cortisol. Talvez também dar uma investigada na ingestão de potássio e magnésio e, se a coisa piorar, canabidiol. A maconha não é legalizada ainda, mas não tem problema tomar isso.

— Primeiro kombucha, e agora isso. Está dando uma de Dr. Oz.

— Esse cara é um picareta do caramba. Igualzinho a Alex Jones ou Gwyneth Paltrow. Eles vendem a mesma merda. Não, não, agora, eu e Zo, nós temos que prestar atenção aos médicos de verdade.

— Oi?

Nate fez a curva rumo a Lenape, depois da ponte velha de madeira. Relâmpagos acendiam o céu e o vento batia com tanta força na lateral do carro que ele pensou que fossem acabar caindo em uma vala. Teve que pegar firme no volante só para se manter na maldita estrada.

— Aqui é cheio de buraco.

— É.

— Zo está grávida.

Falou aquilo sem pensar.

— O quê? — Nate piscou e abriu um sorriso em comemoração. — Que incrível, Fig! Não fazia ideia. Parabéns a vocês dois.

— É.

— Você não parece muito feliz.

— Eu estou feliz. É só que... — Fig fez uma pausa. Ele gesticulou como se tentasse tomar cuidado com as palavras, ou como se tentasse invocá-las do ar. — Você já parou pra pensar no rumo das coisas, se é irresponsável botar uma criança nesse mundo? Tipo, com esse presidente de merda, com a mudança climática e, puxa vida, o que mais? Os antibióticos não fazem mais efeito, e dizem que os insetos estão morrendo e os corais também. Tem países aumentando o arsenal nuclear, em vez de reduzir. É só que... Merda, uma criança a mais é um fardo pra esse mundo, e esse mundo, com toda certeza, vai ser um fardo pro nosso filho.

Enquanto Fig falava, Nate viu, através de uma cortina de neve e gelo, o desvio para o escritório mais à frente. Ele parou o carro no estacionamento e deixou o motor no ponto morto por um minuto, pois o calor tinha finalmente se instalado lá dentro e aquecia um pouco o ambiente.

— Eu me preocupo. Me preocupo com o tipo de mundo que vou deixar pro Oliver. Mas o que me faz superar esse medo, na maior parte das vezes, é o seguinte: acho que Olly é alguém que pode ajudar a consertar tudo. Talvez ele consiga enxergar o que está errado e busque uma mudança, seja grandiosa ou pequena, uma mudança que funcione para tornar este mundo melhor, não pior. O melhor que posso fazer é criá-lo direito, e não...

Estava prestes a dizer: *e não passar para ele tudo de ruim que tenho em mim*, mas, com um relâmpago, viu alguma coisa brilhando perto do prédio. Fig também viu.

— O vidro está quebrado — falou.

— Parece que sim — respondeu Nate.

— Por enquanto, vamos deixar esse assunto para outra hora, mas, de verdade, obrigado.

— Imagina, parceiro. Ao trabalho!

— Me segue — disse Jake. — Não dá pra abrir o portão da garagem sem energia, então, vamos lá.

Com isso, entrou sorrateiramente pela casa escura. Oliver cochichou para que parasse, mas Jake continuou em frente, então Oliver o seguiu. De algum ponto da cozinha, ouviu vozes murmurando: a mãe, Jed e a esposa de Fig, Zoe. Oliver reconheceu o tom baixo de uma conversa apreensiva, e aquilo revirou seu estômago — se os adultos estavam preocupados, era óbvio que ele deveria estar muito mais. Mas não teve tempo para pensar nisso, pois Jake estava grudado ao seu cotovelo, agarrando-o e puxando-o. Com força.

— Vamos, vamos.

— Ai! Espera, eu...

Já estavam na porta de entrada. O vento uivava do outro lado. Jake avançou para abri-la, e Oliver se soltou dele e recuou.

— Ei, a gente não pode sair. Está chovendo granizo.

— Não estou ouvindo granizo nenhum. Essa parte acabou.

Como esperado, Oliver virou o ouvido para fora e não escutou granizo. Jake abriu a porta enquanto Oliver estava distraído. Juntos, saíram no alpendre e não viram chuva, nem granizo, mas neve. Rastros brancos atravessando a escuridão.

— Neve — disse Olly.

— Bom trabalho, detetive.

— Cala a boca.

— Vamos — falou Jake, saindo do alpendre na tempestade de neve. Jake teve que firmar os pés, seu cabelo ficou uma bagunça com o vento. — Não quero que ninguém veja o que tenho pra te mostrar.

— Jake, não tenho certeza sobre isso.

E então, veio a pergunta:

— Você confia em mim?

Aquela pergunta pairou no ar. Imóvel no vento, intocada pela neve, uma pergunta tão alta que abafou a tempestade. *Você confia em mim?* Será que confiava? Oliver confiava em Jake?

Jake era bruto e intratável. Meio punk, meio escroto. Mas também era destemido. Parecia andar pelo mundo sem um pingo de preocupação que pudesse detê-lo. E Oliver ficava encantado com aquilo, embora não servisse muito para responder à pergunta sobre confiança. Era difícil negar que achava o menino cativante de um jeito indescritível. Não era um lance romântico — não gostava dele desse jeito, não sentia atração física, e só o fato de levantar essa hipótese já era estranho, como se fosse o mesmo que se perguntar se estava atraído por um primo ou irmão. Porque era o que Jake parecia: um irmão. Mais que um amigo, ou, pelo menos, diferente. Um irmão. Que salvara Oliver quando Alex Amati tentou matá-lo e que dizia a verdade nua e crua, até mesmo desagradável, sobre as coisas. Aquilo respondia à pergunta. Oliver saiu do alpendre, seguindo Jake pelo quintal, bosque adentro em meio à neve.

— Dá uma olhada nisso aqui — disse Fig, iluminando uma mancha vermelha com a lanterna.

O sangue reluzia em uma das lascas de vidro quebrado na janela. Já tinha começado a acumular cristais de gelo. Nate estremeceu.

— Não sei o que houve aqui, Fig.

— Também não sei, parceiro.

— Parceiro. Olha só você. Que docinho.

— Sou doce como o mel.

— Pensei que fosse um docinho de coco.

— Sou doce, porra, é o que importa.

— Está bem. — Nate suspirou. — Acho que não podemos só esquecer isso e ir pra casa, não é? E fingir que não vimos nada, tomar uma cerveja e comer uns doces de Dia das Bruxas. Pelo menos até a coisa explodir?

— Não vou mentir, parece uma ótima ideia.

— Mas acho que temos que fazer o trabalho.

— É pra isso que nos pagam uma fortuna.

Os dois riram, afinal, uma fortuna... Até parece! Juntos, foram até a porta para verificar o escritório.

Oliver seguia em linha reta, embrenhando-se no bosque, atravessando a tempestade, surpreso pelo brilho sinistro que tudo assumia sob a neve. Às vezes, o vento e a neve golpeavam como em uma nevasca, outras vezes, tudo ficava calmo, e o ar se enchia de flocos de neve caindo suavemente. Oliver estremeceu quando o frio se intensificou. O tempo tinha enlouquecido, a temperatura despencava. Ele também se sentia despencar. À sua frente, Jake seguia quase fora do alcance da vista.

— Jake! — chamou Oliver.

Mais adiante, ouviu uma risada. O outro garoto era uma sombra em meio ao brilho. Estava lá e, de repente, não estava mais. Oliver tentava acompanhá-lo com dificuldade, correndo por entre as árvores, por entre as moitas quebradiças. Mas não conseguia vê-lo. Não o via mais.

— Jake! — Voltou a chamar.

Alguma coisa surgiu ao seu lado, disparando em sua direção — uma forma negra e rápida. O manto da Morte a cobria. Ele deu um berro. E Jake caiu na risada. Era só o garoto, com seu casaco erguido e aberto atrás do corpo como asas de um morcego.

— Você se assusta fácil — disse.

Com o coração galopando no peito, Oliver se encostou em uma árvore, encolhendo-se do vento cortante e da neve perfurante.

— Você é um merda.

— Talvez. Por aqui. Logo ali na frente, uma pequena clareira.

Deram dez passos, e, mais à frente, as árvores e moitas começaram a ficar mais espaçadas — em parte porque uma árvore caíra ali. Por sua aparência, já devia fazer muitos anos. Ela tinha tombado sobre uma pedra grande em forma de casco de tartaruga, seu tronco partido como um osso podre. A neve já começava a se acumular por cima dela.

— Isso serve — disse Jake. — Pronto pra ver um pouco de mágica?

Oliver não tinha certeza. Estava com a mesma sensação vertiginosa de quando a montanha-russa despencava.

— Você vai me mostrar o quê?

— Tudo — respondeu Jake. — *Tudo.*

O escritório estava sem energia (ainda assim, Nate fez o gesto bastante humano e totalmente inútil de acender o interruptor três ou quatro vezes só para testar). O alarme, silencioso, estava ligado na fonte de alimentação, por isso conseguiu enviar a mensagem para eles. Fig o desativou digitando o código.

Em seguida, Nate e Fig inspecionaram o escritório com as lanternas. Tudo parecia na mais perfeita ordem. Tirando a janela quebrada, é claro. *Aquele* era o enigma. Cacos de vidro salpicavam o tapete sob a janela, e havia um pouco mais de sangue por ali. A lanterna de Nate evidenciou um pequeno rastro. Nate alertou Fig em silêncio, apontando o facho de luz. Pôs o dedo sobre os lábios, deixando a mensagem bem clara: *fique quieto, talvez a gente tenha companhia*. Um animal, esperava.

Com cautela, foi atrás dos pingos de sangue com o facho de luz. Não havia pelos, apenas sangue. O rastro percorria o escritório, cruzava o centro da sala e dava a volta na mesa de Fig. Ele trocou olhares com Fig para garantir que os dois tinham visto a mesma coisa. Tinham. Nate desabotoou o coldre. Fig seguiu o comando.

Ele sinalizou para que Fig fosse pela esquerda e tocou o próprio peito com o dedo para indicar que iria pela direita. Eles se dividiram, cada um tomando um caminho. Lentamente, Nate chegou ao centro do escritório, contornando o sangue sem pisar nele. Apontou a lanterna para a perna da mesa e anunciou:

— Aqui é o Departamento de Proteção à Fauna. Tem alguém aí?

Silêncio. Mas então: um movimento. Ele teve a impressão de ver o topo da cabeça de alguém — ensebado e molhado. E um membro pálido, talvez um joelho, na lateral da mesa. Mas tudo sumiu quando a criatura, seja lá quem fosse, se escondeu.

Nate sentiu uma moleza nas pernas. Havia alguma coisa errada ali, mas não errada de um jeito óbvio: sim, o vidro quebrado e o sangue no tapete eram sinais anormais. Porém, mais uma vez veio aquela sensação de que tinha algo muito, muito errado, errado de um jeito que ultrapassava aquele momento e era mais profundo que a presente situação. A engrenagem fundamental das coisas começava a quebrar de uma forma que ele não conseguia entender, nem sequer ver, mas conseguia sentir. Um frio nos ossos, um zumbido sutil no ouvido. O medo, então, dominou todo seu corpo em uma onda congelante. Com os pés presos ao chão, sentiu que estava prestes a se mijar. Uma pergunta o assombrou, de repente: *então é assim que Oliver se sente o tempo todo?* Em seguida, outra pergunta mais estranha: *Oliver sabe de alguma coisa que o restante de nós não sabe?* Fig falou com firmeza, empunhando a arma:

— Nós estamos te vendo. Levante-se. Devagar. Estamos armados.

A mesa estremeceu. Um murmúrio, um soluço. Então, alguém se levantou. Sem cor, sem roupas. Uma menina, mais nova que Oliver, mas nem tanto, com os braços trêmulos e ensanguentados tapando o corpo nu. Suas pernas também sangravam — estavam arranhadas, provavelmente por causa do vidro da janela pela qual ela entrara. O cabelo loiro escorrido emoldurava seu rosto como cortinas molhadas, mas não conseguia ocultar o que havia em sua bochecha: um número gravado à faca em sua pele. Um pouco cicatrizado, mas ainda fresco, lá estava o número 37.

— Me conta sobre Edmund Reese — pediu Maddie a Jed na cozinha da casa. — Quero saber quem ele era.

— Não dá pra achar um assunto mais legal? — implorou Zoe.

— Assuntos legais são sempre bem-vindos pra mim — disse Jed. — Mas também tenho certa inclinação a narrativas mais obscuras. E estou curioso, Maddie: por que ressurgiu o interesse? Só porque mencionei esse nome na história de Ramble Rocks?

— Não. Eu... não sei. É só curiosidade. — Ela deu um sorriso constrangido. — Pelo menos assim não falamos do tempo.

Jed concordou com a cabeça.

— Claro, claro. O que você quer saber?

— Ele matou garotas.

— Isso é uma afirmação, não uma pergunta, mas é verdade. Garotinhas. Ainda crianças, pode-se dizer.

— E ele... gravava números nelas? Tipo, com facas?

— Isso mesmo. Ele tinha uma obsessão por números e numerologia. Demonologia também. Escatologia. Um monte de coisas de ocultismo, mas os números eram o foco. Tinha um lance com o número 99 em especial, e alguns carcereiros do corredor da morte diziam que ele tinha planejado matar 99 meninas, algo bastante perfeccionista de sua parte. E que esses assassinatos culminariam no desbloqueio de alguma coisa, não necessariamente um poder dele, mas de algo, algum evento, alguma consequência *escatológica*... "a soma de uma equação", ele dizia.

Zoe se aproximou de uma das velas, como que para se alentar com a luz e o calor.

— Você falou uma palavra que não conheço. Escato... o quê?

— Escatologia. É o estudo do fim dos tempos: os eventos finais dos homens. Aliás, da *humanidade*, perdão. Sem querer ser patriarcal. Os apocalipses, o Armagedon, o Ragnarök, o Arrebatamento, essas coisas, sabe?

— Era o que Reese queria? O fim do mundo?

— É difícil ter certeza. Ele não era dos mais falantes. Mas das conversas com os carcereiros e seus cadernos e rabiscos nas paredes da casa dele, essa não parece uma conclusão irracional.

— Por quê?

— Por que tentar acabar com o mundo?

— Sim.

Jed respondeu sem hesitar:

— Pode ser uma combinação de megalomania e transtorno de estresse pós-traumático, ou TEPT. Talvez ele fosse um sociopata. Ou então, quem sabe, meteu na cabeça que estava fazendo uma coisa boa. Algo justo, honrado. As piores coisas muitas vezes são feitas sob o pretexto de justiça e honra.

— É o que você pensa? Que a missão dele era honrada?

— Ah, meu bem, não. É claro que não. Mas também não estou em posição de julgar. Meu papel é registrar o que descubro, só isso. Para ensinar e entreter. — Ele vacilou um pouco. — Para encontrar um fundo de verdade no clamor da tempestade.

Jake tinha um livro na mão: um livro desgastado com capa de tecido. Velho e acabado, com cor de água suja. Oliver demorou algum tempo para perceber que as páginas nem sequer se moviam com o vento. E a neve não as tocava. Elas pareciam se mexer de um modo que desafiava seu entendimento da realidade física. *Mágica*, Jake tinha dito.

Ele abriu o livro ao meio, e Oliver chegou mais perto, fechando o círculo em torno do objeto. Tinha a aparência de um diário de bordo, mais largo do que alto, horizontal e não vertical. E, com certeza, era velho — não feito para parecer velho, mas *velho*-velho de verdade. Tinha décadas. Quem sabe até uns cem anos.

A página de abertura mostrava o que parecia um registro de acidentes. Acidentes em minas de carvão. Um dedo amputado, um braço quebrado. A queda de uma rocha, o colapso de um túnel. Uma fatalidade. Tudo escrito à tinta em páginas da cor de fumaça de cigarro. A tinta em si era um pó azulado. Estava desbotando, como se o livro tentasse se esquecer das tragédias que catalogara.

Oliver pensou: *como é que estou conseguindo enxergar isso?* Era noite. Eles estavam sob uma tempestade, no meio do bosque. Mas as páginas, percebeu, reluziam levemente. O livro emanava uma luz macabra, como se fosse filtrada por uma poça de água.

— O que é isso? — perguntou.

— O Livro dos Acidentes — disse Jake.

Ele sorriu para Oliver. Aquele olho estranho pareceu fulgurar. Sua voz assumiu um timbre suave e profundo — agora os sons da tempestade haviam cessado.

— Um registro dos acidentes em uma mina de carvão. Acidentes que não são acidentes. Porque acidentes nunca são aleatórios, Olly. Eles são o resultado final de um tipo de colapso. Coisas que se desfazem. Mas não é só um livro de registros.

— Como assim?

— De uma forma que você consiga entender, pense nele como um... um tipo de livro de feitiços. Meu livro de feitiços.

Os dedos de Jake percorreram as páginas, e as palavras pareceram se mexer e se contorcer, como formigas agitadas após a destruição do formigueiro. Logo depois, ele ergueu os dedos da página e começou a movê-los em uma espiral que se expandia a partir do centro.

Ao fazer isso, o ar passou a tremeluzir e a se deslocar. Quando os flocos de neve atingiam o espaço dentro da circunferência criada pelo gesto, chiavam como se estivessem evaporando. *Tssss*. No começo, ver aquele bruxuleio era como olhar o ar sobre o asfalto quente, mas então Jake ampliou o gesto, e o ar à frente deles se distorceu mais ainda... até parecer que a espiral estava abrindo o mundo, abrindo a realidade. Como o Doutor Estranho abrindo um portal para outro lugar. Era uma porta? Ou uma janela?

Fosse como fosse, o que os esperava lá dentro era... o nada. Um vácuo. Profundo, talvez infinito. Mas não, não estava vazio, de jeito algum. Havia *algo* ali. Algo mais escuro do que o nada. E algo brilhante também, um monte de coisinhas pequenas, como estrelas. Oliver olhou para o vácuo. E o vácuo olhou de volta.

A menina estava tremendo.

— Nate — disse Fig.

Não conseguiu falar mais nada — apenas a pura expressão de horror, choque e, com isso, a pergunta implícita que acompanhava as sensações: *você está vendo o que estou vendo? E, se estiver, que merda é essa?*

Lá fora, a neve caía acompanhada de trovões. O frio fazia Nate bater os dentes, mas a menina tremia mais. Ela uivou e fechou os olhos, sentando-se no chão com o corpo encolhido e tensionado.

— Está tudo bem — disse Nate, tentando ser gentil. Ele abaixou a arma e guardou-a no coldre. Fig o imitou. — Fig, tem algum cobertor aqui?

— Na outra sala — respondeu e saiu correndo do escritório, deixando Nate sozinho com a garota machucada.

— Por que você não sai de trás da mesa? — perguntou Nate.

A garota permaneceu imóvel.

— Você consegue falar?

Ela assentiu com a cabeça, mas essa foi a única resposta.

— Como você se chama?

— Eu... não me lembro.

Merda. Ok.

— De onde você é? Você tem pais? Mora aqui perto?

Não houve resposta além de uma leve balançada de cabeça. Nate deu um passo em sua direção.

— Posso só puxar aquela cadeira pra você? Só pra você ter onde sentar e não ficar no chão?

Nesse momento, Fig voltou com o cobertor. Ele entregou-o a Nate, que, cautelosamente, aproximou-se um pouco mais da menina. Ela se encolheu e soltou um som animalesco de pavor do fundo da garganta. *O que foi que fizeram com essa garota?* Tentou mudar a abordagem, colocando o cobertor na beira da mesa e recuando.

E também tinha aquele número na bochecha... Nate sabia muito bem quem gostava de talhar números no rosto de menininhas. Mas Edmund Reese estava morto. Um imitador então. A menina esticou-se para pegar o cobertor, puxou-o da mesa devagar e se aninhou nele.

— Nate — chamou Fig, puxando-o de lado. — A gente precisa levá-la ao hospital. Ela se machucou com o vidro... E o rosto, meu Deus! Alguém fez isso nela. Ou ela fez em si mesma. De qualquer forma, ela precisa de tratamento. Talvez até de uma avaliação psiquiátrica. Médicos, policiais... a gente não tem treinamento para esse tipo de coisa.

Nate concordou.

— Senhorita. Nós achamos que é melhor levá-la ao hospital. O St. Agnes não fica longe daqui. Fica a uns dez minutinhos de carro.

Era mentira. A tempestade triplicaria o tempo do trajeto, mas parecia mais fácil convencê-la a uma viagem curta do que a uma longa. Ela parecia frágil como uma pilha de xícaras que se espatifaria em mil pedacinhos ao menor toque.

— Nós vamos te levar...

Sua cabeça girou. Ela arregalou os olhos, em pânico.

— Não, não! *Ele* está lá fora. Ele vai me achar. *Ele vai me achar.*

Ela voltou a se retrair e puxou o cobertor por cima da cabeça.

— Você está segura com a gente — explicou Fig.

Ele lançou um olhar exaltado para Nate e articulou com os lábios um: *que porra é essa?* Nate foi se aproximando pouco a pouco até ficar à frente da garota. Ela estremeceu, mas não entrou em pânico, não tentou fugir. Ele ergueu as mãos.

— Senhorita, sou ex-policial da Filadélfia. Eu e meu parceiro somos agentes do Departamento de Proteção à Fauna. Somos capazes de protegê-la da pessoa que a machucou, seja quem for.

Ela descobriu a cabeça novamente até a altura dos olhos. Seu olhar era cauteloso, mas Nate achou que estava mais brando.

— Eu tenho um filho. Da sua idade, mais ou menos. Eu o protejo também. É o que faço. Protejo as pessoas. Tá bem?

Ele não tirou os olhos dela. E ela não tirou os olhos dele. Por fim, fez que sim com a cabeça.

— Ok.

A menina se levantou. *Lá vamos nós*, pensou Nate.

Pensar em Edmund Walker Reese e em suas vítimas só serviu para Maddie ficar preocupada com o filho — seu estômago revirava só de imaginar uma criança correndo perigo, qualquer que fosse seu gênero. Ela foi até a garagem, de lanterna na mão, para dar uma conferida em Oliver.

— Olly? — chamou, ziguezagueando a luz da lanterna. — Filhão. *Filhão.*

Mas não tinha ninguém ali. Ela vasculhou melhor a garagem, olhando entre os carros e atrás deles. Nada de Oliver, Jake, Caleb ou Hina. A garagem estava fechada, ninguém a abrira. Não tinha energia. *Merda!* De volta à casa, correu pelos cômodos chamando o filho. O pânico seguia em seu encalço como um lobo faminto.

Jake desacelerou o gesto, mas o espaço em espiral permaneceu aberto. Ali estava o vácuo, calmo e infinito. Um lugar tão profundo e tão escuro que era quase roxo, como um hematoma sob a pele da realidade. Em algum ponto além, ele se concentrou nas luzes cintilantes piscando nas profundezas. Como estrelas, mas não exatamente. Elas não tinham aparência de olhos, mas, mesmo assim, ele se sentiu observado. As luzes também pareciam prismáticas. Feixes fraturados de um farol quebrado — lanças partidas de luz, pulsantes, tremulantes, apagando e voltando a acender. A quietude desse outro espaço o invadiu. O vazio dentro dele se comunicou com o vazio naquele espaço. E mesmo quando algo serpenteou no vácuo escuro, ele sentiu algo dentro de si responder do mesmo jeito.

Maddie saiu da casa correndo pela tempestade. Uma rajada de vento a atingiu em cheio, e ela temeu ser carregada e atirada nas árvores. Trovões explodiam por todos os lados, e o gelo e a neve machucavam suas bochechas. Em algum ponto do bosque, lá na escuridão, ela ouviu o estalo de um galho partindo e caindo da árvore, colidindo com outras árvores até atingir o chão. Não parava de chamar por Oliver.

— Olly! *Olly*, você está aí?

Sua mente fabricava incessantemente cenários cada vez mais insanos: que ele tinha se escondido no carro e ido com o pai até o departamento, que tinha saído pelo bosque e agora estava preso sob uma árvore que caíra, que Nate tinha razão sobre Jake — que o menino do olho estranho tinha guiado seu filho para a morte, que o espírito de Edmund Walker Reese estava por aí, nesse momento, caçando seu filho para gravar um número em sua bochecha antes de estripá-lo sobre uma pedra...

Passou os olhos pelo quintal e pelo bosque. *Por favor Olly, por favor.* Um clarão. Bem no meio do arvoredo. Maddie correu em direção à luz, abrindo caminho pela tempestade.

Saíram do escritório e mergulharam mais uma vez na tempestade afiada e cortante. Nate conduziu a garota com o máximo de gentileza pela porta do departamento. Tentava calcular mentalmente a rota mais rápida para o hospital enquanto acalmava a menina com sons e frases tranquilizantes. Fig

O LIVRO DOS ACIDENTES **203**

seguia do outro lado dela. Juntos, avançavam pelo vento e pela neve, um passo por vez, em direção ao carro de Nate.

— Vai ficar tudo bem — dizia Nate, tanto para Fig quanto para si mesmo e para ela. — Tudo vai ficar...

Bem, ele completaria. Mas sentiu uma vibração nos dentes de trás. Seus olhos começaram a lacrimejar e sentiu um cheiro estranho no ar, como de fio queimado. Um raio irrompeu à sua frente, açoitando a terra a apenas 3 metros de distância do carro. O mundo se ocultou por trás de uma cortina de luz branca, e ele percebeu que esse raio era diferente de todos os que já tinha visto. Formava uma coluna de eletricidade, emanando pequenas faíscas azuis de eletricidade que se retorciam e se enroscavam. Naquele espaço, *havia uma pessoa*. Ou a forma de alguém: a silhueta de um homem contornada pela luz. Ele tinha algo na mão. *Uma faca*, pensou Nate. O trovão explodiu, arremessando um estrondo sônico neles. Em seguida, o raio sumiu, e o homem sumiu também.

— Nate — exclamou Fig.

— Você também viu — disse Nate.

— Era *ele* — afirmou a menina.

Ela tentou recuar, escapando das mãos deles e correndo em direção ao escritório. Nate a chamou com um grito. A garota soltou um urro de terror. O céu se abriu mais uma vez com o raio. Dessa vez, a coluna de luz e eletricidade atingiu a garota. E também atingiu Nate.

O vácuo cintilava. De repente, foi tomado por um chuvisco, como uma TV velha fora do ar. No meio daquilo, Oliver pensou ter visto um rosto. Algo naquele espaço, observando-o. Uma boca branca e olhos negros. Murmurava e cantarolava uma canção dissonante e estranha. Aquele som tinha peso, tinha *volume* e começou a preencher o vácuo com formas — um ato literal de criação, como se Deus ou *um* deus (ou o oposto) invocasse a existência de coisas somente a partir de seus próprios mantras severos e mais nada.

Porém, o que invocava não era algo novo, mas algo que já tinha existido: mostrava Oliver no corredor da escola, não o corredor que ele conhecia, mas um lugar com os armários, o sinal cinza na parede e o quadro de avisos logo abaixo. O corredor fervilhava de adolescentes da idade dele, alunos entrando e saindo de salas, com a mochila nas costas, livros na mão, alguns rindo, outros parecendo chateados, todos com um pequeno núcleo daquela dor escura aninhado em algum ponto no peito — uma garota com a mochila de *Star Wars* ria, um menino com a gola da camiseta polo levantada, um estilo meio anos 80, mostrava os dois dedos do meio para o amigo, um professor conduzia as crianças com um aceno cansado da mão.

E então — *bang*. Um som de tiro bem no ouvido de Oliver. O corredor se esvaziou. Não sobrou ninguém ali. Pelo menos, ninguém vivo. Sete corpos jaziam no chão. O sangue formava uma poça. Um tiro no meio das costas de um garoto. Uma garota caída contra um armário com dois buracos no peito, babando sangue. Outra criança, com uma camiseta do Capitão América, jazia no chão, de barriga para cima, o maxilar destruído, o túnel escuro e molhado de sua garganta exposto enquanto o sangue se acumulava em seu pescoço, no piso, na camiseta azul, tornando-a roxa. Em algum lugar mais distante, alguém chorava. Outra pessoa gritava.

Bang. A cena no vácuo mudou de novo. Agora um jovem, não muito mais velho que Oliver, estava sentado em uma cadeira, de frente para uma bancada de monitores. Ele usava algum tipo de uniforme, do Exército, da Marinha, não dava pra saber — o brilho emitido pelas telas desbotava tudo. Estava com fones de ouvido. Uma das mãos segurava um joystick, a outra se atrapalhava para desembalar um chiclete e levá-lo à boca. Ele mascava como um cavalo. A dor reluzia em seus olhos mortiços, dor que somente Oliver conseguia ver, dor que parecia um cesto de cobras enoveladas que se enrolavam umas nas outras e serpenteavam, multiplicando-se. Na tela, um casamento: a noiva de branco, com pintura de henna nas mãos, o noivo com um lenço vermelho na cabeça, brindando, comemorando e rindo, depois dançando em círculos e mais círculos. A mão do jovem agarrada ao joystick, puxando o gatilho. Mais alguns minutos de felicidade matrimonial, até que — *vum*, o som de algo cortou o céu e varreu com fogo tudo da face da Terra. O jovem no console pega outro chiclete. Sua dor não diminuiu, só ficou mais escura e inchada.

Bang. Crianças ajoelhadas em jaulas de animais, dedinhos se enfiando por entre os buracos da tela de arame, todas chorando, longas cordas de catarro pendendo do nariz...

O LIVRO DOS ACIDENTES

Bang. Alguém chutando violentamente as costelas de um homem que dormia em uma cama de papelão. As costelas quebraram ruidosamente, como cascalho triturado sob uma bota.

Bang. Crianças do ensino fundamental fechavam uma roda em volta de um menino menor e mais fraco. Era inverno. A neve forrava o chão, o céu tinha cor de chumbo. Eles esfregavam gelo na cabeça e nos olhos do pequeno. Apertavam pedras contra sua testa com tanta força que deixavam marcas em carne viva. Um deles tinha encontrado um frisbee velho com um pedaço de merda de cachorro congelada e agora o aproximava da boca do menino. Ele apertava os lábios, mas estava chorando, e seu nariz estava entupido. Logo sua boca abriria e aquelas crianças perversas teriam uma chance...

Bang. Um garoto estava ajoelhado algemado a um aquecedor. Seu lábio estava partido. Uma linha vermelha e fresca brilhava em seu queixo. *Sou eu*, pensou Oliver. Aquilo não fazia sentido. Como poderia ser? Era ele. Mais novo, sim. E também um pouco diferente — o cabelo mais loiro do que castanho e também mais curto, quase raspado. Tinha algumas sardas na bochecha, mas ele pensou: *esse se parece muito comigo, muito mesmo.* Era como olhar em um espelho distorcido. Então, alguém entrou em cena, e Oliver se contraiu e apertou o maxilar. Uma mão surgiu do nada e deu-lhe um tapa que o jogou contra o aquecedor velho de ferro, com um baque. Uma voz disse:

— Isso é por você tentar fugir.

Oliver pensou: *conheço essa voz.* Era a voz de seu pai — era a voz de Nate Graves. Mais áspera, rouca, dura, como se ele fosse fumante ou como se tivesse problemas de refluxo, mas sem dúvidas era ele, e esse Oliver, o Oliver de verdade, tentou desviar o olhar, tentou gritar, mas sua língua estava grossa, sua garganta, seca, e não conseguia se afastar nem emitir som algum e...

— Oliver.

Era sua voz? Ou...

— *Oliver.*

Era a de outra pessoa ou...

— Oliver!

Ele engasgou, piscando. A neve girava à sua volta em um turbilhão. Virou-se, e Jake havia sumido. Acima dele, árvores escuras se erguiam. Elas pareciam cada vez maiores, formando uma abóbada sobre sua cabeça, quase ameaçando golpeá-lo e esmagá-lo no chão. Sentiu-se tonto. Virou em uma direção, mas sua cabeça pareceu virar em outra. Então ouviu passos. Rápidos. Alguém se aproximava correndo. A mãe dele. *Mãe*. Era ela quem o chamava. Maddie o encontrou e o abraçou, Oliver desabou nos braços dela, soluçando e chorando.

Dentro do raio, a menina gritou. Um calafrio sacudiu seu rosto, e ela foi sendo sugada, como se a luz branca a engolisse centímetro por centímetro. Nate esticou o braço e segurou com firmeza sua mão. Ele gritou por Fig, mas ninguém respondeu. Não conseguia ver o parceiro naquela luz ofuscante. Tudo o que tinha era a mão da garota envolta pela sua mão. Tentou puxá-la para mais perto — tinha que salvá-la daquilo, não importava o que fosse.

Contudo, havia resistência. Algo a puxava do outro lado. Ele viu o rosto da garota — agora tinha desaparecido quase totalmente. Mas seus olhos se cruzaram. Eles estavam arregalados de terror. Sua voz era um sussurro ensurdecedor:

— Me. Ajude.

Uma mão se fechou em volta de sua garganta. Ela engasgou — *grrrc*! Outro rosto se revelou acima do ombro dela. O rosto de um homem. Nate o conhecia. Soube *imediatamente* — fazia pouco tempo que o vira. Onde? Na capa do livro de Jed — *Sacrifício em Ramble Rocks: Os Assassinatos Satânicos de Edmund Walker Reese*.

— Reese — disse Nate, sua voz sufocada pela luz.

O outro homem rugiu, e algo deslizou no ar — um arco amplo e reluzente. Nate avistou a faca um segundo antes de sentir a lâmina talhar seu rosto. Depois, só viu sangue. A dor irradiou em sua cabeça como uma fileira de fósforos queimando. Ele berrou e sentiu a mão amolecer e soltar a garota. O homem sibilou:

— Ela é *minha*, ladrão.

O estranho deu outra investida com a faca, mas algo se precipitou de cima — Nate mal conseguiu ver o quê. Alguma coisa com asas. O barulho das penas surgiu entre ele e o assassino, e o raio se dissipou com um estalo. A garota desapareceu. A luz sumiu. Nate tombou no chão.

34

A LINHA DIVISÓRIA

Depois. Nate estava sentado do lado de fora. A tempestade tinha acabado. O vento tinha ido embora e a neve tinha parado. Agora o bosque estava silencioso e branco, como se o mundo fosse feito de uma pilha macia de marshmallows.

Fig tinha colocado um pouco de neve em um balde e instruído Nate a pressionar um punhado no local do ferimento enquanto ele procurava alguma gaze. Nate seguiu a sugestão e sentiu a neve queimar a ferida como sal. Fig voltava agora com gaze, esparadrapo e um maço de lenços de papel.

— Dá uma secada, depois a gente põe isso em você.

— Obrigado, Enfermeira Ratched. — Ele se contorceu ao secar a ferida. O lenço saiu preto de sangue. — Como está isso aqui?

— Como se alguém tivesse tentado arrancar sua testa fora. Vai precisar dar pontos. Você vai ficar um pouco parecido com Frankenstein.

— Frankenstein era o médico, não o monstro.

Fig deu de ombros.

— O médico *era* o monstro, Nate, mas essa não é a questão. Vamos ou não falar sobre o que vimos?

Nate olhou para o nada.

— Não sei, Fig. Não sei.

De cabeça quente e em uma explosão de pânico, Fig disse, gesticulando muito:

— Porque *eu* vi uma menina com um número entalhado na pele. E vi um homem parado no meio do raio. O mesmo raio que depois veio até ela e sumiu com ela como, como, *como se ela nunca tivesse estado ali*. E aí, ela desapareceu, e você apareceu sangrando.

— Não consigo explicar nada disso.

— Nem eu, parceiro. Nem eu.

Fig fez um curativo desajeitado, passando a gaze em volta da cabeça de Nate com a delicadeza de um pitbull sob efeito de cogumelos. Nate afastou a cabeça e finalizou o trabalho sozinho.

— Vamos precisar te levar pro hospital, você sabe.

— Eu sei, eu sei.

— Vou procurar um pedaço de papelão pra tampar a janela. Você fica bem aqui? Depois a gente vai pro St. Agnes.

Nate assentiu com a cabeça, atrapalhando-se enquanto usava o polegar e o indicador para cortar o esparadrapo e grudá-lo em volta da cabeça. A gaze ficou ensopada de sangue fresco. *Merda!*

— Ok, estou bem. Pode ir.

Fig entrou no escritório. *Me. Ajude.* O último apelo da garota invadiu a mente de Nate mais uma vez. Sentou-se no para-choque traseiro do carro por um tempo, revivendo aquele momento sem parar. O rosto dela. O pedido desesperado. E então: Reese, com uma faca. Como isso era possível? Como *qualquer parte* disso era possível? Sua testa latejava como se o coração tivesse escalado do peito e se fincado bem ali, sob o ferimento.

Enquanto revivia as cenas, uma sombra graciosa cruzou a Lua descoberta e se aproximou com suavidade de Nate. Ele se encolheu, olhando para cima — era uma coruja. *Não*, pensou. Não *uma* coruja. *A* coruja. A mesma que tinha visto voltando da casa de Jed naquela primeira noite. Ela pousou em um galho iluminado pelo luar e girou a cabeça com um olhar de curioso divertimento ou perplexidade.

— Era você? — perguntou Nate. — Ele ia me matar. O homem no raio. Reese. Então me lembro de sentir o bater de asas em cima de mim.

A coruja piou, um suave *uuh-uuh*. E partiu de novo, alçando voo em silêncio. Exceto que, desta vez, Nate teve certeza de que a ave que tinha acabado de ver não era uma ave de verdade, mas uma escultura de madeira. O que sabia não ser possível. Mas será que a linha divisória entre o possível e o impossível ainda tinha alguma importância?

35

PONTO SEM NÓ

Nate pôs o casaco. Estava no hospital havia horas, mas finalmente costuraram sua cabeça e lhe deram uma receita de antibióticos. Foram sete pontos.

Maddie não estava lá. Ela disse que Oliver teve um "episódio" e que precisava ficar com ele. Disse que Jed fez a gentileza de ficar um pouco mais para dar uma mãozinha. Zoe também. É claro que ele tentou entender o que ela quis dizer com *episódio*, mas ela não tinha certeza do que havia acontecido. Só sabia que o filho tinha entrado no bosque, onde teve uma espécie de crise. Ela falou que Nate não precisava se preocupar, o que era o mesmo que pedir a alguém para não coçar uma picada de mosquito. Era só ouvir aquilo que a coceira ficava ainda mais intensa.

Agora ele poderia finalmente voltar para casa. Porém, foi barrado por um homem que estava parado na porta de sua sala no pronto-socorro. Era um policial. Careca, meio com cara de idiota. Tinha a testa e a nuca repletas de rugas, como salsichas empilhadas. Polícia estadual, pelo visto. Não era local.

— Nate Graves? — perguntou.

— Uhum.

— John Contrino Jr., subchefe da Polícia Estadual.

— Claro, como vai? — Nate ofereceu a mão, e o homem deu um aperto.

— Não muito bem, Nate. Não. Muito. Bem. Para começar, estou aqui. Em uma noite ruim. Tivemos acidentes pra caramba. Metade do condado está sem energia, a outra metade está com árvores caídas em cima de casas e porões inundados.

— Não sabia que era sua função drenar a água de porões inundados.

Contrino fez uma pausa e passou a língua nos lábios.

— Essa foi boa, Nate. Muito boa.

— O que estou querendo saber é o que te traz aqui. Porque eu estava indo para casa.

— Acho que você tem um minutinho para me confirmar ou, espero, negar a história de seu parceiro.

— A história de meu parceiro.

Fig, o que foi que você aprontou?

— Sim, Axel Figueroa ligou para o meu escritório e notificou um *incidente*. Disse que você e ele foram checar um problema no alarme do Departamento de Proteção à Fauna e encontraram uma menina lá. Nua e ferida.

O corpo inteiro de Nate ficou tenso ao ouvir aquilo. *Por que você foi chamar a polícia, Fig?* Nate havia sido policial. Eles não tinham preparo para lidar com histórias que não batiam. Na maioria das vezes, tratavam essas histórias com desdém e escárnio — ou pior, davam uma surra em quem tinha contado, ou até mesmo um tiro, se a pessoa não fosse branca.

— O que ele disse que aconteceu?

— Ele disse que a garota fugiu.

Ufa! Pelo menos Fig não tinha falado nada sobre *raios* e *assassinos em série sinistros se escondendo no raio*, pegando a garota e sumindo com ela. Estava em uma situação complicada. Ou ele confirmava a história de Fig e também ficava parecendo um maluco, ou negava, colocando Fig em maus lençóis. O que poderia até custar o emprego dele. Não era uma opção. Nate sabia o que tinha que fazer: ficar do lado do parceiro.

— Está correto. Fig falou a verdade. Você precisa de uma declaração oficial?

— Não, mas fico intrigado com você, que não notificou nada. Quer dizer, você era da polícia, não era? Você entende a importância desse tipo de coisa, acho. — Ele deu uma fungada. — Foi por causa desse incidente que você ganhou esse corte na cachola?

— Ah, o corte. — Ele tirou rapidamente uma mentira da manga. — A menina, ela me empurrou. Escorreguei no gelo e devo ter batido a cabeça numa... pedra ou num galho ou em algo assim.

— Uhum. A enfermeira disse que a lesão era condizente com o corte de uma lâmina.

Malditos policiais, pensou Nate. Contrino não parecia uma boa pessoa, mas pelo menos parecia um bom policial. Cumprindo bem o dever.

— Bom, talvez eu tenha caído em uma lasca de metal, sei lá. Estava uma loucura naquela tempestade — explicou Nate. — E não notifiquei porque sabia que Fig cuidaria bem da situação enquanto costuravam, ah, minha "cachola".

— Uhum. Ok. Ok. — Contrino forçou um sorriso. — Bom conhecer você, Nate. Vamos ficar de olho nessa garota. E vocês continuem fazendo... — Fez um gesto de desprezo em direção a Nate. — O que quer que se faça no Departamento de Proteção à Fauna. Prendam uma truta atravessando fora da faixa ou qualquer merda.

— Fechado, subchefe Contrino.

Ele observou o homem ir embora. Foi então, só então, que o cansaço pesou sobre seus ossos como um saco de pedras, puxando seu corpo para baixo. Só queria ir para casa. Ver a esposa. Dar uma olhada no filho. Meu Deus, que dia!

36

QUEM AMA, CONVERSA

Eram 3 horas da manhã quando Nate se sentou de frente para a esposa na mesa de jantar. Ele cutucou uma fatia de pizza requentada.

— Que noite de merda, hein — disse Maddie, por fim.

— Acho que é o Dia das Bruxas fazendo jus à fama.

— Meu Deus, você não errou nessa.

— Só fico feliz que o carinha esteja bem. — Ele se aproximou. — Olly *está* bem, certo?

Maddie lhe lançou um olhar exasperado.

— Não sei mesmo, Nate. Quer dizer, ele está bem no sentido de que não está fisicamente ferido. Mas está com o coração machucado, e nem sei por quê. Acho que talvez ele estivesse preocupado com você.

— Sinto muito.

— Não é sua culpa. Trabalho é trabalho.

Ela esticou o braço e segurou a mão dele, dando uma olhada no curativo.

— Ainda bem que você está bem. Quando não consegui falar com você... Puta merda!

— Desculpe. Acho que não tinha sinal de telefone.

Ela assentiu com a cabeça. Seu sorriso pareceu um pouco ressentido. Não exatamente falso. Mas parecia esconder dor ou medo ou outra coisa.

— Então... — disse ela.

— Então... — respondeu ele.

— Eu... Nós...

— Sim, sim. Nós...

— Nós precisamos conversar — disseram em uníssono.

E conversaram.

AONDE MADDIE FOI

E*ntão*. O assim chamado Vale Feliz incluía State College, Pensilvânia, mas também vários outros distritos remotos, como Harris, Patton e Ferguson. Diziam que a região ganhou o nome animado durante a Grande Depressão, porque, enquanto o resto do país afundava em um período econômico sombrio, a economia do local se mantinha relativamente saudável devido à presença da Universidade Estadual da Pensilvânia e de fazendas, ou seja, as pessoas conseguiam viver em uma bolha um tanto isolada, na qual tinham acesso à comida e educação. Todo mundo estava feliz, logo: Vale Feliz.

No entanto, Maddie, que estava no vale, não estava nem um pouco feliz. Ela se sentia sozinha, apavorada, insegura. Tinha feito uma mala e simplesmente... partido. Estava a quatro horas de distância de casa. Com saudade do filho e do marido. Era horrível esconder isso deles. Ela sabia que tinha que contar para Nate, mas como? Ele não acreditaria em nada.

Ela mesma mal acreditava. Suas próprias memórias pareciam falsas. Foram essas memórias que a trouxeram até aqui, à soleira da porta de uma casa geminada a alguns quarteirões das repúblicas estudantis femininas. Era meio-dia. Ela bateu, esperou e bateu de novo.

A porta se abriu, e Sissy Kalbacher finalmente respondeu. Sissy tinha cachos loiros e bochechas de querubim, o único traço reminiscente do peso que tivera na juventude e que, desde então, migrara para o traseiro. O resto de seu corpo parecia firme e em forma — um misto de mãe praticante de ioga e lutadora de MMA. O tempo tinha feito bem para ela. Ou talvez ela tivesse feito bem para si mesma, o que, levando tudo em conta, era merecido.

Sissy olhou para Maddie com cara de que a reconhecia ou algo do tipo, o que não fazia muito sentido. Elas nunca tinham se visto.

— Sissy? — perguntou Maddie.

— Sou eu.

— Me chamo Maddie Graves. Eu que mandei o e-mail.

Sissy assentiu com a cabeça. De novo, aquele olhar de familiaridade. Ela deve ter procurado Maddie na internet. Não era difícil achar fotos dela, principalmente de aparições em galerias nos últimos dez anos, algumas das quais foram parar nos jornais.

— Sim, claro.

— Posso entrar?

— Pode. Por favor, entre — disse a mulher, cautelosamente.

Em seguida, quando Sissy se virou, Maddie viu: um fantasma de cicatriz em sua bochecha. Uma cicatriz no formato do número 5.

A casa era bem iluminada, e quase tudo lá dentro era branco, cinza ou prata. Muito moderno. Um contraste gritante com a casa interiorana de Nate e Maddie. Tinha alguns toques de república feminina: almofadas cor-de-rosa no sofá de couro branco, uma cesta com enfeites verde-limão de Natal (estava cedo pra cacete, na opinião de Maddie), parafernália da sororidade *Phi Mu* emoldurada e pendurada nas paredes do saguão. E fotos de crianças. Pelas contas de Maddie, eram três. Todas meninas. *Bom pra você*, pensou. Sissy, com um camisetão confortável e calça de ginástica, acomodou-se em frente a Maddie.

— Aceita uma bebida? — perguntou. — Eu tenho chá de dente-de-leão. É realmente muito bom, apesar de ser um pouco genérico. — Ela fingiu baixar a voz em um tom conspiratório. — Ele te obriga a fazer xixi mesmo, haha!

— Ah, sim, não, não vou demorar.

— Ah. Tudo bem. Tenho que admitir que eu não... não sabia se queria encontrar você. Considerando o assunto. Não falo muito sobre isso. Sobre o que aconteceu.

— Eu entendo. Você... Você ao menos se lembra de alguma coisa?

— De vez em quando tenho flashes. Na maior parte do tempo, não é uma coisa que me venha à cabeça.

— Que sorte.

Ao ouvir aquilo, Sissy se encolheu levemente, e Maddie tentou emendar.

— Eu só quis dizer que nem todo mundo consegue ter essa defesa mental. Meu filho, ele é tipo um urso que perdeu a pelagem no meio de uma nevasca. Ele fica lá, exposto ao vento, entende?

— Sinto muito por isso.

— Não... Quer dizer, não, eu não estou tentando fazer você sentir pena de meu filho ou de mim. Merda! Vamos começar de novo: eu só queria te fazer uma pergunta. Sei que poderia ter sido por e-mail, mas precisava te ver. Precisava te *encontrar*. Por um lado, pra ver se você estava bem, mas também pra... sei lá. Ver sua expressão ao responder isso, porque, Sissy, vou te falar, estou passando por algumas coisas nesses últimos tempos. Algumas coisas que *não* entendo. E tenho muita esperança que você consiga me ajudar a desvendar tudo. Mesmo que seja só pra me dizer que estou doida. É sério, sério mesmo, esse seria o melhor presente que você poderia me dar. Então, eu só queria saber... — Ela engoliu em seco quando chegou nesse ponto. — Como você conseguiu escapar de Edmund Reese?

Sissy ficou olhando para o colo por um tempo antes de dizer:

— Sei que ofereci um chá, mas você bebe destilados? Porque, de repente, sinto que estou precisando de uma coisa assim.

Maddie confirmou com a cabeça.

— Eu bebo, quando o humor dá aquela mexida comigo.

— Bem, meu humor está me virando de cabeça pra baixo — disse Sissy, levantando-se. — Vou trazer dois copos.

O destilado era o uísque Maker's Mark. Escuro como café *cold brew*, com o mesmo aroma intenso e complicado.

— Meu marido, Parker, por estranho que pareça, prefere bebidas mais fracas. Tipo, não é uma crítica, ele se orgulha de ficar bêbado com essas coisinhas mais leves, segundo ele. Mas não suporta uísque de verdade. Eu adoro. Gosto tanto que talvez tenha até passado do ponto quando era mais nova e então... — Ela soltou um suspiro que carregava um vago arrependimento. — Então veio a vida certinha depois que tive minhas filhas e, bem... — Deu um grande gole da bebida. — Estou enrolando pra responder e estou ciente, então é melhor ir direto ao ponto.

— Por favor — disse Maddie, com um sorriso solidário.

Sissy continuou:

— O dia em que fugi. Ok.

Seu olhar desfocou, mas Maddie entendeu que, embora ela não estivesse vendo nada ali, naquela sala, ela *estava* vendo algum lugar. Na própria cabeça. Dentro das próprias memórias. Seus olhos brilharam com a ameaça de lágrimas.

— O monstro... Não consigo dizer o nome dele, então vou só chamá-lo assim, não o assassino, ou o assassino em série, só isso: o monstro. O monstro me prendeu por vários dias. Ele disse que tinha que... preparar o caminho. Não entendi o que ele queria dizer e continuo sem entender até hoje. Só sei que ele achava que os assassinatos faziam parte de um plano cosmológico maior, algum tipo de sacrifício ou, ou, de um propósito grandioso. Não sei, não mesmo. Só sei que eu ia morrer. Naquela época, tinha consciência disso também. Depois de um dia presa no porão dele, eu soube. Soube porque basicamente ele me contou. Disse que eu tinha que comer e beber a comida e a água que ele me dava pra não morrer "muito cedo". Tinha que ser na hora certa. Sob as "estrelas" certas. Não... Sob o "número certo de estrelas".

— Ele tinha uma fixação por números?

— Tinha, sim. No dia em que me tirou do porão... — Ela piscou algumas vezes como se tentasse recordar os detalhes. — Ele não parava de contar, de contabilizar as coisas. Quantas chaves ele tinha no chaveiro. Quantas dobradiças e maçanetas havia na casa. Em quantos lugares a tinta estava descascando na porta do porão, esse tipo de coisa. Uma delas ficou na minha cabeça, não consegui mais tirar. Ele disse que, tradicionalmente, um caixão só precisava de dez pregos para ser fechado. "Dez pregos pra fechar um caixão", ele repetiu isso várias vezes, e depois completou: "Mas são necessários 99 pra matar o mundo." *São necessários 99 pra matar o mundo.*

— Foi então que você escapou?

— Logo depois. Ele me levou pra cima, amarrou minhas mãos com fita adesiva, também tapou minha boca com a fita, e me levou em direção à porta. Era noite. Ele disse que tinha uma cota pra cumprir e que eu fazia parte dessa cota. Número Cinco, ele me chamava. Nunca pelo meu nome. Nem sei se sabia meu nome. Só aquilo, Número Cinco. Ele me conduziu até a porta de entrada. Era uma porta de tela, caindo aos pedaços. Podre, toda esburacada. Cheia de teias de aranha preenchendo esses buracos. E antes dela, antes de chegar até aquela porta, tinha outra entrada, que levava pra cozinha, acho.

Enquanto Sissy falava, Maddie sentiu que conseguia visualizar o lugar em sua mente. Com clareza e nitidez. *Tem cheiro de mofo e poeira*, pensou.

— Ele me pôs na frente dele, como se me guiasse. Me dava empurrões pra eu seguir andando. E eu só procurando algum lugar por onde escapar. Então vi essa entrada e pensei: é pra lá que vou correr.

— E correu?

— Não precisei.

Um calafrio subiu pela espinha de Maddie.

— Por que não?

— Porque, quando cheguei mais perto... e sei que vai parecer loucura... mas, quando me aproximei da entrada, vi alguma coisa parada na cozinha. Em pé naquele piso sujo de linóleo laranja extravagante dos anos 1970.

— Alguma coisa parada. Tipo o quê?

Maddie teve que perguntar, mesmo temendo já saber a resposta. Porque não *tinha como* ser verdade.

— Uma pequena... criatura.

Maddie começou a rir, mas logo se conteve.

— Quê?

— Sim... Era isso mesmo. Uma criaturinha. Feita de papelão.

O riso morreu na garganta de Maddie. Ela sentiu tontura.

— Papelão.

— Tipo, um bonequinho de papelão. Pedaços de papelão recortados e montados na forma de um pequeno... homenzinho. Não tinha mais de 60 centímetros de altura. Perninhas curvas, bracinhos curvos. E uma cabeça de caixa. Grande demais pro corpo, de certa forma.

Maddie fechou os olhos e disse:

— E no rosto tinha uma expressão sorridente. Feita de...

— Canetinha — completou Sissy, assentindo com a cabeça. — Tipo canetinha permanente.

— E também tinha uma coisa na mão. — *Não uma faca, mas uma...*

— Uma tesoura.

— A mesma tesoura usada pra criá-lo. — Maddie a corrigiu.

— Ok. Claro, se você está dizendo. O que sei é que ele levou a mão, se é que dá pra chamar de mão, até a boca sorridente, como se dissesse *"shhh, quieta"*. E eu fiquei. Fiquei quieta, porque, mesmo com a *certeza* de ter perdido o juízo, achei melhor ouvi-lo. Então fiz que sim com a cabeça e continuei andando. Reese também. Quando aquele monstro chegou na porta, ele passou na minha frente pra abri-la, e foi aí que deu um grito. Um grito horrível. Bem no meu ouvido. De todas as coisas que eu lembro, o que ficou mais marcado foi esse som e... — A essa altura, ela estava alterada, com as bochechas pegando fogo, como se estivesse *enfurecida*, mas também *exultante*. — E eu me lembro do som porque sinto satisfação. A dor dele me trouxe *satisfação*.

— Qual foi o motivo da dor?

— Talvez você já saiba. Talvez não. Mas quando ele passou por aquela entrada, nosso amiguinho, o Homem-Caixa, saiu da cozinha e enfiou a tesoura bem na panturrilha dele. Enfiou bem fundo. Depois o Homem-Caixa fugiu, *bop bop bop*, e o monstro saiu mancando e uivando atrás dele.

— E foi então que você escapou. Você... saiu pela porta.

— Sim, mas tive ajuda.

Maddie se aproximou.

— Como assim?

— É aqui que a coisa fica um pouco estranha.

— Já está bem estranha, Sissy.

— É. Bem. Então espera pelo resto. Porque me lembro de ver alguém, um rosto na janela. Um homem desconhecido com uma cara comprida e macilenta. Barba longa, olhos arregalados. E então me lembro... de mais alguém ali. Alguém que me ajudou. Uma garotinha.

— Uma garotinha? Que garotinha? Uma das outras vítimas?

— Não, uma desconhecida.

Sissy bebeu o resto do uísque de uma vez só, estremecendo em seguida.

— Tenho certeza de que era você.

PARTE QUATRO
OS MUITOS TIPOS DE MAGIA

E ao falar sobre as histórias que cercam o *Owls Head Lighthouse*, ou o Farol Cabeça de Coruja, devemos levar em conta uma pergunta um pouco mais antiga: o que é a coruja? Ou melhor, o que a coruja representa? Simbolicamente, a coruja pode ser muitas coisas. Os Sioux enxergavam a ave como uma mensageira. Os Lakota a consideravam tanto uma protetora feroz quanto uma criatura destinada à visão sobrenatural — a capacidade de enxergar o oculto e até mesmo ver através dos mundos. Certamente, os gregos viam a coruja como um símbolo dessa mesma visão, que se traduzia, mais do que qualquer coisa, em sabedoria na guerra, embora a coruja fosse um dos animais de Atena, e aí se vê que ela também servia como um ídolo da feminilidade mística — o espírito feminino encarnado, silencioso e poderoso, sábio e universal. Observando tudo do cume das árvores. Alguns viam a coruja como o mau, alguns como o bem, outros como um espírito independente, distanciado de nossas ideias do que é certo, errado, bem ou mal. Uma criatura em julgamento, como o chacal dos egípcios. Qual dessas versões é a verdade? Quem pode dizer? Talvez todas elas. Obrigado por se juntar a nós esta semana. Sou Elon Mankey, e você ouviu *Fable*, seu podcast de folclore e lendas.

—Elon Mankey, podcast *Fable*, Episódio 29,
"O Farol", 13 de março de 2019

37

E ENTÃO CONVERSARAM

A história jorrou de sua boca. Maddie fixou em Nate o olhar mais intenso de sua vida, um par de lasers capaz de derreter vigas de aço, e contou sobre sua visita a Sissy Kalbacher, a quinta menina capturada por Edmund Walker Reese, a que escapou. Ela explicou tudo o que Sissy lhe dissera. E agora contava a ele o seu lado da história, como começara a se lembrar de certas coisas no tanque de isolamento.

— Naquela época, eu morava na cidade com meu pai.

O pai dela, Denny, era policial. Foi ele que convenceu Nate a entrar na corporação (Nate pensou: *descanse em paz, Denny*. Pobre diabo, morreu de câncer de próstata há cinco anos).

— E como meu pai era policial, eu tinha um *olfato apurado* pra esse lance de crimes e tal. Eu simplesmente sabia. Sabia de sequestros relâmpagos e do estuprador Rittenhouse e das atividades da gangue local. Ele tentava esconder de mim, mas dá um tempo, né. Eu tinha curiosidade intelectual. E era um pé no saco. Eu sabia. Sabia de tudo isso. E também de Edmund Reese. Sabia das quatro garotas mortas e da quinta, que estava desaparecida, mas ainda não tinha sido encontrada morta.

Nate ouvia calado, imóvel como uma pedra. Sentia um pavor crescente ao imaginar como suas histórias se cruzariam, mas, por trás do pavor, também havia uma espécie de emoção louca, selvagem. Um suspense interno puro e simples, do tipo: *ah*, espera *só até ouvir o que eu tenho pra contar*. Aquilo o queimava vivo e estava prestes a transformá-lo em um monte de cinzas. Maddie continuou, sem nem sequer piscar:

— Eu me lembro de sonhar com aquela garota. Ela estava em algum lugar, perdida e sozinha, com medo e a certeza de que morreria. Você conheceu meu pai e sabe que o negócio dele era ajudar os outros. Nem que saísse prejudicado. Nem que pudesse prejudicar a própria família. Sei lá. Mas eu queria ser que nem ele. Então, naquela noite, acordei e comecei a fazer uma coisa. Na época, já tinha uma pequena artista dentro de mim. Minhas notas eram horríveis, tirando em artes e inglês. Eu levantei, vasculhei a casa escura, tentando não acordar meu pai, que tinha pegado no sono na poltrona reclinável lá embaixo, na frente do jornal, como fazia toda noite. Então encontrei uma tesoura, uma fita adesiva e caixas de papelão.

— E foi quando você fez o Homem-Caixa — disse Nate.

— Foi quando fiz o pequeno Homem-Caixa. E me lembro agora de... perder a noção do tempo enquanto o fazia. Eu me lembro de juntar os materiais, de me sentar pra começar. Depois, só me lembro de quando ele já estava pronto. Também me lembro de ter alguém lá comigo. Não meu pai, outra pessoa. Não sei. O resto ainda é... — Então, fossos profundos de frustração se abriram em sua testa franzida. Ela travava uma luta com o que estava dentro de sua cabeça. — *Difícil de acessar.* Mas Sissy disse que o Homem-Caixa estava lá na casa de Reese e que ele a salvou enfiando a tesoura, *minha tesoura*, na perna de Reese.

Nate levantou a mão.

— Tenho algumas perguntas.

— Manda a ver, papaizão.

— Sim, desde que você nunca mais me chame de papaizão.

Ela deu de ombros. Ele perguntou mesmo assim.

— Quero ver se entendi mesmo... Você está dizendo que o Homem--Caixa estava vivo. Ou se mexendo, de algum jeito.

— Correto.

— E você que fez isso?

— Mais um ponto pra você.

— E o Homem-Caixa estava lá. Na casa de Reese.

— E ele levou o prêmio, terceiro acerto consecutivo, leve três, pague um!

— Como? Como ele foi parar lá?

Maddie se aproximou — agora seu olhar estava simplesmente *alucinado*.

— Eu não sei. Mas Sissy disse mais uma coisa. Ela disse... ela viu um esquisitão barbado espiando pela janela. E depois *me* viu. E... eu a ajudei a sair de alguma forma.

Um esquisitão barbado. Todos os pelos da nuca e dos braços de Nate se arrepiaram, como sentinelas em alerta. Ele nem sabia por onde começar ou como organizar uma resposta.

— Certo. O cara de barba, nós vamos voltar a ele e nem vai demorar muito, Maddie. E, honestamente, vou contar algumas coisas que vão deixar tudo isso ainda mais estranho, ok? Mas você ia dizendo que estava lá. Na *casa* de Reese, com a menina Kalbacher.

— Acho que sim. Ou algo assim. E o mais bizarro, Nate: eu sentei na entrada da garagem dela, peguei meu celular e encontrei notícias da época. Sissy voltou pra casa no carro de um policial.

— Tá, e daí?

— Ele era da polícia da Filadélfia, não era um local, não era da polícia estadual.

Ele piscou.

— Polícia da Filadélfia?

— Eu *acho* que era meu pai — disse. — Eu tenho uma lembrança disso. É muito vaga, mas me lembro dele me deixando na casa de minha vó... ela morava a um quarteirão... e dizendo que tinha que levar uma menininha pra casa. Acho que era ela, Nate. Acho que era Sissy. Na nossa casa.

— Na Filadélfia.

— Isso, na Filadélfia.

— Meu Deus, Maddie!

— E não foi a última vez que algo assim aconteceu. — Ela hesitou. — Está acontecendo de novo.

— Acontecendo de novo? O que está acontecendo de novo?

— Fiz coisas. E elas... ganharam vida.

Ela contou primeiro do Homem-Caixa que havia feito recentemente... sem nem sequer perceber. Depois, sobre a coruja que saiu voando e também sobre o que parecia uma cópia grosseira do assassino, Edmund Reese.

Nate precisou de um tempo para absorver tudo. Para todas as peças se assentarem, se conectarem.

— Você tá bem? — perguntou ela.

Em seguida, foi a vez *dele* de contar tudo o que sabia. Contou-lhe sobre todas as vezes que tinha visto o pai, e que o velho segurava uma arma, mas na mão errada. Descreveu o homem alto do bosque, aquele com uma barba de ninho de rato e feridas por toda a pele, aquele cujo maxilar quebrou ao gritar e que apenas... desapareceu. Também em um relâmpago. Falou que o ferimento na cabeça não fora causado por uma queda, mas porque tinha uma garota que apareceu em um raio e foi levada pelo mesmo raio... que parecia transportar um rosto muito familiar: Edmund Walker Reese.

Maddie balançava a cabeça, afundando na cadeira. Cobriu metade do rosto com a mão, como se não conseguisse acreditar no que estava prestes a dizer.

— Ele é a coisa. É a conexão entre todas essas coisas. Tudo está ligado a Reese. Há mais vítimas. Não sei como. Mais vítimas das quais as pessoas nem fazem ideia.

Então, ele acrescentou:

— Tem mais uma coisa.

— Do jeito que você tá me olhando — disse ela —, não tô com um bom pressentimento.

— Não sei se é uma coisa ruim.

— Certo. Entãooo...

— A coruja que você esculpiu.

— De madeira.

— Eu acho que a vi.

Ela pareceu espantada, não aborrecida.

— Onde?

— Bem... — Ele vacilou. — Foram duas vezes. Uma vez foi em uma árvore. E então... de novo, depois da garota.

O olhar de espanto virou um olhar de preocupação — suas bochechas perderam a cor. Ela achou que ele estivesse falando que viu a coruja como se fosse um objeto, algo que alguém tivesse roubado e deixado ali, no chão. Mas não era nada disso. Ela falou:

— Não sei o que isso significa. Você tem certeza?

— Não era... uma coruja normal, Maddie. Ela parecia *esculpida*.

— Esculpida.

— É, esculpida em madeira.

— Bom. Merda!

— Pois é.

Os dois ficaram em silêncio por um tempo, ruminando *tudo* que fora dito. Às vezes um deles dava sinais de que queria dizer alguma coisa — uma testa crispada, um maxilar tensionado, um sussurro incrédulo, pressagiando palavras que nunca vieram. Depois, o silêncio voltava a reinar. Foi Maddie, é claro, que finalmente interrompeu aquele silêncio.

— Então — disse abruptamente.

— Então...

— Pelo que parece, ou estamos mais loucos do que a própria loucura. Loucos a ponto de compartilhar os mesmos delírios. Essa é a opção boa. Estar maluco é a saída mais fácil, de verdade, porque a alternativa...

— É que tudo isso seja real.

— Real pra cacete.

— Eu acho que é real — disse Nate, por fim.

Até o momento, ele não tinha certeza. Para falar a verdade, tendia cada vez mais a achar que seu cérebro tinha perdido alguns parafusos essenciais.

Porém, agora estava mudando de ideia. Em parte por causa do que disse a seguir:

— Acho que Jed também viu.

— Viu o quê?

— Quando eu tava lá fora... sabe, quando tomei a primeira pancada na cabeça da noite... e vi meu pai de novo? Jed saiu. Acho que ele me viu brigando com o velho.

— Aquela tempestade foi bem esquisita.

— Sim, esquisita demais. A mudança climática não teve nada a ver com aquilo.

— Então Jed pode ter visto. Ele não foi ver você no hospital?

Nate fez que não com a cabeça.

— Então você precisa ir à casa dele.

— Creio que sim. Vai ser uma conversa sinistra.

— Não mais sinistra do que a que acabamos de ter. Mas vai ser bom. Ele entende desse tipo de coisa. *E também* — acrescentou Maddie —, ele é especialista em Reese. Talvez ele possa nos ajudar a entender o que tá rolando. Não sei. Só sei que te amo.

Nesse instante, os dois se levantaram e se uniram num abraço apertado. Era como se uma barreira gigantesca entre eles tivesse quebrado, como se, até esse momento, cada um estivesse preso sem o outro. Ela sussurrou no ouvido dele:

— Que bom que você não me odeia. Que bom que você não me julgou.

— Eu jamais odiaria você. Na verdade, só sinto ainda mais orgulho de você.

Ela beijou a bochecha do marido. Depois os lábios. Depois o maxilar. E, quando se deram conta, estavam arrancando as roupas um do outro e fazendo o que as pessoas parecem só fazer em filmes — transando na mesa de jantar, ele por cima, depois ela. Deles fluía um tipo de energia que ambos não invocavam desde antes de Oliver nascer, o tipo de energia que poderia abastecer uma vila na montanha pela maior parte do ano, o tipo de energia que os lembrava de que o amor que tinham era vigoroso e eterno, cheio de tesão e de força, radiante como as estrelas, ruidoso como os trovões e mais sujo do que um banheiro de rodoviária.

38

CHOQUE DE
REALIDADE PÓS-COITO

Chegou um momento em que tiveram que ir para o quarto, pois a mesa da sala de jantar era um dos lugares menos confortáveis para fazer amor. Principalmente o tipo de amor que eles acabaram de fazer. Maddie era uma boca suja inveterada, e a energia do casal combinava com o vigor de sua indecência mandona. Maddie já sabia que sairia dali toda cheia de marcas. Nate também. Eles se pegavam com tanta energia que sobrava até para os móveis — acabaram trombando várias vezes nas quinas da mesa.

Agora estavam esparramados na cama, braços e pernas abertos, corpos ensopados de suor. Maddie ainda se deleitava com a experiência.

— Foi incrível.

Nate nem conseguia responder com palavras — só expressava concordância com grunhidos do tipo *nngh* e *mmm*.

— O jeito que você fez aquilo, aquela coisa com o dedo e o polegar...

— Uhmm.

— Você tem talento, Nathan Graves.

Finalmente, ele juntou palavras de verdade:

— Uma rainha como você merece o melhor que eu puder oferecer.

Ela deu uma boa risada. Por um instante, sentiu-se feliz. Claro, também se sentia completamente desvairada — como um pião girando em direção à borda do balcão. Mas também se sentia estranhamente livre depois de abrir o jogo com ele e de voltarem a se unir (no sentido literal e figurado) como tinham acabado de fazer.

O LIVRO DOS ACIDENTES **233**

Contudo, a realidade foi entrando sem pedir licença naquela sua névoa de felicidade física e mental, e ela achou melhor arrancar logo o curativo, em vez de ficar puxando pelinho por pelinho.

— Precisamos falar com Oliver — disse.

— Acho melhor ele nunca descobrir o que fizemos aqui hoje. Você acha a terapia cara? Ele precisaria de terapia pelo resto da vida. E a Dra. Nahid é muito legal pra ter que lidar com tanta pornografia.

Ela riu.

— Não, não falar *isso* pra ele. Falar sobre...

Nate se aproximou, tocou o ombro da esposa e disse de mansinho:

— Entendi o que você quis dizer, Mads. Você diz... todo o resto. Tudo isso.

— Será que devemos contar?

— Sobre Reese? A coruja? A garota com o número no rosto?

Durante alguns momentos, Maddie só ouviu a inspiração e a expiração suave. Se o assunto em questão não fosse tão importante, ela teria dormido embalada àquele som tão tranquilizante. Agora esperava uma resposta, que ele deu a tempo.

— Não, acho que não devemos contar.

— Concordo — respondeu ela.

— É que... tudo isso é tão bizarro. Ele é uma criança. Não precisa desse tipo de coisa. Não cabe a nós colocá-lo numa redoma, mas também não é nosso papel pegar o bastão da realidade e dar uma porretada na cabeça dele. Ele tem amigos agora. Caleb é um bom menino. Jake... ok, não confio em Jake, mesmo, mas não dá pra controlar todos os aspectos da vida de nosso filho, e ele tem uma cabeça boa em cima do pescoço. Só não quero enchê-lo de preocupação.

Uma pontada no estômago fez Maddie temer que aquela fosse a escolha errada. Eles eram uma equipe, os três. E deixar Olly de fora já tinha causado problemas antes. Ao mesmo tempo... aquilo tudo *era* super, hiper insano. Maddie nem conseguia imaginar como tocaria no assunto com ele. *E aí, meu bem, como foi a escola hoje? Estou fazendo chili para a janta.*

Aliás, minha arte ganha vida, e também tem um assassino em série supostamente morto que, sabe-se lá como, está de volta. Ah! E seu pai está travando uma batalha, literalmente, com o fantasma de seu avô. Você tem lição de casa?

Essa era a coisa certa a fazer. Porque, de certa forma, era a *única* coisa que dava para fazer.

— Então é isso — concluiu ela.

— E agora? — perguntou ele.

— Não sei. Precisamos de respostas. Você fala com Jed. Eu definitivamente não faço nenhuma escultura nem monto mais porra nenhuma. Posso pesquisar coisas, dar uma passada na biblioteca, ver o que acho por aí. Na pior das hipóteses, chamamos um padre velho e um jovem e botamos pra quebrar na festa do exorcismo.

— A gente pode se mudar — sugeriu Nate. — Fazer as malas e dar o fora daqui.

— Não — respondeu ela. — A gente não desiste. A gente não se entrega. Essa é nossa casa. Então a gente luta pelo que é nosso.

39

ESTRELAS PARTIDAS

Quando fechou os olhos para tentar dormir, Oliver viu o vácuo. Viu todas as estrelas partidas. Ouviu o som de tiros, de costelas quebrando, de algo explodindo enquanto pessoas gritavam. E então despertou assustado e teve que recomeçar tudo do zero.

E agora isso também estava acontecendo na escola. Se ele demorasse um pouco piscando os olhos, sentia a vertigem de cair naquele vácuo. Na aula de biologia avançada, começou a se desligar um pouco e aquilo apareceu — o barulho de um tiro. Ele engasgou e fez um ruído alto o suficiente para que todos ouvissem, o que lhe rendeu uma bronca severa do professor e a risada dos outros alunos. Por motivos óbvios.

Mais tarde, quando estava no corredor, enchendo sua garrafa de água no bebedouro, sentiu uma presença às suas costas. O cheiro forte e penetrante de colônia de playboy invadiu seu nariz. Já sabia com quem se depararia ao se virar.

Graham estava acabado. Uma barba de dias sem fazer decorava o espaço sob o maxilar e subia pelas bochechas. Seus dedos ainda estavam enfaixados na tala. Dentro dele, o mesmo núcleo revolto de dor. Mais escuro que a noite. Uma serpente destruidora, devorando-o por dentro e preenchendo-o por completo com seu volume crescente.

— Você está horrível — disse Graham.

— Você também — respondeu Oliver.

Imediatamente, sentiu um conflito de emoções sacudir o corpo: *você não devia ter falado assim*. E depois: *puta merda, você disse isso mesmo?* Ele oscilava entre dois sentimentos: primeiro, medo de levar um soco de

Graham, segundo, uma sensação de poder. *É isso, foda-se você, Graham Lyons.* Graham parecia estar chocado. Como se tivesse tomado um tapa.

— Seu merdinha, você machucou meu dedo e vem falar assim comigo?

Graham chegou mais perto. Oliver surfou naquela onda de poder. Sabia que provavelmente era temporária e que poderia acabar se encrencando ainda mais, mas então ouviu a voz da mãe falando dentro de sua cabeça: *que se foda.*

— E o que você vai fazer?

Ao ouvir aquilo, Graham agarrou seu braço.

— Ei! — Uma voz surgiu.

Era Caleb. Ele parou ali, com o celular na mão, como se estivesse filmando.

— Sorria para a câmera, cara. Quer bater no meu amigo, quer dar esse show, então por que não mostrar pro mundo?

Naquela altura, outros alunos paravam no corredor e se juntavam ao redor de Caleb para ver o que estava acontecendo.

— Estou só conversando com meu amigo Oliver — disse Graham.

— Vai andando — retrucou Caleb.

— Tem certeza que quer fazer isso? — perguntou Graham.

— Tem certeza que *você* quer fazer isso? Você já caiu fora da temporada de outono, cara. Se precisar de uma passagem sem volta pra sair do time pra sempre, é só continuar.

Graham soltou Oliver. Ele abriu um largo sorriso, como o Gato de Cheshire, e se misturou ao trânsito de alunos que atulhavam o corredor. Oliver suspirou de alívio.

— Caleb! — disse.

— Fala, Olly.

— Você não tá bravo comigo?

Caleb levantou a sobrancelha.

— Não, cara. Estou de boa. Mesmo depois de você tirar uma com a minha cara aquele dia. Seu amigo Jake? Não confio naquele tipo.

— Não sei se posso confiar nele. Desculpa não ter contado sobre Alex e Graham. Mas... Jake me salvou mesmo. Só achei que devia a ele o benefício da dúvida.

Caleb revirou os olhos.

— Olha, cara, não sou seu pai, nem seu chefe. A vida é sua, não minha. Então não vou te dizer como agir. Mas acho esse cara suspeito, e eu não daria nenhuma brecha para ele se provar. Só que você é um cara muito mais legal que eu, então, se quiser dar uma chance, beleza. Só não conta comigo nessa.

— Então quer dizer que você e eu não vamos mais sair?

— Pff, tenha dó, Olly! Não sou assim. As pessoas podem ter amizade com gente que eu não curto. Isso se chama *vida*.

— Porque eu ainda preciso vê-lo. Jake. Sinto que ainda não concluímos um assunto. Faz sentido?

— Não. Mas não precisa fazer.

— Vou tentar dar uma passada lá depois da escola. Na casa dele. Acho que ele mora em um estacionamento de trailers. Emerald Lakes?

Caleb deu de ombros.

— Legal. Eu levo você.

— Não precisa.

— Cala a boca, cara. É só uma carona. Quem sabe depois você não me compra um hambúrguer ou qualquer coisa assim. Ou me dá uns trocos pra gasolina.

Oliver deu um sorriso largo.

— Fechado.

A escola ficava na região leste da cidade. Quando as aulas terminaram, Oliver enviou uma mensagem para a mãe, avisando que tinha tarefas extracurriculares para fazer e que depois voltaria de carona ou ligaria para ela. Ela respondeu com um *ok*.

Então, ele e Caleb seguiram em direção ao estacionamento de trailers onde Jake supostamente morava. Emerald Acres ficava ao sul de Quaker Bridge, a quilômetros do parque Ramble Rocks. Caleb tinha um carro caindo aos pedaços, um Saturn verde-escuro de duas portas, tão avariado que mais parecia uma lata de cerveja amassada. Tinha rodado quase 400 mil km e cheirava a vinagre — Caleb explicou que era porque uns ratos tinham invadido o carro e sua mãe o obrigou a limpar todo o cocô de rato com vinagre, em vez de água sanitária.

O carro entrou devagar no estacionamento de trailers Emerald Acres. O pavimento da entrada e do estacionamento estava lotado de buracos que mais pareciam crateras de vulcão — alguns tão grandes que poderiam engolir um carro pequeno. Havia trailers estreitos e largos, e o gramado mirrado logo à frente estava lotado de porcarias aleatórias: banhos de pássaro, brinquedos de criança, cadeiras de praia, churrasqueiras decrépitas, carros parados em blocos de cimento, móveis de jardim desgastados pelo tempo e maltratados pela chuva e pelo sol. Sem contar os flamingos rosa que apareciam aqui e ali.

— Que fim de mundo do cacete! — exclamou Caleb. — Cara, e eu que pensava que a *minha* casa era ruim.

— Pois é. Na verdade, é triste.

De repente, Oliver se sentiu mal por achar aquilo triste. Sentiu que estava julgando a situação de uma forma que não condizia com sua personalidade — mas, ao mesmo tempo, *era* triste, não era? Que pessoas tivessem que morar ali? Viver daquele jeito? Enquanto a dez minutos dali, mais para o norte, outras pessoas moravam em mansões coloniais ou recém-construídas e tinham herdado acres e mais acres de terras de conservação, em vez de um quadrado de grama morta? Ele percebeu que a pobreza doía, e, por um momento, aquela revelação parecia que o esmagaria. Precisou respirar fundo algumas vezes para não sucumbir a ela.

Passaram por um trailer com um alpendre instável construído bem na frente. Uma mulher grandona com um casacão do Eagles estava lá fora, fumando um cachimbo.

— Aquela doida tá fumando um cachimbo? — perguntou Caleb.

— Acho que sim.

Não era um cachimbo de vidro de fumar maconha. Era tipo um cachimbo de madeira de verdade, com aquela curva estilosa e tudo o mais. Ela fumava o cachimbo enquanto olhava o Saturn passar, com cara de má.

— Ela deve se achar o próprio Sherlock Holmes, olhe só pra ela. — Caleb baixou a voz. — Esses estacionamentos de trailer atraem umas pessoas estranhas, cara.

— É.

Em algum ponto mais à frente, ouviram o som grave de um baixo a todo volume vindo de um dos trailers.

— Ei, onde viemos nos meter, Olly? Na boa. Você quer mesmo achar esse cara?

Oliver encolheu os ombros.

— Meio que sim.

Ele não tinha contado tudo a Caleb. Não tinha contado a *ninguém* sobre o que tinha visto.

— Quero ver se ele está bem. Ele meio que vazou da festa naquela noite e...

E eu tenho umas perguntas.

— Cara, é legal se importar com o sujeito, mas também não tem problema se importar de longe. Tipo: *ah, eu vou me importar com aquele cara daqui do meu canto, onde é seguro e quentinho.* E é até melhor *nem* se importar com certas pessoas, porque essas pessoas que se fodam, cara, elas que se danem. Você não deve nada a ninguém, sacou? Olha, eu tenho um irmão mais velho, e sabe por que não falo com ele? Porque ele é um merda. Nos roubou, bateu o carro de trabalho do meu pai e até deu um soco nele uma vez. Eu não devo nada a ele só porque ele é meu irmão. Tá, ele é sangue do meu sangue. Tá, a gente tem uma "ligação". — Naquela parte, fez um gesto vigoroso de aspas no ar que logo virou um gesto vigoroso de desdém. — Mas ele não conquistou meu amor e minha atenção, então não recebe nada de mim.

— Não sabia. Sobre seu irmão.

— É. James. Como eu falei, um merda. — Caleb implorou mais uma vez. — De qualquer forma, vamos lá! Vamos deixar essa porcaria pra lá. Você nem mesmo sabe qual é o trailer do Jake. Podemos reunir o grupo e jogar um pouco de D&D.

Porque, Oliver pensou, mas não disse, *uma coisa estranha aconteceu no bosque e eu não entendi*. O livro. O vácuo. Aquelas *visões*. Ainda assim, Caleb tinha razão. Talvez fosse muita maluquice e ele devesse ficar longe de Jake. O que quer que tenha acontecido no bosque, talvez fosse melhor deixar para lá. Um dia ele poderia postar no Reddit, em uma daquelas comunidades esquisitas, tipo *Falhas na Matrix*, e curtir os votos positivos e o pessoal comentando: *uau, essa história é muito doida*, e algumas pessoas dizendo que era mentira, e talvez ele se convenceria de que *estava* mentindo. Até mesmo agora, apenas alguns dias depois do acontecido, não tinha mais certeza se aquilo fora real ou se fora um delírio insano que seu cérebro tinha inventado na tempestade. Mas antes que pudesse dizer a Caleb que tudo bem, que poderiam ir jogar D&D, o menino disse:

— Você não conhece aquele cara?

Oliver seguiu seu dedo e viu um rosto familiar do outro lado da rua. Saindo de um dos trailers, indo em direção a um Lexus SUV preto.

— É seu vizinho, não é? — disse Caleb. — Ele estava na festa.

— Acho que sim.

Mas Olly *sabia* que sim. Como era mesmo o nome dele? A mãe tinha seus livros. Ned. Não. *Jed*. Jed Homackie. Ele estava acabado. Tão acabado quanto Graham Lyons, talvez ainda pior. Cabelo desgrenhado, barba por fazer há dias. Aparência cansada, olheiras tão aparentes que estavam a um passo de parecer marcas de soco.

— O que será que *ele* está fazendo *aqui*? — questionou Oliver.

— Ei, olha.

Quando Jed entrou no SUV e começou a se afastar, alguém abriu a porta de um trailer decadente para observá-lo partir.

— É seu garoto — disse Caleb.

— Ele *não* é meu...

Olly nem se deu ao trabalho de terminar. Porque Caleb estava certo. Era Jake. Emoldurado pela porta, com a mão para fora, encostado em um dos postes tortos que sustentavam um toldo já meio apodrecido. Jake observava o carro de Jed partir.

— É ele. Dá pra ver daqui. Meu garoto parece que andou lutando com um cortador de grama. E o cortador levou a melhor. Quer dizer, às vezes você tenta foder o urso, e outras vezes o urso fode você...

— *Tá bom*, Caleb. Ele tem uma cara toda fodida. Não é culpa dele.

Depois acrescentou, bem baixinho:

— Eu até acho que faz ele parecer meio descolado. Tipo Zuko de *Avatar: A Lenda de Aang.*

— Zuko era do mal, cara.

— Não, Zuko era *mau*, mas depois ficou *bom.*

— Ok, ok, que seja. Desculpa, eu não deveria tirar sarro, é só que... O que diabos aconteceu com ele?

— Sei lá.

Mas quero descobrir.

— Bem, quer falar com ele? Aí está.

— Quero.

Ele queria, era verdade. Mas agora estava com medo. Com medo de Caleb querer ir junto e ouvir suas perguntas a Jake ou de Jake não querer falar *porque* Caleb estava junto. Ele não queria estragar tudo. Parecia um momento importante. Como se estivesse na ponta dos pés no pico de uma montanha — um movimento errado poderia mandá-lo montanha abaixo. Mais uma vez sentiu aquela sensação vertiginosa de queda... Mas onde ele caía? *Dentro daquele vácuo.*

— Você tá bem? — perguntou Caleb.

Olly voltou a si espantado e apressou-se em responder.

— Sim. Ah. É.

— Que bom, porque seu garoto está vindo pra cá.

— O quê?

Merda! Sem dúvida, Jake estava vindo. Olhando intrigado para eles enquanto se aproximava, sua cabeça abaixada para conseguir enxergar quem estava sentado no carro por trás do reflexo das janelas. Quando por fim os viu, deu um sorriso malicioso e bateu no vidro. Olly baixou a janela.

— Oi, Jake — disse, fingindo surpresa, como se dissesse: *ah, não tinha visto você*. Ou então: *é, isso é supernormal*. Como o meme daquele cachorrinho sentado na casa em chamas. *This is fine.*

— Olly. Caleb.

— E aí? — resmungou Caleb.

— O que vocês tão fazendo aqui?

— Eu só estava, ah... — disse Olly, engolindo em seco. — Pensei em te visitar. Saber se tá tudo bem.

— Estou ótimo.

Jake mostrou os dentes — grandes e brancos — em um sorriso de tubarão.

— E você, Caleb, tudo bem?

— Ah, você me conhece, cara. Estou vivo.

— Vivo. Ah, tá. — Jake olhou diretamente para Olly. — Quer entrar?

— Ok, claro.

Olly e Caleb começaram a sair do carro, mas Jake interrompeu, falando para Caleb:

— Ei, você não.

— O quê? — perguntou Caleb.

— Olly e eu, a gente tem uma conexão. E também um assunto importante pra conversar. Que não inclui você.

Olly lançou um olhar de súplica para Caleb.

— Desculpa, eu...

— Não sou seu maldito motorista, cara. Não vou ficar esperando.

— Tudo bem. Eu... dou um jeito de pegar uma carona. Ou volto a pé...

Caleb se inclinou no carro e disse em voz baixa:

— Olly, cara, não vá com ele. Do mesmo jeito que você não deveria ter seguido esse cara lá no bosque, *não siga ele agora*. Não gosto dele. Não confio nele. Não acho que isso vai dar em coisa boa.

— Eu consigo *ouvir* você — disse Jake, ainda parado do lado de fora do carro.

— Eu *sei* que você está ouvindo aí, cara, e não dou a mínima. Agora chega pra lá.

Olly pôs a mão com firmeza no ombro de Caleb.

— Vou ficar bem.

— Merda. Depois não venha me dizer que não avisei, Olly.

— Obrigado, Caleb.

— Uhum.

Olly deu um sorriso tranquilizador ao amigo, mas era uma farsa. Não estava nem um pouco tranquilo. O nervosismo o consumia por dentro como um monstro sugando suas entranhas. Porém, saiu do carro mesmo assim e seguiu Jake até a casa. Caleb deu partida no carro, os pneus cantaram e descascaram, jogando pedaços de asfalto para cima. Então foi embora.

40

O CASTELO DO MAGO

O trailer era uma zona por dentro. No chão, um carpete esfarrapado; nas paredes, painéis de madeira. Caixas de pizza e embalagens de fast food espalhadas por todos os lados, até no sofá roxo que parecia ter sobrevivido a uma guerra. Pendurada na parede, uma TV de tela plana rachada no canto, com um PlayStation de última geração conectado a ela. Na mesinha de centro, entre o sofá e a TV, uma maleta de pesca aberta, mas sem os itens comuns de pescaria, como iscas e anzóis. Estava lotada de *comprimidos*. Azuis, roxos e rosa. Em forma de triângulos, círculos e cápsulas. Como cereais coloridos, mas feitos de droga.

Jake dizia enquanto entravam:

— Ei, foi mal não deixar seu amigo entrar, mas acho que esse assunto é só entre nós dois. Mas também, *qual é* a daquele Caleb? Por fora ele é, tipo, um cara negro descolado, todo... sei lá, mas por dentro ele é... só um grande nerd, com aquelas cartas idiotas e joguinhos e outras merdas.

— Caleb é meu amigo. Você é racista, por acaso? Só porque ele é negro não pode jogar D&D?

— Não. Quer dizer, acho que todos nós somos estruturalmente racistas, não é? Eu e você, todos fazemos parte de um sistema de privilégio e opressão.

Ah, cala a boca. Que discurso vazio.

— Que seja. E você sabe que eu também jogo esses jogos — disse Oliver, na defensiva.

Jake parou de falar e olhou-o de cima a baixo. Puxou o ar entre os dentes enquanto examinava Oliver com aquele olho em movimento.

244

— É. Você joga. Interessante.

— Por que interessante?

— Porque sim. Vem, chega aqui, vamos sentar.

Jake pegou algumas caixas de pizza empilhadas do sofá e as atirou para um canto do cômodo. Oliver deu uma olhada nos comprimidos.

— Você não mora aqui com sua tia.

Jake encolheu os ombros.

— Não.

— Tenho que ir.

— Relaxa. Não vou tentar forçar você a tomar nada. — Outro daqueles olhares demorados e estranhos de Jake. — Você é bom demais pra isso.

— É. Bem. Eu sou — disse, ofendido.

— Estou começando a ver que sim. Então, senta aí. Você não queria respostas?

— Você deu o fora. Me deixou sozinho no meio da tempestade.

— Sua mãe estava vindo. Não podia deixar que ela me visse ali. Quer saber mais ou não?

Com relutância, Oliver se sentou. A estrutura do sofá já estava tão desgastada que se assemelhava a uma boca prestes a engolir seu corpo. Ele sentiu-se mais ansioso — como se, caso fosse preciso, ele não conseguiria se levantar em um salto e sair correndo. Seria como patinar na lama, como tentar fugir em um pesadelo. *Caindo, caindo naquele vácuo...* Ele expulsou aquela memória e aquela sensação da cabeça.

— Por que meu vizinho estava aqui? — perguntou. — Eu vi quando ele saiu.

— Jed. Isso. Ele é o proprietário daqui. — Seus olhos brilharam como o luar na água escura. — Mas não é sobre isso que você quer conversar. Não. Você quer falar sobre o que aconteceu no bosque.

A voz de Oliver quase falhou quando ele disse:

— Aquele livro. As coisas que ele me mostrou. Aquilo foi... foi insano.

— De nada.

— Por que é que eu agradeceria?

Uma expressão que parecia raiva iluminou o rosto de Jake.

— É sério? Eu mostro uma coisa pessoal pra você, uma coisa que é *literalmente mágica*, porra, e você não sabe por que deveria ser grato?

Mas então a raiva se abrandou. Jake sorriu com a boca, mas não com o resto do rosto.

— Sou um mago, Olly. Aquele é meu *livro de feitiços*.

Oliver quase caiu na risada de tão besta que era aquilo.

— Eu sei, você já disse, mas o que isso significa?

— Você viu. Eu consigo fazer mágica.

— Mágica. Igual na garagem. E no bosque.

— É. Tipo isso.

Ele apanhou o Livro dos Acidentes, que estava sob a mesa de centro, e abriu-o.

— Com isso eu consigo...

Estalou os dedos e uma faca de caça surgiu em sua mão. O livro brilhou um pouco com uma luz obscura.

— Fazer coisas aparecerem.

Ele girou a faca. Oliver pressionou as costas no sofá. *Ele vai me matar.* Foi como se Jake pegasse aquele pensamento no ar, pois disse:

— Qual é, cara, não vou matar você, relaxa.

Ele torceu o pulso em outro floreio e — *puf!* — a faca desapareceu. Mais um estalo, e agora era a pistola que estava em sua mão. A arma de chumbinho. Jake bateu palmas, com a arma em uma das mãos, e ela literalmente sumiu com o gesto.

— *Mágica* — disse Jake, pretensiosamente.

— É só um *truque* de mágica. Não é mágica de verdade. Já vi mágicos fazendo coisas bem mais estranhas na Netflix.

— E o que eu te mostrei? — Ele estendeu a mão, esticando os dedos, como se tentasse evocar a memória. — *Aquilo* foi só um truque de mágica também?

— Talvez tenha sido só, sei lá... uma alucinação. — Oliver apontou para os compridos. — Talvez você tenha me drogado.

— Ou talvez eu tenha mostrado algo importante pra você. Uma janela pra coisas além do nosso mundo, criança. — Ele piscou. — Sabia que eu, além de ver outros mundos, também consigo viajar entre eles?

— Viajar entre os mundos?

— Isso mesmo.

— Afinal, o que isso significa? Tipo, você consegue ir zoar em Marte ou algo assim?

Jake se ajoelhou como um técnico prestes a revelar ao seu time uma verdade secreta sobre a partida que estão prestes a jogar.

— Não, Oliver. Não é assim. Eu consigo me mover entre mundos como se estivesse folheando as páginas de um livro. *Deste* livro. Mas só em uma direção. Só pra frente, pro próximo, nunca de volta ao anterior.

— E por que você faria isso?

O olho frenético de Jake reluziu.

— Essa é a questão, não é?

— Está bem. Prove.

— Provar?

— É.

Oliver estufou o peito, tentando parecer durão mesmo que por dentro sentisse que era uma bolha de sabão trêmula, pronta para estourar.

— Prove. Faça alguma coisa aparecer. Eu falo uma coisa, e você estala os dedos e faz ela surgir do nada. Tipo... — Ele tentou pensar em algo muito estranho, muito raro. Uma carta de *Magic*, lembrou-se. — Uma carta *Black Lotus* do *Magic: The Gathering*, a versão Alpha de bordas pretas. Provavelmente a carta mais rara. Acho que uma delas até foi leiloada recentemente por uns cem mil dólares ou algo assim. Então, tira um desses coelhos de sua cartola.

— Não é assim que funciona.

— Claro que não. Que conveniente.

Jake lambeu os lábios, apertou os dedos na mão e depois soltou-os, como se tentasse controlar a frustração e a raiva com muito esforço.

— Sério, não é assim que funciona.

— Me explica, então.

— Estou tentando, se você calar e boca e ouvir.

— Que seja. Tá bom. Tô *ouvindo*.

— É assim. Eu posso pegar uma coisa e colocá-la em… um lugar. Um lugar distante, no meio do nada. Eu chamo de Intervalo, porque é onde fica. É tipo o espaço entre o sofá e a parede ou o chão, onde dá pra esconder coisas. Não é útil pra mais nada *além* disso.

— Então é só uma grande Mochila de Carga.

— Não sei o que é isso.

— É uma coisa de D&D. — Agora era a vez de Oliver de conter a frustração. — Você não sabe o que é D&D. Não importa, deixa pra lá.

— Eu escondo coisas lá. Coisas que eu poderia querer. Coisas de que eu poderia precisar.

— Como o quê?

— Como isso.

Jake girou o pulso, seus dedos dançaram, e algo se materializou em sua mão: uma barra de chocolate em uma embalagem brilhante. Tinha um tom forte de roxo e de um verde cintilante. Oliver não a reconheceu. Com um rápido movimento de mão, Jake a jogou pra ele.

— Flix Bar — leu Oliver na embalagem.

Ao lado do nome, escrito com uma fonte dos anos 1950 que poderia ser encontrada estampando uma fachada de restaurante ou um jukebox antigo, viu um personagem pequeno desenhado: bem parecido com um dos alienígenas daquele filme *Toy Story*. Um alienígena verde pequeno, com anteninhas e vários olhos. Além de uma boca com dentes brancos e arredondados, semelhantes a seixos claros. Sob ele, um slogan estava impresso: FLIXY DIZ QUE É DE OUTRO MUNDO! Oliver virou a embalagem na mão e viu que o produto era feito por uma empresa chamada Perigee, Inc.

— Nunca ouvi falar. É novo?

— Não.

— É do Canadá? Da Nova Zelândia?

Oliver assistia a vídeos do YouTube em matérias no BuzzFeed em que um elenco rotativo de subcelebridades da internet provava comidas estranhas de todas as partes do mundo: gomas de abacaxi cobertas de chocolate, *Vegemite*, salgadinhos sabor frango. Mas logo após perguntar, viu a frase FABRICADO NOS EUA ao lado do logotipo da empresa.

— Espera, isso é daqui!

— Daqui, mas também não daqui.

— Não entendi.

— Fabricado nos Estados Unidos, com certeza. Mas não *nesses* Estados Unidos.

— Eu não...

Entendi, estava prestes a dizer, mas então, de súbito, conseguiu compreender. Outros mundos. Dimensões alternativas. Realidade quântica. Não *esses* Estados Unidos, mas outros. De outra dimensão. E mais uma vez aquela sensação de cair e cair e cair. *O vácuo.*

— Experimenta.

— O chocolate?

— Isso.

— Não, eu...

Não deveria comer doces de outra dimensão. Aquele era, de longe, o pensamento mais estranho e idiota que já tinha passado por sua cabeça, mas lá estava, ainda em sua boca, sem sair, mas também sem ir embora. *Outra dimensão.* Não era possível. Jake estava só zoando com a cara dele. Pregando uma peça. Assim que ele mostrasse que acreditava, Jake tiraria sarro dele. E aquilo provavelmente iria parar no YouTube, não é mesmo? A ira ferveu seu sangue. Ele jogou a barra de chocolate de volta para Jake como se atirasse uma faca.

— Não quero. Deve estar envenenado. Ou cheio de formigas ou outra coisa estúpida.

Oliver se levantou enquanto Jake girava a barra de chocolate entre os dedos feito uma baqueta — lançando o produto de volta à não existência.

— Não está envenenado. Mas beleza, não coma. Só que você ainda não pode ir embora.

— Estou indo. Vou pra casa.

— Tenho mais uma coisa pra mostrar.

Vá embora, pensou Oliver. *Não espere. Não pergunte. Só vá.* Porém... Não é à toa que o ponto de interrogação tem o formato de anzol.

— Ah, é? O que seria?

— Quero mostrar quem eu sou de verdade. E também quem você é de verdade.

41

O LIVRO DOS ACIDENTES

Jake entregou o livro a Oliver. Era surpreendentemente pesado. Emanava um cheiro de terra e de minério. Outra vez, viu o título:

O LIVRO DOS ACIDENTES

Um registro dos acidentes em Ramble Rocks, número oito

— Ramble Rocks — disse Oliver. — É o parque. Por que registrar uma série de... acidentes no parque?

No entanto, Jake não respondeu. Deixou Oliver manusear o livro e o observou com atenção. Até com certa ansiedade, com um tipo de interesse desesperado. Como uma pessoa que preparou o jantar e está à espera da decisão do júri: *será que eles gostaram da comida? Aquilo foi uma careta ou foi um som de aprovação?*

Oliver tentou ser gentil com o livro, pois aparentava ser tão velho e maltratado que parecia que, se virasse a página com muita pressa ou o agitasse um pouco mais, poderia se desfazer em suas mãos. As páginas tinham um tom acinzentado de morte, descoradas como um cadáver encharcado de chuva. Mas estavam secas, secas demais, como se sugassem a umidade ao menor toque de seus dedos. Páginas vampiras, ávidas por bebê-lo. Por um instante, imaginou-se murcho como um inseto desidratado caído no chão.

As páginas eram como a capa prometia: na maior parte, preenchidas com registros escritos à mão (e às vezes cheios de erros) dos muitos acidentes, grandes e pequenos, dentro do que parecia ser uma mina. Uma mina de carvão.

A mão de Charlie Tompkins esmagada entre duas pedras...

...explosão de gases deixa três mortos: Eddie Uhl, Issac Streznewski, Jonesy Steven-Graeme...

...ossos do pé destruídos por uma aste de metal para testar concreto

...levou uma martelada na cabesa do colega de mineração, John Gold...

...perdeu o dedo para um cortador de tubos...

...empalado por um castissal de ferro...

Então, havia páginas listando os que sofreram ou até morreram de doenças variadas: membros gangrenados, tosses que expeliam catarro preto e nacos vermelhos de pulmão, além de discussões sobre quem tinha ficado maluco lá embaixo, na escuridão. Passou os olhos por uma frase: *Frederick disse que estamos sendo observados aqui embaixo e ele tem tanta certeza que começou a levar um revólver consigo para os túneis*, e, então, ergueu o olhar.

— Só estou vendo acidentes em uma mina. Ramble Rocks não é uma mina de carvão.

— Não no seu mundo.

Uma vibração desagradável atravessou Oliver.

— O quê?

— No seu mundo, é um parque. Em outros mundos, é um parque de diversões, um cemitério, uma pedreira, um lugar abandonado cheio de lixo tóxico. No meu mundo, era uma mina de carvão.

— Você tá... dizendo que vem de outro mundo?

— É, um igualzinho a esse. Mas diferente também.

— Não estou entendendo. Isso é loucura.

Ele fez uma carranca ao encarar o livro, que, de repente, irradiou uma explosão de cores — um rebento doentio de vômito verde permeado por fios de um laranja espumoso de bile. Olly engasgou e esticou o braço para afastá-lo de si.

O LIVRO DOS ACIDENTES   253

— Você tá dizendo que não é daqui? Que você é de outro lugar?

— Exato.

— E isso aqui... — Oliver ergueu o livro. — Veio com você.

— Não só veio comigo, como me ajudou a chegar até aqui. Me ajudou a escapar dos outros mundos. As fronteiras se tornaram tênues, e meu livro de feitiços me mostrou o caminho. Me ajudou a encontrar a passagem, o portal.

— Isso não é sequer um livro de feitiços. É só um registro de tragédias. Um feitiço é tipo... *misture cocô de sapo com olhos de salamandra em um caldeirão cheio de lágrimas de viúva* ou qualquer coisa assim. Isso é só um artefato histórico sinistro.

— Talvez as tragédias sejam o feitiço. Ou talvez a mágica esteja na verdade por trás da tragédia. Se chama Livro dos Acidentes. Mas são acidentes, Olly?

— Parece que sim.

— Quando um acidente é um acidente? Digamos que alguém perca um dedo ou um pé lá na escuridão. Pense nisso. *Imagine.*

— É só um...

Acidente, pensa, mas logo vai além. Ele imagina estar lá embaixo. Imagina ser um mineiro de carvão. Uma lamparina ilumina o breu. Uma lamparina imunda e mambembe. O lugar imundo e mal iluminado. *Eles botaram você aqui. Para extrair carvão. Eles não pagam nada, dão ferramentas obsoletas, fazem você trabalhar por horas e horas bem no fundo dessa mina, e o que você ganha? Um dedo a menos. Um pé estraçalhado. Quem sabe uma cabeça esmagada.* Ele conseguia sentir a dor e a angústia daqueles homens emanando da página como o calor de um fogão. Sentiu-se enjoado.

— Não é um acidente. Nenhum deles é. Essas pessoas sofreram lá embaixo, na escuridão.

— Agora olha de novo pro livro — disse Jake, empurrando-o de volta em direção a Oliver.

Porém, ele não queria olhar. Fez que não com a cabeça, de forma quase petulante — sentiu-se como uma criança que se recusa a comer ervilhas, o que lhe provocou uma sensação de humilhação e constrangimento. Por sua vez, Jake levantou o livro, abrindo-o em uma página aleatória.

— Você tem que olhar pra ele. Olhe *através* dele. Como se faz com aquelas, como se diz, ilusões de ótica. — O sorriso zombeteiro de Jake se estreitou. — Olhe só. Ilusão, ilusionismo, mágica. Sempre algo mágico. As cartas, o livro.

Ele piscou. Oliver olhou para o livro. Não queria. Pensou em ir embora dali, pensou em dizer um grande não para toda essa experiência. Mas tinha que saber. Alguma coisa naquela história o impelia a avançar.

Mais uma vez, as páginas tinham a aparência de antes: acinzentadas, gastas, com rabiscos de carvão registrando os acidentes horrendos nos túneis da mina. Então, conforme Oliver olhava para elas, *através* delas, aquelas garatujas escuras começaram a se mover, assim como havia acontecido naquela noite, no meio do bosque fustigado pela tempestade. Era como se as letras tivessem cedido um pouco, menos de um centímetro, antes de ganharem vida e começarem a se contorcer e ziguezaguear como formiguinhas. E, então, *eram* de fato formigas, Oliver tinha certeza, e sentiu seus pés presos ao chão (*não dá pra correr*) e seus olhos presos ao livro (*não dá pra desviar o olhar*). E aquelas formigas se amontoavam umas nas outras para formar palavras novas, frases novas, afundando na página como gotas de tinta absorvidas por uma folha de papel-toalha.

O que aparecia na página, agora, não era mais o registro de mortos e feridos, mas uma língua que Oliver não conhecia, *não tinha como conhecer*, pois não era real, era algo tirado de um livro de fantasia, de um livro de Lovecraft, ou inscrito em uma masmorra proibida de Dungeons & Dragons, algum tipo de confusão insana de letras que conhecia e outras que talvez não conhecesse — traços de tinta retorcidos e calcados entre rabichos e floreios e nós intrincados.

Sentiu uma pressão intensa e repentina no meio da testa, como se alguém enterrasse o polegar bem ali, com uma força crescente, quase suficiente para *atravessar* seu crânio, como um prego martelado de leve numa casca de ovo até rachá-la. E por trás daquilo? *O vácuo.*

Ele o chamava, cantarolava um convite em forma de canção — uma canção composta pelos gritos dos homens moribundos nas minas, das crianças mortas nos corredores de escolas, de homens e mulheres sem-teto congelados nos bueiros com um sussurro suplicante nos lábios para um deus que não os ouvia. Ele gritou e tirou os olhos de lá.

— Intenso, né? — perguntou Jake.

— Não sei o que foi aquilo — gaguejou Oliver.

Ele olhou para a mesa de centro para ver — ver o que, exatamente? Se Jake tinha dado um jeito de fazê-lo tomar um comprido? Talvez tivesse triturado os comprimidos e deixado o pó no sofá. Ele pensou: será que tudo não passou de uma alucinação?

— Ele te chamou. Te mostrou a verdade.

— Que verdade?

— Que o mundo está quebrado, cara. Toda essa porra está ruindo. Você sentiu. Eu sei que sim. Você sabe o que é entropia?

— Claro que sei.

Ele sempre gostou da ideia de entropia. O mundo e todos os sistemas estavam sempre se deslocando rumo ao caos. Uma queda. Mas a vida, como disse Goldblum em *Jurassic Park*, arrumava um jeito — e sua resposta era o combate à entropia com o nascimento e o crescimento. Até mesmo quando algo se deteriorava. Uma árvore caída, por exemplo, ainda poderia servir de abrigo ou esconderijo a um animal, cogumelos poderiam crescer em sua superfície, e, aos poucos, seus nutrientes voltariam ao solo, beneficiando muitas outras árvores. Essa era uma fonte de esperança. A entropia era persistente, mas o esforço da natureza para se opor a ela também era.

— Bem. A entropia está vencendo. Tiroteios em escolas, terrorismo, assassinatos em série. Intolerância e violência. Tráfico sexual, escravidão, matança de policiais. Você acha normal?

— Não sei. Não sei!

O pulso de Oliver acelerou. *Aguente firme, Olly.*

— Não é normal, mas meu pai sempre diz que cada geração tem seus desafios, de Hitler a Nixon. Da seca à Grande Depressão e...

— Seu pai *era* policial, não? Como se ele fosse um sabichão. Por que você tem que fazer terapia? Aposto que é culpa dele. Aposto que o pai dele batia nele e agora ele bate em você. Ou então molesta você ou faz você pôr um vestido e...

— Cala a *boca*!

O sangue de Oliver ferveu. Ele deu um empurrão brusco em Jake.

— Você não sabe de porra nenhuma. Não sei bem quanto meu pai sofreu, mas sei que o pai *dele* batia sempre nele. Meu avô era um bêbado, um violento, uma *cobra*. E nada disso passou pro meu pai. Nem um pingo disso. Violência não gera violência. — Ele passou por Jake e se virou para completar: — E se eu quiser usar vestido, *eu vou usar vestido*.

— Olly. Escuta. Você precisa entender. O que está acontecendo aqui foi o que aconteceu nos outros mundos de onde vim. Eles não existem mais agora. São mundos que ruíram, entraram em colapso, caíram uns sobre os outros. Ali a entropia venceu. Eu estou aqui agora como um... profeta. Um profeta que ninguém quis ouvir até agora. Este mundo, seu mundo, está seguindo pelo mesmo caminho dos outros. Está ruindo e não vai demorar para desabar. Mas acho que podemos consertá-lo, você e eu. Acho que podemos salvar o mundo. Nós podemos parar a entropia...

— Não se pode *parar* a entropia.

— Mas e se você puder?

— Isso é loucura. *Você* é louco.

E, com isso, Oliver saiu batendo a porta.

42

UM ESPELHO
RACHANDO DEVAGAR

O livro tremeu sobre a mesa de centro, as páginas virando como se uma brisa as revoltasse. O livro rugiu dentro da mente de Jake.

"Você o PERDEU."

— Ele não foi embora *de vez.*

Jake espumava, andando de um lado para o outro no trailer.

"Esse aí é genioso. E você diz que ele é fraco? Talvez ele seja o mais forte."

— Não. Não! Só preciso dar uma oportunidade pra ele. A oportunidade de ficar do lado certo das coisas. De ver qual caminho seguir. *Todos* eles têm a oportunidade. Entendeu? Esse é o combinado. *Todos eles têm a oportunidade.* — *Esse é o processo*, lembrou-se. — Ele só precisa de um empurrãozinho.

"Ele precisa de muito mais que um empurrãozinho. Arraste-o. Obrigue-o."

Porém, Jake não faria assim. O processo era o processo. O caminho era o caminho. Ele precisava de algo, um estratagema, uma vulnerabilidade. Um ponto fraco.

"Meu pai sempre diz que cada geração tem seus desafios, de Hitler a Nixon. Da seca à Grande Depressão." Otimismo, esperança, um modo de seguir. Tudo isso são fraquezas. Todas vindo do mesmo lugar — uma fonte de esperança em um mundo melhor.

— O ponto fraco dele... é o pai, não é? É a porra do *Nate.*

O livro retrucou, com rispidez:

"*Não! O pai é apoio e influência, garoto. Uma fonte de força, não uma vulnerabilidade. Você deveria ter contado a ele quem você é de verdade. Você deveria ter mostrado sua verdadeira essência.*"

— Ele jamais acreditaria em mim. E você está errado. A fonte da força dele *é* a vulnerabilidade dele. — Jake grasnou. — Sabe, pra um demônio, você é um puta de um imprestá...

Sua garganta fechou. Seu olho normal ficou esbugalhado, e o outro, o olho multicolorido, ficou a um passo de estourar de seu crânio como uma rolha de garrafa.

"*PEÇA PERDÃO.*"

— V-você p-precisa de mim.

"*Eu não precisava de Reese e não preciso de você, garoto. Posso ser paciente. Posso encontrar outro modo. Tenho todo o tempo. Mas seu tempo pode terminar agora.*"

— P-por favor.

"*Faça o que precisa ser feito.*"

A mão invisível afrouxou o aperto. O livro se fechou sobre a mesa. Jake engasgou e soltou um som entre um choro abafado e uma risada rouca. *A força como vulnerabilidade.* Um plano foi tomando forma. Ele tinha uma ligação a fazer.

43
ESPECIALISTA EM MERDAS MUITO, MUITO ESTRANHAS

Naquela manhã, Nate chegou mais cedo ao trabalho e encontrou Fig sentado à mesa, encarando a tela do computador com olhos injetados.

— Dia — disse Nate.

Fig olhou para ele, piscando. Esfregou os olhos.

— É, acho que sim.

— Você está parecendo... Bem, comigo.

— Parece que peguei seu vírus da insônia.

— Não acho que é por isso que você não dorme, Fig.

Fig soltou um som gutural: um grunhido de frustração.

— Não me diga. Sabe, não consigo achar nada a respeito de garotas desaparecidas que corresponda àquela descrição. E tem também a tempestade... Aquilo não foi normal, Nate. Não foi natural. Foi uma merda muito, muito estranha.

— Talvez você tenha razão. A boa notícia é que temos um especialista nessas questões.

— Jed Homackie?

— Jed Homackie.

Depois do trabalho, foi direto para a casa de Jed. Estava com aquela sensação de montanha-russa: a afobação, o frêmito e a contagem regressiva para algo ruim, para um desfecho estranho e insano. Essa sensação o assombrava assim como fora assombrado pelo seu pai, o homem do bosque, a queimação que atravessava seu crânio, bem onde a faca do maníaco o havia perfurado.

Bateu na porta. Nada. Mais algumas batidas. Outra vez, nada. Olhando para trás, viu o carro de Jed estacionado — um Lexus SUV. A porta da frente não tinha janela, caso contrário, teria dado uma espiada. Quando se preparava para bater novamente na porta, ouviu o som de um trinco se abrindo do outro lado.

A porta abriu e revelou um Jed exaurido. Parecia ter sido atropelado por um caminhão de insônia. Talvez atacado por alguns leões também.

— Nate, Nate, vamos entrando — disse Jed.

Tinha a voz rasgada e rouca, como se tivesse gargarejado os cacos de uma caneca de café quebrada. Arrumou rapidamente o cabelo grisalho enquanto dava um sorriso nervoso e desaparecia dentro de sua própria casa. Nate o seguiu.

— Jed, você parece um pouco agitado. Tá tudo bem?

Não estava tudo bem. A casa, impecável na última visita de Nate, estava o oposto. Havia embalagens de comida jogadas por todos os lados, abertas, devoradas pela metade — um monstro com tentáculos de lámen rastejava para fora de uma caixa de comida chinesa através do balcão. Um banquinho estava tombado no chão, os livros estavam fora das prateleiras, espalhados. Um rolo de papel-toalha jazia, largado no meio do piso, metade desenrolado, sugando uma mancha roxa. Era como se Jed tivesse derramado algo ali e, em vez de usar uma ou duas folhas do papel, tivesse passado o rolo inteiro por cima, como um rolo compressor.

Nate meio que esperava que Jed dissesse que alguém tinha invadido sua casa e roubado várias de suas coisas. Mas, por entre todo aquele lixo, viu algo mais: as torres distantes e oscilantes de garrafas de bebida. Uísque, gin, conhaque. Todas vazias.

— Agora estou bem — respondeu Jed, tentando explicar. — Tive alguns dias... alguns dias duros, Nate, dias difíceis.

Arregalou os olhos como um apresentador de rádio que espalha teorias da conspiração.

— O que eu vi lá, naquela noite, com você. Aquilo me desafiou, Nate. Desafiou minhas crenças em todas as coisas, do céu e da terra, por assim dizer. Estremeceu minhas *bases*.

— Mas por quê? Você... você vive mergulhado nesse universo. Seus livros, suas histórias, tudo o que você viu.

Uma risada suave saiu, entrecortada, de Jed.

— Nate, eu nunca vi nada. Nada assim. Tive uma sensação aqui e ali, mas nada realmente de verdade.

Então Jed estava apenas contando histórias, pensou Nate. Talvez os escritores fossem todos desse jeito — apenas uns mentirosos interessantes.

— Bem, dessa vez você viu algo real, não?

Algum tipo de loucura feliz acendeu os olhos de Jed.

— Sim, isso mesmo.

— Você, ah... — Nate apontou para as garrafas. — Você estava sustentando sozinho o mercado de bebidas alcoólicas, entendi.

— Olha. Nate. A bem da verdade, no passado já travei uma luta com o velho *demônio*. O demônio do álcool, por assim dizer.

— Não há nada do que se envergonhar.

Jed não fez nenhum comentário sobre isso. Ele só olhou para os pés. O movimento de sobe e desce de suas costas enquanto simplesmente ficava parado e *respirava* indicou a Nate que a luta contra aquele demônio, como ele tinha colocado, tinha sido longa e sombria. E, considerando a situação, não tinha sido totalmente vencida.

— Quer uma ajuda pra dar uma geral? — perguntou Nate.

— Não, não, tira essa ideia besta da cabeça, Nate. Sou um homem adulto, posso limpar minha própria bagunça. — Deu uma volta e, mais uma vez, exibiu aquele brilho no olhar. — Durante a bebedeira, fiz algumas pesquisas.

— Pesquisas.

— Claro. Sobre o que eu vi, seu pai... Ele não era um espírito, não era bem isso. Ele conseguiu tocar em você, *machucar* você e, ah... — Agora Jed apertava os olhos ao fitar Nate. — Ele acertou seu lábio, não foi?

— Foi.

— Então de onde vieram esses pontos?

Certo, é verdade. Ele não sabe. Que se dane, Nate pensou. Contou tudo o que acontecera naquela noite. A garota, o número em sua bochecha, o homem no raio, a faca. A cada palavra sua, os olhos de Jed se arregalavam mais.

— É tudo verdade. Tudo isso — exclamou Jed, sem fôlego.

— O que você quer dizer? Desembucha, Jed. Não tenho tempo pra joguinhos.

Jed assentiu com a cabeça.

— Eu... estou começando a processar o fato de que o que se passa por aqui vai muito além de uma mera questão de *assombração*. É uma coisa maior, mais estranha. Falei metaforicamente de um demônio, mas aqui isso pode ser real. Sempre afastei a ideia de que havia uma dimensão *boa* ou *má* nos espíritos e no mundo sobrenatural, assim como evito pensar que as pessoas sejam puramente boas ou puramente más. Nós somos uma mistura, todos nós, um coquetel de coisas legais e coisas ruins, tudo atado em um pacote de indolência e ignorância indesculpáveis e pontuado por momentos imprevistos de heroísmo genuíno. Mas talvez... e essa é só uma hipótese... exista algo por aí, algo mau de verdade. Algo *inteiramente quebrado*.

— Sem jogos, Jed, sem palavras bonitas, vamos direto ao ponto.

— O que você vê... seu pai, aquele sujeito doente de barba esfarrapada, Edmund Reese. Eles são intrusos. De certo modo, uma espécie de praga. *Invasores*, se você me permitir o luxo de ser poético. Eu e você, nós podemos ir atrás de respostas. Se você estiver disposto.

Nate concordou com a cabeça.

— Preciso de respostas.

— Vamos encontrá-las. Juntos.

— Quanto antes, melhor.

— Suspeito já saber por onde podemos começar. — Jed sorriu.

— Você vai falar do parque Ramble Rocks, não vai?

— Vou, meu caro, vou sim.

44
NATE E MADDIE

Dezoito *anos atrás:*

Vamp Records, South Street, Filadélfia. Costumavam vender discos — tipo, *discos de verdade*, de vinil, mas agora só vendiam CDs. Metade deles novos, a outra metade usados, todos guardados naquelas engenhocas gigantes de plástico que só abriam com uma chave especial e uma oração egípcia milenar. Maddie gostava de trabalhar ali. Não era pela música — sim, claro, música é legal e tudo o mais —, mas a *organização*, ah, caramba, que chuchuzinho, puta merda! A sensação tátil de arrumar os álbuns e CDs era a pornografia de Maddie. Porém, hoje ela estava no atendimento, a serviço de clientes tagarelas, o que odiava, mas, como era seu primeiro trabalho depois da faculdade, não queria pôr tudo a perder.

Um cara chegou no balcão, o cabelo um pouco comprido demais, um bigode sobre os lábios que contornava sua boca até o queixo, como uma ferradura invertida, e disse:

— Vocês têm o novo do Radiohead?

Ele queria o *Kid A*, e ela respondeu:

— Você conhece o conceito de alfabeto?

Na verdade, quis dizer: *Todos os CDs estão arrumados em ordem alfabética, seu imbecil.* Ele revirou os olhos e retrucou:

— Sim, mas não achei.

Ela foi até lá e, como era de se esperar, o CD estava esgotado, então disse que podia fazer uma encomenda especial. Ele falou para ela não esquentar a cabeça — era para a namorada dele. Mas então completou:

— Nem devia comprar isso pra ela. Ela nunca me dá nada. Ela é meio chata.

Ao que Maddie respondeu:

— Você não devia falar assim dela. Não seja um cuzão. Não gosta dela? Dê um pé na bunda.

Ele pareceu incomodado com aquilo.

— Talvez você pudesse me ajudar a não ser um cuzão.

Mas ela respondeu:

— Isso não é comigo.

Porém, sorriu para ele. E ele devolveu o sorriso. Foi o começo de tudo.

Dezessete anos atrás:

Eles meio que ficaram se cercando por um tempo, mas, quando finalmente saíram juntos, foi como uma colisão de meteoros a caminho da Terra. A primeira vez que transaram foi no capô do carro dela, um Camaro 1997 branco, estacionado em um milharal, em um dia atipicamente quente do fim de outubro. Eles voltavam de um show da banda Sleater-Kinney no *Theater of Living Arts*, Filadélfia. Ela conseguiu os ingressos pela loja. O sexo foi desajeitado e malfeito, mas eles estavam contagiados pela música e pela agitação da plateia, e o que faltava de traquejo sexual sobrava em paixão animal jovem e idiota. Sem contar que os dois acharam toda a experiência da transa hilária, e juntos decidiram que as pessoas que não conseguiam rir durante o ato sexual eram umas trouxas infelizes, resignadas, nas palavras dela, a uma "merda de existência banal". Ele disse que não tinha entendido, mas tinha gostado.

Dezesseis anos atrás:

Eles se casaram no corpo de bombeiros em Bensalem, Pensilvânia, na ponta sul do Condado de Bucks. Nenhum dos dois era religioso, então quem celebrou o casamento foi um juiz local, amigo do pai de Maddie, Denny. Não foi uma cerimônia grande, mas também não foi pequena — foi "na medida certa". Depois, Denny e Nate tiveram uma longa conversa sobre o futuro de Nate, e foi quando o pai dela disse a Nate para se mudar para a Filadélfia e entrar na polícia. Nate ficou de pensar no assunto. Naquela noite, ele e Maddie consumaram o matrimônio, por assim dizer, e, um mês depois, o teste de gravidez deu positivo. Era Oliver, em sua primeira manifestação como um pequenino sinal de adição.

Treze anos atrás:

Juntos, Nate e Maddie decidiram que ela estava traindo o marido emocionalmente com um homem que conhecera no coletivo de artistas de Fishtown, aonde ia para esculpir. O cara se chamava Bryce, e os dois tinham se trombado em um momento extremamente difícil e atroz na vida dela: Olly estava com 2 anos, naquela fase *tempestuosa* em que o bebê endemoniado e espertinho não sossega enquanto seu crânio macio não bate em todas as quinas possíveis. Para piorar tudo, Nate tinha aceitado turnos extras para complementar a renda e cobrir um buraco no orçamento familiar. Bryan e Maddie nunca tinham se beijado, definitivamente não tinham transado, mas passavam cada vez mais tempo juntos, viviam abraçados, fazendo massagens nas costas e chorando um no ombro do outro. Até que um dia ela soube que *tinha* que contar a Nate. Ela confessou.

Nate acendeu como uma árvore de Natal pegando fogo após um curto-circuito em um pisca-pisca. Ele se enfureceu instantaneamente, fechou a mão e socou o gesso da parede do apartamento. Ela disse que aquilo era uma forma de agressão, e ele explicou que não estava bravo com ela, mas bravo com si próprio, e envergonhado, e queria bater em si mesmo, machucar a própria mão, não machucar Maddie. Ela respondeu que, de qualquer modo, se ele fizesse aquilo mais uma vez, ela daria o fora com Oliver e, no dia seguinte, já estaria do outro lado do país, enquanto ele poderia ir se danar. Ela consertou a parede. Ele nunca mais fez aquilo.

Dez anos atrás:

O pai de Nate, Carl, apareceu à porta deles. Nate não sabia como o velho tinha achado o endereço. Talvez procurando na internet ou enganando alguém na delegacia. Eles nunca descobriram. Ele deu as caras na porta, bêbado como um gambá afogado no balde do próprio mijo (como dizia o pai de Maddie). Maddie não conhecia Carl, e não seria agora que o conheceria — Nate disse que cuidaria da situação. Em seguida, pôs o coldre, guardou o revólver de serviço ali e foi saindo pela porta. Maddie, incrédula na época, perguntou se aquilo era mesmo necessário. Nate só disse que sim. E saiu. Ela ouviu os dois gritando. Nate, principalmente. Depois, alguém chorando: Carl, o velho. Uma garrafa quebrou. Nate entrou, batendo a porta. Ela viu que o revólver estava fora do coldre, na mão dele. Oliver estava lá em cima, ainda bem, e não viu nada. Ela perguntou se estava tudo bem, e ele disse que sim, que era para não se preocupar, pois eles nunca mais ouviriam falar do velho.

Cinco anos atrás:

Oliver, com 10 anos, tinha criado o costume de dar dinheiro ou comida para as pessoas sem-teto que via na rua — o que não faltava na Filadélfia. Meia dúzia na ida para a escola, e mesma meia dúzia na volta, além dos outros que encontravam quando iam a pé a qualquer lugar. A maioria era legal, alguns pareciam um pouco fora de si, e um pequeno número deles era de pessoas transtornadas — um homem que, por exemplo, sempre tirava as calças e defecava ou se masturbava (nunca os dois ao mesmo tempo) e depois caía em cima dos resíduos. Oliver nunca lhe dava dinheiro, mas sempre tentava deixar comida — um pacote de Oreo ou de batata frita que não tinha comido no lanche da escola.

Um dia, Oliver viu uma pessoa desconhecida, um homem branco sem-teto, que usava uma camiseta branca ensopada de suor e uma calça moletom folgada, tinha a barba e o cabelo compridos, estava ensebado. Oliver não quis dar dinheiro a ele e não quis se aproximar. Quando Maddie perguntou o porquê, ele explicou:

— Sei lá. Ele está muito bravo. Nunca vi ninguém bravo assim.

Maddie não entendeu — o homem só estava sentado ali, encarando o próprio colo. Porém, mais tarde, Nate voltou para casa e contou que alguém tinha sido esfaqueado. Uma pessoa tinha tentado dar dinheiro para um sem-teto, e o homem acabou retribuindo com 37 facadas antes de a polícia aparecer e atirar nele. Era aquele mesmo homem. Naquela noite, Maddie disse a Nate:

— Oliver é especial, sabia?

Nate disse que sim. E ela completou:

— Não, especial *de verdade*.

O LIVRO DOS ACIDENTES **267**

Eles nunca descobriram nem como nem por quê. Era o que era. E, mesmo sem nenhuma evidência por trás daquilo, sempre encararam como um fato que Oliver era diferente dos demais. Maddie nunca contou a Oliver sobre o crime.

Agora:

Mais uma vez, Nate colocava o coldre. Maddie deu uma olhada.

— Tem certeza de que precisa disso? — perguntou, subitamente preocupada.

Mas o sorriso dele era verdadeiro — o que deu a ela um pouco de conforto.

— Não — respondeu. — Acho que não preciso. Mas, depois de tudo, não tenho intenção de sair por aí desarmado.

— Está certo.

— Alguma notícia de Olly?

— Sim. O carinha ainda está com Caleb. Disse que volta logo.

— Bacana.

Nate pôs o casaco e um par de luvas. O frio da noite da tempestade nunca mais tinha ido embora. Era um frio mais profundo e penetrante do que estavam acostumados naquela época do ano, a algumas semanas do Dia de Ação de Graças. Ele colocou a arma no coldre e o fechou.

Por um instante, ela ficou ali parada, admirando o marido. Ele era bonito. Ombros eretos. Barba um pouco comprida, o cabelo também, o que lhe conferia um aspecto meio bruto — a beleza de uma árvore, e não a de uma tábua bem serrada. Todas aquelas fendas e fissuras, a textura e a topografia da casca da árvore, os nós da madeira, as linhas imperfeitas. Cru, sem polimento e incrivelmente irregular. Aquele era Nate. *Seu* Nate.

— Você vai ficar bem? — perguntou ela.

— É claro.

— Você confia em Jed, né?

— Bem. — Nate riu. — Não sei se confio que ele esteja realmente certo a respeito disso tudo, mas acredito que ele pense dessa forma. — Por um momento, ele se perdeu em pensamentos. — Gosto dele. Ele passou por poucas e boas, eu acho, embora não saiba dos detalhes. Acho que ele dominou alguns de seus demônios, outros não.

— Todo mundo passa por poucas e boas — disse ela.

Mas então considerou: será que as dificuldades dela eram só as dificuldades dos outros? O fardo dela era o fardo de todo mundo? Talvez ela fosse assim. E não sabia se isso era bom ou ruim ou o quê.

— Talvez. Só sei que tem alguma coisa sobre ele.

— Ele é charmoso pra cacete.

— Charmoso *pra cacete*. — Nate agitou as sobrancelhas. — Não me venha com ideias. Nada de malícia para cima de Jed, Mads. Sei que ele é um *escritor* refinado e tudo o mais...

— Tudo bem, faz parte do meu código de honra pessoal nunca transar com ninguém chamado Jed. Ou qualquer nome que rime com Jed. Ned, Ed.

— Ted.

— Ai, Deus! — Ela fingiu estremecer. — *Ted*.

— Aquele cara de *Pulp Fiction*? Zed?

— Com certeza Zed não. Embora...

— Ah, não. Lá vem.

— Red. Eu transaria com um cara chamado Red.

Ele deu um sorriso malicioso.

— Sua cretina.

— *Você* é o cretino.

Ela ajudou a fechar o zíper do casaco dele e o puxou pelo colarinho para um beijo. Um beijo longo, intenso e apaixonado.

— Fica bem. Vê se arranja umas respostas. Amo você.

— Também amo você.

Nate saiu pela porta, por *essa* porta, pela última vez.

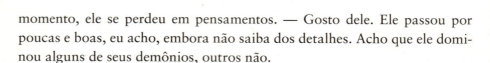

45
RAMBLE ROCKS

O campo de pedras de Ramble Rocks não ocupava o parque inteiro — ficava bem no meio da área. Havia centenas ali, Nate reparou. Talvez milhares. Algumas eram cinza como sílex, outras, com um tom preto-azulado. Elas se partiam em ângulos estranhos e revelavam bordas afiadas, como uma boca cheia de dentes estragados.

Enquanto Nate observava o campo de pedras diante de si, tentou imaginar Reese ali. Sequestrando garotinhas do túnel ou do bosque ou das redondezas da escola. Levando-as primeiro para sua casa, onde rasgava um número na bochecha de cada uma. Depois, em algum momento, trazendo-as até aqui, até este lugar. Onde as eviscerava sobre uma pedra.

Teve um vislumbre da garota com o número 37 talhado na bochecha. Quem era ela? De onde tinha vindo? E para onde tinha *ido*? Será que ainda estava viva? Ou Reese — se é que aquele era mesmo Reese, sabe-se lá como — já tinha matado a menina?

— Aqui, lá na frente. — Jed apontou com a luz da lanterna para as pedras. — O bosque acabou. Vamos entrar no campo de pedras, mas acho que é melhor ir pelas beiradas, por fora.

— É mais rápido cortar caminho pelo meio.

— É mais difícil de andar. Rochas afiadas na escuridão, Nate.

— Temos lanternas. Vamos ficar bem.

Jed assentiu com a cabeça.

— Você é guarda-florestal. Confio em seu julgamento.

— Sou mais um cara da cidade grande. Natureza não é muito comigo. Isso é mais uma questão de conveniência e impaciência do que qualquer outra coisa. Mas tenho que perguntar, Jed. Que diabos estamos fazendo aqui? O que estamos procurando?

O homem hesitou. Gaguejou um pouco ao responder.

— Não sei ao certo. Como disse antes, essa é uma região energética. Se for pra ver ou sentir algo, bem, tem que ser em Ramble Rocks. Penso que temos que ir até o túnel. Sempre há histórias estranhas sobre pessoas que viram coisa ali. Mas toda essa área, principalmente a parte do caos granítico, é o território onde Reese caçou *e* matou. A garota que você viu, se ela estiver morta, ela está aqui. E, se Reese estiver de volta... — Ele suspirou. — Então ele está aqui também.

— Tá bom — respondeu Nate. — Vamos em frente.

E seguiram pelas rochas.

A Lua brilhava, enorme, sobre as rochas escarpadas. Exibia-se no céu, cheia, grávida de luz, iluminando o caminho. Porém, isso não facilitou seu trajeto através das pedras.

Nate estivera ali na infância, mas não tinha voltado lá desde então. Ele tinha se esquecido de como o lugar *era* tão cheio de rochas duras e pontiagudas. Algumas pedras eram tão próximas que mal sobrava espaço entre elas, então era preciso escalá-las. E foi isso que eles fizeram. Sempre em frente e acima. Os pés plantados em rochas íngremes, levando-os adiante em meio ao campo assimétrico e irregular. Como Jed temia, não era moleza.

— Desculpe — disse Nate. — Devíamos ter ido por fora.

Atrás dele, Jed grunhiu.

— Estamos aqui agora.

— Pois é. Acho que já estamos perto da metade e...

Seu pé pousou em uma rocha lisa, coberta de musgo. Ele escorregou, torcendo o tornozelo, e sentiu um estalo subir pela panturrilha, como uma onda de choque. A Lua foi para um lado enquanto ele foi para o outro, tropeçando em direção às rochas, a lanterna girando na escuridão. Enquanto caía, tinha certeza de que a aterrissagem não seria nada boa. Não ali. Não no meio das pedras.

Contudo, antes da colisão... ele parou. Em um ângulo de 45 graus. Seus braços e ombros apertados dentro da roupa — e a mão de Jed segurando-o pela ponta do casacão.

— Peguei você — disse Jed, rosnando. — Tudo bem?

— Você me salvou de quebrar a cara — respondeu Nate.

Porém, quando tentou dar um passo para sair da rocha, sentiu uma dor aguda renascer no calcanhar. Seu tendão de Aquiles parecia estar em chamas.

— Ah, inferno!

Com cuidado, sentou-se para ver o pé.

— Oh-oh — disse Jed. — Isso não é bom.

Jed jogou a luz da lanterna em Nate, que massageava o tornozelo por baixo da bota.

— Acho que está tudo bem. Não quebrou, pelo menos. Só me dê um minutinho.

— Claro, com certeza, claro.

Ali, no breu, sob o luar, Jed ia e vinha no pequeno espaço que tinha disponível. Subia algumas pedras, descia, subia de novo, sem parar. Nate o observou com a testa franzida.

— Você parece nervoso — disse.

— Não, tô bem.

— Não, não tá. Tô vendo que tem algo errado.

Jed pareceu evasivo, mordeu o lábio e, finalmente, se abriu como uma cadeira de praia.

— Só tô ansioso com o que vamos descobrir. Eu... eu tinha uma visão de mundo, Nate. Uma ideia de como as coisas funcionavam. E agora não tenho mais certeza.

— É só isso?

— É só isso.

Nate teve que se contentar com aquilo. Não conhecia suficientemente o vizinho para saber se estava mentindo. Gostava de Jed, e o sujeito parecia dar muita importância a essa tal de *visão de mundo* de que falava. Fazia sentido que ficasse meio fora do eixo por conta de tudo que estava acontecendo.

Porém, pensou uma voz baixinha dentro de Nate, *ele não deveria estar empolgado também*? Receou que tivesse muito mais a escavar naquele terreno obscuro que era seu vizinho, mas agora não era o melhor momento.

— Só vou pegar minha lanterna — disse Nate, pisando com cuidado.

Recuou e saiu mancando pelo campo de rochas, com um arrependimento enorme por não ter seguido a sugestão de Jed ou, melhor ainda, por não ter ficado em casa, largado na poltrona, cerveja na mão. Conforme avançava, viu a lanterna a uns 3 metros de distância, ainda ligada, por sorte, o que significava que estava inteira, apesar de ter batido nas pedras.

Seus olhos seguiram o facho de luz. Então, Nate se deteve. O que a luz revelava tirou-lhe o fôlego. Um som diminuto saiu de dentro dele, um som de horror e estranheza, de mágoa antecipada. Jed perguntou se estava tudo certo.

— Conheço aquela pedra — falou em voz baixa. — Já a vi antes.

46

A MESA DE PEDRA

O sonho voltou à memória com a força de uma enxurrada súbita: ele batendo no filho, o tiro, o garoto caindo de costas na pedra. Uma pedra em forma de mesa. Uma pedra que via, nesse momento, na vida real.

Percebeu que aquele sonho tinha acontecido ali, no campo granítico de Ramble Rocks — embora houvesse algumas diferenças. No sonho, as rochas eram arredondadas, não pontudas. Mas essa pedra em forma de mesa? Era a mesma aqui e no sonho. Nate pegou a lanterna e passou o facho de luz pela superfície elevada, encontrando os sulcos que serpenteavam a partir do centro da pedra. Os sulcos que, no sonho, tinham levado rios de sangue de seu filho.

Ele devia ter essa imagem guardada no subconsciente, de alguma forma, e o sonho despertou aquilo, como os sonhos sempre fazem — sugam o caldo de memórias antigas, como um pano de prato, depois torcem o líquido de novo na mente adormecida. Só podia ser uma imagem de uma memória anterior. Não é?

Foi ali que Edmund Reese matara as garotinhas? Imaginou que sim. Lá no fundo, já sabia. Então o sonho guiou Nate até ali? Ou aquilo tinha sido mais que um sonho? Um presságio? Um aviso?

— Você tá bem? — perguntou Jed.

— Claro — respondeu Nate.

Era sua vez de mentir. Ah, dane-se. Estava cansado de mentir. Disse, então:

— Pra falar a verdade, Jed, não, não tô bem. Parece que, aos poucos, tudo está ruindo. E essa... essa pedra aqui, a que parece uma mesa. Tive um sonho com ela há algumas semanas. Um sonho em que meu filho morria.

Jed ficou calado.

— Certeza que não é nada — acrescentou Nate, por fim.

— Não sei o que é nada e o que é alguma coisa — disse Jed, com a voz mudada.

Falou com suavidade e tristeza. Também tinha uma rouquidão em sua voz, como se tentasse conter algo. Lágrimas, talvez. Lágrimas que se juntavam em uma onda nascente de tristeza profunda, e Nate não entendia, não conseguia entender.

— O que sei, Nate, é que a vida é estranha. É cheia de erros e arrependimentos, e a nossa cabeça é muito boa em reviver tudo isso nos piores momentos, quando estamos mais vulneráveis. Como nos sonhos. Acho que o melhor que podemos fazer é descobrir como seguir em frente. Como corrigir os erros que cometemos para encontrarmos um pouco de paz. E dar paz a quem machucamos. Ou é assim que gosto de pensar.

— Faz sentido pra mim.

— Que bom que você concorda. Significa que devemos continuar andando. Se você estiver bem pra andar, claro.

— Estou.

— Então vamos em frente.

E foram em frente.

47

A VERDADEIRA ESCURIDÃO

Levou um tempo para os dois saírem mancando do campo de pedras, mas, quando conseguiram, encontraram uma trilha em uma das extremidades. A trilha os levou através de um bosque de bétulas que se abria para um caminho pavimentado.

Mais à frente, esperava o túnel de trem antigo. Sob os raios do luar, o túnel parecia não ter fim — um portal, não para o outro lado do parque, mas para algo além. Uma caminhada infinita em meio à escuridão, rumo a lugar nenhum.

Um grito estridente vindo das árvores cortou o ar. Era como um grito de mulher, mas, ao mesmo tempo, não era totalmente humano. Um uivo de uma dor nua e crua. Foi um som curto e afiado contra a escuridão da noite. Jed se assustou, e Nate sentiu o próprio coração pular. Ergueu uma mão.

— Está tudo bem — disse Nate. — Acho que foi só uma raposa.

— Não é possível!

— Pois é. Um som horrível, eu sei. Muitos animais fazem sons terríveis à noite. Raposas, coelhos, doninhas.

— A natureza é grandiosa — resmungou Jed, de cara fechada.

Nate quase riu. Era um momento de leveza — tão necessário antes de mergulharem na escuridão do túnel. Pois lá estava ele, erguendo-se, ameaçador, diante de ambos. Outra vez, a boca: ali, pronta para engoli-los inteiros.

— Jonas e a baleia — falou Jed, obviamente pensando a mesma coisa.

Nate encarou aquele negrume singular. Uma parte dele esperava ver um brilho de luz — um trem fantasma guiado por seu condutor sem cabeça. No entanto, nenhuma luz interrompeu a escuridão.

— Tem certeza que não dá pra fazer isso de dia? — perguntou Nate.

— Dizem que a noite é o momento em que o véu que separa os mundos fica mais tênue, Nate. Além disso, não é uma boa ideia que outras pessoas vejam você inspecionando o túnel atrás de um bicho-papão. Sendo guarda-florestal e tudo o mais.

— É, você tem razão.

— Então, cá estamos, Nate. — Jed fez um aceno repentino com as mãos, como se tentasse alertar um motorista que a ponte à frente tinha ruído. — Vamos embora. É. É isso. Nate, acho que deveríamos dar meia-volta e ir pra casa. Eu… não estou gostando nada disso. Mudei de ideia. Vamos.

Ele tentou puxar Nate de volta para o caminho de onde vieram.

— Opa, espera aí. Não, estamos aqui. Já chegamos muito longe.

— Nate…

— Não. Se você diz que esse túnel é, sei lá, um lugar importante, no sentido sobrenatural… Deus, nem acredito que estou usando essas palavras … então cabe a nós entrar lá e ver o que tiver pra ser visto.

Jed concordou com a cabeça, sorrindo com tristeza.

— Está bem, Nate. Ok. Se você diz. Só saiba que eu sinto muito.

— Sente muito por quê?

Jed ficou quieto por um tempo. Como se refletisse sobre o que dizer a seguir.

— Sinto muito por tudo que está acontecendo. Você veio pra cá, se mudou com sua família incrível, e agora… isso. Eu só sinto muito, é tudo.

— Ei, não é sua culpa, Jed. Vamos. Vamos entrar no túnel.

A escuridão era absoluta e verdadeira — era mais como um objeto concreto, com peso e presença, do que um espaço que a luz não alcançava. Não bastava apenas caminhar através do túnel — parecia necessário *empurrá-lo*, abrir caminho no breu, para Nate se *impulsionar* para a frente, um passo por vez. O escuro era tão opressivo que parecia engolir o facho de luz da lanterna. Nate se lembrou da travessia na tempestade — o escuro também parecia trabalhar contra ele.

A cada passo, sua preocupação crescia. A ansiedade escarafunchava sua cabeça como se alguém tivesse esvaziado uma caixa de ratazanas famintas dentro de seu crânio. *Dê meia-volta*, ele pensou. *Vá pra casa. Jed estava certo. Não precisamos fazer isso.*

A náusea revirava seu estômago. Sentia a pele dormente: quente, fria e espetada por milhares de agulhas invisíveis. Não sabia ao certo se estava respirando direito, e, só de pensar nisso, sentiu que respirar tinha se tornado ainda mais difícil. Um cheiro atingiu-o em cheio: o odor rançoso de algo morto. Ele agitou a lanterna por todos os lados, tentando localizar de onde vinha o fedor. Nada. Seguiu em frente. Cada vez mais para o fundo.

Ao longo do percurso, tentava imaginar o que veriam ali. O que era aquilo, aliás? Algo estava errado. Isso conseguia perceber. Aquele lugar *era mesmo* um ponto fraco. Ele sentia a fragilidade, como se a realidade aqui tivesse a consistência e a rigidez de um lenço de papel vagabundo. Como se pudesse esticar a mão, arrancar a casca de uma ferida e assistir o mundo sangrar. Até o chão, embora fosse de asfalto, parecia estranhamente... mole. Quase esponjoso sob seus pés.

— Jed? — perguntou. — Está sentindo isso?

Mas não obteve resposta.

— Ei, amigão — repetiu, balançando a lanterna atrás de si.

Descobriu que Jed não o acompanhava. Porém, de volta à entrada, emoldurada pelo luar e encarando a escuridão, havia uma silhueta. De ombros caídos. Queixo afundado no peito. Os pelos na nuca de Nate eriçaram. Algo *estava* errado.

— Jed — chamou, desta vez mais impositivo.

Virou-se totalmente e começou a voltar para a entrada. A silhueta na boca do túnel ergueu um braço. Nate ouviu o clique inconfundível de uma arma sendo engatilhada. O som ecoou no túnel, pelas pedras. *Cla-click.*

— Preciso que você fique aí, Nate — grasnou Jed. Sua voz tremia de medo, ou arrependimento, ou talvez ambos. — Não dê nem mais um passo. Ou vou atirar. Vou mesmo, eu juro.

— Jed, abaixe a arma, por favor.

— Não posso, Nate. Não posso.

Nate ergueu os braços, rendido, e desligou a lanterna (era melhor não ser um alvo fácil).

— Quer me dizer o que está acontecendo? Sei que as coisas andam meio estranhas ultimamente, mas estou pronto pra ouvir, se você quiser conversar.

Nate estava sendo sincero. Mas também estava bolando um plano. Tinha uma arma no coldre. Não era rápido o bastante para vencer algum tipo de disputa de caubóis — *Empate, parceiro*, disse seu cérebro, tentando ser engraçado — mas, e se ele fizesse um movimento em falso, no escuro, e se agachasse? Jed não conseguiria detectá-lo. Talvez. *Talvez*. Oh, Deus! No entanto, era um risco. Talvez ganhasse tempo para sacar a arma. Ou talvez tomasse um tiro. Quem sabe atingisse Jed antes de ser atingido.

— Mais uma vez, sinto muito. Sinto muito, muito mesmo, Nate — disse Jed.

— Não precisa *sentir muito* — respondeu Nate, tentando disfarçar a raiva. — Só abaixa a merda da arma.

— Mitzi e Zelda precisam de mim.

Aqueles eram os nomes da esposa e da filha de Jed, não eram? Do que ele estava falando?

— Elas precisam de mim, Nate e… eu as quero de volta. Esse é o único jeito.

Lentamente, Nate deslizou a mão até o coldre, com o polegar em riste, pronto para desabotoá-lo. Não parou de falar enquanto fazia o movimento, na tentativa de distrair Jed.

— Isso não faz nenhum sentido, Jed. Tenho certeza de que apontar uma *arma* para uma pessoa não é a maneira de tê-las de volta. Não é assim que elas vão voltar.

Uma risada fria e brutal saiu de Jed.

— Você não sabe de nada, Nate. Você não tem ideia. Minha esposa e minha menina, as duas estão mortas. Eu as matei. Não *assim*. Não foi assassinato, não sou esse tipo de homem, apesar do que você possa estar pensando de mim agora. Mas elas estavam no carro comigo uma noite. E eu tinha... tinha bebido um pouco demais, entende, e... virei numa rua que não estava lá, e eu... — Ele fez um som animalesco. Um urro de dor de um urso lutando contra a armadilha presa na pata. — Nós batemos. Uma árvore, um... um galho atravessou o para-brisa. Matou minha esposa na hora. Quebrou seu pescoço. Depois o galho partiu, e o carro caiu num barranco, e minha filha... ficou tão ferida que entrou em coma. Levou duas semanas pra morrer, Nate. *Semanas*.

— Jed, sinto muito. Mas não sei como isso...

— E eu? — continuou. — Eu fiquei encolhido sob o painel do carro que nem um pedaço de lixo. Estava tão bêbado que, até o último minuto, nem percebi que sofremos um acidente. Eu as matei, Nate. Fui eu.

— Não matou. Foi um acidente.

Para mascarar o som, Nate forçou um pigarro ao desabotoar o coldre, encontrando o metal frio e pesado do revólver.

— Nada que você faça as trará de volta, Jed. Você sabe disso.

Outra risada.

— *Au contraire, mon frère*. É exatamente isso, Nate. Esse aqui é o meu caminho de volta. Isso faz parte do meu recomeço.

Recomeço? O homem tinha perdido completamente a noção da realidade. Só podia ser. Algo dentro dele havia torcido e depois quebrado. Nate tensionou os músculos — cada um deles parecia uma mola pronta para saltar.

— Nate, você tá muito quieto por aí...

Anda. Ele abaixou o corpo, indo para a direita. Ergueu sua mão segurando a arma, destravada e engatilhada e... Algo o atingiu por trás, empurrando-o para a frente. Centelhas e faíscas acenderam a escuridão por trás de seus olhos. Sua testa encontrou o asfalto. A arma escapou de sua mão, caindo longe. Os curativos em volta de sua cabeça se soltaram, e tudo doeu. Ele levantou a cabeça, o sangue escorrendo pelo nariz — *os pontos abriram, porcaria*, e a nuca latejando com o golpe que tinha levado de alguma coisa.

— Humm — disse, inutilmente tentando formar palavras.

Nate rolou no chão. Havia alguém parado, olhando-o de cima. Não, não era Jed. Era outra pessoa. Alguém que ele reconhecia.

— Você — conseguiu dizer.

— Oi, *Nate* — falou Jake.

No escuro, seu olho esquerdo quase brilhava com uma luz opalescente. Tinha um bastão de beisebol na mão, que girava em um movimento performático.

— Sinto muito por tudo isso. Ah, espera aí, a quem estou tentando enganar? Não sinto nada. Nem um pouquinho, seu merda.

Ele moveu o bastão para atacar novamente. Nate ergueu o braço para proteger o rosto e foi atingido. A dor pulsou em seu braço. Ele berrou e tentou fugir, mas Jake agarrou seu calcanhar e o arrastou de volta. Nate deu um chute na barriga do garoto, e Jake cambaleou, afastando-se um pouco.

— Que porra é essa? — O sangue de Nate ferveu. — O que você quer comigo?

— *Quero* você fora do meu caminho. Preciso disso. Tenho um trabalho a fazer.

— Trabalho? Vá se foder com essa história de trabalho. Quem é você? *Quem é você?* Eu te conheço — disse Nate, apontando o dedo em meio à escuridão para aquele olho reluzente, o olho que agora emanava uma luz branca e leitosa. Havia algo de familiar naquela voz. — Quem é você, cacete?

Novamente, o olho acendeu. Os dentes também: brilhavam, brancos.

— Não está me reconhecendo, *papai?*

Jake abriu os braços em cruz, como se dissesse: "*Eis-me aqui, olhe pra mim!*" Embora houvesse pouco para ver naquele breu, além das formas, das sombras e do brilho daquele olho insano.

— Você não é meu filho — rebateu Nate, mas então entendeu.

Percebeu *por que* Jake era tão familiar. Ele se parecia com Oliver. Uma versão mais magra, embrutecida, com feitio selvagem — uma versão famélica, azeda, imunda, mas, ainda assim, uma versão dele. Mais velha, maltratada pela vida. Porém, inegavelmente, Oliver.

— Sou uma versão dele. E ele é uma versão minha.

— Ele não tem nada a ver com você. Ele é um bom menino.

Jake balançou a cabeça.

— Eu sei. Esse é o *problema*, papai. Você é o único bom pai entre os 99. O único que acertou, que criou um bom filho em uma família boa e... — Jake rugiu de ódio, batendo o bastão no chão sem parar. — E eu não posso com isso. O garoto acredita em você. Você é uma *fonte* pra ele. É de você que eu temo que ele beba e beba e beba. Você o fortalece. E eu não posso...

Nate deu uma guinada para a frente, tentando apanhar o bastão. Porém, seu braço estava pesado. Pesado demais, *impossivelmente* pesado. Mal conseguia erguê-lo. Grunhiu, com os olhos cheios de lágrimas, enquanto tentava mexer o braço, mas ele não saía do lugar. Sua perna também não se movia. Ele torceu o corpo, tentando se movimentar. Estava paralisado. O chão tinha voltado a amolecer e agora o puxava para baixo. Como uma lama pesada e espessa. *Isso não faz sentido. É um pesadelo — é só um sonho ruim.*

— Aqui é mais fino, como Jed diz — falou Jake. — Tão fino que posso te empurrar pro outro lado. Para o lado de onde eu vim. Para o que deixei pra trás.

Nate chamou Jed aos berros. Jake disse:

— Ah, Jed não vai salvar você. Ele está do meu lado, Nate. Tenho um belo de um time. Pessoas que sabem o que está em jogo, que não têm mais nada a perder. Agora, Olly vai perder alguém muito importante pra ele. E vai estar disposto a fazer qualquer coisa, *qualquer coisa mesmo*, pra trazer você de volta.

Nate chorou. Seu braço agora afundava até o cotovelo. Suas pernas, até os joelhos. E submergia mais e mais e mais.

— Eu vou matar você! — vociferou. — Vou encontrar você e matar você. Deixe meu filho em paz. Deixe minha família em paz.

— Não posso, *papai*.

Enquanto Nate afundava, Jake ajoelhou-se ao seu lado. Fez um gesto espalhafatoso com o pulso, e o bastão *desapareceu* de repente, como se nunca tivesse existido antes. O garoto se aproximou e pegou o rosto de Nate com as duas mãos, mesmo com o asfalto subindo por seu peito, rastejando até seus ombros, sugando-o como um glutão que arranca um pedaço de carne macia do osso. Abaixado ali, Jake disse:

— Eu mataria você, velho, mas aí deixaria um corpo pra ser encontrado. Além disso, você não vai durar muito no lugar pra onde está indo. Aproveite os mundos arruinados, Nate. Aproveite os destroços que deixei pra você.

INTERLÚDIO
O MENINO QUE SOBREVIVEU

O menino acordou engasgado. Abriu os olhos em uma escuridão tão perfeita que não percebeu diferença nenhuma entre estar com eles abertos ou fechados. Soltou um grito. Chamou por alguém. Qualquer pessoa (qualquer um, exceto seu pai, é claro. Estar sozinho no escuro era melhor do que estar com ele, para todo o sempre, amém).

O chão sob seus pés era duro e seco, embora suas mãos estivessem... úmidas. Pegajosas, grudentas, até mesmo ásperas, com a sensação de areia molhada de mar. Esfregou os dedos, que se rasparam e estalaram como cereal pipocando no leite. Então se lembrou: tinha caído numa poça de resíduo de carvão, uma poça que o engolira como areia movediça, que o agarrara como um torno e o privara de luz e de ar.

Ele tinha *tanta* certeza de que morreria... Mas aquilo o levara até ali. Tocou o rosto e encontrou as bochechas, sujas com a substância. Esfregou os braços, o cabelo, sacudiu a sujeira das roupas. O menino levantou. A única luz que enxergou veio de trás de seus olhos, quando bateu a cabeça nas pedras. Ele gritou e se encolheu em posição fetal. Um fio de sangue escorreu da parte de cima de sua cabeça, atravessando a testa e caindo pelo nariz. O menino voltou a chorar. Como se conter? Ele sabia onde devia estar agora: lá embaixo, na mina de carvão, um lugar onde a luz não chegava, nem poderia chegar. Um lugar cheio de túneis. Um *labirinto* no breu.

Seria melhor se tivesse morrido, pensou. Mas então, o desafio: *não*. Ele estava vivo! Tinha fugido do monstro, tinha sido devorado pela terra faminta, mas tinha *sobrevivido*. Aquilo tinha que significar alguma coisa. O garoto era leitor. Um leitor de fantasia e terror e sabia, pelos livros, que os personagens tinham um destino. Eles *suportavam* coisas grandiosas e terríveis, coisas que não os matavam, mas os marcavam e mudavam para sempre. Um herói, um escolhido, sobrevivendo para conquistar seu destino. Matando vilões pelo caminho.

Agora o vilão não era mais seu monstruoso pai. Era uma escuridão insuportável, um labirinto infinito. Porém, ele se consolou dizendo para si mesmo que aquela era só a voz do medo. Os túneis da mina não poderiam seguir para sempre. Talvez ele já estivesse perto da superfície. Na verdade, *tinha* que estar, não? Tudo bem que tinha afundado no resíduo de carvão, mas não tinha sido uma camada tão grande a ponto de sufocá-lo. Então deveria estar a apenas 3 metros abaixo do chão, no máximo? Ele conseguiria encontrar a saída. Mataria esse dragão. Estava certo disso.

Tentou se lembrar: o que você costumava fazer para resolver um labirinto? Tinha um truque, não tinha? *Siga a parede à direita*. Escolha a parede à direita e continue por ali. Se acabar em um canto sem saída, mantenha-se à direita e volte atrás. Dessa forma, o labirinto vira uma linha reta — ou seria um círculo? E aí você encontra a saída.

Foi o que resolveu fazer. *Siga a parede à direita*. Mais uma vez, levantou-se, tateando a parede com uma mão e o teto pedregoso do túnel com a outra, para não bater a cabeça de novo. Sentindo a rocha fria e molhada, começou a andar devagar, mas cheio de propósito e esperança no coração.

Deu um passo à frente. Seu pé encontrou a borda de algo. O ar fugiu de seus pulmões quando caiu em cima daquela coisa. Bateu a região das costelas, e a dor chicoteou seu flanco. Receou ter quebrado a costela. Encostou a mão ali, e a dor se renovou em uma facada lancinante.

Fazendo um grande esforço para não voltar a chorar, esticou-se e tateou o objeto sobre o qual tinha caído, descobrindo uma superfície longa, fria e contínua. Continuou tateando, mas aquilo não tinha fim. Metal, pensou, mas descascando, talvez por causa da ferrugem. Ah. *Ah*. Espichou mais o corpo e encontrou outra protuberância de metal, paralela à primeira. Um trilho, *dois* trilhos. E, entre eles, ao espanar a poeira e a sujeira, descobriu tábuas de madeira. Parecia uma estrada de ferro. Uma ferrovia. Mas não para um trem. Para um vagão de minérios. Vagões de minério!

A esperança se renovou em sua mente ao pensar que aquele era o caminho para a saída, *aquele* era o caminho para a liberdade. Outra vez se levantou e outra vez continuou se embrenhando no escuro, guiando-se pelos trilhos.

Mas a escuridão era terrível. Era faminta, devorava o tempo como um porco glutão atacando a lavagem na tina. Ela sorvia toda a noção de passagem temporal e de localização. O pesar e o desespero ameaçavam engoli-lo. Estava perdido no breu e nunca conseguiria achar a saída.

Sentiu-se desconectado do mundo, quase como se flutuasse no espaço. Era mais difícil do que supunha, aquilo de seguir os trilhos no escuro. O garoto tinha que fazer várias pausas, agachando-se para tatear os trilhos, o que lhe causava muita dor e roubava seu fôlego.

Enquanto avançava através da escuridão impenetrável, sua mente continuava retornando para o motivo de ele ter fugido inicialmente. E, todas as vezes, ele apertava os dentes e redobrava o esforço, concentrando-se na costela dolorida. Deixou aquela dor crescer e reverberar, como a supernova de um sol, para extinguir as sombras que obscureciam sua memória. *Não*, disse ao espectro de seu pai que pairava no fundo de seu crânio, *não vou pensar em você. Não vou, de jeito nenhum. Você morreu para mim. Vou arrancar você de mim, queimar sua imagem da minha memória.* Um fogo na casa da infância, que destruiria todas as fotos e lembranças de família.

Porém, o foco na dor tinha uma desvantagem. O menino teve que parar. Sua respiração saía em uma vibração arquejante. Ele engasgou e se ajoelhou. Quanto tempo ficou ali sentado, não sabia. Não havia vento nem som, além do ocasional gotejar vindo dos túneis lá embaixo. O silêncio era total e o envolvia como um manto negro.

De repente, um ruído. Teve certeza de ouvir passos, provindos da direção de onde ele veio. Eles eram lentos, mas persistentes, como se alguém também estivesse tateando o caminho pelo escuro. O som veio acompanhado por um odor... Ele não tinha percebido antes, mas os túneis exalavam um fedor forte de minério, de ar velho e estagnado. O ar dos túmulos. No entanto, agora um novo cheiro se impunha sobre o fedor mineral: um perfume. Um perfume familiar. Não se lembrava do nome, mas vinha em um frasco com um barco vermelho estampado. Era a colônia que seu pai usava. *Old Sailor*. Era isso mesmo.

O velho costumava dizer: *"Meu pai usava, eu uso e agora você vai usar também."* Ele gostava de colocar perfume, com pequenos tapinhas, nas bochechas do menino, um gesto que antes selava um momento agradável compartilhado entre pai e filho, mas que logo se transformou, assim que o relacionamento deles azedou. O pai tinha essa exigência — onde quer que o menino estivesse de manhã, se o pai passasse perfume, ele tinha que receber a bênção do velho, os tapas na bochecha. Ainda pior e mais cruel, se o garoto sofresse um corte na mão ou no rosto —- ao brincar, como acontecia com qualquer menino —, o velho o convocava e jogava um pouco da colônia no ferimento, que ardia pra caramba. Seu pai ria. *Sem moleza*, dizia. *Além disso, é puro álcool. Antisséptico*. O cheiro da colônia quase, *por pouco*, disfarçava o fedor de álcool no hálito do pai. Uma voz chamou, ecoando do fundo do túnel.

— Moleque? Você está aqui embaixo?

Era seu pai. Ele estava *ali*. O velho riu. O menino choramingou baixo, sem querer. Fez os cálculos. Ele sabia que poderia ir ao encontro do pai. Talvez o desgraçado o ajudasse a sair daquele lugar, então ele fugiria de novo e não ficaria preso lá embaixo, no breu. Todas as células de seu corpo gemeram de pânico e dor.

Não vou voltar, decidiu. Levantou e se pôs a correr na mesma direção em que seguia antes, afastando-se do pai, afastando-se de sua voz e de seu *fedor...* Mas então, *bum*! Trombou em alguma coisa. Esticou a mão e tocou a parede à sua frente. Não, não era uma parede — era uma pilha de pedras. Os trilhos desapareciam sob ela. Um desmoronamento. O teto havia desabado, fechando o túnel.

— Não, não, por favor, Deus — lamuriou-se, as palavras se dissolvendo como papel na boca.

Ele soluçou, ainda tateando, esperando encontrar um caminho, um canto ou túnel pequeno cravado ali, em meio à rocha, mas não achou nada. Recostou o corpo na pedra, chorando, certo de que agora seu pai o encontraria e o levaria embora. Ele apanharia de novo, sua mãe também, e seu pai se embriagaria e o xingaria e o trancaria no quarto com os ratos subindo pelas paredes e pelo teto. Ratos que tinha que espantar com bolinhas de gude e livros. Enquanto chorava, ouviu um som muito próximo.

Algo arranhava a pedra. Subitamente, mãos emergiram da escuridão, apalpando-o, empurrando-o contra o chão. Ele gritou de raiva, de dor, de tristeza, sabendo que tinha sido encontrado, e, mesmo que fosse salvo, aquele seria seu fim.

Alguém disse:

— Quem é você? Você é real? Você está mesmo aqui?

Um par de mãos tateou seu rosto, passando pelo corte na cabeça. Ele berrou. As mãos sumiram do nada, com a mesma rapidez com que tinham surgido. Mas o garoto sabia que não estava mais sozinho. Conseguia *sentir* a presença da pessoa ao seu lado. A poucos metros de distância. Bufava ruidosa e avidamente. Fungando, o menino balbuciou:

— Quem-quem é v-você?

— Você é real! Você é de verdade, mesmo, meu Deus! Obrigado, Deus. Fui encontrado. *Fui encontrado.*

A voz era masculina, mas não era de seu pai. Nada disso, era alguém mais jovem. Uma voz mais jovem, porém extenuada. Como se ele gargarejasse seixos em uma garganta seca.

— Eu... eu não... eu...

A pessoa se aproximou. O menino soube não porque viu, mas porque ouviu os movimentos do homem em sua direção.

— Fiquei preso aqui por... Só Deus sabe por quanto tempo. Jesus. Nunca pensei que chegaria perto de outra pessoa de novo.

O garoto percebeu que o homem estava à beira das lágrimas. Sua voz oscilava, cada vez mais aguda.

— Pensei que fosse morrer aqui embaixo. Sozinho.

O menino não respondeu. O homem continuou.

— Mas agora podemos sair daqui. É só voltarmos por onde você veio e... estaremos livres. Obrigado. Você é uma criança? Você tem voz de criança.

— S-sou.

— Como você se chama?

— O... Oliver.

— Oi, Oliver. Meu nome é Eli, Eli Vassago.

— Oi.

O homem, Eli, chegou mais perto.

— Agora, vamos embora.

— Eu...

— O que foi?

— Pensei que a saída fosse por aqui.

Eli deu uma risada sombria.

— Aqui não é a saída, Oliver. Esse túnel desabou depois que eu passei e... Quer dizer, é só a gente voltar pra trás. Vamos pelo caminho por onde *você* veio. Isso deve funcionar, não tem por quê...

— Eu caí aqui.

Uma pausa.

— Você... caiu?

— Eu v-vim parar aqui através de uma... Ah, uma poça de resíduo de c-carvão.

— Não pode ser. É só uma lenda urbana. Sou pesquisador. Nunca ouvi falar disso aqui na Pensilvânia. Em Indiana, ok, sim, Indiana. Mas isso não é real, Oliver.

Isso não é real. O menino começou a chorar mais uma vez, pois aquilo era demais para ele. O homem ficou ali perto, calado, e, por fim, ofereceu a mão, o que fez Oliver engasgar, se contrair e se afastar. As lágrimas

O LIVRO DOS ACIDENTES **289**

chegaram e partiram como uma tempestade passageira. Quando essa tempestade cessou, o homem disse, com um ânimo nefasto:

— Acho que podemos fazer o seguinte, Oliver. Voltamos para o lugar de onde você veio e encontramos uma saída. Somos em dois, agora. Duas mentes brilhantes como as nossas? Não há nada que não possamos fazer. Que tal?

Oliver engoliu em seco. Ele concordou com a cabeça, mas, quando o homem repetiu a pergunta, lembrou-se de que Eli não conseguia *ver* o gesto. Então respondeu, em voz baixa (a que seu pai chamava de "voz de ratinho"):

— Ok.

Juntos, vagaram pela escuridão. Eli falava pelos cotovelos. O que Oliver descobriu sobre ele foi: tinha 32 anos, não era casado, mas tinha um relacionamento de idas e vindas com uma enfermeira que também era bombeira voluntária (*Ela é bem mais durona do que eu, vou te falar*, disse). Morava a uma hora de lá e tinha crescido nas redondezas de Scranton.

Hoje em dia, Eli trabalhava em um museu local em um distrito chamado Jim Thorpe, na Pensilvânia. Era um museu do carvão, em que Eli trabalhava como curador e arquivista, o que ele disse parecer mais importante do que de fato era, mas que, basicamente, mandava no lugar. Ele era formado em história, e seu trabalho no museu era entender a história do carvão e da mineração, principalmente naquela região da Pensilvânia. Ele tinha um interesse especial e se concentrava, segundo ele, nos *acidentes* ocorridos nas minas — explosões de gás e poeira, desabamentos e contratempos menores, dedos amputados ou pés quebrados sob as rodas dos vagões ou lesões causadas por ferramentas em más condições ou usadas da forma errada. Contou que um homem golpeou a parede com uma picareta cujo cabo estava podre. A ferramenta se soltou quando o cabo quebrou e atingiu-o no olho. Ele não morreu, mas perdeu o olho, e voltou a trabalhar três dias depois.

— Medonho, não? — disse Eli, com um tom indubitável de prazer macabro.

Então era "irônico", como Eli definiu, que ele tenha ido explorar uma mina nunca estudada antes — a Ramble Rocks, número oito — e tenha sido vítima de um acidente como aquele.

— Não estava bem ali quando o teto caiu — explicou. — Estava seguindo os trilhos do vagão de minérios e, quando me virei, senti o rumor, como um terremoto, e aí... *bum*! O chão tremeu, meus olhos e meu cabelo se encheram de poeira. Depois ficou tudo escuro. Totalmente escuro.

Totalmente escuro. Sem dúvidas o homem sabia que teria que trabalhar no escuro parcial, pelo menos, não?

— Você tinha que ter algum tipo de luz — interrompeu Oliver, de repente. — Uma lanterna ou algo assim, certo?

— Ah. — O sujeito fez uma pequena pausa. — Eu tinha, mas deixei cair quando o teto desabou. A lâmpada quebrou.

— A gente devia voltar. Ver se encontra a lanterna. Pra consertar.

— Não dá pra consertar, Oliver, confie em mim. De qualquer modo...

— E seu celular?

Eli o ignorou.

— A questão dos acidentes como o desabamento do teto é que eles, em geral, são o resultado de uma série de *pequenos erros*. É um efeito em cascata. Você sabe o que é isso? Todos os sistemas são complexos. A arquitetura da terra e da rocha é um sistema integrado de moléculas e cristais, todos se empurrando e se atraindo, mas acumulando pequenas falhas. Quando você cava um desses túneis, você *se intromete* na terra e acaba criando todos esses pontos de falha em potencial. Você instaura a fraqueza. E, com a fraqueza, as coisas quebram. Você sabe alguma coisa sobre entropia, Oliver?

— Não — respondeu Oliver, indiferente.

Ele não estava a fim de discutir esse assunto. Ele não estava *nem aí* para o que o homem falava. Só se importava em conseguir escapar daquele lugar. O sujeito continuou ininterruptamente sua exposição sobre entropia — como as coisas estão sempre tentando ruir ou *sei lá o quê* —, mas Oliver só conseguia pensar se ele ainda tinha um celular, se a voz que ouvira do pai tinha sido real e se acabariam trombando com ele em algum momento.

Com certeza seu pai tinha entrado ali de algum jeito. Será que eles conseguiriam encontrar a saída? Pensou em chamar o pai, mas mudou de ideia. Poderiam escapar por conta própria. Não precisava dele. Não o queria. Então, continuou andando em silêncio, procurando uma forma de sair dali.

O tempo se desenrolou novamente. Era como se realidade física desabasse sobre si mesma, muitas vezes dando em Oliver uma sensação esmagadora de claustrofobia. Outras vezes, a mina tornava-se apenas um nada muito extenso, mergulhado na mais profunda e espessa sombra. Tudo doía. As costelas latejavam, os ferimentos formavam cascas, e alguns até voltavam a abrir durante a caminhada. Encontraram um homem morto em um vagão, uma ossada embrulhada em roupas surradas. Tinha um buraco na cabeça, produzido por um objeto pontiagudo, pelo visto. Oliver chorou com a descoberta, e Eli apenas riu, como se fosse algum tipo de piada, mas Oliver não achou nem um pouco engraçado. Também não foi engraçado ver que os trilhos eram interrompidos logo depois do vagão. Eli riu daquilo também. Bateu na parede de pedra e falou:

— *Toc?*

Mas, quando Oliver abriu um berreiro, sem um pingo de vontade de entrar na brincadeira, Eli imitou a voz dele.

— *Quem é?* É o Carlão. *Que Carlão?* O primo do carvão.

Deu uma gargalhada e desapareceu na escuridão. Oliver não queria mais estar com esse homem, mas queria menos ainda ficar sozinho. Então foi atrás dele. Afinal, não tinha outra escolha.

Eles perambularam pelos túneis. Em uma direção, depois em outra. Ondas de pânico dominavam Oliver, subindo e descendo. Ele pensava: *esquecemos de seguir a parede à direita*. Sentia-se perdido e desesperançoso. Em seguida, a maré de pânico voltava a baixar, e Oliver se sentia como uma boneca largada na praia. Eli queria conversar, queria perguntar quem ele era, de onde vinha, como era a família dele, mas Oliver não queria dizer. Tinha medo. Então, ficou calado. Não disse nada. Só continuou andando, andando, andando.

Oliver estava com fome, mas não tinha comida. Eli disse que eles podiam beber a água que escorria pelas paredes, que vinha do solo acima deles, e foi o que fizeram. A água era amarga e arenosa, e era difícil conseguir uma boa quantia para matar a sede, mas ajudava. Porém, Oliver estava muito cansado. A fadiga pesava em seus braços e pernas como uma âncora. Perguntou se podiam parar por um tempo. Eli, com um tom impaciente, respondeu:

— Está bem, *está bem*.

Levantou-se, bufando, enquanto Oliver desabava na parede e se encolhia sobre uma pilha de roupas velhas. Enquanto adormecia, ouviu os passos de Eli se afastando. Quis acordar e gritar para ele voltar, mas o cansaço o arrastou para as profundezas do sono.

Oliver despertou sobressaltado e chamou Eli. Seu berro ecoou pelo túnel e fez uma espiral no escuro. Soube na hora: *estou sozinho*. Sentou-se e sentiu o corpo protestar com pontadas de dor aqui e ali. Ele resmungou. Tentou não cair no choro de novo.

— Eli? — Repetiu a tentativa. — *Eli!*

Nenhum passo, nenhuma resposta, nada. Seu estômago deu um solavanco de fome e de náusea. Por mais que tentasse evitar, acabou aos prantos de novo. Dessa vez não foi um choro de soluçar como antes. Foi um choro mais silencioso, suave. As lágrimas fazendo cócegas em seu rosto como as patinhas de uma aranha. Então, um sussurro áspero chiou em seu ouvido:

— *Oliver*.

Ele berrou e se afastou num reflexo. Era a voz de Eli. Mas como? Não tinha ouvido Eli chegar. Nenhum som, nenhum movimento, nenhuma perturbação no silêncio para acomodar o retorno do homem. Contudo, ali estava ele, no ouvido de Oliver.

— Eli? — perguntou.

— Sou eu. Achei algumas coisas.

— Aonde… Aonde é que você foi? Como você…

— Olhe, olhe, olhe — disse Eli apressadamente.

E, de repente, *luz*. Oliver precisou se proteger da claridade repentina. Embora a luz não fosse forte, ainda era como olhar para o Sol. Teve que deixar os olhos praticamente fechados para se acostumar e, mesmo assim, parecia que a claridade consumia tudo.

Pouco a pouco, seus olhos foram se adaptando. Nesse momento, ele vislumbrou a forma do objeto que emitia a luz: uma pequena lanterna antiga. Parecia uma chaleira, com o bocal da lanterna na lateral. A lâmpada por trás do vidro não tinha nada de lâmpada — era uma pequena chama, dançando como uma fada aprisionada.

Quando terminou de inspecionar a coisa que produzia luz, reparou em *quem* a segurava. Pela primeira vez, viu Eli Vassago. Tinha olhos pequenos e escuros incrustados em um rosto branco. Branco demais. *Branco como uma parede*. Sobre seu nariz curvo, acomodavam-se óculos pequenos e redondos. Estavam tão caídos que pareciam querer pular do rosto e cometer suicídio. Seu cabelo era escuro e, em volta da boca, tinha um esboço de barba — escura, macia, rala. Ele parecia desgrenhado e pálido. Disse:

— Desculpe pela minha cara. Peguei ela emprestada de outra pessoa.

Então, riu, mas Oliver não entendeu a piada.

— É uma lâmpada de carbureto — continuou Eli, como se tentasse apressadamente deixar a piada estranha para trás. — A água pinga em uma pedra de carbureto de cálcio bem devagar, o que libera gás acetileno, que acende esse pavio aqui. Chuto que isso aqui é dos anos 1950.

— Como ainda está funcionando?

Os olhos de Eli cintilaram.

— Mágica, suponho.

— Não acredito em mágica.

Eli não teve nenhuma resposta para aquela frase. Virou-se para Oliver e encarou-o. Ficou olhando fixamente. Quase com tristeza.

— Olhe só pra você — disse. — Pobrezinho. Você é só uma criança. Quantos anos você tem, Oliver? Pode me dizer.

— Tenho 12 anos.

— Doze anos. — Eli sorriu. — Lembro dessa idade. Foi uma fase boa. Agora tenho 32. Faz tempo que saí da infância. É difícil ser adulto. Mas acho que é mais difícil ser criança, não é?

Oliver teve vontade de gritar: *não quero falar sobre isso! Só quero pegar essa lâmpada e dar o fora deste lugar horrível!*

— Vamos sair daqui ou não? — perguntou Oliver. Ouviu a impaciência na própria voz, como um cão faminto arranhando a porta. — Podemos usar a luz? Para encontrar uma saída?

Mais uma vez, Eli não respondeu. Seus olhos se acenderam ao tirar algo da calça, nas costas, sob a blusa.

— Ah, olhe só isso aqui. Achei *outra* coisa.

Ele sacudiu o objeto no ar. Oliver achou que parecia um caderno velho. Como os de capa azul que usava na escola para escrever as redações que os professores pediam. Porém, esse era muito mais antigo: esfarrapado, desgastado, com manchas de água. Viu que tinha algo escrito na capa, e Eli leu em voz alta:

— Um Livro dos Acidentes.

— E daí? É só um livro idiota. *Eu quero ir embora.*

— Shiu! Escute. É um livro de registros. Um supervisor registrava aqui todos os acidentes, dos grandes aos pequenos, que aconteciam aqui embaixo. Acho que para prestar contas, questão de responsabilidade. Responsabilidade é importante, Oliver, muito importante. Você não gostaria de passar a vida sem um senso de responsabilidade, não é?

— Só quero sair daqui. — Oliver piscou para conter as lágrimas.

— Eu sei, eu sei. Nós vamos. Estamos perto. Encontrei um caminho. Um sinal que indica como podemos sair. Mas primeiro quero continuar procurando. Podemos achar mais coisas, Oliver. Talvez, até um *tesouro*. — Ele soltou um riso estranho e infantil, um tanto perturbado.

Oliver não conseguiu conter sua frustração.

O LIVRO DOS ACIDENTES **295**

— O quê? — perguntou. — Não podemos ficar aqui. Nós vamos *morrer*. Se você sabe o caminho, você tem que me falar. Por favor, Eli, por favor, leve a gente para a saída, *tire* a gente daqui.

Ele pegou as mãos do homem para juntá-las em um gesto de oração, de desespero compartilhado.

— Eu vou, eu vou, nós vamos para aquela direção, prometo. Em breve.

— Não. *Agora*.

— Preciso apagar a lâmpada agora, Oliver.

— Espere, não. Pegue a luz. Vamos usá-la.

— Não quero que ela acabe. Essas pedrinhas não duram para sempre. Sabe-se lá o quanto ela já foi consumida pelo tempo e pelo uso. Nós vamos precisar disso de novo.

Oliver tentou agarrar o objeto, ávido, desesperado, mas Eli já estava soprando a chama. *Fuuu.* A luz se apagou, e uma onda de escuridão se apoderou do ambiente. Tudo que sobrou da lâmpada foi um halo fantasmagórico gravado na memória dos olhos de Oliver.

Virou quase rotina: Eli saía por aí, às vezes com a lâmpada acesa. Oliver esperava o sujeito voltar com o que encontrasse na escuridão: um capacete de mineração, latas de explosivos vazias, uma lancheira de metal toda destruída, algo que parecia um pequeno relógio de bolso, mas que Eli explicou ser um "anemômetro", um instrumento utilizado para medir correntes de ar e o movimento dos gases nas minas de carvão. Ao ouvir isso, Oliver disse:

— Podemos usá-lo para encontrar a saída. Achar uma corrente de ar que talvez nos guie pelo caminho certo.

Eli respondeu:

— Que inteligente! Você é muito esperto, Oliver.

Mas depois falou que o anemômetro estava quebrado e saiu apressado, mais uma vez, pela escuridão.

Depois de um tempo, Oliver começou a ir atrás de Eli, seguindo o rastro da lâmpada brilhante quando estava acesa ou então o som desvanecente dos passos. Às vezes, perdia o estranho homem de vista e ficava à deriva pelos túneis, falando sozinho na escuridão, certo de que estava perdido e não voltaria a ver Eli. Oliver sempre se perdia de Eli. Porém, de algum jeito, Eli sempre o encontrava.

Ele dormiu de novo. Adormeceu imaginando quanto tempo teria passado lá embaixo: para ele, sentia como se semanas tivessem transcorrido, mas isso não era possível. Ele não tinha comido nada. Estaria morto após semanas sem comer, não é? Então, talvez dias. Ou até mesmo um único dia. Não tinha como saber. Aparentemente, Eli não tinha relógio. Sempre que Oliver perguntava sobre o celular, Eli respondia rispidamente:

— Não tem sinal aqui embaixo. Está sem bateria, pare de perguntar.

Oliver foi ficando fraco e entorpecido. Até a dor desacelerou, perdeu a qualidade de ondas de choque e tornou-se mais uma presença minguada e distante. Como se fosse em outra pessoa, como se fosse em outro corpo.

Chegou um momento em que ele ouviu um barulho de algo se movendo. Não era rápido, não a princípio. Era um *tec* sutil contra a pedra, como um caranguejo passando. Vinha de algum ponto à sua direita, lá do fundo do túnel. O movimento lento subitamente ficou ágil, e uma enxurrada de estalos se aproximou dele — *tec tec tec*. Oliver recuou, contraindo todo o corpo, imaginando que tipo de criatura horrível vivia ali embaixo, que tipo de monstro, que tipo de ser cego tinha farejado seu suor, seu sangue ou o mijo que deixara na curva do túnel à sua esquerda. Em seguida, a lâmpada de carbureto fez um clarão. Era Eli. Eli, que não era nenhuma espécie de caranguejo monstruoso, só estava lá, agachado sob a luz trêmula da lâmpada. Seu sorriso reluziu com um brilho amarelo, como o tom da icterícia.

— Estive pensando no que você me contou — disse Eli.

— Ok — respondeu Oliver, baixinho, sem saber o que o outro queria dizer ou o que ele tinha contado a Eli que era digno de pensamentos.

— Você odeia mesmo seu pai.

— Q-quê?

— Seu pai. Para ser justo, ele parece um monstro, de verdade. Tudo que ele fez com você? E com sua mãe? Não me entenda mal, a violência nunca é justificada, Oliver, mas tem uma grande diferença entre xingar seu filho de vez em quando ou até mesmo dar um tapa uma vez ou outra, e o que ele fez com você e com sua mãe. Como naquela vez em que você quebrou o micro-ondas porque esqueceu uma colher dentro da sopa? Ele não descontou em você, não. Ele descontou a raiva em sua mãe. Machucou sua mãe para atingir você. Quebrou as costelas dela, né? Assim como estão as suas pequenas e tenras costelinhas agora.

Oliver ficou atônito. Tinha contado essas coisas a Eli? Quando? Talvez quando estava inconsciente, talvez tenha falado dormindo. Eli continuou.

— E quanto tempo você ficou no hospital quando ele o empurrou da escada? Você tinha o que, uns 7 anos na época? Sete anos. Dá pra imaginar? Ser uma criancinha e ter um pai que... chuta sua barriga e derruba você escada abaixo. Pela escada velha de madeira. Todos aqueles hematomas, claro, e alguns cortes, mas também um tornozelo partido como um cabo de vassoura. E tudo porque ele estava furioso com sua mãe, a *puta* da sua mãe. Desculpa, são as palavras dele, não as minhas. E fez você pagar pelos pecados dela. De novo, nas palavras *dele*! Eu não acredito em pecado, Oliver, não mesmo. É só um conceito que inventamos, o pecado. Uma... transgressão contra Deus ou contra os deuses? Algo que ameaça nossa relação com o desgraçado filho da mãe do *Pai Celestial* que impõe todas essas regras para nos obrigar a viver do jeito *Dele*?

— Eu... não quero mais falar sobre isso.

— *Eu* também não quero falar disso, Oliver, mas... cá estamos. Eu e você. Aqui embaixo, no escuro, conversando como dois velhos amigos. Velhos amigos com pais ruins. — Eli pressionou as duas mãos nos joelhos de Oliver, prendendo-o no lugar. — Isso mesmo. Meu pai também era um horror. Me dava uma sova sempre que podia. Sabe por quê? Eu descobri. Lá no começo, quando você ainda é novo, você gosta do que seu pai gosta: futebol ou pesca ou conserto de carros. Mas aí você cresce um pouco e começa a ter a própria personalidade, sabe? Você gosta do que você gosta. Eu gostava de livros e de computador. E de *história*. E ele não era muito estudado, não aquele troglodita *desgraçado*, de jeito nenhum. Deuses, uma vez ele me surrou com um de meus livros, uma enciclopédia chamada *Nosso Universo*, e acho que nunca levei uma surra tão cruel. Ah, não porque as outras doeram menos, não, elas doeram bastante, *sem sombra de dúvida*, mas porque, além de me machucar, ele machucou o livro, que desprendeu da lombada. As páginas voaram por todo o lado. E ele queimou tudo. Acredita? *Queimou o livro.* E fez isso porque eu cresci e não virei uma cópia dele. Quando ele descobriu o que me tornei, ficou *possesso.* Em vez de ficar orgulhoso, ficou vingativo. Foi como se eu... tivesse escapado. Aprendi mais do que ele jamais aprenderia e escapei de ser quem ele era. *Nossa,* como ele odiou isso. Porém, eu era um monstro melhor do que ele, ah, sim. Então fiz o que tinha que fazer, garoto, *fiz o que tinha que fazer.*

Oliver não queria perguntar, mas, ao mesmo tempo, queria. A curiosidade roía seu cérebro como um animal faminto.

— O qu... O que você fez?

— Saí de casa, Oliver. Arranjei minha própria vida.

— Ah.

Eli deu um ronco e explodiu em uma gargalhada.

— Estou brincando. Eu *matei* ele, Oliver. Enfiei uma faca na barriga dele enquanto ele dormia. Quando ele deu um pulo na cama, eu o cortei de um lado a outro, abrindo o velho como um saco de batatas. As entranhas espirraram pra fora, e ele cambaleou pelo quarto, literalmente enroscado no próprio intestino cheio de merda, e então escorregou... *ops!...* e caiu em cima da cômoda, no canto do quarto. A quina daquela cômoda velha se enterrou na testa dele, e ele nem chegou a cair no chão, não! Ficou ali pendurado, preso na quina da cômoda, depois se cagou todo e *morreu.* As pessoas cagam quando morrem, Oliver. Porque finalmente estão em paz. Elas relaxam pela primeira vez em suas *malditas* vidas.

E riu mais uma vez, mexendo a barriga.

— Por favor, me deixa em paz! — gemeu Oliver.

— Você deveria ter matado seu velho monstro também — disse Eli, com os dentes acesos e os olhos lampejantes. — Ainda dá tempo, se sairmos daqui. Mas veremos, não é mesmo?

Então, assoprou a chama, mergulhando-os na escuridão. Oliver gritou:

— Não!

Porém, era tarde demais. Eli saiu apressadamente, e Oliver voltou a ouvir o movimento de um caranguejo, suas garras e pinças tilintando no chão sólido.

De vez em quando, Eli voltada e depositava mais lixo que encontrava pela mina. Na maior parte, objetos incompreensíveis de metal: rebites e pedaços de lata ou fragmentos meio podres de madeira. Então, apagava a chama e se apressava em partir novamente. Na última viagem, trouxe algo novo: uma picareta de carvão de cabo curto. O tipo que se usa para quebrar lascas de rocha manualmente.

Estou com tanta fome. Oliver sentia seu corpo se comer por dentro. Como se, no seu âmago, houvesse aquela coisa nojenta do filme *O Retorno de Jedi* — aquela boca úmida e cheia de tentáculos no deserto, devorando-o de dentro para fora, devagar.

Eli estava por perto. Podia sentir aquela presença no escuro. Perambulando. Oliver não conseguia se mexer, estava muito fraco. Queria morrer. Eli sussurrou, como se estivesse prestes a chorar:

— Eu errei, Oliver. Nos prendi aqui. Tudo por causa da minha *curiosidade*, do meu desejo de saber mais. Um erro. Um experimento. Um *acidente*. Mas acidentes nunca são só acidentes, não é mesmo? Não, não, não, não são.

— A gente poderia ir embora — disse Oliver. As palavras saíram roucas, empurradas de uma garganta seca e rachada. Parecia mais um vento do que um som humano.

Mas Eli continuou falando.

— Eu, eu, eu sinto como se isso, tudo isso, como se eu já tivesse vindo aqui antes, como se *nós* já tivéssemos vindo aqui antes, eu e você, nesse lugar, nessa escuridão profunda. Uma troca de marcha. Você sabe, Oliver, na cosmologia cíclica, há um padrão, a sucessão de eras, uma após a outra, e assim por diante. No nível humano, há o que, a reencarnação — você vive, morre e depois volta. Mas no nível cósmico é a mesma coisa: uma era se vai, a roda gira, e tudo começa a ruir. A máquina começa a se despedaçar,

Oliver, tremendo até cair aos *pedaços*, e só aí que uma nova era começa. É assim. É assim que se segue em frente. Mas você *não pode* seguir em frente até encerrar o primeiro ciclo. Não é verdade? Você quer tanto consertar alguma coisa, mas primeiro é preciso quebrar essa coisa, Oliver. Não dá pra consertar um chão todo fodido. É preciso arrancar o piso, tirar tudo. Uma casa fica detonada, entregue ao cupim e ao mofo? Você tem que pegar uma boa e velha bola de demolição e — *bum*! Quebrar tudo, botar a casa abaixo e construir algo melhor no lugar.

Com a voz fraca, Oliver perguntou:

— Foi por isso que você matou seu pai?

Eli pareceu refletir sobre a pergunta. Como se descobrisse a verdade, respondeu, quase radiante:

— Acho que foi isso, Oliver. Acho que foi isso.

— Quero sair daqui. Se tudo isso já aconteceu antes, talvez a gente consiga fazer a coisa certa desta vez e ir embora. Você disse que sabia o caminho.

Eli gargalhou.

— Eu sei o caminho. Pode ser que você também saiba. Você se pergunta, Oliver, se a morte vai deixar você escapar disso? Tudo recomeça? Você tem uma segunda chance? Se você morrer, você sai da mina?

Oliver pensou, mas não disse: *não se eu morrer, mas talvez se você morrer.*

O aroma de carne cozida e quente deslizou pelas narinas de Oliver e o despertou na hora. Era o cheiro de um assado — suculento e salgado, um pouco gorduroso, daqueles que lambuzam os dedos quando o músculo macio derrete entre eles. Eli disse:

— Achei comida.

— Como? — perguntou Oliver, porque não fazia sentido.

— Basta comer. Eu explico.

O LIVRO DOS ACIDENTES

O cheiro estava bem debaixo de seu nariz agora. Ele tentou se endireitar, sentado, lutando contra a fraqueza e a dor, e sentiu o *gosto* do vapor subindo até seu queixo. Eli o apressou a dar logo uma mordida, e foi o que ele fez: curvou o corpo, de boca aberta, e seus dentes e língua encontraram uma carne assada que preencheu seus sentidos com o mais puro deleite. Comeu com voracidade, segurando a carne com as mãos para poder aproximá-la melhor da boca. O caldo escorria pelo queixo do menino. A carne estava muito macia, quase se desfazendo. Porém, tinha o gosto mais parecido com carne de porco do que de boi, apesar do cheiro, mas tudo bem. Encheu sua barriga e renovou sua força e esperança. Ele afundava o rosto naquela carne, que lhe espremia as bochechas como as mãos amorosas de uma vovó. *"Que bonzinho você é"*, ela diria, *"coma, coma tudo"*...

A lâmpada de carbureto acendeu. Sob seu rosto, em seu colo, havia sangue. Muito sangue. Escorria pelos seus braços, pingava do seu queixo. O assado em seu colo era uma perna, uma perna humana, com a pele mastigada pelos dentes (*ah não, pelos* meus *dentes*), expondo a cartilagem vermelha e úmida abaixo dela. A perna sangrava, não aos jorros, mas em fios de sangue que *escorriam* como a água de uma esponja apertada com a mão. Logo ao lado estava Eli, sentado no chão, uma perna esticada, a outra faltando até a altura do quadril. Nas mãos, segurava uma lâmina de serra circular, enferrujada, os dentes todos retorcidos e estragados. Ele grasnou:

— Encontrei uma serra, Oliver, veja. *Encontrei uma serra.*

A luz se apagou enquanto Oliver vomitava.

Pressionando o corpo contra a parede, para fugir do vômito, Oliver perdeu a consciência mais uma vez. Quando voltou a acordar, o gosto metálico de sangue podre tinha sumido de sua boca. Também não estava mais com a pele pegajosa. Tudo estava seco (mas seu estômago estava curiosamente cheio).

Um sonho, pensou, *foi só um sonho*, mas então ouviu uma risada leve a uns 3 ou 6 metros de distância. Era Eli, que disse:

— Não me diga que você está com fome de novo, ratinho. Preciso de uma perna, pelo menos.

No entanto, quando saiu andando, Oliver ouviu os passos com clareza, um após o outro. Era o andar de um homem com duas pernas, não o pulo de alguém que tinha arrancado uma perna com uma serra enferrujada.

Oliver não sabia o que estava acontecendo. Suspeitava que sua mente estava entrando em colapso, mas, ao mesmo tempo, também sabia, lá no fundo, que havia algo errado com Eli. Ele estava bagunçando sua cabeça, fazendo joguinhos com ele, *torturando-o*. Então Oliver entendeu que tinha que pegar aquela luz, tinha que roubá-la do homem.

Mais tarde, no momento do retorno de Eli, Oliver já sabia do que precisaria: da picareta. Estava fraco, mas a vontade de viver e de escapar era mais forte. Agarrou o cabo até seus dedos perderem a circulação. Enquanto Eli dava uma volta, murmurando sozinho, Oliver se aproximou sorrateiramente, tentando se concentrar ao máximo em achar o homem no meio da escuridão. Mas não conseguia localizá-lo. Ele parecia estar *ali*, mas logo *acolá* — e Oliver sabia que tinha pouca força restante antes de apagar, de desmaiar, de deixar a picareta cair das mãos. Eli resmungava:

— O mundo estragou, Oliver. O mundo apodreceu. Foi comido pelos vermes, *quem come minha carne,* como uma maçã podre. Melhor ficar aqui embaixo do que voltar pra lá, isso mesmo. Aqui é mais seguro. Está desabando, mas as rodas giram e elas quebram e...

Ali. Ele estava bem em frente a Oliver. De cabeça baixa. Murmurando as palavras. *Agora, Oliver, agora*! Oliver rugiu, levantou a ferramenta e enterrou a picareta — *paf*! Foi como enfiar uma faca em uma abóbora gorda. A ponta afiada entrou lá no fundo. Ele sentiu o crânio ceder.

— E tudo se refaaaaz — grunhiu Eli, antes de cair no chão.

Oliver engasgou ao soltar a picareta, que caiu junto com o corpo, ainda presa a ele. Afastou-se da cena. Embora não pudesse ver o crime que tinha cometido, conseguia sentir o fedor gorduroso de sangue, e agora, como Eli tinha prometido, o repentino fedor de merda. Então, sentiu algo estranho, um *sentimento* insano, subindo de seu âmago como bolhas de refrigerante. Ele riu. Porque *vá se foder, Eli*. Porque *você é um bosta, um pedaço de merda, um monstro que se borra nas calças*, assim como o pai de Oliver, assim como o pai do próprio Eli — um monstro na escuridão, impedindo a entrada da luz, controlando a luz a conta-gotas, em doses tentadoras e torturantes. Oliver riu e rastejou até o cadáver. Bateu o ombro no cabo da picareta sem querer, e o queixo sem vida de Eli raspou no chão áspero.

— Ops — disse Oliver, e gargalhou de novo.

Começou a tatear à procura do tesouro — percorreu o braço direito com as mãos, nada, depois o esquerdo, e ainda nada. *Não, não, não, cadê a luz?* O medo de ter feito isso da maneira errada o invadiu. Devia ter achado a lâmpada *antes* — agora ela poderia estar em qualquer lugar. Talvez Eli a guardasse em outro local, no túnel, atrás de uma pedra ou... embaixo dele.

Mover o corpo de Eli foi fácil — o sujeito era mais leve do que um punhado de palitos. Ele o rolou, e *ali estava ela*. Com pressa, resgatou a lâmpada, mas... E aí? De repente, deu-se conta de algo, como se mergulhasse em um lago congelado. *Não sei como acendê-la.* Não encontrou nenhum botão, nenhum mecanismo de acionamento. Achou uma chave parecida com aquelas que se usa para dar corda em um brinquedo antigo. Girou-a para a esquerda e para a direita, mas não aconteceu porcaria nenhuma.

Eli acendia aquilo de algum jeito, certo? Precisava de fogo. Mas já tinha visto Eli riscar algum fósforo? Ou usar uma... lasca de pedra ou qualquer coisa para fazer fogo? Ele teria visto, não? Mesmo assim, inspecionou os bolsos do homem, sem encontrar nada além de fiapos e moedas. *Moedas.* Talvez servissem. Oliver não tinha prestado muita atenção na escola, mas sabia que o metal friccionado na pedra poderia gerar faíscas, então pegou uma das moedas — uma de 5 centavos, pelo tamanho — e esfregou-a no chão, mas nada aconteceu. Foi até a parede e tentou novamente, num movimento de vaivém, cada vez mais rápido. Ainda nada de faísca.

Oliver gritou de raiva e desespero. Ele tinha acabado com tudo, tinha estragado tudo. Teve uma chance e a desperdiçou. Seu pai sempre dizia que ele era um cagão, e, sem dúvida, o velho monstro tinha razão. Ele tinha feito cagada, uma cagada *imensa*. *Você tinha razão, papai. Tinha razão.* Oliver caiu de joelhos. Não conseguia nem chorar. Só se ajoelhou, em penitência, na escuridão, testa encostada no chão, esperando o nada.

Aquilo ficou excessivo. O cheiro da morte. O odor das fezes. A escuridão, a solidão. Oliver quase preferia voltar a ser atormentado por Eli. *Preciso pôr um fim nessa situação*. Desenterrou a picareta do crânio de Eli com dificuldade, balançando-a para os lados, até conseguir desprendê-la. Então foi até a parede e tateou as rochas até encontrar uma fenda. Com o último grama de força que restava em seu corpo, ergueu a picareta num impulso e a meteu naquela fresta. Empurrou-a na pedra, mas ela resistiu. Ajoelhou-se mais uma vez.

Alinhou a cabeça com a curva da picareta, que estava virada para ele. A parte mais mole de seu rosto era seu olho, pensou. Então fechou o olho esquerdo e pressionou-o de leve na extremidade da picareta espetada para fora da pedra. Em seguida, levou a cabeça para trás devagar. Sabia que, se lançasse a cabeça para a frente, a picareta furaria seu olho e chegaria a seu cérebro, matando-o. Talvez, quem sabe, aquilo seria uma bênção — a bênção que Eli, em seu tormento, em sua loucura, tinha descoberto como verdade essencial, a de que a morte era a saída. Com isso, Oliver acordaria em outro lugar. Um lugar novo, *melhor*.

— As rodas quebram — disse Oliver, como se fizesse uma oração. — E tudo se refaz.

— *Oliveeeer* — grunhiu Eli, sua voz se esticando em um berro, que ecoou nas paredes.

Oliver engoliu em seco. Atrás dele, um som se aproximava, o som irritante de algo se arrastando. Logo depois, o *tique-taque* suave da carapaça na pedra. Oliver girou, apertando as costas contra a parede, firmando-se ao lado da picareta. Lá na escuridão, *viu* uma sombra: uma forma humana, mas comprida demais, delgada demais, alta demais. Ela emergiu do local onde estava Eli. Brilhava, mas não com uma luz própria — era uma cintilação semelhante ao luar refletido numa poça de óleo. Fitas oscilantes de luz branca que emanavam uma iridescência.

— Quem... O quê...

— Oliver. — A voz repetiu.

O LIVRO DOS ACIDENTES 305

Era a voz de Eli, mas também não era. Era apenas a voz de Eli *na superfície*, mas, por trás dela, havia centenas de outras vozes, em camadas, uma por cima da outra.

— Você está *morto*.

— E, ainda assim, me levanto.

— Desculpa, desculpa, *desculpa* mesmo por ter te matado.

Um riso molhado.

— Não precisa se desculpar. Está na hora, Oliver.

— Hora? De quê?

— Hora de ver seu propósito. De aprender mágica. De quebrar o mundo.

PARTE CINCO
0 99º

Os quatro Reis:
Lúcifer. Leviatã. Satã. Belial.
Seus oito Duques:
Astaroth. Morquin. Asmodeus. Belzebu.
Uthuthma. Mathokor. Abigor. Berith.
E doze Cavaleiros:
Moloque. Malus. Pelsinade.
Lith-Lyru, Hyor-Ka, Dantalion
Vissra, Orobas, Vollrath
Nycon, Mamon, Candlefly

E, abaixo deles, os 74 Reveladores que supervisionam a arquitetura do cosmos. Convoque-os por seus números e será sua a feitiçaria deles. Todos exceto o Arquidemônio. Somente um está acima e abaixo, o que tombou para fora do tempo, o que escapou do Inferno e que destroçará os pilares do Paraíso. Este é o Arquidemônio, cuja mágica não se convoca. A mágica é que convoca você.

—página do *Compendium Singularis*, traduzido do latim, escrito em 1776, mas passado adiante por seu criador sob disfarce de um artefato de 1047

48

Unhas quebradas

Ocorreu a ela, no terceiro dia de desaparecimento de Nate, que tudo tinha ido pelos ares. Maddie sempre se orgulhou de ser uma pessoa que, diante do caos, *mantinha a cabeça no lugar.* Ela tinha seus problemas, sabia bem disso: ansiedade e algo que beirava um transtorno de deficit de atenção, embora não diagnosticado. Talvez até um pouco de TOC. Mas sabia se automedicar. Com listas, com livros, com a arte. E, acima de tudo — essa parte só tinha percebido agora — com sua família. Nesse momento, sua família estava quebrada. Um terço deles, um terço vital, arrancado e desaparecido.

No entanto, de vez em quando, pensamentos intrusivos a alertavam sobre um sentimento diferente à espreita, sob a superfície: *Você não se sente um pouco melhor? Agora que ele se foi. Chega daquela dor, daquele humor estranho. Agora você pode ser você mesma. Não precisa mais ser altruísta. Pode ser egoísta.*

Ela não acreditava nisso, não concordava com nada disso. Mas os pensamentos intrusivos eram invasores, não eram convidados. Arrombavam a porta de qualquer forma, fossem eles verdadeiros ou falsos.

Agora, oito dias depois do sumiço, ela vagava pelo bosque. Às vezes, parava e ficava lá, olhando para o nada. Como o fantasma de uma árvore cortada que procurava o toco de seu antigo corpo para poder sentar, descansar e refletir. Quando fazia isso, sua mente começava a divagar — não por escolha, mas em uma tentativa aparente de encontrar algo. Alguma ideia, alguma memória, alguma coisa que não conseguia reter muito bem. Um sonho escapando de seus perseguidores.

A floresta que circundava sua casa era silenciosa e fria. As árvores pareciam mortas, graças à chegada do inverno. As folhas, antes tão coloridas, tinham virado um tapete marrom-acinzentado.

Maddie não tinha ideia do que buscava a essa altura. No fundo, pensou que encontraria uma pista, como uma detetive sortuda: uma pegada, um pouco de sangue seco, fios de cabelo, um sapato enfiado no barro. Queria ver o que Nate tinha visto — o velho barbado, o fantasma de uma garota morta, um assassino em série espreitando por trás das árvores, até mesmo o pai dele. Então, uma sensação a atravessou novamente, assim como tinha acontecido várias vezes nos últimos dias: uma urgência insana de *produzir alguma coisa*. De pôr as mãos em materiais, materiais *primitivos*, como pedras, galhos, barro e metal, e transformá-los em algo vivo, algo que pudesse ajudá-la.

Porém, na última vez que tinha feito uma coisa parecida — na última vez que tinha se rendido ao trabalho —, ela invocara um assassino em série. Depois, aquele mesmo assassino atacou seu marido. Assim como tinha trazido a coruja ao mundo, talvez também tivesse trazido Edmund Walker Reese. Aquilo a apavorou. *Arte como canal, arte como portal. Eu a controlo? Ou ela me controla?*

Ela suspirou e reprimiu aquela urgência. A faísca desesperada de *produzir algo* logo se apagou. Maddie deu uma olhada no relógio. Estava na hora de encontrar-se com Fig na casa dela.

— Eu acho ele suspeito — disse Fig, envolto no vapor da xícara de café. — Ontem fui de novo falar com ele, só para tentar descobrir algo. Não sou detetive nem nada, mas... Nate é meu amigo. E, Maddie, o cara foi esquivo pra caramba. A casa dele estava uma zona. *Ele* estava um bagaço. Andou bebendo, e não sei se estava se recuperando da bebedeira ou se preparando para começar a beber de novo, mas esse não era aquele mesmo cara arrumadinho da festa. Ele foi lacônico comigo. Não perdeu tempo em me mandar embora.

Maddie andava de um lado para o outro na cozinha.

— Ele só não parece o tipo — disse Maddie.

A história que Jed contou à polícia era simples: Nate tinha combinado de ir à casa dele tomar um drinque. Foi isso. Nada de parque, nada de assassinos em série, tempestades estranhas, folclore e coisas do tipo. Ele também disse que Nate nunca apareceu. Disse o mesmo para Fig e Maddie. Que Nate nunca chegou à sua porta. Ou seja, Nate tinha desaparecido no caminho entre as duas casas.

— Conversei com Jed — continuou Maddie. — Ele pareceu... bem chateado com tudo isso. Bastante abalado. Ele se sente responsável, como se tivesse levado Nate a uma armadilha.

— Então por que ele não te ligou naquela noite? Para avisar que Nate não tinha aparecido. Ou por que não ligou para o próprio Nate?

— Ele disse que presumiu que Nate tinha esquecido. Ou que teve um imprevisto. Jed é muito simpático, muito atencioso. Nas palavras dele, ele "não quis incomodar". — Ela deu de ombros. — Não sei. Eu confio nele.

— Mas você não o *conhece* de verdade.

— Não, acho que não. É só que... ele é um escritor. Um autor de livros! Pensei que ele tinha tudo sob controle.

— Acho que artistas e escritores são parecidos. Você diria que a maioria dos artistas consegue ter suas vidas sob controle sempre?

Ela piscou.

— Ok, argumento válido. — Suspirou. — Ele só parece um cara legal. Nate gosta dele, e Nate sempre foi bom em sacar as pessoas. Também, pela lógica, acho difícil de acreditar que Jed derrubaria Nate. Nate é durão e estava armado.

— Se for uma luta corpo a corpo, você está certa, mas ninguém sabe o que aconteceu. Há muitas formas de vencer uma luta com alguém antes mesmo de a luta começar.

— E então o quê? Ele o matou?

Fig encolheu os ombros.

— Merda! Sei lá. Há uns três anos, uma adolescente desapareceu, e a mãe dela ficou desolada, perdeu o chão. Isso foi ali na estrada, a menos de dez minutos daqui, ok? A garota tinha alguns problemas com bebida, remédios e outras coisas. O namorado... da mãe, não da garota... também era meio esquisito. Ele tinha uma ficha criminal. Nada grande. Um roubo de carro, um golpe de empréstimo. Todo mundo gostava da mãe. Todo mundo dizia que o culpado era provavelmente ele. Sempre é o cara, né? Sempre o marido ou o pai. Mas a mãe tinha um álibi para ele, disse que ele estava com ela na noite do desaparecimento da filha, e disseram que a menina gostava de ir para a cidade e talvez só tivesse fugido. E, afinal, qual era a verdade? Foi o namorado? Foi. Foi ele. Mas não *só* ele. A mãe também. Essa mulher, a mãe, trabalhava como gerente de contas empresariais no *Bank of America*. Ela pagava seus impostos, os vizinhos gostavam dela. Era tudo mentira. Foi ela que arquitetou o plano e convenceu o namorado a ajudá-la no sequestro da menina e com a história do desaparecimento. Eles trancaram a garota em um porão no meio do bosque, fora da propriedade deles, e abusaram sexualmente dela por semanas. E filmaram. Depois que abusaram da pobrezinha até não poder mais, mataram ela, desmembraram seu corpo e a deixaram no porão. Então, o namorado, que trabalhava na construção civil, encheu o porão de cimento. *Só* descobriram porque a mãe começou a espancar o cara e ameaçá-lo de morte, e ele quebrou como um ovo, contou tudo à polícia, pois decidiu que era melhor morrer na cadeia do que nas mãos daquela mulher.

Maddie piscou.

— Meu Deus, Fig!

— Pois é.

— Obrigada pela dose de otimismo!

Ele ficou constrangido.

— Desculpe. Não estou dizendo que foi isso que aconteceu com Nate. Eu só quis dizer que... Olha, nunca dá pra saber se nossa opinião sobre alguém não é só o que a pessoa *quer* que a gente pense. Caras como Jed podem ter construído uma persona, tipo uma máscara. Talvez ele seja tão bom nisso que conseguiu enganar até Nate. — Fig hesitou. — Você sabe sobre a mulher e a filha dele, né?

— Sim. Nate disse que elas foram embora.

Fig fez uma careta.

— Não foi isso que aconteceu? — perguntou ela.

— Ah, elas foram embora, de fato. Foram embora do mundo dos vivos. Ele as matou em um acidente, estava bêbado. Jed estava dirigindo e bateu o carro. Ele sobreviveu, mas a esposa morreu no local. A filha morreu algumas semanas depois no hospital, em coma. Faz só uns anos. Então ele veio pra cá.

— Não foi o que ele contou a Nate.

— Entendeu o que eu quis dizer?

Ela tinha se acostumado com a ideia de que Jed não poderia ter nada a ver com aquilo, mas agora... a dúvida pesou dentro de si.

— Está bem. Sabe, eu também não gostaria que ninguém soubesse dessa história. É sombria. — Ela jogou as mãos para o alto. — Com toda essa merda sinistra rolando... a garota, o raio, *Reese*... não me sinto bem em apontar o dedo para alguém em quem tanto confiamos. E você?

— Também não — respondeu ele. — Sei lá.

Suspirou e esfregou as têmporas.

— A gente vai encontrar Nate — disse Fig, percebendo a evidente cara abatida de Maddie. — Agora a polícia estadual está envolvida. Contrino está nessa. Ele é um babaca, e eu detesto aquele cara, mas ele é inteligente. É bom no que faz. É só questão de tempo.

E repetiu, como se também tentasse se convencer:

— A gente vai encontrar Nate.

Mas a gente vai encontrar Nate vivo? Ela pensou. Repassava sem parar as informações na cabeça. Se Nate estava indo a pé até a casa de Jed naquela noite, e desapareceu antes mesmo de chegar lá... ele teria deixado rastros, pensou. Mas eles nunca encontraram nada. Embora fosse bastante difícil, não é? O bosque era forrado de folhas. Nenhum trecho de terra exposta. Porém, agora sua mente ia além, pensava fora dos limites da propriedade deles. E se ele *conseguiu* chegar até a casa de Jed? Talvez eles tivessem ido para algum lugar.

— Estava quente naquele dia — disse ela.

— Estava.

— E de noite ficou frio. A temperatura caiu.

Fig pensou um pouco.

— Isso, você tem razão. Geada no dia seguinte. E desde então não esquentou mais.

— Se houvesse pegadas, elas estariam bem congeladas no lugar.

— Nós olhamos o bosque.

— A polícia investigou o terreno de Jed? E o parque?

— O terreno dele, talvez. Eu não, mas os outros provavelmente sim. Quanto ao parque, ele disse que iriam verificar o túnel. Lá a entrada é de asfalto. Então, sem pegadas.

Ela franziu a testa.

— Mas o parque estava fechado naquela altura. Ramble Rocks fecha depois que anoitece, certo? E vocês dois não têm as chaves.

— Elas ficam com o Departamento de Parques. Eu suspeitaria que ele teria pulado o portão se eles foram mesmo até lá. É fácil passar por cima, ou entrar pela lateral, tanto faz.

— Pela lateral eles teriam que pisar no barro.

— Ok, verdade.

— *E também* — continuou o raciocínio —, conheço Nate. Eles estavam indo ao parque por motivos... *um pouco malucos.* Talvez eles não quisessem ser vistos, e sei que Reese matou as garotas no campo de pedras. — *Nas pedras de Ramble Rocks.* — Talvez eles tenham ido por ali.

— Hum — Fig refletiu sobre o que tinha ouvido. — Essas são muitas hipóteses.

— Ter hipóteses é melhor do que nada.

— É um chute, mas vou dar uma olhada. Não tenho mesmo muito o que fazer, a temporada de caça ainda não decolou. Bem, só com armas de antecarga, mas ninguém mais usa isso por aqui. Vou conferir.

— Vamos traçar o caminho da casa de Jed até as pedras e depois até o túnel *dentro* do parque.

Fig se levantou, terminando o conteúdo da xícara.

— Escuta, Maddie, você já passou por muita coisa. Não quero que você se meta em mais encrenca por causa disso...

— Mas eu quero.

Ela percebeu que estava sendo insistente, exigente, então suavizou o tom de voz e implorou:

— *Preciso* fazer alguma coisa ou vou arrancar minhas unhas com os dentes. Se durmo algumas horas por noite, é muito. Sempre que tento comer, sinto um embrulho no estômago e preciso parar na metade e jogar o resto fora. Tenho que fazer alguma coisa. Quero ajudar. É Nate, entende?

Ele assentiu com a cabeça.

— É, entendo. Com certeza. Vamos amanhã. Bem cedinho, você e eu. Que tal? Temos um plano?

— O melhor plano. Obrigada, Fig.

49
O PROCESSO OLIVER

Jake tinha sido Oliver. *Um* Oliver, pelo menos. No fundo, sabia disso. Mas agora já fazia tempo demais que se conhecia como Jake — Jake há seis anos, Jake através de linhas do tempo e universos ramificados, Jake para todos os Olivers com quem encontrou. Era tanto Jake que, agora, além de aceitar o nome, tinha incorporado uma identidade totalmente nova. Em cada mundo em que pisou, mudava sutilmente a personalidade para despertar o interesse do Oliver daquele lugar: esculpindo-se na forma de uma chave que se encaixaria na fechadura do coração de cada Oliver.

De muitas formas, ele já não era mais Oliver. Oliver era outra pessoa. Oliver era o menino com cicatrizes de chicotadas de cinto nas costas. Oliver era o menino com o tornozelo quebrado, com hematomas deixados pelos livros que amava, com a mãe cujo maxilar estava quebrado e a boca costurada, e que nunca mais voltou ao normal. Oliver morreu na mina de carvão. Jake nasceu ali. O mesmo Jake que agora observava o velho desgraçado andar de um lado para o outro no espaço atrás do sofá destruído e molenga.

— Jake. Jake! Ele voltou, sabia? — disse Jed. — Na minha casa.

— Uhum — respondeu Jake, com uma expressão de desprezo. — Uau, pode entrar, Jed. A casa é sua.

O velho escroto tinha aparecido havia uns minutos, esmurrando a porta — *bam bam bam* — exigindo entrar. Talvez tivesse chorado, pois os olhos estavam vermelhos e inchados. Ou talvez fosse só ressaca. Sem dúvida, aquele fedor azedo de vodca curtida exalava dele como um miasma. Ele parecia um pedaço de bosta pisoteado e largado havia dias. Pele pálida e fina, cabelo bagunçado, como se tivesse se esquecido da existência de uma coisa chamada pente. As unhas em tocos ensanguentados, roídas até a carne. Olhando o homem andar, disse, com aspereza:

— Sério, *senta aí, porra!*

— Oh. Ah. — Jed olhou em volta, como se percebesse só agora onde estava. — Claro, claro.

Ele se acomodou no braço do sofá.

— Agora, quem exatamente foi na sua casa? — perguntou Jake.

— O tira. Hum. Não, não é um tira. O amigo de Nate, aquele do Departamento de Proteção à Fauna. Alguma coisa Figueroa? Alex? Não, Axel.

— E?

— E? Ele... Ele ainda está farejando por aí, Jake. Ele ainda acha que eu tenho a ver com o desaparecimento de Nate!

Jake deu de ombros.

— Você *tem* a ver com o desaparecimento de Nate.

— Mas não é para ele *saber.*

— Honestamente, quem se importa? Se ele descobrir, descobriu. Ele te joga na cadeia ou não. Ou você pega aquela arma que te dei e atira nele. Talvez ele atire em você. — Jake sorriu maliciosamente. — Talvez você atire em si mesmo.

— Conversa sombria, menino. Conversa sombria.

— Conversa sombria? Tudo vai acabar em breve. Tudo de tudo. Tudo *isso.*

— Isso não quer dizer que... Não quer dizer que sou um monstro.

O velho estava trêmulo. Estava à beira do precipício. Um lugar perigoso para se estar. Ele ainda poderia acabar comprometendo as coisas. Tudo estava indo bem por ali — o demônio não estava satisfeito, não —, ele queria tudo resolvido *imediatamente*, o mais *rápido* possível, mas Jake pedia paciência à besta. Dito isso, tudo se encaminhava conforme o esperado, considerando as circunstâncias diferentes daquelas redondezas. Então, deixar o plano ruir porque esse cavalo nervoso ficou assustado, isso sim seria uma grande tragédia.

Jake, ansioso e impaciente, pensou: *bom, que se foda.* Considerava, com indolência, a hipótese de girar o pulso e trazer uma lâmina ou revólver do Intervalo para abrir a garganta do maldito velho ou explodir seus miolos com um tiro na nuca. Mas isso também era arriscado. Todo o sangue e a limpeza. Não, obrigado. Não precisava de outros problemas.

Não, depois de seis anos de experiência, Jake tinha se tornado muito bom em manipular as pessoas. Alguns universos lhe permitiram lidar com a situação por conta própria, mas em muitos outros, na maioria, foi levado a montar uma equipe — uma equipe de pessoas fracas com feridas que as tornavam vulneráveis, mas cuja vulnerabilidade, quando bem explorada, quando *instigada*, também as tornava incrivelmente leais. Estava na hora de usar o truque. Com Jed, era fácil.

— Você não é um monstro — disse Jake.

Pôs a mão no ombro do velho. Agora usava uma máscara diferente: voz mais suave, rosto mais bondoso. A mesma máscara que usou para convencer Jed a ajudá-lo na primeira vez. Quando tinha mostrado a ele o que era possível fazer usando a magia do Livro dos Acidentes.

— Mas você *era* um monstro, não era? Rugindo, furioso. A bebida trazia esse lado à tona, fazia você perder a noção, perder o juízo. Foi ela que fez você entrar naquele carro e pegar a estrada, mesmo com sua família lá dentro. Elas morreram naquele dia, mas não está tudo acabado. Mitzi e Zelda ainda estão por aí, Jed. Se fizermos tudo certo, se você ficar firme ao meu lado, tudo vai recomeçar. Você vai ver sua família de novo, *e* dessa vez vai fazer tudo *certo*. Porque você vai ser um homem melhor. Está bem?

Jed não respondeu. *A faca. A arma. Mate-o.*

— Está bem? — repetiu Jake, insistente. — O que temos que fazer para consertar algo? Jed? Quando nós consertamos alguma coisa, nós...

Ele esperou o homem completar.

— Primeiro precisamos quebrá-la — disse Jed, por fim. — É claro. Eu só... Estamos perto, não é?

Antes que Jake pudesse responder, o velho continuou:

— Sem Nate no caminho, você pode ir mais rápido, pode só pegar o menino, levá-lo ao parque e...

— *Não.*

Aquela palavra, pronunciada como a palavra de Deus, veio do alto. Uma palavra sustentada por vergalhões de aço. O Livro dos Acidentes, repousando na mesa de centro, agitou-se ao som daquele *não*. A impaciência dele com Jake perturbava suas entranhas. Jed observou o livro com cautela.

— Eu já *disse* — continuou Jake — que nós vamos seguir o meu cronograma. Essa vela ainda tem muito pavio e ela queima como deve queimar. Acordo é acordo. Tenho que dar uma chance a Oliver. Uma chance de fazer o certo. Você sabia disso desde o começo. Esse Oliver... Tenho um bom pressentimento em relação a ele.

Sem Nate, ele esperava que Oliver ficasse no limite. O garoto estava vulnerável. *Exposto.* Jake tinha balançado a promessa de magia na cara dele, e agora bastava que Oliver esticasse a mão e a agarrasse.

Porém, Jake tinha que admitir: *esse* Oliver não era como nenhum dos outros. Não tinha ideia se o menino reagiria como ele esperava. Não tinha sido assim em nenhuma outra linha do tempo. Os Nates *sempre* eram uns merdas. Um por um, todos eram um fracasso de alguma maneira: um bêbado, um viciado, um abusador, um imbecil. Caramba, metade das vezes eles já estavam mortos ou já tinham dado no pé, deixando os Olivers entregues à própria sorte. Mas esse Nate não parecia ser assim. Jake se convenceu de que aquilo era só uma ilusão cuidadosamente armada: *esse* Nate, o que ele tinha enviado ao turbilhão, era, quase seguramente, tão monstruoso quanto os demais. Ele só escondia melhor. Talvez fosse um estuprador em série, um assassino ou tivesse molestado criancinhas antes de jogá-las no poço ou coisa parecida. De jeito nenhum que esse Nate tinha contrariado a tendência. Ele se *recusava* a acreditar que um homem que passou pelo que Nate tinha passado — o abuso do próprio pai — teria se tornado um ser humano decente. Violência gera violência. Ódio cria mais ódio, dor causa dor. É assim que as coisas funcionam. Era o que Eligos Vassago tinha dito a ele. Tinha *mostrado* a ele lá no fundo da mina.

Já Maddie — essa também era diferente das demais. Talvez mais forte, de algum modo. As outras Maddies só queriam saber de se encher de comprimidos e de vinho. Eram umas egoístas e problemáticas de merda. Algumas eram tão ansiosas ou deprimidas que passavam o dia inteiro com a mente nebulosa ou escondidas debaixo do cobertor, abandonando a família como se tivessem entrado num avião para nunca mais voltar. Outras "só tinham olhos para a arte", negligenciando a família enquanto viajavam pelo mundo em busca de inspiração. Nunca estavam em casa, nunca se importavam, nunca sabiam o que acontecia debaixo do próprio teto. Nenhuma com a cabeça *no lugar*. Exceto essa Maddie.

Quanto aos Olivers... Ah, bem. Todos eram especiais. Todos tinham um jeito específico de ser diferente. Cada um era como um floco de neve. Também eram fáceis de derreter — bastava um pouco de calor, um pouco de pressão.

O Oliver do 33º conseguia se comunicar com animais com a mente. Ficou louco, perdeu a capacidade de falar com as pessoas, virou basicamente um selvagem. O Oliver do 42º era um narcisista vaidoso, artista como a mãe, que dizia estar sempre perdido em "pensamentos profundos" e, claro, gostava de arrancar as asas de borboletas e a cabeça de esquilos e, inevitavelmente, os vestidos de meninas relutantes e as calças de meninos dopados.

O Oliver do 71º vivia mergulhado na depressão, gerada pelo abuso do pai. Jake o entendia tão bem! Bem até demais. Foi fácil. Quando ele estava no fundo do poço — e só então —, conseguia mover objetos com a mente. Jake tirou vantagem da habilidade. Aproveitou um dia ruim do garoto para esmagar o pai dele com uma geladeira. A partir dali, foi fácil mostrar a ele o caminho a seguir, o caminho para quebrar tudo. O caminho para *consertar* tudo.

O Oliver do 98º, o último que tinha conhecido, era teimoso. Aquele demorou muito, *tempo demais*, e isso o deixou ainda mais impaciente agora — *aquele* Oliver era um animal. O Nate do 98º nunca bateu naquele Oliver, nunca encostou um dedo nele nem atirou objetos, mas o violentou com uma torrente de agressões verbais. Diminuía e humilhava o filho sempre que podia. Contudo, aquilo não esmagou o garoto como um inseto — pelo contrário, isso o alimentou mais e mais, e ele construiu para si uma barreira de músculos e força em volta de um centro oco e vingativo. Um dia, aquele Oliver decidiu que espancaria o pai até a morte com as próprias mãos. Ele tinha um físico invejável, era mais forte do que qualquer colega, e era tão,

tão insolente! Até mesmo com Jake. Demorou um bom tempo até Jake conseguir levá-lo ao campo de pedras. Mas conseguiu.

Agora tinha esse Oliver. O 99º Oliver. O *último*. Todos os dominós tinham caído, exceto o final. E todos estavam apoiados nesse último dominó, o que colocava muita pressão no universo. Uma parte do turbilhão estava se infiltrando, transpondo as paredes finas, causando o caos. Ele também estava pressionado. Para fazer o que tinha que fazer, para *terminar* logo esse trabalho. Mas tinha feito da forma certa nas últimas 98 vezes — não seria agora que pegaria um atalho. Tinha seu código, tinha seu jeito.

— Nate morreu? — perguntou Jed.

— Não. Não sei.

— Que bom — disse o velho, com uma voz distante. — Mas por quê? Por que mantê-lo vivo?

— Porque eu não queria ter que lidar com um corpo.

E porque o demônio queria mostrar algo a Nate. Jake não sabia o que era. Não se importava. Não precisava conhecer todo o escopo do plano da criatura. Só tinha que fazer sua parte, de seu jeito.

— Mas… — começou Jed.

Jake o calou com um giro do pulso. Uma garrafa de uísque apareceu em sua mão. Uísque americano Jack Kenny, Blue Label. A bebida marrom saltou dentro da garrafa quando ele a entregou a Jed.

— Aqui, você merece. Uma recompensa.

— Eu… *Ah*, não conheço essa marca.

Passou o polegar pelo rótulo em relevo que mostrava um homem de chapéu-coco em uma cachoeira, dentro de um barril de uísque. Letras douradas sobre uma textura falsamente envelhecida.

— Não é daqui — respondeu Jake.

— Não é daqui. Você quer dizer…

— Isso mesmo. Uma garrafa de uísque de outra realidade, Jedward. Essa é a última garrafa que sobrou. Você está com um artefato raro nas mãos, um prêmio de valor incomparável. Pode beber tudo. O gosto será só seu. Ou pode dividir. Não estou nem aí. Leve-a para casa, aproveite o espólio e me deixe fazer o que preciso, porra.

Jed olhava para a garrafa do mesmo modo que um homem faminto olha para uma coxa de frango. Jake nem sabia se o velho estava escutando o que dizia. Ele assentia com a cabeça, mas de um jeito automático, distraído. Uma batida na porta o tirou de seus devaneios. Jake foi até a janela e espiou por trás dos vãos da persiana. Era Oliver. Isso. *Isso*! Então ele olhou para Jed. Não. *Não!*

— Merda — sibilou.

Apontando para Jed, falou:

— Não me diga que você estacionou aqui na frente.

— Não. Não! Eu... Eu estacionei do outro lado do parque dessa vez, como você pediu.

— Ótimo. Agora vaza. Pelos fundos.

O trailer tinha uma porta na lateral e outra no fundo, depois do quarto.

— *Não posso* deixar que ele veja você aqui. Não agora.

Se Oliver começasse a duvidar... Jed assentiu com a cabeça, aninhando a garrafa no peito como se ela fosse mais preciosa do que sua filha ausente. O que, provavelmente, devia ser. *Patético*. Logo que saiu, Jake abriu a porta e recebeu Oliver de braços abertos. Ele o convidou para entrar. Novamente, lembrou-se da faca e da arma, mas deixou o pensamento para lá. *Ainda dá tempo*, pensou. *Deixe o processo funcionar.*

50

LUZ NA ESCURIDÃO

Jake e Oliver saíram do trailer e foram para a casa de Oliver, andando no frio. Passaram pelo parque, pelos caminhos pavimentados, depois desceram algumas trilhas e voltaram à rota principal.

Jake fumava um cigarro e observava Oliver com cautela. A avidez zumbia atrás de sua orelha, na articulação de seu maxilar. Jake sentiu como se estivessem muito perto de seu propósito. *Muito* perto. Oliver, parado à beira do precipício, na ponta dos pés. O objetivo não era empurrá-lo, mas deixar que decidisse pular.

— Sinto um embrulho no estômago sempre que penso que ele se foi — disse Oliver, referindo-se ao pai.

— Eu entendo — respondeu Jake. — Quer dizer, não entendo. Meu pai... — *Meu próprio Nate*, pensou, comicamente. — Ele era um merda. Eu ficaria feliz com a morte dele. — *Fiquei feliz com a morte dele. Fiquei feliz quando o matei.*

— Estive pensando.

— É?

Oliver deteve-se e virou-se de frente para Jake. Jake jogou o cigarro em uma poça, *tsss*. Sentiu formigas subindo pelo peito. A ansiedade reavivada.

— Estou procurando meu pai por todos os lados, sabe? Nos últimos três dias, saí, estive com Caleb, ele e Hina me ajudaram a procurar nas estradas, nos bosques, no parque. Eu gritei o nome dele e... — A voz de Oliver rachou como um enfeite de Natal que cai da árvore. Seus olhos se encheram de lágrimas. — Nada. Ele se foi.

— Sinto muito, cara.

Tão. Perto.

— Mas aí é que está. Ele se foi. Se *foi* de verdade. Tipo, ele simplesmente... desapareceu. Sem pistas, evidências, nada. Como se ele tivesse entrado pela porta errada, em um lugar sem volta.

— E?

— O livro de feitiços — disse Oliver, por fim. — Seu livro de feitiços.

— O Livro dos Acidentes. O que tem ele?

Oliver lambeu os lábios.

— Talvez o desaparecimento do meu pai não tenha sido um acidente.

Merda! Essa não era exatamente a revelação que ele queria desse último e mais essencial Oliver. *Vamos, vamos, vamos. Não entre nessa, garoto.*

— O que você quer dizer?

— É só que... É como aqueles acidentes na mina de carvão. Alguns foram intencionais, muitos não foram, mas todos foram causados por uma sucessão de erros. Fraqueza. Como você disse, entropia.

Isso. Muito melhor assim. Jake tinha margem para trabalhar com aquilo. Ele tinha vontade de revelar tudo de uma vez, colocar palavras na boca de Oliver, mas era melhor deixá-lo chegar lá por conta própria — blá-blá-blá, você pode mostrar o caminho, mas não pode obrigar ninguém a segui-lo.

Oliver prosseguiu.

— Você disse que havia pontos fracos. Barreiras *finas* entre os mundos. Talvez meu pai tenha caído em uma delas, talvez tenha se perdido. Como falei, pode ser que ele tenha entrado por uma porta, uma porta que não devia estar ali. E agora não consegue voltar.

Jake fingiu refletir, como se considerasse a questão.

— Uau! Pode ser, Oliver. Sei lá, cara.

— Minha mãe falou que meu pai estava interessado no parque. Interessado de verdade. E você disse que, no seu mundo, não tinha parque nenhum ali. Você disse que tem um Ramble Rocks em todos os mundos.

— Isso mesmo.

— É como um prego atravessando as páginas de um livro. Está presente em todos os mundos. É uma... uma constante.

Uma constante, pensou Jake. *Igualzinho a você, Olly.*

— Você tem razão.

Uau, cara, não me diga! Ele quase revirou os olhos.

— Foi por lá que você veio? — perguntou Oliver.

— Foi. O túnel... O túnel de trem. Esse é o lugar.

— Você acha...

Lá vem. A súplica.

— Você acha que a gente poderia usar o Livro dos Acidentes para encontrá-lo? Talvez... Talvez exista um feitiço. Ou outra visão? A mágica está com você. Você estava tentando me explicar que a gente pode consertar as coisas. Talvez essa seja uma delas. Uma das coisas, por onde a gente pode começar.

Jake quase explodiu numa gargalhada. Não só pela facilidade — não tinha sido fácil! —, mas pelo alívio que sentiu ao perceber que estavam quase lá. Ele tinha mostrado o caminho, e agora o idiota seguia feliz e saltitante. Confirmou com a cabeça.

— Certo. Ok, *está bem.* Você pode ter razão, garoto. Aposto que o livro tem respostas. Ele ficou no trailer. A gente pode voltar lá, ver o que ele diz. Mas você tem que saber que isso não é uma mágica qualquer, é algo grandioso. Acho que não consigo fazer sozinho.

— Não precisa fazer sozinho, estou aqui. Faço o que for preciso.

— O que for preciso?

Oliver assentiu com a cabeça. Jake estendeu a mão para um cumprimento, mas Oliver o abraçou. Era uma sensação estranha — receber um abraço de si mesmo. Confortável de um jeito sinistro, mas também profundamente estranho. Uma versão fisiológica de um *déjà vu.* Afetuoso e repugnante ao mesmo tempo.

Dane-se. Jake retribuiu o abraço. E foi um abraço verdadeiro. Porque esse menino talvez tivesse acabado de poupá-lo de muitos problemas. Talvez tivesse salvado tudo — Jake, Oliver, esse Nate, todos os Nates, todos os mundos. Logo, tudo acabaria. A roda seria quebrada. A dor chegaria ao fim.

— Vamos descobrir como recuperar seu pai.

51

QUANDO O CRIADOR
ENCONTRA A CRIATURA

Lanças de luz atravessavam as árvores na manhã fria de novembro. Maddie e Fig se encontraram ao amanhecer. Ele tinha traçado uma rota que os levaria da casa de Jed até Ramble Rocks, contornando todos os caminhos oficiais que levavam ao parque. Os dois seguiram a uns 15 metros de distância. Fig explicou que fariam o trajeto em um leve ziguezague, tentando cobrir o máximo de terreno possível, sem perder de vista a direção do antigo túnel de trem, no coração de Ramble Rocks.

Agora era exatamente o que ela fazia — avançava em passos prudentes pelas árvores, olhando bem por onde pisava. Mantinha os olhos fixos no chão, não no horizonte, pois procurava pegadas, algo que provasse que Nate *e* Jed passaram juntos por ali.

Dez minutos de percurso foram suficientes para provar que a empreitada era infrutífera. O chão da floresta estava coberto por uma grossa camada de folhas mortas e galhos — não tinha a menor possibilidade de ver ou até mesmo de deixar uma pegada ali. Maddie olhou de relance para Fig, que também fazia uma inspeção lenta e minuciosa atrás de pegadas enquanto deslizava da esquerda para a direita.

Um pensamento intrusivo absurdo a atingiu em cheio, como uma pedrada: *O Dia de Ação de Graças está chegando.* Faltavam só duas semanas para o grande feriado que os três amavam, porque não tinha nenhuma das ciladas dos outros feriados, além de comida e família. Nada de presentes, canções de Natal, músicas, neve, árvore para enfeitar ou multidões para aturar. Somente um dia para, pura e simplesmente, se empanturrar (ela preferia fazer outras carnes que não a de peru, pois o peru era uma porcaria de

uma ave ruim) e depois assistir filmes. Eles não tinham parentes, então ficavam só os três. Agora, *só nós dois*. Maddie precisou parar. Esticou a mão,
encostando em uma árvore. Seus joelhos fraquejaram, mas ela se manteve
em pé. *Nate...*

— Tudo bem aí? — Fig gritou.

Ele já estava bem adiantado à frente dela. Ela nem tinha percebido.
Forçou os polegares para cima, como se dissesse *"tudo bem"*.

— Só deveria ter tomado café da manhã — respondeu.

— Quer parar? Comer alguma coisa?

— Não, vamos adiante.

Maddie quase perdeu o fôlego ao contemplar o campo de pedras, tão ermo
e tão estranho. Já sabia que aquela parte do Condado de Bucks era pe-
dregosa — em muitas casas, havia grandes rochas contornando a entrada
da garagem ou antigas pedras esquecidas em fileiras que demarcavam os
limites da propriedade. Ainda assim, ver todas elas ali, dispostas daquela
maneira, rocha atrás de rocha, pedra por pedra? Aquela era a visão de algo
raro, sentia, a visão de um lugar precioso, incomparável. E também tinha
outra coisa, uma sensação de que não conseguia se livrar. Como se o campo
pulsasse com certo tipo de energia, sombrio e vivo. Jed não tinha mencionado que havia um tipo de frequência aqui? Ou ela estava se confundindo?

Maddie espiou Fig — ele tinha guinado para a esquerda. O caminho
dela seguia pela direita. Arriscou uma última olhada em direção às rochas.
E foi ali que viu alguma coisa. Algo em cima de uma pedra estranha, plana,
parecida com uma mesa. *É um pássaro.* Ela piscou algumas vezes. Não, não
era só um pássaro. Era uma *coruja*.

A coruja se mexeu, como se estivesse se ajeitando no lugar. Ou talvez
só estivesse impaciente. Maddie prendeu a respiração. Mais uma vez, sentia
aquela sensação vertiginosa, mas, em vez de cair, subia. *Não pode ser minha coruja. A que eu fiz. A que sumiu. Ou pode?*

Ela engoliu em seco e foi direto para lá, andando pelo campo de pedras. Era quase impossível encontrar um terreno uniforme e fácil de pisar,
então ela foi por cima das pedras, passando de uma a outra delicadamente,

avançando em direção à coruja. Uma coruja que *sabia* que não podia ser real. Porém, conforme foi chegando mais e mais perto, em uma dança rápida pelos topos das rochas, conseguiu enxergar a coruja com precisão. As penas do peito da ave eram sarapintadas, mas não era pela cor das penas, e sim pelas ranhuras da madeira manchada. Seus olhos eram nós de árvore delicadamente esculpidos. Suas orelhas pontudas eram folhas secas escuras.

Ao se aproximar, diminuiu o ritmo. *Não a espante.* Um pensamento maluco, já que ela *tinha feito* essa coruja. Levantou as duas mãos, em parte como se tentasse acalmar um cavalo arredio, em parte como se tentasse estabelecer o primeiro contato com uma espécie alienígena.

A coruja a observava. Sua cabeça virou com um rangido e um tremor — o som de uma árvore antiga balançando ao sabor do vento hibernal.

— Eu... — Ela começou a dizer, mas nenhuma palavra saiu depois daquela.

O que havia para dizer? *Você é real? Eu que te fiz. Você voa? Estou sonhando? Estou morta?* A ave abriu as asas e se agitou um pouco, tal qual um cão sacudindo os pelos. Depois, voltou a se aprumar, fechando as asas em volta do corpo. As "penas", dispostas em camadas nas asas, eram de uma delicadeza magnética. A fina textura daquelas penas indicava um entalhe preciso, talvez com estilete. Uma tarefa agonizante e meticulosa. Uma onda de orgulho a invadiu. *Eu que fiz isso. Eu fiz você. E você é linda.*

A coruja baixou a cabeça. Depois repetiu o gesto, como se Maddie não estivesse entendendo a mensagem. Só então percebeu que a coruja apontava para uma rocha próxima, na qual Maddie descobriu um dólmen pequeno de pedras: uma pedra maior, do tamanho de uma bola de beisebol e, ao lado, duas pedrinhas achatadas. Aquelas que são boas para jogar na água, como gostava seu pai, e dão vários pulinhos.

Enquanto Maddie analisava seu achado, a coruja deu um salto para a outra rocha, roçando nas pedras com as garras e as derrubando no chão. Elas caíram ruidosamente. Em seguida, a ave baixou a cabeça mais uma vez, quase de modo impaciente. Como que para dizer: *"Preste atenção no que estou tentando mostrar."*

— Você... quer que eu pegue?

A ave a encarou com seu olhar de madeira. Implacável. Quase dizendo: "*Tenha dó*." Ela soltou um *uuh*. Por trás de sua voz, ecoou o som de galhos quebrando e o sussurro de um ramo de árvore sacudido pela ventania.

— Ok, acalme-se — disse Maddie à sua criação. — Deixe-me ver o que você vê.

Arriscou um olhar de relance para Fig. Ele não estava olhando. O que era bom. Mas ela também queria que alguém, qualquer pessoa, visse aquilo. Para confirmar se era mesmo real.

Respirou fundo e, esperando do fundo do coração que a coruja não enfiasse as garras afiadas de madeira em sua nuca, agachou-se em direção às rochas. Ela juntou as pedrinhas, que se entrechocaram como dados. A sensação de segurá-las era boa. Elas *encaixavam* na mão. Como se tivessem um propósito que Maddie ainda tinha que identificar.

Então, abaixo delas, detectou alguma coisa. O espaço entre as rochas era mais largo do que em outras áreas, e, ali, localizou uma pegada. Uma pegada de *bota*, como a bota de seu marido.

— Nate — disse, perdendo a voz.

Ele tinha atravessado o campo de pedras. *Era isso*. Logo começou a vasculhar a área, procurando mais vãos como aquele. Nessa parte, as rochas pareciam mais afastadas umas das outras do que em todas as demais áreas. Ela abaixou o corpo, aproximando-se das pedras, equilibrando-se em uma delas enquanto se virava para averiguar o chão.

— Meu Deus!

Outra pegada. Essa era mais plana. Como a de um tênis. No meio da pegada, uma marca suave, quase apagada — Nike. *Jed*. Eles estiveram ali. Nate não foi sozinho. Jed estava com ele. O vizinho tinha mentido.

— Aquele filho da puta — disse em voz alta, pondo-se em pé.

Um rumor de asas e galhos partindo... E a coruja, *sua* coruja, sumiu de repente. Ela olhou para o céu matinal e não viu nenhum sinal do animal. Aquilo era um problema para a Maddie do futuro. A de agora chamava Fig aos berros, dizendo ter encontrado as pegadas. Depois, guardou as pedrinhas no bolso, pois elas pareciam ter dado sorte, de verdade.

Fig olhou em volta, fazendo uma careta enrugada de frustração.

— Não acredito que eles vieram *através* do campo de pedras.

— Jed o trouxe aqui. Por... algum motivo.

— Como foi que você achou isso? — perguntou Fig.

Um passarinho me contou.

— Só pensei em olhar por aqui — respondeu. — Esse lugar tem alguma coisa diferente. Pensei que Nate pudesse querer conferir.

— Bom trabalho, Maddie. Isso... Bem, digamos que você tem os mesmos instintos policiais de seu marido. Vou esperar aqui. Alguns policiais estaduais estão vindo coletar as pegadas com moldes de gesso. Depois, vão fazer uma varredura na área para ver se há mais evidências.

— E Jed?

— Depois vamos ter uma conversa com ele.

— Uma conversa.

Ele deve ter captado o tom de desconfiança na voz dela.

— Eles vão levá-lo para a delegacia, Maddie, não se preocupe. Ele estará em uma sala com uns dois investigadores.

— O que posso fazer? Nesse meio-tempo.

— Você fez o que era preciso. É isso. Você conseguiu. Então, eu diria: vá pra casa, tome o café da manhã que você pulou. Relaxe um pouco, tire até um cochilo, quem sabe. Sei que não é educado dizer a uma mulher que ela está abatida, mas...

— Eu pareço uma roupa amarrotada, pode falar.

Ele deu uma risadinha.

— Vá pra casa. E obrigado.

— Não, obrigada você. Por acreditar em mim. Se a gente achar Nate...

— *Quando.* Quando a gente achar Nate, Maddie.

— É. Ele vai gostar de saber.

— Ele faria o mesmo por mim.

Com a descoberta das pegadas, os sentimentos de Maddie ficaram mais complicados, não menos. A esperança piscava como uma estrela pulsante. Por um lado, era uma pista, que poderia significar achar Nate e descobrir a verdade sobre seu desaparecimento. Por outro lado, era um sinal claro de algo péssimo, de que Jed estava mentindo — ou seja, que *tinha feito algo* a Nate, acidental ou intencionalmente, com más intenções.

E aquilo gerava outra coisa: raiva crua e intensa. Jed tinha mentido para eles. Ela tinha confiado nele. *Nate* tinha confiado nele. A caminho de casa, passou pelas árvores até chegar à estrada. Ali viu a casa de Jed — seu chalé, seu palácio autoral.

Sabia que logo mais a polícia estaria lá para interrogá-lo. Mas ficou ali parada, os pés plantados no asfalto. Um vento chicoteou, e algumas folhas passaram por seus pés como caranguejos em debandada. Maddie não conseguia fazer seus pés se mexerem e a levarem para casa.

Suas mãos se fecharam com tanta força que as unhas cavaram sulcos nas palmas calejadas pelo trabalho. Sentiu pequenas pontadas de dor no local, afloradas em meio à dormência. A raiva não cedia. Só aumentava. Até se *apoderar* dela. Maddie marchou rumo à casa de Jed e bateu à porta.

52

CASA DA ENTROPIA

O carro dele não estava na garagem, e a porta estava entreaberta. Maddie parou de novo, pensativa: será que realmente deveria fazer aquilo? Sabia a resposta, da mesma forma que qualquer pessoa *sabe* quando age de maneira prejudicial e problemática, da mesma forma que sabemos quando comemos demais, bebemos demais, dirigimos rápido demais. Ainda assim, criou uma desculpa para contrariar aquela resposta: *eu preciso, e eu quero, e eu acho que vou fazer isso de qualquer forma, porque sinto que preciso fazê-lo.*

A porta se abriu com um leve empurrão. Lá dentro, parecia que um bando de acumuladores tinha tomado uma casa outrora organizada. Ou talvez uma família de guaxinins. Moscas zuniam em volta de caixas de pizza e de comida chinesa — algumas ainda contendo comida e empesteando o ar com um fedor azedo e podre. Os livros se espalhavam pelo chão, como se tivessem sido arrancados das prateleiras com raiva. As únicas coisas aparentemente intocadas eram porta-retratos — as fotos de uma mulher bonita ao lado de uma adolescente, uma garota cujos olhos reluziam intensamente com a ousadia travessa e a inteligência de Jed Homackie.

Uma garota que agora Maddie sabia que estava morta. Assim como seu próprio marido. Uma voz dentro de sua cabeça a lembrou: *você não sabe se Jed é culpado. Você não sabe se Nate está morto.* E outra voz contra-argumentou: *com certeza ele pode estar morto, Maddie. E sabemos que a porra do Jed mentiu pra nós, não é, queridinha?*

— Jed? — chamou, com a chama da raiva novamente acesa.

Nenhuma resposta. A ausência dele acabou com sua satisfação. Ela *queria* que ele estivesse lá. Queria confrontá-lo. Até gritar na cara dele.

Meter uma porretada na cabeça dele e matá-lo, incitou uma voz mais sombria.

— Cacete! — exclamou.

Cheia de coragem e puta da vida, decidiu dar uma olhada na casa.

Verdade seja dita sobre uma casa: ela só se torna um lar depois de alguém morar ali, e mais ainda depois de várias pessoas morarem ali e suas vidas adicionarem um tipo de textura, muitas vezes invisível, camada após camada. Essa textura está presente no cheiro da casa: o aroma da comida dos jantares em família, o fedor de cigarro impregnado nas paredes, o odor corporal acre e fermentado no quarto de um garoto adolescente. Está lá nas pequenas trincas e marcas, no gesso afundado depois do murro de alguém, nos tão queridos rabiscos no quarto de uma criança, nos arranhões que os animais de estimação deixam nas tábuas do chão. Uma casa era só um lugar. Um lar tinha alma. Tinha vivido muitas vidas, tinha abrigado muitos fantasmas. Talvez fantasmas felizes, talvez tristes. Talvez tenha sido o lar de gargalhadas — ou de sangue e lágrimas.

Essa casa não era um lar. Era uma bagunça. Continha *coisas*. Mas a construção era relativamente nova — não parecia ter *história* ali dentro. Era uma terra desolada, passada de mão em mão sem que ninguém se fixasse ali. Conforme Maddie explorava, foi percebendo que muitos dos cômodos pareciam totalmente inutilizados. Dos quatro quartos no andar de cima, dois estavam vazios, exceto pela poeira e pelas esparsas teias de aranha nos cantos. Um quarto era só um depósito de *coisas*: caixas e mais caixas, vestidos em capas protetoras pendurados em cabides, um vestido de noiva, uma caixinha de música, um saco de lixo meio aberto, revelando bichos de pelúcia empilhados. Ela se deu conta: *essas coisas pertencem à mulher e à filha dele*. Ou melhor, *pertenciam*.

Um momento de empatia a envolveu: perder um filho? E ainda por sua culpa? Ela não conseguia nem imaginar. Seria devastador, de deixar um buraco no peito. E claramente tinha causado um impacto em Jed. Mas ela também sabia que jamais chegaria ao ponto de expor Oliver a tanto risco. Ela tinha tudo sob controle. *Cada milímetro* de sua vida. Os erros da juventude e a ansiedade que levou a eles tinham sido vencidos (outra voz venenosa: *ou assim você espera, Maddie*).

Um dos dois banheiros também estava vazio, ocupado, mais uma vez, somente pela poeira, por aranhas e por uma centopeia escalando o chuveiro. O outro banheiro era o da suíte do quarto maior. Esses dois cômodos estavam uma completa desorganização — imundos, bagunçados, puro caos. Não faltavam sinais de loucura e ira: lençóis enroscados num edredom e jogados no chão, um espelho quebrado, uma mesa com uma pilha de bilhetes, folhas amassadas e um espaço quadrado em meio à poeira, onde deveria ficar o notebook. As gavetas da cômoda estavam todas abertas e esvaziadas. As luzes do closet ainda estavam acesas. Roupas tinham sido arrancadas dos cabides, que agora se esparramavam pelo chão e sobre o colchão. Espiando por baixo da cama, havia um pequeno cofre digital à prova de fogo. Também aberto e vazio.

Ele foi embora. Roubou de Maddie a chance de confrontá-lo. Não estava mais ali. Jed tinha feito as malas — apressadamente, sem cuidado — e abandonado o lugar.

— Porra! — disse ela, para as aranhas e centopeias.

Há quanto tempo tinha partido? Será que ela não o pegou por pouco? *Porra, porra, porra!*

De volta ao andar de baixo, reparou em uma caixa de pizza fechada. Em cima dela, havia duas coisas: uma caneta e um telefone residencial sem fio. Normalmente, ela esperaria que alguém, nos dias de hoje, usasse o celular para fazer ligações. Ela e Nate nem tinham mais um telefone residencial. Mas Jed era mais velho. Pessoas mais velhas ainda mantêm esse hábito. Ou seja, talvez ele tivesse usado o telefone antes de ir embora.

Para falar com quem? Ela ligou o telefone e apertou o botão de rediscagem do último número, sem saber se o truque ainda *funcionava*. Não funcionou, porque a bateria do telefone tinha acabado. Ela jogou o aparelho no balcão; não tinha tempo de carregá-lo. Imaginava que a polícia poderia chegar a qualquer momento. E se fosse pega na casa... *Você precisa ir, Maddie.*

A caneta, uma esferográfica. Passou o polegar por uma textura na caixa de pizza. Lá, encontrou algo, como uma inscrição em Braille: sulcos de alguma coisa escrita à mão. *Um número.* Inspecionou a sala com o olhar até encontrar uma notinha fiscal grampeada à caixa de pizza. Ela a arrancou e apertou-a sobre os sulcos. Uma rabiscada rápida com a caneta revelou um número de telefone. Maddie enfiou a nota no bolso, esgueirou-se pela porta e saiu em disparada para sua casa.

53

A GRAVIDADE DA
CULPA E DA VINGANÇA

Quando se deu conta, Maddie já tinha caído na estrada, como se despencasse nessa jornada, sem ter como se deter. Dirigiu por uma hora através da Rodovia Auxiliar 476 até alcançar a Interestadual 80, a grande rodovia que cortava a Pensilvânia ao meio feito uma rachadura na parede do porão. Antes de seguir para o oeste, Maddie parou no estacionamento de um McDonald's e mandou uma mensagem para o filho: "Olly estou indo viajar."

Ela esperou, encarando a tela do celular. Nada. Em seguida, três pontinhos. A resposta surgiu: "Ok."

Aquele não era o jeito dele. Estava sendo muito curto e grosso. Até demais. Ela sabia que ele estava sofrendo com o desaparecimento de Nate, mas só agora percebeu que estava ignorando o filho e sua dor. Estava tão perdida quanto ele, mas não tinha dividido o sofrimento com o garoto, não tinha dito que ele não estava sozinho, não tinha sugerido que ele ajudasse a encontrar o pai. *Merda!*

Ela mandou outra mensagem: "Você está bem?"

Ele: "sim só ocupado"

Ela: "Olha, Olly, desculpa por não estar tão presente, te dando apoio. Fiquei muito envolvida procurando seu pai. Tudo vai melhorar quando eu voltar"

O tempo passou, trinta segundos, um minuto, cinco minutos.

É assim que as crianças se sentem quando seus amigos ou namorados ou qualquer coisa não respondem na hora? Aquela onda de preocupação e impaciência? Ela experienciou aquele sentimento bastante maternal de pensar: *meu Deus, esses aparelhos são perigosos*. Mas então se lembrou da época da escola, quando ficava olhando para o telefone sem fio na mesinha de cabeceira, só esperando a ligação de alguma amiga ou de algum menino. Talvez essa fosse a natureza da comunicação humana. *Precisamos uns dos outros mais do que pensamos.*

Grunhindo, prestes a mandar outra mensagem pedindo para que ele a respondesse, viu os três pontinhos novamente.

Ele: "tá bom eu falei que estou ocupado"

Ele: "te vejo quando você voltar"

Ela respondeu com um emoji de coração. Ele não respondeu mais. *Merda, merda, merda!*

Ela queria dizer mais coisas. Que compensaria a ausência dos últimos dias, que sentia falta de Nate, que estava preocupada — tão preocupada que parecia que isso iria a destruir, e que agora tinha medo de perder Oliver também, e que toda essa situação a estava deixando louca.

As coisas eram assim. Guardou o celular e saiu do carro. Tinha mais uma coisa para conferir — a versão mais violenta e vingativa de verificar se tinha desligado o gás do fogão antes de sair. Abriu o zíper da mala de mão no banco de trás e se certificou de que não tinha se esquecido do revólver que pegou da coleção de Nate.

54

DE ESTRELAS A PEDRAS

Desliga esse celular — sibilou Jake.

— Desculpa. Minha mãe foi... viajar. Do nada. Sei lá.

Por um instante, pensou em Maddie com uma raiva estranha, crua, involuntária. Não conseguia ver a própria dor como conseguia ver a dos outros, mas é claro que conseguia *imaginá-la*. Nesse momento, era uma coisa retorcida, turbulenta. Talvez sua mãe não merecesse todo aquele ressentimento, mas era o que ele sentia e pronto. Além disso, ela estava certa: ela realmente *esteve* ausente, não tinha dado nenhum apoio. Porém, uma guerra se desenrolava dentro dele, afinal, *ele* esteve presente? Apoiou a mãe? O pensamento mais idiota do mundo passou por sua cabeça de repente: *ser gente é estúpido, porque ser gente é muito, muito difícil.* Voltou para a realidade quando Jake estalou os dedos à sua frente.

— Estamos tentando trazer seu pai de volta, lembra?

— Desculpa.

— Você precisa se concentrar, porra! Isso é interferência. Distração. Ok?

Oliver assentiu com a cabeça. Os dois se sentaram no chão do trailer de Jake. O Livro dos Acidentes estava aberto entre os garotos. No topo da página em questão, um registro:

O'Grady encontrado morto do fim do 5º patamar, túnel 8, no filão de Muldoon. Sua garganta estava cortada.

Mas estão as palavras começaram a tremer.

— Concentre-se — ordenou Jake.

— Tá.

Oliver fez como Jake pediu. Manteve o foco nas frases:

McClellan enlouqueceu

Falando com as paredes

Túnel 8 desabou

Posner falou que viu algo lá embaixo

um animal, como um "caranguejo gigante"

Faca ensanguentada é encontrada nas coisas de Posner, embrulhada num pano

Posner matou O'Grady

Fechando Ramble Rocks até segunda ordem

Então, as frases começaram a vibrar, como as asas das abelhas numa colmeia. Aquele som ressoou atrás de sua orelha, bem no fundo de seu crânio, perto da nuca. O livro ficava cada vez mais nítido enquanto o resto do ambiente desfazia-se em um borrão engordurado. Ele parecia subir enquanto o cômodo caía. Jake sussurrou:

— Está acontecendo.

Estava, de fato. Oliver conseguia sentir. Aquela sensação de queda, mais uma vez. O vácuo emergiu à sua volta. Estrelas partidas emitiam uma luz fraturada nesse hematoma infinito. E ele não estava sozinho. Jake estava com ele, em algum lugar. Contudo, também havia outra coisa, movendo-se pelas beiradas, como um tubarão que nada fora do alcance da vista, atrás de um recife.

De súbito, as estrelas começaram a se mexer. *Ou sou eu que estou me mexendo?* Oliver não sabia ao certo, só sabia que as estrelas estavam se aproximando — todas elas, ou seja, eram elas que vinham em sua direção, não o contrário, porque, se fosse ele, algumas estrelas ficariam mais próximas, e outras, mais distantes, não é? Alguma coisa aqui funcionava do jeito normal?

O vácuo começou a girar e piscar. As estrelas foram ficando cada vez mais brilhantes e, conforme chegavam mais perto, dava para ver melhor as fraturas que tinham: a luz passava por elas em ângulos estranhos e improváveis, como se projetadas por um prisma quebrado. A luz feria seus olhos, o deixava enjoado. Sentiu a garganta cheia de algo molhado, algo com gosto de sangue...

As estrelas se tornaram pedras. Rochas, como as de Ramble Rocks. Não, não *como* aquelas, mas exatamente iguais — uma série de pedras espalhadas, uma ao lado da outra; a única diferença era que, como as estrelas, essas aqui eram fraturadas. Divididas em duas. A escuridão reluzia nas faces dos penhascos. As pedras se mexiam e tremiam como as palavras na página. Então, um sussurro deslizou pelo vácuo. Não era Jake, mas vinha de algum lugar, de alguma *coisa*, outra coisa (do livro?).

Era um sussurro de dor e câncer. De trauma e cicatrizes. *Matar o câncer, extirpar o câncer*, dizia. *Parar a dor, acabar com a dor. Quebre a roda, refaça a roda.*

No centro de tudo, uma nova pedra se ergueu — dessa vez, era diferente das demais. Era uma pedra achatada, parecida com uma mesa, quase em forma de bigorna. Ele viu Jake do outro lado da pedra, com as mãos esticadas, prestes a tocá-la. Oliver também encostou nela, sentiu os sulcos da rocha, os desgastes provocados não por ferramentas humanas, mas pela ação lenta do tempo e da erosão da água (sangue).

Passou o dedo pelos sulcos até chegar ao meio da mesa, local onde havia um buraco fundo. Quando o tocou, seu mundo se contraiu em um relâmpago. Ele enxergou alguma coisa naquela claridade pulsante: um vislumbre de seu pai esparramado sobre a mesa, com um buraco enorme no meio do peito, o sangue jorrando em regurgitações inconstantes, como um milkshake que escapa de um liquidificador quebrado, derramando pela tampa. Os lábios de seu pai estavam arroxeados. Seus olhos estavam injetados — toda a parte branca estava vermelha. Ele tentou falar uma palavra — "Oliver" —, mas o nome foi interrompido por um arroto sangrento. Em seguida, o sangue escorreu por baixo dele, escoando pelos sulcos, oito sulcos, os canais espalhados como patas de aranha, e a luz se apagou dos olhos do pai.

Oliver gritou, recuando. Contraiu todo o corpo, dobrando-se sobre si mesmo, primeiro metaforicamente, mas depois literalmente, quando se sentiu como uma galáxia implodindo, uma supernova ao contrário. Seu grito ecoou e retumbou, desfazendo o vácuo em fitas, transformando as pedras em pó. Ouviu Jake chamando, sua voz cada vez mais distante...

55

EJETAR OU MORRER

Foi como ser arremessado do lombo de um cavalo escoiceando. Oliver tropeçou para trás, aproveitando o impulso para se afastar engatinhando de costas, apoiado nos braços e nas pernas, evitando cair de vez.

Tinha gosto de sangue na boca. Fechou os olhos por um instante e se arrependeu amargamente, pois, quando fez isso, viu, por trás das pálpebras, seu pai estendido naquela mesa, morrendo, com o peito arrebentado, *todo aquele sangue...*

Jake, que já estava de pé, cambaleou em direção a Oliver, oferecendo a mão.

— Não — disse Oliver, recusando-a. — Ainda... Ainda não. Só preciso, só preciso me sentar.

Confirmando com a cabeça, Jake se sentou também.

— Aquilo foi pesado — falou.

— É. É, foi. — Sentia um bolo na garganta, como se tentasse engolir um punhado de folhas mortas e secas. — Meu pai...

— Ele está morto, Olly. Lamento dizer, mas ele se foi.

— Você não sabe... Pode ser outro Nate, ou só uma visão.

— O livro mostra a verdade, Olly. Você sente, não é? Seu pai, ele partiu.

— Eu... não consigo fazer isso — disse Oliver, bruscamente, levantando-se.

Ao olhar para o outro garoto rapidamente, *jurou* ter visto alguma coisa ali — alguma coisa se *mexendo* dentro de seu olho esquerdo. Uma sombra, como uma enguia, chicoteando a cauda pelo mar agitado. Afastou o pensamento da cabeça. Aquilo não fazia sentido, certo? Cambaleou até o canto do cômodo e vomitou. Não havia muito o que pôr para fora, já que tinha comido bem pouco nos últimos dias. Um fio de saliva com bile pendeu de seu lábio.

— Oliver, temos que ir pra lá — insistiu Jake. — Temos que ir pra Ramble Rocks. Para o lugar onde vimos seu pai morrer, cara. Só pra ver.

— Não — vociferou Oliver. Secou o queixo e foi tropeçando até a porta. — Tenho que ir pra casa. Não consigo fazer isso agora.

— Agora é o tempo que temos — respondeu Jake, entredentes.

Oliver percebeu a urgência naquela voz. Era uma súplica, mas, por baixo, corria um rio de outra coisa: raiva. Não que conseguisse vê-la — até então, a raiva e o medo de Jake se escondiam dele. Mas tinha certeza de que conseguiu ouvi-la. Por que Jake estaria com raiva dele? Qual seria o motivo da impaciência?

Oliver não podia lidar com aquilo. Não tinha mais nenhuma energia. Tudo que conseguiu fazer foi empurrar a porta e ir embora. Jake o chamou várias vezes, mas Oliver, triste e tonto, com o peito e o estômago revirados, continuou andando. Sem tirar da cabeça a imagem do pai, morto naquela pedra.

56
ESCATO

Tão perto! *Tão perto, porra!* Jake uivou. Chutou a mesa de centro. Torceu a mão no ar, conjurando a faca que espreitava no Intervalo, e esfaqueou o sofá sem parar, jogando pedacinhos de espuma para todos os lados.

O Livro dos Acidentes, no chão, murmurava e se agitava, pulsando de ressentimento e decepção. Tinha explicado a Jake o que ele precisava fazer. Estava certo desde o começo. Nunca estava errado.

Jake girou a faca e chispou pela escuridão. Oliver tinha uma vantagem de vários minutos, mas ele o alcançaria. E quando alcançasse... conduziria esse mundo ao seu fim.

57
A CAÇADA

Estava tarde, quase meia-noite. Sua bicicleta ainda estava quebrada, então Oliver foi a pé para casa. Estava cansado. Só queria deitar e dormir por um bom tempo. A imagem de seu pai morrendo naquela pedra o assombrava. Tinha medo de cair no sono e ter pesadelos com aquilo, mas a imagem já estava ali, atrás de seus olhos despertos, então o melhor que podia fazer era torcer por um descanso negro e sem sonhos. Uma trégua. Seu pai, morrendo na pedra… Tinha sido real? Era verdade? Será que a mágica do livro o estava enganando? Momentaneamente, considerou a ideia de sair da estrada e perambular pelo parque, para encontrar o campo de pedras, para procurar aquela rocha em forma de mesa. Mas resistiu.

Não ceda a isso. Mas outra voz o implorava para ceder. *Não posso fazer isso, não consigo lidar. Vá logo pra casa. Durma um pouco.* Quanto tempo tinha dormido? Quanto tinha comido? Muito pouco. A caminho de casa, Oliver estava tão perdido em pensamentos que não viu quem o seguia lá atrás, na escuridão profunda, infinita.

58

A POUSADA

Quando Maddie chegou à pousada Barn Fox, já era mais de meia-noite. Embora já tivesse se deparado com os traços distintivos da Pensilvânia rural pelo caminho (lojas de pescaria, galerias de antiguidades, acampamentos, estacionamentos de trailers), a pousada não era um exemplo desse universo.

Era uma série de chalés que se alastravam por um terreno gigante — até no escuro ela conseguia ver a magnitude do lugar, com toda sua grandeza rústica e moderna. Placas no estacionamento indicavam a direção do spa, da quadra de *pickleball*, dos estábulos, do café. Não era cafona como alguns dos resorts nas montanhas Pocono, onde você e seu cônjuge, recém-casados, ou talvez você e seu acompanhante, poderiam tomar um banho de espuma com aroma de rosas em uma banheira de hidromassagem que parecia uma taça gigante de champanhe.

Não, esse lugar tinha classe. E tinha preço. Ela entrou na recepção principal, onde encontrou um jovem de bigode torcido, camisa de flanela e, de todas as possibilidades de acessórios de hipster, justo uma gravata-borboleta. Ali, fez a reserva com um cartão de crédito e retirou as chaves de um dos chalés.

— Ah, tenho um amigo hospedado aqui — disse, fingindo ter se lembrado na hora. — Ele é escritor, se chama Jed. Mas é provável que tenha feito a reserva com o nome completo, John Edward. O sobrenome é Homackie. Você sabe em que chalé ele está? Posso dar uma passadinha lá amanhã de manhã.

Porém, o jovem não caiu no truque.

— Desculpe. Temos a política de não fornecer informações sobre os hóspedes. Mas, se ele estiver aqui, posso entregar um bilhete de bom grado.

— Queria que fosse uma surpresa.

— Você pode mandar uma mensagem avisando que está aqui.

Ela deu um sorriso forçado.

— Como disse, uma surpresa.

— É claro. Perdão.

Maddie assentiu com a cabeça.

— Tudo bem. Obrigada pela ajuda.

— O seu chalé é o 34.

— Ok. Tenha uma boa noite.

Ele nem para dizer: *você também*. Bigodudo sacana. Ou seja, ela teria que fazer tudo sozinha. Primeiro, tirou a mala de mão do Subaru e a despejou no quarto, aproveitando um momentinho para se regalar com o encanto daquele palácio de conforto supremo. Cama de dossel imensa. Tapete branco de urso. Uma lareira. Banheiro com um box enorme e dois chuveiros atrás do vidro jateado, além de uma banheira repleta dos mais finos produtos de beleza. Arte nas paredes. Uma pequena cachoeira na janela grande dos fundos. Um *segundo* quarto, suspenso em um patamar com acesso por uma escada caracol de madeira.

Em um mundo melhor, ela se jogaria na cama, de braços abertos, em uma pose confortável de Cristo, e soltaria um urro bárbaro de puro relaxamento. Mas não nesse mundo, não nesse dia. A noite era longa, seu marido estava desaparecido, e o homem que sabia o que tinha acontecido estava *ali*. Ela tinha uma tarefa a cumprir, então foi em frente.

Jed tinha um Lexus NX SUV preto, e não demorou muito para encontrá-lo na ponta do estacionamento da pousada, perto de um conjunto de chalés maiores e mais luxuosos. O problema é que aqueles chalés ficavam agrupados de cinco em cinco, dispostos como as pétalas de uma flor em volta de um pátio cujo chafariz, desligado por causa do inverno, estava todo enfeitado com luzinhas brancas de Natal.

A impaciência pinicava nos nervos de Maddie, mas ela sabia que não podia sair batendo nas portas e espionando pelas janelas. Se fosse descoberta, sobraria para *ela*. Não, ela tinha que fazer as coisas do jeito certo.

Por mais que quisesse se recolher no ninho de luxo que era seu chalé, tinha que ficar lá fora. No carro, no frio. Abastecendo-se com golinhos do café que tinha comprado no posto de gasolina. *É como ficar de tocaia*, disse a si mesma. Jed tinha que sair uma hora. E, quando saísse, ela o pegaria.

Tum tum tum. Maddie despertou engasgada ao volante. Piscou os olhos embaçados, acostumando-se aos poucos com a luz enquanto tentava descobrir que barulho era aquele. *Merda, acabei cochilando!*

Tum tum tum. Uma sombra caiu sobre ela. Tinha alguém na janela, do lado do motorista, e ela se virou para ver quem era... Era ele. Era Jed. Ele a observava pelo vidro, uma das sobrancelhas erguidas em um arco curioso, até sinistro. Em seguida, levantou a mão. Tinha uma arma. Não, não uma arma qualquer — o revólver que ela tinha trazido, o que estava em sua mala. Ele lhe mostrou os dentes brancos (*facetas*, ela pensou, perdida) e pressionou o cano contra o vidro do carro enquanto ela pulava em direção ao painel de controle, tentando alcançar a porta do passageiro. A arma disparou e ela sentiu a bala penetrar na parte de trás de seu crânio.

Bang. Ela ouviu o tiro bem alto, rente ao ouvido, e acordou em um pulo, em frente ao volante do Subaru. A luz do dia se infiltrava, manchada com as tintas cinzentas do inverno (embora ainda fosse novembro). Os olhos estavam grudentos, a boca, seca. Sua nuca latejava com a memória de um tiro. *A memória do* sonho *com um tiro*, ela se corrigiu.

No entanto, tinha mesmo caído no sono e... O som, o tiro, percebeu subitamente, tinha sido algo real, invadindo sua mente adormecida.

Uma porta de carro batendo. Porque, logo à sua frente, o SUV preto ganhava vida; as luzes de freio, vermelhas como os olhos de um demônio, começavam a recuar devagar. O reflexo na janela não lhe permitiu ver quem estava dirigindo, mas sabia quem deveria ser. Assim que o SUV saiu do estacionamento, ligou o próprio carro e saiu lentamente pela estrada, seguindo Jed Homackie. *Peguei você*, pensou.

59

OUTRO JEITO

Em algum lugar às suas costas, Oliver ouviu o barulho de algo quebrando sob um pneu — uma noz, talvez. Um ruído de algo sendo triturado. Porém, não viu nenhum farol de carro. Tudo continuava escuro.

Seu pulso acelerou — não tinha uma percepção concreta ou completa, mas *sentia* alguma coisa. Tinha algo errado. Alguém estava ali? Atrás dele? Virou-se para olhar, mas não viu nada a princípio. Então, conseguiu detectar uma coisa, sem sombra de dúvida. A uma boa distância, um brilho prateado de luar no metal. Um carro. Com os faróis desligados.

— Merda! — exclamou, expelindo uma nuvem visível de hálito.

Os faróis acenderam, ofuscantes e terríveis como o julgamento divino. Alguns segundos transcorreram — tique-taque, tique-taque, como se Oliver e o carro estivessem se reconhecendo. Em seguida, os pneus cantaram, e o carro avançou em disparada, lançando seus faróis como bolas de fogo acendendo a estrada.

Oliver gritou e tentou correr, mas, depois de alguns passos, seu pé se enroscou no cascalho solto, e ele foi parar no chão. Amorteceu a queda com as mãos, e suas palmas arderam. Conseguiu se levantar e arremessou-se novamente para a frente.

O carro o ultrapassou e deu uma fechada brusca. Oliver soltou outro berro enquanto se escorava com as mãos doloridas e sangrando, dessa vez no capô prateado de uma Mercedes nova. A porta do carro se escancarou, e de lá saiu Graham Lyons.

— Graham — disse Oliver.

No mesmo momento, Lyons afundou um murro em sua barriga. Oliver perdeu o fôlego e se dobrou ao meio.

— Vi você andando e pensei: por que não fazer uma visitinha ao meu amigo *Oliver Graves*? Além disso, temos um assunto não resolvido.

Ao ouvir isso, a memória de Alex Amati segurando seu rosto numa poça d'água ressurgiu, e seus joelhos quase cederam. Mas outra coisa também surgiu: a raiva.

— Está vendo isso aqui? — bradou Graham, enfiando a mão direita estropiada sob o nariz de Oliver. Mesmo depois de dois meses, continuava enfaixada. — Fui fazer a cirurgia ontem, e sabe o que aconteceu? Eles falaram que tenho dois tendões lesionados, não só um. Flexor e tensor, ou sei lá que merda. Ou seja, estou fora. Do beisebol. E a segunda cirurgia só vai acontecer depois do Dia de Ação de Graças. E aí são mais três meses de recuperação. Além de fisioterapia. Dezembro, janeiro, fevereiro. Talvez eu consiga voltar a treinar em março, mas disseram que o movimento pode demorar um *ano* para voltar ao normal. Um ano!

Meteu outro murro no abdômen de Oliver. O garoto reuniu o pouco de força que tinha, pelo menos o suficiente, para não vomitar. Engoliu um fio de cuspe que pendia de sua boca.

— Que pena — falou, com a voz fraca. — Acho que finalmente você vai ter que *aprender* alguma coisa de verdade para conseguir entrar na faculdade.

Graham soltou um urro, pegou Oliver pelo colarinho sem esforço e o jogou contra a lateral da Mercedes prateada. Agarrou seu maxilar com a mão machucada e apertou com força, até Oliver sentir a pressão nos dentes. Mas também sentiu a tala do dedo furando sua pele.

A dor inchou em Graham: uma forma negra que se retorcia inteira, como se não achasse conforto. Ela preenchia quase todo seu corpo e se alimentava de si mesma — uma infecção emocional maluca na placa de Petri que era Graham Lyons.

— Seu catarrento do cacete — chiou.

— O que você quer comigo, Lyons? — Oliver disse, com a voz estrangulada. — A culpa é sua. E acho que você sabe. E fica com ódio disso.

Naquele instante, a dor de Graham se *contraiu*.

— Quer saber o que eu quero com você? — Graham apanhou a mão de Oliver e torceu o dedinho e o anelar para trás. Uma fisgada de dor percorreu a mão, o pulso e o braço de Oliver. — Quero que você sofra como eu. Quero que você conheça essa dor. Talvez seus tendões arrebentem. Talvez eu só *quebre* — e então forçou os dedos para trás, arrancando um berro de Oliver — esses dedinhos como se fossem uns gravetos de merda. A não ser que tenha outra coisa que eu possa tirar de você. O que você mais ama, Oliver Graves? Seu papai? Mas ele já se foi, não é?

Gritando, Oliver afundou o joelho no saco de Graham. Lyons guinchou, e Oliver conseguiu se soltar dele. Aproveitou que Graham estava dobrado e deu outra joelhada, dessa vez na sua cara. O nariz do garoto amassou como uma batata cozida. Oliver o empurrou, e Graham caiu ao lado do pneu do carro. Ele choramingou, ofegante.

Sua jaqueta de frio estava aberta, e a blusa tinha subido, revelando suas costelas. A luz acesa dentro do carro iluminou parcamente os hematomas escuros e as cicatrizes recentes em sua pele. Graham, ao perceber que Oliver olhava, baixou rapidamente a blusa para cobrir os machucados. O que só confirmou o que Oliver já desconfiava. A dor de Graham recuou, como que se tentasse se esconder da luz — ou talvez da revelação do que Oliver tinha visto.

Ela está viva, pensou Oliver. A dor era uma criatura viva. Dentro de Graham. Fazia parte dele. Mas tinha sido *colocada* ali, como um parasita, uma espécie invasora. *Eu consigo...* Um pensamento vago e incompleto. Conseguir o quê? A ideia surgiu na mente de Oliver, mas não teve continuidade. Ficou lá, pendurada como um gancho vazio na parede. Sentiu-se forçado a dar um passo à frente. Graham rastejou para trás, dizendo:

— Sai de perto.

Ele tem medo de mim. Oliver deu outro passo e disse, oferecendo a mão:

— Me desculpe.

Graham olhou para a mão dele como se fosse um cocô de cachorro, mas Oliver não retirou a oferta. Agitou-a com impaciência, como se dissesse: "*Fica quieto e segura logo.*" O garoto revirou os olhos e disse:

— *Está bem.*

Esticou o braço e se segurou em Oliver, que o puxou para cima, ajudando-o a se levantar. A dor dentro de Graham recuou mais uma vez. Era como se ela tivesse vida própria e estivesse magoada — e, caramba, aquilo mexeu com a cabeça de Oliver! Causar dor *à* dor? Aquilo era possível? Como? Que loucura!

O garoto ficou de pé, mas Oliver não soltou sua mão.

— Sinto muito pelo seu dedo — disse. A dor se iluminou na escuridão, como um choque elétrico. — Sinto muito que você ponha em dúvida sua identidade e seu valor por causa disso.

— Você não sabe de porra nenhuma.

A dor estremeceu mais uma vez, contorcendo-se.

— Sinto muito que você esteja sofrendo e que alguém tenha machucado você, mas isso não precisa te definir, Graham.

— Vá se foder, Oliver.

Mas Graham não soltou a mão de Oliver. Seu aperto ficou mais frouxo. Seus joelhos se dobraram de leve. O muco espesso de sofrimento em seu âmago contraiu-se e pulsou.

— Você não sabe de *nada.*

— Eu sei — respondeu Oliver, e não mentia.

Só não tinha certeza de como sabia. Talvez fosse por estar tão cansado, esgotado, saturado. Talvez fosse por causa daquela visão de seu pai na mesa de pedra. Talvez o livro tivesse despertado algo nele, para o bem ou para o mal. No entanto, ele entendeu de repente coisas que nunca tinha compreendido antes.

Oliver soltou a mão de Graham. Então, agarrou algo dentro dele, ou pelo menos foi como pareceu — sentiu a mão segurar algo, algo que se debatia. Era a dor dentro de Graham, o sofrimento, o medo, que guinchava como um coelho nas garras de um gato.

Seus olhos giraram para o fundo do crânio, e o espaço entre os dois, logo acima de seu nariz, preencheu-se com uma pressão intensa, como se o peso do mundo se concentrasse ali, como um bloco de concreto afundando em seu rosto, como uma mão de ferro espremendo sua testa, e uma torrente de sentimentos horríveis o invadiu. Sentiu um cinto chicoteando-o nas costas. Lembrou-se de uma bola de beisebol atirada com tanta força que arrancou uma lasca de osso de seu quadril. Lembrou-se de chorar em um travesseiro que não era o seu, em um quarto que não era o seu, em uma casa que não era a sua. Nomes e acusações ecoavam em seu ouvido: *mariquinha, bicha, desperdício de espaço, mão frouxa, olha a bola, seu animal, você é uma lesma, por acaso você é retardado?, que decepção, Graham, você é uma grande decepção, você cagou no meu legado, você não é um campeão, é um perdedor, perdedor! PERDEDOR.*

A mão de Oliver estava em brasa. Ele soltou um grito, segurando aquela coisa que serpenteava como uma enguia. Ele apertou... E aquilo começou a crescer e se distender. Graham berrou. A coisa escura *explodiu*, molhada e viscosa... E então se foi. Por inteiro. Não sobrou nada — pelo menos, não fisicamente.

Graham voltou a cair no chão. Oliver quase caiu também, mas conseguiu se amparar no carro, apoiando-se no espelho retrovisor do passageiro. Engoliu em seco, encharcado de suor, virou-se e vomitou. Dessa vez, saiu algo — um jorro de matéria escura e um líquido oleoso.

Por um momento, tudo ficou em silêncio. O único som era o do vento passando por entre os galhos secos — um sussurro cheio de estalos. Oliver secou a boca. O gosto de vômito não saía de sua língua. Mas também sentia gosto de sangue e de doença.

— Graham — gemeu, endireitando-se.

Graham estava no chão, estirado, de barriga para cima. Os olhos vazios, a boca entreaberta. Parecia febril. Dentro dele, a dor que restava era pequena, controlável. Como a da maioria das pessoas, era só uma coisinha (do tamanho de uma bola de beisebol) acomodada no meio dele.

Oliver ficou olhando. Queria dizer algo, mas não tinha nada a dizer. Não conseguia parar de pensar: *eu o matei, eu o matei, eu o matei.* Então, Graham arfou alto, dando uma guinada para cima. Foi um silvo ávido e ofegante que fez Oliver ficar todo tenso. Olhou em volta e acabou encontrando Oliver.

— Ei — disse Graham em voz baixa, com a expressão confusa.

— Oi.

O silêncio ocupou o ar entre os dois.

— Algo acabou de acontecer — afirmou Graham.

— É. — Oliver deu uma tossida. — Você... Você está bem?

— Me sinto... ótimo.

— Sério?

— Sério. Sim. Me sinto... — Graham procurava palavras para se expressar. — Mais leve, de algum modo. Limpo. — Outra pausa. — *Calmo*.

— Ah, que bom.

Graham levantou-se com um gemido. De novo, Oliver ajudou-o, embora não tocasse em sua testa dessa vez. Graham agradeceu e falou:

— Quer uma carona?

— Uma carona?

— É, tipo, pra casa. Sua casa.

— C... Claro.

Graham, ainda meio confuso, propôs:

— Entra aí.

— Sinto muito pelo seu pai — disse Graham, parando na garagem de Oliver.

O percurso foi rápido — só cinco minutos —, e, durante esse tempo, nenhum deles falou muito. Graham ficou de olho na estrada, e Oliver ficou de olho em, bem, *Graham*. Mas agora essa.

— Tudo bem.

— Não está tudo bem. Não foi nada legal da minha parte. Eu sabia que ele estava desaparecido, mas não consegui passar por cima das minhas questões e ser legal por cinco minutos com você. E aí falei uma coisa péssima. Como se estivesse feliz em magoar você. Caramba, que mancada. O que deu em mim?

Ele se aproximou devagar da casa e deixou o motor em ponto morto.

— Todos nós temos nossas questões para lidar — respondeu Oliver.

— É, mas era outra coisa.

A dor como parasita. Dor que colocaram nele. Oliver decidiu se arriscar e disse:

— Sinto muito pelo seu pai também. Acho que ele não é muito legal com você, Graham.

— É, pois é. — Tamborilou o volante com o indicador e o polegar, num ritmo distraído. — Meu pai não é um cara gente boa. Acho que sempre soube disso, mas sempre tentei me convencer do contrário. De que ele era um herói. A verdade é que ele é um fracassado, não atinge o próprio padrão de exigências, ou talvez o padrão de exigências de meu avô, então agora deposita todo esse peso, toda essa pressão em mim. Porque pra ele é mais fácil descontar em mim. Faz algum sentido? Caramba, parece que faz. Estou falando muito. Parece que estou drogado.

— Não acho que você está drogado. — Oliver encolheu os ombros. — Acho que é só... um momento de clareza, quem sabe.

— Com certeza é clareza, mas é bem mais que um momento.

— Talvez seja bom.

Graham finalmente o encarou.

— Você fez isso comigo.

— Desculpa.

— Não precisa pedir desculpa. Estou bem.

— Certeza?

Graham sorriu.

— É, *certeza*. Eu, ah... estou melhor do que bem. Estou ótimo. Como você disse, *limpo*. Não sei o que você fez, mas foi especial, cara. É como se tivesse tirado uma farpa de mim. Você é um menino estranho, Oliver. Desculpa por transformar sua vida meio que num inferno.

— Tudo bem. Tudo... Tudo se ajeitou. Sinto muito mesmo pela mão, espero que não atrapalhe seu futuro.

— Acho que você estava certo. Não posso jogar beisebol pra sempre. Eu só estava com raiva de algumas coisas na minha vida que não posso controlar. E de não saber mais quem eu sou por não poder mais jogar. E com meu pai pegando no meu pé, me chamando de burro e me batendo. Então quis ter a sensação de controlar *alguma coisa* e acho que escolhi punir você, em vez de enfrentar meus próprios problemas. Era um jeito de ter poder quando eu sentia não ter nenhum. E... Acho que estou pensando alto. Será que estou chapado? Isso é terapia? Parece terapia.

Ele riu, jogando a cabeça para trás.

— Porra, Oliver, isso é estranho.

É, é estranho para mim também, pensou Oliver.

— Obrigado — respondeu.

— Espero que encontrem seu pai.

— Eu também, sinto falta dele.

— Aposto que sim. — Um ar de tristeza se assentou no rosto de Graham. — Também sinto falta do meu. Ele era legal, em outros tempos. Ou talvez eu nunca tenha enxergado quem ele era de verdade.

— O que acontece agora?

— Entre meu pai e eu? Não sei. Não vou permitir que ele continue a fazer o que faz. O que vai ser difícil, mas tenho que encarar isso e tentar mudar. Quanto a nós dois...

— É.

— Eu vejo você na escola.

— Ok.

— Você é diferente de todo mundo, sabia disso?

— Acho que só descobri hoje.

— Até mais, Olly.

— Até, Graham.

Oliver saiu do carro e ficou olhando Graham ir embora. Até então, não entendia muito bem o que tinha acontecido, se é que tinha acontecido mesmo. Não sabia se ria ou chorava, se ficava apavorado ou animado, ou se deveria jogar tudo para o alto e enlouquecer. Porém, de uma coisa sabia: estava *faminto*.

Comeu como um demônio. Devorou uma pizza congelada, um saco de batatinhas, preparou um milkshake com um sorvete de baunilha velho que tinha no congelador, mas, como o leite estava acabando, usou creme de leite no lugar, e a bebida ficou *grossa* e *impossível de beber* e totalmente maravilhosa. Ele *ainda* estava com fome, então encontrou um saco de cenouras e comeu todas como um coelho desnutrido.

Ainda se sentia esfomeado, mas se controlou, certo de que ficaria enjoado. *Assim como agora há pouco*, pensou. Lembrou-se de ter vomitado na beira da estrada depois de... tirar algo de Graham Lyons. Não, não algo. A dor. Ele tirou a dor de Graham. Não inteira, mas uma boa parte. Como um câncer que é extirpado. A parte que sobrou era saudável, uma dor saudável, talvez. Uma dor que se parecia com a de todo mundo. Mas a dor que se multiplicava e que o consumia? Aquela era como um veneno, uma doença. E foi ela que Oliver removeu. Uma sangria para liberar todo o sangue podre e doente.

O Livro dos Acidentes — o que ele tinha dito? *Matar o câncer, extirpar o câncer. Parar a dor, acabar com a dor. Quebre a roda, refaça a roda.* Foi o que fez. E agora Graham estava... diferente. Melhor. *Consertado*, pensou.

Tinha removido o parasita de dentro dele, a dor que fora incutida nele, tinha arrancado aquilo. Depois pensou que, se o pai voltasse, talvez pudesse fazer o mesmo com ele. Será que conseguiria pegar toda a dor, o medo, a raiva e o pavor e arrancá-los de seu pai?

60

A FARPA

Na manhã seguinte, Oliver ficou esperando do lado de fora, no frio de novembro. Estava na entrada da garagem quando o carro detonado de Caleb apareceu e parou ao seu lado:

— Olly, entra aí.

Oliver ainda estava contagiado pelo entusiasmo da véspera. Tipo, sabia que o pai estava desaparecido, talvez morto. Mas e se pudesse trazê-lo de volta? Com a ajuda de Jake, talvez conseguisse. E aí poderia ajudar o pai como fez com Graham. Quem mais poderia ajudar? Sentia-se um *super-herói* do caramba. Era como se estivesse quase que literalmente voando. Flutuando, solto no ar. Sentou-se no banco do carona e começou a balbuciar.

— Sei lá, ontem aconteceu algo comigo e com Graham Lyons. Acho que... tipo, acho que a gente se entendeu pela primeira vez. Cada um viu a dor do outro e lidou com ela. — Ele não mencionou o fato de arrancar uma parte da dor do garoto; algum tipo de enguia do mal? — Não estou tentando justificar o jeito dele. É só que ele tem esse jeito também pelo que foi dado a ele, ou colocado nele, ou qualquer coisa assim. Fiquei feliz por uma conexão naquele nível. O que é bem estranho, né? Porque meu pai se foi. E estou triste, muito triste. Mas também fico feliz por ter me acertado com Graham. É esquisito? Sentir as duas coisas? Alegria e tristeza?

— Não, Olly. Cara, escuta. A vida é uma loucura. É isso. Tem altos e baixos. Eu acho pior não apreciar o lado bom, porque, senão, qual é o objetivo? É como os povos indígenas diziam, né? *"Tem que usar todo o búfalo."* A vida é um animalzão do cacete, e você não pode desperdiçar nenhuma parte dele.

— Obrigado, Caleb. Que sacada, muito inteligente.

— Sou assim, cara, um gênio. — Ele riu. — Quer mais conselhos geniais? Não sei se você deve sair confiando em Graham assim. Se fosse eu, preferia manter distância, ficar fora do alcance da bola de beisebol dele. Pelo menos a distância que ele consegue jogar agora, haha! *É, falo mesmo.* Ele com aquela pata ferrada. Não confia no Graham. Não confia no Jake.

— Não sei também. Eu e Jake temos uma... relação complicada.

— Ah, bem. Toma cuidado. Não sai confiando em qualquer um com tanta facilidade.

Olly fez que sim com a cabeça enquanto entravam no estacionamento da escola.

— Estou me sentindo muito bem agora. Sinto que as pessoas são mais confiáveis. Tipo, que o lado *bom* delas é maior do que o lado *ruim*. E, às vezes, quando são más, não agem assim por querer.

Ao fechar e trancar a porta, Caleb respondeu:

— Só estou dizendo, Olly, pra não ficar espantado se Graham Lyons arrastar você pro banheiro e enfiar sua cabeça no mictório assim que você puser o pé na escola.

— Eu acho que eu e Graham tivemos mesmo um momento...

Alguém passou por eles no estacionamento. Era Alice Handelmann, uma das nerds da banda de jazz. Olhos grandes, cachos ruivos. Ela disse:

— Vocês estão falando de Graham?

— Sim — respondeu Caleb, com um pequeno aceno do queixo.

— Que *loucura*, né? — rebateu, balançando a cabeça.

E saiu apressada na frente deles. Oliver e Caleb pararam a uns vinte passos da entrada da escola. As crianças iam entrando, mas devagar, bem devagar. Algumas voltavam a sair. Algo estava acontecendo.

— Ei, pera aí. Tá percebendo uma coisa estranha no ar?

Oliver olhou em volta e, no início, não entendeu, mas logo depois viu. Pessoas se juntando e conversando, com expressões de confusão, choque, tristeza. Uma menina, Shveta Shastri, estava *berrando* a plenos pulmões. A dor aflorava em todos. Passava de um para o outro, como um presente

— ou uma maldição. Caleb pegou alguém pelo cotovelo — Dave Turner, fotógrafo do jornal e do anuário da escola.

— Dave, e aí? O que tá pegando?

— Você não tá sabendo? — perguntou Dave, em voz baixa.

— Não sei o quê?

— Graham Lyons se matou ontem à noite. Mas antes levou o pai com ele.

As aulas do dia foram canceladas. Ao meio-dia, convocaram uma reunião curta em que a diretora Myers contou o que houve, sem entrar em detalhes. Depois, fizeram uma apresentação breve de Graham Lyons — slides com alguns clipes de vídeo e de áudio. Em bailes, rindo no corredor com amigos, ou, na maioria das vezes, em um jogo de beisebol, com o bastão ou deslizando no home plate. Griffin, o técnico de beisebol, discursou. Norcross, o professor de educação física, também. Um dos professores de inglês leu o poema de A. E. Housman, "To an Athlete Dying Young".

Em seguida, deixaram todos os psicólogos de plantão e colocaram à disposição mais um especialista em luto e um pastor presbiteriano, para quem quisesse falar sobre o que estava sentindo. O resto do dia foi uma espécie de caos lento com ares de sonho. Ninguém sabia se homenageava ou insultava Graham, afinal, ele tinha tirado a própria vida, o que era triste, mas primeiro tinha matado o pai, o que era assassinato. Pipocavam histórias sobre o pai que o espancava ou talvez abusasse dele sexualmente. As histórias foram piorando até tudo degringolar em uma série de suposições e boatos que ameaçavam virar verdade: *eu ouvi dizer que o pai dele o oferecia a todos os ricaços da região. Eu ouvi que Graham foi coroinha na igreja de St. Agnes, e todo mundo sabe o que isso significa. Talvez seja como aquelas histórias de políticos que se aproveitam de criancinhas e compram os menores com pizzas.*

Oliver só sabia que tinha sido culpa dele. De algum jeito, era culpa dele. Aquilo que tirou de Graham tinha feito algo. Ele ficou vazio, talvez sem nada para ocupar o espaço. Não sabia, não entendia. Oliver tinha quebrado a roda, como o livro dissera, mas aquilo tinha enlouquecido Graham de alguma forma. Tinha o transformado em um assassino. *Eu fiz isso com ele*, pensou Oliver. E agora Graham estava morto.

61

AS COISAS QUE CARREGAMOS

Maddie seguiu Jed a três lugares diferentes: primeiro, a um sebo nos limites de Falls Creek, um distrito tão pequeno que tinha um semáforo só. Era um prédio quadrado de tijolinhos com uma placa na frente: LIVROS DE FALLS CREEK. Havia um cartaz rosa-choque pendurado na janela em que se lia, escrito com canetinha: *livros de segunda mão em excelente estado!* Na janela, um gato malhado gordo dormia enrolado em si mesmo.

O estacionamento do sebo era pequeno e forrado de pedrinhas. Maddie ficou com medo de ser vista, então estacionou na rua, a uma distância segura para ficar escondida e manter a loja ao alcance da vista. Jed saiu depois de uma meia hora, com os braços cheios de livros grandes, talvez livros didáticos antigos, talvez dicionários.

O segundo lugar aonde ele foi era uma hamburgueria chamada Jack's. Parecia velha, como se tivesse sido construída em volta de um balcão. Havia mesas externas, mas Jed ficou lá dentro. Ela parou o carro no fundo do estacionamento, de onde conseguia vê-lo sentado sozinho na mesa. Ele comeu um hambúrguer e uma porção de batata frita e tomou um milkshake grande e espesso. Parecia se deliciar. Sua cabeça pendia para trás, seus olhos estavam fechados. Dava longas pausas entre as mordidas e, nesse intervalo, limpava delicadamente a boca, as bochechas, o queixo e os dedos com um guardanapo. Foi só então que percebeu que ele tinha dado um jeito na aparência. Jed estava arrumado, um novo homem. *Seu filho da puta.*

Por fim, o terceiro e último lugar: uma loja de ferragens. Era uma loja grande, na esquina daquele cruzamento do único semáforo. Ele entrou e saiu em um piscar de olhos, carregando um saco plástico na mão. Maddie não conseguia ver todo o conteúdo do saco, mas uma das coisas estava meio para fora. Era uma corda. Uma corda de náilon verde-limão.

O coração dela quase saiu pela boca. Pensou que precisava chamar a polícia. Era hora de deixar aquilo pra lá e mostrar a *eles* onde Jed estava. Era a coisa mais responsável a fazer. Porém, ao mesmo tempo, ela se lembrou de que não podia explicar para a polícia tudo o que estava envolvido. Nem tinha contado direito a Fig. Como faria isso? Fantasmas e esculturas que ganham vida e tempestades malucas...

Não, tinha que ver Jed primeiro. Sozinha, sem mais ninguém. Mas a boa notícia era: se ele tinha uma corda, então precisaria amarrar alguém. O que significava que talvez, quem sabe, ele estivesse com Nate. E que ele estivesse vivo.

62

A RAPOSA E AS UVAS

Peguei você! Maddie ficou olhando Jed estacionar. Observou-o sair, pegar a pilha de livros nos braços, com a sacola da loja de ferramentas porcamente equilibrada por cima. Descobriu o chalé em que estava hospedado quando Jed seguiu para lá em linha reta. *Agora é a hora*, pensou. Maddie pôs a arma na cintura e saiu do carro, seguindo-o a uma boa distância para não arriscar ser flagrada. Ela o perseguia como uma leoa à caça da presa na savana. Jed entrou no chalé e fechou a porta rapidamente com um chute. Ela bateu antes que Maddie pudesse se aproximar. Seu coração disparou com uma onda de raiva e impaciência.

Aquela frustração despertou uma vontade de firmar o corpo, atirar na maçaneta e meter balas nas dobradiças. Lembrou-se de ter dito a Nate, no primeiro dia na casa nova: "*Duas dobradiças e uma maçaneta.*" Mas uma atitude dessas chamaria atenção.

Poderia bater. Assim que ele abrisse a porta, enfiaria a arma na fresta, forçando a entrada. Então chegou o momento de se questionar: seria mesmo capaz de matá-lo, se precisasse? A resposta veio com muita facilidade, com tanta facilidade que nem se atreveu a pensar mais no assunto (alguns cantos escuros dispensam iluminação). Melhor era se concentrar na estratégia: o chalé ficava em um pátio com outros quatro. A qualquer momento, alguém poderia sair enquanto ela tentava entrar.

Em volta desse agrupamento de chalés, havia uma sebe alta que, por sua vez, era cercada por pinheiros grandes. Entre o chalé e a sebe — algum tipo de buxeiro perene — havia um espaço de manobra considerável. Maddie foi contornando o chalé por fora, decidindo que a melhor forma de entrar deveria ser por uma janela — quem sabe elas estivessem abertas.

Será que os camareiros nunca se esqueciam de deixar as janelas fechadas e trancadas? Em um lugar luxuoso como esse, ela só podia pensar que não. Era difícil ter esperança, mas ainda valia a pena conferir.

Eis que, lá atrás, encontrou uma janela com uma fresta. O calor do interior do chalé vazava por ali, aquecendo suas mãos. Ela espiou e viu um quarto, bem parecido com o de seu próprio chalé. Não tinha ninguém ali. Será que Jed tinha deixado a janela aberta para tomar um ar fresco da noite? Ou era outra coisa?

Maddie usou os polegares para abrir a janela com cuidado. Apoiou os cotovelos no parapeito e se ergueu num impulso, saltando para o chão macio de cortiça. Seu corpo escorregou na aterrissagem, e ela logo se encolheu e pegou a arma. A porta do quarto estava entreaberta. Sobre a cama, uma mala. Ouviu um barulho vindo de fora do quarto, como o som de coisas sendo empilhadas. *Os livros?* Mas por quê? Outro ruído a seguir, semelhante ao de uma criança andando com calças de náilon, e depois o som de nós sendo apertados. Ele gemeu, com a respiração pesada. Estava ocupado. *Agora é a hora*, pensou.

Ela se levantou, tomando muito cuidado para não derrubar nada. Pé ante pé, dirigiu-se à porta do quarto. Sentiu o frio da maçaneta em contato com a mão. Nesse instante, sua mente foi para outro lugar, tomada por uma lembrança que se perdia na sombra. Outra porta, dessa vez dentro de sua cabeça. Fechada, trancada, antes que tivesse a chance de abrir. Maddie respirou fundo. *Agora é a hora de fazer uma loucura, Maddie. Abre essa porra de porta. Essa aqui. A porta de verdade, que está à sua frente. As portas da cabeça poderiam esperar.*

E foi o que fez. John Edward Homackie estava suspenso do chão, em pé sobre a pilha de livros que tinha acabado de comprar. Uma forca feita com a corda verde-limão atava-se em volta de seu pescoço, com uma das pontas passada por cima de uma viga e amarrada aos chifres brancos de uma escultura de alce pendurada sobre uma lareira imensa de pedra.

A corda estava quase esticada. Os olhares de Jed e Maddie se cruzaram. Então ele chutou a pilha de livros com o pé direito. A torre ruiu, e Jed ficou pendurado no ar. A corda retesou, apertando o nó em seu pescoço. Na mesma hora, seus braços enrijeceram e as pernas começaram a dar coices.

Ele balançava. Os olhos saltavam enquanto Maddie congelava, em pânico. O estômago dela revirava ao pensar: *ótimo, foda-se, morra enforcado, seu desgraçado.* Foi preciso fazer um esforço para perceber que ainda não tinha encontrado seu marido nem obtido nenhuma informação sobre ele. Jed não podia morrer. Ele precisava *viver.*

Maddie engoliu em seco, com a arma ainda na mão, e correu para segurar as pernas dele e erguê-lo. Jed não era um homem grande, mas era mais pesado do que ela esperava — e não era por falta de força. Maddie conseguia levantar troncos e carregar uma motosserra. Assim, conseguiu erguê-lo, tirando a pressão da forca na garganta. Gemendo, ela tentou levar uma das mãos — a que estava livre — até a corda, para soltá-la. Porém, Jed começou a atacá-la, empurrando-a. Balbuciava palavras incompreensíveis, um jorro de bobagens desesperadas.

— Pare — sibilou Maddie. — *Pare de lutar...*

Ele grunhiu. Segurou os ombros dela com as duas mãos e a empurrou. Maddie tropeçou em um dos livros e perdeu o equilíbrio, soltando-o. Caiu no chão, o ar fugindo do peito, e novamente Jed ficou pendurado. Seu corpo tremia com os espasmos da morte que se aproximava.

O tempo parecia escorregar, imprudente. Seu corpo pesava, como se tentasse sair de uma poça de lama. Maddie respirou fundo e agarrou o tornozelo dele para se escorar. Percebeu em seguida que puxar o corpo do sujeito *para baixo* só ajudava a *matá-lo mais depressa.* Foi um gesto de puro reflexo, rápido demais para conter. Ao se levantar, voltou a içar Jed. As pernas dele escoiceavam seus braços. Novamente a empurrava. Apertando os dentes, Maddie sacou a arma e golpeou-o com força na lateral, na altura do rim. Ele se contraiu, cessando o ataque por tempo suficiente. Maddie alcançou a corda e alargou o nó. A cabeça de Jed escorregou e se libertou.

Juntos, os dois caíram no chão. Ele estava engasgado. Ela se apressou em ficar de pé, por cima dele, o peito subindo e descendo, a arma ao lado.

— Você devia ter me deixado morrer — balbuciou Jed.

Tiras de saliva uniam seus lábios. Ele soluçava, sem derramar lágrimas.

— Haverá tempo o suficiente para isso — respondeu ela. — Levanta. Preciso saber o que você fez com Nate. *Cadê meu marido, seu monstro do caralho?*

Oliver ia e vinha diante de Jake, falando muito rápido. Ele contou tudo: que, depois de ir embora, na noite anterior, encontrou-se com Graham Lyons, que o seguia. Eles brigaram e depois...

— Não era só que eu conseguia *ver* todas as porcarias nojentas dentro dele. Foi que, do nada, tipo, do nada mesmo, eu consegui *tocar* naquela coisa. Sabe quando, sei lá, você percebe que, além de ver o mundo, também consegue interagir com ele? Consegue *mover* as coisas... — dizia, cuspindo palavras com uma velocidade crescente. — Eu consegui ter um impacto nela. Tocar, transformar aquela coisa. E foi o que fiz. Eu me aproximei, segurei aquele horror dentro dele. Era horrível, Jake, era a pior coisa do mundo. Tipo... Tipo desentupir um ralo com a boca e depois pôr tudo pra fora, mas também... Pior. Mais profundo. Eu meio que consegui *sentir* o que o pai fez com ele. E senti o ódio que ele tinha, e tudo aquilo saiu dele, veio para mim e depois... sumiu. *Simplesmente sumiu.* E pensei que tudo estivesse bem. Graham parecia *bem*. Eu estava bem também. — Lágrimas ameaçaram cair. — Mas então...

— Eu soube da notícia — disse Jake. — Que sinistro.

Jake estava sentado no sofá com uma garrafa de refrigerante metade vazia presa entre as pernas. Oliver deteve-se em frente a ele, lamurioso, quase suplicante.

— O que aconteceu? — perguntou. — Por que ele fez aquilo? Eu fiz como o livro falou. Quebrei a roda. Parei a dor.

Oliver precisava de respostas. Sobre algo, sobre *qualquer coisa*. Jake suspirou e deu de ombros.

— Sei lá, Oliver. Não sou especialista...

— Você é o único que sabe o que sou capaz de fazer. Você... Você usa mágica! Você tem o *livro*. Por favor.

— Talvez... Talvez você não tenha ido até o limite.

Uma risada feia e nojenta saiu de Oliver — amarga e ensandecida.

— O quê? Como assim?

— Você quebrou a roda. Mas não a refez. Você só esvaziou o menino, que nem uma abóbora no Dia das Bruxas — e a abóbora apodreceu. Olha, cara, Lyons foi moldado com o que o pai deu a ele, para o bem ou para o mal. Ele era todo cheio de curtos-circuitos. Não dá pra arrancar aquela merda toda e esperar que o lugar não fique escuro. Ou pior, que não pegue fogo e queime tudo.

O pânico invadiu Oliver. Sentiu um aperto no peito.

— Eu não queria... Não tinha a *intenção* de...

Jake se levantou e barrou o vaivém frenético de Oliver.

— Escuta, você fez o melhor pra ele. Graham era todo cagado. E ficou assim porque o pai dele era ainda mais cagado. Um cara que batia nele e xingava e impunha padrões impossíveis de alcançar. O moleque nunca passaria de um valentão, de um predador em série. Um estuprador, um espancador de mulher. — Jake fez um gesto vigoroso de desdém. — Agora os dois já eram.

— Não. *Não.* Eu acredito em segundas chances.

— Essa *é* a segunda chance deles.

— Isso não faz sentido.

— Isso faz perfeito sentido. Graham percebeu, deve ter percebido. Você não consertou porra nenhuma. O pai ainda era o mesmo. Papai Lyons não teria um *momento de iluminação*. Ele machucaria Graham ainda mais. Ou... Graham o machucaria. É como um câncer. O melhor a fazer é...

— Extirpá-lo — completou Oliver, com a voz distante.

O livro tinha dito a ele. Tinha dito aos dois. Talvez Jake estivesse certo. *Merda, merda, merda!* Jake pôs as mãos nos ombros de Oliver e encarou-o.

— Graham está melhor agora, morto, do que quando estava vivo. Ele virou ao mesmo tempo um herói local e uma mensagem de alerta. Já o pai dele... Bem, as pessoas vão saber quem ele era de verdade. A sujeira escondida vai ser revelada. Graham tomou o controle da história. Esse é o verdadeiro poder.

Será? Aquilo fazia sentido para Oliver? Ele não sabia. Estava confuso. Tonto e perdido. Soltou-se das mãos de Jake.

— Isso tudo é muito estranho. Não acredito no que vou dizer, mas... queria poder ver Graham de novo. Poder falar com ele. Ter uma boa conversa. Impedir que ele fizesse aquilo.

Jake ficou em silêncio por um tempo, até dizer:

— Tem um jeito, Oliver. Tem um jeito de trazer Graham de volta. E seu pai também. Tem um jeito de desfazer todo o mal, toda a dor. Não só quebrar a roda, mas refazer a roda. — Ele levantou o queixo de Oliver, que o olhou nos olhos. — Venha comigo. Para Ramble Rocks, para as pedras. Vou mostrar a você.

O mundo parecia rodar fora do eixo, como um dado de vinte lados que fica girando em uma das pontas sem nunca parar em um número.

— Você confia em mim, Oliver?

Oliver confirmou devagar com a cabeça.

— Bom. Porque também confio em você.

A toalha de mão atingiu o rosto de Jed.

— Limpa essa cara — disse Maddie, voltando a apontar a arma para ele depois de jogar a toalha. — Seca esse suor, assoa esse nariz, limpa essa garganta de merda. Depois me conta tudo.

Ele engoliu e confirmou com a cabeça, fazendo um som de buzina ao assoar o nariz. Em seguida, tossiu na toalha e, por fim, secou o rosto. Uma sequência confusa e desajeitada de operações, mas Maddie não deu a mínima. Ele usou a toalha molhada para secar o pescoço machucado pela corda, contraindo-se a cada batidinha.

— Você precisa saber que sinto muito — ganiu.

— Vai pro inferno com seus sentimentos.

Ele fez que sim.

— Eu mereço.

— O que você merece é se enforcar, como queria, mas ainda não posso deixar, Jed.

Seu rosto refulgiu com frieza e um brilho sombrio tomou seus olhos.

— Para ser sincero, esse jogo é bem estranho, Maddie Graves. Apontar uma arma para mim para me impedir de me matar talvez não seja o seu melhor lance.

— Ah, eu sei, *Jed*. Você quer conhecer meu jogo? Meu jogo é machucar você primeiro. Esmagar seus dedos, quebrar seu nariz com a arma. Meter uma bala no seu joelho. Quer morrer? Então vou fazer você querer morrer *de verdade*, John Edward. Mas não vou deixar. A morte vai ficar tentadoramente fora de alcance, como a raposa e as uvas. Até eu conseguir o que quero.

Ela ouviu as palavras saírem de sua boca e pensou: *Maddie, essa é mesmo você?*

— Cadê meu marido, Jed?

Ele molhou os lábios com uma língua rosa-acinzentada.

— O que vou dizer, Maddie, vai parecer sandice. Eu sei. Entendo...

— Não ligo para o que vai parecer. Desembucha.

— Ele se foi. Eu o levei ao parque, ao t-t-túnel. Era uma armadilha, você precisa entender. Eu sabia no que ia dar. Mas tinha um propósito, era parte de um plano maior, não era por *crueldade* ou *maldade*, porque gosto de Nate, não queria vê-lo machucado...

Ela deu uma coronhada na cabeça dele. O crânio afundou levemente — um hematoma preto logo se espalhou, o sangue escorreu pelas rugas de Jed como a água por um leito de riacho seco.

— Seja direto. Ele morreu?

— Sim? Não. Não sei.

Ela voltou a levantar a arma para acertá-lo, e ele ergueu as mãos.

— Espera, espera — choramingou. — Eu quero dizer que eu realmente não sei. Ele... desapareceu, entende? Ele caiu entre os mundos, se perdeu desse aqui e foi para um... para um lugar que não é seguro, Maddie, nada seguro. Depois dos interstícios, sabe, depois do que acho que se chama Intervalo e do colapso de todos os mundos...

Ela urrou.

— Nada disso faz o *menor sentido*, Jed.

— Foi o garoto.

— Garoto? Que garoto?

— *Jake*. Eu levei Nate até o túnel, onde... Jake o mandou embora.

— Jake... Jake, o *amigo* de Oliver?

— Ah, Maddie. É bem mais profundo, bem mais estranho do que isso. Mas, sim. O próprio.

Ela ficou tensa.

— Meu filho. Ele está correndo perigo?

— Perigo dos maiores, minha querida. Dos maiores.

A escuridão se assentou, e a noite foi absorvida pelo parque Ramble Rocks, sugada pelas árvores e pelo solo, como uma esponja suga o sangue. Oliver e Jake caminhavam pelo lado norte do parque, rumo à boca escura do túnel de trem. Conforme se aproximavam, Oliver perguntou:

— Não temos que entrar lá, né?

Jake balançou a cabeça.

— Não.

Ainda bem, pensou Oliver. Porque aquele lugar de repente irradiava uma escuridão especial: um breu mais espesso que a sombra, desolador e sórdido e grosso como um pneu derretido.

— É proibido andar por aqui à noite, eu acho.

Jake soltou uma risada.

— Olly, cara, só você pra ser tão certinho e se preocupar com isso. Nós estamos falando de fazer mágica. Mágica que vira o mundo de cabeça pra baixo. Então que tal se preocupar um pouquinho menos com as leis dos mortais, hein?

— Tá, eu só...

— Você confia em mim, não é?

— Eu... Sim.

Eles atravessaram o bosque e chegaram a uma clareira. A Lua brilhava no céu aberto — a vastidão do universo se abria sobre um campo enorme de pedras escarpadas e desiguais.

— Estamos quase lá — disse Jake. — Só mais um pouco.

Oliver respirou fundo. Quando falou, viu seu hálito e sentiu como se observasse pequenas partes de si mesmo irem embora — sopros de alma, uma névoa de quem ele era. Sua voz oscilou com uma onda súbita de medo ao dizer:

— Só quero avisar minha mãe para onde estou indo.

Pegou o celular para fazer a ligação e viu que tinha uma mensagem dela, mas, antes que pudesse ler, Jake arrancou o aparelho de sua mão.

— Ei! — Oliver protestou.

— Nada de celular — chiou Jake. — Este lugar é um ponto de convergência de sinais, criança. Sinais sagrados, mágicos. Você traz o celular para cá e corre o risco de estragar tudo. Eu, você, seu pai e Graham? Estaríamos mortos, e *para nada*!

— Preciso dele — insistiu. — Vi uma mensagem.

— Depois eu devolvo. *Quando a gente terminar.* Sua mãe só disse que está tudo bem, que logo volta pra casa.

— Quero falar com ela. Quero contar...

— Não. Você faz isso, e depois o que acontece? Ela chama a polícia. Ou manda o amigo de seu pai, o cara do departamento. Não, de jeito nenhum, Olly.

Jake girou o celular na mão, e ele desapareceu. Foi para o Intervalo, como Oliver suspeitava. Porém, *algo* aconteceu. Algo curioso que Oliver não tinha notado antes: quando Jake fez o telefone desaparecer, houve uma irrupção brevíssima, um tipo de *feixe escuro*, em volta de sua mão. Como um jato de sombra líquida. Um halo negro e molhado apareceu ao redor de sua mão e logo se contraiu, sumindo junto com o aparelho. Que diabos era *aquilo*, e o que significava? Na tela, a mensagem para Oliver dizia:

Oliver, tem algo errado. Encontrei Jed. Ele disse que Jake é perigoso. Fique longe dele, Oliver.

Depois, outra mensagem:

FIQUE LONGE DE JAKE

Jake leu aquilo depois de falar aquela besteirada de "sinais sagrados" a Oliver. Depois, enviou o celular para o Intervalo. Uma girada e — *puf*! Desapareceu. Não podia permitir que Maddie, *aquela vadia*, interferisse.

Estavam *tão perto* agora. Ele pensou que tinha perdido a oportunidade, que Oliver tinha se afastado demais. Tinha saído atrás dele na véspera para agarrá-lo e arrastá-lo, nem que fosse pelos cabelos, até o parque. Mas o que foi que viu? Oliver brigando com aquele jogadorzinho. Graham Lyons. Depois viu Oliver fazer algo — ele conseguiu entrar em Graham Lyons, na *porra da alma* do garoto, e arrancou o quê? Algum tipo de enguia, uma serpente, uma minhoca preta e oleosa dos infernos. Alguma coisa muito doida.

Foi aí que bolou um novo plano. Entrou sorrateiramente no carro de Graham, escondendo-se no banco de trás, e foi para casa com ele. Depois matou o menino e o pai dele, na esperança de levar Oliver ao limite. Só agora percebia que talvez pudesse ter deixado para lá. Se o que Oliver fez foi quebrar a dor do garoto, ele também poderia ter usado isso a seu favor. No fim das contas, matar Graham foi desnecessário, e talvez tivesse complicado mais a situação.

Mas, bem, ele tinha gostado mesmo assim. E usou aquilo a seu favor. Então, ele *realmente* não precisava de Maddie — nem de Jed, aquele velho cretino e covarde — estragando o que já era delicado. *Tão, tão perto*. Essa era a noite.

A mensagem tinha sido entregue e lida. Maddie encarava o telefone. Não tirava os olhos da tela. Esperando, esperando. Olhando do aparelho para Jed, caído no chão, e de volta para o aparelho. Oliver não respondia. *Oliver, Olly, Carinha, por favor, responda*. Nada.

Ela guardou o celular no bolso com a mão livre. Mais uma vez, ergueu a arma e apontou-a para Jed. As coisas não se encaixavam, e ela estava desmoronando.

— Continue. O que isso quer dizer? Por que Jake é um perigo para o meu filho? O que ele quer?

— Ele quer acabar com tudo, minha querida. Imanentizar a escatologia, para citar Eric Voegelin. E ele não é Jake, não mesmo.

Isso está saindo dos trilhos.

— Então quem ele é?

— Ele é Oliver. Um Oliver de outro tempo, de outro lugar. Mais velho, bem mais destruído. Mas ele tem um plano, Maddie. Ah, se tem.

E Jed contou exatamente qual era.

Jake avançava dançando pelas pedras, pulando faixas de luar e de sombra. Oliver seguia atrás, mais lento, por um caminho sinuoso. Jake se movia como se estivesse feliz. Animado e ansioso. Mas por quê?

Oliver se sentia enjoado e confuso. Sua cabeça estava uma bagunça, como se não conseguisse mais pensar direito. Havia algo no ar que pesava como chumbo em seu estômago. Ele queria que o pai estivesse lá para lhe dizer o que fazer. Porém, esse era ao mesmo tempo o problema e o objetivo, não? Era o motivo de estarem ali.

— Lá! — gritou Jake, apontando.

Oliver seguiu a linha indicada pelo dedo em riste e, mais adiante, viu uma rocha que se elevava em relação às demais. De perfil, parecia mais uma bigorna de pedra preta. Antes mesmo de se aproximarem, Oliver já sabia que era *a* rocha — aquela sobre a qual vira seu pai morrer. De perto, parecia maior, mais escura, mais pesada. Mais real do que na visão. Sua superfície não parecia tanto a de uma bigorna — não era tão estreita ou angulosa. Na verdade, era mais parecida com uma mesa. Passou a lanterna por ela e viu oito sulcos se irradiando do centro — gretas rasas que Oliver sentiu vontade de tocar, mas que também o repeliam. Ele chegou mais perto com a mão...

No entanto, a pedra deu a impressão de cintilar com uma escuridão mais densa que a noite. Oliver afastou os dedos antes que sua pele tocasse a rocha. Também reparou que os canais não saíam do centro para fora. Eles eram ligeiramente inclinados e corriam para dentro, *em direção* ao meio da mesa, não à borda. No centro da pedra havia um buraco. Uma fenda bastante estreita, como a pupila de uma serpente, como a abertura na qual se enfia uma espada nas lendas arturianas. Jake abriu os braços, querendo mostrar algo que devia ser óbvio, mas Oliver não entendeu.

— Cá estamos — disse, com os dentes refulgindo ao luar.

Oliver observou a escuridão.

— Não estou vendo nenhum sinal de que meu pai esteve aqui. Não tem sangue...

— Quem disse que aconteceu aqui?

— Mas a visão...

— Essa pedra é como o parque, Oliver. É uma das... Como você chamou? Uma das constantes. Como um prego atravessando as páginas de um livro.

Novamente, a pedra aparentou possuir uma escuridão íntima que crescia, uma coroa de sombra que inchava antes de voltar a se encolher. Oliver esticou a mão, de novo. Queria tocar aqueles sulcos, sulcos que pareciam lisos, nada ásperos, quase polidos. Seus dedos arranharam um deles e...

Oliver se ajoelhando na rocha, com uma arma na boca, bum, um jato vermelho saindo de sua cabeça. Oliver gritando, amarrado à pedra, braços e pernas se debatendo em vão, a pele em carne viva por causa da corda, o brilho de uma picareta afiada. Oliver arrastando-se para a pedra, entorpecido, vômito seco na camiseta preta, pálpebras entrecerradas, encolhendo-se em posição fetal. Oliver com os pulsos abertos e chorando. O crânio rachado e partido como um vaso de argila. Um tiro. Uma forca. Oliver de cabelo comprido, na altura do ombro. Oliver de cabelo raspado. Oliver de cabelo curtinho e um dos pés virado para dentro. Oliver com lábio leporino e olhos verdes. Oliver de aparelho, Oliver com dentes retos e brancos, Oliver de olhos azuis, castanhos, sardas, uma pinta em cima da boca, uma pinta na bochecha, desse jeito, daquele jeito, dezenas de variações, uma após a outra, um personagem de The Sims com pequenas modificações, versões de espelhos distorcidos, e todas elas mortas ou morrendo, sempre nessa pedra e nunca, nunca sozinhas. Nunca. Sozinhas.

Oliver se engasgou. Afastou-se da pedra e quase tropeçou na rocha de trás. Sua respiração estava curta e entrecortada.

— Eu... Não, não, não. O que foi que acabei de ver? — Pressionou os pulsos com força nas têmporas. — *O que foi aquilo?*

Jake se inclinou.

— Tudo bem, Olly?

— Você.

— Eu. Eu o quê?

— Você sempre esteve ali. E você... — A voz de Oliver quase ficou presa na garganta, mas ele a expulsou à força. — Você não é você.

Jake sorriu com malícia.

— Ah é?

— Você é *eu*.

Aquele olho, aninhado em cicatrizes, brilhou.

— Quem falou?

A cabeça de Oliver girou.

— Você fez isso antes. Várias e várias vezes. Você me conduziu até esta pedra... As outras versões minhas, as outras versões *suas*. Convenceu todos a se matarem aqui. Ou você mesmo os matou. Mas eles morreram. Todos morreram nest...

— Continua — disse Jake, trocando o sorriso por uma expressão de desdém ansioso. — Fala.

— Não é só uma rocha. Não é uma mesa.

— Diz.

— É um *altar*.

63

A NATUREZA DO
SACRIFÍCIO HUMANO

O quarto girava em volta de Maddie. Um zumbido ressoava em seus ouvidos, como o som de uma linha telefônica. Jed não parava de falar, e ela, ainda de pé por cima dele, tentava não hiperventilar ou cair no chão ou puxar o gatilho e enfiar uma bala no alvo que imaginava na testa dele.

— O sacrifício humano tem poder — dizia ele. — Já faz tempo que o mundo sabe, mas agora fingimos que é diferente. Ah, somos todos tão reservados, fingindo que não *fazemos* mais essas coisas, mesmo que sacrifiquemos continuamente pessoas sem-teto nas ruas frias ou crianças imigrantes nas fronteiras ou os pobres em cada esquina.

— Para de falar — pediu Maddie, com a voz fraca.

Mas ele não parou. Estava imerso no que dizia, perdido no próprio raciocínio.

— No Japão, tinha o *hitobashira*. Mulheres e crianças eram enterradas na fundação de construções para conferir, ah, *proteção mística* ao local. Servos eram sacrificados junto com seus faraós moribundos, caciques mesoamericanos ou guerreiros mongóis. Muitos iam de bom grado. O Homem de Lindow, por exemplo, amarrado e afogado em um brejo sem nenhuma oposição, tudo pra cumprir certo pacto antigo com os deuses. O poder estava no sangue, entende, no *sangue*, como no caso do taurobólio no culto a Cibele, no qual alguém era colocado sob um touro que era sacrificado, pra deixar o sangue escorrer sobre ele e trazer boa fortuna. Nem sempre era um touro, aliás, se as histórias mais sórdidas forem reais. Há um tom de Elizabeth Báthory ali. E, claramente, também temos o sacrifício de Isaque, pelo menos se acreditarmos em Deus...

— Cala a boca — falou Maddie entredentes, dando um tapa em Jed.

Ele gritou. Seu lábio partiu e sangrou. Maddie se sentia dividida. Seu filho estava em perigo, tinha que ir socorrê-lo. Mas esse cara, que estava bem diante dela, sabia para onde seu marido tinha ido. E ela não tinha tirado uma resposta satisfatória dele. Apertou a arma na têmpora de Jed e conferiu novamente o celular. Nada de Olly. *Merda, merda, merda!*

— Você vai me contar pra onde Nate foi. Agora!

— Não sei, Maddie. Ele entrou no túnel e foi lá que desapareceu. Ele foi pro lugar de onde Jake veio. E eu ajudei. Meu Deus, eu ajudei. Tudo pra ver minha esposa e minha filha de novo. Mas talvez, se tudo recomeçar, se tudo ruir primeiro e depois começar do zero, você possa ver seu Nate de novo...

Paf! Outro tapa. Então, ela apertou o revólver no joelho dele.

— Isso é loucura. *Você é* louco. Não quero ele de volta desse jeito. Quero Nate de volta agora. Na minha frente. Quero que ele seja resgatado do lugar pra onde você o enviou.

Não era só que ela precisava dele. Era que *ele* precisava *dela.*

— Eu... sinto tanto...

Ela usou a arma como um martelo em um prego, golpeando o joelho de Jed com força. Ele deu um urro rasgado, balançando o corpo para a frente e para trás.

— *Você* ajudou a facilitar isso e agora vai me dizer como trazê-lo de volta. Você diz que sente muito? Então conserte o que fez. Você pode me ajudar. Como eu trago Nate de volta, John Edward? Você é *inteligente.* É *culto.* Sei que tem ideias nesse *cabeção.* — Ela torceu o cano da arma no mesmo ponto onde antes tinha batido, afundando-o como se girasse um parafuso na madeira dura.

Ele voltou a gritar.

— Por favor. *Não.* Por favor, não posso te ajudar.

— Elas iam querer isso de você? Sua filha, sua esposa? Você matou as duas e quer se esconder desse fato. Quer voltar o relógio pra trás, rebobinar a fita para um momento em que elas não sabem o que você fez? Que homem fraco e baixo você é — disse, condenando-o. — Pronto pra ajudar a destruir tudo só pra esconder o ser patético de merda que você é de verdade. O que você fez com elas foi acidente. Mas tudo isso? Não é. É assassinato.

Foi como tocar um sininho — ele parou. Seus olhos desfocaram, e ele se voltou para dentro. Maddie percebeu então que machucá-lo fisicamente *não era* o caminho. Mas desse jeito? Cravar uma faca metafórica no coração, na mente, nas entranhas? Esse era o truque. Culpa. E vergonha. Que motivação poderosa!

— Eu... não quis causar aquele acidente.

— Não — respondeu Maddie, atenuando o tom. — Mas causou. E não dá pra consertar rebobinando a fita. O jeito de consertar é seguir em frente e aprender a ser um homem melhor do que você era. Mas isso que você está fazendo? É pior. E a culpa que você carrega daquele dia no carro não chega aos pés da culpa pelo que fez pra recuperá-las.

Depois de explorar a culpa e a vergonha, começou a plantar uma semente de dúvida e desconfiança.

— Além disso — continuou —, e se for tudo mentira? E se você for só um degrau? Um peão nesse xadrez monstruoso. E se você acordar e o plano não tiver funcionado? E se, depois de acabar com tudo, descobrir que sua esposa e filha ainda estão na cova e que você está sozinho num mundo que ajudou a destruir? E aí?

Ele estremeceu ao respirar, como uma criança que tem um espasmo depois de uma longa choradeira.

— Você tá certa. Meu Deus, você tá certa. Sou um idiota, Maddie. Um velho idiota, um bêbado, um desgraçado sem salvação. — Secou o nariz nas costas da mão, deixando uma trilha comprida de ranho na pele. — Queria saber o que dizer, Maddie. Queria saber ensinar você a voltar lá e deter Jake. E recuperar Nate. Como queria saber alguma coisa, qualquer coisa pra ajudá-la a salvar seu filho e salvar o mundo.

— Um altar de sacrifício — concluiu Oliver.

As palavras foram transportadas por uma lufada de hálito frio. Jake agarrou a borda da pedra, e seus músculos contraíram como se ele estivesse cuidadosamente mitigando a raiva — ou a empolgação.

— É isso, Olly. E você tem razão. Eu sou você. Somos uma constante. Um dos pilares apoiando o cosmos. Sempre há você... ou eu. *Nós*. Sempre há um Nate e uma Maddie. Sempre há um Ramble Rocks, mas nem sempre é um parque. E, dentro dele, há eternamente *o altar*.

— Isso é loucura. Estou indo embora.

— Calma lá — contestou Jake, erguendo as mãos. — A gente tem que conversar. Eu e você, nós temos o poder de reescrever a história. *Literalmente*. Nós somos os últimos. Este mundo é o último. Quando fizermos isso, tudo acaba. E aí pode recomeçar, melhor do que era antes.

— Você não pode estar falando sério.

— Estou. Seu pai se foi, Graham se foi. Este mundo está quebrado, cara. Você sente, não é? O grande esquema está todo *ferrado*.

— Eu não... não tô nem aí pro grande esquema! — Oliver gritou de indignação e terror. — Só me importo com as pessoas. Não me importo com, com nada disso, só ligo pras pessoas e pra dor que sentem. Só quero ajudá-las...

— Assim você as ajuda. Nós podemos acabar com tudo. E acabar com a dor que sentem. Você faria o mesmo por um cachorro doente. Ou... por pais doentes. Não é? O mundo está na UTI. Isso é... — A voz de Jake ficou frenética. — Isso é *um tiro de misericórdia*, Oliver. Como que você não vê, porra?

— Não, não. Não posso...

— Shh, shh, escuta, *escuta* — implorou Jake. Ele torceu a mão e fez surgir um frasco de comprimidos, ruidoso como uma maraca. — Posso facilitar. E muito. De agora em diante, sou seu *sommelier de suicídio*, ok? Podemos fazer de um jeito pacífico. Isso aqui é uma mistura, uma combinação artesanal feita sob medida, para uma morte feliz. Zolpidem, alprazolam, oxicodona. Tome alguns de cada e pode partir para o mar, mergulhar em um sono profundo enquanto o mundo acaba e tudo recomeça.

— Suicídio? Eu... não quero mais ficar aqui — disse Oliver, baixinho. — Só quero ir embora, Jake. Tô indo.

Ele tentou recuar, mas descobriu que estava preso em meio a muitas rochas. Um golpe de aflição o atingiu: *se eu quisesse, conseguiria correr?*

Não conseguiria. A qualquer velocidade, seria quase impossível se libertar desse lugar. Mas ele tinha que tentar.

— Sinto muito, Jake. Muito mesmo.

— Sério? — Jake puxou o ar por entre os dentes, exprimindo decepção. — Olly, amigão, estou decepcionado com você. Não tão decepcionado quanto seu papai...

— Vá se foder.

Oliver se virou para voltar pelas pedras.

— Não quer nem seu celular de volta?

Ele virou e viu o gesto de Jake — mais uma vez, aquele leve ponto de escuridão surgiu em volta das pontas de seus dedos quando o aparelho apareceu.

— Não sei. Eu não me importo.

— Caramba, pega. Liga pra sua mamãe, pede pra ela vir buscar você.

Jake arremessou-o no centro da mesa. Oliver esticou-se para alcançá-lo e, quando se inclinou para a frente, apanhando o celular, Jake foi mais rápido. Juntou as mãos, e um pequeno trovão atravessou o ar enquanto algo surgia em sua mão: um brilho de luar refletiu no metal e um silvo cortou o ar... Oliver gritou, tentou recuar. Mas era tarde demais. A ponta da picareta já tinha atravessado sua mão esquerda, o celular e o altar de pedra.

— Meu filho tá em perigo — disse Maddie.

— Sim. Acredito que sim.

— Esse garoto, Jake, quer machucá-lo.

— Quer *matá-lo*. Sacrificá-lo no campo de pedras.

— E depois, o que acontece?

— O mundo acaba. E, se você acreditar em Jake, estamos no último mundo restante. Oscilando no caos, como galhos à deriva na correnteza. Com tudo se prendendo a nós. Se cairmos, tudo cai. Afunda na escuridão primordial, a escuridão verdadeira. — Ele a encarou, sem piscar. — É por isso que as coisas ficaram mais fracas, mais estranhas. Como as formigas andando em círculos. Ou o homem que Nate andou vendo. Acho que são os efeitos dos mundos... — Ele juntou as mãos, batendo uma palma suave. — Todos entrando em colapso, uns sobre os outros.

Ela deu outra olhada no celular. Mandou outra mensagem amedrontada. Dessa vez, nem foi entregue. Só ficou ali, no caminho. Esperando, esperando.

— O parque. Eles estão indo pra lá? É onde isso acontece?

Jed confirmou com a cabeça. Ela o pegou pelo pescoço, jogando-o em direção à porta.

— Vamos. Meu carro. Estamos indo.

— Maddie, por favor, não me faça...

— Cala a porra da boca.

Enquanto o empurrava porta afora, pegou o celular e ligou para Fig. Era o único em quem confiava.

O impacto surdo do golpe latejou na mão de Oliver, reverberando por todo seu braço — do cotovelo até o ombro — em uma chicotada relampejante. Ele entrou em pânico, apoiando os joelhos no altar e tentando desprender a mão, que não saía do lugar. Cada movimento renovava as rajadas de dor. Com a outra mão, segurou a cabeça de metal da picareta. A ferramenta estava quase toda enferrujada, mas a ponta estava polida e brilhante e, ainda mais estranho, tinha sido talhada, o que transformara a extremidade tosca de quebrar pedra em uma agulha longa e fina, como um picador de gelo.

— Lutar, lutar — disse Jake, andando de lá para cá, enquanto assistia a Oliver se debater, chorar e ganir na tentativa vã de se libertar. — É a vida, não é? Uma luta. Uma puta de uma luta, uma luta longa e árdua, cara. *A vida é sofrimento*. Buda, certo? Que seja. Continua, vai mexendo na armadilha, ratinho. Vamos ver no que dá. Tudo bem. Temos tempo, você e eu.

Só preciso de uma alavanca. Na posição em que estava, ele não tinha nenhuma. Oliver grunhiu, tentando subir no altar para empurrar o ombro contra a pedra, mas seu joelho escorregou, e seu peso caiu sobre a picareta incrustada. Uma dor incandescente tomou todo seu corpo. Ouviu um barulho horrível, como o vento rugindo por uma janela quebrada, mas logo percebeu que ele próprio era a fonte desse som abjeto.

Ofegante, desabou sobre a mesa, tentando se manter em pé por mais que seu corpo dobrasse para a frente. A saliva escorria pelo queixo, as lágrimas borravam sua visão.

— Seu merda — sibilou, em meio a baba, com a voz embargada.

— Estou decepcionado com você, criança. Pensei que tivesse inteligência pra entender o que estou tentando fazer aqui. — Acenou com desdém para Oliver. — Olha só pra você. Já está perdendo a garra. É como um peixe fisgado pelo anzol: basta esperar ele se cansar sozinho e pronto. — Deu de ombros. — É o que as pessoas fazem. Elas lutam. Mesmo quando estão em uma espiral de morte, continuam caindo, achando que estão seguindo em linha reta, sem perceber que estão descendo a ladeira.

Oliver se lembrou da imagem daquelas formigas em seu quarto, o que parecia ter ocorrido havia séculos. Girando sem parar, em um carrossel de fome e morte.

— Eu odeio você. *Odeio* você.

— Eu sei. E sinto muito. Não falo da boca pra fora, Oliver. Sinto muito mesmo. Não gosto disso. No fundo, você sabe. No fundo, você *sente* que estou certo: as coisas deram errado. A crueldade do mundo passou do ponto. Estes são tempos de maldade, uma fera sem coleira. E nós podemos mudar isso, Oliver. Todas as religiões e ensinamentos espirituais mostram o caminho: uma jornada de purificação, uma porra de um *dilúvio* para levar o pecado embora e refazer o mundo, a roda girando, cada era sucumbindo à próxima. Mas a roda precisa de um empurrãozinho, Olly. *E eu aprendi como empurrá-la.*

— Me deixa ir embora! — A voz de Oliver estava embolada.

— E quando eu der o empurrão, tudo começa a girar, cada vez mais rápido, até sair do eixo e... *bum*! — Jake jogou as mãos para cima. — Confesso que não entendo tudo. Aprendi no Livro dos Acidentes. Quem me deu o livro foi... um *amigo* chamado Eli. Tudo se resume às... Como você as chamou? Às constantes. Quebrar as constantes, quebrar o mundo. E cada mundo que é quebrado vai somando e somando e somando até tudo virar o mais puro caos e recomeçar. As constantes, bem...

De novo, ele se inclinou no altar, desta vez apoiado nos cotovelos, como se estivesse em uma festa do pijama confessando uma paixonite secreta.

— Elas existem em todos os níveis, em todas as linhas do tempo. Como você disse, um prego atravessando as páginas de um livro, furando uma a uma. Ou como essa picareta.

Ele esticou a mão e encostou a ponta do dedo na ponta da ferramenta, balançando-a de leve. Oliver conteve um grito.

— A picareta está atravessando a mão, a pele, o músculo e o osso, está atravessando o celular e está atravessando a pedra.

— Não vou me matar por você.

Jake jogou a cabeça para trás e pressionou as mãos nos olhos, como se estivesse frustrado.

— É minha culpa, de verdade. Eu pensei que entendia você. Mas você não liga que o mundo esteja perdido. Você só liga pras pessoas. E não posso fazer nada com isso. Preciso que você veja a floresta, e tudo o que você vê são as *árvores*, *porra*. Então acho que vou ter que fazer do jeito antigo.

Seus punhos giraram, seus dedos estalaram e, em um lampejo de escuridão líquida, um revólver apareceu. Ele girou a câmara e pegou seis balas do ar, uma após a outra. Oliver rugiu e se debateu. Tentou se acalmar, respirar, mas foi impossível. O pânico o estrangulava. Jake prosseguiu:

— Sabe, os Astecas entendiam. Tudo isso. Eles contavam histórias dos Cinco Sóis. Um sol por era. O Primeiro Sol morreu quando Quetzalcóatl o expulsou do céu com uma clava, e os jaguares devoraram todas as pessoas. Quetzalcóatl virou o Segundo Sol, mas teve que voltar e usar magia para impedir que as pessoas virassem macacos. O Terceiro Sol foi Tlaloc, que era triste e louco e ciumento, pois sua esposa foi seduzida por outro deus. Primeiro, ele trouxe uma grande seca à terra e, então, como o povo implorou por chuva, ele os presenteou com uma chuva... de fogo. E os deuses criaram um novo mundo a partir das cinzas.

Ele abriu o revólver e colocou as balas, uma por uma, no tambor.

— O Quarto Sol? Tlaloc foi cruel com sua *nova* esposa, disse que ela não valia nada, então ela chorou sangue. Tanto sangue que inundou o mundo. Por fim, veio o Quinto Sol, nosso sol, o de agora. Dizem que, quando os sacrifícios humanos pararem, as estrelas vão devorar o Sol, o céu e todas as pessoas, e um terremoto imenso vai despedaçar o cosmos.

— Você é doido. Esses mitos não são seus. Não são nem reais.

Oliver ainda lutava com a picareta. Doía tanto que ele precisava se esforçar para não desmaiar. *Força, força, força.* Jake terminou de carregar a arma. Jogou o braço para a direita, fechando o cilindro.

— Toda mitologia tem seu apocalipse. Cara, até a palavra, Oliver, até ela. Apocalipse. Significa *revelação*. É uma epifania, um despertar, não um fim. Você entenderia se aprendesse como eu aprendi. Lá embaixo, no escuro. Com o melhor professor. — Jake fungou. — Aliás, pode parar de lutar. Essa picareta não vai se mexer. Eu me certifiquei disso. Mágica.

A picareta não vai se mexer. A essa altura, o buraco tinha se alargado. Ele conseguia ver a luz da Lua brilhando no pedaço vermelho de carne, exposto nas costas da mão. Como ela não se mexeria...

— Te vejo do outro lado — disse Jake, levantando a arma.

Oliver usou toda a força que tinha para puxar. Não a picareta. A *mão*. Forçou o ombro para trás, e a ponta da picareta rasgou a pele da mão, arrebentando o músculo e o osso entre o dedo médio e o anelar. O sangue saiu em um jato quando ele tropeçou para trás.

Jake descarregou o revólver. Oliver caiu entre duas pedras, mas logo endireitou o corpo e ficou de joelhos. Saiu em disparada pelas rochas, abaixando-se ao ouvir mais dois tiros, que sibilavam ao ricochetear no topo das pedras. À sua frente, uma nuvem de poeira se erguia das rochas atingidas. Sua mão doía.

Jake rugiu, e Oliver pensou: *Talvez a dificuldade de fugir do campo de pedras seja uma vantagem.* Ele se agachou mais ainda. Uma sombra caiu na frente dele. Foi só então que percebeu que tinha vindo por ali, enquanto Jake saltitava de pedra em pedra como um dançarino.

Um chute atingiu o rosto de Oliver, derrubando-o para o lado. Seu nariz pesou, como se fosse de concreto, o crânio latejou, a mão jorrou sangue.

Jake se impôs sobre ele, dominando-o. O cano da arma apontava em sua direção, encarando-o com a mesma crueldade e perversidade do olho impossível de Jake.

— Você não entende — disse Jake, com a voz espessa e pegajosa.

A arma estava firme em sua mão, apesar de o resto do corpo parecer oscilante.

— Você não sabe apreciar a beleza desse momento. Não sou só eu matando você. Sou eu *me* matando. Acabo com você, e tudo desparece. Não é só seu sacrifício. É meu também.

Oliver, resignado, pousou a cabeça na pedra.

— Um assassinato-suicídio cósmico — reconheceu, amargo e triste.

— A beleza no cataclismo, o poder na destruição. Sobe na porra da mesa, Oliver.

Cansado e fraco, Oliver ficou de pé. Cruzou os raios do luar em direção ao altar. Porém, chegando lá, viu que a picareta não estava mais presa à pedra. Ela tinha caído. *Quando eu fugi, quebrei o feitiço*, pensou. Uma lógica mágica. Uma lógica *insana*. Mas, ainda assim, verdadeira.

Inclinou-se em direção à mesa e ouviu Jake engatilhar o revólver. Então, fez a única coisa que poderia: pegou o cabo de madeira da picareta e girou cegamente.

A arma disparou e caiu no chão. O som do tiro rasgou os ouvidos de Oliver. Jake recuou cambaleando pelo luar com a picareta fincada na região da clavícula. Cuspia uma torrente de ofensas mudas, mas ainda vulgares, apesar de expressas em um rugido profano e gutural.

Oliver pensou: *mate Jake. Mate-o agora. Acabe logo com isso ou nunca terá um fim*. Mas sentiu um aperto no peito. Seria capaz? Faria aquilo? Em vez de agir, virou-se na direção oposta e correu.

Foi nos limites do parque, perto da estrada, que viu as sirenes piscando. Não as vermelhas e azuis, mas as amarelas, do carro do Departamento de Proteção à Fauna. Viu Fig descarregando equipamentos da caminhonete e tentou chamá-lo, mas sua voz ficou perdida em algum ponto da garganta.

O que soltou foi um sussurro rouco. Então, saiu mancando de trás dos arbustos, sabendo de algum modo que Jake estaria bem atrás dele com a picareta, com a arma, e sabendo que, assim que alcançasse Fig, o homem morreria, levaria um tiro no peito, mas nada disso aconteceu. O que aconteceu foi que Axel Figueroa viu Oliver se aproximar e o segurou nos braços bem a tempo de amparar sua queda. E aí tudo ficou escuro.

INTERLÚDIO

Jake e o Demônio

O Oliver que um dia se tornaria Jake estava sentado na sala, de pernas cruzadas, assistindo ao seu desenho preferido, *Audric and the Warriors of the Wheel*. No desenho, o jovem herói Audric combate o império dos fungos malignos de Sawblade, o Chefe dos Esporos, com a ajuda de seus amigos Stormbringer, Ulisses, Shadow Cat e Marisol. Os dois lados adversários usam carros e caminhões como armas: os veículos de Audric são carrões americanos e caminhões militares, enquanto Sawblade tem um monte de carros orgânicos pós-apocalípticos, que, para Oliver, parecem mais uns cocôs estranhos. O tanque de Sawblade dispara lâminas circulares.

Oliver tinha alguns brinquedos à frente: o lança-chamas de Audric, a arma de Shadow Cat e o tanque de Sawblade, o Chefe dos Esporos. Ele tinha 9 anos de idade. Gostava muito do desenho porque ilustrava uma nítida batalha entre o bem e o mal. Audric era obviamente o herói bonzinho. Sawblade era grotesco e malvado. Muito fácil.

Mas o desenho também tinha um problema, porque começava às 15h30. Enquanto ia passando, o relógio de parede da sala de estar também ia avançando e se aproximando das 16h. Nesse momento, o estômago do menino se retorcia e embrulhava, e sua cabeça virava uma colmeia em polvorosa de tanto medo e preocupação. Tinha vontade de se levantar e correr, mas, ao mesmo tempo, gostava muito do desenho e não queria perder nem um segundo.

Com frequência, quando o relógio marcava 16h, Oliver corria para se esconder no quarto. Às vezes, embaixo das cobertas, outras vezes, embaixo da cama. Mas não devia agir assim, e sabia que aquilo só piorava a situação.

Não, ele devia se aprontar e aguardar o pai. O pai chegava em casa às 16h em ponto todos os dias e, de vez em quando, encarregava algumas tarefas a Oliver. Geralmente, eram coisas aleatórias, como cavar um buraco no quintal ou bater pregos em uma tábua durante uma hora. Se ele preenchesse toda a tábua, tinha que tirar os pregos e começar tudo de novo.

Às vezes, o pai fazia alguma coisa no quintal, como consertar uma cerca ou desentupir o encanamento. Então, exigia que Oliver o acompanhasse e, enquanto tomava cerveja, pedia para o menino pegar alguma ferramenta: uma chave inglesa, uma chave Phillips ou um alicate. Se Oliver entendesse errado e trouxesse outra ferramenta, o pai batia nele. Dava-lhe um tapa na cara ou um soco na barriga.

Assim, Oliver começou a levar todas as ferramentas. Se o pai pedisse uma chave inglesa com bocal 3/16, pegava todas as chaves inglesas só para garantir. Mas o pai ficava ainda mais bravo por causa do "excesso", e Oliver ganhava um tapa, um soco ou um chute no joelho ou no quadril. O homem dizia que o tamanho estava marcado na própria ferramenta, mas Oliver via que não era bem assim. Como tudo era velho e enferrujado, ficava difícil distinguir 3/16 de 5/8. Às vezes, procurava os números inscritos no metal e passava o dedo para tentar identificá-los, como se estivessem em Braille, mas não dava certo. O truque mais recente era simplesmente tentar decorar os itens, o que também não funcionava, porque ficava tão nervoso e exausto que acabava errando do mesmo jeito. Quando ia ao celeiro para ver o que tinha na caixa de ferramentas, sentia tanto enjoo que botava tudo para fora num canto e chorava. O pai ainda não tinha achado vômito ali. Oliver temia o que podia acontecer quando descobrisse.

Agora eram 15h55. Ouviu o som inconfundível do cascalho estalando sob os pneus da caminhonete. O desenho estava quase acabando. Porém, deu uma pane na tela. Algumas partes da imagem congelaram e outras pareciam ter se fundido, como um jato de lixo animado cada vez mais indecifrável. Faixas de chuvisco cruzavam a cena. Oliver se encheu de raiva e decepção. A única coisa boa que ele tinha acabara!

A tela da TV ficou preta. Um tempo passou, mas logo uma nova imagem apareceu: a TV mostrava o pai fora de casa, filmado de cima para baixo, como se a câmera estivesse no alto das árvores. Ele pegou a marmita e uma caixa de ferramentas no carro.

Meu Deus, ele chegou, ah não, não, não, não. Então, o homem parou, congelado. Ou quase, porque parecia se mover um centímetro para a frente e um para trás, para a frente e para trás. Ficou ali, paralisado naquele instante.

Oliver não entendeu o que estava acontecendo. Olhou o relógio da parede e viu o ponteiro dos segundos fazer a mesma coisa: ia para a frente e para trás, movendo-se em uma contração leve e rápida.

Um rosto apareceu na tela. Tinha a cara de um personagem de desenho animado. Por um segundo, Oliver pensou: *que bom, o programa voltou.* Mas não reconheceu a pessoa. Da face pálida, pendiam cachos pretos e oleosos. Na ponta do nariz comprido e comicamente torto pousavam óculos dourados. Logo abaixo, havia um bigode que parecia rabiscado com canetinha.

— Olá, Oliver — disse o homem do desenho, abrindo um sorriso largo.

Foi aí que o reconheceu. O nome dele era Eli. Porém, não tinha ideia de como sabia aquilo.

— Você se lembra de hoje, Oliver?

O menino piscou. Deveria responder ao homem da TV?

Eli, também conhecido como Eligos e Vassago, afirmou:

— Tudo bem, pode responder, Oliver.

— Eu... não me lembro de hoje.

Ele arriscou mais uma olhada para o relógio na parede. O ponteiro ainda tremia, como se lutasse para avançar novamente.

— Como posso me lembrar de um dia que ainda não aconteceu?

Eli sorriu e foi embora. Na televisão, surgiu outra cena, mais uma vez no mesmo estilo do desenho *Audric and the Warriors of the Wheel.* Contudo, o que aparecia não era o lança-chamas atacando o Chefe dos Esporos, e sim a sala onde Oliver estava sentado e seu pai entrando pela porta. Ele estava mais parrudo e mais sombrio. Sua barba era uma série de linhas serrilhadas feito picos de montanhas. Na TV, o pai disse:

— Cadê sua mãe?

— Lá em cima — respondeu o Oliver do desenho.

Era uma resposta honesta, porque era exatamente onde a mãe se encontrava, como sempre, a essa hora do dia. Lá em cima, na cama, adormecida, meio acordada ou, talvez, chorando baixinho.

— Um amigo me falou que ela andou usando o telefone.

— Ok — disse o Oliver do desenho, sem saber o que aquela frase significava.

Mas, o pai do desenho explicou:

— Ela ligou para um advogado de divórcio.

— Ah...

— Ou seja, ela quer me abandonar, *nos* abandonar — disse o pai.

Então o Oliver de verdade, o que assistia à cena, pensou: *É verdade? Isso aconteceu mesmo?* Um sentimento de esperança nasceu nele, pois talvez a mãe não abandonasse os dois, mas só o *pai*. Talvez levasse o menino com ela.

— Você não me abandonaria, não é?

— Não, senhor — mentiu o Oliver do desenho, e o Oliver de verdade soube que era mentira.

O pai que estava na tela deu um tapinha nas bochechas do filho.

— Bom garoto. Agora preciso ter uma *conversa* com sua *mãe*.

Os dois Olivers sabiam o que aquilo significava. Não seria uma conversa, mas uma competição de quem gritaria mais alto, e terminaria como sempre: com a mãe chorando, muito provavelmente machucada e sangrando.

Nesse instante, o Oliver do desenho agiu como Audric: segurou bruscamente o punho do pai quando ele começou a subir as escadas. Era um gesto de desafio. Ergueu o queixo e encarou o pai com uma expressão corajosa típica de desenho animado. O pai da TV olhou para baixo, e um borrão de ira apareceu acima de sua cabeça. As bochechas vermelhas soltaram vapor.

— Não — disse o Oliver do desenho. — Deixa ela em paz.

Aquilo foi o estopim. O pai da TV pegou o filho e o arremessou em direção ao televisor, que caiu e ficou com a tela estilhaçada. O homem tirou um maço de cigarro amassado do bolso de trás, puxou um para fora e colocou-o entre os lábios ao mesmo tempo que buscava um isqueiro nos bolsos da frente. O garoto tentou se levantar, mas o pai do desenho afundou um pé no cóccix dele. O filho grunhiu e se contorceu, chorando. O pai do desenho acendeu o cigarro. Pequenas nuvens de fumaça se desprenderam da ponta.

—- Sei que não somos devotos — disse o Nate do desenho —-, mas me lembro de uma passagem da Bíblia que diz o seguinte: se alguém bater no seu rosto, corte a mão dele. Ou alguma merda assim.

Com o cigarro pendurado nos lábios, soltou o peso do corpo em cima do menino. As nuvenzinhas animadas de nicotina ainda sobrevoavam sua cabeça. Então, pegou a mão do Oliver do desenho, tirou o cigarro da boca e... apagou-o nas costas da mão dele. O garoto se debateu, gritou, e pequenos demônios vermelhos saíram de seu corpo, pairando sobre os ombros do pai antes de desparecerem feito fantasmas.

Oliver, o verdadeiro, sentiu uma súbita onda de dor na própria mão e, quando a virou, viu uma pequena cicatriz se formando. Era antiga, mais rosada do que vermelha, mas ainda em carne viva. O desenho ficou preto. Um tempo depois, Eli voltou a aparecer.

— Isso é hoje — falou. — Agora você se lembra?

Oliver engoliu em seco.

— Um pouco.

— Está prestes a acontecer.

— Eu sei.

— Já aconteceu antes.

Outra cena substituiu Eli na TV: um menininho, não Oliver, tampouco um desenho, estava caído no chão. Dessa vez, com o rosto virado para cima. Imobilizado ali por um homem de bochechas flácidas e barba por fazer, usando uma regata que antigamente tinha sido branca, mas agora estava amarelada de suor. Os pulsos do garoto estavam travados sob os joelhos do homem. Ele tinha um cigarro — não, uma pequena cigarrilha, com uma piteira de plástico — presa entre os dentes. Tirou-a da boca e espetou-a na clavícula do menino.

Agora, o pai do desenho, *seu* próprio pai, estava de volta na cena. Ele afastou o colarinho da camisa e mostrou uma pequena cicatriz na própria clavícula.

— Está vendo, filho? — disse o pai, com uma voz que era dele, mas também era a voz de Eli, de algum modo. — Aconteceu comigo. Aconteceu com você. Rodas girando, ciclos e ciclos. O que já aconteceu vai acontecer de novo.

Exibiu os dentes pretos e brilhantes num sorriso largo e sumiu de novo. Na parede, o ponteiro dos segundos ainda tremia, sem parar. Na TV, um carrinho de bate-bate surgiu. Música de realejo começou a tocar. De repente, era noite, e o carrinho estava pegando fogo. As pessoas lá dentro estavam em chamas, gritando. Algumas pulavam, deixando uma trilha de fogo enquanto rumavam para a morte.

Imagens sucessivas piscavam na tela. Um ônibus escolar atropelando uma fila de criancinhas na faixa de pedestres, sem ao menos tentar parar. O motorista estava dormindo. As crianças foram arrastadas sob os pneus.

Num circo, uma mulher girando em uma tábua, cercada de machadinhas presas na madeira. O atirador de machadinhas lança a próxima, mas dessa vez erra o alvo e acerta a cabeça dela, rachando-a como um melão.

Uma garota estripada sobre uma pedra, ao lado do assassino bonito e sorridente — ele é jovem, como um marinheiro, e olha para a tela como se soubesse que tem alguém assistindo, com prazer. As entranhas da garota incham e explodem, como os carrapatos depois que se empanturram de sangue. Em sua bochecha, Oliver vê algo estranho. Um número rasgado na pele. O número 3.

As imagens passam cada vez mais aceleradas. Animais mortos e apodrecendo em um campo. Moscas no rosto de uma menina morta. Prisioneiros magros e doentes, com pijamas esfarrapados, empurrados contra a cerca de arame de um campo de concentração. Homens em valas, esmagados por homens montados em cavalos. Um soldado em uma trincheira não consegue pôr a máscara de gás a tempo e sua pele borbulha e seus olhos escorrem como gemas de ovo pelo rosto. Crianças famintas com a barriga enorme. Mulheres amontoadas em uma van com sacos na cabeça. Uma metralhadora disparando em um show, quase inaudível por causa da música, as pessoas da plateia caindo uma a uma, pequenos arcos de sangue jorrando a cada tiro na testa — *bang, bang, bang.* Um corredor numa escola cheio de crianças alvejadas. Uma garotinha morta em um emaranhado de arame farpado na fronteira. Guerra, doença, fome, tortura, morte.

Oliver assistiu a tudo pois não conseguiu desgrudar os olhos da tela. Não sabia mais há quanto tempo estava ali, talvez há alguns minutos, talvez há semanas, anos. Era como se tudo aquilo tivesse preenchido sua cabeça, como se fosse uma criatura viva, uma sequência de imagens transformada numa serpente que se enrolava em seu pescoço e forçava a entrada pela boca, sufocando-o. Ele gritou, mas nenhum som saiu da garganta. As lágrimas não serviram para esconder o que tinha visto, não ajudaram a borrar as imagens. Era como se elas entrassem em contato com ele por outro meio que não fosse totalmente visual. Era como se fossem fotografias marteladas nas paredes de sua mente com pregos tortos e enferrujados.

A face de Eli reapareceu. Dessa vez, não era uma animação. Nada de desenho, não mesmo. Ele era muito real, com o rosto pálido, os olhos injetados, os lábios azuis de um afogado. Em um brado altíssimo que Oliver ouviu soar dentro da cabeça, com os dentes se chocando como moedas em um cofre, falou:

— Você viu, Oliver? Você viu o que o mundo se tornou?

— Vi.

— O mundo é um lugar legal, Oliver?

— Eu... acho que não.

— Você acha que não?

— Eu *sei* que não.

— Sim, você sabe que não. Ciclos se sucedendo. Rodas e engrenagens. E o maquinário continua cuspindo o mesmo sofrimento, os mesmos tijolos pré-moldados de desgraça. Seu bisavô volta da guerra, desconta em seu avô, que carrega a raiva e o trauma como um saco de merda nas costas, comendo um pouco pra matar a fome. Então, ele passa aquela carga pro seu pai, e agora seu pai passa pra você. Como uma doença, como um câncer, ao mesmo tempo contagioso e herdado. Você quer passar isso pro seu filho?

— Não.

— Não, é claro que não, Oliver. *É claro* que não. Então fazemos o quê?

Os dois falaram em coro:

— Quebramos a roda.

Agora, diante dele havia um martelo. O relógio da parede voltou a fazer tique-taque. A porta se abriu, e seu pai apareceu. Ele disse o mesmo que tinha dito antes, na TV:

— Cadê sua mãe?

Mas então seus olhos encontraram o martelo no chão.

— É meu martelo? De novo você mexendo com as minhas ferramentas, Oliver?

Oliver pegou o martelo e respondeu sem dizer uma palavra. O golpe foi desajeitado. Atingiu-o na têmpora, tirando seu equilíbrio. Porém, ele continuou de pé e tocou o fio grudento de sangue com dois dedos, que ficaram molhados e pegajosos.

— Por que, seu merd...

Oliver meteu o martelo na boca do pai. Seus dentes se estilhaçaram como uma pia de porcelana. Pedacinhos ficaram dentro da boca. As gengivas viraram purê. Ele se engasgou com os dentes partidos e com o sangue, e Oliver aproveitou para escalar nele como um macaco numa árvore, atacando-o sem parar na cabeça e no pescoço. O martelo indo e vindo até a cabeça do homem amolecer e perder a forma, como uma bola murchando, como um toco apodrecido e despedaçado. Continuou batendo e batendo até não enxergar nada por trás do sangue e do cabelo que se emaranhava em seus olhos, até o homem cair, até Oliver cair com ele.

Deteve-se ao lado do corpo. O martelo pingava. As paredes começaram a sangrar. Não era sangue, embora fosse seu primeiro pensamento. Era só água. Água escorrendo das paredes de madeira da casa, molhando as tábuas do chão, deixando-as tão escuras que pareciam de pedra. Então, o chão virou mesmo pedra, e a escuridão do interior da mina de carvão tomou a sala, até o cômodo deixar de existir.

A lembrança daquilo tudo voltou de repente — de fugir de casa para a velha mina de Ramble Rocks e depois afundar na poça de carvão até ir parar ali embaixo. Se é que foi assim mesmo.

A última coisa que sobrou da casa foi a televisão. Uma forma negra, brilhante, deslizou da tela como uma cobra passando por uma janela aberta. Então, a TV também sumiu. O demônio permaneceu. Ele se erguia, mais alto do que nunca, inclinando-se para baixo, seus ombros líquidos abraçando o teto da mina.

— Você está pronto — disse, com uma voz profunda e úmida.

Esticou um braço longo e lânguido na direção de Oliver — cinco garras na ponta, pingando um líquido branco lustroso que reluzia na escuridão como gotas de leite azedo. O braço fez um movimento rápido, abrindo um talho no olho do garoto.

Ele recuou, vacilante, e sentiu o rosto inchar na região do globo ocular. Pôs a mão ali e percebeu os ossos se movendo e expandindo. Quebrando e depois voltando a se juntar. Conseguia sentir *alguma coisa* deslizando ali, como uma enguia em um sapato. Então, viu tudo com clareza: um círculo de meninos parecidos com ele, mas que não eram ele, um ao lado do outro. No meio deles, uma mesa — não, um *altar,* no qual rachaduras lentamente se abriam. Uma após a outra, as rachaduras sugavam cada garoto, arrastando-os para um mar turvo de caos. Oliver viu o caminho.

Quando abriu os olhos, só conseguia enxergar direito com um deles. No outro olho, viu muitas cores cambiantes. Viu possibilidades infinitas. Viu fogo e sangue, viu centenas de portais e milhares de caminhos para cada um. Também viu portais no coração das pessoas — lugares fracos, lugares moles, lugares marcados pelo pecado.

Com aquele olho insano, viu dentro e fora da mina — seus milhares de túneis serpenteantes, sua entrada faminta escancarada e a poça de carvão logo adiante. Depois, viu-se em pé lá fora, sozinho. Em uma mão, segurava a picareta. Na outra, um livro velho — o Livro dos Acidentes. Sentiu algo no punho, cócegas, arrepios. Quando agarrou o livro com firmeza, seu pulso estalou com a cavitação, e o livro foi para *outro* lugar (ainda assim, conseguia sentir sua presença lá, em algum lugar).

Uma voz dentro de sua cabeça falou: *você tem meus dons. Você tem minha marca. Você tem uma tarefa a cumprir.* Foi quando a ave cruzou o seu caminho e, atrás dela, um caçador com a arma em riste.

PARTE SEIS
OS QUE FAZEM, OS QUE QUEBRAM E OS QUE VIAJAM

Será que o assassino em série Edmund Walker Reese nasceu do abuso infligido a ele na infância, como tantos monstros semelhantes? Será que era esquizofrênico? Ou será que essas são desculpas muito fáceis — e preguiçosas — para fundamentar a origem de tal vilão? Talvez algo mais estranho seja verdadeiro: o que aconteceu a Reese o vulnerabilizou, mas foi somente por meio da exposição ao sobrenatural que encontrou uma válvula de escape para sua ira. Tamanho era seu fascínio pelas lendas folclóricas da região — Ramble Rocks, em particular — que, ou inventou a criatura conhecida como demônio, ou realmente encontrou um ser diabólico que atravessou os famosos "portais" de Ramble Rocks. Durante uma época dominada pelo pânico satânico, esse demônio, real ou imaginário, foi capaz de convencer Reese que a raiva que sentia e a dor que o afligia eram combustíveis suficientes para alimentar uma cruzada para assassinar garotinhas. E que, ao matar as meninas, ele poderia liberar aquela fúria e amenizar, ou até mesmo apagar, a dor. Certamente, outros antes dele foram submetidos a abusos e ao sofrimento, e muitos conseguiram ter vidas saudáveis apesar de tal fato. Porém, poucos eram como Reese. E um número ainda menor foi transformado de tal forma pela invenção delirante — ou pelo encontro verdadeiro — de um demônio na escuridão. Seja qual for a versão real, podemos nos contentar com algo: ele foi incapaz de concluir a cruzada satânica. Que todos lutemos com nossos demônios e consigamos derrotá-los.

—do capítulo final do livro *Sacrifício em Ramble Rocks: Os Assassinatos Satânicos de Edmund Walker Reese*, de John Edward Homackie

64
ORFEU OLHOU PARA TRÁS

Oliver, deitado na cama, meio desperto, meio inconsciente, ouviu a mãe e Fig conversando em um murmúrio.

Fig: *Não tinha ninguém, Maddie, estou dizendo. Sangue, sim. O celular de Oliver. Mas ninguém. Nada de picareta, de arma, nada.*

Maddie: *Então ele ainda está por aí.*

Fig: *Eles estão vendo isso. Falei com Contrino. Ele disse que vai achar esse moleque, Jake.*

Maddie: *Não vão encontrá-lo. Há muito mais coisas acontecendo do que você imagina, Fig.*

Fig: *Pode me contar. E se você também falasse onde Jed está... Você disse que o encontrou. E achamos o carro dele naquela pousada chique ao norte.*

Maddie: *Não sei pra onde ele foi depois.*

Fig: *Vamos pegar os dois, Maddie. Prometo. Por Nate.*

Maddie: *Nate se foi, Fig. Não faça nada por ele. Faça por nós.*

65
OBRIGADO POR
DAR UM PULO AQUI

A queda foi curta, mas violenta. Ele bateu as costas no chão e sentiu o ar fugir dos pulmões. Tinha gosto de sangue na boca. Nate se ergueu e ficou em pé. Seu braço latejava de dor. Na hora, lembrou-se de Jake com o bastão. Pelo menos, conseguia mexer o braço. Não estava quebrado.

Onde diabos eu estou? O túnel. Ainda estava no túnel. Ao longe, viu a entrada, uma meia-lua de luz cinzenta. Parecia ser dia. Talvez cedo da manhã. Ele tinha dormido? Queria acreditar que o ocorrido não passara de um pesadelo palpável, mas... tudo aquilo parecia real demais.

Nate pegou o celular. Tentou ligar para casa, mas não tinha sinal. *Deve ser porque estou no túnel de trem.* Usando a lanterna do aparelho, detectou os trilhos. O que era uma coisa bem sinistra, já que tinham removido os trilhos do túnel antigo havia um tempão, não tinham? *Merda, tenho que sair daqui, ir pra casa, pro hospital.*

Desligou a lanterna para economizar bateria e seguiu em frente, mancando. A saída ficava a uns 100 metros de distância, então ele acelerou um pouco seu ritmo. Assim que saiu do túnel, foi banhado pela luz da manhã, que o cegou por um instante.

Quando sua visão se restabeleceu, foi como se estivesse rodeado por feras gigantes — esqueletos e fósseis. Mas piscou e viu que não eram esqueletos de bichos, e sim de brinquedos em um parque de diversões. Uma montanha-russa. Uma roda-gigante à direita. Bem à frente, barraquinhas de comida e um carrossel, meio destruído, com três cavalos caídos dos postes.

— Que m...

Nate se virou e olhou para o túnel. Uma placa grande coroava a entrada: O TÚNEL DO TERROR. O letreiro velho estava cheio de lâmpadas quebradas. A letra *o* do meio era o desenho de uma boca de mulher gritando, seus olhos muito pintados, suas bochechas apodrecidas.

Nate encarou o buraco de onde saiu. Agora conseguia ver que os trilhos eram do Túnel do Terror. Um rosto pulou da parede, atado a uma mola, mas estava tão detonado que não passava de uma caveira enferrujada. Ao fundo, fantasmas esfarrapados pendurados em cabos. Mais além, outras formas e sombras, impossíveis de identificar.

Voltou a se virar. O que *era* aquilo? O pesadelo finalmente tinha se tornado realidade? Ou ele estava morrendo e aqueles eram os últimos suspiros de seu cérebro? Sem dúvida, tudo *parecia* real. Mais real do que qualquer sonho. No entanto, o ar ainda passava a mesma impressão estranha que sentira no túnel, mas não estava mais tão fino — era pesado e grudento. Como se ele fosse capaz de pegar um pedaço na mão e apertar entre os dedos.

Por trás da carcaça da montanha-russa, o Sol não passava de um borrão de luz. Nuvens viscosas se agrupavam no céu cor de chumbo. Um uivo cortou o ar, ao longe. Mas não era o uivo de um animal. Nate tinha certeza de que era o uivo de um homem. Um som cru e rouco, desesperado e insano. Por reflexo, buscou o coldre com a mão. Porém, ele estava vazio. Tinha perdido a arma antes de cair no atoleiro de asfalto, não? *Tenho que sair daqui*, pensou. *Seja lá onde for esse "aqui"*.

Apressou o passo, sentindo um arrepio de medo na nuca. Passou por uma fila de barraquinhas, nas quais havia frases pichadas.

O HOMEM DOS NÚMEROS VAI PEGAR VOCÊ

CUIDADO COM A MÁSCARA BRANCA

O INVASOR ESTÁ VINDO

DEFINHANDO DE NOVO NA VILA DO VÍRUS

E, por fim, a mais perturbadora de todas:

BEM-VINDO AO FIM DOS MUNDOS

Nessa última mensagem, o S tinha sido pintado por outra pessoa. A mensagem original era em tinta branca. O S final nas palavras "DOS" e "MUNDOS" estava em vermelho.

Nate passou correndo pelas barraquinhas, pela sombra da montanha-russa, por cima dos cavalos quebrados do carrossel, até encontrar a saída, ou melhor, a entrada. Sobre ela, uma placa:

PARQUE DE DIVERSÕES RAMBLE ROCKS
OBRIGADO POR DAR UM PULO AQUI!

Havia um palhaço caubói pintado logo abaixo. Alguém tinha riscado seu olho esquerdo com tinta spray branca. Nate tomou o rumo do portão, pensando que tinha que ir a um hospital ou encontrar sua casa, quando ouviu o assobio distante de algo cortando o ar e, então, *poc*! Alguma coisa o atingiu no crânio, por trás. Ele soltou um uivo e passou a mão no local, mas, por sorte, não encontrou sangue. Aos seus pés, uma pedra. Pequena, mas afiada.

Escaneou o parque com os olhos e não demorou muito para achar quem tinha jogado a pedra. A pessoa estava agachada atrás de um carrinho de bate-bate enferrujado. Vislumbrou ombros, um cabelo desgrenhado e algum tipo de máscara, como a de uma fantasia de Dia das Bruxas, talvez. Quando a pessoa se levantou para espiar, Nate percebeu que a máscara era de algum animal, um coelhinho da Páscoa angelical, mas sem as orelhas. Depois, quem estava por trás dessa máscara voltou a se abaixar.

Na outra direção, ouviu sapatos se arrastando. Ao se virar, deparou-se com outro indivíduo. Um cara grande. Barrigudo, mas com pernas e braços curtos, com aparência de pássaro. Esse não estava mascarado, mas tinha um capuz feito de sacola, com furos recortados no lugar dos olhos.

Nate reparou que havia um número no capuz. Um zero riscado, desenhado com tinta vermelha. O homem estava armado: tinha um taco de beisebol de alumínio. Nate olhou em volta procurando uma arma para si próprio, mas não achou nada.

Agora o Coelhinho tinha saído de trás do carro de bate-bate. A máscara infantilizada tinha bochechas redondas, um nariz triangular cor-de-rosa, bigodes e as orelhas arrancadas. A pessoa era baixa e magra. Magra demais, como se passasse fome. Também tinha uma arma na mão — algo como um facão improvisado. Um pedaço de metal, provavelmente tirado de uma porta de carro ou de um telhado, curvado e grosseiramente afiado. O cabo era só um emaranhado de fita isolante. O mesmo número estava pintado na máscara. Um zero riscado.

Que se dane isso tudo, pensou Nate. Girou os calcanhares e irrompeu a toda velocidade em direção à saída. Porém, duas silhuetas barraram seu caminho. Uma era de mulher. Alta, magra. Seu braço terminava em uma garra artrítica. Ela usava uma máscara barata sobre os olhos — uma borboleta extravagante de plástico, como de um baile de máscaras. Seu vestido rosa estava esfarrapado e rasgado e tinha manchas de ferrugem.

Ao seu lado, um garoto. Mais novo que Oliver, talvez com 12 ou 13 anos. Cabelo loiro tão claro que era quase da cor da areia refletindo o Sol. Ele não usava máscara. Suas bochechas eram rubras, e o restante do rosto estava repleto de pontinhos vermelhos, como manchas de urticária ou de sarampo. Ele vestia uma calça suja de veludo, um casaco comido por traças e luvas pretas de couro.

A mulher tinha uma pá de neve vermelha. O garoto segurava uma pedra. No rosto de ambos, o mesmo zero. Talhado na bochecha, na pele. *Números*, como os das vítimas de Reese. Porém, essas pessoas estavam vivas. E como alguém poderia ser a Vítima Zero?

Nate estalou as articulações dos dedos. Ele teria que lutar para conseguir escapar dali. Virou-se para verificar o Coelhinho e o Cabeça de Sacola — eles se aproximavam. Era mais fácil passar pela mulher e pelo menino. Uma pá de neve não era a melhor das armas, e o garoto era só um garoto. Poderia abrir caminho...

De repente, viu um clarão por trás dos olhos quando outra coisa atingiu sua cabeça. Cambaleou para o lado, olhando para a rocha que agora estava aos seus pés. Dessa vez, sua mão ficou ensanguentada ao tocar a parte de trás do crânio. O garoto não tinha mais uma pedra nas mãos. Nate teve um pensamento absurdo: *Bom arremesso, criança.*

O Coelhinho começou a correr, voando em sua direção, erguendo o facão e brandindo a lâmina no ar. Atordoado, Nate tinha pouquíssima chance de conseguir escapar. Protegeu o rosto com o braço bem a tempo de a lâmina arrancar uma fatia de carne. Ele berrou, caindo no chão. A dor percorreu a coluna, e sua visão duplicou. O Grandão estava em cima dele agora, enfiando a botina tosca em suas costelas, que *afundaram*. Ele fez tudo o que pôde: dobrou o corpo, ficou de lado, em posição fetal, aguentando a chuva de chutes que começou. Então, o ataque cessou.

— Eu conheço você. — Uma voz familiar surgiu e foi aumentando, chegando cada vez mais perto. Uma voz rasgada, como uma porta velha.

— Não — respondeu Nate, com as cordas vocais arranhadas.

— Eu *conheço* você! — repetiu Edmund Walker Reese, sem conter a satisfação. Lambeu seus lábios finos e empurrou os óculos que escorregavam pelo nariz curvo. — Você tentou tirar a Número 37 de mim. Ela quase escapou, aquela lá. Mas com o raio eu a encontrei de novo, não foi? Ah, foi. Foi, sim. Encontrei-a no 99º. Encontrei-a sob *seus cuidados*, seu ladrão.

Na mão, segurava uma faca de caça, cuja lâmina brilhava, bem cuidada. Reese pressionou o tênis imundo no queixo de Nate.

— Dei uma cicatriz de presente para você. Posso dar outra. Você ficaria encantador com um zero talhado nessa bochecha, que tal?

Os demônios mascarados ao redor dele concordaram com a cabeça. O garoto sem máscara gargalhou e esbravejou.

— Esses são meus amigos. Meus *zeros*. Tenho muitos amigos. Os que caíram entre os mundos, os que vieram de mundos que caíram. E eles se juntam a mim ou morrem. O que você diz? Vem comigo? Você aportou no meu reino, viajante. Meu túnel, meu parque. Você é praticamente propriedade minha…

Nate agarrou o pé do sujeito com a mão que estava boa e tentou torcer seu corpo para derrubá-lo, mas Reese se desvencilhou, e alguém deu um pontapé na cara de Nate. Ele soltou um grunhido surdo, sentindo um de seus dentes cair. Babou sangue e gemeu, tentando se virar e fugir. Foi encontrado por mãos que começaram a arrastá-lo. Estilhaços atravessavam suas roupas, furando sua pele.

O estrondo de uma arma preencheu o ar. Um dos agressores, talvez o Coelhinho, deu uma pirueta para trás. De seu pescoço curvado, jorrou um chafariz de sangue. Nate viu o Coelhinho cair no chão ao seu lado, os olhos mortos do animal encarando-o. Por trás dos buracos da máscara, vislumbrou olhos *de verdade*, olhos humanos, que piscaram três vezes e depois não mais. Nate tentou se levantar, mas suas pernas tinham virado gelatina. Parecia que as costelas afundadas estavam quebrando agora. Mais um estrondo. Uma mulher gritou.

Nate virou de costas com dificuldade. Respirava em assobios curtos e entrecortados. A escuridão sugava a luz. Alguém passou por cima dele com uma arma comprida e quadrada na mão, como uma Colt .45. A pessoa usava uma máscara de gás, uma calça jeans com sujeira incrustada e uma camiseta cor de fígado doente.

Nate fechou os olhos. Sentiu um par de mãos segurar seus tornozelos e arrastá-lo. Então, o rio da inconsciência levou-o embora em sua correnteza.

66.
MAIS UM TIRO AO ALVO

Depois que saiu do hospital, Oliver podia ver a fúria se revirando dentro da mãe, como um valentão caçando briga. Ela fez as malas dos dois bufando de raiva, jogando as roupas lá dentro como se as castigasse. Oliver não ajudou, pois ela disse que a recomendação do médico era deixar a mão em repouso. Então, ficou observando Maddie e observando sua dor. Por um instante, ficou pensando sobre o que aconteceria se ele alcançasse aquela dor, como tinha feito com Graham, e a arrancasse de lá. Será que conseguiria? Era possível repetir aquilo? Ela seria salva ou condenada? Nós precisamos da dor? Existe dor boa e dor ruim? Uma parte necessária e outra parte intrusa? Não sabia responder. Assim, estava com medo de tomar atitudes.

Quando Maddie se virou para ele, encarou-a e disse:

— Me desculpa.

A raiva e a dor se encolheram.

— Desculpa por que, meu bem?

— Desculpa por ter me envolvido com ele. Desculpa por ter caído na dele. — Sentiu lágrimas queimando os cantos dos olhos. — Desculpa por não ter tido coragem de matá-lo. Agora papai se foi e...

Ela agarrou o filho nos braços e balançou-o como se o ninasse.

— Não. Não, não, *não*. Não faça isso com você, não seja assim. Você é um bom menino, Olly. Tem um coração de ouro. Nunca permita que ninguém diga que isso é ruim. — Ela pegou as bochechas dele e levantou seu rosto. — Escute aqui. Aquele garoto, Jake, aquele porra, eu sei que você pensa que ele é você, mas não é. Nem aqueles outros Olivers que morreram naquela mesa. Você é único. Essa é sua vida, e você deve encará-la do seu jeito. E fugir quando tiver que fugir.

Ele concordou com a cabeça.

— É por isso que estamos fugindo? — perguntou.

— Estamos fugindo até descobrirmos como não fugir mais.

— Amo você, mamãe.

— Também amo você, anjo.

Eles se sentaram no carro dela, Fig no banco do passageiro, e Oliver aninhado no banco de trás, deitado e coberto com o casaco. Maddie contou tudo a Fig. *Tudo.* Já era hora. Ela precisava de apoio para conseguir o que queria dele.

— Maddie — disse —, isso tudo é... uma loucura. Não queria que vocês fossem embora. Queria que ficassem. Nós podemos proteger vocês dois.

— Jake é Oliver de outro universo. Ou de outra linha do tempo, ou sei lá que merda. E ele quer acabar com todos os universos. Para fazer isso, ele precisa matar meu filho. Suponho que tenha mandado Nate embora para atingir Oliver, mas não sei. Nem sei se isso importa. Nate se foi. Provavelmente está morto. Mas quem *não* está morto é aquele moleque... Jake. E preciso de um esconderijo. Então, e aí, o que acha do meu plano?

— Maddie, temos que ligar pra alguém. Conseguir proteção com a polícia local, talvez até mesmo com uma agência federal...

— Eu perguntei o que você acha do meu plano, Fig?

Fig suspirou. Pôs a mão no bolso e deu as chaves a ela.

— O chalé não é grande coisa, viu? É, tipo, um chalezinho de pesca bem pequeno. Ao norte do Lago Wallenpaupack, a uns 15 km de distância. Sem internet, sinal de celular fraco. Tem sinal de telefone fixo, mas é intermitente. Tem uma TV com antena, um fogão a lenha pra aquecimento e pra cozinhar. A despensa agora está vazia, mas tem uma loja pequena na estrada, a uns 3 km ao sul. O que eles têm lá quebra um galho até no inverno, porque ali perto o pessoal costuma esquiar. Mas é todo seu, com a autorização de Zo e a minha. De qualquer forma, vamos ficar bem ocupados com o pequeno que está chegando. Sem tempo para o chalé.

— Obrigada, Fig.

Fig ficou em silêncio por um tempo. Depois, tirou a arma do coldre e tentou entregá-la a Maddie.

— Vamos, pegue.

— Não preciso. — Ela abriu o compartimento entre os dois bancos e mostrou uma Glock. — Posso cuidar de mim mesma. Nate me deu essa aqui.

Ele deu uma risadinha.

— Justo. Mande notícias. Talvez…

— Sinceramente, Fig, acho que você devia pegar Zoe e cair fora daqui também. Encontrar um lugar e ficar na miúda por um tempo.

— Eu… — Uma expressão conflituosa e confusa fez seu rosto contorcer. — Não sei se posso fazer isso.

— Você não é policial. Não mesmo. Não deve nada a ninguém.

— Ai, essa doeu.

— Você sabe que não foi nesse sentido que falei.

— Tudo bem. É. Mas talvez eu possa ajudar, do meu jeito.

— Se você diz.

— Se cuide, Maddie. Se precisar de mim, me chame. Vou estar aqui e vou ajudar como puder. — Ele se inclinou para trás. — Você também, Oliver. Sua mãe é dura na queda, ela vai proteger você. Mas você precisa protegê-la também, ok?

Oliver fez que sim com a cabeça.

— Obrigada, Fig — repetiu Maddie.

Ele saiu e bateu a porta. Maddie ligou o carro e, pelo retrovisor, viu Fig, que os olhava partir.

67

E AGORA, DOUTOR, PARA ONDE ESTAMOS INDO DESTA VEZ?

Nate acordou, engasgado. Rolou para o lado e vomitou saliva. A dor atravessava seu diafragma como se alguém estivesse rasgando-o com uma tesoura. Ele olhou em volta e piscou. *Meu quarto*, pensou.

Literalmente, seu antigo quarto, de quando era criança. O teto com infiltrações e abaulado. Teias de aranha nos cantos. Um pôster de uma Lamborghini na parede, descascando, quase sem cor de tão desbotado. Havia outras diferenças mais notáveis: uma pilha de espingardas no canto, uma caixa de munição ao lado. Tábuas tapando as janelas. Ao seu lado, na mesinha de cabeceira, um frasco de uma marca estranha de água sanitária envolta em um círculo desajeitado de papel-toalha e gaze.

Sentou-se com um gemido, precisando parar e recuperar o fôlego por causa do esforço. A dor que serrava suas costelas abrandou. Ali, em uma cadeira frágil, estava seu pai. Na mão esquerda, segurava uma tigela de cereal, uma colher dentro. Ao lado, tinha uma pistola .45 ACP. *O fantasma*, pensou, *o fantasma que andei vendo.*

Porém, aquele homem não tinha nada de fantasma. Fosse quem fosse, estava sentado ali, completamente real. Não restava dúvidas. Era seu pai, mas ao mesmo tempo não era. Para começar, era canhoto, mas também parecia mais resistente, como uma peça de couro curtido. Não era um homem morrendo de câncer. Pelo contrário, exalava vitalidade. Olhou para Nate com olhos azuis límpidos.

— Nathan — disse o velho.

— Não pode ser. — Nate estava tão rouco que sua voz parecia uma pedra raspando na calçada.

Seu pai, ou o *doppelgänger* dele, fungou.

— Mas é. E não é.

O velho se abaixou e pegou uma caneca encardida com lascas na borda e com a estampa de um gato laranja, que Nate conhecia como Heathcliff, declarando com apatia em um balão de fala: ODEIO SEGUNDA-FEIRA. Essa frase não era de Garfield?

— Aqui.

Nate estremeceu ao esticar o braço, pegando a caneca. Nela, havia água. Ele deu um gole. O gosto era estranho — um amargor mineral forte grudou em sua língua. Mas ainda era refrescante. Ele ignorou o gosto forte e engoliu tudo de uma vez, arrependendo-se imediatamente. Seu estômago se contorceu e o esôfago deu um espasmo. Carl disse:

— Você devia ter dado goles menores.

— É. Entendi agora, obrigado.

— Deve estar com fome também.

— Não estou.

— É porque você já passou tempo demais sem comer, então agora se sente enjoado. Posso arranjar uma lata de alguma coisa, só falar quando. Não vai ser quente, mas vai ser comida. Espero que desta vez você consiga segurar aí dentro.

Nate franziu a testa.

— Desta vez?

— Nas últimas vezes você vomitou tudo no chão.

Nas últimas vezes.

— Há quanto tempo estou inconsciente?

O velho deu de ombros.

— Você acorda e apaga.

— Não me lembro disso. Faz tempo?

— Algumas semanas.

Seu corpo ficou tenso. *Oliver, Maddie.* Eles estavam em perigo. Com Jed, Jake.

— Não é possível, isso não pode ter acontecido. Preciso voltar...

— Acredite se quiser, Nathan, eu não me importo.

— Não é Nathan. É Nate. *Nate.*

Seu Não Pai assentiu com a cabeça.

— Nate, ok. Eu limpei suas feridas — disse, apontando para a água sanitária.

— Com água sanitária?

— O melhor antisséptico que tem por aqui.

Nate se lembrou de como seu próprio pai, quando pegava hera venenosa, usava um canivete para raspar as bolhas e jogava água sanitária nelas. Será que esse homem era seu pai ou só uma versão estranha dele?

— Quem é você?

— Carl Graves.

— Você não é meu pai.

Carl fungou.

— Não, acho que não. Assim como você não é meu filho.

— Seu filho. Ele atende por Nathan, não Nate?

— Isso.

Nate tirou as pernas da cama e encostou os pés no chão. As tábuas rangeram ao menor sinal de peso. Seu corpo também rangeu — estava todo dolorido. Parecia que tinha sido atropelado por um caminhão.

— Você foi uma porcaria de um pai violento para o seu Nathan, Carl?

O velho hesitou. Então, atravessou o quarto e arrancou a caneca da mão de Nate.

— Vou descer. Se quiser vir, venha. Vou procurar comida. Se quiser ficar aqui em cima apodrecendo na cama, problema seu.

Levou um tempo para Nate se levantar e ir para o andar de baixo. Não só pela dor, pelo incômodo ou pelo estômago vazio. Também pela realidade, ou melhor, pela irrealidade da situação. Seu mundo já tinha começado a desmoronar antes de tudo aquilo, mas então veio o dia no túnel, com Jed e Jake. Jake era mesmo seu filho, Oliver? Sim e não. Assim como o homem lá embaixo era e não era seu pai. Jake era Oliver — só não o *seu* Oliver. Era *um* Oliver, de outro tempo, de outro lugar. Seu filho era bondoso e gentil. Aquele garoto era uma praga vingativa e venenosa.

Agora, por causa dele, Nate estava ali. Na casa dele que não era dele. Com seu pai que não era seu pai. A um mundo, ou a muitos mundos, de distância do filho e da esposa. Levantou-se, encarando a dor, e desceu as escadas.

Os dois comeram em silêncio, cada um com uma lata de comida à frente. Nate comeu um espaguete igual ao de uma marca que costumava consumir, mas com outro nome e um formato um pouco diferente. O molho era praticamente o mesmo. Carl comeu um ensopado de peru, algo que parecia ração de cachorro, mas feita para humanos. Tinha a aparência de… picles.

Nate falou pouco. Só comeu e olhou em volta. Era a mesma casa na qual havia crescido, mas estava mais destruída pelo tempo: as paredes estavam manchadas, algumas tábuas envergadas, e, devido à falta de eletricidade, o ambiente era escuro, com sombras mais compridas e profundas. Estava claro lá fora, e as cortinas estavam abertas, mas também havia tábuas nessas janelas. A luz passava pelos vãos, em faixas irregulares, e se projetava em facadas na parede oposta.

— Sua escolha não me surpreende — disse Carl, por fim.

— Por quê?

— Você gosta desse macarrão desde criança.

— Eu não. Ele. Nathan.

Carl piscou, como se, por um instante, aquilo fosse novidade para ele. Em seguida, confirmou com a cabeça e disfarçou com uma risada constrangida.

— É, claro, claro.

— Mas eu gostava de um parecido. — Nate fez uma pausa. — Quase igual. Nós não... temos essa marca lá de onde eu vim. Ou de quando eu vim. Que seja.

— Como seu mundo caiu?

O corpo de Nate enrijeceu ao ouvir aquilo. Foi uma pergunta tão brusca, tão estranha, que foi como se virassem um copo de água gelada em suas costas.

— Não entendi.

— Você é um viajante, não é? — perguntou o velho, como se a pergunta esclarecesse a anterior sem necessidade de aprofundamento.

— Um viajante.

— Você não é daqui, como disse. Veio de outro lugar. De *outro tempo*. Conheci outros viajantes.

— Aquele outro cara também me chamou de viajante. Reese.

— Edmund Reese — disse Carl, concordando. — É, *aquele* lá. Ele não é daqui. Chegou numa noite de tempestade. Desde então, tem sido uma tormenta. — Lambeu os lábios. — Me encontrei com ele uma vez, lá fora, caçando. Estava sozinho, afirmou que eu poderia me juntar a ele. Aí eu disse quando, como e onde ele podia ir se foder, e ele riu, falando que eu era o mesmo velho Carl que ele conhecia, mas eu não era. Ele explicou que, "porque me conhecia", ia me deixar em paz. Que eu já era infeliz o bastante assim.

— Ele tem amigos.

— Um bando de puxa-saco sem cérebro. É. Um pessoal que caça para ele. Você deu sorte que te resgatei.

— Obrigado.

— Imagina.

— Como eles voltam? Os viajantes, quer dizer, como eles vão pra casa? Pro lugar de onde vieram?

Carl pareceu surpreso, como se alguém tivesse acabado de mijar em sua lata de ensopado de peru.

— Voltar? A casa *caiu*. Os mundos se colidiram quando ruíram, Nathan. Nate. Não tem mais essa de casa. Só tem... — Com a colher na mão, fez um gesto amplo. — Isso aqui. Esse caldeirão de apocalipse, esse... bem, esse *ensopado*.

E bateu a colher na latinha.

— Meu mundo não caiu. Ele ainda está lá. O que tudo isso quer dizer? — Nate sentiu o pânico aumentar como o mercúrio que sobe em um termômetro quente, mas não conseguiu fazer nada para impedir. — Você está falando um monte de besteira: mundos colidindo, viajantes, apocalipses...

Carl ficou subitamente de pé, empurrando a cadeira para trás. Deu uma última lambida na colher.

— Vem, vou te mostrar.

Subir a escada do sótão foi um martírio. A cada degrau, Nate sentia um tranco na cabeça e nas costelas e precisava parar um pouco no próximo. Carl disse:

— Acho que você quebrou a costela. Não sei se teve uma concussão. A boa notícia é que não vi nenhum tipo de infecção. Agora é rápido desenvolver uma infecção, e os antibióticos não funcionam mais tão bem.

— Também por causa do apocalipse? — perguntou Nate.

— Pode apostar. — Carl cutucou um fiapo de carne ensopada dos dentes. — Tá bom, já descansou. Pra cima deles, campeão.

Aquilo era uma coisa que seu próprio pai costumava dizer. Geralmente com ironia, para acusá-lo de ser preguiçoso. *Estou vendo você aí nessa cama, fingindo que dorme. Vamos lá, hora de trabalhar. Pra cima deles, campeão.* Então, quando Carl veio com aquela, Nate quase deu um soco na cabeça do velho desgraçado, mas segurou os punhos e continuou subindo a escada.

— Que porcaria é essa, Carl?

Dizer que a parede era um painel de maluquices conspiratórias era um eufemismo. Ele imaginou uma propaganda tocando: *Venha conhecer o Painel de Maluquices Conspiratórias de Carl! Temos logotipos de empresas! Temos máscaras sinistras de palhaço! Temos documentos médicos misteriosos! E todo tipo de barbante conectando os pontos. Quem precisa de um quadro de cortiça? Nossas novas tachinhas patenteadas grudam direto no painel de madeira da parede, e não soltam!*

— Algumas formas como o mundo acabou — disse Carl, sem rodeios.

— Até onde sei, só existe um mundo.

— Até onde você sabe, você tem um pai, Carl Graves, que não sou eu. Até onde você sabe, você mora num lugar que não é esse aqui.

— Está bem, justo. — Nate engoliu. — Me explique se puder.

— Claro. Da melhor maneira que conseguir. Mas, veja bem, muitas coisas são só suposições. É o seguinte: há outros mundos além do seu. Não sei bem quantos, dezenas, talvez centenas. Pode ser um número finito, ou não. Suponho que sejam, como se diz, dimensões alternativas. Ou linhas do tempo, algo assim. As coisas são parecidas, mas diferentes. Em todos esses mundos, surgiu um menino chamado Jake, e em todos esses mundos ele pegou... — Nessa altura, a voz de Carl oscilou um pouco. — Pegou meu neto, Oliver, levou-o para Ramble Rocks e fez com que ele se matasse ou... ou simplesmente o matou. O ato, esse ato horrível, gerou uma consequência. *Abriu* algo em cada um dos mundos, desencadeando o fim ali. O fim foi diferente em cada lugar. Não os Quatro Cavaleiros do Apocalipse, mas Catorze Cavaleiros, ou Quarenta, ou quem sabe uma infinidade de Cavaleiros, cada um trazendo seu próprio tipo de Apocalipse. O fim do mundo geralmente acontecia de uma forma esperada: com doenças, com o aquecimento global, ou com uma erupção maciça de vulcão, sufocando o ar com fuligem. Outras vezes era pior. Mais *estranho*. Computadores inteligentes detonando armas nucleares ou... monstros saindo de buracos no chão, criaturas sem olhos, criaturas com asas. Em um deles, ouvi que um cometa passou e acabou com a morte. As pessoas que morreram acabaram voltando, famintas como cães, com sede de carne, sangue, cérebro... o que encontrassem pela frente.

Nate passou os olhos pela galeria maluca de imagens, itens e documentos.

— Como você sabe tudo isso?

Carl lançou um olhar que parecia *atravessar* seu corpo em direção a um ponto distante, infinito.

— Fui descobrindo nos últimos anos. Como disse, encontrei outros viajantes como você... refugiados, se preferir... vindos dos mundos colapsados. Eles contaram histórias. Às vezes, as atrocidades ou horrores desses lugares também acontecem aqui. Porque aqui é lá agora. Como expliquei, os mundos caem, e caem juntos. Como um edifício desmoronando, um andar cai em cima do outro. Então tudo cai junto, filho.

— Não sou seu filho.

— Você já disse.

— As outras partes. Como você sabe sobre Jake e Oliver?

— Vi acontecer, com meus próprios olhos. Ao meu neto. Mas outros também viram as outras versões acontecendo. Você não é o único viajante. — Sua voz oscilou de novo. — Como falei.

De súbito, Nate entendeu.

— Alguns desses outros viajantes, eles não eram só pessoas quaisquer, né? Eram versões de sua família.

— Isso, Nate. Isso mesmo.

De volta ao andar de baixo, Carl explicou melhor sobre aquele mundo. Disse que tudo estava quebrado ou a ponto de quebrar. Quase não existiam mais insetos, embora restassem alguns: carrapatos, moscas, baratas, pernilongos. Em alguns lugares, os fungos tinham tomado conta: as plantas pararam de crescer — não era possível cultivar alimentos —, mas os fungos se alastravam. Em outros, nem *aquilo* acontecia. As coisas mortas já não apodreciam. Uma árvore caída ou um cadáver ficavam lá, decompondo-se a uma velocidade milhares de vezes menor, ou nem isso. Ele disse que o tempo estava sempre ameno, quando não quente. Agora era fevereiro, mas isso não importava. Explicou que às vezes vinham algumas tempestades, deixando um rastro de destruição por onde passavam. Derrubavam árvores, que gritavam, literalmente, como uma mulher ou uma criança sendo assassinadas. Ocasionalmente, transformavam poças d'água em gasolina. Ele agradecia por seu poço não ter sido contaminado, pelo menos por enquanto. A tempestade também tinha a capacidade de, às vezes, virar os animais pelo avesso, e as tripas ficavam fumegando para fora depois que a chuva passava.

— É por isso que, quando vem uma tempestade, é bom estar *em casa*, não lá fora. A não ser que queira exibir suas entranhas por aí.

Carl continuou:

— Você é bem-vindo se quiser ficar, Nate. Não vou mandá-lo embora. Eu dei água e comida e limpei você da melhor forma que pude, e, por mais que você não seja meu filho, sinto que lhe devo alguma forma de compensação. Mas, se ficar, preciso que me ajude aqui. A gente tem que buscar comida, ou seja, ir mais longe. Sempre dá pra ir até a cidade e trocar itens com as pessoas no forte montado no centro. Preciso de ajuda para garantir que ninguém morra no poço, bombeando água manualmente, e assim por diante. Também preciso que você se comprometa com a defesa da casa. Tenho umas armas por aqui, munição também. Quanto ao uso do banheiro, pode mijar lá fora, claro, mas tem uma casinha que construí para a outra coisa...

— Não posso ficar aqui — interrompeu Nate. — Tenho que voltar.

— Voltar? Voltar pra *o quê*?

— Voltar para... o lugar de onde e de quando vim, Carl. Eu tenho família.

— Pode ser que o mundo deles caia no nosso e você veja sua Maddie. — Seus olhos se estreitaram. — É Maddie em seu mundo, certo? Não acho que isso mudaria, já encontrei algumas Maddies por aí.

— É Maddie. Mas você não está entendendo. Meu mundo não caiu, Carl. Oliver está vivo. Jake está lá, e meu menino corre perigo. Preciso voltar. Eu já... — Seu maxilar endureceu. — Já perdi muito tempo longe.

— Como você pretende voltar?

— Eu... não sei.

Não sabia mesmo. Então, chorou.

68
ESCONDIDOS NA BEIRA DO MUNDO

O tempo passava no chalé. Dias viraram uma semana, que se desdobrou em outra. Oliver e Maddie, na beira do mundo. Fizeram compras. A lojinha ao fim da pista de cascalho não tinha muita coisa, então fizeram algumas viagens a um Walmart nos limites de Honesdale. Era necessário economizar. A mãe disse que o dinheiro não duraria para sempre.

O chalé, a três horas de carro rumo ao norte, não era bonito — era rústico, mas não tanto, pois parecia apenas uma caixa no meio do bosque. Tinha água encanada, dispensando a necessidade de uma casinha externa. A cozinha não passava de um corredor pequeno, e o fogão antigo tinha cor de pistache, saído diretamente dos anos de 1950. Por outro lado, a geladeira tinha cor de polpa de abacate velho, ou seja, vinha dos anos de 1960 ou 1970 (e por dentro cheirava a cachorro molhado). Um quarto tinha uma cama *queen*, mas era no sofá-cama que Oliver dormia noite após noite. Ou, pelo menos, tentava dormir.

Quando conseguia, sonhava com o pai. Às vezes, eram sonhos bons, o que era pior do que ter sonhos ruins, pois acordava pensando que o pai estaria ali com eles, vivo, não morto. Outros sonhos, muito piores, eram com Jake. Jake, que Oliver sabia ser ele mesmo, ou uma versão de outro mundo, de qualquer maneira, um *doppelgänger* de uma realidade alternativa, que o perseguia em florestas de pesadelo e corredores fantasmagóricos do Walmart que se transformavam em túneis serpenteantes de minas. Aqueles sonhos sempre terminavam no mesmo lugar, em Ramble Rocks, no campo de pedras, sobre o altar.

A mãe o ajudou a cortar lenha para pôr no fogão e aquecer o ambiente. Era difícil — Oliver não era exatamente acostumado ao trabalho pesado. O fato de sua mão esquerda estar meio estropiada também não ajudava. Os pontos repuxavam e machucavam. A mãe disse para ele nem tentar cortar lenha, mas, como estava com ódio do mundo e com ódio de si mesmo, decidiu que gostava da dor. Ou que, pelo menos, a merecia.

Nas primeiras vezes, só conseguiu enfiar o machado na madeira. Depois, a mãe teve que arrancá-lo de lá e dar um golpe decente para rachar a lenha.

— Você é boa nisso — disse ele. — Ainda mais para uma garota da cidade.

As palavras saíram com um tom de veneno que ele não esperava. Ela revirou os olhos.

— Sou da cidade, mas também não vamos nos esquecer de que sou *fodona*.

O machado voltou a descer, partindo as metades da lenha em quatro.

— Seu pai cresceu na roça, mas eu faço coisas que ele nunca conseguiu fazer. Ele sabe soldar? Sabe esculpir árvores?

— Não é culpa dele — rebateu Oliver, na defensiva.

— Não, eu sei. Não quis dizer... — Ela suspirou. — Merda!

— Tudo bem. — Ele mordeu o lábio. — Só estou com saudade.

Viu a dor brotar dentro dela de repente, como uma gota de sangue se espalhando na água limpa. Ela pôs o machado no chão e se apoiou no cabo — não foi um gesto casual, mas uma necessidade. Como uma muleta para não desmoronar.

— Também estou com saudade dele.

— Tive uma visão dele. Estava morrendo, morto.

A mãe olhou para o nada.

— Não sabemos se é real.

— Acho que não, mas pareceu real. — Chutou umas folhas mortas. — Você acha que ele ainda está vivo?

Ela deu o machado para Oliver e começou a recolher a lenha para levar para dentro.

— Vamos lá, Carinha. Pra dentro. Está ficando frio.

69

PRA CIMA DELES, CAMPEÃO

Nate acordou em um pulo no meio da noite, certo de ter ouvido um barulho, mas ainda muito sonolento para identificar o que era. A escuridão que o envolvia era impenetrável, assim como o silêncio. Ocorreu-lhe que, em sua antiga vida, no antigo mundo, havia o *ruído* constante da vida moderna. O barulho distante do trânsito, o rumor sutil de um avião cruzando o céu ao longe, o zumbido do ar-condicionado ou do aquecedor ou do ventilador de teto. Mas agora tudo isso tinha desaparecido. *Esse* mundo ainda era escuro e silencioso, o que o fez sentir-se ainda mais solitário. Estava perdido no vácuo.

Então — o som. Em algum local lá fora, um som humano. Algo entre uma risada e um grito. Continuou por mais um tempo e, de repente, parou. Com o coração acelerado, pensou no homem magro e barbado do bosque. Aquele que tinha visto tantas vezes, aquele que *perseguiu* até a casa de Jed. Ficou pensando em quem seria aquela pessoa. Um viajante, como ele? Alguém que tinha caído pelas rachaduras de um mundo que ruía?

Saiu lentamente da cama, sentindo os ossos estalarem com o esforço de superar a dor na lateral do corpo. Nate conhecia aquela casa como a palma da mão, então, enquanto descia a escada com cuidado, sabia como andar pelas bordas dos degraus para suavizar o resmungo da madeira rangente.

Lá embaixo, encontrou o velho espiando pelo vidro da porta. Tinha uma espingarda na mão. Não se assustou com a chegada de Nate. Virou o rosto banhado no luar tênue em direção a ele.

— Você também ouviu?

— Ouvi. Não sei se quero saber o que era.

— Se eu soubesse, falaria. Deve ser algum doidão lá fora. Ou então é só um bicho.

— Não parecia o som de nenhum animal que conheço.

— Claro, porque não seria nenhum animal que você conhece. A maioria dos bichos já era. Vejo um gambá de vez em nunca. Talvez um guaxinim. Mas, outras vezes, aparecem uns animais muito esquisitos. Já vi um veado de seis patas. Também vi um porco selvagem com vermes pendurados na cara, tipo fios de macarrão preto.

— Você acha que pode ser só um animal?

— Não, provavelmente não.

— Talvez os mascarados que vieram me pegar. Os zeros de Reese.

— Pode ser. Acho que eles saem daquele túnel em Ramble Rocks.

O túnel. Ramble Rocks.

— Eu saí do túnel. Túnel do Terror. Lá no lugar de onde eu vim, era um túnel de trem, no meio de um parque.

— É. Nesse mundo, era uma ponte coberta.

— Então simplesmente... mudou? Virou outra coisa?

Carl deu de ombros.

— Parece que sim. Nos últimos tempos, virou um parque de diversões. Antes foi um shopping antigo. Alguns dos viajantes que conheci disseram que era uma mina de carvão, ou um parque de verdade, ou até mesmo um presídio. Mas sempre tem um túnel. E sempre tem um campo de pedras. E também sempre chama Ramble Rocks, sempre.

— E, naquele campo de pedras, imagino que sempre tenha aquela rocha. A que parece uma mesa.

— É um altar. Foi ali que Oliver morreu. Ou morre. Várias e várias vezes.

O sangue de Nate gelou.

— É assim que eu volto.

— Como assim? Pela pedra?

— Pelo túnel. Eu vim por lá, posso voltar por lá. Um amigo meu... — Nate começou, mas logo se corrigiu. — Alguém que conheci disse que a fronteira entre os mundos naquele lugar é fina. Fina como um pedaço de pele velha, não como uma parede.

— Não. Aquele lugar não é seguro.

— Não vejo outra escolha.

— Você fica aqui. Comigo.

— Não.

Eu fui embora antes. Tenho que ir de novo. Carl fungou e se enrijeceu.

— Bem, não espere minha ajuda. Você está nessa sozinho, Nate.

— É, nenhuma ajuda sua. Aí está o pai de que me lembro.

O velho se virou, indignado.

— Ah, vá pro inferno. Eu salvei sua vida, caso tenha esquecido. Alimentei você, dei água, limpei sua merda e seu vômito. E, como você mesmo falou, nem meu filho você é. É só um... viajante. Um *estranho*. Fiz uma gentileza, mas agora a gentileza acabou. Quer desaparecer na escuridão? *Pra cima deles, campeão.*

— Vá se foder.

— Uhum. É. Vou me foder, claro.

Nate subiu as escadas e esperou amanhecer. Não voltou mais a ouvir o riso-grito insano lá fora. Por algum motivo, aquilo pareceu pior.

No dia seguinte, o parque de diversões de Ramble Rocks estava diante dele. Ou melhor, ele estava diante do parque — sentia-se pequeno em sua presença, como uma criancinha olhando para o esqueleto de um tiranossauro rex em um museu. Faixas de luz crepuscular cortavam as barras e trilhos da montanha-russa, como se a sustentassem em pé. Musgos e trepadeiras pendiam das estruturas. Tudo estava deteriorando, desordenado. Porém, não havia ninguém. Nenhum uivo, nenhuma risada estranha.

Ele tinha uma arma: um machado de cabo longo. Queria ter levado um revólver, mas não esperava que Carl lhe desse nada. E, a princípio, isso se confirmou. O velho não estava lá quando Nate saiu. Estava no quarto, com a porta fechada. Contudo, Nate nem tinha se afastado muito da casa quando Carl o chamou, entregando-lhe o machado e dizendo:

— Tenho dois, leva esse. Você vai precisar.

E foi essa a despedida que recebeu. Carl voltou pra dentro, Nate deu o fora. Agora, estava ali. Não tinha um plano. Era difícil fazer planos em um universo sem pé nem cabeça como aquele. Nada fazia sentido, então por que planejar? O melhor que conseguiu fazer foi tomar a decisão de dar uma olhada no túnel. Só para ver o que desse. Examinar, conhecer o entorno.

Nate foi entrando no parque de diversões e, mais uma vez, acabou reparando nas mensagens pichadas. Uma estava rabiscada ao longo de uma das barras da montanha-russa:

NÃO COMA AS MAÇÃS NEGRAS.

Não entendeu o significado, nem viu maçãs para comer. Involuntariamente, olhou bem para cima e levou um tempo para perceber que a coisa esquisita com que seus olhos tinham cruzado era um corpo. Estava pendurado em uma corda, com uma forca no pescoço. Lá em cima, quase nos trilhos. O corpo pendia, perfeitamente imóvel. Seu rosto era uma confusão de túbulos brancos em crostas — não era possível distinguir os traços faciais.

Ele apressou o passo. O vácuo escancarado do Túnel do Terror assomou diante dele. Nate parou no limite alcançado pela luz e sentiu como se estivesse à beira de um penhasco. As pedrinhas caindo, ameaçando atirá-lo para a morte. Seus ouvidos zumbiram, seu coração disparou. Cada parte de seu corpo gritava para voltar, fugir, deixar aquilo pra lá. Mas ele se manteve firme: *É o que ele quer, que você fuja. Então continue.* Não tinha ideia de como sabia aquilo. Ou se sabia mesmo. Era absurdo pensar que o lugar estava vivo de algum modo. Ainda assim, foi a impressão súbita que teve. Que o túnel estava vivo, ou o mais próximo possível da vida.

Logo na entrada havia um corpo. Estava apodrecido havia muito tempo. O rosto parecia uma abóbora murcha que foi esquecida lá fora depois do Dia das Bruxas. Tinha o aspecto de um fazendeiro: macacão, botinas, joelhos cheios de barro. Será que era real? Temia que sim. Na mão carcomida de macaco, viu algo brilhando. Um isqueiro. Nate avançou no escuro. Agiu rápido e roubou o isqueiro do cadáver, com receio de que ele se levantasse do nada e saísse atrás dele. Mas não se mexeu. O isqueiro estava frio. Acendeu-o e evocou uma chama.

Sabia que o túnel deveria ser um circuito. É assim que funciona um trem-fantasma de parque de diversões. Você entra, o brinquedo dá várias voltas, e depois você sai pelo mesmo lugar em que entrou. Mas o Túnel do Terror não era assim. Na verdade, nem fazia sentido, porque parecia ser só uma linha reta mergulhando na escuridão. Sem fim. Para onde? Nate não sabia. Mas, conforme caminhava pelos trilhos, percebeu uma descida sutil, que foi se tornando cada vez mais íngreme.

A luz do isqueiro roubado tremeluzia nas paredes, iluminando os zumbis mecânicos presos a armações de mola, feitos para avançar nas pessoas que estivessem no brinquedo. Viu megafones que antes deviam repetir músicas assustadoras ou gravações de gritos, além dos espelhos distorcidos que deixariam as pessoas de cabelo em pé quando olhassem para trás e vissem versões esquisitas de si mesmas. Pernas e braços de borracha pendiam do teto, presos a correntes e cordas. Um pé, uma mão, uma cabeça... Ele congelou. A cabeça.

Não era comicamente sanguinolenta como o pé e a mão, com o osso exposto e o músculo aparente desbotado. A cabeça era menor. Franzida. A pele estava colada ao crânio, enrugada e seca como um maracujá de gaveta. *É uma cabeça de verdade*, percebeu. A corrente que a unia ao teto terminava em um gancho, que estava enfiado em uma das têmporas da cabeça rompida. Na carne ressequida da testa, no meio de uma cortina de cabelos quebradiços como palha morta, havia um número: 19.

Passou pela cabeça devagar, mantendo-se nos trilhos para não cair na água parada logo ao lado. A chama do isqueiro clareava um túnel aparentemente infinito. À frente, sombras se pressionavam contra as paredes — manequins de palhaços congelados em poses estranhas nas curvas do túnel. Palhaços assustadores, um deles com um facão, o outro com um olho pendurado.

O LIVRO DOS ACIDENTES 427

Depois deles, o túnel seguia, seguia e seguia. Ele se virou e viu que a entrada já tinha ficado para trás. Talvez a uns 500 metros. Uma sombra passou na abertura, como um abutre cruzando o Sol. Então, o túnel roncou, do teto até os trilhos abaixo de seus pés. *Um trovão*, notou Nate. Uma tempestade. Ainda não tinha começado, mas... talvez não demorasse.

Carl disse que às vezes elas caíam e, quando isso acontecia, traziam um inferno. *Caos* foi a palavra que usou. Outro trovão distante, que ecoou em seus dentes. Agora uma escolha estava posta: Nate poderia ir embora, poderia tentar ser mais rápido que a tempestade e voltar para a casa de Carl — supondo que o velho o receberia de novo. Ou podia ficar ali e se abrigar até ela passar. *Ou* então poderia seguir em frente e ir ainda mais fundo para ver aonde aquele lugar o levaria. Se aquele lugar era mesmo capaz de transportá-lo para outro, talvez para casa, não fazia sentido insistir? O que diabos ele estava pensando? *O único caminho era por ali.* Estava decidido, seguiria em frente. No entanto, antes de dar meia-volta e continuar pela escuridão, uma voz cantou, vinda lá do fundo:

— *Era uma vez* um jovem chamado Eddie Reese. Ele estava em um túnel de trem, bravo por ter ouvido mais um *não* — um não de outra garota, um não de outro garoto: *Não, Eddie*, disseram, *não vou sair com você, não vou encostar em você, não vou olhar para você!*

Nate girou para encarar o breu. Não viu nada ali, mas as sombras estavam opressivas. Deu uma espiada nos palhaços do mal na parede, já meio que esperando que ganhassem vida e viessem pegá-lo.

— Afaste-se — disse à escuridão.

Mas a voz continuou:

— Naquele dia, porém, nosso jovem intrépido, Eddie, fã de números como era, encontrava-se naquele túnel, contando primeiro a quantidade de vezes que tinha ouvido um *não*. Para constar, tinham sido 21. Depois, contando o número de tijolos desiguais e desalinhados no túnel. Para constar, eram 7. Mas Eddie descobriu de repente que não estava sozinho, assim como você não está. Foi quando Eddie conheceu o demônio.

— Vai se foder — exclamou Nate.

— O *demônio*, Eligos Vassago. Acima e abaixo, lá estava ele. Desleal às legiões do Inferno e à imundície do Paraíso. E disse a Eddie que, se estivesse disposto a cumprir uma missão, uma grande missão, poderia quebrar os mundos e tornar-se um deus, e, com isso, nunca mais ouviria um não de ninguém.

Agora Nate conseguia ver a sombra de Edmund Walker Reese caminhando na escuridão. Uma lâmina brilhou, apesar da ausência de luz.

— Noventa e nove garotas. — Um sussurro e uma risada vieram das paredes. Tinha sido algum dos palhaços?

— Sim — confirmou Reese.

Sua voz não era exatamente alta, mas estava *por toda parte*. Como serpentes deslizando pelas paredes, em todas as direções. O eco era lento e deliberado, arrastando-se.

— Eligos me instruiu a matar 99 garotas, *puras*, jovens e castas, ainda sem máculas. No ápice do sacrifício, *tudo ruiria*.

— Mas você *fracassou* — rebateu Nate. — Não foi? A quinta garota, Sissy Kalbacher. Ela fugiu, graças à minha esposa.

— Sua *esposa*. — Essas palavras saíram num chiado venenoso e colérico. — Não me surpreende. Sim, eu fracassei. Talvez as tentativas tenham sido pura ilusão. Mas tentei. E fui recompensado por meus esforços. Fui salvo da cadeira elétrica pelo raio e colocado aqui pelo demônio. Quiçá aposentado. Mas que bela aposentadoria, Nate. Tantas vítimas disponíveis. De vez em quando, uma jovem acaba na minha teia. Embora agora tenha só você.

Nate sentiu a tensão aumentar, fazendo o ar zumbir. Tinha que sair dali. Tinha que ir embora. Mas queria *tanto* matar Edmund Walker Reese. Se não conseguisse voltar para casa, pelo menos poderia levar esse assassino junto com ele... *Não*, pensou. *Você não está pronto. Está ferido, Nate. Ainda.*

— Está tudo bem agora — cantou Reese. — Quem assumiu minha tarefa foi um candidato mais capaz. O menino: Oliver. Oliver matando Olivers que matam Olivers. Dominós sendo derrubados, um atrás do outro, até o mundo morrer. E, quando isso acontecer, todos eles vêm pra cá. *Pra mim.*

As últimas palavras saíram em um rugido animalesco. Soltou uma risada gaguejante e insana. Edmund se arremessou para a frente, brandindo a faca no ar, que faiscava, riscando as paredes. Ele se lançava como se tivesse não dois braços, mas quatro, e então seis. Sua sombra ficava cada vez maior, mais estranha, e, conforme corria, não se escutava apenas o som de passos no escuro, mas o som úmido de algo deslizando, como um cordão de infinitos vermes se arrastando pelo túnel. Nesse instante, os palhaços das paredes começaram a rir junto com Reese.

Um trovão sacudiu o ar, mas Nate não teve opção — girou os calcanhares e disparou pelo túnel a toda velocidade, em direção à entrada. Enfrentar a tempestade era um caos, mas o caos era melhor do que *isso*. Não podia acabar com Reese, não ali, nem agora. Tinha que *correr*.

Nate não se atreveu a olhar para trás, mantendo os olhos fixos no caminho diante de si. O semicírculo de luz indicando a saída do Túnel do Terror tinha se enfraquecido. O céu, antes azul, ficara esverdeado e assustador. Um céu doentio, enfurecido pela tempestade que se aproximava.

Subitamente, o som dos passos cessou. *Não olhe, não olhe, não olhe.* Ele olhou. Reese estava bem para trás, entre as silhuetas dos palhaços, que pulavam das paredes, balançando. Algo úmido brilhava atrás e em volta deles — vermes deslizando na parte interna do túnel. Os palhaços pararam de se mexer, uns 100 metros para trás. Nate conseguia ver o contorno deles, parados ali, observando. Reese não estava mais com eles. Tinha voltado para o breu, para o túnel. Nem *eles* ousavam sair na tempestade. Melhor assim. Então, correu em sua direção.

O granizo cortava o ar ao seu redor; o céu ficava cada vez mais acinzentado e esverdeado. As pedras colidiam no parque de diversões com o ruído de contas de vidro despencando do firmamento. Elas machucavam do mesmo jeito, bombardeando-o com ferroadas na cabeça, no pescoço, nos ombros e nas costas. Nate enterrou a cabeça sob o abrigo mirrado dos braços enquanto atravessava o parque correndo, passando pelas barraquinhas e pelo carrinho de bate-bate incendiado.

Relâmpagos rasgavam o céu em clarões brancos, tomando conta de tudo. Quando cessavam, deixavam um rastro de luz nos olhos de Nate. Em seguida, viu que estava cercado. Pelo filho. Por muitas versões de seu filho.

—Oliver — disse, com a voz falhando.

Oliver, um tiro no meio da testa, um cabelo comprido e molhado grudado nas bochechas. Oliver, a garganta aberta como um envelope rasgado. Outro Oliver, os pulsos cortados, o sangue escorrendo como água com ferrugem. O Oliver mais próximo, inchado como um corpo afogado em um rio. O Oliver mais distante, com comprimidos meio derretidos presos nos lábios, como confeitos em um cupcake. Outro com um tiro no peito. Um com as tripas à mostra. Alguns tão machucados que mal eram reconhecíveis. Uns com a pele rosada e mortos havia pouco tempo, outros acinzentados, falecidos havia semanas, mas ainda preservados. Todos abrindo a boca ao mesmo tempo. Emitindo um canto. O sangue sendo derramado. Um rio despejando a água. Uma cascata de bílis. O terrível canto virou uma palavra:

— Paaaaaaaaai.

Alguma coisa bateu nele. Nate girou, erguendo o machado. Era Carl, de olhos arregalados com a visão de todos aqueles Olivers.

— Meu Deus — gritou Carl, sobrepondo-se ao som do granizo.

Ele gesticulou com um revólver .45 nas mãos.

— Temos que *ir*, Nate. Vamos. *Vamos*!

Carl deu um puxão em Nate, que correu com o velho. Nate passou de olhos fechados no meio da multidão de corpos do filho, porque sabia que não conseguia ver aquilo, de novo não. Quando abriu os olhos, os corpos haviam sumido, ou ficado para trás, e Nate sabia que não podia olhar. Os dois dispararam até saída do parque, que já podia ser avistada.

— Quase lá — berrou Carl por cima da cacofonia do granizo.

Os relâmpagos tomaram os céus novamente. Dessa vez, um raio despencou na frente de Nate como um martelo, arremessando-o para trás. Ele caiu de costas no chão e viu Carl (ou sua silhueta) mais adiante, preso a um potente canal de eletricidade. Só deu tempo de ver a pele e os ossos ficarem pretos e virarem cinzas, como um pergaminho em chamas. Os raios desapareceram, assim como Carl Graves.

70

ESCULPINDO AVES

Que excelente refeição! Maddie contemplou o banquete — perdão, "banquete" — diante dos dois. Geleia de *cranberry* enlatada: um clássico. Batata-doce enlatada: ela preferia fazer uma caseira, mas tudo bem, essa também servia. Pão de batata barato: uma substituição de quinta categoria para os biscoitos, mas Maddie fez o que pôde, torrando-os no fogão a lenha. Agora cada um tinha uma crosta preta de queimado no formato de um coração diabólico. E, o ponto alto: peito de peru com molho pronto.

Oliver cutucava a comida com um garfo, levando, com desalento, uma porção mínima até a boca e fazendo beicinho a cada mordida. Maddie sentiu uma pontada de ressentimento e teve vontade de repreendê-lo: *Sabe, um monte de crianças neste país não tem nem isso. E o que custa você ser grato pelo esforço que fiz para trazer um gostinho do Dia de Ação de Graças para nós no meio dessa tempestade de merda?* Porém, mordeu a língua, pois sabia que não era justo.

Não era nem que Oliver não estivesse gostando da comida (mas também, por que gostaria? Eca). Era por causa do pai, desaparecido. Era porque a vida deles tinha virado de ponta-cabeça. Estavam fugindo, sozinhos, no meio do nada. Ele quase tinha sido assassinado, não por um qualquer, mas, aparentemente, por *ele mesmo*. Por fim, ainda estava tomando antibióticos para o ferimento na mão, o que mexia com seu estômago. O garoto tinha passado por poucas e boas. *Você também passou*, pensou sozinha. Foi quando Oliver disse:

— E quando é que isso acaba?

A pergunta a atingiu como um caminhão.

— O quê?

— Quando tudo isso termina? Jake ainda está por aí. Ninguém vai achar ele. Ele tem mágica. Vai escapar ou passar a perna neles, talvez até matá-los. E aí vem atrás de nós aqui. — Seu olhar era perfurante, como se a atravessasse com uma lança. — Como isso acaba? Qual é o plano, mãe? Você sempre tem planos.

Ela sentiu que estava caindo, como se alguém tivesse puxado uma alavanca e aberto um alçapão sob sua cadeira. Ficou gelada, depois quente, mal conseguia respirar. Então, pensou: *Será que é menopausa, um ataque cardíaco, um aneurisma, porra?* Mas, é claro, já sabia que era o pânico, cravando suas presas ensanguentadas para lhe arrancar um pedaço. *Sou uma pessoa que faz listas e metas e planos, sempre sei o próximo passo.* Mas lá estava e não tinha nada nas mãos. Nenhuma resposta, nenhuma direção. Eles só tinham sumido do mapa, como se tivessem morrido e ido para esse lugar intermediário, esse *limbo*, esse chalé no fim do mundo. Como acaba? *Será* que acaba?

— Você tá bem? — perguntou Oliver. Agora não tinha mais o olhar cortante, mas encarava seu peito, na altura do coração. *O que ele está vendo?*

— Sim — mentiu. Em seguida, a verdade arrombou a porta e saiu pela boca. — Não! Deus, porra, não!

Ela se engasgou com um soluço repentino e desabou no choro por dez segundos — dez segundos eternos. Secando os olhos, limpou a garganta e disse:

— Esse jantar está um lixo. Tá uma merda, e estou de saco cheio.

— Ah, eu não quis dizer...

Levantando-se num pulo, ela acrescentou:

— Venha, vamos fazer uma coisa.

Boquiaberto, ele perguntou:

— O quê? Por quê?

— Porque, meu menino, quando chega a hora, quando sua cabeça fica cheia de... — Ela gesticulou, agitando loucamente os dedos em volta do crânio. — *Besteira*, o melhor jeito de arrancar as ervas daninhas e abafar o ruído é fazendo alguma coisa. Então é isso, vamos fazer alguma coisa. Por nós, pelo mundo. Faremos.

Pela primeira vez em semanas, ela viu o garoto sorrir, o que a encheu de vida.

Sentaram-se no alpendre estreito do chalé, no frio crescente, sob um lustre que era só uma lâmpada dentro de um frasco grande de vidro. Na parte em que a luz fraca não alcançava, estavam o estacionamento enlameado na frente do chalé e uma estradinha longa que cortava uma cerca de pinheiros escuros e vigilantes. O céu estava limpo e estrelado; a lua não passava de uma lasquinha fina de osso branco.

O entusiasmo de Oliver com a ideia de criar tinha uma barreira: a dificuldade de *fazer* algo de fato. Ele não conseguia segurar a madeira com a mão machucada e esculpir com a outra. A mãe deve ter percebido a frustração, pois assumiu a maior parte da tarefa. Ela só deixou o filho decidir como seria a aparência das obras.

Tinham achado uma faca grosseira na gaveta da cozinha, e a mãe a utilizava para esculpir corujas em pequenos pedaços de lenha. Ela apertava os dentes enquanto talhava as pontas das orelhas, antes de passar a escultura para Oliver. A coruja que segurava na mão tinha substância — não era leve nem oca, mas quase impossivelmente pesada. Ele a enfileirou no corrimão do alpendre, junto às outras duas que a mãe já tinha feito. Parecia que as aves o observavam. Ele pensou que essa era a parte legal de ser artista: a sensação de que seu trabalho era maior do que realmente era. Como se você desse vida, infundisse um espírito nas coisas.

— Me passa o próximo pedaço — pediu ela.

Oliver foi até a pilha de lenha que tinham cortado. Ela perguntou:

— Dessa vez, coruja-do-mato? Ou coruja-das-torres?

Ele riu e deu de ombros.

— Sei lá. Hum, tipo, uma daquelas bocas-de-sapo?

— A boca-de-sapo não é uma coruja — corrigiu Maddie, fazendo um gesto com a faca.

— E como você sabe?

— Não são só as crianças que podem ver vídeos no YouTube, amigão.

— Tá bom, tá bom. Acabamos de fazer um corujão-orelhudo, então vai a coruja-do-mato, quem sabe?

— Boa, Olly. Põe uma no celular pra mim, precisamos de uma foto de referência.

Ele assentiu com a cabeça e obedeceu.

— Por que corujas? — perguntou.

Ela sorriu.

— Sabe, quando eu era criança, tive uma coruja. Ah, não uma de *verdade*, mas também não era de brinquedo. Era um enfeite pequeno que meu pai comprou pra mim em alguma viagem para o norte do estado, uma vez. Era uma decoração para a estante, uma corujinha, feita de carvão. Esculpida. Não sei por que nunca pensava muito nela, mas... ficava na cômoda do meu quarto, todas as noites, me protegendo.

— Talvez essas corujas possam proteger a gente.

— Talvez, Carinha. Quem sabe?

Enquanto a mãe falava e trabalhava, Oliver notou que a dor e a raiva dentro dela tinham se apaziguado novamente. Atingiram o auge durante o jantar — enquanto os dois conversavam, um turbilhão de frustração dançava dentro dela, como um ciclone no deserto. Preenchia todas suas partes com uma escuridão agitada. Mas agora estava menor. Tinha voltado a ser uma coisinha pequena e pulsante. Aquilo era bom? Parecia que sim. Porém, mais uma vez, Oliver tinha dúvidas sobre a natureza da dor. Era melhor que ficasse pequena, mas permanecesse ali? Ou era como uma infecção — precisava de uma cura? Como um dente podre que precisava ser arrancado. *Bastava eu me aproximar e tirá-la de lá...*

— Quanto à pergunta que você fez antes... — disse Maddie, de repente. — Não sei.

— Que pergunta? — indagou, mesmo sabendo.

— Sobre o plano. Quanto tempo isso vai durar. Tudo. — Girou a faca na mão, alheia. — Não sei, não tenho respostas.

— E se ele vier atrás de nós? — Oliver nem precisou explicar quem.

— Não sei, Carinha. Temos o revólver de seu pai; ele me ensinou a atirar há um tempão. Estamos fora do caminho, no meio do nada. Tem um portão lá embaixo, e temos a chave. Na pior das hipóteses, podemos fugir pelo bosque. A estrada fica a poucos quilômetros daqui.

— Não seria melhor estar... tipo, perto das pessoas?

— *Não.* — Nesse instante, viu a dor brotar dentro dela como fumaça preta. — Não dá pra confiar nos outros, Olly. Você confiou em Jake, e olha só no que deu. Seu pai também confiou em Jed. É melhor ficarmos só nós dois.

— Você sabe onde Jed está, não é?

A mãe estreitou os olhos, desconfiada.

— Por que a pergunta?

— Você disse que achou ele. E depois deixou ele ir embora de novo.

— Uhum.

Oliver sentiu o olhar da mãe esmagá-lo.

— O quê?

— Não se faça de desentendido. Você andou bisbilhotando meu celular.

Ele engoliu em seco.

— Bem. Eu... — Ele odiava mentir. *Odiava.* — Ok, sim, é, eu estava procurando uns jogos, tipo, qualquer um, podia até ser Candy Crush ou outro aplicativo antigo porque estava entediado e... aí vi a mensagem e...

A mensagem só dizia isso, tudo em caixa-alta, porque, aparentemente, era assim que os mais velhos escreviam: ESPERO QUE VOCÊ E O MENINO ESTEJAM BEM. SE PRECISAR DE QUALQUER COISA, MANDE MENSAGEM PARA ESTE NÚMERO. SEI QUE VOCÊ NÃO CONFIA EM MIM E ENTENDO, MAS, EM CASO DE EMERGÊNCIA, ESTOU AQUI.

Em caso de emergência... Maddie deu de ombros.

— Não conversamos muito. Ele não sabe onde estamos.

— Você sabe onde ele está?

— Não.

— Então conversar pra quê?

Ela suspirou.

— Foram só algumas mensagens. Ele só queria saber como estamos.

— Talvez porque ainda esteja trabalhando pro Jake.

— Pode ser. Mas acho que não.

— Por quê?

— Sei lá. — Sua voz revelou irritação. Mais uma vez, a fumaça preta se revolveu dentro dela. — Acho que fiz Jed entender. Acho que encontrei um portal dentro dele e o atravessei com ele. Faz sentido? Porra, duvido que faça. — Ela olhou para a bola de madeira, antes de transformá-la em uma coruja. — Ele sofreu muito, e o sofrimento acabou levando a melhor. Não o perdoo, de jeito algum. Seu pai também sofreu bastante, mas nunca se deixou levar pela dor, ou, pelo menos, nunca permitiu que ela o controlasse. — Com um grunhido, enfiou a faca no corrimão de madeira do alpendre. — Queria seu pai aqui. Eu era boa em lidar com um monte de coisas, Olly, mas com isso? Todo esse caos e loucura? Seu pai sempre foi uma rocha, inabalável diante de crises, capaz de manter a cabeça fria, uma fortaleza. Eu sinto muita falta dele.

— Eu também. Queria que ele estivesse aqui.

— Idem, filho. Idem.

Eles ficaram sentados por um tempo. O frio de novembro penetrou nos ossos de Oliver, que estremeceu.

— Acho que vou entrar.

— Vai lá. Vou ficar mais um tempinho. Esculpir um pouco mais, talvez.

— Boa noite, mãe.

— Boa noite, Carinha.

Maddie estava na terceira cerveja e na décima terceira coruja. A bebida era uma cerveja preta russa particularmente violenta chamada *Old Rasputin*. Tinha comprado em uma distribuidora ao lado do Walmart de Honesdale.

Não conseguia sentir os lábios, mas *conseguia* sentir os dentes. Um sinal de que ainda não estava bêbada, mas no caminho certo.

Quanto às corujas, bem, lá pela quinta, parou de se importar com o tipo, e a partir da décima, todas começaram a ficar meio mambembes, mas ela ainda gostou do resultado. *Minha pequena família esquisitinha de corujas*, pensou. Guardiãs e caçadoras. Cutucou uma delas com a faca, fazendo-a oscilar no corrimão.

— Vamos — encorajou-a. — Pisca, bate as asas, pia pra mim.

Mais cutucadas.

— Guincha, voa, arranca meus olhos! Faz alguma coisa!

Ainda nada. Eram só peças mortas de madeira.

— Ah, vão pro inferno então — rosnou, jogando as corujas no chão.

Mais uma vez, teve certeza de estar deixando passar alguma coisa. Alguma peça desse quebra-cabeças. Alguma peça *dela mesma*. O que estava fazendo ali? O que esperava conseguir? Estava certa. Sentia falta de Nate. Sim, era ela quem fazia planos e mais planos. Mas, numa situação tão bizarra como a atual, *ele* saberia o que fazer. *E eu sinto tanta falta dele.* "*Eu também*", ouviu a voz do filho dentro da cabeça. *Queria que ele estivesse aqui.*

Mordendo as bochechas, olhou para a faca e para as corujas no chão. De repente, ocorreu-lhe a lembrança de, sem intenção, fazer Edmund Walker Reese, um autômato insano e perverso que ganhou vida e tentou matá-la. Queria que Nate estivesse ali. Mas então pensou — e se fosse possível? E se ela conseguisse trazê-lo de volta? Maddie começou a bolar um plano.

71

VIAJANTES

Nate fez um esforço para se sentar, tentando afastar dos olhos a claridade que tinha tomado sua visão. Pouco a pouco, a parede de luz começou a se desintegrar em bolhas multicores. Ele se levantou, açoitado pelo granizo, e olhou para o local chamuscado onde Carl estava segundos antes, quando o raio... Levou-o? Queimou-o? Aquela marca carbonizada no chão era ele?

— Carl! — chamou Nate.

Ele engoliu em seco, imaginando o próximo passo. Voltar para casa? Correr para o parque? Sentia-se confuso. Então, todos os pelos de sua nuca se arrepiaram. Os do braço também. Tudo formigava — o ar parecia vivo, como se estivesse infestado de insetos em chamas. Em seguida, um trovão silencioso sacudiu o ar, deslocando uma lufada de vento. Carl apareceu diante dele, em pé, olhando para o nada. Logo, voltou a desaparecer, mas, em meio segundo, reapareceu. Como se fosse uma imagem defeituosa. Nessa segunda vez, gaguejou:

— Ate... Estou... Oite... Anhã.

Nate correu até ele, agarrando sua mão e puxando seu corpo. Um choque de eletricidade estática produziu um estalo ruidoso: foi como ser furado por uma tachinha. Porém Carl, abalado, pareceu não se mover. Foi a vez de Nate dizer:

— Temos que ir, Carl. Vamos. *Temos que dar o fora daqui agora.*

Quando puseram os pés em casa, exaustos e apavorados, a tempestade já tinha passado. O dia voltou ao estado anterior: quente e abafado, mas agora o ar estava mais espesso com as nuvens de pernilongos. Lá dentro, ambos se jogaram nas cadeiras da mesa de jantar. Não se olharam por um instante, nem fizeram nada. Só ficaram ali parados, entorpecidos. Por fim, Nate disse:

— Obrigado por ir me buscar.

Carl olhou para Nate.

— Imagina. Você não é meu filho, mas... — As palavras morreram em sua boca.

— O relâmpago — disse Nate. — Já o vi antes. Ele levou você embora, para outro lugar, não foi?

— Eu me vi morrendo.

Nate fez uma pausa.

— Ok.

— Por um instante, pensei que *estivesse* morrendo. Que estivesse tendo algum tipo de... Como chamam? Uma experiência *fora do corpo*. Estava no canto do quarto, assistindo outra versão de mim mesmo morrer na cama. Aquela versão estava péssima. Pele fina como papel, amarelada como pus. Eu estava morrendo, talvez já estivesse morto. E você, ou alguma versão de Nate, estava lá...

Enquanto Carl falava, Nate se deu conta.

— Você atravessou — disse.

— O quê? Como naquele programa antigo, *Angel of the Night*?

— Não sei do que você está falando. Quis dizer que você foi um viajante, Carl. Foi ao *meu* mundo. Você me viu. E viu meu pai, minha versão de você. — Era difícil escolher as palavras, mas conseguiu continuar falando. — Carl, meu pai morreu de câncer. Eu estava lá quando aconteceu. E odiava ele. Não estava lá pra dar... conforto ou dizer coisas bonitas. Não queria encerrar uma etapa, só queria vê-lo morrer. E foi o que fiz. Mas aí eu vi... vi *você* lá, parado no canto, com a arma na mão esquerda. Todo esse tempo, pensei que você fosse o fantasma dele, mas... — Esfregou os olhos com as costas das mãos. — Você era *você*. Não um fantasma. Você era real, acho.

— Ah. Estou com dificuldade de processar toda essa informação.

— Somos dois, Carl.

Carl deu tapinhas no braço dele.

— Vá se limpar, filho. Vou tirar o uísque do armário. Porque estou precisando de duas ou três doses. Acho que você também.

O uísque não era chique: *Royal Crown Canadian*. Nate observou que em seu mundo era *Crown Royal*, em vez de *Royal Crown*, mas essa era a única diferença, porque a embalagem e o logotipo eram os mesmos. Além disso, o próprio pai também tomava aquilo.

Depois de uma hora, ambos estavam muito bêbados. Não a ponto de cair no chão e vomitar, mas Nate já não sentia mais dor e tudo parecia suave como um banho quente e relaxante. Carl contava uma história de um "sujeito com quem trabalhou" na fábrica de plástico onde passou a maior parte da vida, um cara chamado Keith. Ele disse que Keith sempre apostava em algo. Todo dia, toda semana, toda raspadinha, todo sorteio da loteria. O cara sempre dizia: *Deus ajuda quem se ajuda, é o que está na Bíblia. Você vai até metade do caminho para encontrar Deus, e Ele faz o resto. Não tem como ganhar se não jogar, Carl. Não, senhor, é impossível.*

— Então, um dia — continuou Carl, segurando a caneca de café cheia de uísque —, o imbecil esqueceu a porcaria do bilhete da loteria em cima da mesa. E olha que o prêmio estava acumulado. Já pagaram valores mais altos depois daquilo, mas, para a época, foi o maior prêmio de todos, coisa de 500 milhões ou algo assim. Mas Keith tinha um relógio no intestino. Quando foi no banheiro dar a cagada matinal e empestear o ambiente, eu fui de fininho até a mesa dele e, num piscar de olhos... — Carl imitou a ação. — Anotei os números dele. Voltei pra minha mesa, peguei o jornal de novo e fiquei assobiando uma música de Willie Nelson.

"Como disse, Keith era pontual. O sorteio do prêmio acontecia às 23h todo dia, mas o sujeito não conseguia ficar acordado até essa hora. A gente entrava no trabalho às 5h da manhã, certo? Pois é. Então, ele chegava, punha o almoço na geladeira, obrava, voltava, procurava o jornal e olhava os números sorteados. *Todo santo dia.*

O LIVRO DOS ACIDENTES   **441**

"Mas, *naquele* dia, eu peguei o jornal antes. Aí, ele saiu do banheiro cheirando a aromatizador de ambiente, que usava como perfume. Aliás, vou te contar, esses aromatizadores de banheiro não prestam."

Nate deu risada.

— Eles só deixam o lugar com cheiro de baunilha *e* merda, em vez de merda pura.

— É verdade! Exatamente. Então, ele saiu com seu perfume de... bem, não sei se era cocô e baunilha ou cocô e lavanda. Alguma coisa assim. Keith procurou o jornal, mas depois percebeu que eu estava com ele. Então, me pediu pra passar pra ele, mas eu disse que veria os números. Enquanto isso, fiquei enchendo o saco dele, dizendo: *Keith, você nunca vai ganhar. Nunca! Chega de jogar, pelo amor de Deus.* E ele ficava repetindo aquela coisa de Deus ajuda, metade do caminho, não tem como ganhar sem jogar e aquele monte de besteiras otimistas.

"Mas lembra que eu sabia os números? Então, fui lendo bem devagar os números dele do papelzinho em que anotei tudo, sacou? Li um por um, número por número, e os olhos de Keith foram se arregalando cada vez mais. No final, ele pensou que tinha ganhado! Achou que tinha faturado *500 milhões de dólares!*"

— O que ele fez? — perguntou Nate, rindo.

— Ah, o que ele fez? Vou contar, Nate. Ele já começou a gastar tudo em trinta segundos. Ia comprar uma banheira, um Ford F-350, uma casa em Florida Keys. Ia contratar Jimmy Buffet para compor uma música para ele sobre... sei lá, qualquer besteira de papagaio, pirata e hambúrguer ou qualquer outra merda. Mas pra nós? Não pensava em dar nadinha. Nem pra nós, nem pra caridade, nada disso. Perguntei: Mas e Deus? Deus não gostaria que você desse comida pras criancinhas famintas? Ele respondeu assim, juro que disse o seguinte: *"Deus ajuda quem se ajuda, Carl."* Logo em seguida, descobrimos que ele já estava preparando o discurso da demissão. Ele ia pedir naquele mesmo dia! Ia entrar na sala do chefe e mandar ele se foder, tipo: *"Agora sou rico,* hasta la vista, *cretino!"* Ele começou a andar em direção à sala do chefe. Só quando chegou perto da porta é que a gente fez ele parar e contou a verdade. Ah, cara, ele ficou furioso! Parecia uma panela de pressão. O rosto ficou vermelho como um pimentão! — Carl gargalhou até ficar sem fôlego. — Foi demais. Aquele idiota!

Os dois riram até perderem a voz, e Carl serviu mais uísque para ambos. Depois, com a voz séria, disse:

— Você já, ah, você já fez isso com seu pai? Sentar para tomar umas e jogar conversa fora?

— Não. — Nate ficou tenso. — De jeito nenhum.

— Seu pai era um merda mesmo, hein?

— Um bosta, Carl. Um bosta, de verdade.

— Você se importa se eu perguntar...

— Você quer saber como ele era.

Carl não respondeu, mas seu olhar já disse tudo.

— Está bem — disse Nate. — Não falo muito sobre esse assunto, mas o pai, *meu* pai, *meu* Carl Graves, me enchia de porrada. Também batia na minha mãe. Sei lá. Parece meio... vazio quando eu falo assim, como se fosse comum, mas não consigo nem explicar como foi crescer em uma casa assim. Não era nem que ele vivesse me batendo. Algumas vezes, parecia até que tentava me compensar pelas surras, tentava ser melhor, mas, sei lá como, era até pior. Porque era como, bem, era como foi hoje. Um dia ensolarado que esconde uma tempestade surpresa. Da calmaria ao caos. Assim, eu não conseguia confiar em nenhum momento. Uma hora ele estava rindo de algum programa na TV ou filme de caubói e, no minuto seguinte, ia pra cima de mim ou de minha mãe. Podia ser por qualquer coisinha besta e pequena, podia ser por motivo nenhum. Podia até ser por algo que tinha imaginado. Ele bebia, fumava e nos espancava.

Carl ficou em silêncio por um tempo.

— Sinto muito por tudo.

— É. Bem, foi o que foi. — Nate lançou um olhar cortante ao velho. Sua voz estava gelada quando continuou. — E você, Carl? Batia no seu filho? No Nathan?

— Não.

— Certeza?

Carl suspirou e fez um aceno preguiçoso com a cabeça.

— Certeza. Mas isso não faz de mim o pai do ano. Fui um pai ausente, Nate. Nunca estava em casa. Estava sempre trabalhando, e depois do trabalho, estava no bar, e depois do bar, estava de putaria com alguma garçonete ou coisa assim.

— E Nathan? Como isso o afetava?

— Não é uma coisa tão direta assim, Nate. Minha ausência prejudicava minha esposa, Susan. Susan era... alcoólatra. — Carl olhou para o copo de uísque como se fosse um oráculo. — Ela era meio problemática, e, em vez de ajudá-la, eu só fugi. Sem minha presença, ela ficava mais infeliz e bebia mais. *Ela* espancava nosso filho. Acho que é pior quando uma mãe bate no filho, porque o pai, como homem, é só... bravo, um furacão raivoso. Mas a mulher é que cuida, ou devia cuidar. É ela que alivia a dor com o carinho...

— Não faça isso. Não é normal os homens serem monstros. Se formos, temos que ser responsabilizados. Não é melhor ou pior quando um dos pais é um agressor e o outro não é, Carl. É horrível do mesmo jeito.

Ele tentou imaginar sua própria mãe como o monstro da família. A verdade é que Nate a culpava um pouco pelo que tinha acontecido com ele. Ela não tinha protegido o filho. Também não tinha se protegido. Durante toda vida, e até agora, ele oscilava entre sentir pena e raiva *dela*. Sabia que ela era uma vítima, assim como ele, mas ele era só uma criança, e a mãe era a adulta. Poderia ter ido embora com ele. Não poderia? De qualquer forma, não tinha mais volta, como pensava.

— Você tem razão — respondeu Carl. — A questão é que eu abandonei a família, e Susan não tinha ninguém pra ajudá-la a sair do buraco, então descontou em Nathan. E Nathan cresceu... Você sabe, ele era um fio desencapado, aquele menino. Sempre se metendo em encrenca. Arranjando brigas. Caiu nas drogas no ensino médio, mas conseguiu se formar, apesar disso, nem sei como. Ele era uma confusão. Às vezes, tomava o rumo certo, mas vinha um vento mais forte e o derrubava de novo. Depois, surgiram Maddie e Oliver. Um acidente, a criança, mas naquela época minha esposa tinha morrido de uma doença hepática e eu estava vivendo uma vida mais quieta, então Oliver morou comigo tanto quanto com eles. Aí, ah...

Ele parou por um momento, mais uma vez encarando as profundezas turvas do uísque medíocre. Fungou, como se tomasse uma decisão, e bateu o copo na mesa.

— Aí, uma noite, Nathan teve uma overdose. Havia um bilhete. Então Maddie e Oliver se tornaram uma parte importante de minha vida, e tentei fazer coisas boas por eles, mas... o fantasma de meu filho vivia em Oliver. Depois, veio aquele garoto, Jake, e... foi isso. Um trem passando por um trilho podre e quebrado. Acho que a colisão era inevitável. Tantos escombros pelo caminho.

Escombros. Aquela palavra ficou na cabeça de Nate. *Tantos escombros.*

— Sinto muito — disse. — Se servir de consolo.

— Serve um pouco. Não tanto, mas é alguma coisa. — Carl piscou para afastar o brilho dos olhos. — Deixa eu te perguntar. Como você consegue?

— Consigo o quê?

— Segurar as pontas. Eu e a mãe dele, a gente ferrou muito com a cabeça de Nathan. E nossa cabeça foi ferrada pelo que fizeram com a gente. Meu próprio pai vivia me espancando. A mãe da minha esposa era uma bêbada. Filho de peixe, como dizem. Mas você, a não ser que esteja me vendendo um conto de fadas, consegue segurar as pontas. Como?

Nate riu.

— Só consigo. Seguro. Nem tanto assim, na verdade. Eu escondo as pontas atrás do que chamo de quebra-mar. É como um mar revolto pela tempestade que é contido por um paredão emocional muito, muito forte.

— Você não tem medo de não conseguir conter algo assim, algo muito ruim? Um furacão pode agitar esse mar.

— Tenho, sim. Ou tinha. Tinha medo de que o paredão quebrasse. Ou que o mar subisse muito, rápido demais. Tinha medo de eu mesmo quebrar, beber muito, acabar estrangulando meu filho ou espancando minha mulher. No fundo, sei que não faria nada disso, mas às vezes um pensamento surge em sua cabeça e você simplesmente não consegue se livrar, não importa o quanto tente. — Ele suspirou. — Coloquei meu Oliver pra fazer terapia. Eu é que devia ter feito. Quase tive inveja dele, mas nem percebi na época. Só de ter alguém com quem conversar... pra ajudar, sei lá, pôr tudo pra fora.

— Você já ouviu o ditado que diz que o oxigênio é o melhor antisséptico?

— De acordo com você, pensei que fosse a água sanitária.

Nate esperou e lentamente abriu um sorriso. Carl caiu na gargalhada mais uma vez, de repente. Então, os dois voltaram a beber. Beberam até a garrafa esvaziar e a noite chegar.

Naquela noite, o sono foi agitado e durou pouco. O uísque ajudou Nate a dormir no início, mas depois de um tempo indefinido, ele acordou e ficou no escuro, inquieto, com a sensação de ouvir Reese lá fora, sussurrando sobre demônios e números.

Meu Deus, como tudo aquilo era maluco. Maluco e surreal. Talvez não fosse verdade. Tentou se confortar com isso. Talvez fosse só uma visão lunática — ele tinha entrado em coma, ou estava morrendo, e sua cabeça estava inventando todas essas coisas nos últimos segundos de vida. *Ou* então era alguma espécie de... simulação tipo *Matrix* que falhou de tal modo que saiu completamente dos trilhos, e o fim do mundo era só uma sequência de dados corrompidos, falhas em sistemas, uma cascata de acidentes infelizes.

Assim como Carl tinha falhado de tal modo que deixou de existir. Viajou para outro lugar. Para outro *tempo* também. Através do raio. Do mesmo jeito que Reese veio e foi. Caramba. Nate se sentou no escuro. Carl foi para o mundo de Nate. Deixou Nate, mas se encontrou com ele lá. Contudo, não em tempos simultâneos — ele apareceu antes mesmo de Nate ter comprado a casa. Esse mundo arruinado, esse que era uma junção de todas as linhas do tempo quebradas, não ocorria ao mesmo tempo que o mundo restante — o mundo do qual Nate tinha vindo.

Desde que tinha chegado, sentia que estava correndo contra o tempo, e que, se não fosse rápido, não conseguiria salvar Oliver. Como se disputasse com Jake a corrida pela vida de seu filho — e pela continuidade do mundo.

Porém, se as linhas do tempo não estavam emparelhadas... ele poderia voltar. Poderia consertar tudo. Carl tinha voltado. Mesmo que por um instante. Talvez esse fosse o jeito. A tempestade, o raio. *Talvez esse fosse o jeito.*

72

SEPARANDO O JOIO DO TRIGO

Tenho que ir a um lugar — disse Maddie a Oliver na manhã seguinte.

A cafeteira italiana já estava passando o café, que ela logo pôs na garrafa térmica para levar na bolsa (e como precisava de um café! Na noite anterior, *Rasputin* tinha voltado dos mortos para assombrar seu cérebro na forma de uma leve, porém persistente, ressaca).

— Levanta. Põe o casaco, calça o sapato. Vamos tomar café da manhã no caminho. Uns sanduíches da loja de conveniência Wawa ou qualquer coisa assim.

— Estamos na terra da Sheetz. Não tem Wawa por aqui, lembra?

— Ah, merda! *Sheetz*. Ok. Vamos.

— Para onde?

— Não sei. Provavelmente Walmart, mas… vamos rodando. Preciso de algumas coisas.

— Que tipo de coisas?

— Você sabe. *Coisas*.

Era a vez dele de ficar desconfiado.

— Você tá estranha.

— Estou querendo trabalhar num projeto.

Ela pensou em contar ao filho, mas as coisas já estavam difíceis o suficiente para Oliver sem que sua própria mãe despejasse isso para ele lidar. *Ei, Carinha, já contei que às vezes as coisas que eu faço ganham vida? Tenho poderes mágicos, assim como seu amigo Jake! Legal, né?* Deixar de contar parecia traição, mas não seria melhor *mostrar* a ele?

— Eu... não quero ir. — Ele piscou, sonolento e exausto. — Você não pode ir sozinha?

— Como assim? A gente fica junto.

— Eu só, sei lá, acabei de acordar. Estou cansado. E na última semana a gente, bem, se viu *bastante* e...

— Você quer ficar sozinho.

Oliver não respondeu, mas ela leu no rosto dele. E é claro que ele queria. Afinal, era um garoto de 15 anos preso num chalé com a mãe.

— Olly, não sei.

— Vou ficar bem.

— Se Jake vier...

— Ele pode aparecer com você aqui também.

— Mas, se eu não estiver... — Ela interrompeu a frase antes de dizer: *Não posso proteger você.* — Quero que você fique em segurança.

— Tem telefone.

— Fig falou que a linha oscila. E o tempo não está com uma cara boa...

— Então deixa *seu* celular. — Oliver não tinha mais celular, não desde Jake enfiou a picareta no aparelho. — Se algo acontecer, ligo para Fig.

— Fig não vai conseguir chegar a tempo. São horas de distância.

— Então chamo a polícia.

Maddie andava de um lado para o outro. *Esse menino precisa de espaço. Ele passou por muitas coisas.*

— Está bem — decidiu.

Ele pulou de volta na cama.

— Obrigado.

— Você vai ficar bem?

— Vou, mãe.

— Promete?

— Prometo.

Maddie saiu com seu Subaru. Foi quando os primeiros flocos de neve começaram a cair.

É só uma pancada de neve, Oliver se confortou. Comeu o peito de peru da noite anterior, olhando pelo vidro embaçado da janela. A mãe disse que o tempo não estava com uma cara boa, embora, de acordo com a previsão, não devesse começar a nevar até a noite. Era inverno — bem, quase —, então era esperado ter algumas pancadas de neve aqui e acolá. Era normal. Não precisava esquentar a cabeça.

Ele saiu para caminhar um pouco pelo bosque. O céu estava cinza e carregado, tomado de espirais de neve. Oliver tentou cortar lenha, mas a mão esquerda doía demais. O frio penetrava no ferimento como uma estalactite, então mandou tudo para o inferno e deu meia-volta rumo ao chalé, decidido a ler um pouco do livro de Robin Hobb que tinha levado consigo.

Porém, quando estava se aproximando, viu algo na janela. Uma centelha de luz e sombra. *Movimento*, pensou, amaldiçoando-se: o celular tinha ficado lá dentro. *Ah, não. Não, não, não.*

Porra de Walmart. Maddie era uma esnobe. Ela sabia, sentia na pele, em cada célula. Preferia estar em qualquer outro lugar que não fosse um Walmart, que era na mesma medida distópico e apocalíptico, uma loja de departamento gigante funcionando no fim dos tempos. Os que assombravam os corredores e prateleiras compunham um grupo heterogêneo: uns caras com roupas camufladas se preparando para o fim do mundo enquanto deixavam o cofrinho à mostra, homens brancos e velhos que usavam chapéu de caubói porque aparentemente ainda era moda no norte do estado, garotas robustas com roupas muito justas e brilhantes enfiadas na bunda e com um topete mais alto que a Torre de Babel, donas de casa arrastando os pés, presas às correntes do arrependimento, adolescentes espinhentas em uniformes do Walmart, limpando líquidos misteriosos no chão. Acima, lâmpadas fluorescentes zumbiam e piscavam. Mais ao longe, um bebê chorava.

Mas tinha que aceitar: aquela era a *única* porcaria de opção por perto que tinha algo próximo ao que estava procurando. Maddie estava desesperada e, embora preferisse *produzir um marido* com as melhores ferramentas e as mais seletas peças e *reagentes*, não tinha acesso a isso.

Contudo, ali tinha tela de galinheiro. Ou seja, *ela* tinha tela de galinheiro. Comprou aquilo, um alicate turquesa, um alicate de bico fino, um pouco de arame, luvas texturizadas para maior aderência e dois rolos de fita isolante. Porque era a fita isolante que fazia mágica *de verdade*. Também aproveitou a viagem para reabastecer outros suprimentos: comida, água, algumas roupas e produtos de limpeza.

Maddie pagou, saiu e... descobriu que tinha começado a nevar pra cacete. *Pode ser só um pé de vento*, pensou. Uma hora, soprava em uma direção. No minuto seguinte, na outra. Isso não estava na previsão. Seu peito apertou ao se lembrar da tempestade louca que atingira a casa deles no mês anterior. *Tempo estranho.*

Bem, ela supôs que o Subaru daria conta. Era um carro dos bons, com tração integral, do tipo que suporta as adversidades de qualquer tempo. Ela entrou e pegou a estrada na Route 6 em direção ao chalé. *Vai ficar tudo bem*, pensou sozinha, mesmo com toda aquela neve caindo, como o castigo de um deus vingativo.

Devagar, em silêncio, Oliver abriu a porta do chalé. Do outro lado da sala, perto da ponta do sofá-cama, viu que a televisão estava ligada. Um chuvisco preto e branco chiava, refletindo no vidro da janela. *Então foi só isso*, pensou, respirando aliviado. Só o chuvisco. Não tinha nenhum outro movimento além da dança entre claro e escuro.

Mas então surgiu a verdadeira questão: por que a TV estava ligada? Ele não tinha ligado o aparelho. Nenhum canal funcionava ali, só o canal público educativo, que ele não queria ver. Oliver entrou, chutando neve derretida dos sapatos e fechando a porta. Então, o chuvisco subiu ao volume máximo. O garoto tampou as orelhas com as mãos protegidas em luvas. De repente, a tela ficou preta. E ali apareceu um rosto.

Olhos vermelhos e diabólicos espionavam por trás de uma cortina de branco. Era o que as luzes de freio enfileiradas à sua frente pareciam. Maddie pisou no freio e brecou o carro muito em cima da hora. O veículo derrapou

— *não, não, não* — e só parou a poucos milímetros de atingir a traseira de uma picape Chevy detonada. Não bateu, *ufa*, mas, mais adiante, ela viu o fantasma de uma forma por trás da nevasca: um caminhão de carga, sem nenhuma cerimônia, deitado de atravessado em todas as pistas.

Sem demora, girou a cabeça, engatou a ré, mas logo ouviu o som de pneus freando e deslizando na neve derretida às suas costas. Encolheu-se à espera da colisão e... nada, graças a todos os deuses. Mas já havia carros atrás dela, e mais carros atrás deles, e a estrada estava completamente bloqueada. Ela não tinha espaço para manobrar o carro, não tinha como dar ré, nem como seguir em frente. Maddie procurou o celular... *que*, é claro, não estava com ela. Estava com Olly. *Olly estava com a porcaria do celular.*

Tentou controlar a respiração. Estava tudo bem. Não ficaria lá para sempre. Tirariam o caminhão da estrada, e ela voltaria ao chalé em uma hora. Tinha certeza disso.

Na TV, a escuridão tomou a forma de um rosto que Oliver, por um momento, identificou como seu, mas só até o jato de pixels se organizar e mostrar, no chuvisco, a cara desdenhosa de Jake.

— Ah — disse Jake, meio brincalhão. — Não tinha visto você aí.

Oliver congelou. *Eu dormi e isso é um pesadelo*, mas, não, isso era real.

— Eu te *odeio*, porra — cuspiu Oliver, em pé atrás do sofá.

— Então, na verdade, você se odeia.

— Não somos a mesma pessoa.

— Eu sei — reconheceu Jake, com um tom de decepção. — Foi aí que errei. Pensei que a gente se entendesse. Pensei que, lá no fundo, havia o suficiente de mim em você, e de você em mim, pra lhe fazer entender. Mas às vezes o prego precisa de uma martelada.

Oliver engoliu em seco e escorregou atrás do sofá.

— Pode se esconder — disse Jake, cantarolando. — Não tem problema, ainda posso falar. E você ainda vai ouvir, porque é um menino sensato, Olly.

É o que ele quer. Não ouça. Pensou em sair correndo até a porta, escancará-la e fugir no frio, no meio da nevasca. No entanto, não se mexeu. Mesmo enviando o comando para as pernas e para os pés... não saiu do lugar.

— Acontece que eu estraguei tudo na minha estratégia de convencimento — continuou Jake. — Pensei que, com sua *empatia sem limites* e com a antena que você tem pras dores do mundo, iria querer consertar tudo. Iria querer pôr um fim aos tiroteios em escolas, reverter a mudança climática, parar toda a viagem para refazê-la do começo. Com uma visão melhor de futuro. Então, depois de mandar seu pai pra outro lugar... a porra do *Nate* ... pensei que tinha conseguido. Matando Graham Lyons e o pai de merda dele, achei que tivesse dado certo. Aí, sim! Fim de jogo, ganhei. Quase peguei você, não foi? Preciso de uma massagem no ego, Olly. Pelo menos diz que eu estava perto.

— Você nunca esteve perto — mentiu.

— Se isso te ajuda a dormir à noite, tudo bem.

— Talvez fosse melhor você *desistir.* Talvez este mundo seja o que vale a pena ser salvo, não destruído, seu bosta.

Jake murmurou. Quando falou, o ruído de chuvisco tomou sua voz, fazendo cada sílaba chiar:

— Agora é tarde demais, Oliver. Os outros mundos estão se escorando *pesadamente* neste aqui, esmagando-o, corroendo-o. Coisas dos outros mundos estão vindo para este. Já estão aqui. As engrenagens daqui estão começando a quebrar. Estamos numa espiral mortal agora. E está na hora de pôr um ponto-final. Eu descobri o que vai levar você até onde eu quero.

Oliver tirou o sapato, pegou-o na mão e ficou em pé, pronto para arremessá-lo. Ele estava prestes a quebrar aquela tela e mandar a imagem de Jake de volta à escuridão de um tubo de TV destruído. Mas sua mão congelou. Na tela, viu Caleb, amarrado a uma cadeira, a boca tapada com um pedaço mal colocado de fita adesiva, coberta de sangue escuro. O nariz e a testa sangravam. Mesmo de longe, Oliver conseguia sentir sua dor, uma dor real e *física* que borbulhava como água fervente. O rosto de Jake apareceu novamente em um estalar de dedos.

— Consegui sua atenção, não é? — perguntou.

— Por favor... — ganiu Oliver, sentindo a garganta apertar.

— Você se importa com as pessoas. As pessoas em uma escala menor. Ou seja, *cada* pessoa. Você não liga para a *humanidade*. — Jake pronunciou a última palavra de forma teatral, com grandiosidade e estrondo, uma ópera de dez letras. — Você liga pros seres humanos. E pensei: puxa vida, tem um ser humano bem aqui que é importante pra você. O acordo que proponho é simples: vá até a pedra do altar à meia-noite, ou começo a picá-lo em pedacinhos. Vou fazê-lo sangrar. Vou retalhá-lo inteiro. Eventualmente ele vai morrer, Oliver, porque, como tenho certeza de que você sabe, as pessoas não conseguem suportar tanta dor. Mas tenho uma boa notícia: você pode impedir que isso aconteça.

Oliver engoliu um caroço de medo e raiva. De alguma forma, a lógica prevaleceu, e ele projetou o queixo para a frente, com uma feição desafiadora.

— Você diz que tudo tem que acabar de um jeito ou de outro. Eu vou até lá, morro em cima da pedra, e, então, o que acontece? Caleb morre de qualquer forma.

— Mas, se você não vier, sabe que vou machucá-lo. Não a ponto de matar, porque seria um gesto de misericórdia. A dor que vou causar em seu amigo vai se expandir e atingir você, aí nesse chalezinho que está usando de esconderijo.

Percebendo o choque e o silêncio de Oliver, Jake estalou os lábios.

— Claro que sei onde está. Eu poderia ir aí e pegar você? Com certeza. Mas assim é mais fácil pra mim.

— Não machuque mais o Caleb.

Jake sorriu.

— Você ama o Caleb? Tipo, tem uma paixonite por ele? Parece que você curte meninos e meninas. Um pouco de Caleb, um pouco de Hina. Talvez eu vá atrás dela depois de Caleb. Fazer ela sofrer também. Sofrer bastante.

— Seu cuzão...

— E depois de matá-los, deixando pra trás seus cadáveres em um velório sangrento, se você ainda não aparecer, nós vamos atrás de vocês. Vamos caçar sua mãe como cães farejadores na floresta. Aí ela vai pagar pelo que fez comigo, Oliver. Vou cortar os dedos e as tetas dela, vou meter vermes faminstos em todos orifícios e lugarzinhos escondidos. Vou encher sua mãe com tanta dor, Oliver, até ela não aguentar mais e ir pro saco. Quanto a você, bem, vai levar choque, vai ser dopado, vamos fazer o que for preciso pra você *assistir*. Assistir a *tudo*. Em algum lugar, lá no escuro de seus olhos fechados, tudo vai aparecer. Você vai perceber que as coisas são ruins e estão todas quebradas e não vai querer escapar sozinho de sua dor. Vai querer que todos escapem, de *toda* a dor, e vai querer levar o mundo todo com você. Por sua mãe e seus amigos mortos e seu pai desaparecido... você vai querer ajudar todos os mundos, todas as linhas do tempo, a encontrarem paz.

Oliver engoliu em seco.

— Foi isso que aconteceu com você? Só queria fugir de toda a dor? Não conseguia aguentar mais?

— Consigo aguentar bem mais do que você, pode ter certeza.

— Eu *odeio* você.

— É recíproco, criança.

Então, a TV desligou.

Já fazia uma hora. *Uma hora* sentada no Subaru. Maddie deixava o motor em ponto-morto por um tempo, para se aquecer, depois desligava o carro para economizar combustível. De vez em quando, via pessoas dando uma voltinha na estrada conforme a neve diminuía. As pancadas iam e vinham — às vezes, eram só alguns floquinhos brancos contra o céu cinza, outras vezes, era uma brancura total que engolia o mundo, e não deixava nada à vista.

Em certo momento, acabou saindo também, ao ver algumas pessoas andando. Conversou com um sujeito rechonchudo de bochechas caídas que usava um colete igual ao do personagem Marty McFly e um chapéu de fazendeiro — ele estava parado do lado de fora de um Chevrolet Blazer do fim dos anos 1990, cheio de adesivos da Marinha na traseira, junto a uma bandeira de Gadsden com a frase clássica *"DON'T TREAD ON ME"*.

— Ei, com licença — falou.

— Olá — respondeu ele. — Que coisa doida! — adicionou, indicando o tempo com gestos.

— Pois é, tá bem estranho aqui fora.

— Aqui fora, lá fora, em todo lugar.

— Sabe o que aconteceu ali na frente?

— O caminhoneiro perdeu o controle. A pista estava escorregadia e o caminhão tombou. Depois, uns carros vindos do outro lado bateram nele. Acho que uma parte da carga caiu. Que pena que não é nada empolgante, só material de construção. Vergalhões, talvez. Vou te contar, uma vez vi um caminhão derrubar a carga numa rodovia. A carreta tombou todinha, e adivinha o que caiu de lá? Laranjas. Uma cacetada de laranjas rolando pela via. Muito gostosas também, fico feliz em comunicar.

— Que engraçado. Posso pedir um favor?

Ele deu de ombros e sorriu.

— Perguntar não arranca pedaço, mas, se você precisar de um lugar para mijar, minhas garrafas vazias acabaram.

Dessa vez, ela caiu na risada.

— Não acho que sairia mijando numa garrafa, a não ser que ela também viesse com um bom funil. Não, eu queria pedir seu celular. O meu está fora de serviço, e preciso ligar pro meu filho, avisar o motivo do atraso.

Ele mediu Maddie de cima a baixo com o olhar.

— Claro. Além disso, para onde você fugiria com ele?

Tirou um aparelho flip do bolso do jeans, porque, pelo visto, ainda fabricavam aquilo, e entregou a ela. Ela agradeceu, afastou-se um pouco — não muito, para não preocupar o cara — e ligou para Oliver. O telefone tocou, tocou e tocou. *Vamos, filhão, cadê você?* Finalmente, atendeu.

— Oi, mãe — disse, um pouco rouco.

— Olly, Carinha, está nevando pra caramba aqui. Acho que a nevasca que vinha à noite chegou mais cedo. Estou presa na estrada, tem um caminhão tombado na pista, e não sei quando vou poder voltar.

— Ok.

Ela ouviu a preocupação na voz dele.

— Tudo bem, você está bem. Tem meu telefone, a arma, lenha para o fogão, comida na geladeira, mesmo que ela ainda cheire a peido molhado de fantasma... — Ela esperou uma risada que não veio. — Vai ficar tudo bem.

— Eu sei.

— Amo você.

— Também amo você. Desculpa, mãe.

— Desculpa por quê? Não estou aqui por sua culpa.

— Eu sei. Só... desculpa.

— Até logo mais, Carinha.

Ela devolveu o celular para o Fazendeiro da Bochecha Caída.

— Obrigada — disse.

— Seu filho tá bem?

— Ele... Está tudo certo. Só passou por algumas coisas.

Esse é o eufemismo do ano, pensou.

— Deixa eu adivinhar. Adolescente?

— É.

— Tenho uma em casa. Ela tem 19. O mundo é uma droga para os mais novos. A gente desperdiçou tudo de bom e deixou pra eles um saco vazio. Mas o seu vai ser um cara legal. Está na cara que você cuida bem dele, faz o que é preciso. Isso é ser mãe de verdade, uma boa mãe. Além de confiar neles. Você confia no seu filho o suficiente pra deixá-lo sozinho, mas também faria qualquer coisa pra estar com ele de novo. Acertei?

— Totalmente.

— Então é tudo o que basta. Confiança e trabalho duro.

Eles trocaram um aperto de mãos, e ela o agradeceu de novo.

— Fred — disse ele.

— Maddie — respondeu.

De repente, como num passe de mágica, a nevasca diminuiu mais uma vez, e ela viu a luz azul e vermelha de um carro de polícia à frente. O ar se encheu com os gemidos do caminhão sendo arrastado para fora da estrada.

Levou tempo. Muito vai e vem, muita ruminação. Oliver repetiu sozinho que não faria o que não queria. Pensou que não deveria ceder aos desejos de Jake. Porém, começou a se questionar se tinha mesmo escolha. Jake cumpriria a promessa. Estava comprometido. Machucaria Caleb, e muito, depois o mataria. Aí iria atrás de Hina também. Provavelmente chegaria até sua mãe e faria todas as atrocidades que tinha falado. No fim das contas, Oliver não tinha opção.

Pegou o celular da mãe, foi até a lista de contatos e fez a ligação. Não sabia quanto tempo ela ficaria fora, mas tinha que fazer isso antes que voltasse — e antes que o tempo piorasse.

Rabiscou um bilhete apressado. Pegou o telefone. Pegou a arma. Então, saiu pela porta, passando pelas treze corujas no chão (agora estavam cobertas com um montinho branco de neve fofa). O menino saiu andando pela neve, descendo a estradinha, em direção ao fim.

73

UM RAIO NÃO CAI DUAS VEZES NO MESMO LUGAR

No dia seguinte, Nate contou a Carl, e Carl falou que ele estava maluco, mas também disse que poderia ajudar. Então começaram a construir um para-raios. Carl conhecia o princípio, pois havia um para-raios na fábrica de plásticos na qual trabalhou. Basicamente, era só uma haste comprida de metal (o ideal era cobre) posicionada em cima de um edifício, com um fio que a ligasse até o chão. Assim, o raio atingiria a haste e seria conduzido até o chão pelo fio, deixando o edifício ileso. Porém, nesse caso, o fio não precisaria ir até o chão... Poderia ir até *Nate*.

— O que, é claro, fritaria você na hora — concluiu Carl.

— Sim, em qualquer outro universo. Mas você...

— O que aconteceu comigo foi insano, Nate. Essas tempestades não são previsíveis. E aposto que as consequências também não são. Não acho que daria pra reproduzir o efeito, mas você que sabe.

Nate deu de ombros.

— Não tenho outras ideias. Você tem?

— Não.

— Então essa é a ideia.

Carl tinha canos de cobre nas paredes. O encanamento dependia de um sistema de bombeamento de um poço, que era abastecido por eletricidade, então os canos não estavam servindo para muita coisa. Ele e Nate arrancaram alguns e fizeram uma haste. Enrolaram alguns arames que encontraram no porão em volta da haste e subiram na escada para chegar ao telhado. Nate disse que subiria, mas Carl insistiu que dava conta, por Deus, e mandou Nate ficar lá embaixo com a espingarda. Só para garantir.

Conforme o velho subia, algumas das telhas de ardósia partiam e quebravam, derrubando pedaços que colidiam contra o chão. Nate desviou de alguns dos detritos.

— Tudo bem aí em cima? — perguntou.

— Estou bem. Pare de perguntar. Sou velho, mas nem tanto — reclamou Carl.

Nate não conseguia ver muita coisa. Só ouvia os barulhos de marteladas, coisas sendo arrastadas e lasquinhas despencando. De repente, Carl gritou:

— Puta merda!

Passando a espingarda pelo ombro, Nate subiu a escada às pressas. Deu uma boa olhada por cima das calhas vergadas e enferrujadas. Agora conseguia ver Carl, sentado na ponta do telhado, como se estivesse montado num cavalo. Ele balançava a mão, que estava sangrando.

— Caramba, Carl, tudo bem?

— Tudo, *tudo*, só... abri a palma da mão nessa porcaria de rufo. Que merda afiada.

Ele tirou a camisa e a enrolou na mão. O sangue rapidamente encharcou o tecido. Nate disse que subiria para finalizar, mas Carl rebateu:

— Não, caramba, já terminei. Só estava consertando o rufo em volta da chaminé para não ter vazamento. Eu acabei, já acabei, só vai descendo a escada pra me dar espaço.

Nate se lembrou da teimosia do próprio pai e decidiu não contrariar. Então, voltou a descer e abriu espaço. Carl apressou-se até a beirada do telhado, mas acabou escorregando e batendo o traseiro na calha, que se desprendeu da casa enquanto ele se debatia no ar. Nate deu um grito. Então, uma lufada assoprou, um cheiro de ozônio tomou o ambiente e, no meio do ar, Carl simplesmente *desapareceu*.

— Merda! — exclamou Nate.

Da última vez, ele tinha voltado depressa, então Nate correu para o ponto onde Carl cairia, tentando adivinhar a trajetória. Apoiou-se no calcanhar, abriu os braços e... Outra lufada de ar. Carl ressurgiu e, desta vez, Nate o apanhou. Ou melhor, quase, pois foi arremessado para trás, batendo o cóccix na terra. De repente, os dois estavam ali, esparramados na grama malcuidada. Gemeram e rolaram de dor, mas não se machucaram de verdade. Por fim, Carl se sentou, segurando o corte embaixo da axila.

— Aquilo foi estranho — disse.

— O que houve?

— O que houve? Você viu o que houve. Eu fui embora de novo.

— Pra onde? Pra quando?

— Eu... bem, não sei quando, Nate, só sei que estava em pé, de repente. Olhando pela janela do sótão dessa casa. E estava observando... você, acho. Você e seu filho, na frente da garagem. A bicicleta dele estava quebrada, pelo visto.

Nate assentiu com a cabeça.

— Eu me lembro. De ver você lá em cima.

— Cristo. Não é bizarro?

— Sem dúvida, Carl. Sem dúvida.

Carl se pôs de pé, tremendo, os joelhos estalando.

— Mas vou dizer uma coisa, Nate. Sei que ele não era meu neto, não propriamente, mas foi bom ver Oliver de novo. Bom mesmo.

Imagino que sim, pensou Nate. Era tudo o que podia fazer. Imaginar.

O primeiro sinal de que havia algo errado com Carl apareceu algumas noites depois. Nate acordou e se deparou com Carl ali, parado, iluminado por raios do luar que se infiltravam entre as tábuas da janela. Estava com a arma na mão. Apontada para Nate.

— Identifique-se! — sibilou. — Acorde, seu *merda*. Você não pode ficar aqui. Quem é você? De onde veio?

— Carl — disse Nate, calmo como um lago imóvel. — Carl, sou eu. Nate.

— Esse era o quarto de meu *filho*. Ele está voltando. Você não pode dormir aqui.

— Claro, Carl. Posso dormir lá embaixo, se você preferir.

O velho pareceu espantado.

— Ok — respondeu, por fim.

E saiu cambaleando do quarto. Em algum ponto do corredor, uma porta bateu. E foi isso. Nate supôs que deveria ser sonambulismo ou caprichos da idade. Contudo, pelo sim, pelo não, foi para o térreo e dormiu no sofá. Esperava que fosse a primeira e a última vez, mas, na verdade, aquilo foi só o começo.

Dias se passaram, e Carl não tocou no assunto, nem Nate. A única mudança real no velho foi que ficou meio lento, meio desatento. Disse que estava com um resfriado, talvez.

— Hoje estou meio dolorido — disse. — Mas estou bem.

E a vida continuou. Eles caçaram, foram atrás de comida, esperaram uma boa tempestade vir, mas não veio. Foi uma semana depois — sete riscos na madeira — que o inferno chegou.

Nate estava sentado do lado de fora, com a espingarda no colo. Tinha criado o hábito de deixar restos de comida estragada para os esquilos, que eram muito estúpidos e iam atrás de um grão de milho mofado como se ele fosse bom. Um tiro bem dado na cabeça bastava. Também era fácil esfolar esquilos — Carl mostrou que era só levantar a cauda, fazer um corte "bem em cima do fiofó" (nas palavras dele) e outro de atravessado nas patas, depois pisar na cauda, agarrar as patas e *puxar*. A pele saía inteira. Talvez fosse preciso usar a faca para fazer mais alguns cortes, mas era isso.

Em seguida, era indispensável colocar o esquilo em um caldeirão e acender o fogo sem demora. Carl disse que, "nos bons e velhos tempos", dava para esperar algumas horas, pelo menos, e estender esse prazo usando gelo. Agora eles apodrecem rapidamente. Ficam rançosos em menos de uma hora ("o mundo inteiro apodreceu", como Carl tinha se habituado a falar agora. Nate se encolhia toda vez que ouvia).

Lá estava Nate, esperando. Esperando um esquilo ou uma tempestade. Esperando *alguma coisa*. Por fora, estava calmo e imóvel. Por dentro, era um turbilhão de preocupação e impaciência. *Só quero ir pra casa*, pensou, antes de ouvir um estalo vindo de um arbusto e perceber o movimento de folhagens e da grama. O gramado diante da casa tinha crescido ao léu e se transformado em um campo sujo e esparso, mas Nate tinha amassado um trecho de grama com o pé para poder ter visibilidade do ponto onde estava o grão de milho.

O esquilo surgiu no campo de visão. Magricela, como todos os outros dali, mas parecia saudável. Não renderia muita carne, mas já seria suficiente para dar sabor ao ensopado. Nate segurou a espingarda contra o ombro e pressionou o olho na mira. Tinha mirado certinho no esquilo... Uma porta bateu. O esquilo fugiu em disparada.

— Merda! — disse, virando-se para Carl, que saía da casa.

O velho cambaleava como se estivesse exageradamente bêbado. Tinha um cigarro apagado entre os lábios.

— Apodreceu — resmungou. O cigarro caiu de sua boca.

— Carl, que diabos foi isso? Eu tinha um na mira...

Então ele viu: Carl estava armado. Um revólver .45, ensebado, pingando lubrificante de arma. Cada pingo caía no chão com um ruído.

— Carl — recomeçou Nate, mais manso dessa vez. — Abaixe a arma.

Devagar, Carl virou a cabeça em direção a Nate.

— Nathan, é você? — perguntou o velho.

Ele não sabia o que responder. Tinha ouvido histórias de amigos que lidavam com pais com demência ou Alzheimer, e eles sempre prefeririam falar a verdade para trazer os pais de volta à realidade. No entanto, nessas histórias, o pai ou a mãe nunca estavam armados.

— Claro, sou eu.

Uma sombra de dúvida passou pelo rosto do homem.

— Não. É você mesmo? Está podre, filho. O mundo está acabado. Tudo corre perigo. É o Oliver. Você entende? Cadê o Oliver?

Então, apontou a arma para Nate.

— Carl... Hum, pai...

— *O que você fez com o Oli...*

Ele sumiu. Estava lá e, de repente, tinha desaparecido, deslocando uma *lufada* de ar e empesteando o ar com um fedor de cloro e asfalto molhado. Nate sabia para onde o velho tinha ido. Ele se lembrava do dia: Carl surgindo atrás dele na casa, na noite da tempestade. Dando uma coronhada nele. Chamando-o de *Nathan*. Dizendo que o mundo estava arruinado e podre, que o perigo estava chegando... E então, tão de repente quanto desapareceu, Carl voltou a aparecer.

Ensopado de suor e tonto, o velho vacilava. Nate foi ampará-lo e aproveitou para tirar a arma da mão dele. O homem não ofereceu resistência. Caiu, zonzo, na mesma cadeira que Nate estava usando para esperar o esquilo. Carl desabou no assento, esparramando as pernas. Pareceu desnorteado por um momento, com o olhar perdido na grama.

— Fui pra um lugar de novo.

— Eu sei, Carl. Sei pra onde.

Ele lambeu os lábios.

— Acho... Acho que bati em você. Com isso. — Apontou com a cabeça para a arma na mão de Nate.

— Não se sinta mal, eu fiquei bem.

— Não fui embora só... fisicamente. Também fui embora aqui.

Carl deu tapinhas na testa.

— Eu também sei disso.

— Desculpe, Nathan. — Ele sibilou, como se estivesse bravo consigo próprio. — *Nate*.

— Sem problemas. Tudo bem, não se torture com isso.

— Posso incomodar você pedindo uma dose de uísque? Estou com um gosto na boca... como se meu nariz tivesse sangrado. Já sentiu algo assim?

Nate não sabia bem se uísque era o melhor remédio, mas, considerando que não havia *nenhum* remédio, mal não deveria fazer. Ele confirmou com a cabeça e entrou para buscar uma das garrafas que o velho guardava embaixo da pia. O único problema é que, pelo visto, eles não tinham mais nenhuma. Encontrou uma garrafa de algo chamado gin Oberon — o rótulo mostrando um cão de caça irlandês maltrapilho — e pensou que dava para o gasto. Seu próprio pai costumava dizer que gin tinha gosto de Natal, e tinha mesmo (nesse momento, Nate estremeceu. O Natal não estava chegando aqui? Ou lá? Ou em algum lugar? Já tinha passado o Dia de Ação de Graças, certo? Se ele pudesse voltar para lá... Não. Pensaria nisso depois. Agora tinha que pensar em Carl).

Pegou a garrafa de Oberon e tirou a tampa. Apanhou duas canecas de café a caminho da saída, passando o dedo pelas asas de cerâmica. Elas balançavam e se entrechocavam conforme andava. Lá fora, viu Carl vagando sem rumo no gramado. Estava de costas para Nate, com a cabeça tombada para a frente e os braços largados, frouxos.

— Carl! Ei. Não tem uísque, mas achei gin...

O velho caiu de cara na grama. *Merda*! Nate deixou a garrafa e as canecas no chão e correu até ele. Passou os braços em volta da barriga dele e virou-o com cuidado.

O rosto de Carl estava desfigurado. Tentáculos escuros e úmidos pendiam de sua pele como cipós apodrecidos. Vermes negro-avermelhados saíam das narinas, balançando sobre os lábios. Um deles até mesmo brotou do olho esquerdo. O peito de Carl fez um barulho, e ele ameaçou vomitar. Nate recuou quando Carl despejou um jato de fios negros da boca, envoltos em espuma biliar, que salpicou no chão. Ainda vivos, os parasitas juntaram-se em um montinho.

Ele esticou o braço para Nate e agitou-se novamente, expelindo menos vermes dessa vez — somente um punhado. Nate se aproximou e removeu alguns de seu rosto com cuidado para não os esmagar. Tirou a própria camiseta e usou-a para limpar o rosto e a boca do velho, antes de ajudá-lo a se levantar rapidamente e se afastar dos bichos que se contorciam nas ervas daninhas.

— Cristo! — disse Carl, soltando um gemido desesperado. — Meu Deus do Céu...

— Você tá bem. Tá tudo bem. Vamos. Tenho algo aqui que vai ajudar a... lavar sua boca. Desinfetar também.

Nate se adiantou a Carl, pegou o gin e entregou-o a ele.

— Aqui. Vá em frente.

Carl pegou avidamente a garrafa com as duas mãos, como uma criança segurando um copo de suco. Encostou os lábios e tomou a bebida. No primeiro gole, bochechou e cuspiu. No segundo, só engoliu. Três belas tragadas.

— Agora sim — disse Nate. — Você tá bem.

Mas Carl balançou a cabeça.

— Não tô bem.

— Você não sabe.

— Eu sei. Tenho certeza. O que acabou de acontecer... não foi nada bom. Os, os vermes estão dentro de mim. Já vi isso antes, Nate. Ovos, cistos, vermes, não sei. Mas, com toda certeza, consigo *senti-los* dentro de mim, filho.

Nate estava prestes a tentar tranquilizá-lo de novo, mas algo se moveu no olho de Carl. Um verme preto, pequeno, um bebê. A cauda chicoteou enquanto nadava pela superfície do olho, de um canto para o outro, até desaparecer.

— O que foi isso? — perguntou Carl.

— Eu...

— Não vou ficar bem.

Nate balançou a cabeça, sentindo o sangue fugir do rosto.

— Acho que você tá certo, Carl. Sinto muito.

O velho deixou claro quais eram seus desejos. Disse que não queria morrer ali, e sim no mesmo lugar onde Oliver tinha morrido. Encontraria o criador no altar de pedra. Porque era, de certa forma, um sacrifício. Nate disse que não podia, não faria aquilo, mas Carl discordou, insistindo:

— Você precisa, Nate. Isso é misericórdia. Não quero ficar maluco... perder o *cérebro* para essas merdas. Acabe comigo agora. Antes que eu deixe de ser eu mesmo.

A ironia nefasta da situação não passou despercebida para Nate. Antes, tudo o que mais queria era ver o pai morrer. No fundo mais obscuro do coração, queria mesmo matá-lo. Vê-lo morrer de câncer foi a segunda melhor opção — medalha de prata, não de ouro.

Embora esse homem não fosse seu pai, também *era*. Ou pelo menos tinha se tornado. Carl, *esse* Carl, salvou Nate. Ajudou-o, ensinou coisas a ele, como faz um pai. E agora Nate queria tudo, menos vê-lo morrer. Pior, tudo menos *ajudá-lo* a morrer. A versão de Carl Graves que queria matar, não pôde. A versão que queria salvar, também não poderia. Não tinha jeito. Pegou o revólver e, juntos, andaram até o campo de pedras.

Quando terminou, quando Nate expressou sua gratidão pela ajuda do velho, quando Nate disse que tinha sido um prazer conhecê-lo — uma versão melhor dele, de qualquer forma — e quando Nate e Carl choraram juntos antes de ele apontar a arma e puxar o gatilho, Nate se sentou em uma rocha, de costas para o altar de pedra no qual jazia o corpo coberto de Carl. Olhou em direção ao que antes era o parque de diversões de Ramble Rocks, mas que agora eram só árvores. O que Ramble Rocks tinha virado, ele não sabia. Um parque, uma mina, uma pedreira. Visto dali, só tinha árvores. Baixou os olhos para a arma em sua mão. Ela fedia a ovos podres — o cheiro da pólvora, da bala que deu fim ao homem que não era seu pai, mas também era. Depositou o revólver no chão, ao seu lado. O céu trovejou ao longe. Uma tempestade se aproximava.

74

APROVEITE SUA
TUMBA CONGELADA

Maddie estava cruzando a estranha fronteira entre esgotamento e empolgação, fraqueza e energia. Estava exausta daquele dia que poderia ter sido tão simples. Levaram mais meia hora para endireitar a porcaria da caçamba na estrada. Depois, toda a neve e o trânsito transformaram um deslocamento de dez minutos em uma viagem de uma hora. Mas agora estava lá, e uma animação extraordinária botava a fadiga para escanteio: ela tinha um plano. Um plano doido, sem pé nem cabeça, desvairado, *mas um plano.*

Entrou pela porta, chutando a neve dos sapatos e jogando a tela de galinheiro no chão. No caminho, tinha decidido outra coisa também, que fazia parte do plano: abrir o jogo com o filho. Precisava contar logo a Oliver quem era e o que conseguia fazer às vezes. Era errado esconder a verdade dele, mostrar só um lado da história. Cada um tinha um papel para desempenhar, e, se fosse seguir em frente com isso, ela queria que ele participasse. Que visse.

— Olly? — chamou.

Porém, já conseguia sentir que ele não estava lá. O vazio do chalé tinha seu peso, sua presença. A TV estava ligada, mas só havia chuvisco na tela.

— Filho? Carinha?

Nada. Hum. Ela virou, saindo de novo. A nevasca estava forte agora, caindo como o chuvisco da televisão. Ela chamou o garoto lá fora também.

— Oliver! *Oliver.*

Maddie inspecionou o chão à procura de pegadas. Não havia nada recente. Porém, encontrou uns buracos rasos bem sutis. Um atrás do outro.

466

Saindo do chalé em direção à estrada ou o contrário? Ficou paralisada como um prego em uma tábua, incapaz de decidir. Ir atrás dele lá fora ou olhar de novo lá dentro? Será que havia alguma chance de estar somente... dormindo?

Deu uma boa olhada nos pinheiros escuros por trás das ondas de branco e não viu mais nada nem ninguém. Então voou para dentro, chamando-o sem parar, e dessa vez nem se importou de tirar os sapatos. Espalhou neve por toda parte enquanto o procurava. Não que o lugar fosse enorme, nem que houvesse onde se *esconder*. Havia um porão? Um sótão? Uma lembrança maluca a assaltou, fazendo cócegas em seu cérebro. A lembrança de uma casa estranha e um porão... Ali! No travesseiro da cama dela, um bilhete. *Não, por favor, Olly...* Ela o apanhou rapidamente. O bilhete era simples:

Mãe, me desculpe. Não tenho escolha. Jake pegou Caleb. Ele vai matá-lo, e depois Hina, e mais tarde você também.

Então, vou matá-lo primeiro. Estou com seu celular e com a arma.

Por favor, não me siga, não quero que você se machuque.

Amo muito você. Desculpe mais uma vez.

Olly

Antes que conseguisse processar o recado, foi dominada por uma crise. *Ele teve que arranjar uma carona.* Porque não pode ter ido a pé, né? Há quanto tempo tinha saído? Há uma hora, talvez uma hora e meia? Lá fora, na nevasca... Ela correu de novo até a porta, com as chaves na mão.

Carro. Chave. Ignição. Pneus rodando na neve e ela se repreendendo: *Calma, porra. Você tem que ficar de cabeça fria. Pega leve no pedal.* E foi o que fez. Precisou juntar todas as forças para não pisar fundo — com uma leve pressão no acelerador, o Subaru disparou na neve, rumo à estrada.

Do outro lado do vidro do carro, a neve voltava a despencar. Oliver se imaginou viajando pelo hiperespaço — a neve deixava rastros estelares brancos. Tinham ido na direção oeste da estrada antes de virarem ao sul, perto de Carbondale. A viagem estava lenta, mas o Lexus SUV de Jed parecia dar conta do recado. Ele disse que tinha colocado correntes para neve nos pneus e que ficaria tudo bem.

— Que bom que sua mãe tinha meu número — disse Jed.

— É — respondeu Oliver.

A culpa encheu seu coração. *Mãe...* Ele tinha deixado a mãe para trás. Tinha levado sua arma, seu celular, e agora estava sozinho. Ou seja, *ela* também estava sozinha. E aqui estava ele, junto ao homem que tinha mandado seu pai para longe, empurrando-o desse universo para outro. Jed deve ter notado a dúvida encher o rosto do garoto de sombras.

— Você confia em mim?

— Não sei. Acho que não.

Jed assentiu com a cabeça.

— Não o culpo. Também não confiaria em mim. Só quero que você saiba que eu caí na conversa dele, fui uma marionete. De Jake. Não vou chamá-lo de Oliver, porque, por mais que ele seja uma versão sua de outro mundo, não tem nada a ver com você, certo?

Espero que não, pensou Oliver. Jed continuou:

— Perdi minha esposa e minha filha pois cometi um erro, e, em vez de tentar viver com aquilo e encontrar paz, escolhi o caminho que ele me ofereceu pra desfazer o que tinha feito.

Sua voz falhou um pouco enquanto falava, e Oliver ficou tentado a olhar para aquele homem e para o poço de dor que carregava dentro de si: um oceano escuro com ondas agitadas quebrando nas margens. Conforme continuava, as ondas cresciam e cresciam:

— Mas não é certo, é? Não dá pra varrer pra debaixo do tapete, não dá pra voltar atrás. Temos que viver com o que fizemos, carregar nosso fardo. Como naquele livro, *The Things They Carried*. Você provavelmente não leu, mas, bem. Digamos que é sobre homens travando batalhas, carregando um peso maior do que o que levam nas mãos e nas costas. Sobre o que está na cabeça e no coração deles, de bom e de ruim.

O LIVRO DOS ACIDENTES   469

As ondas escuras subiam e desciam dentro dele. Marés furiosas de sombra. Oliver voltou a pensar: *E se eu tirasse isso dele?* O sujeito era um barquinho furado submergindo. E se Oliver decidisse salvá-lo?

— Se você estiver em dúvida — disse Jed —, posso levá-lo de volta.

— Não, precisamos seguir em frente. Não tenho escolha.

Jed assentiu com a cabeça e firmou as mãos no volante.

— Quando você está no fundo do poço, pode cavar mais ou escalar rumo à luz.

— Não sei pra qual direção estou indo. Pra baixo ou pra cima. — *Pro escuro ou pra luz.*

— Também não posso dizer que sei. Mas acho que você está agindo certo.

— Obrigado por me buscar.

— Imagina, filho. Devo isso a Nate, pelo que fiz com ele. Mas seu pai se foi, então agora devo a você.

À frente, havia sirenes piscando. Luzes amarelas, não azuis e vermelhas. Maddie escancarou a porta e saiu correndo em direção ao policial, cujo carro estava parado obstruindo a entrada da pista. Ele estava curvado, com o casaco escuro todo salpicado de caspas brancas do céu, colocando cones na barreira emergencial.

— Que droga é essa? — perguntou Maddie.

— O Departamento de Trânsito e a Polícia Rodoviária estão fechando as estradas.

— Por quê?

Com as luzes, ela conseguiu ver o homem fazer uma careta incrédula.

— Não sei se você reparou, senhora, mas está nevando violentamente.

— Certo, mas preciso pegar essa estrada...

Ele levantou a bota para demonstrar. A neve já estava cobrindo o bico, que ele teve que sacudir.

— Isso foi desde que cheguei aqui. Está caindo de 2 a 5 centímetros por hora. Essa nevasca veio rápido, e já temos acidentes *por toda parte*. Então, decidiram fechar, e cá estamos.

— Meu filho. Ele está por aí. Ele é criança, tem só 15 anos...

— E está dirigindo sem habilitação?

— O quê? Não, *não*. Ele... Não sei com quem ele está...

— Então como você sabe que ele está por aí? Você deveria saber com quem seu filho anda, senhora.

— Não venha me dizer como cuidar do meu filho.

O policial grunhiu ao posicionar o último cone.

— Senhora, sinto muito, de verdade. Mas não posso ajudá-la. Se seu filho estiver desaparecido mesmo, você precisa ligar para a polícia ou ir a uma delegacia pra fazer um boletim.

— E se eu só seguir em frente? E se passar por cima de você e desses cones e pegar a estrada?

Ele deu uma gargalhada.

— Vai nessa. Tem acidentes por todo esse corredor. Depois, vão parar você de novo quando tentar pegar a rodovia 476. E aquela lá? Está fechada *pra valer*, porque os pedágios estão bloqueados.

— Tem outro caminho. Tem a rodovia 191. Posso pegar aquela ao sul...

— A boa notícia é que não está fechada, mas a má notícia é que mal é transitável. São duas pistas, e nenhum limpa-neve vai passar lá, nem agora, nem depois. Ficou presa lá? Você se ferrou. *E* também tem acidentes por ali.

— Porra!

— Pois é, porra. Senhora, vá pra casa.

— Não posso. Meu filho.

— *Vá pra casa*. Chame a polícia. Você não vai ajudar seu filho ficando presa e congelando até a morte na neve.

— Ainda tenho que tentar.

O LIVRO DOS ACIDENTES **471**

— Aproveite sua tumba congelada! — O policial gritou para ela, mas Maddie já estava no Subaru, dando meia-volta.

A estrada 191 estava lenta. Mas não estava congelada, nem escorregadia, e seu carro era potente o suficiente. *Vai, carro, vai.* E ela seguiu, por entre as ondas brancas e as paredes de flocos de neve. *Por favor, Olly, esteja bem, esteja bem.* Já tinha perdido tempo demais com besteiras nessa viagem. E como queria estar com o celular! Porém, ainda tinha esperança: agora estava na estrada, e talvez Oliver estivesse preso no trânsito ou atrás de um acidente — caramba, preferia até que ele tivesse *sofrido* um acidente, contanto que sobrevivesse. Um braço quebrado era um preço pequeno a pagar para não ter que entrar em um confronto equivocado com aquele pequeno ser diabólico, Jake.

Então, notou a bizarrice do pensamento. Lá estava ela, desejando que o filho tivesse sofrido um acidente. Seu cérebro estava do avesso. Ouviu uma voz repetindo baixinho as palavras do homem que tinha encontrado mais cedo: *Faz o que é preciso. Isso é ser mãe de verdade, uma boa mãe. Além de confiar neles.*

Confiança. Ele não tinha nem 16 anos ainda. Ela confiava no filho o suficiente, mas não para isso. Ele cometeu um erro ao partir. Não sobreviveria ao confronto com Jake — aquele garoto era uma cobra, um escorpião, um merdinha mentiroso e perverso. Matou seu marido. Queria sacrificar seu filho.

Não, pensou. *Continue, continue, você vai conseguir, vai salvar seu filho...* No entanto, em meio a sua onda de esperança, viu algo à frente, algo que começou a pesar em seu peito como uma bigorna. Não podia ser... Pisou no freio, parando o carro devagar com os olhos cheios de lágrimas ameaçando rolar.

Os faróis do Subaru iluminaram uma árvore que tinha caído, atravessando a estrada. Era um pinheiro enorme, que bloqueava as duas faixas. Mesmo na escuridão crescente, ela conseguia ver as raízes enormes arrancadas do solo e o buraco que elas abriram se enchendo de neve. Maddie saiu, arrastando-se pela neve, que já batia na metade da canela. Aproximou-se da árvore, tentando imaginar como passar por cima dela, mas era muito alta. Chegou ao cúmulo do absurdo de pensar em se enfiar ali embaixo e levantar o tronco, como se tivesse superpoderes mágicos de mãe — mas era um abeto-cicuta *imenso* de 30 metros de altura. Também não tinha espaço para contorná-lo. Aquilo fez a esperança de Maddie desvanecer, moribunda. Caiu de joelhos, enterrou a cabeça nas luvas e gritou.

Eles já estavam bem mais ao sul, e, lá, a neve caía em flocos gordos que só grudavam na grama — as estradas e estacionamentos estavam molhados e livres. Oliver e Jed pararam no estacionamento de uma loja de conveniência Wawa. Uma rápida pausa para usar o banheiro se fazia necessária.

— Você consegue vê-la? — perguntou Jed.

— Consigo — respondeu Oliver, mordendo os lábios.

— Como ela é?

O garoto tentou descrever.

— É ao mesmo tempo diferente e igual em todo mundo. A sua parece um oceano. Um mar bravo.

— Como numa tempestade.

— Talvez, mas não de água. De veneno.

Tinham começado a conversar havia um tempo, e Oliver contou a Jed o que conseguia ver e o que tinha descoberto que conseguia fazer — além de enxergar a dor dentro das pessoas, também podia tirá-la de lá. Nem precisou oferecer: Jed já estava dentro. Explicou a Oliver:

— Estamos prestes a nos meter numa coisa, e não quero levar nada comigo, nenhuma bagagem, nada de nada, nenhuma dor que ele possa explorar. Talvez ele não saiba, Oliver, mas Jake é muito bom em detectar a dor, assim como você. Mas ele não a arranca de nós — ele torce a dor e dá mil nós nela e depois usa as cordas como num boneco de ventríloquo.

Oliver disse que sabia. Foi assim que Jake quase o convenceu a morrer no altar de pedra uma vez. Então, quando Jed perguntou se ele poderia tirar sua dor... Oliver disse que sim. Agora, ali estavam. Em um estacionamento. Prontos.

— Então tenho um oceano de veneno dentro de mim.

O LIVRO DOS ACIDENTES   473

— É o que parece.

— E você vai d:rená-lo?

Oliver encolheu os ombros.

— Acho que sim. Já fiz isso antes, com Graham Lyons. Pensei que ele tinha se matado e matado o pai por causa disso, mas aí descobri que foi Jake. Então talvez eu tenha ajudado. Quem sabe eu consiga ajudar você de verdade.

E depois, talvez, se eu sobreviver, posso ajudar minha mãe também. Como queria ter ajudado o pai! Mas será que sobreviveria? Não sabia. Jed bateu palmas e bateu o pé duas vezes no chão, com animação.

— Então vamos em frente, filho. Já vi coisas muito doidas nessa vida, então acredito em tudo. E... — Completou em um tom mais desesperado. — Quero muito me livrar disso.

Seus olhos perderam o brilho, e, com uma voz fina e hesitante, perguntou:

— Elas não vão sumir, né? Minha Zelda, minha Mitzi?

— Não. Pelo menos, acho que não.

— Bem, então vamos nessa, meu garoto. Vamos agir com iluminação e com amor e com esperança de que é possível deixar a dor pra trás.

Maddie voltou para o chalé. Mais uma hora tinha passado. Sua garganta estava em carne viva de tanto gritar, seus olhos eram duas bolas vermelhas e inchadas de tanto chorar. Sem pensar duas vezes, correu para o telefone e pediu para todos os deuses que estivessem escutando para *ouvir o som da linha*.

Pegou o aparelho, esperando que a tempestade tivesse tirado mais essa opção dela... O som da linha zumbiu em sua orelha. Rapidamente, martelou o teclado, discando o número de Fig. A esposa dele atendeu. Zoe.

— Zoe, é Maddie.

— Maddie, meu Deus! Você está...

— Estou bem, estou bem, mas não sei se Oliver está. Preciso da ajuda de Fig. Você pode...

— Vou passar para ele.

— Obrigada, Zoe.

Ouviu rumores do outro lado da linha. Murmúrios. Depois, a voz dele:

— Maddie.

— Fig.

— Onde você está? No chalé?

— Sim. Preciso que você venha me buscar.

— Maddie, você não está no meio de uma nevasca aí?

— Estou. Você não está?

— Não passou tanto por aqui. Só pegamos uma onda de frio, um pouco de chuva, granizo, neve. Mas não tem nada interditado. Mas isso não importa. Maddie, o que houve? Por que você precisa que eu vá te buscar?

Ela contou tudo o que pôde: Oliver tinha ido embora, levando a arma, e agora ela estava presa na tempestade.

— Acho que ele está voltando pra casa. Ele vai... lidar com Jake.

Fig inspirou fundo e fez uma pausa. Por fim, falou:

— Maddie, preciso que você fique o mais longe possível disso. Deixa com a gente.

— A gente quem?

— A polícia.

— Você não é da polícia.

— É, eu sei, mas confio neles pra resolver o assunto.

— Eu não confio neles pra merda nenhuma, Fig. Confio em mim. Confio em você. Então pega seu carro e *vem me buscar*.

— Maddie, me escuta. Você está ao norte, a horas de distância, no meio de uma nevasca. Não vou chegar a tempo, talvez nem chegue. Não se preocupe, vamos encontrar Oliver. Podemos interceptá-lo antes que ele se encrenque. Você acha que ele está indo pra onde?

— Não sei! Não sei. Pra casa de Jake. Pra nossa casa. Para a de Jed. Não sei. Mas sei onde eles vão terminar. Vão terminar em Ramble Rocks. No campo de pedras. Onde Reese matou as meninas.

— Fica aí, Maddie. Deixa que eu vou lá e faço meu trabalho.

— Fig. *Fig...*

— Maddie, você confia em mim?

— Fig, sim, é claro, eu acabei de falar que confio, porra. Não é questão de confiança. É... — Ela rugiu. — É questão de ser mãe! Uma mãe sabendo que o filho está em perigo. Perigo físico, emocional, moral, *cósmico* e o cacete. E em momento algum você vai me ver simplesmente... passando essa responsabilidade pra você. — Ela ficou em silêncio, com a respiração descompassada e agitada. — Não posso. Não depois de tudo. Não posso perdê-lo, Fig. Oliver não.

— Se Oliver precisasse de uma cirurgia, você não ia sair pegando o bisturi, certo?

— Pode ter certeza de que ia, porra.

— Maddie.

— Merda!

Maddie afastou o telefone da orelha e apertou-o na testa, como se fosse um objeto de devoção. Um relicário de um santo. Tudo ficou claro após uma inspiração profunda. Ele estava certo. Se Fig viesse para *cá*, não poderia estar *lá*. E depois seria tarde demais. Colocou o telefone de volta na orelha.

— Ok. Está bem.

— Vou protegê-lo. Vamos mandar alguém até você o quanto antes.

— Encontre-o e não o perca, Fig. Não se atreva.

— Eu prometo, Maddie, prometo. Seu plano é ficar por aí, perto do telefone, e eu ligo pra você.

Maddie desligou. Sentou-se na beirada da cama e chorou tudo o que tinha para chorar. Em seguida, quando as lágrimas secaram, teve um lampejo de uma espécie de clareza fria e insana. O que Fig tinha acabado de dizer? *Seu plano é ficar por aí.* Plano.

Ela tinha um plano naquela manhã, mas o plano foi por água abaixo. Lançou um olhar para a tela de galinheiro largada no chão, junto a uma sacola com os alicates e os outros objetos. Maddie não tinha nada além disso, então rastejou até eles, enfiou as mãos nas luvas e começou a desenrolar a tela, cortando as junções, moldando-a à base de puxões e empurrões bruscos, usando a própria cabeça como modelo para a cabeça de Nate.

Enquanto usava os alicates para cortar o arame e dar forma aos traços faciais, pensava: *Agora pode acontecer a qualquer momento. Vou dissociar, vou passar a um estado inconsciente conforme o ato da criação toma conta de mim e, quando eu voltar, ele vai estar aqui. Nate vai estar aqui comigo, e tudo vai melhorar.* Mas ainda não estava *acontecendo*, então ela apertou os dentes e, com movimentos rápidos, fez um braço e depois parte de uma mão, e conforme dava mais de si, pensava: *A qualquer segundo, está chegando.* Porém, *não* tinha porra nenhuma chegando, nada acontecia — era como pensar em dormir para tentar dormir, pensar em *respirar* para tentar respirar, mas só sentir o pulmão se afogando, o ar insuficiente para encher o peito. Agora, com o coração batendo depressa, ouvia o sangue latejando nas orelhas e se desesperava: *Vamos, vamos lá, sua vagabunda.* Mas tinha medo de que o telefone tocasse enquanto ela estivesse desligada, e voltava a exclamar: *Isso não está funcionando, que nem as corujas largadas na neve. Por favor, Nate, volta, por favor, Oliver, esteja bem.* Mais uma vez, sentia que estava deixando *algo* passar, alguma memória, alguma parte dela, *pensa, vadia idiota, tenta usar o cérebro*, mas nada surgiu, NADA, e de novo ela soltou um grito que queimou a garganta como ácido estomacal, depois socou o rosto da criação de arame e atirou-a na parede, no mesmo instante em que um trovão ressoou lá fora e um relâmpago piscou.

Não estava acontecendo. Não estava funcionando. Ela tinha perdido. Tinha fracassado. Arrancou as luvas com os dentes e descobriu que um arame tinha espetado sua pele, fazendo a palma da mão sangrar. Nem dar o próprio sangue tinha funcionado. Era o fim. Maddie se levantou, e foi então que viu o rosto do homem na janela.

75

ENTÃO ME LEVE EMBORA, NÃO ME IMPORTO

Era coisa de outro mundo, isso de ser atingido por um raio. Até mesmo *tentar* ser atingido era uma atividade delirante. Nate brincava com o arame, entrando e saindo da casa, agitando-o no ar. No entanto, essas tempestades eram instáveis. Da última vez, tinha passado reto da casa. Ficou lá, naquele lugar.

Então seguiu rumo a Ramble Rocks. O local estava mudado. Não era mais um parque de diversões; agora era um campo abandonado, tomado pela grama alta, cheio de árvores caídas. Tudo era mato, espinhos e arbustos aromáticos, então, conforme Nate foi abrindo caminho, perfumou o ar com um cheiro fresco de ervas. A tempestade se aproximou rapidamente, pintando o céu com o tom do catarro de alguém com doença do pulmão negro. A chuva, que logo começou a cair, atirava lanças no chão. Mover-se era custoso, como se a chuva tentasse o impedir, barrar seu caminho.

Contudo, perseverou e seguiu em frente. Encontrou o túnel, emoldurado por tábuas brancas fincadas no chão. As trepadeiras espremiam as tábuas como arame farpado enrolado em uma cerca. Logo acima, havia uma placa: RAMBLE ROCKS NÚMERO 8. Era uma mina de carvão? Parecia.

Lá de fora, teve a impressão de estar vendo algo parado na escuridão. Molhado e brilhante, com a forma de um homem. *Edmund Walker Reese.* Esperando-o. Apontou a arma que segurava na mão para aquela forma. Sabia que poderia ir por ali. Que *deveria*, até. E que poderia acabar com aquele homem de uma vez por todas.

Porém, lembrou-se, não estava ali para isso. Reese estava aposentado. Esse era o mundo dele, e sua morte ajudaria, mas Nate tinha outro mundo para salvar. O seu. *Vejo você por aí, Reese*, pensou. Então, deu meia-volta e olhou para cima, para os relâmpagos que cortavam o céu. A chuva estava mais forte. Sentia-se como um peru olhando para a tempestade. Não era isso que os perus faziam, como se dizia? Olhavam para a chuva, de bico aberto, afogando-se. Provavelmente era uma lenda urbana, mas se sentia assim. Como um peru idiota, afogando-se na chuva. Nesse momento, o vento soprou com força, empurrando-o para a frente. Ele cambaleou, quase perdendo o equilíbrio, e... tudo se acendeu. O mundo à sua volta virou cinzas.

Não sabia onde estava. Estava escuro, não conseguia enxergar. Saiu andando e quase tropeçou em alguma coisa. Espinhos arranhavam seu rosto. Sua blusa estava molhada e fria, então tirou-a pela cabeça e jogou-a no chão. Nate viu luzes. As luzes da casa — fracas, mas acesas, como se o lugar estivesse meio vivo, meio acordado. Rumou para lá, seguro de que o que tinha acontecido com Carl foi só um sonho, um *pesadelo*. Sabia que Carl estaria lá dentro, esperando-o. Vivo e bem.

Vagalumes o cercavam. Esticou os braços, e eles se aproximaram. Voando e mergulhando no ar, precedendo-o na caminhada. Alguns pousaram em seus ombros, no rosto, na barba, e o brilho que emitiam aumentou.

Nate dirigiu-se até a porta e deu uma olhada para dentro. Então, viu Carl retribuindo o olhar. Mas não era Carl. Era ele mesmo. Um Nate com a barba menor, de um mundo que não tinha caído, de um momento anterior ao inferno. Antes de conhecerem Jake.

Funcionou, estou aqui! O raio me levou embora. Logo, outro pensamento ocorreu-lhe: *Eu sou o barbudo esquisito na porra do gramado.* Mal deu tempo de se dar conta e já se viu vindo em sua direção. Nate — o Nate Principal, o Nate Original — corria a toda velocidade até ele, mas ele não queria isso. Não queria confrontar seu antigo eu. O que aquilo significaria? O que *causaria*? No fundo, pensou na possibilidade de alertar-se do que estava por vir, mas e se mudasse o curso de tudo? E se piorasse tudo, em vez de melhorar? Lembrou-se de como a cena tinha acontecido e, de repente, colocou-a em ação — virou as costas e correu pelo bosque. Tudo aconteceu exatamente do jeito que se recordava. Saiu no gramado de Jed, com Nate logo atrás, apontando a arma para ele. Moscas gordas formavam uma nuvem ao seu redor — atraídas pelo que, não sabia. Atraídas da mesma forma que os vagalumes, talvez. Ou então pelo cheiro azedo de seu suor e pelas feridas abertas nos braços e no peito. Elas andavam sobre ele, sobre seu rosto, cobrindo-o como uma máscara. Então, o mundo ficou branco, e ele foi levado embora mais uma vez.

A sensação de ser sugado, de viajar, voltou, como se ele fosse uma centelha correndo pelo longo fio de uma dinamite. Sabia intuitivamente o que aconteceria — a bomba detonaria e ele seria jogado novamente na tempestade de um dos mundos em ruína. Mas isso não era uma opção. Ele não *queria* voltar atrás. Tinha tarefas a cumprir ali, então se voltou para dentro, concentrando cada gota de ódio contra Jake *e* de amor pela família em uma bola branca e quente dentro de si, e usou essa energia para pular para fora, como os antigos carrinhos de Oliver que pulavam da pista de corrida ao ganharem muita velocidade.

Então... estava assistindo a si mesmo, no gramado. Cambaleando na tempestade, atingido pela coronhada de Carl, que apareceu subitamente com seu revólver .45. Depois, é claro, veio Jed. Seu vizinho, *aquele traidor*, saiu pela porta da frente. Primeiro, viu a briga entre Nate e o velho, mas, em seguida, seus olhos se cruzaram com o *outro* Nate, o que estava observando a cena do bosque, o que tinha um olhar apreensivo e uma barba esfarrapada — o viajante. Nate viu o traço de reconhecimento no olhar de Jed. Jed *sabia* quem ele era. *Sabia* que era Nate, mesmo vendo o outro Nate no chão. Filho da p...

Outra vez, a luz branca. Outra vez, a sensação de ser sugado, a resistência. Debateu-se, revirou-se, deu tudo de si para não voltar atrás. *Minha esposa*, pensou. *Preciso ver Maddie. Ou Oliver. Preciso avisá-los do que está por vir...*

Uma lufada de ar. Uma trovoada sutil. *Não, não, não...* Queria arrastá-lo de volta... De volta ao altar de pedra... De volta aos mundos caídos... Conseguia vê-las agora — as rochas partidas do campo de pedras, a chuva torrencial, a boca da mina de carvão, a casa, o mar, o diamante negro em um suave movimento de rotação no céu, o corpo de Carl estirado no altar de pedra, como uma boneca de pano jogada de qualquer jeito na mesa de cabeceira de uma criança... *Não!*

Um quarto com paredes cor-de-rosa. Uma cômoda com um pônei de brinquedo. E mais um objeto, feito de cerâmica, com a forma de uma caneca, mas produzida por mãos infantis — estava um pouco bamba e inclinada. Na frente de tudo, uma corujinha esculpida em carvão, com um olhar desconfiado mirando a cama bem arrumada, sempre vigilante. A noite aguardava nas vidraças.

Uma garotinha estava sentada no chão, com uma tesoura e um canetão preto ao lado. Ele a observou recortar uma caixa grande de papelão. A tesoura era pequena e fazia um trabalho impreciso. Quando o viu, ela se assustou e soltou uma exclamação. Seus olhos, antes inexpressivos, acenderam-se, atentos, ao inspecioná-lo de cima a baixo. Ela abriu a boca, prestes a gritar. Nate levou o dedo aos lábios, pedindo silêncio.

— Maddie, sou eu.

— Não conheço você — rebateu. — Você é um estranho.

— Sou só um viajante — disse ele, sentando-se na cama. — Eu conheço você. Está fazendo um Homem-Caixa, não é?

— Acho que sim. Sei lá.

— Você está fazendo isso pra ajudar aquela garotinha. A que está desaparecida.

Ela hesitou.

— Isso.

Depois, em um tom que reconheceu como característico de Maddie — uma voz que ficava mais aguda quando ela estava frustrada, principalmente com um projeto criativo, completou:

— Mas não sei como levar o Homem-Caixa até ela. Ele é um herói, mas está aqui, não lá, com ela.

— Você consegue criar coisas, Maddie. É uma criadora, certo?

Ela deu de ombros.

— Acho que você é. E consegue fazer portas, aposto.

Maddie olhou para ele com uma expressão confusa.

— Mas como?

— Não sei. Só sei uma coisa: duas dobradiças e uma maçaneta. É assim que se faz uma porta. É tudo que você precisa. Você me disse isso quando nos mudamos para nossa casa. Ou... enfim, vai me falar um dia.

Ainda no chão, ela desviou o olhar, como se avaliasse profundamente a questão. Olhou pela janela, depois para a parede, depois para os objetos em cima da cômoda. Começou a falar algo, mas Nate não conseguiu ouvir... Então, o mundo começou a vibrar ao seu redor. Seus pelos da nuca se arrepiaram, as pontas dos dedos queimaram e... *Bzzt*.

Uma janela imunda, emoldurada por teias de aranhas. Ele deu uma espiada lá dentro. Viu uma cozinha asquerosa, com comida espalhada pelo chão e moscas voando no balcão, além de pilhas e pilhas de panelas sujas. A seguir, viu duas menininhas. Maddie e Sissy Kalbacher.

Na parede atrás delas, havia uma porta da mesma altura que as duas — era torta e estranha, como se tivesse sido desenhada com um giz esquisito. A maçaneta era o pônei de brinquedo. As dobradiças eram tiras de fita adesiva. As garotas olharam para ele e acenaram. Ele acenou de volta.

Passaram pela porta ao mesmo tempo que o raio sumiu com ele mais uma vez. Ele fechou os olhos, protegendo-os da luz branca ofuscante, e ficou pensando em Maddie, Maddie, Maddie — queria que o raio o levasse até ela, que o deixasse ficar, ficar com ela.

76

UM ROSTO NA JANELA, UMA MENSAGEM NA NEVE

Nate — disse Maddie. Sua voz era pouco mais do que um sussurro.

O rosto na janela era de seu marido — tinha certeza. Cansado e esfarrapado, tinha emagrecido. Seus olhos estavam fundos, seus lábios se moviam como se tentasse falar — *tenho que ajudá-lo* —, então ela se levantou do chão em um pulo e quase quebrou o pescoço escancarando a porta e saindo pela neve, que agora chegava à altura de seus joelhos.

Forçou a passagem, arrastando as pernas, sem conseguir correr de verdade. Maddie o chamou, gritando seu nome sem parar com uma voz que ameaçava falhar. O canto do chalé não estava longe, e, quando finalmente conseguiu contorná-lo, encontrou-o ajoelhado ali, com neve até a barriga, a mão estendida para a frente, um dedo esticado como se apontasse...

Nate, pensou, sentindo seu mundo se iluminar... Logo sentiu um cheiro de fio queimado. Os pelos da nuca de Maddie se puseram de pé como zumbis e... um relâmpago preencheu o ar. Branco e quente, seguido de perto por um trovão. Ela berrou e continuou a andar mesmo sem ver mais nada além da luz. Pouco a pouco, o mundo real começou a reaparecer, intrometendo-se por entre os rastros de luz nos olhos dela. No entanto, mesmo assim, novas lembranças invadiram sua mente, como se o raio tivesse não só atingido a terra, mas atingido algo em seu âmago. Um choque elétrico e um fluxo piroclástico derretendo todos os cadeados que mantinham suas memórias lacradas.

Ela se lembrou de estar no quarto, em casa, quando era criança. De ouvir sobre as meninas desaparecidas, de querer achá-las. As paredes cor-de-rosa. O pônei de brinquedo. A coruja de carvão. Pesadelos. Então, uma explosão de luz, e *ele* apareceu. Na época, um estranho. Agora, seu marido. Ele mostrou a solução. Foi quando se lembrou de estar na casa de Edmund Walker Reese, estendendo a mão para Sissy Kalbacher. Depois lembrou-se de *como* fez aquilo, de *como* chegou até lá, de *como* salvou aquela pobre garotinha perdida, raptada, marcada literalmente para morrer com um número na bochecha.

Então, quando voltou para a realidade, para o lado de fora do chalé, viu que Nate já tinha ido embora, de novo. Mas havia estado ali. A neve estava revolvida no lugar onde ele parou e se ajoelhou. Na neve também havia outra coisa: uma mensagem, escrita com o dedo.

DUAS DOBRADIÇAS
UMA MAÇANETA
É ASSIM QUE SE FAZ UMA PORTA

Você consegue criar coisas, Maddie.

É uma criadora, certo?

Acho que você é.

E consegue fazer portas, aposto.

— Sou uma criadora — bradou, em voz alta, para a noite. — Eu crio coisas. E consigo criar uma porta.

Nesse momento, olhou para cima e viu algo além: treze corujas, corujas de madeira, esculpidas grosseiramente, empoleiradas em fileira nos galhos cobertos de neve dos pinheiros ao seu redor. Elas piscavam em sua direção e se mexiam, inquietas, sem sair do lugar. Ansiosas para entrar em ação.

PARTE SETE
SACRIFÍCIOS

A verdadeira mágica nunca acontece quando se oferece o fígado de outra pessoa. É preciso arrancar o próprio fígado, sem esperança de recuperá-lo.

—Peter S. Beagle, *O Último Unicórnio*

77

A PROMESSA

Você não pode fazer isso — disse Zoe.

Mas Fig respondeu que era preciso.

— Zoe, não posso abandonar essas pessoas. Eles estão vivendo um inferno. Mal consigo entender o que estão passando.

Ela agarrou a mão do marido, depois o pulso, dando um apertão brusco — um movimento que Zoe tinha aprendido com a avó, uma mulher que, quando queria uma coisa, tinha uma espécie de truque mortal: aplicar pressão no ponto fraco entre os dois ossos do pulso. Zoe sempre dizia: *Com aquele aperto no pulso, vovó conseguia que você cedesse todos seus bens, chutasse um cachorrinho e mijasse nas calças... quer dizer, realmente ensopasse as calças... em público. Tudo de uma vez só.*

— Fig — comunicou, com a voz firme, contraindo a mão. Os joelhos dele quase dobraram. — Estou grávida. De cinco meses agora. *Preciso* que você esteja por perto, por ela.

Ele engoliu em seco e assentiu com a cabeça.

— Eu sei, Zo. Mas também preciso conseguir olhar nossa bebê nos olhos e dizer: *Eu fiz o melhor que pude pelas pessoas que precisaram de mim, não dei as costas a elas.* Pois sou assim. Se não for essa pessoa, então quem serei para nossa filha?

Duas lágrimas rolaram ao mesmo tempo pelas bochechas de Zoe. Ela soltou o pulso de Fig.

— Ok — disse.

Ele a beijou.

— Amo você.

— Também amo você.

— Aliás, sua vó ficaria orgulhosa desse apertão.

Zoe abriu um sorriso.

— É isso aí.

Noite. Quase 22h. O tempo continuava uma perfeita porcaria — estava frio e úmido, e uma cusparada deselegante de chuva, gelo e neve caía sobre eles. A polícia de Quaker Bridge tinha montado uma base temporária em algumas tendas em um terreno vazio de frente para o lago Holicong, um lote que antes era usado por um menonita construtor de cabanas, que fechou as portas na crise de 2008.

O comandante Roger Garstock passou as instruções, explicando que ficariam de tocaia no parque, principalmente, e teriam mais unidades posicionadas em outros pontos estratégicos: na casa antiga de Jake, abandonada desde então, na casa de Jed, também abandonada, na casa de Alex Amati, que estava desaparecido. Também tinham designado alguns policiais estaduais para trabalhar na busca do menino Graves, Oliver, e interceptá-lo antes que se aproximasse, de preferência. Porém, Fig sabia o quanto era complicado — não tinham ideia de como ele estava vindo, de qual direção, nem *quando* chegaria. Ao fim das instruções, Fig abriu caminho por uma multidão de policiais que se dispersavam para falar com Garstock.

— Comandante. Comandante!

Mas alguém barrou seu caminho: subchefe John Contrino, Jr. Ele esticou a mão, detendo Fig na altura do peito.

— Ei, ei, ei. Figueroa, para onde você pensa que vai?

— Quero falar com o comandante. Seu chefe.

— Não dá. Ele está ocupado. — Contrino baixou a voz. — Além disso, você não acha que já passou dos limites? Será que não desviou seu coleguinha Nate do caminho? Será que não o lançou para a morte?

— Vá se foder, Contrino. E Nate não está morto ainda. Não encontramos o corpo, você deve se lembrar.

— Para você, é *subchefe* Contrino, vê se acerta. Qual é mesmo seu título? Ah, é, você é do Departamento de Proteção à Merda da Fauna, não um policial, como eu.

Contrino deu um sorriso desdenhoso e uma risadinha irônica.

— Só estou zoando com você, Figueroa. O comandante quer seu envolvimento, mas não *desse jeito*, sacou? Você vai ficar na casa dos Graves.

— Quero estar em Ramble Rocks.

— E quem tá no inferno quer um picolé.

— Como você falou, sou do Departamento de Proteção à Fauna. Tenho porte de arma. Sou um bom candidato. Me deixa ajudar de verdade.

Contrino soltou um assobio.

— Olha só. O cara tem uma arma. Ei, não fui eu que te dei a tarefa. Por mim, você passaria longe de tudo isso aqui. Mas o comandante disse: "*Figueroa conhece a família, conhece a casa.*" Então você vai pra lá. Fica esperando lá caso o menino apareça. Ele confia em você, correto?

— Confia, com certeza.

— Então isso é tudo.

Fig sabia que tinham razão. Ele não era policial. E conhecia Oliver *e* a casa.

— Merda! — Assentiu com a cabeça. — Tá bom.

— Viu só? Sabia que você podia ser sensato, Figueroa. — Contrino deu um tapa forte, forte até demais, em suas costas e assentiu. — Agora vai andando.

Tudo estava silencioso. Era um clichê, mas, para Fig, silencioso até *demais*. Ele perambulou pela casa — a casa da família de seu amigo —, e as coisas pareciam estranhamente calmas. A ausência de Nate e de sua família era também uma presença e, como o silêncio e a calmaria, adicionava um peso desconfortável. O ar estava espesso; Fig ouvia um rumor no fundo do ouvido.

Tentou se ocupar. Ouviu a rádio da polícia para conferir se alguém já tinha visto algo. Eles soltavam atualizações de hora em hora. Ninguém tinha visto nada (ninguém pediu para ele dar atualizações, mas dava mesmo assim. *Estou nessa também, cacete*).

Aquilo era o que mais incomodava. Ele não era policial, não mesmo. Não tinha os instintos treinados para esse tipo de coisa, então sabia que estava sendo um idiota paranoico. Porém, a falta de acontecimentos parecia indicar *alguma coisa*. Maddie estava tão preocupada! Oliver tinha desaparecido. Ou seja, eles tinham deixado passar *algo* — o que quer que fosse, não estavam vendo.

Talvez Jake não estivesse ali. Talvez Oliver não viesse. Quem sabe estivessem em outro lugar. Tinha medo de estar de olho na bola errada, de que encontrassem Oliver morto a quilômetros de distância, em um lugar que ninguém imaginava, em uma situação incompreensível.

Ligou para Zo, dizendo que estava bem. Adotou o hábito de dar a própria atualização pessoal depois de ouvir as atualizações da polícia. Ela falou que também estava bem. Estava com uma azia tão terrível que era como se tivesse engolido uma caixa de fósforos. Estava com desejo de um milkshake de *cookies and cream*.

Ele também tentou ligar para Maddie, para atualizá-la. No entanto, o telefone só tocava. Temeu que ela tivesse saído, no meio da neve, para ir para lá. Mas não podia controlá-la. Só podia controlar essa situação. Tinha que se lembrar disso. Foi como quando confessou a Nate suas preocupações com o mundo. Nate o lembrou de que ele só tinha que cuidar da própria filha, não do mundo inteiro. *Uma coisa por vez, Fig. Uma hora por vez.*

Uma hora, depois três, depois cinco. Meia-noite virou 1h, depois 2h, depois o relógio se aproximou das 3h. Ouviu algo no andar de baixo. Não, não era na casa. Era *lá fora*. Pegou a arma e falou no rádio:

— Aqui é Figueroa. Tem alguma coisa na casa dos Graves. Um barulho lá fora. Provavelmente não é nada, mas vou conferir. Câmbio.

Enquanto descia a escada, aguardou a resposta. Mas a resposta não veio. Arrepios percorreram seu corpo como aranhas. Lá fora, o barulho

— como passos pesados — se aproximava. Chegou perto da porta de entrada e repetiu no rádio, dessa vez com um tom de urgência.

— Repito: aqui é Figueroa. Estou ouvindo algo lá fora. Passos. Copiado? Câmbio.

Ninguém copiou. O rádio só devolveu um chiado suave. Alguma coisa *colidiu* contra a porta. Fig sacou o revólver. Seu coração disparou. Então, ouviu uma voz pela porta:

— Fig! *Fig.*

Aquela voz pareceu familiar. Tinha acabado de escutá-la...

— Figueroa, você está aí? Preciso de ajuda. *Socorro.*

Era o subchefe Contrino.

— Ok, merda, espera — gritou Fig, guardando a arma no coldre e se apressando até a porta.

Assim que a abriu, Contrino quase tombou para dentro, como se estivesse apoiado na porta. Fig o segurou, equilibrando-o, e viu que estava coberto de sangue. Da cabeça aos pés.

— Meu Deus! — gaguejou, bufando para manter Contrino em pé nos braços. — John. Puta merda! Você tá bem? O que aconteceu? Você tá ferido?

Contrino pôs a cabeça no peito de Fig.

— Os outros. Eles não estão bem, Fig. Eu...

— Tudo bem. Calma, tudo bem, Contrino. Esse sangue... Você tá ferido?

O sujeito olhou para ele. O sangue manchava suas bochechas. Ele piscou.

— O sangue? Não é meu.

— O quê?

Contrino abriu um sorriso largo. Então, enfiou uma faca na barriga de Fig. O que Fig mais se lembraria da faca fincada em suas tripas era o seguinte: a lâmina parecia mais comprida e fria do que era possível ser. Não foi a dor que o atingiu primeiro, mas a perfuração salgada do gelo, como se tivesse sido esfaqueado com uma estalactite. Meio que esperava que a lâmina o atravessasse, abrindo-o como um saco de milho. Mas, ao cambalear para trás e ver a faca saindo, ficou surpreso com o tamanho diminuto do furo. Contrino ficou ali, parado, com a faca de caça pingando.

Fig tentou pegar a arma, mas foi lento demais. Era como se tentasse se mexer em um pesadelo — quando se tenta correr mas não consegue sair do lugar. A arma estava em sua mão, mas era tão pesada de levantar quanto uma marreta. Quando finalmente a apontou, Contrino já estava em cima dele de novo, dando um tapa e desarmando-o em um único movimento. Fig caiu para trás. Agarrou a barriga. O líquido vermelho se espalhava.

— Não esquenta, você tem tempo — disse Contrino. — Uma facada na barriga não vai te matar, não na hora. E o menino... ele quer você vivo.

— O menino... Jake...

— Isso mesmo.

— P-por quê?

Contrino lambeu os lábios. Um gesto horrível, considerando que estava todo ensanguentado.

— Ele viu quem eu sou. Viu *tudo* em mim, Figueroa. Ele tem um plano, e eu sou o escolhido.

78

O ALTAR DE PEDRA

Oliver sabia: esse era o fim. O significado daquilo não estava claro, ainda não. Contudo, sabia, enquanto entrava no campo de pedras com Jed, sob a chuva fria, que esse era o ápice das coisas. Não só das coisas, mas de *todas* as coisas — o lugar o lembrou do enorme peso cósmico que recaía sobre seus ombros, pois, se o que Jake dizia fosse verdade, poderia ser o fim deste mundo. E o fim deste mundo seria o fim de todos os mundos. O pedaço de madeira a que todos os mundos se agarravam na correnteza quebraria e afundaria. Toda a realidade — a realidade de todas as realidades — desapareceria no caos. No vácuo. No nada.

Então, de acordo com Jake, tudo voltaria do zero. Um grande recomeço. Um *botão de reset* cósmico, psíquico e espiritual. Isso *se* ele estivesse certo. E Oliver não acreditava nessa hipótese. Além do mais, não importava, porque ele não tinha a menor intenção de permitir que este mundo fosse destruído. Aqui estava muito do que ele amava. Por mais quebrada que essa máquina estivesse, ainda era sua máquina, e era aqui que estavam sua mãe, seus amigos, as mães e os pais deles, e todas as pessoas boas, e as pessoas quebradas que precisavam de ajuda, e as pessoas más que poderiam ser melhores. Oliver não estava nem aí para a batalha cósmica. Só pensava em todas as pessoas que tinham que enfrentá-la.

Juntos, Oliver e Jed pararam à beira do campo granítico. A lua e as estrelas tinham sumido, escondidas atrás de uma cortina desfiada de nuvens. A chuva tinha diminuído e agora era só um chuvisco gelado. Por impulso, Oliver fechou a mão esquerda, e ela latejou com a dor que reacendia por baixo do curativo, por baixo dos pontos, como que atiçada pela lembrança do que tinha acontecido ali na última vez em que Oliver estivera no altar de pedra. A dor, um aviso.

Eles conseguiam ver o altar de onde estavam, apesar da escuridão. Isso porque, sobre ele, havia uma pequena lanterna elétrica. Sua luz amarela se projetava, difusa, na neblina. Mas não era a única lanterna — havia outras, formando um anel. Nas bordas dessa circunferência, Oliver viu pessoas em pé. Apenas sombras. Havia pelo menos três. Uma voz ressoou sobre as pedras.

— Oliver.

Era a voz de Jake. Uma das sombras acenou quase que com simpatia.

— Bom ver você — gritou Jake. — Tem alguém junto? Que maravilha! Quanto mais, melhor. Venham, cheguem mais perto.

Jed disse, em voz baixa:

— Está pronto?

— Não.

— Faz sentido.

— E você? — perguntou Oliver.

— Estou. Agora. Me sinto mais leve. Me sinto... — Ele puxou o ar pelo nariz e levou as mãos ao coração. — Livre.

— Que bom.

Tirar a dor de dentro de Jed foi ainda mais difícil do que lidar com a de Graham. Foi como agarrar um oceano só com as mãos, um oceano cujas águas ácidas queimavam a pele. Mas então ele conseguiu achar o escoamento, e, depois, toda aquela água escura escorreu sozinha. Como se quisesse sair, como se Jed quisesse se libertar. Em um sussurro, Jed perguntou:

— Você ainda está com a arma, né?

Oliver hesitou.

— *Oliver* — repetiu Jed.

Quase como um pai advertindo um filho — um lembrete de que Jed tinha sido pai no passado. Até sua filha morrer em um acidente de carro causado por ele. Mas, aparentemente, algo desse pai tinha permanecido.

— Eu... não estou mais. Joguei a arma fora quando a gente chegou ao parque. Meio que por impulso. Você disse que a gente deveria agir com luz e com amor. E a arma não faria nada disso.

Ele veio pensando sobre o assunto durante todo o trajeto de carro. A arma, a violência. O veneno dentro das pessoas. Pensava agora, assim como havia pensado então, nas palavras do pai sobre valentões e sobre o poder. Quem tinha e quem não tinha. Quem o usava para o bem e quem o usava para o mal. Como algumas pessoas tinham buracos dentro delas. Uma arma era um símbolo de poder, mas do tipo errado. Ela gerava dor, fazia buracos — buracos de bala, mas também buracos emocionais. *E valentões geram valentões...* Jed riu.

— Ok. Você é cheio de surpresas. O que não surpreende. É igualzinho ao seu pai.

— Espero que sim. Você não está bravo?

— Confio em você. É tudo.

Oliver confirmou com a cabeça. Jake falou de novo, do outro lado do campo de pedras:

— Você não está pensando duas vezes, está, Olly? Vem logo. O tempo está passando, criança.

— Você *tem* um plano, né? — perguntou Jed.

— Talvez. Um pedaço de plano.

Não era mentira, não exatamente. Outra risada.

— Melhor do que dizer que não tem, suponho. Vamos, filho?

— Vamos. Ok.

Juntos, atravessaram as rochas.

Quando entraram no círculo de lanternas, Oliver viu quem o esperava no altar de pedra. Jake estava logo atrás do altar, em pé, imponente, com o peito estufado e um sorriso malicioso estampado no rosto comprido. Aquele olho dele parecia irradiar uma luz própria e sinistra na neblina, uma luz que nadava e movia-se como se estivesse em um lago, por entre o brilho salobro e as algas.

À esquerda, estava Alex Amati. Ele estava pálido, com um ar doentio e mórbido, como se estivesse muito gripado. Seus braços eram volumosos; a arma tremia em sua mão. A luz da lanterna vinha de baixo, distorcendo seu rosto e transformando a carranca que fazia em uma máscara assustadora. Ou talvez fosse a raiva revolvendo-se dentro dele e mudando suas feições. Ao vê-lo ali, Oliver ficou chocado, mas ao mesmo tempo não ficou. Jake deve ter entrado na cabeça dele, prometido que assim ele se vingaria de Oliver *e* traria Graham de volta (será que Alex amava Graham e reprimia o sentimento? Será que outros o forçavam a reprimir?). À direita, havia alguém que Oliver não reconheceu: um homem com uniforme da polícia, coberto de... *sangue*, notou o menino. Mais uma pessoa estava deitada no chão, largada numa rocha.

— Fig — disse Oliver, correndo até eles pelas pedras.

Porém, o policial, que tinha uma faca de caça, agarrou Fig pelo colarinho, içando-o contra a lâmina.

— Nada disso — alertou. — Fique onde você está, criança. Ou enfio isso aqui no pescoço dele.

— Por favor — implorou Oliver. — Não.

Jake levantou as mãos.

— Olly, não se preocupe. Fig vai ficar bem. Ele é só nossa garantia, que nem seu amiguinho aqui.

Ao dizer isso, Jake deu um passo para o lado, revelando Caleb. Ele estava sentado, com a cabeça pendurada e o queixo no peito. A luz da lanterna iluminava um fio de baba com sangue que pendia de seu lábio. Jake deu um tapa em sua bochecha, e o garoto bufou e acordou assustado.

— Fala pra ele que você tá bem — pediu Jake. — Vai, Caleb.

— Olly, cara — disse Caleb, com os olhos arregalados e a fala enrolada. — Corre. Você tem que *correr*, dar o fora d...

Mas Jake já estava desenrolando um pedaço de fita adesiva e tampando porcamente a boca de Caleb.

— Quietinho, seu bebezão. Já falou o suficiente.

Depois, dirigindo-se a Oliver de braços abertos, completou:

O LIVRO DOS ACIDENTES   497

— Se você fizer sua parte, isso pode acabar hoje.

Oliver engoliu em seco.

— E se acabar hoje, pra que serve seu teatrinho?

— Você teria vindo se eu não tivesse feito isso?

— Não.

— Então aí está, Olly. O martelo e o prego.

Foi a vez de Jed de se intrometer.

— Vejo que você fez novos amigos.

— Alex só quer o amigo dele de volta, não é fofo? Você poderia seguir o exemplo dele, Olly. E o oficial Contrino… perdão, *subchefe Contrino…* já estava na minha mira caso eu precisasse. Não é mesmo?

O policial, Contrino, deu de ombros.

— Eu vi a luz. O que mais posso dizer?

— O que ele viu foi um mundo que está mudando, e não gostou nada disso. Eu dei a ele a opção de reverter essa mudança. — Jake se virou para encarar Jed. — Também *te* dei uma opção, John Edward, seu velho cachaceiro. Só que você se voltou contra mim, não foi? Mas não antes de mandar Nate embora. Você não se importa com isso, criança? Formar uma dupla com o cara que jogou sujo assim com seu pai?

— Ele mudou — respondeu Oliver.

— *E* eu parei de beber — completou Jed.

— Ah, que bom. Bom mesmo. Tenho certeza de que sua esposa e sua filha adorariam que você tivesse mudado enquanto elas estavam vivas, e não mortas por sua causa, seu bode velho. Mas olha, depois que acontece, é mais fácil ver o erro, né? Enfim, obrigado por me trazer o menino.

— Eu não trouxe Oliver. Ele me trouxe.

— Dá no mesmo. Vamos andando, Olly?

Oliver concordou com a cabeça.

— Só tem uma condição.

— Pode falar.

— Fig, Jed e Caleb têm que sair daqui vivos. E você tem que deixar meus amigos e minha mãe em paz. Todos saem livres.

Jake explodiu numa gargalhada repentina.

— Cara, Olly, você tem merda na cabeça? É surdo? Ou pior, não confia em mim? Porque, se você morrer nesse altar, *todos* nós saímos livres.

Ele abriu os braços, dando um sorriso largo.

— Digamos que você esteja errado. Eles ainda têm que sair livres.

O sorriso de Jake não desapareceu, mas ficou mais tenso — um ricto de caveira, em vez de uma expressão de prazer genuíno. Entredentes, afirmou:

— *Não* estou errado. — Nas extremidades dos braços, suas mãos se fecharam em punhos terríveis. — Mas tá bom. Tá bom! *Tá bom*. Se por algum motivo isso não funcionar, se a mágica falhar e a máquina continuar se *arrastando*... eles saem livres. Te dou minha palavra.

Oliver engoliu.

— Ok.

Então é isso. Ele deu um passo à frente, rumo ao altar de pedra, enquanto Jake se inclinava na beirada, olhando lascivamente. Oliver via agora uma corda amarrada a duas pedras vizinhas, presa por baixo delas. Conforme se aproximou, Jake pegou uma ponta da corda e levou-a até a borda do altar.

— Cordas — disse Jake. — Só pro caso de você decidir ficar *escorregadio*. Pra manter seus braços e pernas dentro do veículo.

— Não vou me mexer. Não precisa me amarrar.

— Ah, mas eu *quero*. Além disso, não dá aquela sensação de *sacrifício à moda antiga*? Tipo uma oferenda pros deuses ou qualquer merda milenar. Uma negociação satânica.

Não faça isso. O medo agitou-se em Oliver. Não, não era só medo — era pânico. Pânico existencial. Como aquele momento antes de a montanha-russa despencar do ponto mais alto, mas mil vezes maior. Um milhão. Um milhão mais infinito. Cada molécula dele queria sair correndo. Ainda assim, ele se manteve firme, controlou a respiração, pensou novamente nos pais. *Sinto sua falta, papai. Me desculpa, mamãe.* Oliver subiu no altar.

Jake apertou a segunda corda em volta do pulso de Oliver — o esquerdo, o braço com a mão machucada.

— Muito apertado?

— Está machucando — respondeu Oliver.

Não era mentira. Parecia raspar sua pele. O ar frio perfurou ambos os pulsos quando ele se deitou de costas no altar de pedra. Seu coração ficou bem em cima da fissura na pedra na qual Jake tinha enfiado a picareta antes.

— Desculpa.

Oliver riu — um riso frouxo e sem humor.

— Hum.

— Hum o quê?

— Você falou de coração.

— Falei o quê?

— Você pediu desculpas. E acho que foi de coração.

Jake parou para avaliar.

— Acho que sim.

— Por quê? Você me odeia. Quer me machucar. Não deveria pedir desculpas.

Mais para o lado, Alex Amati rosnou:

— Não dê bola pra ele, Jake. Ele está tirando uma com você. Mate-o. *Mate-o.*

Porém, Jake o calou com um chiado. Então, voltou-se a Oliver:

— Não odeio você. Eu falo que sim, mas não odeio. É só... só uma *parte* de mim falando. Mas não odeio você, Olly. Você e eu, nós somos iguais, mesmo sendo diferentes. Sou tipo... uma versão sua mais evoluída, mais velha, mais sábia. Talvez exista uma parte de mim que tem raiva de quem você é porque antes também fui assim. Sabe? Alguém que não tem noção do que está em jogo. E talvez eu te odeie um pouco porque sua vida foi *tão* melhor do que a minha.

— Você tem muita dor aí dentro, não é?

Jake hesitou. À luz da lanterna — que agora estava entre os joelhos de Oliver —, era fácil ver o garoto lutar com aquela pergunta. Seu maxilar se mexia como se ele tentasse desprender uma semente dos dentes.

— É, tenho — disse, com a voz falhando.

— E você só quer que tudo acabe. É isso. Você tá matando tudo e todos pra matar a dor dentro de você.

Jake soltou uma risada.

— E se estiver? O que você sabe sobre a dor, Olly? Como eu disse, sua vida? Não é nada comparada ao que eu tive que aguentar. Mas aprendi o que fazer na escuridão da velha mina de carvão. Me mostraram o caminho. Me deram uma opção. Minha dor me deu clareza.

— Eu também tenho dor. Dor que você me deu.

— Ela não te deu mais clareza também?

Oliver engoliu em seco.

— Acho que sim.

— Que bom. Então vamos acabar com nossa dor juntos.

Ao dizer aquilo, Jake estalou os dedos e girou o pulso...

Desde que conheceu seu *doppelgänger* mais velho, Oliver passou a acreditar que o motivo de não conseguir enxergar a dor de Jake era porque Jake e aquela dor eram a mesma coisa. Oliver não conhecia a aparência de sua própria raiva e medo, então por que conseguiria ver a raiva e o medo de Jake?

Porém, sempre que Jake tirava algo daquele submundo, daquele lugar intersticial, o Intervalo, Oliver via *alguma coisa*. Era apenas um vislumbre. Um vislumbre da escuridão que escapava. Um clarão do medo, um brilho de algo pior. *Dor.* Dor que não podia ser contida.

O LIVRO DOS ACIDENTES   **501**

Jake escondia a dor, mas não como o pai de Oliver. Aquela dor era guardada no mesmo lugar onde Jake escondia *todas* as outras coisas — naquele lugar do meio, o Intervalo. Ou ele queria muito se aferrar à dor, ou tinha tanto medo dela que a banira completamente para outro lugar.

Assim, quando Jake estalou os dedos e girou o pulso para trazer o instrumento de sacrifício — mais uma vez, a picareta —, Oliver viu aquele clarão de dor. Então, fez como tinha feito com Graham Lyons, como tinha feito havia poucas horas com Jed Homackie. Ele se aproximou, não com as mãos, mas com a mente. E segurou aquela dor. E a *puxou*.

A picareta surgiu na mão de Jake, mas outra coisa veio junto. Sempre que tirava algo do Intervalo, sentia uma espécie de afobação sutil, igualmente prazerosa e horrível. Dessa vez, foi igual — mas agora a sensação perdurou, grudada a ele como óleo e suor. E ela se aprofundou, engrossou, expandiu, preenchendo cada poro dele, trazendo a memória, a perda, a dor. *Tanta dor!* Lembranças de sua mãe chorando, de seu pai o espancando, de seu pai o abraçando depois. O barulho dos passos do velho, sua mãe correndo escada acima enquanto o pai a perseguia com uma concha de metal. Nessas memórias, Jake não era Jake. Era Oliver. Aquele Oliver. *Seu* Oliver.

Não, não, não, não... Ele não queria nada daquilo. *Põe de volta. Tira isso daqui.* Tais pensamentos eram apelos dirigidos ao éter, a Eli, ao demônio Eligos Vassago, à coisa brilhante e escura da mina de carvão. Naquele dia, o demônio marcou seu rosto, tirou seu olho, preencheu-o e então foi embora. Mas não embora de verdade, ele sabia. Falava com ele por meio do livro, não? O Livro dos Acidentes, um receptáculo, um hinário, na língua do próprio demônio. Agora conseguia *sentir o gosto* das páginas daquele livro — um gosto de papel e doença, um amargor de tinta de caneta e um fedor metálico de sangue.

Gritava dentro da própria cabeça: *Por que isso está acontecendo?* A picareta tinha uma textura áspera e fria. Tentou afundá-la no coração de Oliver, mas seu braço estava mole e fraco. Não se mexia. A ferramenta deveria dar uma sensação de poder e força, mas só estava fria e pesada — um fardo grotesco. Seus dedos queriam relaxar, *soltá-la*. Imaginou a picareta caindo de sua mão, batendo nas pedras e...

Concentrou-se no rosto de Oliver. Oliver, de olhos fechados e queixo projetado. Uma expressão de esforço marcava a face do menino, como se estivesse fazendo alguma coisa — mesmo amarrado à pedra, *estava* fazendo alguma coisa.

Mas o quê? Jake subitamente entendeu. O sacana estava *tirando* essa coisa de dentro dele. Assim como tinha feito com Graham Lyons na estrada, naquela noite. Contraindo-se, *urrando*, Jake — *sou Jake, não sou Oliver, não sou aquele fracote, sou Jake* — deu um impulso para trás com a picareta enquanto tentava guardar os sentimentos na escuridão, no lugar ao qual pertenciam...

Ele lançou a picareta. Em direção ao peito de Oliver. Em seu coração. Porém. *Porém.* A picareta se enterrou na fissura do altar. Não encontrou pele, nem osso, nem carne. Só encontrou a pedra dura. Oliver tinha sumido.

Jed não fazia ideia do que tinha acabado de acontecer. Ficou ali parado, observando, com agonia, Oliver se colocar em uma posição de extrema vulnerabilidade — preso a um altar, em frente a uma versão mais velha dele mesmo. Oferecendo-se de boa vontade como sacrifício. Ainda assim, Jed tinha uma impressão distante de que tudo fazia parte do plano. De que tudo ficaria bem.

Então Oliver desapareceu — *puf*! Como se nunca tivesse estado ali. As cordas caíram, escorregando pelas bordas do altar. Jake estava atônito e ofegante, como se tivesse levado uma bofetada na cara. O monstro ficou para trás, encarando o altar, horrorizado.

Assim como todo mundo. O outro garoto com a arma. O policial com a faca. Caleb, amarrado à cadeira entre as rochas escarpadas. Todos de olhos vidrados no altar. *Agora é minha chance*, pensou Jed. O garoto armado era o mais perigoso, então foi para cima dele. Jed investiu contra Alex Amati, arremessando-o nas pedras. O grandalhão imbecil pesava como chumbo e desceu rolando pelas pedras, espatifando-se. A arma saltou de sua mão. Jed riu. *Te peguei, gorilão*, pensou, enlouquecido. *Tudo faz parte do plano.*

Isso não estava no plano, pensou Oliver. Ele não estava mais no altar. Não estava no campo de pedras, nem no parque, nem na Pensilvânia, talvez nem mesmo no planeta. Era até questionável se ainda estava na *realidade*. Ele *conhecia* esse lugar. Era o vácuo: a terra da contusão, arroxeada e infinita, machucada com estrelas quebradas, pedras, dentes.

Esse enorme vácuo que o circundava parecia tomar um espaço sem fim. As estrelas, borradas e estranhas, como se vistas por um vidro manchado de vaselina, penduradas nas margens. Também havia cores dançantes, por entre as estrelas, em volta delas. Cores e sombras. Sombras semelhantes às que ele via dentro das pessoas: líquidas e elásticas, fluindo aqui e acolá. Sombras como a dor.

Algo flutuava ao seu lado. Um líquido marrom balançava lá dentro. No rótulo, lia-se UÍSQUE JACK KENNY. A garrafa girava suavemente pelo ar — ou "ar" —, passando por ele. Então, outra coisa surgiu: um livro, parecido com um caderno velho e roto. Oliver agarrou-o com um movimento da mão e soube na hora o que tinha ali com ele. Era o mesmo livro que Jake usava antes. O livro de registros. Aquele tomo herético. Seu livro de feitiços. O Livro dos Acidentes.

Oliver não parou para ler. Simplesmente começou a rasgar e arrancar as páginas, uma por uma, com fúria crescente. As páginas se afastavam devagar, em espiral, em câmera lenta, como se estivessem debaixo d'água.

O vácuo em volta dele ondulou. Algo lá no fundo se agitou. Uma sombra imensa passou na frente de um punhado de estrelas, apagando-as. *Não estou sozinho aqui*, percebeu Oliver, apavorado.

— Filho da puta! — sibilou Contrino.

Girou a faca de caça com ódio, encarando o velho que tinha derrubado o menino.

— Você fica aqui — disse a Fig, batendo a lâmina da faca em sua cabeça.

Fig sentiu a morte em seu encalço, como uma sombra cinzenta e escura, à espera. Imaginou vagamente se era assim que alguém se sentia com um tsunami vindo em sua direção — uma onda turbulenta e sombria erguendo-se e depois esperando para quebrar em cima de você, achatando-o na areia da praia e transformando seus ossos em caquinhos antes de arrastá-lo de volta para o mar faminto. Mas a onda, a sombra, ainda não tinha quebrado sobre ele. Ele ainda tinha uma reserva de energia.

Assim, quando Contrino começou a se afastar, fez a coisa mais simples e besta em que conseguiu pensar. Fez o desgraçado tropeçar. Só agarrou seu pé e puxou-o para trás com toda força que reuniu. Contrino gritou ameaças enquanto caía, chocando-se na pedra. Gemeu de dor. Fig, em vez de se intimidar, foi tomado por um propósito súbito e profundo.

Rugindo, lançou-se em cima de Contrino, antes que ele conseguisse se levantar, e começou a enchê-lo de porrada, sem importar-se com o ferimento na barriga, que jorrava sangue fresco. Contrino se contorceu abaixo dele, dando uma ombrada em Fig, e os dois rolaram entre as pedras. A faca rasgou Fig no bíceps uma vez, duas vezes, e uma terceira no antebraço, e uma quarta entre as costelas. Ele sentiu o ar fugir do peito. Porém, como seu ato final... esticou o braço, agarrou o desgraçado pela orelha e esmagou sua cabeça em uma pedra. Contrino estremeceu uma vez e parou de se mexer.

Fig ouviu um assobio gorgolejante saindo da lateral de seu próprio corpo quando tentou recuperar o fôlego. Contudo, só conseguia respirar pela metade, em inspirações rasas. Encostou a cabeça no solo úmido e frio. Aquela onda gigante e cinzenta se ergueu, cobrindo o céu, levando a chuva embora e roubando seu ar. Por fim, quebrou violentamente sobre ele.

Reduzido a páginas rasgadas, o Livro dos Acidentes virou confete e serpentina. Em seguida, o vácuo fez um estrondo e ficou preto. A escuridão se espalhava como tinta no pergaminho.

A sombra avolumou-se diante dele — um murmúrio de pássaros pretos, depois uma maré de cobras, então vermes, agora patas de aranha. Seu corpo era mais escuro do que tudo, mas também mais brilhante. A luz passeava em sua superfície como se estivesse viva. Ela nadava na frente de Oliver, e sua voz nadava ao longo da sombra, deslizando até a cabeça do menino como a raiz de uma espécie invasiva. *Seu lugar não é aqui, garoto,* disse a voz.

— Nem o seu — rebateu Oliver.

Ele estava com medo. E aquela coisa rugia para ele — todos os seus tentáculos e membros engrossavam e inchavam, apontando para ele, cercando-o. O ar se encheu com o mais puro ruído da *ira* desenfreada. Por cima do barulho, Oliver berrou:

— Você não pode me machucar, não pode me assustar. Você precisa de mim. Precisa que eu morra lá fora, não é? Naquela pedra.

A coisa se encolheu, voltando a ser aquela massa rastejante e retorcida. *Você não entende. A roda precisa ser quebrada. O eixo, rompido. Deus fez desse mundo um lugar quebrado. Vou mostrar a você.* Então, a cabeça de Oliver se encheu de perversidades: atrocidades, assassinatos, suicídios e valas comuns, mas Oliver aguentou, mordeu as bochechas até sentir gosto de sangue e devolveu as próprias imagens: seu pai e sua mãe, seus amigos, crianças brincando, as estrelas em volta de uma bela lua cheia. Também se lembrou de todas as boas ações que tinha presenciado: alguém ajudando um morador de rua a se levantar e conseguir comida e abrigo, uma Parada do Orgulho LGBT sendo transmitida na TV, pessoas, como sua mãe, que deixavam flores em asilos.

Vou refazer o mundo! A coisa uivou. *Vou consertar o que Deus quebrou. Você não pode me impedir, seu micróbio tolo e insignificante.* Mais uma vez, ela cresceu, capturando Oliver em tentáculos mais apertados de sombra. Então, algo absurdo passou flutuando entre eles. Uma interrupção bizarra, quase cômica, de um globo ocular humano — com nervo ótico, músculos e tudo — pairando ali, oscilando devagar da esquerda para a direita. Foi aí que Oliver entendeu. Aquela coisa estúpida e absurda, ele compreendeu tudo.

— Esse lugar não é o Intervalo — disse em voz alta para o demônio. — Estou dentro dele. Isso não é o vácuo. Isso é o lugar onde ele guarda toda a dor. A dor inteirinha, incluindo você.

Seu PERCEVEJO, seu CISCO de POEIRA. Você não entende NADA.

— Agora entendo. Você é um parasita. Uma infeção — exclamou Oliver, enojado. — Você e a dor são uma coisa só.

A besta colossal preencheu o vácuo mais uma vez. Ela foi para cima de Oliver, com todos os membros transformados em lâminas, abandonando a necessidade de matá-lo *lá fora*, ansiosa e impaciente para vê-lo morrer *ali mesmo*.

Um soco afundou nos rins de Jed. Foi como se arrancassem a Lua do céu e a jogassem em cima dele. Alex Amati dominou-o enquanto ele estava no chão.

— Não preciso de arma nenhuma — grunhiu o garoto.

Então, agarrou Jed, levantou-o no ar e atirou-o com força em uma rocha. As costelas de Jed não aguentaram. Era como se tivesse vidro quebrado dentro do peito, como se cada respiração fosse uma facada. O homem arranhou o chão com as mãos, procurando algo para usar.

Alex voltou a segurá-lo e a erguê-lo, dessa vez a uma altura ainda maior. Virou o corpo de Jed e exibiu um semblante maníaco e deformado: os tendões de seu pescoço estavam saltados como as raízes de uma árvore; seu maxilar estava tão apertado que a qualquer momento os dentes poderiam estourar como milho. Quanto a Jed, bem... Jed começou a rir. Alex arregalou ainda mais os olhos.

— Qual é a graça?

— Você perdeu sua arma — respondeu Jed, ainda rindo.

A cada movimento do peito, sentia milhares de agulhadas de pura agonia.

— E daí?

— E daí que eu a encontrei.

Em seguida, puxou o gatilho. Não uma, mas muitas vezes, todas as vezes que conseguiu. A cada tiro, Alex estremecia, como se as balas fossem golpes atingindo-o no peito. Até que o gigante caiu, derrubando Jed junto com ele. Uma árvore tombando.

Jed ficou ali, estatelado, entre uma risada que murchava e um choro leve que surgia. No entanto, seu triunfo durou pouco. Sentiu uma presença às suas costas. O garoto. Seu antigo... mestre. Quando reavaliou sua relação com Jake em termos literários, percebeu que tinha sido o Renfield desse menino Drácula. O esquisitão comedor de insetos, mais patético e digno de pena que o próprio monstro, pois, pelo menos, o monstro estava fazendo o que os monstros fazem. Jed sempre achou que Renfield era bem pior que Drácula. E foi nisso que se transformou. Jake tinha visto algo nele, sua fraqueza, de cabo a rabo. E usou essa fraqueza para tornar Jed irreconhecível.

No entanto, não mais. Sua dor tinha ido embora. Ele estava livre. Jed se levantou penosamente, grunhindo com o esforço, e virou-se para encarar Jake. O menino do olho estranho tremia, como se estivesse com frio. Doente e com calafrios, tal qual alguém vitimado por uma febre alta ou por uma convulsão. A picareta girava e girava em sua mão.

— Jake — disse Jed. — Ou devo chamá-lo de Oliver?

— Sou *Jake*.

Quando falou, seus dentes se chocaram, fazendo barulho. Jed viu que o olho que antes mudava de cor tinha se aquietado: agora estava apenas vermelho. Uma luz rubra irrompia dele.

— Jake!

— Bem, seja quem for, não estou mais em suas mãos. Oliver me salvou. Pode fazer o que quiser comigo, não importa. Ele me salvou.

— Ele não salvou merda nenhuma. Você é um verme fraco, seu velho. Um assassino murcho e infeliz. Um *fracasso*.

— Pelo visto, você é o fracasso aqui, meu garoto. Você pode até pensar que não é Oliver, mas é. Ele está dentro de você, em algum lugar. Não está?

Jake ergueu a picareta. Jed fechou os olhos. Então... nada. Jake disse:

— Você tem razão. Por deus, velho, você tem razão.

Ele abriu um sorriso enorme. Jed soube, então, que algo estava errado.

As facas vieram. Oliver sabia que seria picado em pedaços. Esse demônio, esse *parasita* vivendo dentro da mente de Jake, estava descontrolado. Foi ele quem instruiu Jake a acabar com o mundo, Oliver estava ciente, mas sua raiva tinha dominado, e agora o mataria. Ele não queria morrer, é óbvio.

Mas pelo menos sabia que morrer ali poria fim às maquinações de Jake e da criatura. Cancelaria o apocalipse. Pois Oliver estaria *ali*, não no altar de pedra.

Então, quando a besta investiu contra ele, acelerando pelo vácuo com milhares de facas apontadas em sua direção, uma mão surgiu do nada. Ela pegou Oliver pela garganta e... *puxou-o*.

O retorno para o mundo o desorientou. Ser sugado do vácuo deixou Oliver cambaleante, com a visão borrada e as tripas reviradas. Jake o segurava com força pela garganta. Sua traqueia apertava ao tentar respirar. Suas pernas escoiceavam o ar conforme Jake o suspendia...

Até que o atirou no altar. Oliver viu estrelas. Jake o imobilizou ali, uma mão segurando sua garganta, a outra, a picareta. Oliver ouviu o grito de Jed e viu um borrão passar quando o homem avançou na direção de Jake, mas, com todo o ar que conseguiu juntar, bradou:

— *Jed, não*!

Essa é minha, pensou. *Eu sei o que fazer*. Mais uma vez, a picareta se ergueu. A ponta afiada reluziu à luz da lanterna. Oliver lançou a mão em garra para a frente, pegando o olho de Jake.

Exceto que não era o olho de Jake, era? De jeito nenhum. Aquele era o truque, como Oliver compreendeu agora. Todo mágico tinha um truque na manga, e todo truque induzia ao erro. Nesse caso, não era diferente. Assim que os dedos se afundaram no tecido cicatrizado macio que envolvia aquele globo de camaleão, ele soube que não estava segurando o olho de Jake. Porque o olho de Jake... bem, ele estava no vácuo, naquele Intervalo dentro dele. Se o olho estava lá, o que ocupava seu lugar no rosto? O que era aquele olho de Quimera preenchendo a órbita?

Era uma rolha na garrafa. Colocada ali pela *coisa* dentro dele — a criatura, o demônio, o diabo que fosse. Um parasita. Jake era seu hospedeiro, seu casulo, seu *lar*. E o globo ocular era a fechadura daquela porta, mantendo tudo dentro dele. Com uma bela puxada, foi expulsa do rosto de Jake, fazendo um som cortante e molhado.

Jed assistiu a tudo. Oliver aparecendo do nada, Jake enforcando o garoto, jogando-o no altar, levantando a picareta. Ele correu para impedir, para matar Jake antes que ele sacrificasse Oliver naquela pedra maldita, literalmente.

Mas aí Oliver arrancou o olho do menino. Um único movimento preciso, para cima, para dentro e para fora. O olho estragado *estourou* como uma uva podre. Oliver sacudiu algo molhado dos dedos e saiu do altar de pedra.

O outro garoto ficou parado por um instante, como se estivesse em choque. Abria e fechava a boca, mas dali só saía um silvo quase inaudível. O buraco em seu rosto era uma coisa escura, iluminado pela luz da lanterna.

— Jake — disse Jed, com calma.

Deu um passo em direção a ele caso precisasse... bem, não sabia direito o quê. Caso precisasse contê-lo. Afinal de contas, Jake ainda era um monstro. Não era? Ainda era capaz de qualquer coisa, ele sabia. Jake estremeceu em um espasmo que fez seus dentes baterem. Seu pescoço endureceu, depois as costas. Então, sua cabeça pendeu para trás, e os olhos se fixaram no céu.

Daquela órbita vazia, saiu um gêiser de líquido negro. Como óleo, como sangue. Jake ganiu. Luzes, luzes ofuscantes, foram expelidas junto com a fonte de escuridão (mais tarde, Jed descobriria que havia 98 luzes, explodindo como fogos carregados de fantasmas). Uma garrafa foi atirada para fora, espatifando-se nas pedras. Páginas de um livro foram levadas pelo vento, manchadas de sangue, respingando em tudo. Um bastão de beisebol, uma arma, fotografias antigas, um pedaço de carvão, uma aliança de casamento. A cada objeto que saía, os gritos do garoto ficavam mais altos e mais estridentes, até que... até que *outra* coisa saiu. Algo muito grande e muito furioso.

O parasita. O demônio. Está aqui, pensou Oliver. Pernas e tentáculos forçaram passagem pelo gêiser e se ancoraram na bochecha e na testa de Jake, buscando apoio. O rosto do garoto inchou de forma desmedida, quase impossível, enquanto a criatura saía. E *não parava de sair*. Um corpo imenso de verme, dilatando conforme emergia. Asas abertas, ossos borbulhando em sua superfície, milhares de formigas aflorando de seu âmago emporcalhado, derramando-se em trilhas esparsas e apressadas.

O corpo de Jake desabou, frouxo. A besta estava livre, e se voltou para Oliver. Centenas de boquinhas se formaram, todas com quelíceras brilhantes estalando em cliques conforme a coisa soltava sussurros guturais:

— *Você quase venceu. Tão perto, seu monte de nada.*

Oliver se virou e tentou escapar. Arrastou-se engatinhando... Porém, algo deslizou e enlaçou sua barriga, lançando-o de volta ao altar. Um tentáculo se esticou, agarrando a picareta que tinha caído, e depois deu uma virada casual para ajustá-la na posição certa.

— Você não pode acabar com o mundo me matando — disse Oliver, em tom de desafio. — Quem tem que cumprir a tarefa é ele ou sou eu. Você não vai conseguir o que quer.

— *Não* — sibilou o demônio. — *Mas ainda posso encontrar prazer em sua morte.*

De algum lugar atrás deles, veio um som, acompanhado de uma explosão de luz. Em seguida, alguns momentos depois, formas. Formas aladas. O céu se movia. *Corujas*, lembrou-se Oliver, e na hora soube: *mamãe*.

79

O VIGIA LETAL, QUE DESEJA
A MAIS INCLEMENTE NOITE

Mais tarde, Oliver descreveria a cena para a mãe da seguinte forma: ele diria que se lembrou de quando era pequeno, de quando tinha uns 7 ou 8 anos, e jogou uma pedra no ninho de vespas vazio que viu pendurado no Parque Fairmount. Exceto que não estava *vazio*, só estava *silencioso*. Aquele ninho ainda tinha, nas palavras da mãe, "uma caralhada de vespas". Elas foram para cima do menino e o atacaram, uma após a outra, em um mergulho frenético à procura de um espacinho de pele para picar (e muitas conseguiram achar — naquele dia, Oliver voltou para casa com 23 ferroadas e depois ficou com algumas cicatrizes pequenas espalhadas pelo corpo).

As corujas atacaram o demônio assim como as vespas tinham atacado o garoto naquele dia, uma depois da outra, mas não com ferroadas. Botaram as garras para a frente e começaram a arrancar nacos daquela coisa — pedaços de vísceras, fatias de sombra. Foram embora com aquilo, mas Oliver não soube para onde. Porém, sempre voltavam, silenciosas e sinistras, desmembrando o demônio. O garoto não conseguia tirar os olhos da cena, assistindo às corujas — que não tinham penas, bico e garras de verdade, mas eram de madeira, esculpidas pela mão de sua mãe e um pouco por sua própria mão — reduzirem o monstro a quase nada, pedaço por pedaço. Mas não foram as corujas que deram o golpe final.

Sob toda aquela gosma e toda aquela sombra, havia um rosto, à espera: um rosto humano, de pele clara como osso e porcelana, de nariz curvo, de óculos pequenos. O rosto também mudou — a topografia de seu semblante passou de uma face à outra, da face de Graham Lyons à de Nate Graves e a outras que Oliver não reconhecia, embora temesse que algumas fossem suas. O rosto avançou em sua direção, aproximando-se da picareta que tinha derrubado. Mas a picareta tinha sumido.

Quando o demônio ouviu um barulho e virou-se, deu de cara com um inimigo, o que comandou o ataque das treze aves, as corujas de garras e bicos negros. Maddie Graves estava ali, parada em frente a uma porta feita de palha e galhos, com duas dobradiças feitas de pedrinhas e uma maçaneta fabricada a partir de uma rocha do tamanho de uma bola de beisebol. Em sua mão, a picareta.

O demônio soltou um silvo para ela, que girou a picareta e a enfiou no crânio da criatura. O rosto virou moscas e coisas rastejantes. Oliver desmaiou.

80

O DEVORADOR DE PECADOS

Tudo estava acabado, exceto, é claro, que não estava. Certas coisas davam um jeito de continuar vivas, passando de pessoa para pessoa. Amor e sofrimento, trauma e esperança, luz e escuridão. Essas coisas andam por aí — umas oferecidas como dádivas, outras como maldições. O maquinário todo girando no eixo. Um ciclo de coisas feitas, desfeitas e, com sorte, refeitas.

Naquele junho, chegou o dia — um dia quente e com vento, o ar sedento como um cão no deserto — em que Oliver encontrou a mãe no jardim da casa, plantando flores.

— Um ato de insanidade num dia como esse — disse ela, antes de sair. — Mas a pessoa tem que ter um pouco de otimismo, *porra*.

O garoto ofereceu ajuda. Ela aceitou e pediu para ele pegar as luvas na oficina. Ao voltar, Oliver assumiu a tarefa de espalhar bolinhas de fertilizante — "vitaminas para flores", como dizia a mãe — nos buracos, antes que ela colocasse as mudas ali.

— Estive pensando... — começou Oliver.

— Ah, não! — Maddie brincou. — Nunca é coisa boa.

— Cala a boca, não tem nada de mais. É normal.

Em um sussurro encenado, ela disse:

— Alerta de spoiler: não era normal.

— Você pode me ouvir, por favor?

Ela se agachou sobre os calcanhares e respondeu:

— Manda.

— São três coisas.

— Meu Deus, dai-me força. *Três* coisas? Não dá pra ser uma só?

— Não. As coisas sempre vêm em trios. É tipo, sei lá, uma lei cósmica.

Ela piscou para tirar a terra do olho, que caiu na bochecha. Então, espanou-a com o polegar.

— Vá em frente, Carinha.

— Coisa número 1: quero visitar Jake.

Maddie sentiu o rosto esquentar.

— Olly, já conversamos sobre isso...

— É seguro.

— Ele está na cadeia.

Como devia estar, disso tinha certeza. Aquele adolescente cretino tinha criado uma seita, liderado uma campanha de terror e assassinato contra seu filho, sumido com seu marido. Queria acabar com o mundo. Até hoje, ela tinha dificuldade de processar tudo o que tinha visto — e feito — e tudo o que tinha acontecido. Não parecia real. Ela sabia, do *fundo* do coração, que era real. Ainda assim, era tão estranho, tão impossível! Era como um sonho — o simples ato de reconhecê-lo tornava-o mais impalpável.

— E deve apodrecer lá — acrescentou.

— Ele *vai* apodrecer lá. Só penso que... que deveria falar com ele. Ele é eu. Ou era? Sei lá. Talvez possa ajudá-lo. Muito do que estava dentro dele se foi agora. Eu acho. Espero.

Naquela noite, no campo de pedras, Jake deixou para trás uma criatura viva — destroços trêmulos e agitados. Segundo Oliver, ele ficou "oco". O garoto explicou à mãe que Jake estava há tanto tempo apegado ao demônio — e o demônio apegado a ele — que, sem isso, ficou perdido. A dor era o que o preenchia, dava forma, propósito à sua vida. Sem ela, Jake era só um bonequinho sem o ventríloquo, ou pelo menos parecia.

— Ainda tem que ter uma pessoa naquele corpo, mamãe. Eles permitem visitas, e eu já fui ver Jed...

Ela suspirou.

— Ok. Só uma vez. Mas *eu* te levo, não Caleb.

— Fechado.

— Ótimo.

— Acontece que a segunda coisa tem a ver com a primeira...

— Deus, me dê mais força.

— Quero aprender a dirigir.

Uma gargalhada intrusa explodiu dela.

— Ah, Olly. Meu menininho querido. Não sei se estou pronta para *esse* estresse. Acho que prefiro encarar outro possível apocalipse.

— Ah, dá um tempo. Eu faço 16 no mês que vem. Já posso tirar carta e...

— Meu filho. Dirigindo. Puta merda!

— *E* sou muito responsável. E, sinceramente, assim eu saio de suas costas. Além de não precisar mais contar com outras pessoas... esses adolescentes malcriados, malandros e nada confiáveis...

— Caleb te leva agora, e a gente gosta dele, lembra?

— Não posso depender dele pra sempre.

— Ai. Jesus. Estou velha? Ah, merda, estou ficando velha. Olly, você tinha que fazer isso comigo hoje? Um filho de 16 anos. Dirigindo. Dirigindo!

— Você não está velha. Só eu que estou... crescendo.

Ela fincou na terra a pá que estava usando.

— O tempo passa pra todos nós, Carinha. Está bem, por Deus. Já foram duas de três. Essa é uma boa proporção. Aliás, por que a gente não para por aqui? A gente abre mão da terceira coisa. Daqui um ano ou três você me fala.

— Sei exatamente onde você pode me ensinar a dirigir.

Naquele momento, como se esperasse uma deixa, um carro surgiu, subindo devagar o acesso à garagem. Era a caminhonete de Fig.

— Segura esse pensamento — disse ela, levantando-se.

Fez um sinal para Oliver acompanhá-la, e os dois foram ao encontro de Fig. Ele estacionou e saltou do carro, estremecendo de leve — os ferimentos daquela noite no parque quase tinham tirado sua vida. Na verdade, Fig chegou a pensar que *estava* morto. Até contou uma história de algo que viu quando olhou para cima, o que descreveu como uma batalha entre o Diabo e os anjos de Deus. Umas coisas aladas destruindo uma massa negra que se retorcia. Maddie o abraçou. Ele parou para trocar um aperto de mão com Oliver.

— Estou em horário de almoço. Pensei em dar uma passadinha pra contar a novidade.

Um sorriso largo incendiou o rosto de Maddie.

— Olha, Fig, se não for uma *novidade sobre bebês*, juro que vou ficar brava.

Ele riu.

— A bebê está um pouco atrasada, então marcamos uma cesariana pra amanhã. Essa é a novidade. Mas não é tudo. Eu e Zo, a gente estava querendo ver se você, Maddie, aceita ser a madrinha de nossa filha.

Na hora, ela não disse nada. Só ficou ali parada, estremecendo um pouco. Depois, Maddie fez um som como se, bem, como se a felicidade fosse uma criatura viva que, com aquele canto, convocasse outras felicidades para acasalar na esperança de gerar *ainda mais felicidades*. Ela não sabia se já tinha dado um gritinho desses antes, mas, ultimamente, com tudo o que tinha acontecido, estava aceitando toda alegria que conseguisse juntar. No despertar do horror, a esperança pode ser um jardim generoso.

— Acho que isso é um sim — disse Oliver, com um riso debochado.

— Topo ser a conselheira espiritual de sua filha — afirmou Maddie, com um brilho insano nos olhos.

— Não estamos interessados na parte *espiritual*, só na parte que você dá apoio pra ela quando ela precisar. E sem ensinar palavrões.

— Não posso prometer porra nenhuma — disse Maddie.

— E você — falou Fig para Oliver —, que tal ser uma espécie de... tio adotivo de honra?

Agora foi a vez de Oliver. Ele não soltou nenhum gritinho, mas ficou radiante. Brilhando como o Sol da manhã.

— Pode contar comigo. Vou ser um bom tio. Um *ótimo* tio. Um tio da hora, mesmo...

— Obrigado, pessoal.

Trocaram mais uma rodada de abraços.

— Zo queria ter vindo pessoalmente pra fazer o convite, mas ela já está se sentindo completamente fora de si com o nascimento amanhã. Se quiserem ir, vai ser logo de manhãzinha. Então, talvez uma passada no hospital à tarde. Só deem uma ligada antes, pra confirmar. Por causa das sonecas e essas coisas.

— Tenho que me preparar pra uma exposição na galeria, mas é mais cedo. Então vamos levar só os bichinhos de pelúcia mais macios e fofinhos e um belo estoque de fraldas de pano — disse Maddie. — Pode contar com a gente.

Fig assentiu com a cabeça.

— Obrigado. Por tudo.

— Eu que agradeço.

Eles se abraçaram por um instante. Foi bom. Ele perguntou se os dois estavam bem, e disseram que sim. Dentro do possível, estavam finalmente bem. O que nunca seria o suficiente, Maddie sabia, não sem Nate. Logo Fig partiu, descendo a ladeira de carro. Juntos, ela e o filho se detiveram na frente da casa, olhando-o ir embora.

— Ok — falou Maddie. — A terceira coisa. Fala logo, cara.

— Quero fazer uma viagem de carro com você.

Ela bufou.

— Viagem de carro. Certo.

— Eu...

Essa era difícil para ele, dava para perceber. Maddie assistiu ao filho juntar coragem.

— Mãe, não sou como os outros adolescentes. Ou adultos. Ou… pessoas.

— Eu sei.

— Você sabe que eu consigo ver a… dor. Das pessoas. E meio que dar um jeito nelas?

Ela ergueu uma sobrancelha.

— Como você me explicou, sim.

O garoto contou sobre o poder que tinha um pouco depois dos eventos daquela noite. Ela sempre soube que seu filho era especial, e, quando o ouviu, não ficou exatamente surpresa. Dra. Nahid, que ainda o atendia todo mês, sempre por Skype, disse que a empatia dele era fora de série, e aquilo jamais mudaria. Mal sabia a terapeuta o *quanto* era fora de série.

Um belo dia, mais ou menos um mês depois da batalha de Ramble Rocks, Oliver disse que tinha pensado em ajudar Maddie com sua dor. Porém, depois daquela noite, percebeu que a dor tinha mudado. Tinha diminuído, mas, ainda mais importante, estava diferente. Não tão zangada. *Menos parecida com um touro em um corredor de espelhos*, nas palavras dele.

— Quero sair por aí, pelo mundo, tentando ajudar as pessoas. Ver se consigo… tirar um pouco das coisas ruins de dentro delas.

— Extirpar a dor.

— S-sim.

— Carinha, você sabe que algumas pessoas querem a dor, né? Talvez até precisem dela. A dor faz parte de quem a gente é. Não dá pra acabar com ela, nem se esconder dela. — *Como aprendemos direitinho*, pensou. — É que nem Jake. Você tirou algo de que, por bem ou por mal, ele precisava.

Ele assentiu com a cabeça.

— Eu sei. Mas às vezes ela passa do ponto. Que nem um câncer, quando as células se atacam. Que nem o que acontecia em Jake. E às vezes é a dor que outra pessoa põe em você. Como se você fosse, sei lá, envenenado. Esse é o tipo errado de dor. É uma espécie invasora. Machuca a pessoa e pode machucar os outros.

— Como no caso de Jake — repetiu ela.

— Isso.

Caramba, como meu filho é esperto. Esperto até demais. Não queria que ele fosse assim. Ele ficava vulnerável, com todos aqueles pensamentos, com aquele coração enorme. *Merda!* Maddie temia que uma exposição nesse nível seria... perigosa. Ele se envolveria com outras pessoas e, pior, ficaria atado à vida emocional alheia. Era um território tenso, proibido. Oliver ainda era novo, muito novo. Ela mal estava preparada para deixá-lo dirigir, que dirá colocar-se no meio da infelicidade dos outros.

— Não sei, Carinha...

— A gente pode ir e ver no que dá, só isso. Você me ensina a dirigir, eu conheço pessoas e, quem sabe, vejo o que consigo ver.

— Olly...

— Eu consigo *ajudar* pessoas. Como você disse, você é uma criadora... cria coisas. Agora sou eu que quero fazer o que *sei* fazer.

Aquela frase foi dita com tanta força, tanta certeza, que ela ficou em choque. Ele não estava bravo. Não falava por ódio ou ego. Mas estava confiante, de uma forma que não costumava ser. O que mais ela poderia dizer?

— Ok.

— Ok?

— Não me faça repetir. Já foi bem difícil falar uma vez. — Ela encolheu os ombros. — Tenho algum dinheiro guardado; as vendas na galeria foram boas. A gente pode fazer uma viagem pequena... Um agrado pra gente. Então vamos. *Depois* da próxima exposição, que é daqui a algumas semanas. Ok?

Oliver a abraçou. Ela se desvencilhou do aperto sufocante e o abraçou de volta. Eles ficaram assim por um tempo.

— Seu pai ficaria orgulhoso de você — disse. — Ele já era antes, e também ficaria agora. Você vai acabar se tornando um homem ainda melhor que ele, e ele foi o melhor homem que eu conheci, filho.

— Obrigado, mãe. — Ele se soltou do abraço. Então parou e olhou para o chão entre os pés dos dois. — Você acha que ele ainda está por aí?

— Seu pai? — A resposta saiu sem hesitação. — Acho. Tenho certeza. Não sei onde, não sei nem *quando*. Mas, se o conheço bem, ele está por aí, incansavelmente tentando voltar pra casa.

Ela também tentava incansavelmente trazê-lo de volta. Todos os dias, desde então, fazia corujas, fazia uma porta nova. Experimentava lugares diferentes, cômodos diferentes, no bosque, na estrada. Com materiais diferentes também: madeira de árvores caídas, pedras de Ramble Rocks, tiras de roupas, ossos de um veado morto que tinha encontrado no bosque. Até usava pedaços da casa: aparas, botões do aquecedor, peças do encanamento. Chegava a pintar algumas. Algumas colava às paredes da casa. Outras construía no quintal, equilibradas no nada.

Nenhuma delas abriu, nunca. Não para revelar nenhum outro lugar a não ser o outro lado. Ou a parede, ou o tronco da árvore, ou o ar. Nada de outros mundos. Nada de Nate. No entanto, era uma bela coleção, ela reconhecia. As portas seriam o foco de sua próxima exposição.

Lá no fundo, tinha esperança de que, quando a exposição acabasse, quando ela revelasse suas portas ao mundo e ficasse no meio delas, todas se abririam, ao mesmo tempo. E, de uma delas, sairia seu marido, que ela veria de novo. E Oliver teria o pai de volta. E seu lar quebrado seria refeito.

EPÍLOGO

O HOMEM DOS NÚMEROS

Todo dia, na fábrica de pigmentos, o faxineiro analisava os números. Contava os minutos, contava as passadas da vassoura. Contava as palavras que diziam para ele, as rachaduras no chão de concreto, as aparas de metal que inevitavelmente caíam do misturador de alto cisalhamento, das máquinas extrusoras e dos cortadores.

A quantidade de pessoas que falavam com ele em um dia era, invariavelmente, o número mais baixo. Os outros funcionários não gostavam dele. Ele sabia, conseguia sentir. E, para falar a verdade, ele também não gostava de *ninguém*, embora fizesse muito esforço para ser simpático e agradável com todos e, assim, não os irritar. Nunca irritar os normais. Porém, involuntariamente, acabava imaginando como seria levá-los ao campo de pedras, deitá-los um após o outro e cortá-los em pedaços. Sobretudo aquela secretária loira de cabelo comprido. Queria abri-la de cabo a rabo.

Quando o dia de trabalho analisando os números chegava ao fim, ele batia o ponto e ia embora. Às vezes, passava em Ramble Rocks no caminho para casa. Nesse mundo, o lugar era um anfiteatro ao ar livre, onde faziam shows. O túnel estava lá — fazia parte de uma área subterrânea na qual guardavam equipamentos e coisas assim — e estava sempre trancado. Uma vez, conseguiu se infiltrar ali, na esperança de ouvir um chamado para casa, de que, na escuridão, encontraria o demônio de braços abertos e hálito de carniça. Mas não deu certo. A equipe do parque simplesmente o expulsou dali com luzes fluorescentes.

As rochas de Ramble Rocks também estavam presentes, bem atrás dos fundos do anfiteatro, aninhadas por entre pinheiros. De tempos em tempos, perambulava pelas rochas, como um verme se arrastando por entre dentes quebrados. Havia uma coisa faltando: o altar de pedra. Ele havia sumido. Não existia nada ocupando seu espaço, que estava vazio. Sem pedras, sem vida. Nenhum inseto, nem ervas daninhas. Só um pedaço de terra morta e rachada.

A casa era só um apartamento em cima da garagem de alguém. Ele tinha uma vida modesta. Comida enlatada e uma panela, uma cama dobrável, um banheiro. Não precisava de muito mais. Sabia que, um dia, o proprietário — uma múmia velha que não o incomodava nunca, exceto quando chegava a hora de pagar as contas, e, até nesse momento, ele só passava bilhetes por baixo da porta — exigiria que ele pagasse pelo estrago que tinha feito nas paredes. Tantos rabiscos, tachinhas, fios vermelhos. Todas as fotos e os cálculos e as páginas arrancadas de livros da biblioteca sobre demonologia.

O demônio tinha partido, ele sabia. Não falava mais com ele, nem vice-versa. Antes, tinha levado uma vida de confortos crassos e grotescos nos mundos caídos, fisgando o que cruzasse seu caminho, comendo com gula, caçando com preguiça. Tinha acólitos e tinha vítimas. Era um bom mundo. De repente, tudo acabou. Ou melhor, voltou a ser como era, regurgitando-se em um universo normal. Mas esse não era o mundo de onde tinha vindo. Era diferente. As marcas eram estranhas. Seu carro era um Yorisaga Chevalier de 1998, usado. Uma marca coreana, mas fabricada em Kentucky. Nem existiam duas Coreias aqui, nada de divisão entre norte e sul. Apenas uma Coreia unificada.

Não foi daqui que ele veio. Aqui não era seu lar. Sendo assim, o antigo plano voltou a vigorar. Escolheu uma série de garotinhas. Não tinha machucado nenhuma ainda, nem tinha capturado nenhuma — mas as espionava cuidadosamente, tirando fotos de longe, escrevendo longas anotações. Dessa vez, tinha que agir rápido, de uma vez só. A lentidão foi o que o encrencou na outra tentativa. O homem já tinha escolhido algumas de suas vítimas. Tinha 22 até o momento. Elas faziam parte da equação. *99, e o mundo morre. Todos os mundos*, assim esperava.

Dessa maneira, poderia sair desse lugar e retornar, não ao mundo no qual nasceu, mas ao mundo no qual caiu — o mundo para o qual o raio o levou. Seu território de caça, seu verdadeiro lar.

Então se sentava, admirando as fotos, tocando-as, imaginando o derramamento de sangue. As tripas vorazes espalhadas na pedra. Ficava pensando se teria que fazer um novo altar de pedra. Mais uma coisa para pensar. Ele ficou com dor de cabeça. Em seguida, ouviu uma batida na porta.

— Vá embora — disse.

Mas voltaram a bater, desta vez, com mais insistência. Ele se amaldiçoou por ter falado algo, porque agora sabiam que estava em casa. Tinha que manter uma aparência de normalidade. Qualquer coisa fora do comum poderia afugentar o rebanho de novo. O segredo era bancar o *normal*. Homem normal, faxineiro, apartamento, uma vida. Nada a temer. Não, senhor, nada a temer. Tudo às claras por aqui, ora essa! Somos todos normais aqui! Haha! Resmungando, foi até a porta e a abriu.

— Desculpe, estou ocupado agora... — Ele começou a falar, mas logo se calou.

Havia um homem parado. Um homem estranho, foi seu primeiro pensamento. Mas, logo depois, não. Nada estranho. Familiar, depois que se identificava as feições por trás das mudanças.

— É *você*.

— Edmund Walker Reese — disse o homem, entrando no apartamento.

Ele estava diferente para Edmund. Mais arrumado, barba bem rente, cabelo também. Porém, a cicatriz na cabeça nunca sairia, não é? Aquilo tirou um sorrisinho de Edmund, pelo menos. No entanto, o sorriso só durou até ele ver a arma: um revólver pequeno de cano curto, preto-azulado e brilhante.

— Como você me achou, seu ladrão? Como chegou até aqui?

— O destino nos colocou no mesmo mundo — respondeu Nate, engatilhando a arma com o polegar. — Não é engraçado? Até na mesma cidade. Um dia, vi você. De olho nas menininhas na sorveteria Rosie's, lá no centro. Sabe, é curioso, no lugar de onde eu vim, essa sorveteria era...

— A sorveteria Ros*alita*'s — completou Edmund, com um sorrisinho.

— Rosalita's era melhor.

— Era mesmo. Gostava do sorvete de passas ao rum.

Nate atirou no peito dele. Edmund caiu para trás. Não foi um baque, mas uma queda lenta, suave. O sangue ensopou sua camiseta, descendo pela cintura, escorrendo até a virilha. O outro homem, o assassino do assassino, virou-se para ir embora. O último pensamento de Edmund Walker Reese foi que a porta de entrada estava diferente. A maçaneta era outra, e a porta era azul, não vermelha. As dobradiças também estavam estranhas, como se fossem feitas à mão, e não por uma máquina. Como se alguém tivesse pegado embalagens de bala e as esculpido na forma de dobradiças. E a maçaneta: era a cara de uma coruja entalhada na madeira? Nate também se surpreendeu com isso e entrou nela. A escuridão desabou sobre Reese quando a morte o encontrou, por fim, através do tempo e do espaço.

Edmund Walker Reese deixou este mundo. Talvez, o outro homem também.

POSFÁCIO E AGRADECIMENTOS

Tentei escrever este livro três vezes. A primeira vez foi — caramba, faz quanto tempo mesmo? Era um dos meus cinco romances de gaveta, como se diz. O que significava que era um romance tão ruim que merecia ser trancado em uma gaveta de chumbo e atirado numa fenda oceânica para que sua mera existência no mundo não desencadeasse algum tipo de Nuvem Tóxica.

Naquela época, era um livro diferente, muito diferente, mas já continha algumas referências: uma mina de carvão sinistra, monstros escondidos na escuridão, valentões fazendo bullying e abusadores sendo violentos. Foi um fracasso por muitos motivos prováveis — eu era muito novo, muito inseguro, fazia muito esforço para que o livro fosse muitas coisas e para que tivesse um estilo parecido ao de muitos autores.

A segunda fez foi... diria que há uns oito anos. Nem terminei. Cheguei a escrever por volta de 77 mil palavras antes de ele enfraquecer como um testículo rompido (desculpem; caso vocês não soubessem, testículos podem se romper. *De nada*). Esse era um pouco mais próximo ao que vocês acabaram de ler: uma família segurando a barra, um barbudo esquisitão no bosque (em parte, por causa de um sonho estranho que tive), a mina de carvão. Também tinha outras coisas, tipo um revólver nazista enfeitiçado? Merda, sei lá. É estranho — encontrei o rascunho da história e tentei ler, mas literalmente não me lembrava de ter escrito nada daquilo. Atribuo isso ao fato de escrever pra cacete, mas também pode ser que o livro só quisesse ser esquecido. Talvez *precisasse* ser esquecido, para que este pudesse surgir. Talvez este aqui tenha passado por todos os universos, assassinando todas as outras iterações de si. Quem sabe?

Mas, ainda bem, não foi *tão* esquecido — um pedaço dele continuou vivo dentro do ninho de pássaro morto que chamo de coração. E, em algum momento recente, começou a se espreguiçar mais uma vez, voltando à vida. O que significava que estava na hora de construir uma terceira e, felizmente, última versão da história, que é o livro que vocês seguram agora (fisicamente, digitalmente ou nas orelhas). Esta versão exigiu viver, sair do túnel de Ramble Rocks e ser a história que é. Uma história sobre, bem, sei lá. Ciclos de abuso e outras versões de nós mesmos e barreiras emocionais. Sobre espirais, famílias, erros, e *amor*, e *empatia* e, e, e... bem, acho que assassinos em série e fantasmas que não são fantasmas e vácuos intersticiais.

Então, agora que vocês já leram, posso fazer a ressalva de que este livro não acerta em muitas coisas, mas em grande medida isso é proposital, pois vocês leram um livro que representa apenas uma realidade, na qual as coisas são um pouco diferentes das nossas (e, se isso antecipar possíveis e-mails rabugentos sobre a inexistência de um Departamento de Proteção à Fauna na Pensilvânia, onde, na verdade, há duas comissões que cuidam de assuntos relativos à vida selvagem e à pesca, esse posfácio já terá valido a pena). Porém, tenho certeza de que também pisei na bola em outros momentos, sem intenção, mas, se vocês forem caridosos, joguem na conta das REALIDADES ALTERNATIVAS, por favor e obrigado.

O rascunho deste aqui também levou um bom tempo até vir ao mundo. Foi um livro com muitas ideias grandiosas e demorou muitas luas para tomar forma. Assim, há muitos rascunhos encerrados atrás das paredes deste romance, presos com os fantasmas das primeiras (e pouco úteis) versões da história. É assim que os livros são, às vezes.

Acho que os escritores devem ter em mente, quando forem escrever, que de vez em quando uma história sai rapidamente, sem derramamento de sangue, e é como desembainhar uma espada. Outras vezes, uma história surge devagar e envolta em uma meleca vermelha, e é como remover estilhaços com uma colher de sopa.

E, às vezes, você só não está pronto para escrever. Às vezes aquela história não está pronta para sair do forno. Ou está, mas você, o escritor, ainda não é o escritor que precisa ser. Não tem problema. No momento, dá um desânimo, mas é uma coisa boa, que precisa ser assim. Cada história é completamente diferente da outra, é única e não tem par — é um pássaro raríssimo na natureza, o último de sua espécie. Você atrai a ave com alimentos que só ela come e a amansa usando truques que só funcionam com essa criatura. É como em um videogame, quando você simplesmente não está pronto para explorar certa parte do mapa.

O mais importante é o seguinte: às vezes, você não está pronto porque não tem as pessoas certas ao seu lado. Isso também é fato: um livro é escrito por uma única pessoa, mas é feito por várias mãos, na maior parte das vezes. Por isso, devo alguns agradecimentos.

Em primeiro lugar, a Tricia Narwani, a editora deste livro, que, educadamente, me ouviu cuspir em um só jato uma história totalmente aleatória em meio a balbucios desencontrados. Devo ter acertado em alguma coisa, porque ela acreditou na história, comprou o bilhete, embarcou na viagem. Sem sua mão editorial firme, *O Livro dos Acidentes* talvez chegasse às prateleiras todo molenga e cheio de deformações (se quiserem, pensem naquele feto de cavalo chorão de *Eraserhead*). Obrigado também a Alex Larned, assistente editorial, por oferecer sugestões empáticas e perspicazes para melhorar o livro. E, é claro, a minha agente, Stacia Decker, que tem uma mente afiada para histórias e sabe como enfiar a faca nos pontos frágeis e malformados. Meu agradecimento também vai para amigos e colegas autores, como Kevin Hearne e Delilah Dawson, por me deixarem falar de vez em quando sobre este livro e tentar entendê-lo melhor.

Por fim, obviamente, obrigado a vocês, por lerem este livro *e* esta parte boba no final. Que consigam encontrar paz e segurança em tempos tão peculiares, amigos.

SOBRE O AUTOR

CHUCK WENDIG é autor de best-sellers do *New York Times*. Escreveu *Wanderers*, a trilogia *Aftermath* de Star Wars, os thrillers de Miriam Black, os livros de *Atlanta Burns, Zer0es* e *Invasive*, e produziu outros trabalhos na área de quadrinhos, jogos, cinema e mais. Ele foi finalista do Prêmio John W. Campbell de Melhor Autor Estreante e é ex-aluno do *Sundance Screenwriters Lab*. Foi coautor da narrativa digital *Collapsus*, indicada ao Emmy. Também é conhecido por seu blogue popular, *terribleminds*, e por livros sobre a escrita, como *Damn Fine Story*. Atualmente, mora na Pensilvânia com sua família.

terribleminds.com
Twitter: @ChuckWendig
Instagram: @chuck_wendig

CONHEÇA OUTROS LIVROS DO SELO

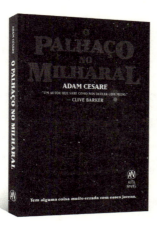

UMA CIDADE PEQUENA, UM PALHAÇO ASSASSINO E JOVENS DESORDEIROS QUE TALVEZ NÃO SOBREVIVAM.

Quinn Maybrook e seu pai se mudaram para a pequena e tediosa Kettle Springs para encontrar um novo começo. Mas desde que a fábrica local fechou, a cidade quebrou pela metade e encontra-se em uma batalha que parece que vai destruí-la. Até que Frendo, o mascote de Baypen, um palhaço assustador, torna-se homicida e decide que a única maneira de Kettle Springs voltar a crescer é abatendo a safra podre de crianças que vivem lá agora.

- Terror Slasher
- Palhaço assassino assustador

UM ATERRORIZANTE JOGO DE GATO E RATO.

No volante está Josh Baxter, um estranho que Charlie conheceu no painel de caronas da faculdade e que também tem um ótimo motivo para deixar a universidade no meio do semestre. Na estrada, eles compartilham suas histórias de vida, evitando o assunto que domina o noticiário: o Assassino do Campus, que, em um ano, amarrou e esfaqueou três estudantes, acaba de atacar de novo. Durante a longa jornada até o destino de ambos, Charlie começa a notar discordâncias na história de Josh. Para ganhar esse jogo, será preciso apenas uma coisa: sobreviver à noite.

- Thriller psicológico nos anos 90
- Protagonismo feminino
- Suspense e plot twists

 /altanoveleditora   /altanovel

Este livro foi impresso nas oficinas gráficas da Editora Vozes Ltda.,
Rua Frei Luís, 100 – Petrópolis, RJ.